U0443714

浮梁店

湘水流沙

索文 著

北京出版集团
北京十月文艺出版社

目录

第一章：半湘街上风波频　　001

第二章：谁言今宵月夜明　　043

第三章：醴陵瓷白作玉色　　079

第四章：长沙水冷起青烟　　119

第五章：西门城外义渡亭　　177

第六章：孤鸦催渡水无痕　　233

第七章：悲风沥沥人间苦　　271

第八章：凄音泠泠纸上春　　315

第九章：一夕俯仰夜离离　　353

第十章：半生浮游春怅望　　391

第十一章：且将前尘倾覆水　　443

第十二章：泼成眉梢指上霜　　493

第一章：半湘街上风波频

浮梁店主人言：浮梁店，就在半湘街上，是我开的，我叫卢磊一，是个老不死的，阎王把我给忘了。

这家店算是个茶馆，开在极不起眼的位置，店里摆着我那些旧物件，偶尔也到古董市场进几样，但凡看得上眼，就不拘价钱，我这个年纪，这个阅历，也没有人能骗得了我。小店新开，街坊邻居都是点头之交，前二日出去买菜，卖菜的姑娘问："您老人家贵庚啊，身体硬朗啊，有没有七十岁？"我告诉她我八十了，少报了些，怕她觉得我在诓她。

现在是阳历1996年，我出生在光绪十四年（1888），属老鼠的，听我师父说，那一年是个灾年，六月起，全省境内到处发大水，水后大疫，死了很多人。师父说朝廷也没钱，光绪爷掏了私房钱十万两给湖南赈灾，那个钱，叫内帑。

我是疫后出生的，没有人知道我出生的具体时间。我是个孤儿，师父在路上捡的我，辗转抚养我成人。

旧时，我的职业是个巡警，长沙开埠时入的职，一直做到了民国三十二年（1943）。这开埠，正经的说法是设立通商口岸，给外国人行方便，那时节，全国到处都是通商口岸。

如今我已经很老了，记忆里的东西总像串了年代，去岳麓山总想找道中庸亭，没想到它在新中国成立初期就拆了；想送重重孙女出嫁礼，忘寻思要不要去李文玉首饰店订一套,那可是民国的铺子,如今哪里还有呢?闲来逛逛下河街,恍恍惚惚总往贾谊祠走,到得门口才醒神,去贾谊井挑水吗,像从前一样?现而今这里可是要收门票了,井是没枯,那水还能喝吗?

活得太久,岁月恰如浮光掠影,往事不过一枕黄粱,这就是我将店名起为浮梁的原因。和这些旧物事在一起,我就还在梦里。

浮梁店开在这犄角旮旯,原为图个清静,又怕老来寂寞,生一炉火,煨一壶茶,咱们说说话,您愿听,我便说,它是往事,也是故事,故事的主角也叫卢磊一,是我,非我。

第一个故事,发生在光绪三十一年(1905),我初入职,做了长沙小西门警段的巡警。

一、入职初日

1

卢磊一当上巡警的那天早上,先跟义兄弟陈作新一起打了个劫。

当然这是陈作新的说法,卢磊一是从来不认的,在他看来,他是在惩戒洋人,陈作新非得把这事搞成个劫案。

"那时候我还不认得你呢。"卢磊一后来说,"合伙打劫,你是硬要把黄泥巴塞到我裤裆里。"

是的,在光绪三十一年正月二十三的那个早晨,湘江大雾,卢磊一和陈作新初识,就在渔码头旁的岸边,卢磊一衣衫举在手里,赤条条地从水里走上岸,把坐在江边老槐下喝早酒的陈作新吓了一跳。

"小鳖吓老子。"

"老鳖酒癫子。"

"你要何解咯?"

"你要何解咯?"

这是两人的第一次交流,非常不友善,他们倒是没有动手,卢磊一一边擦身穿衣服,一边和陈作新对骂,那时候他还不知道陈作新叫陈作新,就是一个一身酒气,坐在槐树下起不得身,还凶得要死的酒癫子,本地人常常如此,能把一句类似于北方"你瞅啥?"的"你要何解啥?"用最凶的语气说出一百种腔调,但真打起来的,确实不多。

他们对骂了几分钟,直到被码头上的躁动吸引,三个下船的洋人水手在群殴一名脚夫,就为他挑货下船时挡了他们的道,脚夫倒在地上苦苦求饶,挑的货箱摔烂了,亮白的搪瓷缸子撒了一地,旁边站了几个脚夫,呆呆地看,货挑在肩上,无人上去劝阻。

小时候杜大哥带卢磊一逗乌龟,就是这样,给小乌龟翻个身,拿根小棍,头伸出来戳头,脚伸出来戳脚,脚夫那时的模样,有些像幼时情景,他向洋人求饶,洋人叽里呱啦地回答,笑嘻嘻地给他一脚。

卢磊一盯上了那三个洋人,跟着他们出了渔码头,跟出老长一段,看着三人进了铜铺巷,在铜铺巷转福源巷的拐角,他用汗巾蒙面,收拾了他们。

虽然不知道这三个洋人拐到这种四方不靠的巷子里来做什么,但巷遇拐角,宁静无人,机会难得。"一打中线必防,二擒关节要害,打起来不晓得疼,莫搞那些花架子,冇一寸用!"这是师父的教诲,卢磊一自动谨记,在无数次与孩子帮的野架中,稳稳占得上风。逐渐地,他也总结出了经验,擒拿要轻松,得顺势、借力,打中线不过鼻头、咽喉、心窝、下裆,准头要足,一击得中,没有第二下的机会,不想出人命,还得留着点劲。三个洋人牛高马大,劣在笨拙,不必拼力气,一劈颈,二踢裆,绕到身后钉拳打腰眼,迅速结束战斗。

三个洋人躺在地上哀号时,卢磊一正准备跑,陈作新出现了,他一脸白脏污,泥糊得看不清脸,只两只小眼透着精光,若不是那熟悉的身形和一身酒气,卢磊一差点没认出这个刚刚还在与自己对骂的酒癫子,酒癫子手持一物,与卢磊一擦身而过,对着地上的三个洋人叽里呱啦说了几句鸟语,就逼得洋人们掏出身上的钱袋子,连胸前的怀表都摘下来给了他。

那厮打了劫，得意扬扬地转身，经过目瞪口呆的卢磊一，"分赃不，小鳖？"酒癫子道。

2

直到一口气跑回嘴方塘的师父家，卢磊一犹自对早上那一幕感到愤懑，自己是行侠仗义，倒替打劫的开了道，结果决定行为，无奈沦作帮凶。若不是来不及，忌着第一天当差就迟到，卢磊一倒想跟他斗上一斗。

光绪三十一年，长沙开埠半年有余，正月二十三，是卢磊一入职小西门巡警的大好日子，皇历上写着"诸事不宜"，从这日起，他穿上号衣，成了个三等巡警，正式吃上了官家饭。

这份差，是师父求人保荐得来，也是卢磊一运气好。去年长沙开埠，洋人条约里写明"工程巡警华官自办"，臬台衙门调了一营绿营兵充作巡警，上值半年，被洋人发文斥责，那兵里老弱病残者有，吸大烟者有，还有一帮各处关系钻营进来的，除每月点卯领份公粮，再不见人，码头治安糟污至极，较之开埠之前更甚。无法，省城警务局立即整顿，除保留探访局及各区、各段部分巡官、巡长、老吏外，余等一律裁撤，又贴出告示，全城广招巡警，充实基层警力，以勇武、识字者优先。卢磊一两样都占，又得师父使了面子，托思贤讲舍张登寿具保，终给他谋了这差。

在卢磊一的一生中，有无数际遇，说到底，都跟师父有关，就是人们常说的，没有前头，哪有后头。他是个弃婴，六月天被扔在长沙城北郊小王家巷转嘴方塘旁边菜地的田埂上，若不是师父一早进城卖菜经过听到哭声，他会被菜田的长脚蚊子吸干鲜血。

"脸上尽是蚊子咬的坨，细细子声哭，饿得冇力气了，要不是我耳朵子灵，你会死掉去咧。"后来师父说，"抱回家，你抱着你师娘的奶就不松口，真正赶得巧，你师姐半岁多，准备断奶了，你一来又接上了，我说送去信义会，那儿有教会开的孤儿院，管吃管住还教东西，你师娘还不肯，把你当崽养，喂了你大半年，你胃口又好，吸得她头发大把大把地掉，你只好好孝顺她就是。"师父说的师姐，是他的幺女杜梨，桃李杏梨最末一位，上面还有三个师哥，师父七子女，卢磊一作为老八，纯属编外。

自有记忆起，卢磊一印象里的师娘就是干斤刮瘦的，仿佛一阵狂风就能吹倒。"她又没裹脚，菜农户的女，以前可壮实，挑一担米在田埂上起跑的角色，被你吸干了。"师父愤愤说，转眼又抹平了情绪，喃喃道，"有什么办法，一切都是上帝的安排。"

师父不信佛，信上帝，是信义会的第一批信徒，因缘巧合，粗通文墨，卢磊一的大名是师父给起的，初时叫卢磊遗，因裹布上绣了个卢字，师父捡到他时，头边垒着三块石头。改为"磊一"，是同为教会教友的杨熙少帮忙改的，他说"遗"字有讳，改个同音的吧，"子曰：参乎！吾道一以贯之"。杨熙少后来成了信义会的首任华人牧师，师父挺信他的。

那日早上赶回师父家，远远地看到师娘站在坪里打望，看到他了，又反身进了屋。卢磊一在檐下缸里打水洗了把脸，盐水漱口，洗漱完毕，师娘唤他吃早饭。师兄、师姐们都下地未回，这份早饭是独给他做的——一海碗素面,这可是平日里小辈们过生日才能吃到的,卢磊一一拍巴掌,望着师娘直搓手。"快吃,今日子当差头一天,吃一碗细面,差事做得顺顺当当。"师娘微笑地望着他,索性坐下来,看他吃。嫩黄的面躺在褐色的汤里冒着尖尖,蒸汽升腾,顶上撒着干椒碎,如雪山顶着朝霞红晖。先吸一口汤,香,豆豉熬的,越煮越香,又点了几星胡椒,鲜辣醒胃。筷子一通搅,山塌了、霞散了,底下的大鱼漂了面(浮出来),还卧了个荷包蛋,筷子挑着大口吃,面糯、汤咸、蛋鲜。吃到一半,师父拿着水烟袋,自后门踅进来,师父矮且壮,立如一座钟,一把乌黑的辫子盘在脖子上,眯缝着眼睛,不笑三分笑。他坐到桌前,燃着半截香,咕嘟嘟抽起了水烟。师父几次放了香头,望着卢磊一欲言又止,卢磊一瞥见了,轻轻放下筷,他又摆手,"你吃,你吃,莫误了工。"

直吃到汤干面尽,放了碗,师父才撂了水烟,"尽心当差,不要欺负人啊。"师父手伸进怀里,摸出一块银圆,郑重地摆在桌上,"城里租间房住,不必两头跑,不拘优劣,要离段上近。"

3

俗语说,春雾有雨。卢磊一打湘春门进城,飘飘洒洒的细雨就落下来了。经过大半个长沙城,到小西门警段时,细雨已转滂沱。

"磊伢子,跟老陆鳖站岗去。"杨段长唤他,段长位阶三等巡官,按级数细分了算,比卢磊一高着六级,段长名叫杨再力,黑壮汉子一脸油光,是小西门警段的头。

旧时的警段,相当于今天的派出所。合府六区二十七警段,小西门警段只是其中之一，辖着北至太平门，南到古潭街，东到福胜街，西至小西门的几条街道与数条巷子，还有西门外自金家码头到小西门渔码头大小十一个码头。可整段的员警，加卢磊一统共十人，记名册上倒有十四人。

那时的长沙城，老城墙围着，城墙上当年轰死萧朝贵的红衣大炮还在，贴着符纸封了将军。到了民国十三年（1924）才开始拆，修大马路，那时候的长沙城也没多大，就河东一块地方，湘江边头起，到天心阁便打了止，河西那片还是荒郊野岭，就这么大的地方，分成长沙、善化两县，设着衙署，以浏阳门与大西门（又称驿步门）连线分界，长沙县管北，善化县管南，这还是前朝划的县治，一直就这么延下来了。长沙城共九门，都是入城必经之路，湘春门、兴汉门在北，通岳州；黄道门在南，通衡山；小吴门、浏阳门在东，浏阳门外，是处决人犯的地方，驻着军营；其余小西门、大西门、潮宗门、通泰门都在湘江边，与码头相连。长沙开埠，海关就设在潮宗门外，为抵庚子赔款，海关归洋人管，据说主事的是个英国人，叫伟格非。卢磊一跑去看过新鲜，西洋楼建得碉堡一般，洋人看不见，门口当值的也是本地人，穿着洋人制服，手持长仓，对着看热闹的闲人呼喝恫吓，全无同胞之谊。

警段办公在半湘街的灵妃庙旁，老陆与卢磊一的岗哨在小西门进城口，连着南边的半湘街、北边的下河街也归他俩巡管。卢磊一第一天当差，号衣、警棍、捕绳、警哨穿戴整齐，随老陆去城门外站哨。因着下雨，老陆避到了门里，抽了一袋旱烟，冲卢磊一招了招手，招呼他也进去。

城门洞子里阴暗，人影幢幢。赶船的人，下船的客，挑货的脚夫，坐着黄包车进城或出城赶船的贵人们都打城门洞子里过，老陆倚着墙立着，礼帽斜戴，底下一双三角眼冷冷地打探着过往行人，倏地一出手，揪过一个行人，包裹里翻出一小包鸦片。"私运鸦片，抓了关站笼。"老陆恫吓道，来的慌忙报出个名头。半昼的工夫，老陆抓了十几个，似装了个狗鼻子，一抓一个准。那些慌忙报出名头的，有些有用，有些没用，没用的得花钱，既没关系又没钱的没收鸦片，人倒都放了，钱也收得不少。卢磊一站在旁边看，这半昼，抵得上老陆小半月俸钱了。老陆吃独食，并没有要跟卢磊一分一分的意思。

卢磊一想，这城里隔几步便是一家烟馆，四季兴隆，都挂着警务局核发的烟牌，听说官家老爷们也抽。私贩烟土要抓，烟馆要上税，土烟、洋烟贩卖又有鸦片税，几头来钱，倒是个好营生，只是那些烟鬼个个没人样，皮包骨头，一阵风就能吹得跑。没钱过瘾时，涕泪横流，当街走不动便躺下煎熬，遭人驱赶才惵惵起身，换个地方。过了瘾了，精神头足了，走起路来似在飘，跐着脚，悄无声息。这样的人，一世都废了。

待雨停了，老陆又带他巡街。老陆前头走，他在后头跟，半湘街上尽是人，有茶馆、饭馆、酒馆，是船工、老客下船歇脚的地方，又有荒货铺、估衣铺、南杂铺子，店旗招牌都不讲究。老陆年龄与师父相仿，干斤刮瘦，背着手走路，仍是三角眼在礼帽下瞥人，老巡警了，街面上都熟，跟他打招呼的人多，多是不理，或者点一点头，式样足，调子高。在夏记酒馆的门口，老陆抓了个小偷，那厮在酒馆门口喝散酒的脚夫群里挤进挤出几个来回了，老陆冲上去揪着辫儿拉到街上，一脚扫在膝弯，人就跪下了。"哪家烟馆跑出来的背时鬼，脚夫堆里摸烟钱来了？"老陆厉声问，看不出他看似一推就倒的体格，倒这般敏捷有力。

呵斥着那贼掏出钱财,扔地上,"那两个二十文的是我自己的。"那贼申辩着,老陆嘿嘿笑,从钱堆里摸出两个当二十文的铜币,"充公。"再喊那些丢了钱的脚夫来认领,又叫贼起来,腰上解下捕绳,绑了辫子拴在酒柜竖杆上,叫过一个脚夫,"帮我看着,待我巡一圈回来,带他回段上。"老陆说。那脚夫躬身笑嘻嘻地应了。

走到古潭街口,便是巡管地段的尽头,左边一个猪肉铺,门前挤着几个买肉的,当家的屠户一脸横肉,大冷天光着上身,系一件黑皮挡,正剁着排骨。"谢二表,给我割半斤五花肉。"老陆冲他喊,那人闻着声,抬头,一看是老陆,先撂下手中活计,吊架上取下一块肉,油纸包了,草绳系上,恭恭敬敬地送出来,见老陆伸手掏钱,连忙按住,"孝敬您老还来不及。哪能叫您破费。"老陆哧地一笑,提拎着肉转身,走进对面的益隆行。益隆行是个鞭炮烟花行,站柜的是个年轻伙计,见到老陆,忙将二人请进柜里,看座,上茶。"今日有一船货去南京,掌柜的去码头点验了。"伙计躬身道,又开了柜子,给老陆上了一撮建条,那可是福建产上等烟丝,价格不菲。伙计伺候着他点上,又转向卢磊一,卢磊一不会抽烟,摆了摆手。送茶进来的丫头倒惹得卢磊一多看了两眼。那丫头白白净净,着一身碎花袄子,细眉入鬓,一双杏眼,倒是个清丽的小美人。

"别不是又去陈又满的烟馆过瘾去了吧。"老陆抽着烟,嗤笑道。

"下人插不上嘴,夫人倒是常常劝的。"伙计躬身道。

"你们都是家养伙计、家养丫鬟,家里人一样,该劝还是要劝。"老陆拿出长辈的架子,"鸦片和赌,都耗神,双斧劈柴,总有劈尽的时候。"

卢磊一坐在一旁听,心里暗叹这老陆的应付功夫,见人说人话,见鬼说鬼话，此刻这番谈吐，倒像是个读过点书的人。今日做派，也不是个不通人情的主儿。又去喝那茶，入口清香，有回甘，比在段里喝的茶末泡的，不知要好上几分。

主家不在，伙计不好留饭，老陆领着卢磊一告辞。往回走，经过酒馆，那贼还在那儿拴着，脸上青一块紫一块，捂着头，手指缝里漏血，兀自哼哼。"他要解辫子，被我敲了两扁担。"守他的脚夫在一旁嘿嘿笑着。

"不是一个人的手段。"老陆一咻，让脚夫走了。自顾解下捕绳，牵着那贼往段上走，拐进灵妃庙边的小巷，老陆解了捕绳。"走吧，不要再来这条街。"老陆摆摆手，像赶一只苍蝇。

"不抓了？不是要带回段上吗？"卢磊一纳闷。

老陆抬眼望了望他，眼里的冷光逼得卢磊一噤了声。"多看，少问。"老陆冷冷地说。

远处传来隆隆炮声，天心阁的午炮响了，轰鸣声全城可闻。那时的百姓不知钟点，每日靠天心阁放午炮报时。对卢磊一二人来说，这是到饭点了，回段上吃饭。

4

平素一日两餐，入了差，中午也有一顿伙食。巡警是体力活，分局每月拨给十元伙食费，当然不够，十来人吃喝，不足的段上贴补。伙食包给了木牌楼的老刘头，后来才知是段长的岳父。饭菜倒不克扣，老刘头亲自挑来，两个桶，用破棉被裹着保温。饭是早稻米，水放得足，蒸出来糯软。菜时有荤腥，卤了的下水细细切薄，撒上干椒豆豉和着西葫芦丝一起炒，肉虽少些，也下饭；菜市收的鱼尾巴，烂便宜，拿回家腌好。盖上蒜碎、豆豉、辣椒粉上屉蒸，出锅时点几滴香醋，也是极好的下饭菜。遇着巡长高兴，嘱着加餐，蒸肉也能吃得到。

那一日的午餐不过是碎炒河鲜，怕是老刘头自在江里放的沉网捕的。桶里看着红红白白的一层河鲜，油汪汪的，勺往下舀，是豆芽铺的底，倒有大半桶。

"红锅子烧菜，起锅时一勺热油，看着油汪汪的，不过是些浮油罢了。这会儿吃饱了，下午就饿了。"巡警陈二毛较卢磊一大一岁，早入职一个月，发起牢骚来俨然是段上的老人一般，啪的一声，被老陆一筷子敲在头上。"你妈妈……"陈二毛猛地转身，瞧见老陆冷冷的三角眼，噤了声，端起碗，蹲到墙角去了。

饭刚吃到一半，码头的脚夫来报案。永州码头边的江面上发现了两具浮尸，脚上还绑着绳子。

段长杨再力吐出一颗虾头，轻描淡写地摆摆筷子，喊老陆，带两人去瞧瞧。

老陆带着卢磊一、陈二毛到得湘江边，尸体已经捞上岸，盖上了草席。据捞尸的船夫说，尸体脚上绑着绳，连在太古公司的驳船尾。老陆掀开草席来，陈二毛远远地站着，只卢磊一跟在一旁细瞧，初入职，这河段上都是生人，也不知死者什么身份。旁边看热闹的倒围了一圈，周遭的人七嘴八舌，倒似对这二人颇熟悉。拉过一人来问，原是半湘街上两个酒癫子，外地来的，平日里跪在街边磕头讨饭的角色，讨得钱就换酒喝，讨不到，就站在酒馆前不走，或讨或赊，总要喝一口过瘾。又有人说，就在昨日，二人站在唐记酒馆门前讨酒喝，唐记酒馆的伙计不耐，还打过其中一个，扫帚头敲头，敲了两下，那厮也不躲，嘻嘻笑着，一头撞到柜台上，撞得鲜血直流，吓得掌柜给他打了一大壶酒，三斤的壶，又奉送一包炸花生，喜得二人血也不擦，欢天喜地地走了。

卢磊一问时，老陆已经盖了席子，默默地听。陈二毛也是个机灵人，着人喊了收尸人来。那人带了一个同伴拖着一架板车，到得跟前，不急着搬尸体，先端出个瓦钵，烧了一撮黄纸，俗称上路钱，纸灰撮好，粗麻小袋分两份装，二人将尸体搬上车，上路钱枕在头下，草席盖上，拖去义庄，回头凭义庄开出的票引到衙门领钱。

老陆自带着卢磊一、陈二毛往南边的湘江码头走。"找九将头？"陈二毛在一旁念叨。老陆不作声，陈二毛便与卢磊一絮叨。陈二毛典型的长沙伢子，嘴里侃起来没的边，天上的事晓得一半，地上的事全晓得。

这九将头是一个人的诨名，本名姓廖，山西人，据说是丁戊奇荒时逃荒到的长沙，那是光绪元年（1875）到光绪四年（1878）山西等省的大灾荒，无数人南逃。九将头逃到长沙，拜了个桃源挂使徒牌的祝由术师父，半靠装神弄鬼，半靠打，有了名声，渐渐地做了码头上脚行帮的头目，手下一大帮弟子，与开山门收徒的会党头目无异。从金家码头往南到娘娘码头，除了在建的日清公司码头，那是日本人建的他管不了，其余九个码头的脚夫都归他节制，派工、抽成，俨然一方势力，人送外号"九将头"。此人算是小西门警段的一个编外，至少被段长默许了的，也给他派了个差，九个码头的治安归他维持，官家不给经费。除非命案，其余自断。合府九城，都是天断黑关城门，城门一关，码头上就是九将头的天下。

九将头这人公道，讲个义字。脚夫抽成十抽一，师父早年虽去了，他倒极重香火情，手底下那帮子兄弟多是桃源人。自光绪八年（1882）到光绪十八年（1892），湖南连年水灾，其中尤以临湘、桃源、湘阴为盛。大批流民逃至省城，逐群而居，九将头手下就收了不少，许多是烧过香、磕过头，拜他做师父的，平日里都由他照应着。

"码头上有事，就找九将头。"陈二毛低低跟卢磊一说，"以老陆在小西门的名声，九将头也要让他三分。"

5

湘江码头城墙下搭了个棚，棚里摆了张躺椅，椅旁一缸炭火烧得正旺，江风凛冽，吹得火苗歪斜。炭火上煨着一壶茶，躺椅上坐着一个人，单衣单裤，撸着袖，正咕嘟咕嘟抽着一袋水烟。

老陆走进棚去，推开一个要拦他的混混，站在那人面前。那人一动不动，依旧拈香点着水烟锅，咕嘟又吸了两口，抬起头，一张方方正正的国字脸，两条刀疤，一条从左额划破右眉顿在眼角，一条从左额切断山根横跨大半张脸。那脸上堆起了笑，"稀客！"

九将头着人搬来张靠椅，请老陆坐。

老陆大马金刀地坐了，警棍解下，反身交给卢磊一。接过九将头倒的茶，吹了吹，啜了一口，"给我人。"

"什么人？"九将头一脸错愕。

"湘江河里死了两个人，在永州码头，码头上的事你管。"

"跳河寻死的，我也管？"九将头笑嘻嘻的。

"两个酒癫子，在街上半年了，平日里不惹事的角色。捞起来还一身酒气，脚上绑着绳，绳子接在驳船上，怕是昨夜醉酒躺在江边，被人害的。"老陆冷冷地说，"你干的勾当我知道，帮不上忙，但我能坏你的事。知轻重，才长久，你管着码头，该有你的规矩，手下人胡来，你这个位子就坐不长久。"

这一天下来，卢磊一从来没有听过老陆说这么多话，说得九将头脸越来越青。老陆是三等巡长，自有巡警制度以来就是，听说从前是衙门的巡捕，入职比段长还早，升不上去，大约就因了这张不近人情的冷脸。

九将头叫过身边人嘱咐两句，卢磊一站在一旁听，只听见"不说死了人"。人去了，九将头又舀水煮茶，殷勤给老陆续上。立起了身，奉茶给卢磊一与陈二毛，身段放得低，这做派，比半湘街上的小贩还卑微。

不到半个时辰，昨夜当值的手下就到齐了。十来个，大多是青少年，十四五岁年纪，唇上刚长出绒毛，在九将头面前，个个表情温顺，目光委顿。九将头的规矩，值夜从关城门起，酉时初到辰时末，少年懒睡，个个刚从床上爬起，还睡眼惺忪。

"昨天永州码头浸了两个人。"九将头啜着茶，慢条斯理地说，"好容易救上来。"

"人没死，大冷天的也丢了半条命。"九将头抬眼，摸着头，一脸憨相地扫着众人，"我九将头管着九个码头，一天到晚操心的命，还要替你们擦屁股，如今苦主告了，官差老爷到了，没人出首，陆大人就得拿我去衙门打板子咯。"九将头皱着眉头，可怜兮兮的样子。

"我去打板子，我做的。"人群中站出一个少年，黝黑一张脸，大眼，又愣又虎的样子，"那……那二人喝醉了睡在岸边，我系的绳，绑在船上，打板子我去。"

"秤砣你不聪明，我又没说绑绳子。"九将头咂着嘴，"每个码头当值二人，你一个人做的？"九将头反身问身边人，"昨夜永州码头当值的除了秤砣还有谁?"

"还有药罐子,他什么都没做。"不等九将头亲信搭话,秤砣又高声回答,"我去打板子。"

"秤砣交给你。"九将头一皱眉,转身看向老陆。

"秤砣去把那锚给我拖过来。"老陆不接话,指着远处。

秤砣看了看九将头,九将头又望了望老陆,眼神复杂。摆了摆手,"去。"

秤砣冲出棚,泥一脚水一脚地蹚过河滩,去扯深陷泥里的一只船锚。卢磊一打眼望去,那铁锚怕有数百斤,秤砣用力拉扯,铁锚略微赏脸,轻轻摇晃了几下。秤砣摇得更欢了。

老陆把秤砣叫了回来,脸阴得滴得出水来。"你把他交给我?"他阴恻恻地问九将头。

九将头一愣,吼一声,"药罐子!"

人群里走出一个矮矮瘦瘦的少年。乌青的嘴唇,一双细眼四处睃着,"你教他干的?"

药罐子讷讷不语。

"药……药罐子说绑上,船一开,他们就醒酒了。"秤砣坐实了缺心眼,依旧愣愣地,"他没动手,我绑的。"

"绑了!"老陆一指药罐子,卢磊一解下捕绳,揪着药罐子的辫子便要绑。

"大绑!"老陆喝道。卢磊一一愣,陈二毛走上前来,接过绳绾了个圈套上药罐子的颈,绳从背后顺下,先肩后手,绑了个结实。

"那两人死了是不是?"药罐子哭起来,声音又尖又厉。陈二毛将他背后绳子一提,勒了颈,药罐子脸涨得通红,发声不出。

"这个，你行家法。"老陆指了指秤砣，看着九将头。

九将头点点头，招呼秤砣过去。一把拉过秤砣，搂着肩，轻声说："秤砣你干坏事了，他们两个都死了。"

秤砣圆睁着眼睛，伸出两个手指，傻愣愣地问："两个都死了？"

"是啊。"九将头攥住秤砣的两根手指，用力一折，咔的一声掰断了。秤砣望着九将头，一脸诧异，嗷嗷叫着蹲下了。九将头趸到火缸边，伸手从火缸里拈出一块烧得火红的木炭，炭火燎着皮肉，似乎毫无知觉一般，走到秤砣面前，"伸手。"秤砣将伤手背在背后，伸出另一只，可怜兮兮地望着九将头，九将头将炭火塞在他手里，搭着秤砣的腕，手一翻帮他握紧了拳。秤砣推不得、挣不得，痛得全身肌肉抽搐，大声喊着，"师父！"

"你还没拜我门头，不是我徒弟。"九将头摇头说。

老陆三人带着药罐子走出老远，九将头独自追了上来。"活罪行吗？愿出一斤土膏来换。"九将头没有看老陆的眼睛，他低声呐呐，"这是我师父家的远房表侄孙，前几日拜了师，入了我家谱。"

老陆推开他，冷冷地说："除名吧。"

"他才十三岁。"

老陆没有理他。

对于卢磊一来说，这一日发生的事情终生难忘。三人带着药罐子直奔化龙池善化县衙，寻皂班头子开了个空站笼。老陆比了比药罐子的个头，垫了几块砖，解了绳，将药罐子提拎上去。笼顶木枷卡头，药罐子踮着脚站着，发着抖。"那两人身上有钱，他们是赖子，赖酒喝。"药罐子一个劲地喊，"我没杀他们，我一个指头都没动！"

老陆抽了一块砖，药罐子身子往下一顿，卡住了脖子，噎噎啊啊地挣扎。

老陆掉转头，带着二人吃面去了。此时已是亥时，街上开的面铺子不多了，寻了个摇铃走街的夜宵挑子，蹲在路边，一人吃了碗豆豉汤面。

这便是卢磊一入职巡警第一天。因是新丁，那日值夜也是他，在灵妃庙旁的警段房里，屋后是城墙，墙后便是湘江。夜静无声，江风扫过夜空，呼哨地响，这一日的一切，都像做了场梦一样。早上那一架，师父的嘱托，阴恻恻又不那么讨人厌的老陆，还有嘴碎得稀烂、通天晓地的陈二毛。眼前油灯灯影闪烁，他想起陈二毛回家前悄悄告诉他，"抽了那块砖，药罐子撑不过半夜。"

二、街巷烟火

1

药罐子果然没活到第二天早晨。是九将头帮他收的尸,一副薄棺,葬在了城北留芳岭,倒离卢磊一师父家不远。

此后,卢磊一随老陆去找过九将头两次,都是码头上的公事,二人寒暄喝茶,谈不上亲热,倒也不生分,聊起天来,似乎从没有过药罐子这个人。老陆还请九将头治过自家婆娘的偏头疼,九将头念咒画水,给老陆婆娘喝,能好几天。九将头话说在前头,这术治标不治本,像拿沙盖板上的钉,隔几日又露了出来,要治还需正经求医。

药罐子死后一个月,老陆唤了卢磊一带了壶酒去找九将头,二人醉了一回。九将头屏退了众弟子,老陆倒邀了卢磊一入席,半湘街胡三家的卤味,老陆买了四个油纸包,在九将头的棚里,开了壶,闷头吃喝。老陆是个闷葫芦,酒一杯一杯地干,一句话不说。喝到后来,九将头动了情肠,把话说开了。九将头说药罐子是师父家人,当初他逃荒到长沙,饿得瘫在路边等死,是师父把他抱回家,一天三顿米汤,吊回了一条命,所以师父家人,他都高看一眼。药罐子不争气,杀人偿命,他懂。他知道老陆性格,他的生意,老陆不图他,又不坏他,就是看得起他九将头。九将头连干了三杯,哇哇地哭,"我爹娘都没了,光绪三年（1877），哪有什么大旱，山西通省大半的地都种鸦片，全国都种，哪来的粮？没吃的啊，树皮刨尽了。我饿得躺着直哼，我娘饿得下不得炕，让我爬起来把供桌上供先人的一酒杯小米吃了，催我逃命啊。二钱的小酒杯，一杯小米，吃完了，我娘扶着床，叫我出门去，寻条生路。"

倒是秤砣正式拜了师，在九将头面前做了个跟班。掰折的手指早已正了骨，这少年皮实，俗语说，伤筋动骨一百天，而今看他给师父端茶送水，倒无半分不便。不论几时，见到卢磊一，远远地便伸手招呼，掌心一个黑里透红的焦疤。

老陆大名陆景轩，曾祖曾为进士，祖父是咸丰朝举人，书香之家，自父辈起家道中落，败在鸦片上。父兄早逝，老陆进衙门当差，走的是祖父的旧关系，从巡丁到巡捕，办了不少积案，积攒下名声。戊戌年湖南按察使黄遵宪实行警务改革，因无后台保荐，连个小分局官长都混不上，当了个巡察，后改为保甲局，便做巡丁。光绪二十九年（1903），保甲局改警务局，改革官阶体例。老陆是积年老吏，无人照应，凭资历按低里套，套了个三等巡长，救火队长出身的杨再力比他资历浅，却做了他的上司。

师父料得没错，果然需在城里租房，段长安排，一月有十天归卢磊一值夜。值夜从子时到辰时，除了偶尔摆平几个街面闹事的酒癫子，倒也清闲。天断黑，各家铺子就关了门，关门伙计拈着三根燃香走出店来，左、右、前拜三方，香插门口，一块块插上门板，邪魅便都挡在门外了。也是此时，九城的城门都关了，北边师父家，南边老陆家，都属城外，进不来，也出不去。子时的街上已极清静，除了摇铃或拨浪鼓、挂油灯走街卖吃食的摊子，少有行人。消夜是为住户准备的，店铺紧闭的正门旁有一扇活动小木窗，在叫卖声里刺地拉开，探出个人头，喊住刚刚过身的夜宵担，"一碗饺饵。"消夜挑子便回身，油灯下立在铺子前操作，接了钱，一碗热腾腾的饺饵送进小窗里，流动上门，立等可取。

卢磊一每夜从半湘街到下河街走个来回，或者打下河街穿马家巷到福胜街看一眼，再原路返回。德兴街两端拦上了栅门，有门子把守。这长沙许多街巷设了栅门，二更天关门，设了门的，都有门子，无须巡警管。马家巷里他是每天去看看的，那里住了个读书人，名叫李平文，家里经营着一家酱油铺子。据说此人年少时颇有才具，十六岁便考取了秀才，此后却一路考场蹉跎，屡试不第，四十多岁了，仍旧与科考耗着，夜夜读书破题到深夜。卢磊一无论几时巡到马家巷，李平文家的灯一准是亮着的。有时候卢磊一会进去讨杯水喝，看他房内历年优卷汇编堆积如山，李平文瘦高身形，钻研八股熬白了头发，长须垂胸，人情世故一律惘然，唯有八股是兴致所在，说起来眼冒金光。他会跟卢磊一讲那些精彩破题，"《制义丛话》里有一例，四书各首句：大学之道、天命之谓性、学而时习之、孟子见梁惠王。这是出题，你猜怎破，就一句言，'道本乎天，家修而廷献也'。果真是扼题之旨，要题之神啊。"卢磊一听得云里雾里，又听他喟叹，"好好一个时文，千百年取士之道，说撤就撤，寒了多少士子的心啊。"李平文咂着嘴，花白胡子随着铿锵语调一颤一颤的，"我钻研了三十多年，将将小成，倒没了用武之地，如今只能在策论上做做文章，悲乎哉，悲乎矣。"

这个卢磊一倒是知道，朝廷在光绪二十八年（1902）废八股，改策论，明旨下发。引得城里一堆秀才、举子到南城学宫号丧，被巡警驱赶，府里还请出了巡防营。这是老陆亲历，闲时与卢磊一说过，"那些个读书人，手上没半斤力，细柳秆子一般一推就倒，实不必启动巡防营。"

这样巡一圈，比日里巡街不过多些脚程，只是深夜，街上没有灯，卢磊一提着段上的油灯，一路慢走，灯光微弱，只照见脚下的青石板路。有月的夜里就好些，月光清辉能照出屋角轮廓，一路青石板反照着月亮的冷光，微弱又荒凉，仿佛与白天的热闹隔了一个阴阳。前方悠悠一盏灯火，忽闪忽闪地近了，传来轻轻的摇铃声，那是深夜卖油炸货的挑子。葱油饼、牛角饺子，卢磊一买来吃过，葱油饼外焦里嫩，一股葱香，牛角饺子贵许多，得现炸，内馅扎实，有胡萝卜碎、香干碎、韭菜碎与腊肉碎，在卢磊一看来，是富贵人家的吃食。卢磊一买一个只觉肉疼，可一口咬下，汁水四溢，面皮酥脆，内里萝卜脆甜，香干软糯浸着肉汁，韭菜提味，腊肉丁咸鲜，几味中和，似在嘴里开出花来。他只当尝鲜，不敢常买。更夫老蔡是每夜巡街时都能见着的，这个佝偻着身形的五旬老人，穿着一件从没换过的脏污烂袄子，打着个破灯笼，走一段，敲一敲手中的竹梆子，这夜喝没喝酒，只看他吼不吼。"各位街坊，小心火烛。"吼的声音又高又粗，带着浓重的宝庆口音，觉浅的人能被他吵起来，若没喝酒，他只默默地走，偶尔敲敲梆子，一声不吭，他要走的街比卢磊一少许多，只管下河街和下河街隔壁的太傅里。卢磊一买葱油饼，老蔡凑上来，便给他也买一个。

值夜到辰时，回租屋睡觉，睡到中午，仍旧回段上当值，顺便吃顿午饭。房东只管早、晚餐，没有吃中饭的习惯。

租屋是段长介绍的，就在半湘街上的姚记南杂铺的二楼，离警段不过几丈路。姚记南杂铺只一个老板娘，带着一个一岁的丫头，老板年前在湘江河里游泳被吸进了轮船底，被洋船的机轮绞成了几段。姚家婶子年纪轻轻就做了寡妇。

卢磊一租住在她家二楼的一个小间，八百文包吃住是段长定的价。

"不会亏待你。"段长杨再力一抹四季发亮的油黑脸,下命令似的说,"你也护着这孤儿寡母的安全。"

姚婶倒是一脸歉意,一定要减五十文,说这是孤儿寡母没有办法,不然一定在楼下腾间房,住楼上是慢待了警官。卢磊一懂她意思,老班子言,住楼下方接地气,这里头有讲究。挥挥手说不用减,安慰她自己不信风水,有个住的地方就行。

除却值夜的辰光,卢磊一每日仍是一早随老陆在小西门外站岗,站了半昼再巡街。老陆一副狗鼻子,走私鸦片的一抓一个准,抓了又放,像猫鼠游戏。老陆落了不少贿赂,依旧不分给卢磊一,卢磊一也不羡慕,这是人家的本事,一招鲜,吃遍天。

巡街巡到古潭街口便打回转,老陆不是每日都管谢二表要肉,大约半月一次。二人似有默契,无论摊前忙不忙,老陆喊一声,谢二表才似看见他,架上扯肉下来献殷勤,肉铺对面的益隆行,老陆每日巡街打回转时,都要踅进去喝壶茶,掌柜、伙计都殷勤,新到的金井春茶酽酽地泡上一壶,这茶街上陈记茶馆也有。点上一壶,便是雅客,嫌店里的佐食不爽口,可以叫店伙计跑腿,到外头买去,半湘街上的小吃任点,不收跑腿钱。益隆行的掌柜叫叶绍棠,浏阳人,一个帅气青年,无奈一脸烟气,伙计叫胡武,与卢磊一一般大,一身消息劲的灵泛人,店内大小事宜,倒是大半他在操持。还有那丫头,叫芬儿,听说是家主夫人的陪嫁丫头,叶绍棠若有意,将来是要纳作妾的。夫人卢磊一见过一次,清丽端庄,一看便是大家闺秀出身。若是叶绍棠没染上鸦片烟,这二人倒是像戏文上说的——一对璧人。

2

到了三月，湘江边的草籽花开了。卢磊一的薪俸领过两回了，每月发银四元四角，二元孝敬师娘，八百文租房包伙食，余钱自用。经了俩月，他对巡警这门行当总算有了些粗浅的认识。

巡警就是万金油，街面上的事情统管，除巡防一方治安之外，还需缉窃捕盗，盘查户籍，调解争端，疏通道路，查验烟牌，甚至会同厘金局收缴烟捐（鸦片税）。长沙合府三千八百家鸦片烟馆，光是小西门辖区就有大小百余家，陈二毛说，朝廷早年便号召以土克洋，全国种鸦片，抵制洋烟。国产鸦片又称土膏，各省各自为政，过卡抽厘，烟税极重，走私猖獗。去年湖广总督张大人施行两湖土膏统捐，每百斤土膏折耗二斤，余数每两缴捐七十文，缴清此数贴上印花便不再复缴，两湖鸦片市场为之稍靖。"张大人一心为朝廷，两湖统捐，一为靖安地方，二为夷子赔款，三为筹建湘南枪炮局，咱有了枪炮，洋人面前也立得直腰杆了。"陈二毛仍是通天晓地，消息也灵，像极了官家子弟。可要真遇了事，往往落在后头。

三月中，卢磊一请了农假，回嘴方塘帮师父家种早稻。快到清明了，已是播种的时节，师父家除了菜土，又有几亩水田，师兄师姐七人做得下来，都不必劳师父出力。师父嘱他不必回，可卢磊一不是个不晓得事体的人，年年干的活儿，正主儿都干，他这个编外更要出把力，不能穿上官衣便做官架势，平白寒了亲人心。此次回乡，去药王街的绸缎庄给师娘及四个师姐一人扯了一块花布做衣裳，姐姐们个个喜笑颜开。

三个师兄倒没那么讲究，每人送了一百文当孝敬，都是十个当十文制钱的黄澄锃亮的湘造铜币，师父平素不给零花钱，师兄们得了这些，也是开心。至于师父，卢磊一托人买了四两建条，福建产的上等烟丝，老贵。这一趟回家，两个月的积攒便花得清洁溜溜了，还被师父骂了，师父拿水烟壶装了一撮建条，点根香，一边吸一边数落。"自己要留钱，拿着俸钱盘算着过，存起来，以后要对亲、要成家都指着这上头，可不能靠师父，师父三个崽要管，把我称斤卖了也顾不上你啊。"师父吸着烟，"你师兄、师姐也不用惯着，这回带了东西，下回带不带？你一月四元俸银，孝敬我二老是该当，你还要租房，须将有日思无日啊。啧啧啧，这烟好，醇。"

卢磊一立在一旁没口子称是，末了又问："那这建条下回我买是不买？"

师父眼一瞪，"间常子（偶尔）买点，该当你孝敬我的。"师父摸摸头，"可也不能把我这嘴养刁了。"师父顿一顿，"我的功夫你学尽了，还有一套辫子功，回头教你。"

几亩水田，八个人干活，实不费时辰，住得一日，师娘便催卢磊一走，"不要误了正业。"

第二日早饭，倒是一桌人围吃，当中一碗辣椒萝卜，主食是红薯丝饭。师娘独给卢磊一煮了碗面，豆豉煎蛋汤做底，师兄师姐们也不艳羡，各自埋头吃饭，做弟弟的吃个小灶只当寻常。卢磊一倒吃得艰涩。出得门去，走出老远，一回身，仍看见师娘站在坪中打望。

卢磊一抄近道，进了湘春门从内城上了城墙，沿城墙往江边走，穿过长长一截保城堤，下了堤，上了草河街，远远看到路中央围了一圈人。挤进人群里一看，只见一个中年人颓坐在地上，两个巡警正给他系捕绳，地上那人背影看着熟悉，绕到前头看——竟是当日打劫洋人的酒癫子！醉得不省人事，大马路上坐着睡，任由巡警绑他。"弟兄，绑他干吗？"卢磊一自报身份，问道，"酒癫子一个，扔在路边醒酒就好了嘛。"

"酒癫子我们不管。"为头的巡警一脸严肃，"可他铰了辫子，总得带回去问个明白。"

"你也是认真，现在这上头管得也稀松了。"卢磊一叹道，请二位巡警稍等，到街旁铺里借了一桶凉水，哗啦一声自酒癫子头上淋下。酒癫子一个激灵，迷迷糊糊睁了眼。又打旁边茶摊上买了大碗茶，扶着酒癫子灌下，灌到第三碗，酒癫子眉头一皱，翻过身来，以手撑地，哇哇大吐，喷泉一般，一股酸臭味在街面上弥漫开来，众人纷纷掩鼻。酒癫子摇摇晃晃起身，总觉不便，低头一看，绑了一半的捕绳尚垂在身上。酒癫子勃然大怒，对着当头的巡警就是一脚，"我乃岳州信字营教习陈作新，敢绑我？"酒癫子从怀里掏出两个肩章，红底盘龙纹，中嵌两粒镏金铜纽。"我是地面上管的吗？"卢磊一认得那肩章，上月陪段长请巡防营的弟兄吃饭时见过，教习不教习的不说，戴这肩章的，至少是个新军排长。

"老鳖酒癫子。"卢磊一上前去给酒癫子解绑绳，那厮一愣，瞪着眼睛看着眼前这个少年，认出来了，一拍卢磊一肩，"小鳖整老子，倒老子一身水，冷咧。"

卢磊一将捕绳还回去，摇了摇手，示意他们走，回身来扶兀自东倒西歪站不稳的酒癫子。"喊台车咯，要晓得招呼。送我回去。"酒癫子嘟囔着。

"你出钱，我就喊。"

"我出，我出。"酒癫子哈哈笑，"我还要请你吃饭，我们还没分赃呢，小鳖是不是？"

3

卢磊一没想到，酒癫子的落脚处就在半湘街上的陈记茶馆。回段上跟老陆说起，老陆倒识得他。"陈作新，浏阳人，曾入兵目学堂学习，做过新军炮军协排长，去年去岳州信字营当教习，协军校同七品，论位阶与县署相当，此人文武都来得，就是太好酒。"老陆摇着头，"陈记茶馆是他的产业，在这条街上开了十年，得亏他侄子操持。"这卢磊一倒没想到，这个有新军二等副校衔的酒癫子，竟是陈记茶馆的后台老板。

不久后的一个雨夜，卢磊一刚夜巡回来，陈作新便踅进了小西门警段，"小鳖，我来看你啦。"

陈作新将手上拎的油纸包放在桌上，"我在茶馆楼上，看着你打街上过，喊你也不应。"

"子时过后，听喊不回头，怕是鬼叫人。"卢磊一一笑，"特别是酒鬼。"

陈作新仍是一身酒气。油纸包摊开来，花生米、卤肉、茄干、辣薯干摆了一桌，都是茶馆里的佐食，又拿出一瓶酒，拿眼四处睒，在茶水台子上寻了两个杯子，倒了残渣，也不洗，咕嘟倒上酒，一举杯，"一遇是巧，二遇是缘，前几日出丑了，多蒙兄弟解围，在下陈作新，字振民，岳州信字营教习。"油灯下，陈作新眼神诚恳，朝卢磊一一揖，仰着脖子一口干了，拈了粒花生米吃，觍颜一笑，"不过我刚刚离职了，和都统意见不合，不干了。"

见他做派，卢磊一只得陪着抿了一口，也通报了姓名，倒问出了心中的一个疑问，"你也有一份身家，够吃够用，那日为何非得劫那几个洋人？"

"不劫他们，岂不是坐实了寻仇。"陈作新拈起一块卤肉，放进嘴里嚼，嘟囔着说，"洋人本就无事三分理，回头又去码头寻苦力的麻烦。劫个财，混淆视听嘛。"

陈作新又给自己倒上酒。"对了。"他伸到怀里掏摸，掏出一只怀表，镏金表盘，顶上钮一按，嗒的一声开了，表面在油灯下反着幽光，"劫的钱都花了，就剩这只表，原说分赃的，表给你。"陈作新不由分说将表塞在卢磊一手里。

卢磊一看着那表，喜是喜欢，西洋物件，就是精巧，段长杨再力就有一块。一根链子挂着揣怀里，时常大街上拿出来看钟点，那神情，假看时间真炫耀，可是……

"这东西，怎么用。"卢磊一忸怩了半天，轻声问。

"我教你。"陈作新哈哈大笑。

那夜喝酒喝到半夜，陈作新一杯接一杯，拿酒当水喝，喝多了话就收不住，说自己与都统的矛盾，说变法，说谭嗣同、唐才常，"我当初要考时务学堂的，被人拦住了。"卢磊一听得直咋舌，他说的那两人，可是被朝廷砍了头的。陈作新又说科考弊政，自己初从文，八股文章也作得，屡试不第，替人代考，倒五考三中，得银三百余两。"当年雍、乾朝，科举弊案一出，千百人头落地，朝为田舍郎，暮登天子堂，寒门子弟的一点盼头都在这上头。如今八股文章染铜臭，这大清国最后一块净土都失掉了。"陈作新饮尽杯中酒，愤愤说。

卢磊一只喝下半杯，已经不胜酒力，也敞开了，说起了自己的身世，说起了师父与师娘，说起了老陆与九将头，将他浅薄的阅历倾了个干净。最后，他说起了李平文，那个半生陷在八股文里的秀才。他已经会看表了，掏出怀表一按，嗒的一声，表盖开了，时针指向三点，"你信不，马家巷里，李平文家还亮着灯。"

酒已经喝完了，油灯下，陈作新面色凝重。半响，才幽幽说道："心有冀望是好事，但有时候，执念能杀人。"

酒尽人散，陈作新走时，卢磊一问了最后一个问题，"你那日劫洋人，拿的那个东西是啥？为什么洋人那么怕？"

陈作新哈哈一笑，一撩长衫，从背后掏出那个东西，横拿着，伸在油灯下给卢磊一看。"这是左轮手枪，日本造，明治二十六年式，六连发，打在身上，一枪一个血窟窿，要害处一枪毙命，洋人认得，能不怕？可怜我那日追你，为避人耳目抹了一脸河泥，腥臭得人直想呕。"陈作新笑道，"哪日你得闲，教你用枪，拳快刀快终不如枪快，庚子年，洋兵三万人，打八万帝都守军加三十万义和团，势如破竹，如入无人之境，就为有枪。"

陈作新叹了口气，走进雨里。"没喝够，回家接着喝。"黑暗中传来他幽幽的话音。

卢磊一坐在桌前，看着一桌吃食，酒意上头，倒没了胃口。今日陈作新说的话，大半似懂非懂，倒觉得他是师父嘴里常念叨的那些圣徒，懂市井，又高于市井，懂江湖，又不入江湖。这人整日醉酒，大约是一种避世吧。

三、偶破奇案

1

这月底，臬台衙门出红榜，正法四人。总共三个案子，其中一个是老陆、卢磊一二人破的。

那一日下午二人巡街，正撞见半湘街卖卤味的胡三家老爷子出殡。噼里啪啦的鞭炮引路，胡三披麻戴孝举着孝幡走在前头，八大金刚抬棺在后，再往后是吹打班子，两台板车，拉着到坟上烧的衣箱与纸人、纸马。胡三是独子，老爷子中风三年，两口子日日伺候，在这街上倒有孝子的美名。

也是凑得巧，棺材经过街边炸春卷的刘二满爹的摊子前时，摊后楼上落下一只猫，打翻了油锅，一锅热油泼向抬棺的金刚，棺材咣当落了地。棺面钉着棺钉，倒是无事，底板却莫名其妙地掉了，胡老爷子的尸身滚了出来，蒙面巾掉落，孝眷、抬棺的手忙脚乱，街上众人吓得四散惊逃。卢磊一站在边头，倒是不怕，指着尸身跟老陆说："他怎么睁着眼？"老陆也发现了，蹲下身子。"嘴里塞了东西，你抠出来。"老陆手指勾了勾。

卢磊一蹲了下来，看胡老爷子嘴巴半张，嘴里黑乎乎的一块，伸手去抠，抠出一块沉甸甸的物事，擦一擦，露出银子的本色。"银子上头裹黑糖吗？"卢磊一回头冲着老陆笑。"是鸦片。"老陆幽幽地说。果然是狗鼻子，卢磊一暗忖道，但见老陆已大步流星地走向举着孝幡在街面上发傻的胡三，一脚踹在肚子上，孝幡倒了，人踹出两米远，倒地蜷身像只狗一样地呜咽。老陆解下捕绳，给胡三来了个大绑，回头，远远地喊卢磊一，"把他婆娘也抓了，带回段上。"

听过事情原委，段长杨再力极孝的一个人，脾气上来，捏碎了一个杯子，嘱咐老陆，"先打，再问。"老陆铁青着脸，带着几个巡警，拎着警棍进了监房，将胡三夫妇劈头盖脸一顿打。足足打了半个时辰，胡三身上没一块好肉，胡三婆娘白白胖胖，打晕过几回，泼一桶冷水，浇醒了又接着打，二犯哭着求饶，要招供，无人理会。

打完再审，写供状，着二人画押，押去县衙。知县谓兹事体大，连夜转人犯至臬台衙门。

胡三的招供，不过应了"久病床前无孝子"那句话。老头子中风三年，儿媳越伺候越生怨气，到得后来，那婆娘开始撺掇胡三"办了他"。初时胡三还打过婆娘，婆娘就一哭二闹三上吊，消气了接着撺掇。闹来闹去，老爷子听见了，将胡三唤至床前，说此生没吃过鸦片，弄几两鸦片来，让他吃个饱。鸦片弄来了，配着酒吞下，胡三不忍看，出去了，婆娘在床前候着，怕老头不死，想着古人吞金自杀，且再加个保险，又掰着嘴放了一块银子、一坨土膏，再灌半碗酒。那银子卡在喉咙里，上不得，下不得，竟不知这胡老爷子是被鸦片毒死的，还是被银子噎死的。

仅几日，胡案具结，胡三两口子连同另二名人犯，五花大绑，押至浏阳门外行刑。二人定罪判词却是蹊跷的"哥老会帮众，多行不轨事"。

另二名人犯，一位是大名鼎鼎的哥老会回龙山堂头目马福益，节制着湖南、江西两省会众十万人的狠角色，弄了批枪，要在长沙举事，谋逆大罪。又一位，却是个贼。去年秋冬之交，一个雨夜在育婴堂门口偷了弃婴脖子上的一串铜钱，被走街的更夫发现，逃出几十步，一道闪电劈下，劈了个正着，没劈死，被巡警拿办，身上搜出禁书《通天锁钥》，衙门前戴枷行刑时，又被人指认此人早年做过土夫子，掘坟无数，这是重罪。呈报上去，批奏立决的文书前几日才到，这贼皮实，身子将养好了，再上刑场挨一刀。

此中重要人犯，为回龙山堂马福益。据说是听闻回龙山堂帮众正筹划营救，巡抚端方下令即决，调了巡防营并抽调各段巡警沿街警戒。小西门警段，派了陈二毛。

那一日是光绪三十一年三月二十一，陈二毛当值归来，已是下午。他寻着卢磊一，足足吹了半日牛，卢磊一听得兴起，还请他去甘长顺吃了碗面，虽只是骨汤肉丝，但对于卢磊一来说，无论如何都是大手笔了。

陈二毛抽调去当值，原本驻在浏阳门里，与人对调，进了法场看热闹。这回行刑的刽子手请的是湖南第一刀邓海山，人称邓一刀，大高个，人木讷，孔武有力，一身阴气，砍头无数，又快又准。肯使钱，一刀下来，头断皮连，好收敛。

陈二毛说，那偷钱贼早年下地太多，沾多了阴气，一身病，又有烟瘾，在长沙做个贼老倌，这回偷弃婴的防身钱，老天有眼，合该被雷劈，为一吊铜钱丢了命，在刑场上直喊冤。"发一冢，开棺见尸者绞，这是大清律上写着的。他做土夫子，挖了多少坟啊，不冤。"陈二毛说。

陈二毛又说，马福益确是个英雄角色，从始至终威风凛凛，仰头挺胸，砍头时，拉辫子抻直了脖子，眼闭着，像睡着了一般。

胡三倒是全程战栗，知道小命不保，赌天咒地，结结巴巴地骂婆娘。

邓海山一刀下去，人头落地，瞪着眼，嘴一张一合，在地上啃土。

至于杀胡三婆娘，监斩官大约也是接了令了，此等人伦要案首恶要折磨，着邓海山换大将军刀。那刀没开刃，邓海山斩一人四两纹银，用此刀得加钱，胡三婆娘路上就晕了，用水泼醒，号啕大哭，最后一个斩她，已嘶号得哑了声，一根肥肉堆叠的颈，邓海山六刀才斩落，竟是斫断的。

"胡三两口子，为什么是定的哥老会？"面端上来，卢磊一问。

"巡抚老爷定的，想来是看这案太龌龊了，快杀以平民心。呈报上去，还要三法司核拟，皇帝勾决，像那个土夫子，去年报的，今年才杀。"陈二毛拿筷捞面，吹着气，"再说了，皇上以仁孝治天下，如今长沙出了人伦大案，报上去，也落不着好，搞不好治个礼教废弛，合府官员受罚，不如定个匪党邪教，就地正法，也大快人心。"

卢磊一又问这就地正法怎的这么好用，居然不必上奏便可便宜行事，那可是人命哪。陈二毛一嗤，道那是咸丰年，遇太平天国事，咸丰帝谕示各省便宜行事，遇匪类、马贼、游勇、会党，可先行正法，此为就地正法之由来，此法好用，各省一直用着吧，这些年，会党举事的还少？

重挑肉丝面，加个卤蛋，要十文钱，比一般面馆可贵些。那汤底确实好，说是鸡骨加大骨熬的，又舍得做底，碗底撂坨猪油，汤面上能看见油花，到底是有名头的老店，这钱花得不冤。陈二毛吃得将将好，卢磊一却只觉开了下胃，倒不好意思再点了。吃完面，陈二毛忽然面色严肃，问卢磊一平素在哪儿过早，听闻是在姚婶家里吃，面色才松弛，"小西门管地，只有两家的面吃得，一家是德胜街姚胖子的狗肉面，那东西懒，靠打野狗做浇头，一月里倒有小半月不出摊；还有一家在半湘街上，是陈记茶馆的炒码干面，其余街面走摊街边卖，或者开店卖的，都不要去吃。"陈二毛切切嘱咐，卢磊一诧然，陈二毛却讲出一番道理，"那些面馆放罂粟壳熬汤，汤底看着清淡，却极鲜，吃多了会上瘾。"陈二毛咂着嘴，仗着号衣在身，向旁边的食客讨了一口槟榔来嚼，碎碎念："饱吃槟榔饿吃烟，宁吃槟榔莫吃土。槟榔还能驱风寒除瘴疾，吸烟土可坏人了。"

2

陈二毛倒不小气，第二日便来回请，请了卢磊一去陈记茶馆吃面。此处卢磊一屡屡巡街路过，却不曾光顾，知道是陈作新的产业后，倒起了意，好歹得人一块怀表，有生意在自己地头，应该照顾。一去才知道，茶馆生意如此火爆，一大早便座无虚席，食客多是相邀而来，一桌一壶茶，再点面，茶馆还奉送两样吃茶小食，多是瓜子、干梅一类。不想吃面，若愿使两个小钱，还能差伙计去外头买，葱油粑粑、糖饺子、春卷、包子、饺饵，这一条街上的吃食，都能吃到。

陈二毛一看便是老客了，督着伙计在外堂通厨间的过道边支了一张小方桌。二人坐下，点了面，又着伙计插队，"不喝茶，有公务，我们的先搞。"陈二毛官架子拿得十足，伙计也应了。依旧上了一壶碎茶末，提冷着大茶壶当面沏开，又端上两碟小食，"警官辛苦，小店奉送。"

等面的空隙，卢磊一四处打望，看到柜上，却眼前一亮，恰似在满眼黑黢黢的糟污男人间，看着一枝翠柳。那是芬儿，着一身天青色碎花夭裙，正倚着柜台，她两颊红嘟嘟的，蹙着眉，杏眼低垂，似在想事情 柜上有个食盒，她怕是来给家主打面回去的。卢磊一正待上前打招呼,那边厢芬儿的外带已经端出来了,热腾腾的两碗干面,上头盖着油汪汪的浇头,芬儿小心翼翼地装进食盒,拎着便走,果然是大脚丫头,平日没少做活儿,沉甸甸的食盒拎在手里倒显轻松。卢磊一自失地摇了摇头,想着贸贸然叫人家也是孟浪,又复坐下。

却听一声惊叫,卢磊一扭头望去,是芬儿,正站在一桌茶客边,茶客三人,高声浪笑。芬儿脸涨得通红,卢磊一立起身,却见芬儿杏眼眯起,一跺脚,撂了食盒,面撒了一地也不管,抄起桌上一壶滚烫的茶,一把甩在眼前茶客的脸上,茶客没提防,正中额头,壶破水溅,烫得哇哇大叫。旁边的茶客惊站起,一把抓住了芬儿,凶神恶煞般,芬儿杏眼圆睁,却是不怕。

那茶客也是作死,好抓不抓,搡着芬儿的肩,茶客使了暗劲,掐着琵琶骨,芬儿挣不脱,便使脚踹。有伙计来劝,另一个茶客却是个蛮人,怀里摸出一把刀来,伙计也不敢动了。卢磊一早已悄然上前,见着茶客亮刀,心下更生憎恶,从背后欺上前去,双手接着那蛮人的手一个小擒拿卸了刀,双手挤按直按得那人跪在地上,犹不解恨,身势下沉,听着咔嗒一响,腕骨断了,那蛮人疼得在地上翻滚。卢磊一从地上拾起刀,转身,抬刀指向那掐着芬儿的茶客。那茶客也是呆了,兀自愣神间,头上挨了一记狠的,原是陈二毛摸到他后头,一茶壶砸在后脑上,那厮眼一翻,烂泥一般往地上瘫。

"当众调戏女子,半湘街哪儿来的这号不要脸的角色?"陈二毛砸翻茶客,整了整号衣,冷着张脸,大声发令,"来几个人,把他们绑了,送段里去。"便有那爱热闹的街混子一拥而上。

"芬儿,你可还好?"卢磊一倒没再管,只顾着上前看芬儿状况,小丫头发乱鬓歪,襟口开了,露出一截泛红的粉颈,人却是全身紧绷,如一只受伤的小鹿，望向卢磊一的眼神初时警觉，渐渐放松，大颗的眼泪突然涌出，顺着腮汩汩流下。芬儿嘟了嘟嘴，啊的一声放了声，大哭起来，卢磊一手足无措，正为难，陈二毛踅过来，"傻子，带她去冲凉水。"陈二毛搂着卢磊一的肩跟他咬耳朵，"看你个雏儿相，茶那么烫，我手都起泡了。"

那三个茶客已经被捆成了粽子，就撂在茶馆地上，衣衫破烂，想来方才街混子捆人的时候，也夹带了一点私货。陈二毛喊了几个脚夫班子 半拖半抬，自带回段上。二人分头走，卢磊一送芬儿回家，他已经带芬儿冲过冷水了，又在烫伤处滴了麻油，卢磊一护在她身侧，一手提着空食盒，一手虚虚地抬着，怕人挨到芬儿，自己又不敢碰她。"磊一哥哥，我没那么娇气的。"芬儿已经缓过劲了，扑哧一笑，抬头望着卢磊一，杏眼里都是笑意，这丫头心也是大，刚历了事，转身便忘了。

出了门，见谢二表站在门口，手里拎着一把杀猪刀，望着抬远的三个人犯愣神，眼里尽是冷光。谢二表转头看见芬儿，打量了两眼，又看向她身边的卢磊一，掉头便走。

再回到段上，只听号房里杀猪似的叫，却是陈二毛撺掇着几个员警拿那三人练手。段长出去了，陈二毛道已经通禀了段长，杨再力言此等小事他不管，交给老陆，大小由他拿捏，上不上报也由他。看着那为头的穿着不错，消遣几日，榨点钱出来。

老陆接了令，转手又还给了陈二毛，如今陈二毛专责此事，学了段长做派，先打后问，已经打过两遍。此番卢磊一回来，与陈二毛一起进了号房，三个人犯求饶不止。为头的是一个胖子，满头燎泡，小鼻子小眼，脸肿得眼睛都睁不开了，自谓是醴陵瓷商，大号李金七，此番来长沙找买家，在茶馆里是不小心碰了那丫头一下。"那是的，你这鳖一看就是个老色鬼，"陈二毛呲呲道，"不是不小心，就是有心。"

"情愿受罚。"那李金七头如捣蒜。

"你受得起吗？"陈二毛一嗤，板起脸来背书，"大清律载，调奸妇女者，厥罪应绞。手足勾引者入情实，语言调戏者入缓决。"

说得那胖子一脸蒙。"听不懂？当街调戏妇女按律要吊死！呈报上去，秋后便处刑。"陈二毛道。说得那三人都大骇，伏下身一个劲地磕头，陈二毛依旧呲呲而言，"你们睁开狗眼看看，这位可是小西门一等一的巡警，刚刚破的半湘街奇案可有耳闻，案犯二人前几日都已经明正典刑，用的是湖南第一刽子手邓海山的快刀，切人头如切萝卜，那叫一个飞快。"

连恫带吓，把几人吓得一佛出世，二佛升天。从号房出来，陈二毛才与卢磊一言："这回可弄了一注大的，你说他们出多少才放人？"

"不放。"卢磊一咬着牙说。

胡三夫妇虽作逆党斩了，段上破案的功劳不可没。不几日，区局奖赏下来，此案警员杨再力、陆景轩、卢磊一记功一次，发给功牌，加饷一元。区局警官亲自到段颁奖，那日中午，杨再力就在段里办了一席，依旧是请岳父老刘头包办，六荤四素，十名警员全齐，陪官长吃席。官长是区局的头，衔号警官，从九品，人长得白白净净，很是斯文，据说是湖南警察学堂的一期生，举杯先训话，尤其勉励了几位后生，直道后生多学，大有可为。此人说话文杂缠绕，听得人云中雾中，卢磊一听明白了一句，"记功三次，拔升一级。"

浮梁店主人言：这便是我初入职的头三个月。巡警是个万金油，街面上的事情统管，也因此看见众生、烟火、苟且、不堪。十七岁，对于一个人来说，是涉世之初，对于一份差事来说，是入新雏儿，而开眼界，不过是污眼界，我有我的执与痴，在我经历的境遇里，还未被改变。

那三人果然是没有放的，杨再力不管，老陆、陈二毛都给我面子，就在号房里关着，只一个断了手的，陈二毛寻人来接了骨，怕拖着不治，真给弄坏了。有人来保也没放，陈二毛仗着段长的势，直言案情不清，调奸妇女是重罪，怕放了抓不回。陈二毛说得没错，只是隐去了一条，"调奸妇女"后头还有一句"致妇女羞忿自尽者"才按律当绞。此间，我倒每日去益隆行转转，芬儿好好的，见着我还笑，也不是个要寻死的模样。事过即忘，没心没肺，那笑容，倒挺感染人的。

长沙育婴堂，在善化县境内，雍正二年（1724）建，为收养弃婴的官办机构，今天育才小学前身。育才小学仍在南元宫，前些天，我闲逛走去看过，正是放学时节，学校门前聚了一堆接孩子的家长，如今的孩子们可幸福着呢。

长沙到如今还有吃早茶的，都是如我这般的老班子，倒不似从前那般讲究了。早点摊热水壶桌案上排上一排，一个茶筒里装满茶碎，吃过早点的食客们自带杯子，舀一勺茶碎，开水酽酽地泡出来，喝茶聊天，一聊聊半晌。我也去喝过，去过一次，不再去了，茶不好，人也不合适，他们与我差着辈，我也不知道聊什么好。看着那一杯满是浮沫的茶，我会想起陈记茶馆，却更想益隆行，芬儿泡的金井春茶，那一袭碎花轻衫，伊人带香，开水一条银线般汩汩而下，激得嫩茶翻滚，根根分明。那样的情景，如今再也没有了。

今日到此，下回再叙。

第二章：谁言今宵月夜明

浮梁店主人言：浮梁店里有好茶，好茶招待有缘人。我是卢磊一，一个老不死的。茶客进来听故事，我且书接上回。半湘街我是一个月就蹚熟了，蹚熟了地界，不一定能蹚熟人情。人心的复杂幽深，教人咋舌，人情做缚，往往身不由己，让你以为万万不可的事情，最后却有非做不可的理由。

还是光绪三十一年，半湘街上风平浪静，城里的新鲜事可不少。听说四月巡抚老爷端方奏请朝廷，将常德、湘潭两地开埠，又听说湘潭县锡箔业的工人罢工，几百人闹得凶，知县与县绅出面调停了。还听说湖南洋务局照会英国，说英国人办的长沙矿务公司不合条约，勒令停办，这可是和洋人正面硬刚，合省赞叹，连茶馆喝茶的老先生都喝上早酒了，说这洋务局真给湘人长脸。

这些都是陈二毛告诉我的，我初时不爱听闲话，邸报也看得少，他却是最爱这些的，他还说长沙今年新设了电话局，抚、藩、臬、府和两个县衙、巡防营再加几个官办学堂都通了电话，一个铁匣子，足不出户，便可传音，据说月费五元，却不知几时段上也能装。

浮梁店里一壶茶，茶过二遍，余味犹存，且听我细细说吧，今日我说昨日我，昨日我非今日我。

一、买钏遇匪

1

办了一桩大案，出过一次风头后，大家又似都忘了这件事，循例当差。那一年雨多，城里每条街道都是一条排水沟，根本抵不住倏忽而至的暴雨，街面积水严重，半湘街与下河街倒还好，略斜的街势，以小西门为低点，雨水下流，顺着小西门往码头上淌，只要湘江不漫浸，不需忧愁。其他街面上的巡警可没这等好处，巡街得蹚着水过，陈二毛巡德胜街，叫苦不迭，每天走几个来回，脚都泡发了。

老陆每日仍去益隆行喝茶，或抽一袋水烟，偶尔进里屋去看看，查验安防。鞭炮商行与油行一般，须防火，修屋时就做了预备，石库门、石阶台、封火墙，天井三个大水缸，方便走水时取水灭火。一进的二层砖瓦加木结构的楼房，进得屋去，走檐下绕过天井，南面是厅，后为主家卧房，西面靠城墙，做了饭堂与厨房，北面隔出几间，是样品仓库与下人房，样品存量不多，一些小烟花，客人验货时，拿去河滩上放。真正的仓库在浏阳门外，围着围栏，圈着两个水塘，养着恶犬，专人值守。"座椅没有靠背，一点火星子都不能有。"掌柜叶绍棠说。

女主人在里屋，轻易不出来见客，偶尔走出门来，见了生人，福一福，又进屋了。只有丫鬟芬儿陪她。"内人好静，无事时教芬儿识字，背背诗，又或做做女红。"叶绍棠讪笑着，"毕竟是带过来的丫鬟，当妹妹疼。"叶绍棠打着精神陪着二位巡警，不能久说，说多了犯瘾，直打哈欠。

卢磊一听了，心有戚戚焉，再看芬儿，又似亲切了几分。他六岁上头，被师父送去思贤讲舍做学徒，人还没有笤帚高，每日打杂，抹桌、拖地、洗碗、烧火，那是师父与时任思贤讲舍主讲张登寿之约。师父给思贤讲舍送菜，张登寿虽习文却也好武，学的是北派，每日晨练一套太祖长拳，师父偶尔点拨他两招，结下香火缘。卢磊一六岁，师父接张登寿到家吃了顿饭，请张登寿做卢磊一的文师父，"这孩子灵泛，学什么都快，田边捡来，养了三年，光绪十七年（1891），才送去信义会蒙养院。那一年家景太荒，一大家子口粮压得我喘气不赢，送他去，你嫂子还跟我吵了一架，我抱着他出门，她追了四里路，在蒙养院放了两年，家境好些了，拗不过你嫂子，终是抱回来了，时不时叽里呱啦说话，居然学了洋人的话，还教我呢，'特立鹅是三，飞了是四'。说那是挪威人讲的话。"师父指着立在一旁的卢磊一与张登寿调侃，"单说武上头，一套二步段一遍就会，你说你学了多久。"张登寿矮矮瘦瘦，只是笑，不应声，最后师娘出来，端起师父的酒杯，敬了张登寿一杯，酒杯放下时，柔声说："张师父您帮忙，这孩子不姓杜，可吃过我的奶，就是我的孩子。我生了七个，奶了八个，谁是做田的料，谁能读书，做娘的心里都清白，哥哥们都上的蒙童馆，学了几年没的出息，磊伢子比哥哥们聪明，您收了他，间常教教，不求富贵，认得几个字，能作得篇文章，也多条出路。"

师娘一番话，说得师父与张登寿都愣怔了，师父脸上阴晴不定，想了半天，终是下定决心，饮下一杯酒，拉着张登寿走出堂屋进了地坪，立在一棵桃树旁。"你肯收他，我教你这招。"师父说罢，甩手打出一拳，看着轻飘飘却极快，拳钉在树干上，咔啦一声响，碗口粗的桃树断了。

那日饭后，张登寿牵着卢磊一出的门，将他安顿在思贤讲舍。准旁听，不准进屋，杂事须勤做，夜间，拨出一个时辰，教卢磊一识字念书。

身世飘零，终有人疼，有人照应，何其有幸。

张登寿教了卢磊一五年，不教八股制艺，只教识文断字，所藏杂书一概准看，不解之处随问随答。张登寿有功名，后来补了实缺，去湘乡做县令，偶一回长沙，师父便带着卢磊一提着礼物上门拜会，张登寿人极和善，总要置酒留饭。有一回喝到兴起，道了实情，他知道当年师父那一招他学不会。"我虽不会武，但识武，那是通背拳的路子，童子练起，没几十年功力打不出。"张登寿哈哈大笑。师父讪笑着陪饮，讷讷不语。

某一日，老陆兴起，又趑进益隆行里间巡验安防，叶绍棠且陪着，一趑里间，便听见家主夫人叶李氏在南面阁楼上教芬儿背诗，芬儿背得磕磕巴巴，"别路云初起，离亭叶正飞。所嗟……所嗟……"

"所嗟人异雁，不作一行归。"卢磊一在楼下高声应道。

一会儿，阁楼栅栏上扑出一个身影。一张粉嫩清秀的小脸，轻声呼喊着，"磊一哥，你来了。"

2

卢磊一第一次见到老陆的笑脸，已是五月。大师兄进了城，给卢磊一带了个新鲜物事，本也是卢磊一托他的，终于给办到了。是一只猴面鹰，活的，掐翅绑腿给提拎着来。

老陆此日休息，卢磊一跟段里告了半天假，带着大师兄直奔老陆家。老陆家在南城外灵官渡旁的百福巷，一栋砖木混建的老屋，是陆家祖业，祖辈阴功后辈分，开枝散叶，越分越薄。房子如人，也需打理，久不修葺，墙顶上都长出草来了。

老陆挑水去了。陆婶正在院里剁肉，见了卢磊一，放了刀，笑着招呼，便去泡茶。此处卢磊一来过几次，老陆是带入行的师傅，卢磊一每次回乡，时令菜蔬总要提一篮子上门的。陆婶高壮一妇人，极热情。

卢磊一让陆婶不要忙，将猴面鹰递了过去，嘱道杀了喝血，治偏头痛。他听的偏方，也不知道有没有用，陆婶听着哈哈笑，直道难为他有心，掐着翅膀接过猴面鹰，屋角寻个麻袋，扔进去，系了口，挂在梁上。

卢磊一领着师兄退了出来。大师兄此番进城还有正事，着急去办。大师兄二十了，早该对亲，无奈兔唇兼之幼时出过天花一脸麻子，又继承了师父的矮胖身形，相了许多家，终是不成。今年对了巴马洲开渔行的孙家满女，倒对上了，此女相貌周正，幼时一场病成了长短脚，拿了八字来合，竟合了六个，是极般配了。只是女家提出买个镯子做聘，要金的，言明一两二钱的凤镯。单要这一样，道是女儿自幼体弱，金补气，给她戴。孙家的话说得开明，"镯要常戴，只要一只，戴双手不好干活。"

师父箱子底掏尽，出了十二块银圆，着大师兄进城买个金镯子。

卢磊一在段上寻陈二毛打听过。"去永泰金号，在坡子街口，老字号了。"陈二毛是包打听，问明了原委又咂嘴，"钱带少了，一两二钱的凤镯，金银价是十兑一，一块银圆七钱二分，需十六块多，还不含工价，凤镯费工，多半也要一元。"卢磊一身上有两元，又问陈二毛及其他没上兄弟借钱，零零碎碎凑齐八元，多些富余，实在是怕到店买不起。大师兄跟在后头直作揖，一句话也说不出。

去金店的路上，大师兄倒说开了。他管卢磊一叫弟弟，直道爹娘说得不错，弟弟灵泛人，这官面上一下就混开了，这么多钱，说借就借到了 弟弟送他的一百文，他都觉得金贵，一直没舍得花。

果然，金价一日一行情，工价也贵，一两二钱的凤镯，花了十七元七角又四十文买下。一个金灿灿的镯子，绣盒装着，大师兄竟手足无措。没拿过这等贵重东西，揣怀里显形，在金店门口踅摸了半晌，竟要解下腰带藏裆里，卢磊一看着好笑。

旁边踅来一人，拍了拍卢磊一，"小鳌有钱哪。"

竟是陈作新，今日居然没酒气，还拾掇了自己。簇新的素长衫，外罩菊字纹天青马褂，戴着副墨晶眼镜，头发仍是披散着，将将及肩，倒有几分倜傥。"被人盯上了，我们送他回去，"陈作新低声说，又哈哈笑着，"藏裆里多臊气啊，就放怀里。"

"其实不用的。"卢磊一笑道，与陈作新打几回交道，也亲切了，"老兄有事便去忙。"

"忙完了，陪小鳌走走。"陈作新拍着卢磊一。

3

三人并不赶路，一路闲走，大师兄抱着胸闷头走在前头，陈作新、卢磊一走在后头，凭陈作新的指点，卢磊一也慢慢瞧出来了，确有人吊着他们的尾线。初时二人，后来四人，不断有人加入，快出湘春门时，跟着的已有八人。

"一只金镯，实不必劳烦这么多兄弟。"陈作新打趣。

"老兄没过过穷日子，十七块银圆，十三四石米，能装半屋了。"卢磊一回怼他，又搔了搔头，"只今年这年景，怕会米贵，装不了，装不了。"

出城不远，路上行人越走越稀。卢磊一放着敞路不走，偏拐进了小王家巷，走至巷中，听着背后追赶的脚步急了，索性停了下来，反身立等。

八个痞棍追了上来，为首的一个矮矮壮壮，瘌痢头，一双鼠眼左右睒，连缀着满脸的横肉一抽一抽，敞着襟，脖子以下虬缠着烧烫的疤痕。陈作新的手摸向腰间，被卢磊一按住了。他又偏头望向大师兄，切切交代着，"哥哥你别出手。"

瘌痢头走上前，一伸手，眼睛抽抽，厉声道："交出来，求财，不要命。"

卢磊一甩手一耳光，抽得瘌痢头原地转了一圈，坐在地上。

众匪蒙了，半晌，才一拥而上。巷子窄，群殴无法施展，卢磊一身形晃几晃，在人群里如矫燕入林，穿梭自如，对众匪的动作如同料定，避过来势，一击中的，摧枯拉朽。

霎时间，余下七匪倒在地上，呻唤不已。卢磊一回身，大气不喘，嘻嘻笑着招呼二人走。大师兄却望着他身后，低吼一声，一把拨开卢磊一，拔身向前，却是瘌痢头不知几时摸了上来，一把小插（匕首）无声刺上来，大师兄拨开卢磊一，一拨之下，亮了个空门，倒把胸卖给了瘌痢头，瘌痢头一刺得中。

可瘌痢头这一刀像扎在钢板上，刺破了衣服，却入不了肉，眼前人却已经怒目圆睁。

"师兄别动手！"卢磊一惊呼。

已经来不及了。大师兄一掌拍上了瘌痢头的肩，"让你刺我弟弟，让你刺我弟弟。"吼叫着又拍上一掌，只一掌，瘌痢头的右肩就塌了，第二掌，琵琶骨刺破皮囊突了出来，瘌痢头大张着嘴，疼得涕泪横流，已经说不出话了，若不是卢磊一上前拖住大师兄，他还要打。

拖得大师兄回家，卢磊一不敢隐瞒，跟师父说明了路上所遇。师父愣了半响，着二师兄、三师兄去看看情况，罚大师兄在院坪西头一丛棘木箭头站马步，不到天断黑，不准起来。这一天没的饭吃。

此时方中午，农家不吃午饭，因陈作新是客，师娘弄了几样佐食，沏茶、置酒，留陈作新坐坐。

在师父面前，陈作新却行了大礼，也不管农家厅堂泥巴地，簇新的衣衫跪下去磕了个头。师父避让不及，生受了他。

卢磊一也愣了，见那老鳖从容起身，斜签着坐了，十二分恭敬地说"我与磊一平辈论交，他的长辈也是我的长辈。"

卢磊一听了，又感动又恶心。

更恶心的是，这厮吃起点心来装斯文。临到要走，竟只喝了两杯酒。

两位师兄不一会儿就回了，道是小王家巷里已经空了，地上一摊子血。

"哎呀，挨了他这一下，不死也废了。"师父叹道，"盗匪不报官是常例，你在城里当值，日日抛头露脸，容易寻着你找麻烦，点打、下毒手段百出。你这几日不当夜值就住回来，我还没教你点打，会才能防，你勤快点。"师父嘱咐卢磊一。

4

"晓得你身手好，没想到这么好。"回程路上，陈作新啧啧称叹。

"并不好的，我打个巧字，大师兄都打在实上。"卢磊一笑道，"所以我说你不必送。"

"你大师兄那一身横练，不得了啊。"

"他是实心眼，师父交代的准练不准打，情急就忘了。那一刀刺我，我不一定防得了的。"卢磊一皱着眉，叹道，"这回师兄要被罚几天的了，每日只准吃一顿饭，师娘不劝的。"

"技击原是杀人技，到此我信了。"陈作新叹道。

"我大师兄自三岁从艺，日日振臂二千，缩肘抽胸二千，再练内劲。每日趟子拳被师父拎在细竹林里练，来去一条直线，不能偏半分。初时打拳竹条抽身，练到后来，一趟拳下来，拳路上的竹子都是拦腰折，韧劲快不过拳风。"卢磊一叹道，"那个癞痢头今日能留下一条命，就是他的造化了。"

"所以师父从不开门授徒，师父说传不如守，埋入土里也好过坏了名头。"卢磊一正色道，"师兄弟里，二师兄功夫最好，不为刚猛，师父说只有他做到了收放自如。"

"倒是老鳖你，"卢磊一笑道，"今日倒是我看你最干净的一回。"

陈作新搔搔头，讪笑道："今日有正事，一位我敬慕的人要聘我，过几日我便要走了。"

卢磊一好奇追问，原来有人聘老鳖做教习，去教女学堂，在长沙东乡。学堂在清泰都清泰村，叫影珠学堂，来请他的是个女人，本姓黄，嫁给了许家，叫许黄宣祐，"她是我极敬佩的人，办女学堂，开风气之先。今年合省拟定第一批去东洋留学女学生二十人，她学堂里占了十二个。她做监督，过几天就启程了，临走前特来聘我，我是要去的。"

那日因了白日半天假，卢磊一又当了夜值。快到十点了，老陆破天荒也夜间来看他，提了个篮子，灯下掀开篮上的遮巾，浓香四溢。碗中一碗炖香肉，一碗米糕，半瓶谷酒，两双筷子。"你婶婶送你吃的。"老陆指了指，卢磊一迭声称谢，将菜酒端出，"陆叔你也吃点？"卢磊一小心翼翼地问。老陆默默坐下，从腰里拔出烟杆，点了锅烟。

老陆吃了两块米糕，夹起一块香肉来吃。看卢磊一正襟危坐，用筷点了点碗，卢磊一也夹了一筷，之前闻着香味已经咽口水了，吃下一块，那肉是腌后过了热油的，一股焦香，再加香料氽水熬煮，入口即化，皮糯肉绵味鲜，一口肉，一口米糕，米糕的甜裹着香肉的咸，相得益彰。

不多时，陈作新也拎着装点心的油纸包踅了进来。酒癫子又复了原，一身酒气，进门便闻着香了，看到桌上一碗肉，喜不自胜，拈了几块来吃。他也带了瓶酒，与老陆稔熟般招呼，指挥卢磊一去寻杯子，三人喝酒。

"不急，我且去巡一趟街。"卢磊一让二人先吃，立起身，油灯也不带了，留与二人吃酒，孤身走进夜色中。

刚刚走到小西门，身后传来声响。老陆与陈作新并排，提着油灯赶了上来。

照例从下河街穿马家巷到福胜街，三人默行无话，路上空无一人，清冷的上弦月挂在夜空，近旁只有湘江水的滔滔声。走到马家巷口，老陆停了脚步，看更夫老蔡从远处敲着竹筒远远走来，等他走近，嘱他，"段里有肉有酒，去吃两口。"

老蔡拔足便奔。

马家巷里，秀才李平文家的灯是亮着的，幽幽如豆。近了能听见他的吟诵声，今日不扰他，快些巡完回去。

马家巷转福胜街口，有一盏油灯，微弱的灯旁立着一个人，在轻柔的五月暖风中站着，大马金刀。

那人冲卢磊一招了招手。

"莫上去。"跟在身后的老陆唤道，从卢磊一身后闪出，迎了上去。

"陆叔。"卢磊一拉他，被甩脱了。

陈作新上来扣住卢磊一的肩，"让他去。"

那人见着老陆也是一愣，二人在灯影里立着，聊了半晌，那人去了。

老陆期期然走回，拉着二人打转身，回段上。

"不是会匪，西城痞棍头子，手里还是有些东西的。"回程时老陆叹道，"没惹大麻烦，这个难了了。"

回到段上，杯盘狼藉。老蔡仍在，香肉碗空了，一桌骨头，酒空了，老蔡正津津有味地吃着陈作新带来的茶点。

三人坐下，倒不避老蔡。陈作新懒寻杯子，怀里掏出自带的一瓶酒，起了瓶塞喝一口，递给老陆。

"姚瘩子，宝庆帮西门香堂的头，你今日伤的是他的师侄，伤了内脏，若熬不过去，今晚就上路。"老陆喝了口酒，"姚瘩子也是个私烟贩子，我许了他一个月空门不验，这事揭过了。""香堂不管师父还是要管的。"一旁闷声吃喝的老蔡忽地说，"罪不至死。"

老陆哈哈笑，拎了两个茶杯，各倒半杯酒，一杯放在老蔡面前，伸着杯子碰了碰，"那你管不管呢？"

老蔡拿指甲剔牙，油灯下一双烛眼望着卢磊一，阴晴不定。半晌才举杯与老陆一碰，一口饮尽。"不管了。"老蔡起身，走了出去，"他不该动刀，坏了规矩。"

街上又响起老蔡的竹梆声。

卢磊一这才知道，老陆与陈作新夜里来与他做伴，竟是来保他，回来陈作新便给老陆捎了信。"长沙城九门之内，龙蛇混杂，痞棍背后都有势力，大小事都有个牵扯。小的前头打，大的后头谈，去年都正街上争烟牌，一条街杀得血海一般，两个头目卧在一张床上抽鸦片烟。"陈作新笑道，"你今天是撞上了，纵有技艺，就怕不提防，且说那老蔡，今日不是老陆点明，你会防他不？"

"我倒真看不出他有艺在身。"卢磊一觍然道。

"左手三个指头一般齐。"老陆闷声道，"他手上有硬功夫的。"

"吃了你一碗香肉，半瓶酒。"陈作新笑老陆，"卖你一个人情。"

"还有六个葱油粑粑。"街上远远地传来老蔡的话音，他又折回来了，"酒好喝，勾出我的瘾了。"

"这孩子心不坏。夜里巡街撞见，他买消夜，看我老人家来了，也给我买一个，几个月来，饶了他六个葱油粑粑。"老蔡夺过酒瓶，猛灌一口,大声赞妙,"这酒有五年陈。"

"差不多,我上兵目学堂前一年酿的,两百斤,埋在窖里,今日刚起。"陈作新笑道,"送你五斤,明日提壶来茶馆取,我且嘱咐堂倌候着。"

老蔡连连称谢,陈作新一摆手,"谢什么,不白给,你显手功夫给我看。"

老蔡也不二话,走到墙边,一抬手噗地插进墙里,抠出半块墙砖来,在众人面前亮一亮,又塞回去。

"亮功夫就亮功夫,何必毁官物。"陈作新嗔道,又问,"你既手上功夫这么好,为什么徒弟这般稀松?"

"姚瘪子叫我收的,我不喜欢他,不教。"老蔡摇着头,又喝了口酒,拈着茶点吃得欢快,拿眼瞥了瞥卢磊一,侧头说,"这小子我也没想大惩,本打算送他一个药罐子,喝上半年药就算了。"

"药罐子?"卢磊一喃喃道,觉得在三人面前,自己就是个生口子。

"点你一下,让你病半年。"老陆笑道。

"就是日里说的点打。"陈作新看卢磊一仍迷糊,也笑他,"不好防的。"

说话间,老陆起了身。"我堂客偏头疼,夜里睡不着,通宵做夜游神。近日发了兴致,拿根棍子出去打野狗,最远打到妙高峰下面,打了几只,索性做个香肉面摊,今日开张,就在小西门外码头上。"老陆邀众人,"我们去吃一碗,那面可香。"

"关了城门了,能去?"

"开门就是。"老陆笑道,"别的门喊不开,小西门可在地头上。"

"等一等。"却见陈作新脸上酒意全无,忽然面色严肃,立起身,朝陆、卢二人一揖,二人都是一愣。

二、老陆寻仇

1

此后几日，但凡不值夜，卢磊一下了值就回嘴方塘。大师兄果然受罚，每日只许吃一顿，做完工便在坪里立马步，饿得清涎水直流。卢磊一在街边买几个粗面馒头或烤红薯带回去，待师父睡下，塞给大师兄充饥。

凡有夜值，陈作新便拎着酒来陪他，不单只带酒，小食总拎两包，偶尔还教面馆送两碗炒码面来。那日没吃上的炒码面，卢磊一总算吃上了，却是腰肝面，猪腰花去了臊线，洗净切条改花刀，再用谷酒腌一腌，与猪肝一道加蒜辣热油快炒，盖在面上油汪汪，吃在嘴里又嫩又鲜，筷子伸进面里一通搅，面条都带肉味。陈作新知他喜欢，道每日可去店里过早，伙计他已经关照了。"你来吃，一应全免。"陈作新打着包票。卢磊一摇头，不应他。倒是问："你这样好酒，何解你店里不卖酒？"

"对面就是夏记，何必抢人生意。"陈作新笑眯眯地答。

又过得几日，巡防营忽然来了一个队官到段上，带着几个枪兵，逼着段长开了号门，放了那三个茶客。段长也是憋屈，官司打到区局，不了了之。

大师兄婚期已定，定在八月节前。兄弟几个在老屋边上平整出一块地基，打下桩去，日日夯土做砖，要给大师兄修一栋婚房。

点打技艺，是二师兄教他。练指劲是来不及了，只得速成，教他钉拳打穴的法门，说多过练，几日里，把点打的各种手段说了个全。

师父去教堂做了两次礼拜后，大师兄的处罚才取消。某日夜，师父将卢磊一叫到堂屋，说了半天体己话。师父一脸平和，坦陈了他的心中愧疚，巡警这个差，当初他是想让大师兄去当的，连卢磊一当值第一天，这个念头仍在脑子里，他知道说出来，卢磊一会让，但几次话到嘴边，还是咽下了。对于儿子与徒弟，他终究还是有分别心，这种心一早就有，所以会送卢磊一去蒙养院，按理他是这家里最小的孩子，轮不到他去。"所以你师娘认你是她的儿子，我却以为我只能当你的师父。"师父低声道，"对不起你啊。"

卢磊一扑通跪在师父面前，心下骇然，急得连连摆手，让师父不要吓他，他当不起师父的道歉。

"起来咯，地上邋遢，好在没让你大师兄去当这个差，不然还不知道惹出多大祸来。"师父抽着水烟，眯着眼笑，"一切都是上帝的安排。"

末了师父说，这几月不用给月敬，知他为大师兄买镯子借了钱，月俸先填欠账吧。"我是没钱还你的，为买这只镯子，家底子空了。"师父哈哈大笑。

一个月的时间里，老陆与卢磊一守小西门，抓着私贩鸦片的，只报出"宝庆西门"的名头，老陆全放了，不必使钱。原来这就是他说的过门不验，卢磊一觉得这人情欠大了。

老陆与卢磊一亲切了许多，偶尔会跟他扯扯家常，说陆婶的偏头痛好多了，请了文运街的常医师给她做针灸，灸了几次后，症状减轻了许多，如今夜里摆摊，白天犯困，三个儿子上学堂，操心不过来。那只猴面鹰没杀，养着了，一开始脾气大，捉老鼠给它不吃，第三天上，狗肉都吃了。一个月，解了绑脚绳，也不跑了，会抓老鼠，头上一撮斑毛，姚婶给它起个名叫"花猫"。

老陆又教卢磊一抓鸦片贩子。"那东西一股尿臊味，练一练，老远就闻得见。"老陆说。

卢磊一心忖，这怎么练，天天到茅房尿桶边闻一个时辰？没那狗鼻子，不揽这瓷器活。

某日值守时，他尝试抓过一个，搜了半天，那人身上没烟土，确凿是憋尿不住，尿裆里了。

半湘街上一日熟似一日，最先稔熟的是益隆行。经了上次茶馆一场际遇，芬儿与卢磊一亲切了许多，亦喜欢与他玩，去了店里，常拉他背诗玩儿，芬儿说上句，他背下句，偶尔他反问一句，芬儿答不上来，去找夫人，二回见了，才对上。"'飘如迁客来过岭'后一句是'坠似骚人去赴湘'。"芬儿叉着腰，气鼓鼓的，"磊一哥你赖皮，这是宋诗。"

"只说背诗，又没说背哪一朝的。"卢磊一反诘回去，"我如今再问你一问，'莫唱当年长恨歌，人间亦自有银河。'后两句是什么？"

"你……"芬儿被噎了个实在，粉嫩的鹅蛋小脸泛起了红晕，她指着卢磊一，跺着脚问，"这又是哪一朝的诗？"

"本朝。"卢磊一嘿嘿笑着。他再老成终是少年心性，逗芬儿玩是一天里难得的快乐辰光，也让他觉得跟张师父那五年，好像也没白学。

益隆行隔壁是灿东瓷器行，专销景德镇细瓷，瓷器精美，比街上拉着板车、敲着铁条吆喝贩卖的大车瓷要精致得多，价钱也不便宜。老板姓彭，一个大胖子，看见石头都有话说的角色，见着老陆总从柜后绕出来，请他进去抽一袋烟，老陆一次也没进去过，大约也是嫌他话痨。再隔壁是丁铁匠的铺子，挂着炉上锻打的小五金，丁铁匠带着儿子整日在炉边敲打，一身腱子肉，两个闷葫芦，店里买卖，全凭丁铁匠堂客操持。再往里走，过了夏记酒馆，是水烟馆与鸦片烟馆，水烟馆一小缝逼仄门面，墙上挂两排竹质长水烟，装好了烟丝，八文钱抽一袋，店里几张条凳，可以坐下来抽。鸦片烟馆，老陆每月进店查验一次，头几月都是让卢磊一守在门口，老陆自进去查验，这月也领着卢磊一进去了，里头烟雾缭绕，鸦片的异香冲得卢磊一连打三个大喷嚏。掌柜的迎出来，悄没声地塞出两个红包，老陆熟练地掖进怀里，见卢磊一发着愣怔，朝他点了点头，卢磊一也收了，回住处才打开，两块银圆。半湘街连下河街上大小十一个烟馆，每月孝敬钱竟比月俸高出许多。

这条街上，荒货铺老金，估衣铺刘婶，古董行何掌柜，都是见面打招呼的交情，胡三的卤味铺封条仍贴着，已经销案了，没人接手，怕是嫌晦气。又有一家庆丰楼，就在胡三卤味的旁边，是个餐馆，可做简餐、承接宴席，还陈二毛钱时，陈二毛领他去那儿开过荤，两个菜，一碗炒肉，一碟炒鸡蛋，卢磊一吃下了六碗饭，交定了陈二毛这个朋友。那日陈二毛借给他二元八角，是段里兄弟们借得最多的，还钱先还大头，卢磊一第一个还了他。

庆丰楼对面，便是再熟不过的陈记茶馆，陈作新去影珠学堂赴聘前专门交代过，卢磊一去店里，一切皆免。卢磊一却再也没去过，他才不占老鳖这个便宜。

2

初次收烟馆的例钱，卢磊一心惊肉跳，竟比打一架还紧张，几日里强压着内心的不安，每日巡街，见着烟馆恨不得绕着走。后来才知道，哪个巡警不收例钱，就像哪条街上没烟馆，段长偏心谁，只看他给的巡段烟馆多不多，老陆与卢磊一巡的街道实不算烟馆多的。

陈二毛也收，他是个灵泛人，把带新师傅伺候得舒服，第二个月就带他吃例钱。新人进来，老师傅看得顺眼了才带他吃这一块的利，段里有个满傻子，带新师傅嫌死了的角色，去年入的职，至今仍领着四元二角的干薪。至此卢磊一总算明白，官家人，哪怕再不起眼的角色，为什么总有那么多人求门子、托关系抢着做。

卢磊一第一次吃例，就将段里的欠账全还清了，连带着师父每月的月敬也没停，也没敢涨。烟馆的例不敢漏白，小西门警段就像一个圈子，不自觉地墨守成规、心照不宣，某些多年传下来的规则还会接着传下去，如同会党，入门便是门里人，入门先是门里人。

卢磊一手上松快了，并不张扬，积到一定数目，存进钱庄，寻的是城里的老字号朱乾号，长沙首富朱昌琳所设，陈二毛也存那里。"棠坡恬园就是他们家的，这人被朝廷赐了内阁大学士与光禄大夫。"陈二毛说，意指朝廷认可，存钱保险。

姚记南杂铺在小西门与半湘街口子上，卢磊一打入值来，就租在姚记南杂铺的二楼。房东姚婶请了个杂工，日常帮忙进货，每月做几天，不主店。卢磊一在住处每日两餐，早上红薯丝饭配腌萝卜，晚间一餐正餐。还是红薯丝饭，配菜多一些，全素，芋头梗子、甜菜梗，切碎了加豆豉，辣炒或蒸，蒸的多些，不费油。一月一荤腥，姚婶子与他同餐不同桌，也是吃这些，姚婶女儿小名小柿子，一岁多的小丫头，会喊姆妈，扎羊角辫，大眼睛，娇憨可爱。姚婶带得经心，每日磨几两米，余水加糖熬成米稀喂她，偶尔蒸个鸡蛋羹，小柿子就高兴得直叫，仰着头，扯着母亲的衣摆，喂一口，细细嚼，眼眯着，边吃边含含糊糊地喊姆妈。拿了例钱后，卢磊一也给自己改善一下伙食，偶尔买块肉回，嘱姚婶做，肉买五花，肥间瘦，二十五文一斤，姚婶的小炒肉是一绝，五花切片先煸出油来，加红椒段、芹段、姜末、豆豉翻炒，浇入一勺酱油，余水，收汁放盐调味。吃时椒辣、汤鲜、肉咸、芹脆，油汤拌饭，卢磊一能把饭桶舀尽。又买蛋来哄小柿子，姚婶蒸出来让他喂，卢磊一让小柿子喊叔叔，小柿子喊得奶声奶气，一面吃，一面"猪、猪、猪、猪"喊半天，卢磊一和姚婶都哭笑不得。

六月中的一个休息日，卢磊一去肉铺买了十斤肉，面铺买了四十斤细面，盐铺买上十斤盐，背回嘴方塘，给自己过生日。那天是师父捡自己的日子，六月十六。晚餐师娘煮面，辣椒炒肉做臊子，又给卢磊一单煎了两个荷包蛋，练武之人都是饭篓子，一斤一筒的面煮了六筒，仍是不够，脸大的碗，一大桌子呼噜吸面声，只见众人频频起身装面，大师兄吃得最多，吃了九碗。面入胃里发胀，大师兄胀得半夜睡不着，开门出去，绕着嘴方塘地界夜游到天光。

3

天越来越热。渐渐地，小西门蝉声一片，酷热难当，城墙避风，却也将降暑的江风挡在外头，姚婶在店门口支起了桌子卖凉茶。

卢磊一这个沉稳的刚满十七岁的少年，一些情绪在起着细微的变化。

日复日酷热的值夜里，卢磊一陷入了少年的忧郁中。他开始像个夜游神，拎着油灯漫不经心地出门，油灯的光影划过冰冷的青石板，似乎反照进了他的内心。在那颗心里，卑微与悲悯挤压着少年应有的活力与张扬，他思念着他的生身母亲，无法具化她的形象，就把她想作开福寺的那座观音，慈眉善目，望世人皆可恤。他为她想了一千个不得不遗弃他的理由，又有一千零一个反驳的理由出现。师父说捡到他时，他包着缱缎的裹衣，那是富户人家才有的。他想把城里姓卢的富户访遍，或者观音会给他指引，让他找到那个人，让他有机会亲口问出内心的疑问。

巡警这个职业，能给他这种便利。至少小西门警段的户籍，他都已经看过了。今后查找，缓图之。

天干物燥，省城警务局档案房夜间失火，又旋即扑灭，十分蹊跷地只烧了烟字档，合府的烟牌执业归档全在此处，烧了个干净。烟馆烟牌一直归警务局核发，随着再次兴起的禁绝鸦片的呼声，越卡越严，光绪二十九年（1903）长沙城里挂牌执业的烟馆三千八百五十家，光绪三十年（1904）一年，只核发了十二张烟牌，还得是省、府大员打了招呼才过验的。

如今档案全毁，警务局会同厘金局核验烟牌，重新登记入档，为防警段警员包庇，各警段交叉验看。位处西边的小西门警段与位处东边的天心阁警段互换，老陆向段长杨再力申请，要验看都正街。

合府验牌的头一天夜里，老陆就宿在城里。他带着个大包裹，赶在关城门前进了城，约卢磊一在陈记茶馆碰面。他们坐在二楼雅间，点了一壶金井春，老陆直言明天要办件大事，需卢磊一帮忙。

"我这一世有一个仇人，明天要报了这个仇。"老陆说，"你需帮我一帮。"

他这个仇人，便是都正街上的陈又满。此人也是个巡警，积年的老吏，在都正街上开着不小的鸦片烟馆，长沙城里知名的鸦片烟四大名枪他馆里便占了两把。所谓名枪，多是老枪，二三十年吸食，烟油厚积，吸起来格外不同。

"他害了我兄长。"老陆皱着眉，依旧冷冷的，似波澜不惊地谈着旧事，"我兄长与他同班当差，陈又满诱着我兄长上了瘾，又诱他赌钱，拉着几个赌客合伙谋他，几年下来，连祖上传下来的进士第都败了。"

老陆父母早逝，长兄如父，由兄长带在身边。兄长幼年便得了风湿病，身子本就弱，追着父亲的步伐染上了鸦片瘾，形销骨立，竟不像个人，每日必去陈又满的鸦片馆过瘾，又在馆里开庄赌钱。良友如师，损友如敌，到后来，不用陈又满镇店老枪"驼枪"过不了瘾，陈又满除烟钱外又收枪钱，敲骨吸髓，还得意扬扬地炫耀，"驼背一枝花，韶枪也不差，若要想得吃，喊我三声又满爹"，这是陈又满的原话，想用他的老枪，还要喊他三声爹，全无同事之谊。

老陆兄长没几年便去了，家业败光，留下孤儿寡母和一个弟弟，靠亲戚们接济着。孝服未满，陈又满又拿着一沓兄长签字的字据，上门追索，足足折腾了几年，直到老陆入值当差，才渐次还清。

说话间，木楼梯噔噔作响，上来两个人。当先一个华服青年，一脸烟气，身后跟着一个伙计样的人。老陆起身一揖，青年点了点头，踱到桌前坐下。老陆将带来的包裹提到桌上，打开来，"五十七斤四两"。卢磊一一看，都是零零碎碎的鸦片膏，老陆当值时缴的私烟，竟都存着，攒出这么大的数目。

青年咧着嘴笑，露出一嘴黄黑牙。"够了。"着身后的伙计拿着，又指了指那伙计，"你认认相，他就是陈又满店里人，明天他会给你指赃。"

青年又拿出一张捕票，"免得你受干碍，拿了人直送府衙，都交代好了。"青年带着伙计去了。

老陆将捕票递给卢磊一。卢磊一打开，伸到灯下看，票已经用了印，填的日期便是明日，票上写着："兹查都正街陈又满素行不法事，私贩烟土，获售巨万，执牌贩私，罪实难恕。据此，合行查缉。"

4

第二日，便是一场戏了。卢磊一随老陆并一位厘金局差员至都正街查验烟牌，巡到陈又满的烟铺，例行入内查看，卢磊一在老陆与厘金局差员的见证下，意外地在最里间的烟榻下搜出一大包私烟。厘金局差员当场过秤，五十七斤四两，差员回局禀报，老陆与卢磊一提着赃物回小西门拿陈又满。

陈又满恰在半湘街查验烟牌，此人五十岁上下，高大魁伟，只一双刀片也似的薄唇透着寡相，见着老陆过来，像看见失散多年的弟兄般打招呼。"拿了。"老陆闷喝道。卢磊一上前一记钉锤打穴，打在右肋，陈又满满眼的不明所以，瘫软在地，痛得喊不出声来。卢磊一上前给他来了个大绑，老陆怀里掏出块布，塞了陈又满的嘴，陈又满的段长、同僚闻讯而来，老陆亮出了府衙的捕票，无人敢拦。

府衙的皂班头子早已得了信，立等专候，待陈又满押来，直接开了个站笼让他站上，捕绳都未解。老陆带着卢磊一进衙交差再出来，又塞回站笼。陈又满嘴巴仍堵着布，咿咿呀呀地说不出来，可眼睛里已经满是哀求。"还记得我哥哥吗？"老陆冷冷问他。

都正街上的烟馆比半湘街连下河街都要多，演完一出戏，二人返回街上接着验牌，直忙到黄昏才忙完。老陆邀卢磊一吃饭，饭菜早已订好，就在半湘街的庆丰楼，唯一一个雅间。到了才发现，竟是九将头在候着了，等着二人来，立起身，恭迎入座，菜未上，先连敬了三杯酒，怀里掏出一张庄票，恭敬地递给老陆，朱乾号立等可取一百两。"少爷承你情，带话说今天帮的忙记着了，以后答谢。"九将头作了个揖，讪笑着，"进了城一身不自在，不陪二位，要关城门了，我回码头上去。"九将头匆匆而出。

九将头出了门，菜肴才陆续上来，都是平素难得一吃的硬菜。高汤氽肚条，酸辣鱿鱼，金钩冬瓜汤，鱼羊烩，香芋焖牛腩。老陆给卢磊一夹菜，卢磊一侧着身子受了，他是着实饿了，这一桌是大荤，满桌肉香，诱得他食指大动，吃得欢实。

老陆一杯接一杯地喝着酒，偶尔动动筷子。

卢磊一最中意的是那碗鱼羊烩，鱼肉与带皮羊肉加各种辅料一起熬煮，全无膻腥，羊皮的韧与鱼肉的嫩交会，羊肉的鲜又攀上鱼肉的鲜，汤汁拌在饭里，卢磊一扎实吃了五碗，停不了筷，嫌店里碗小。

"陆叔，那陈又满人赃俱获，几时过堂？"卢磊一打着嗝问。

老陆一愣怔，望着卢磊一。"过堂？"老陆已经有酒了，喃喃道，"他不会过堂。"

陈又满的死讯在验烟牌的第三天传到了段里，说是有人弄塌了站笼垫砖。众人感叹一番，清廷五刑，笞、杖、徒、流、死，只这站笼是私刑，各省、府、县通用，唯有紫禁城里的皇帝老爷不知道，每年死在这刑上的，却不知有多少。

对于那一场戏，老陆从未解释过。而在市井传言里，流传最广，最慑人心的版本是，陈又满太张狂，得罪了知府家少爷，陈又满得意的那四句打油诗早已传得尽人皆知。少爷试了一次"驼枪"，深得其味，要陈又满贡献，遭拒，便做了个局。据说，少爷随父离任时，也带走了那杆枪。

许久后的一天，卢磊一忽然问老陆，为什么当初知府少爷派九将头请他们吃饭。

"九将头不沾私烟，是贩私盐的头子，你以为他背后撑腰的是谁？"老陆笑道，眼眯起，似乎想起了久远的往事。

三、隐储结义

1

漫长的暑热过后,八月的风开始有一丝丝清凉。大师兄的婚礼在八月初十举办,师娘看皇历挑的日子,此日白露,宜嫁娶、出行、乔迁。卢磊一向段上请了两天假,回家帮忙,给儿子娶媳妇,花费都在师父身上,怕师父手头花销不开,早一个月,卢磊一便封了十五个银圆交给师父。师父十分高兴,拍着卢磊一夸赞道:"你是我们杜家的及时雨。"得意劲过了,又有些担心,艰涩地问:"又问段上弟兄们借了钱吧?"卢磊一讪笑着,摇头不语。

此前,他去影珠学堂看过陈作新一次。夏记酒馆未兑水的陈年谷酒打上一壶,又买了几包点心作礼,走着去,三十里路,到清泰都已是下午,学校在隐储山下,已经更了校名,如今叫"清泰都隐储学堂"。校门口一副篆书门联,上书"隐壮山河气,储成巾帼才"。雄壮有金石气,是陈作新的手笔。

"小鳖你舍得来看老子哪。"陈作新奔出来迎的他,看到卢磊一手里拎的酒,两眼放光,"不亏我疼你,还晓得带酒。"起了盖子先就着壶喝了一口,"今日没课了,我且喝几口。"

陈作新做了隐储学堂的军事教习,除理论外,还教骑射。他认为箭术已没落，竟不知花了什么神通，弄来几杆长枪，教学员射击。

陈作新带着卢磊一爬上了校后的隐储山。"山里有老虎的。"陈作新边爬边喝酒，卢磊一带去的酒，他装了一个小酒壶，随身带着，"老虎不吃小孩，只吃大人，样子凶的，它最喜欢。"

"那得我们段长来，他样貌凶。"卢磊一开玩笑道。

到得山顶，摊开油纸包来吃点心。极目眺望，远处丘陵叠翠，近处阡陌纵横，艳阳下一片生机盎然。

陈作新喝着酒，兴头来了，掏出腰间的左轮枪，对空开了一枪，枪声振林樾，惊起一群飞鸟。"梁园虽好，终非故土。"陈作新叹道，"我终是要回行伍中去的。"他一扬手，"你看这大好河山，总得有人护着它。"

卢磊一听得振奋，但觉得眼前这位老兄一扫往日颓态，成了个血气昂扬的好男儿。"振民哥，我想拜你做大哥。"卢磊一脱口而出，又觉得有些不好意思，期期艾艾地找补，"你帮我没私心，我心里一直是感激的，我倒觉得你就是我大哥。"

陈作新回身，定定地看着卢磊一好一会儿。"谁说我没有私心？"陈作新哈哈大笑，"我就收了你这个弟弟吧。就在此处，撮土为香，天地为证，我今天与小鳖结为异姓兄弟。"

一番结拜起身，陈作新起了酒壶盖子，猛喝了一口，递给卢磊一，"结义酒，歃血为盟就不必了。"卢磊一接过，学他样，也猛喝一口，一线辛辣从喉入胃，整个人都似烧起来一般。

"做哥哥的给弟弟一个见面礼。"陈作新腰里掏出那把明治二十六年式　递给卢磊一，"喝多了酒手抖，这枪对我也没大用，给你了。山脚我做了个靶场，到那儿去，我教你用。"

夜间，陈作新寻了个农家，付钱，杀了只鸡，做了几个菜，丰盛地吃了一顿，陈作新酒喝得高兴，还是管卢磊一叫小鳖，许是叫惯了。他问起了老陆、师父等人的近况，最后问到了大师兄的婚期，"我要来观礼的。"陈作新拍着胸脯保证，"听许黄监督说，你大哥那种豁唇能治，待我帮你打问打问。"

此后但凡有空，卢磊一隔些日子便去看义兄，每回去都不空手，酒挑好的，小食也选义兄爱吃的。义兄总要陪他，还教他骑马，卢磊一骑马上了瘾，山道上跑，马蹄嗒嗒，山风飒飒，过眼青树繁花，心都空了。

2

大师兄结婚，卢磊一陪着他接亲。大师兄骑着借来的枣红马，穿着状元及第大红袍，领衣、官帽样样齐全，像个唱戏的。卢磊一牵着马缰在前头走，后头跟着喜轿和吹打班子，巴马洲就在近旁，为显隆重，一路吹打，从嘴方塘出发，走小王家巷，经曹家塘，绕一大圈到湘江边，从江边往巴马洲接的新娘。新娘也似唱戏的，凤冠霞帔，织绣、镶绲的马面裙，流光溢彩，红巾遮面，绣花弓鞋遮在裙里，一走一现，上轿前嘤嘤哭了一回，噼啪鞭炮声一响，起轿回程。此番不必绕远，迎亲不走回头路，过了巴马洲便是嘴方塘，接了新嫂子到家，卢磊一拴好马绳，掏表一看，不到十分钟。

陈作新已经来了，站在门口迎客，老陆也来了，坐在地坪芙蓉树下抽烟，陈二毛陪着他。宴席就摆在家里，请了本地的治席班子，昨日已经垒好了灶，大火大锅，或蒸或炒，统共二十来桌，里屋加地坪，将将摆下了。

来的客人或亲戚，或乡邻，还有教会的朋友。师父人多就怯场，陈作新倒做了领头，带着二师兄与三师兄周旋应酬，引客看座，游刃有余。

卢磊一给老陆与陈二毛端了茶去。陈二毛接过茶，搡了卢磊一一把，"忙你的去，陆叔我招呼。"

倒是师父不淡定了，唤着卢磊一，拉着他进了厢房，锁了门，一迭声地追问。"陈作新、陆景轩是你什么朋友？"师父表情有些慌。

"过命的交情。"卢磊一打趣道。

"上回陈作新来我就知你俩交情不一般，他上了二十块礼钱。"师父瞪着眼睛，全无平日的淡定，"还有陆景轩，我知他是你段上的带新师傅，原说能赏光就不错了，又不是你结婚，他一出手，上了十块礼钱。"

"师父一辈子穷，为娶儿媳这个事，伤尽了脑筋，没你给的十五块，我预备着卖掉一亩田。到如今，我倒是赚钱的。"师父摇着头，吸了一口烟，怔怔地看着卢磊一，嗫嚅着，欲言又止。

"都是上帝的安排。"卢磊一学着师父的腔调。

师父作势要打，高高举起，轻轻放下。

"陈二毛打了多少人情？"卢磊一开门时，好奇心作祟，问师父。

"你那同僚？也不少，二元八角，比亲戚都高。亲戚里头，就你城北姨奶奶封了二元。"师父说。

卢磊一被这个数字逗乐了，哈哈大笑。

转眼到了九月中，秋风起，人们穿上了夹衣，快到了收晚稻的季节。卢磊一值夜没那么勤了，段长做了调整，分大小月，除了资深的几位，大家都轮一轮，卢磊一轮值不算最多，最多的是人嫌狗不待见的满傻子。

老陆与卢磊一仍是一队。每日站值小西门，老陆拿私烟仍是一拿一个准，卢磊一知道这就是所谓天赋，长了个狗鼻子，能吃这碗饭，自己是决计不行的。

老陆彻底拿他当了自己人，叫他到家吃过几次饭，卢磊一晓事，每次去都不空手。陆婶手艺好，家常菜肴能做出馆子里的味道，老陆三个孩子，最大的十二岁，都上着学堂，家教好，待人接物有礼有度，果然是读书人的门风。那只猴面鹰果然没杀，梁上立着，白天睡觉，夜里飞出去觅食，已经将此处当家了。

百福巷这一处房子，是老陆赎回来的。老陆兄长死后，家无片瓦，靠着老陆经年累月的积攒，渐次赎回祖业，先赎回了药王街一处宅子，安顿了兄长的妻儿，再赎回百福巷这一处，用作自住，想要赎回进士第，那可就遥遥无期了。

但凡卢磊一值夜，他常打一壶酒，买些佐食，花生米、紫苏梅、玉兰片之类放在段里，听到外头梆子响，站在门口喊一声，"老蔡，来喝一口"。梆子声停了，噔噔的脚步声快速跑近，灯影下是老蔡那张脏污的笑脸。"你吃着，我去巡一路。"卢磊一也不陪他，自顾拎着油灯去巡街。

秋凉下来，北风扫街，呼啸着响。一盏油灯只照着身周不大的一片地方，看远处夜宵挑子的萤萤灯迤逦而来，想来对方看他也是一样。

再进马家巷时，李平文家的灯已经灭了。自七月起，李平文家的灯火就不再通宵达旦了，那一月巡抚老爷端方向朝廷进了请废科举的折子，据说各省都进了言，消息传开，合省的童生、秀才等读书人到抚台衙门请愿,被驱散了。自此,李平文日日到夏记酒馆打酒,书也不看了,日日一身酒气,在街上乱晃。

有好事的明知故问,"李秀才,不在家里读书,天天喝酒,瞎晃个什么"。

"气味如中酒,情怀似别人。"李平文咂嘴皱眉,摇着头叹,"百无一用是书生哪。"

到了九月,朝廷废除科举的明旨颁下来了。李平文如丧考妣,听人说,他独自去城南的学宫门前哭了一回,涕泪横流,哭完又磕头,直哭到夜里才回转,敲开夏记酒馆的门,要买酒。

3

一日,老陆与卢磊一照例巡街,巡到半湘街尾,正在益隆行里喝茶,街面上人来报信,在小西门正门,抓到三个拍花子的,二人撂了杯子急奔。到时小西门门口已经是里三层、外三层,两男一女被一群脚夫班子用扁担抽打,惊动了段长,杨再力在柔声安慰着姚家婶子,婶子在哭,小柿子被婶子死死抱着,也哇哇地哭,地上还躺着一个人,一身血污,已就近喊了九芝堂药号的坐诊大夫来,正救着,卢磊一一看,竟是李平文。

脚夫班子们打得起劲,杨再力不劝阻,老陆也当没看见。卢磊一扯过一个脚夫问明原委,原是拍花子的盯上了小柿子,三人分工,不知用什么法子迷晕了姚家婶子,女的抱着小柿子就走,恰遇着几个脚夫挑完货回程,在姚家婶子的铺子前歇脚,地面上稔熟的人,在这儿歇脚,姚家婶子总要招待茶水,一文钱不收,此刻看到一个生面孔抱着小柿子出来，机灵点的脚夫心生警觉，拦住了问缘由。那女人慌了，作势要跑，被脚夫一把揪住，店里却冲出两个男人，对着脚夫劈头就打，歇脚的脚夫们看着同伴受了欺负，抄起扁担一拥而上，两个男人立时被打翻，那女人抱着小柿子退到了墙角，头上拔下一根尖利铜簪，尖子抵着小柿子嫩白的颈，大吼着，外地口音，一个字都听不懂，看那意思，是要同归于尽。众人正踟蹰，人群里挤出一人，冲着那妇人咿咿呀呀地冲了过去，死死地抱住了妇人，一惊之下，小柿子脱了手，妇人拿簪子在李平文身上一通扎，他只是不松，直到一个脚夫欺上前，一扁担砸晕妇人。

卢磊一蹲在李平文身前，见他大张着嘴，嘴角流出血来，衣衫已经解了。妇人歹毒，李平文背上、腰间无数个血窟窿，脖子上也有两个，汩汩地流着血，敷上药粉冲开了，止不住。"伤了经脉与内腑，神仙难救。"医生摇着头。

"李叔，我是磊伢子。"卢磊一凑上前去，"夜里到你家讨水喝，听你讲时文的巡警。"

"唉。"李平文眼神发散，喃喃道，"道之将废也欤，命也。"

"时文是士子命脉，我有小成，憾啊。"李平文咳着血叹，"你起个头，我再破一道题吧。"

李平文似回光返照，望着卢磊一目光炯炯，满眼期待。

卢磊一十分尴尬，四书看过，不熟，乍想不起来，含糊道："子曰。"卡住了，难往下背。

却不料，李平文目露欣喜，一字一喘道："此题能破，'匹夫而为百世师，一言而为天下法'。"李平文咧着嘴，鲜血不断涌出，苍白的脸挤出一丝笑，"我破了。"

三个拍花子的，直到被脚夫们活活打死，并没人劝阻。

浮梁店主人言：那时货币混杂，银圆、银两、银角、铜币、制钱通用，一两银官价兑一千文，民间兑二至三千文。也是，那时月，什么都混乱，然而混乱中又似有一定之规。

这便是我入职的第一年。那时我是少年，少不更事，看一切都懵懂，那一年，让我晓得，一切都有规矩，所谓道义，是有恩必偿，有仇必报，我是活在这样的社会里的。那三个拍花子的人犯被活活打死，无人劝，脚夫们将尸首拖去了江边，绑上大石，沉入了江底。

李平文的葬礼办得风光，半湘街、下河街的街坊都参与了。小西门警段，段长发令，每人不得少于五角银的帛金，满傻子不愿意，被杨再力打了两个耳光，罚一月俸钱。

李平文原是外省迁入，家中人丁稀薄，发丧日，亲友来了四人，段上又安排了四人抬棺，杨再力、老陆、我、满傻子，八大金刚占了一半，府衙、县衙的行文奖励也都下来了，李平文半世颓废，得了个死后尊荣。

十二月，第一场雪过后，我的义兄陈作新也回来了。回来的第一天，他便邀着我与老陆在陈记茶馆的二楼喝了一场酒。此时刚过腊八，义兄请了庆丰楼的二厨，整饬了一桌菜肴，桌底放着缸炭火，三人把酒，喝得昏天黑地。我吐了几回，不能再喝，义兄兴致高涨，仍与老陆推杯换盏。我侧头看窗外，飘飘扬扬的雪花宛如世间烟火，乍起乍落，悠悠然堆砌，悠悠然融消，趴在栅栏上看，半湘街上黑灯瞎火，沉寂无声，芬儿也随家主回乡过节了，年前她曾寻过我，跟我背曾问过她的那诗后续，"石壕村里夫妻别，泪比长生殿上多"。

"原来是袁先生的诗，夫人让我跟你多学呢。"芬儿稚嫩的笑脸在脑中挥之不去，而这糟污又新奇的一年，终于过去了。

第三章：醴陵瓷白作玉色

浮梁店主人言：浮梁店里有好茶，好茶招待有缘人。我是卢磊一，一个无用的人。

上回说到我入职一年，转过年来，便是光绪三十二年（1906），年景一年差似一年，一为雨水滥，二为鸦片。朝廷自咸丰年下诏天下，以土克洋，全国种鸦片，老辈子说，光绪初年的丁戊奇荒便是这样来的。自山西往南，灾荒闹了四年，满地红花，没有口粮，九将头便是那时打山西逃荒来的长沙。湖南不算鸦片大省，略好些，宁乡、望城地界依旧有些地方占着粮田种鸦片，现而今，听说朝廷已经起了意，要改土归农，鸦片废人，又不能当饭吃，可是且议着，迟迟不见上令，省府内的鸦片馆子也且开着，只是不见新张的。长沙城浑似一潭死水，人便在这死水中活着。

浮梁店里泥炉温茶，上好的金井春，且喝一杯。清茶润口，故事润心，且听我细细道来，这半湘街上，光绪三十二年的旧辰光。

一. 雨夜南音

1

　　光绪三十二年，开年之后雨水就没停过，春接着夏，从春雨绵绵到雨成瓢泼，仿似老天爷看尽人间疾苦，也动了情肠，哭个没完。这可苦了百姓了，别的不说，且说师父家的菜土，地势低洼，连绵的雨水浸泡着菜畦，绝了收。今番尚需买菜吃，三月中，卢磊一从城里挑了一担米，又去北城董家湾的玉和酱园买了几坛酱菜送回嘴方塘，这平日里无须买的东西，如今也怕断供了。

　　段里也不安生。段长自开年后，上值便稀松，来一日歇一日，段长夫人的痨病深了，得了几年了，段长拿钱抵着，拿药吊着，城里名医访遍，还请了西洋大夫看，好一阵坏一阵，到得今年，确凿不行了。陈二毛私下与卢磊一说，段长疼夫人，夫人体质本弱，嫁给他一直就没生下崽崽，段长也没娶小，到如今得了这病，段长如此尽心，也不枉夫妻一场了。

　　段长夫人果然没熬过，三月下，一个大雨夜走的，段长家灵棚搭起，段上人都去帮忙。那是卢磊一第一次去段长家，在八角亭旁的白马巷，已经靠近东牌楼了。

　　家中无子息，段长夜夜守灵，老陆给众人排了个班，陪着他守。灵前燃香、棺下脚灯，好歹有人帮忙看着，确保香火长燃，脚灯不灭。

有那不晓事的街坊婆子，还劝段长，说什么"若是要再娶，不与亡妻打照面"。意思让段长避出去，被段长扎实骂了一通，卢磊一看在眼里，对段长的尊敬又多了几分。

陈二毛倒是天天来的，下了值便往白马巷跑，时不时还要喊上卢磊一，叫他殷勤些，雨天，二人都不打伞，穿着蓑衣，来回串。那日下了值，已经夜了，循着没有栏栅的街绕，从皋后街转端履巷的当口，却听雨声中传来悠悠的女声唱腔。

"圆月升，圆月升，阅尽千古人世情。圆月升，圆月升，倾诉一片祝愿情。"弋阳的唱腔，却带着深深的哀怨。"这《拜月记》还有这种唱法？"陈二毛一嗤。

"我倒不懂的。"卢磊一坦言，"黄梅调？"

"那是，良家妇人唱黄梅调，反了天了。黄梅调乃淫词，朝廷明令禁演的，只是禁不绝。"陈二毛笑道，"这是本地大戏，正名湘剧，戏我倒看得多，这戏到此是王瑞兰与蒋世隆重逢，被皇上赐婚，喜庆事，唱着该高兴才是。"

"你如何知她就是良家妇人了？"卢磊一又笑。

陈二毛一指街旁那气派的门楼，"这是王举人家，又听不到吹打班子，单一个女腔从楼上传来，不是他家闺女就是小妾唱的，咦——"陈二毛言语打了顿，"也没听说他家有女儿啊。"

"读书人家规矩多，子女唱戏要受家法的。"陈二毛又言。

这一日是陈二毛值守，卢磊一左右无事，便来陪他。段长家一进的一栋木楼，挽联大门一副、堂屋门口一副、内里灵堂两侧立柱上一副，总成单数。屋内摆设简陋老旧，几无新物，卢磊一坐一张靠椅，犹嘎吱作响。卢磊一叹,想不到段长清贫如斯。陈二毛却道,小西门警段是肥差。段长场面人,做事和光同尘,不赌不嫖,这么多年,明里暗里的进项所积不少,该是都给夫人治病了。"有事别有病,没事别没钱。病是烧金窟,钱是百病方。"陈二毛咂着嘴,"且说那文运街的常医生,府内名医,寻常出诊一次,诊金二十元,汤药另算。若是一直要他治,药还需到他指定药房抓,钱花起来如水泼在沙子上,没个底的。"

2

段长家中治丧,这段上一应事体暂由老陆牵头,忙得个底朝天。这一日上午,便有人来报案,说水陆洲两姓族群打架,啸聚上百人的械斗。老陆恰去公所禀报公务,此番除了巡街的,段中只剩陈二毛、满傻子二人,卢磊一昨日值夜,犹在家中睡觉,被陈二毛喊醒,一同去了。

水陆洲在江中央,其北为牛头洲,其南为傅家洲,都是泥沙淤出,传说自晋时便有,千年下来,人丁兴盛,住家百户,所居多为菜农与渔户。江中之地难定归属,长沙又无水警,自区所辖划治起,巡警道便暂令西区公所代管,公所便把它划在了小西门警段。

在渡船上,陈二毛犹自愤愤,道这水陆洲上傅、杨两姓年年打仗,不消停,自己没当差之前就听说过,争地争路争婆娘,什么事都打得起来。"段长是不出面的。二月里你请假那几日,我随老陆去过一回,为争一分水边地,杨家把傅家子弟打折一条腿。老陆督着两方坐下,写的赔偿具结。"陈二毛叹道,"过后一个月的雨,那一丘田都没了,又哪儿来的那一分地?偏他们争得起劲。"到头来,原来巡警过去不过是走个过场,喊出两家族长,两方申斥一下,各打五十大板,消停了便罢,也不必拿人。怪不得陈二毛有这个胆,敢带着他俩便去。

"法不下郡县,县下唯宗族。"陈二毛又道,"原本警都不必出,若非今年英国人在这洲上建海关公馆,逼着巡警道妥善安防,我们又何至于冒雨渡江去管他闲事。"

从朱张渡上了水陆洲,这连天的大雨,洲上也浸了,原本的码头没在水中。过了码头又十几米,到离洲边最近的住家屋前了,才上得岸。眼前田畦纵横,杂树散立,破旧的木屋点缀其间,菜土中倒种着各样菜蔬,蔫耷着,多是被雨沤坏了,也不见农人。

两方人马都聚在江神庙前,已经打过了,两派泾渭分明,族长在正中,正赳赳辩着。双方各几十人,倒是容易辨别,左边厢多是拿镐拿刀,这是船户的傅姓了;右边厢一群,锄头、耙子、镰刀各色农具,这便是菜农的杨家了。已经见了血,双方都有伤者,杨家还躺倒了一个,一身泥,满头满脸泥污带血,一动不动,陈二毛上前一探鼻,没气,事大了。

陈二毛见死了人,掉头便要回去搬救兵,被卢磊一拉住了。满傻子也是愣了,不肯走,躲在卢磊一身后,畏畏缩缩地跟着卢磊一。卢磊一哪见过这种阵仗,强自镇定,整了整号衣便上前,乡野之人见着巡警如见官,纷纷让道,倒是那杨家族长,瞥见来了个毛头小伙,脸上露出轻蔑之意。

"小西门没人了?要个嘴上没毛的来主持。"杨家族长矮矮瘦瘦,小眼尖腮,颏下一撮花小须斜斜挺翘,竟似只老鼠。

"穿着这身衣,我便是官家人。"听他言,卢磊一心气上来,倒镇定了,一笑道,"官家人办官家事,来此也是官家差使,您老是瞧不起我,还是瞧不起官家？"

"我不是这个意思。"杨家族长声气低了些，眼神乱瞟，犹是不服。

"那是什么意思？"陈二毛也醒过神来，帮着兄弟立威，"半湘街上胡三夫妇案可知，就是我这兄弟破的。"陈二毛声音放大，"你在这个年纪，可知锄头把子哪头重？"话音刚落，引得傅家子弟哄笑，杨家族长一张脸顿时红了。

傅家族长却是恭敬，上前来规规矩矩地作了个揖，"还请大人公断，当赔便赔，为争这头香，出手重了。若是赔钱能了，傅家百十口齐做打算，凑一凑这款项，出几个子弟戴孝举幡也可以。"

这是要平事了，卢磊一一惊，命案的事哪是他能做主的？正待摆手，衣角却被陈二毛拖住了，陈二毛低声道："民不举，官不究。且看他如何议。"

原是极简单的一件事，今日初一，傅、杨两姓为争这水陆洲头江神庙的头一炷香，发生的械斗。连天大雨，渔获少、菜歉收，两姓都急着到江神老爷跟前请愿，互不相让，才打将起来。这种争斗原有分寸，不知怎的，今日竟有死伤。想着是混乱之中，刀棍无眼。有那打急眼了的，下了死手。

"你家合族须得到我家祠堂三跪九叩，举族戴孝！"那鼠须族长犹自赳起，却被旁人劝住，就见陈二毛拉着两头说和。陈二毛嘴上溜，半是恫吓半是圆，说得两方都低了声，卢磊一不耐听，走到了人外头，不一会儿，陈二毛也出来了，嘿嘿笑着，当先举手拍了满傻子一嘴巴，嗔道："带你出来没一寸用。"满傻子讷讷，陈二毛又亲昵地撞着卢磊一的肩，"如此了了便好，我们的好处也少不了，两家都得意思意思，也不枉这雨里走一趟。"

"你胆子可是大，这命案也敢掩。"卢磊一心里恼火，轻声斥道。

"苦主都不闹，你操这个心？"

卢磊一皱眉，回头一看，众人都避着那尸首远远的，也没见个抚尸哀号的。卢磊一走到尸身旁，细细查验。

不一会儿，两方都谈好了，傅家赔银二百两，出两名子弟戴孝举幡，便在江神庙借了纸笔写契画押，两方族长又来请几位巡警做中人。鼠须族长此时也换了张笑脸，警官长、警官短的，又拍着胸脯，道自己这方原本不肯，他好说歹说，担了天大的干系才平了下来。"原是为这洲上和气，倒不为那几两银。"又道劳烦了几位警官，事了便在家中备席，请几位吃顿便饭，还有心意奉上，"那位警官呢，怎的只剩两位？"

陈二毛却说官家不做中人，纸上滴墨的事，请这庙里的庙祝来做便好。陈二毛自拿着一把镰刀把玩，戏说这菜农人家刀具，硬是比普通人家要好，自家有个小菜园，半刃镰便够用了，这等弯月镰还带钩尖的，剜起菜来果真要省力得多，族长赔着笑，道警官若是喜欢，等下拿两把去。

"多了。"却见卢磊一冷冷摇头，插话道，"二百两太多，这渔户人家，靠天照应，举族之力都要倾家了。"

"这是给苦主的。"鼠须族长一愣，讪笑道。

"苦主是谁？总有亲眷，叫出来见见。"卢磊一脸上全无表情。

"他……他本无亲眷。"族长期期艾艾，言语打顿。

"父母早亡，无兄无妹，无妻无子？"卢磊一嘴角泛起一丝冷笑。

"他本是孤儿，吃百家饭长大。"鼠须族长梗着脖子充硬项，"傅家杀我族亲，合族都是苦主。"

"他姓甚名谁？今年年庚，排行班辈，父母姓名，祖辈是谁？"卢磊一厉声问道,"说。"

"鹏……杨鹏举,今年四十一,班辈……明字……"鼠须族长慌乱了起来,眼神左睃右睃,嘴角发颤。

卢磊一听着一哂,看两家子弟要散,举手一呼,"都别走!"转头又向鼠须族长,轻声笑道,"您老也是读过书的,须知一句老话,水深流缓,人贵语迟。"

3

大雨又落了下来,还伴着轰隆雷声,人们纷纷躲进江神庙避雨。只鼠须族长与两位巡警对峙,鼠须族长呆呆站着,脸上阴晴不定,陈二毛也察觉出异样来了,立在卢磊一身旁不作声。

大雨中,江神庙檐下人影幢幢,不知情的人在呼喊三人,他们浑作听不见。

"警官这是要做什么?"半晌,鼠须族长讷讷问道。

卢磊一眼眯起,眼里尽是锋利。他盯着族长的眼睛,"我要验尸。"

鼠须族长一愣,脸上粲然而笑,"好说,好说。"忽然转身往江神庙跑,边跑边喊着自己的族人,"快,把尸体扔江里去。"

那族长也是务农之人,腿脚麻利得很,倏忽间蹿出老远,庙前的杨家子弟已经赶上前来,料不到卢磊一更快,一发足赶上族长,背后一脚将也踹了个嘴啃泥,钉拳如风,左冲右打,放倒了几个冲在前头的杨氏族人,转头将趴倒在地挣扎的鼠须族长一把拎起。"磊伢子你玩大了。"却是陈二毛跑上前来,卢磊一把夺过他手上的镰刀,银色利刃抵上了鼠须族长的脖子,欺上来的杨氏族人不敢妄动。

"傅家子弟过来维持，不必赔钱，不需戴孝！"卢磊一大声呼喊，在檐下看热闹的船户们呼的一声便冲了出来。

"敢绑宗子，打他个官府狗差人。"杨家族人中有人叫嚣。

杨家族人蠢蠢欲动，陈二毛吓得腿打战，低声哀告，"放了吧，不放走不了了。"

鼠须族长听到有人壮胆，挣扎起来。卢磊一血气上头，手往里缩，勒颈镰刀又紧了几分，他强自镇定。"谁敢妄动！"卢磊一大吼道，"已着三等巡警李满根过河请兵，合段员警并巡防营官兵已经在路上。"

"大清律贼盗之一，官差捕罪人，敢纠众行劫，首犯斩，从犯绞。"陈二毛也豁出去了，大声地背着大清律，也难为他背得熟，竟不打顿，"动我一下便是砍头的罪名，敢对抗王法，你们没有父母儿女吗?！"

大雨倾盆，隆隆的雷声，当空一道闪电劈下，竟直劈在江神庙的屋檐上。哗啦一声巨响，庙顶飞檐被劈下来一大块。

"天老爷都看不过了。"陈二毛见状如打了鸡血，声气越发壮了，"此事有冤情！"

雨中有人尖声大喊："江神怒了！"却是庙祝老儿，这一道闪电，吓得他也庙里待不住了，跑将出来。两姓子弟更不敢动了，众人不敢进庙，便在雨中杵着。庙祝吓得六神无主，直道建庙二百年，雷劈江神庙是头一遭，本朝初年，张献忠陷长沙都没出过这等事。

"卢磊一！"雨中听见有人呼喊，卢磊一转头望去，却是段长，从洲边林中走出，身后跟着老陆与段上兄弟，八九个人影，都穿着号衣，段长走在前头，铁青的脸，龙行虎步，走得赳赳然。

"敢闹事，水陆洲未必就不是大清的地方了?"段长立在人群中，声音不高不低，却极洪亮，穿过雨滴，落在每个人耳里，如罡风贯耳，说不出的威严。鼠须族长委顿在地，却是傅家族长蹲在他身边，卢磊一听讶二人低声交谈。"报官便是，何必弄这一出，来整我。"傅家族长说得叹气。鼠须族长面有愧色，讷口不言。

此时，水陆洲东边，众多人影从岸边林中闪出，乌泱泱地朝江神庙走来。满傻子报信总算把话讲清楚了，恰遇着段长回段里打转身，听到消息上了心。巡防营是仓促间请不来的，商借了大西门警段的人，又找九将头借兵，大小西门警段合起来二十来人，九将头的脚夫行子倒来了百十人，连天大雨，水流略急了些，渡船过江上岸有远有近，人聚过来时，段长已经将两族人彻底稳住。

分局仵作老冯也来了，现场查验尸体。老冯五十来岁，又瘦又矮，皮肤黢黑，大头尖脸，一头鬈发，辫子都扎不齐，一双细眼倒是精光四射。原是今早大西门旁落棚桥下发生命案，大西门警段请动了他，段长商爱，便一齐来了。

卢磊一便在老冯边上陪着打下手，老冯积年的仵作，对尸体已经见惯不惊，打趣着问："你那满根兄弟说是你发现的，尸首不对劲，你且说说怎么不对？"

"身上三处刀伤，血都干了，脸上没有伤口，却抹一头鲜血。"卢磊一老老实实道，"我没学过，也知此事蹊跷，只怕人是早死了，抹了伤者的血，搬到这里来讹人。"

"初入职的新丁，有这份警醒。"老冯眼中带着欣赏，指着那尸身给卢磊一解释，"天已转热，你看他面上、胸口、两胁肉作青色，这是要腐的先兆。刀口泛白，四肢硬透，死了怕么一天了。再放就要臭了。"

段长也凑过来了,老冯却立了起来。"这就验完了?"段长笑道。

"只是初验,还需带回去复验,再填验尸格呈报。"老冯也笑,腰间抽出旱烟,点上一锅,惬意地抽了一口,"至迟也是昨日夜里死的,跟今日宗族械斗无关,把那姓杨的抓去审吧。"

"我瞧瞧。"段长倒起了兴致。

老冯便引着他看那尸身。"也不需剖了,伤口我都探过了。"老冯指着那胸上的刀口细细说,"竖为捅,平为插,刀口平入,左钝右细,使的是单刃小刀,只怕是剔骨尖刀。又无格挡伤,身有酒气,怕是被人灌得烂醉,躺着受的刀。"老冯比画着,"站在床边,一刀子插进去。"老冯皱着眉,"致命伤在左胸二肋间,入体极深,应是拼尽了全力,一刀破心,后两刀在二肋上与三肋下,入体不深,不致命,怕是没力了。"老冯拿烟杆虚指那尸身左肋的刀口,"刀口都略大些,应是双手握刀,抽刀时刀口有斜斜子回拉的复创,第三刀在这儿——"老冯指着那三肋下的刀口,"扎这一刀被肋排卡住了,掰断了的刃尖还留在里头呢。"

"力气小,灌醉了再杀。行凶的莫非——"段长望着老冯喃喃道,"是个妇人?"

老冯笑而不语。

杨再力转身挤进人群,揪着杨家的鼠须族长,"先杀再讹,你好大的胆。"

"不是我杀的。"杨家族长的声音里带着哭腔。

4

卢磊一自段上出来已是傍晚点灯时分,关得早的店铺伙计已经出来点香敬三方了。雨也歇了，今日这一出别开生面，卢磊一回头想想，不禁后怕，哪一个环节出了岔子必遭围攻，傅家不见得会出手相帮，自己凭着一身本事或可全身而退，好兄弟陈二毛可不一定保得住了。此番出来他要请陈二毛去陈记茶馆吃碗盖码面，面上未明说，也是谢他撑棚的意思。看这陈二毛平日里吊儿郎当，几分油滑，卢磊一拿那杨家族长，遭数十人围困之下，陈二毛居然硬挺着没跑，长沙伢子果真够义气。

此番他先去陈记，陈二毛说要回家换身衣服，干净吃请。卢磊一至此也闻见他身上的臊味了，怕是尿了，不敢说破，嘱他快去快回。

茶馆关张时间不定，一般酉时不接新客，戌时末打烊。自与陈作新结义后，此处卢磊一倒三天两头来光顾，弟兄生意兄弟撑的意思，每月柜上先放两元，面钱便在此中结，月底会账，陈作新也不管。卢磊一也作自家，夜里馋那一口了，敲开门也要嘱着陈家侄子做一碗盖码面来吃。

今天进店，却恰遇着了义兄。一身墨色夏布长衫，头发披散着，极飘逸，就着两样小食，正喝着酒，旁边还有一桌客，却是两个穿长衫的老秀才，就一壶茶、一碟炸豆子，谈兴热烈，咬文摘句，听不分明。

"怪道不关门，原来还有客。"卢磊一迈进门去。

陈作新见着他来，起身来迎，一脸笑意。道着伙计去请他，姚婶家也没撞见，段上也没看见，原以为今日错过，没料他自己来了。

"原为今日回来，又得了一条鲥鱼，邀你来吃。"陈作新道。

"大哥不在隐储山教书，回来做什么？"卢磊一也笑，见着陈作新，他心里也欢喜。

"关节打通了，我还回行伍中去，此番去不了新军，先入巡防营。"陈作新笑，"这不是喜事一桩？"

"那的确，我去打些陈酒来？"卢磊一也乐了，谑道，"你重入行伍，那我在军中有人了。"

陈作新一愣，盯着卢磊一的眼看，自失一笑。"你原不在乎这些。"他拍着卢磊一的肩，"上哪儿打酒，陈酒哪比得了我家的，我这儿有新康买来的老谷酒，我只是不卖罢了。"

一会儿，陈二毛也来了，便在这茶馆中坐起，等着上菜。老谷酒拿来了，先上两样卤味且吃着，陈二毛道卤味还是胡三家的好，自胡家夫妇正法后，整个小西门再吃不到那般正宗的好物，只怕是一锅老卤水，传了几代人。陈二毛两杯下肚，意气上来，哓哓说起了今日案情，今日在他，也算经了事了，有的吹了。陈作新在一旁笑着听，间或还要捧两句警官英勇，把个陈二毛越说越来劲。

前述案情不表，且说那段长逼问之下，晓得这抬来讹人的死尸是个外来户，两年前到的洲上，自称姓彭，名工魁，此人晓事，知道洲上没有里正，便找这杨氏族长拜门子，赠了八两银做见面礼，道自己外乡来，喜这洲上清净，打算长居，托着杨氏族长寻了个空屋卖给他，族长此中又赚了一道。这姓彭的来此，又不种菜，又不打鱼，自围了个栏，养了几头猪，又是个懒得要死的角色，平日里不是钓鱼便是喝酒，猪草都不打，倒把几头猪饿得干瘦。蹊跷的是，自住下后，此人从不上岸，一应生活用度，都托人去对河买，杨氏族长留了个心眼，怕他是个在缉的犯人，专程寻了关系去衙门里打问，回回过河，衙门口贴的海捕文书都要看一看，画像倒没一个对得上的。久了也便懈怠了，想着这果是个避世的人。此人除了喝酒，也无甚爱好，倒有个手艺，会制烟花，也只是做着自己玩，年节时做了几个，放上天去炸开，着实漂亮。

去年年末，打朱张渡来了一个妇人，说是寻亲，一路打问过来，问到了族长家。族长着人唤那彭工魁,那彭工魁看着这妇人是喜中带忧,两人抱头哭了一场,原是两夫妻,妇人便让那彭工魁领回家去了。

过了几日,彭工魁提着酒来族长家,一为答谢,二跟族长解释,说自己本是醴陵东堡人,两年前因与邻舍陆氏田产纠纷,一锄头锄翻了一个,怕牵扯人命案子,连夜逃离了家,这二年是有家不能回。哪知邻舍人没死,家里赔了汤药费,又情愿赔两亩田,此事平了。自己在外不知情,彭氏念他,便寻出来了,一年多了,好容易寻到此地。

彭工魁又道,此处分水一洲,原是风水好地,自己年过四十,还没生子,索性多住些时日,看能不能借着宝地地气,养下一男半女,再做还乡打算。如此,那妇人便陪着彭工魁住下了。

族长又说,这彭工魁自妇人来后,人都勤快了,家也整洁了,酒都喝得少了。

时间转到十天前,彭工魁兴冲冲地来族长家中报信,说堂客怀上了,此地果然地气旺,要谢族长收留,奉上了一对酒、一个蹄髈。

再便是今日早晨了,报信的人是彭工魁的邻舍,两家只相隔一片菜土,平日略有走动。邻舍早上出工,都见彭家娘子在院中忙活的,今日见这家门紧闭,烟囱无烟,心中起疑,敲门不应,房门却一推就开,便闻见了浓重的血腥味。这邻舍仗着锄头在手,麻起胆子进去一看,却见那彭工魁死在床上,不见彭家娘子。

这边杨氏族长与傅家争头香起了冲突,邀集族人正打仗,杨家族人多过傅家族人,奈何船上人家生就下盘稳、膂力大,打来打去竟落了下风。此番有人报信说那彭工魁死在家里了,杨氏族长血气上了头,犯了军,便使人将那尸首抬来,混战中也无人顾及。便作对方杀的,要做得象,还知在那彭工魁头脸上抹了鲜血,又泥里滚两圈,自家子弟伤者多，血倒是够用的。等这场架止息，两家族长出来理论，杨家这头死了人，便占了上风。

"就不怕这杨家合族合起来圆这个谎？"陈作新突然问道。

卢磊一便笑，说这些人的供词都是分头问的，所说相同，乡野之人，仓促之间串供串不得那么好。又问了渡头的船夫，今晨最早的一趟船是趟官船，天蒙蒙亮便靠了岸，是送那海关公廨的监工上洲，正要打回转，一个妇人求请上船捎一程，那官船船夫拿架子不肯，妇人出了两个当十的铜钱才上的船。问样貌，旁人都说是那彭娘子。

"这杨氏族长就是借尸讹财，如今捅破了，情愿出四十元私了。赔了夫人又折兵。"陈二毛咂嘴道。

卢磊一却赞那仵作老冯，果然是积年的仵作，有真东西，对着一具泥泞尸身，竟能推断出这许多，还都准。

"老冯回去还要复验，出验尸格，既无苦主，段上便收集旁供，一齐交到县里，县太爷验看过后，审出来，报上去发海捕文书。"陈二毛说起话来像个积年的老吏，说县里明日便会请画师上洲，按乡邻说法，把妇人的像画下来。

正说着，那鲫鱼上了桌，上菜的是个生人面孔，有几分风姿的一个妇人，袖上戴着黑纱，这是在戴孝了。陈作新道这是自家远房的堂妹，妹夫苦读诗书，三十岁考了秀才，又苦读三年，上月进城，要应这丙午科乡试。也是个死读书的，两耳不闻窗外事，不知圣上去年已颁明旨，自丙午科始，取消了这科举，在城外开福寺还读了半个月书，是那上香的香客告诉他没有乡试了，这妹夫气急攻心，当夜便死了。堂妹此番进城，是带骨回乡，在自家哥哥这儿借住一晚。

妇人对着众人福了一福，眼色冰冷，转身便进了里间。

"是个冷性子,不必理会。"陈作新扬了扬筷,招呼二人开吃,直说这道菜是自己教着弄的,用的是袁子才《随园食单》上的方子,猪肉糜先炒后熬加椒蒜碎再调味,鲥鱼不刮鳞,去了肚肠,用蜜酒腌,家中没有蜜酒,用的甜酒,上锅蒸,出锅时将猪肉糜浇在上头,卢磊一夹了一筷子,鱼肉的清甜与肉糜的咸鲜相辉映,味道一层层的。

"鲥鱼又叫君子鱼,这肉糜只是烘托,不会抢了味去。"陈作新笑道,卢磊一细吃,果然如此。

陈二毛此时搭不上话,筷疾如风,连夹。

旁边一个老秀才倒是凑过来了,惊道:"果是鲥鱼。此物必要带鳞蒸,鳞下有脂,蒸入肉中,又嫩又滑,光绪十二年(1886)我去拜仰五贤祠,遇着同年伯严兄,扰过他一席,桌上便有一道鲥鱼,美味至今难忘啊。"

卢磊一对这号自来熟的老头有些不耐,陈作新倒是见惯不惊,也没起身,一拱手问:"您是举人老爷?"

老头却一摆手,一张脸涨得通红,"我与陈伯严生员同榜。"

"您老说的可是湖湘三公子之一陈三立?"陈作新笑嘻嘻地又问。

"不是他是谁?伯严兄后来可是发了科的,两榜进士,授了吏部主事。"老头挥着手,吹胡子瞪眼,"竖子好大胆,敢直呼其名?"

"不敢不敢,原是伯严老的朋友,失敬了。"陈作新依旧满脸堆笑,站起身来又一拱手,"二位到此,小店蓬荜生辉,炒个鸡子赠送,算在我账上。"

"算你识相,我与伯严是故交,想当初那一席,席上十来人,伯严兄一双眼就在我身上,散席后还专留我下来吃茶,共研时文。"老头得了便宜,哓哓念着回了自己桌。

陈作新复坐下，笑着摇头，喝了杯酒。却听扑哧一声，是卢磊一没忍住，一口酒喷了。

陈作新也在憋着。默了一阵，陈作新拍了拍卢磊一，道方才想了个对子，让卢磊一对，"赳赳老儿，茶堂念旧识，秀才也敢称同年。"

"熊熊炉火，灶洞添薪柴，鲫鱼还需带鳞蒸。"卢磊一夹了一筷子鱼，脱口而出。

陈作新一愣，继而哈哈大笑，"你这是无情对了。"

饭到末了，陈作新吃得尽兴，倒认真嘱起卢磊一来，说他年岁已大，该取个字了，老是直呼其名，总是不好的。"磊一，字贯之？"卢磊一笑道，"磊一听惯了，称字我都不晓得别个喊我。"

二、音止语歇

1

今年天热得特别早，三月下便开始热，四月越发，四、五、六原是夏三月，域里人盼雨消暑，农户怕雨太多沤坏庄稼。小西门警段还有一桩事，段长夫人已经过了头七，未下葬，段长意思多停一会儿，段长寻先生问了，选的吉日在四月中，可天热起来，棺材里头的经熬不住，段长便使着弟兄们在灵堂里头熏艾条，又请托了段内几个大户，从南门外地窖里拖冰来，一块块地放在棺材四周。阵仗弄大了，他也扛抵不住，也不纠结四月中了，只要过了二七就发送上山。

卢磊一一个光人，当差后左右无事，段长家里时时来帮忙。陈二毛也凑趣，自从水陆洲一回历险后，越发地与卢磊一要好，恨不得时时凑在一处。他是结了婚的，夜里宁愿陪卢磊一守灵，也不回家。卢磊一倒不觉得如何，反是老陆笑他，"人说少年夫妻，正如干柴烈火。难得你把段上当家。"陈二毛只是讪笑，私下却与卢磊一说，自己婆娘狠，需索无度，实在应付不来，"一碰就下种，生的又都是妹子。"陈二毛亦是懊恼，"我爷还指望着我接香火，为这事还去问了先生，先生说行房时时辰方位都要讲究，那事得要选着日子弄，先生要我节约点，莫崽没生下，先没用了。"

卢磊一大笑，道："这先生也不是正经先生。"

卢磊一于此事也是懵懂，只是年岁渐大，心内不时蹿起一团火，没来由地煎熬。每日晨起去江里游泳，冷水一激，可以暂消，可自小耳濡目染，除了"嫂溺援之以手"之外，都是男女大防，张登寿又教了他些格致功夫，每次心中邪念起，不由得便觉得惭愧。

夜里与陈二毛经过那端履巷，仍听得那幽幽的女音，似乎夜夜唱，止不尽的凄凉。卢磊一听得心里起了怜意，便劝陈二毛回家去，"你看她一出喜戏唱得这般凄凉，怕不也是个痴情女子，夜夜盼夫归。你家夫人也是这样吧。"

"你怕是管得宽，这时候回去让她折腾我？她心满意足，睡了还打猪婆鼾，你晓得不？"陈二毛发了恼，又诧异地盯着卢磊一看，半晌一拍卢磊一的肩，"你小小年纪心思哪里这么多，怕不是发春了吧，哪天我带你去南城娼馆见识见识。"陈二毛哈哈大笑。

卢磊一黑暗中脸涨得通红，恼得不得了。又想着那日夜里吃鲫鱼，陈二毛吃完走了，卢磊一还陪义兄聊了一会儿，义兄也谈起了此事，道既已成年，该早做打算，他做义兄的可以帮着参谋，甚或帮他去寻那合适的人家。卢磊一借着酒劲也吐了心声，道这种事本是父母之命、媒妁之言，但自己一来不喜欢那婚配，两个陌生人凑在一块儿便过余生；二来入职一年多，头无片瓦，脚无寸地，总得挣下一份家业来，才好娶妻。

义兄欲待再说，被他岔开去，问那五贤祠的事。义兄说那处在湖南贡院，在白果园边苏家巷，特为祭祀赵申乔、潘宗洛、李发甲、吕谦恒、宋致等五人，此五公都是康雍年间人，当朝为官期间十数年力争，最终促使雍正爷下旨南北分闱，为湖南的读书人辟出一条文脉。"以前湖南的秀才考举人，可不在长沙，得千里迢迢到武昌去考，名额上还需与湖北争，榜上四五里有一不错了。"陈作新笑道。

"何解那么远，我听陈二毛说他爹爹从前行船常去那儿，抬脚即到似的。"卢磊一诧异问道。

"不行路不知远近，长沙去武昌需过洞庭，光一个洞庭湖就八百里。江湖浪急，听老辈子说，那些年船难淹死的赶考士子可不少。"陈作新道。

2

已经看到八角亭了，如威严巨物站在雨过天青的夜色中。身后远处忽地一声凄厉的尖叫，那戏音随着尖叫戛然而止，卢磊一与陈二毛对视一眼，回身便往端履巷跑。巷子中静悄悄的，却有个摇铃卖消夜的放下担子，正往楼上望。

那声尖叫便是这楼上发出。如今寂寂无声，那挑担老儿似被吓住了，见两位巡警过来，指了指楼上。

陈二毛上前便敲门，无人应。卢磊一拨过挂在夜宵摊上的气死风灯去照那门，"外头上了锁？这房子。"

"这是王举人家。"那卖夜宵的老汉畏畏缩缩地说，"王举人去年举家搬走了，这里……这里是空宅。"

卢磊一一惊，气死风灯的细挑杆往腰前一插，纵身踩上门前拴马石再一蹬蹭，单手便搭上了房檐边，悠悠一荡，人似纸片般地飞上了房檐。临街二楼门窗紧闭，卢磊一沿着马头墙跳进院里，里里外外寻了个遍。两进的院子，果真空无一人，一进里还有个小戏台，台联搬用的洪山寺戏台的对联,"看这里替古人写照传神,莫道衣冠是假;到此间愿诸君设身处地,要知善恶如斯。"

卢磊一提着灯,沿着侧梯上了那临街楼的二楼,两间下人房黑黢黢的,门虚掩着,床空凳蒙尘,那楼道间丢着一个小物,在灯光的照射下显出暗色的红。卢磊一拾起一看,是只香囊,如意锁状,红绸刺绣着一对鸳鸯,香囊极香,不知放了什么草药,极醒神。

卢磊一从檐上跳下时,陈二毛端着一碗面已经开吃了。"半天都不出来,我都要喊人了。"又招呼他,"难为这走摊卖消夜的,还有排骨码子,来来来,搞一碗。"卢磊一摆摆手,却见那挑担老人已经把面下了,便嘱他下碗干拌,不必放码。

"果真没人?"陈二毛问情况。"没人。"卢磊一原原本本地讲了。

"不会真的闹鬼吧。"那夜宵老汉有两位巡警相陪,胆气壮了不少,"这几日夜里常听楼上有人唱戏,我报了甲长的,也没人管。"老汉说自己在这条街上卖了十多年的夜宵,每户都是清楚的。

卢磊一又问这王举人家的情况,夜宵老汉被挑起了话头,不单王举人,把着这端履巷,一家家地说开。说这王举人的儿子去年补了武汉夏口(汉口)厅丞,便把举人一家接到任上享福去了;王举人家是端履巷的头一户,从前还在府的时候,最是关照他的生意。后头便是周府周老板家,周老板开当铺的,家中巨富,有两个儿子在外读书,其中一个还去了东洋,去东洋的那位可不得了,娶的是西城洪道台家的女儿。再过去便是刘府刘老板家,刘老板做酱园生意,平日低调,劳累人睡得早,不怎么光顾他。再过去是香婆婆家,此街唯一孤老,每日吃斋念佛,唯东城她侄孙女来陪她住时,会喊他的夜宵,买来与侄孙女吃,付钱时口旦还念,"阿弥陀佛,罪过罪过。"接过碗却要数那面上的排骨,必是四坨才作得数,少了要比着他添。老汉声音洪亮,调门又高,说出话来,在巷中传得老远。卢磊一笑他,也不怕得罪人。说得老汉放低了声量,仍旧嗫嚅,"我这排骨面做了这么多年,只卖这端履巷、履道巷和鱼塘街,料好面实在,夜宵里头排骨面我是头一份的。"

这边卢磊一三扒两扒一碗干拌面下了肚,听得他说,又嘱着下了一碗排骨面。那老汉笑嘻嘻地应了,道年轻人食量大,方才警官显那几下蹿梁上瓦的功夫,原是个练家子,做体力的人,吃饭不求好,先求饱,自己年轻时在北门外萧家老宅做工,一顿能吃下十碗薯丝陈米饭,把个萧家老大人看得眉开眼笑,还说"吃得做得",要他好好地搞。这老汉嘴碎,声调不觉又高了,手下却不停,一大把面条下进锅里,盐、猪油、葱花、酱油做碗底,浇上小半勺清汤,面煮熟了捞出,长筷一伸一收,折个对角,平平地铺进碗里,排骨却是蒸码,挑的笼屉中摞成一个个小碗,撒了豆豉、辣椒与姜丝蒸的,拿出一碗,扣在面上。卢磊一筷子伸入一通搅,骨汁洇进面里,豉浓肉香,姜丝又提味,面嚼到尾子还有甘甜,那排骨还裹了粉,又嫩又滑,怪道说是长沙独一份,有点独门的东西。"这裹的是啥,硬是好吃些?"陈二毛在一旁问。

"这是老汉的独家,说出来也不稀奇,就是点葛粉而已。"老汉哈哈大笑。

吃完面,却是卢磊一抢着会的账。给钱的时候卢磊一定定地盯着煮面老头,沉声道:"若是有别的情况,现在就说,知情不举者有罪。"老汉连连摆手,挑着担子走远了。

"你方才问了这老头住哪儿没?"卢磊一望着老汉的背影。

"金线街闵记油铺边头。"陈二毛回,"怎么了?"

"金线街的摊子，在端履巷卖?"卢磊一一愣，"出巷子就是上下河街。"

"你不明白这老汉的算盘，东西虽好，也是个死要钱的角色。端履巷、履道巷、鱼塘街上大户多，打赏自然也多。"陈二毛笑道，"这老鳖，一看就是个喉咙眼里伸手出来的角色，贪呢。"

"自作孽咯。"卢磊一恻然一笑。

陈二毛没听明白。

"你让九将头派个脚夫行子跟着他，每日报我们一次。"卢磊一突兀地说。

3

再到段长家，远远地看到门口一抬两人小轿离开，再进屋，却是段长陪着仵作老冯在侧室喝茶。说及方才是来了贵客，分局警官，一为吊唁，封了三元银的白包，顺带坐了一气，聊聊公事，说的是那水陆洲的案子，道画师已据各村民所述画出初样，今日上洲又给各相熟村民示看，稍作修正，明日便报巡警道转呈湖南按察使司，发布海捕文书，合省追缉。警官想当然，道想那一个妇人，难逃此法网。

警官走后，段长却摇头，说这警官还是经事少，妇人最难捉，即便是没逃出长沙城，避着点人，夜里投亲，与亲戚打好商量，一两年不出门，便似没这个人。"所以要有赏格，为那几两银，见着生人，风闻便报，也是难逃的。"老冯在一旁抽着烟笑，"前年北门秀才杀妻案不就是这么破的吗？人逃到岳州去了，海捕文书一下，赏格一发，便也抓回来了。"

"那是那秀才在亲戚家憋不住，起了风雅兴，要看那岳阳楼。"杨再力道，又似想起个事，回头跟陈、卢二人嘱咐，着他们这两日收拾收拾，要出一趟差，去醴陵。此案探访局侦缉了几日，探知这死者彭工魁是醴陵东堡彭氏，家中两块牌位，一是始祖继宝公，一是叔考彭之冕。彭之冕是醴陵邑绅，乾隆年曾任江西万安县丞，曾出巨资修建渌江桥，在地有盛名，循此线索，查阅籍档，可知彭工魁为醴陵柘塘坪彭氏族人，"明之洪熙"之拱字辈，此人真名应为彭拱魁。东堡柘塘坪彭氏为当地望族，宗祠占地数十亩，族人逾三千，以开炮庄及烧瓷为生。人说大树底下好乘凉，这彭拱魁如何要背井离乡，跑到这江心的水陆洲来避世，此中是否有隐情，是否就是他被杀的原因，尚需细细探明，所以让两人跑一趟，借报丧为名，行探访之实。或可寻得彭家娘子的线索。

"为何探访局自己不去？要我们两个新丁担这么大干系。"陈二毛嘀咕着。

"让你去你就去。"段长斥道，"探访局的差员没空。"他叹了口气，又解释，说自光绪三十年哥老会马福益事败，清除余党便是探访局第一要务，风闻必查，他们也摞不开手，这回查案都是分局警官私人所请，探访局给面子来了两个人，查了两天。如今又探知长沙士绅私下联合，要接引姚宏业、陈天华二位的灵柩回省，举行公葬。合府官员、军警如临大敌。巡警道下令，各区各段巡长以上随时待命，因此不单探访局去不了，段长、老陆也不能去。

"那两个是什么人？尸体回来都这么大阵仗。"陈二毛笑道。

"义士！"段长竖起了大拇指。

段长又道，此事原不用外派，水陆洲本是西区分局代管，有案不定晡期，作个悬案未结，等海捕文书发出去再说。只因海关税务司发了话，海关公廨旁边发生的命案，此事要查。洋人发了话，巡警道只得虚应故事。

"醴陵归长宝道，长沙府代管，分局的文书没用，等府里的文书下来，你们便去。"段长又道，"少年人，遇事不需逞强，原是做点样子出来，遮遮洋大人的眼。"

段长最后一番话，倒说得卢磊一心中一暖。

三、明之拱熙

1

隔两日，段长夫人好歹出殡了，吉日挨不到，便选了吉时。东边东牌楼路太挤，绕端履巷走伯陵街转小吴门，过城外瓦屋街，再上义山。抬棺金刚八人，卢磊一、满傻子都在其中，段上孔武者不足数，九将头的抑夫行子也出了几个人来，吹吹打打过端履巷时，看那王举人宅旁挂出了白灯笼，门楣未看清，被后头人催促了，唤过在队伍前头点炮的陈二毛，让他去看看。

上午出的殡，下午分局通知文书到了，让去取，陈二毛便寻着卢磊一苦笑，道二人都是劳碌命，一刻都不得歇。二人同去樊西巷的西区分局取，分局两层小楼，门口有守卫兵，背着大刀。二人寻到司法课，寻课员取了文书，那课员是陈二毛的熟人，二人寒暄了几句，课室一间大房　人众来往。课员笑道这两年小西门段上不安生，案子一个接一个，还都是命案，陈二毛要不寻着自家亲戚换换岗。陈二毛道哪处都一样，大小事总归是忙，命案也由他，死道友不死贫道，侥幸破案还是大功一件　又嘀咕着翠仙楼来了新妹子，水灵得很，哪日去玩玩，他做东，说得那课员低声浪笑。又说水陆洲命案的海捕文书已经印出来了，正在用印。他上午去警务总局拿了一张，给陈二毛看看，倒是个标致妇人，也不知道那画师画得准不准。

画像一拿出来，陈二毛、卢磊一都愣了。卢磊一捏了捏陈二毛，陈二毛醒过神来，又寒暄了两句，出了分局。

二人没回段上，卢磊一引着陈二毛急奔，也不知道去哪儿。他内心激荡，无可名状，那画像上的妇人，不就是那日夜里在义兄茶馆，做鲫鱼的妇人吗？

卢磊一终究还是决定回到半湘街，街上攘来熙往，依旧是热闹景象。天好容易晴了几日，夏日的太阳已经显出毒辣，晒得行人小贩一齐往檐下避，卖冰水、酸梅汤的摊子前挤满了人。

卢磊一正要往陈记茶馆里冲，义兄过几日便要去军中了，他要找义兄问个明白。

"不要着急上火，我晓得你俩是义兄弟。"陈二毛好说歹说将卢磊一拉到庆丰楼，寻着僻静处的桌子坐着，点了两碟小菜、一壶酒，低声劝慰，"脾气大了容易犯冲，你先想好，是要拿他，还是不拿？"陈二毛举杯敬他，"我总之是陪你的。"

"当差难道不行官家事？"卢磊一其实心里犹豫得很，嘴上却要逞强。

"你在讲笑话噢，而今的世道，哪里不是人情？你当差也不是一两日了，这里头的弯头曲脑该当清楚。"陈二毛一嗤，"我听说那当官的、有名望的士绅还给革命党脱罪掩罪呢。"陈二毛咂着嘴，压低声音，"哪天真的反了天了，这就是后手。娘的，这庆丰楼的酒，比夏记兑的水还多。"

"命案也掩？"卢磊一依旧愤懑。

"怎么不是呢，会党魁首，哪个身上没有人命？杀一人为凶，杀百人是勇，杀千人是将。"陈二毛笑嘻嘻的，"再说，人又不是他杀的，顶多算个包庇。你义兄我也看得久了，他不是个奸恶相，他要包庇，也许有隐情。"

一碟嫩炒猪肝，一碟辣椒萝卜，陈二毛就着菜连喝了两杯，叫过门口歇脚的一个脚夫行子，掏出一个当二十的铜钱，请他去夏记打壶酒来。余钱做跑腿的答谢。卢磊一是吃不下，一个劲地喝酒，似要用那酒来尧胸中块垒，不然一股气积郁着总是难平。

"若是你，你怎么做？"卢磊一问。

"我假装没有这事。"陈二毛嬉笑着，反问道，"你呢，想明白了没？"

卢磊一又喝下一杯，咂着嘴，"我幼时在蒙养院时，有个最好的朋友 蒙养院里吃不饱，他比我还瘦呢，却肯分半个馒头给我吃。有一天啊 神父的十字架不见了，那是他挂在颈上的，银的，不知怎的，就丢了 神父老爷召集了我们，说不交出来，要罚全院孩童一个礼拜没饭吃。"卢磊一低声说着，说的是旧事，"我那朋友常说，他在上帝面前许了无数次愿了，要他娘来寻他，没有神器作引，上帝没听到呢，要用那十字架许愿，他娘就会来了。"

正说着，店家又端上了自制的酸梅汤，庆丰楼酸梅汤要算钱的，警官来了就奉送了，还是掌柜的亲自端过来的。掌柜的姓刘大号明章，五短身材，薄唇小眼，一身的消息劲，直道这是正宗乌梅熬制三遍的，一遍淡二遍浓三遍香，加白糖又放了冰，孝敬两位警官消暑。卢磊一端着一口饮尽，冰凉酸甜，火气又下了几分，却见陈二毛面前那碗未动，端过来也喝了。陈二毛也不争，笑眯眯地看着。

卢磊一被陈二毛笑得不好意思，招手要店家再送一碗。陈二毛摆摆手，笑。"要喝你喝，我不要。"陈二毛嬉笑着，"这就和你不吃排骨面一样。"

卢磊一脸上诧异。

"走街串巷的摊子，要不是熟人，你知他那码子用的什么肉？你当初是不是起的这个心思？不好明说？"陈二毛笑，"后来听说那老汉在端履巷卖面十几年，放了心，才让他又下一碗排骨面。"

卢磊一被说破了心思，讪讪不语。陈二毛接着道："这酸梅汤没问题，但用的冰就难说，府里冰有三种，一等田冰，南门外北门外都有，冰厂专门租的田，临冬放水，腊月收冰，那水放的是山泉水；二等塘冰，农家池塘里结的冰，凿下来窖藏，也有卖的；三等河冰，沿河的商户冬天取河水灌在模具里制成，或者天寒一些，河湾结了厚冰，直接凿了窖藏备用。"陈二毛咂了口酒，嬉皮笑脸，"一等、二等的冰都要买，这刘老板王八盖子作药熬的抠门角色，你说他用的是什么冰？"

卢磊一差点没吐出来。

2

二人在庆丰楼坐到日头落山、月儿斜上，酒纵是兑多了水，也终是有些醉了。卢磊一出了门，却往南走，陈二毛叹了一口气，跟在后面。

街上店铺大多已经关了门，门前敬三方的香火都要燃尽了，尚余袅袅青烟。远远看见那陈记茶馆也关了门，二楼雅座却透出了光影，卢磊一敲开了门，径直上楼，却是一桌饭局快要终了，一桌四人，除了陈作新，倒有一个熟面孔。

"李金七你这个老色鳖!"陈二毛一声吼,原是那日调戏芬儿的茶客。卢磊一趁着酒劲闪身而上,便要拿那汉子,哪知汉子轻巧地侧身,手搭上卢磊一的手臂一带一推,便化解了。

卢磊一愣在当地,茶客可没有这般身手。

"兄弟不打,此人非彼人。"陈作新在一旁大呼。

卢磊一再看那人,也知自己孟浪了。相似八九分,神似一二分,那茶客一脸猥琐,今日这人却沉稳持重,眉宇间还透出一些生人勿近的凛然。

卢磊一踌躇间,却被义兄一把按坐了,"这才是真正的醴陵瓷商行会直年首士李金奇,釉下青花、玉色瓷长沙府总代。行商二十载,醴陵府内闻名。"

"这就是把你老弟抓了的那位警官。"陈作新又指着卢磊一向那李金奇介绍,"是我义弟。"

却见那李金奇起身一拱手,"舍弟多承警官管教。"

"他弟弟我也没见过,据说是一模一样,一母同胞,还是双生,哥哥正直重义,弟弟却……"陈作新叹了口笑,揶揄那李金奇,"长兄如父,家教有失啊。"原来那日那茶客是李金奇的双生弟弟,叫李金异,一胞双生原是奇异,乃父怕是据事起的名。哥哥与弟弟,却是一个天上一个地下,这李金异平日家里宠养惯了,最是无赖,自己没本事,处处打着哥哥的名号,得亏终有敬畏,用字还晓得用个同音,便作李金七。

陈作新说得李金奇带着酒意的脸越发红了,倒了一大杯酒,来敬卢磊一。

陈作新又笑卢磊一,说那等无耻小人,自己怎的会跟他同桌,照面都没打过。这桌上除了李金奇,还有省内教育界的两位大人,便引着卢磊一一一介绍。两位与陈作新年龄不相上下，一位是府内潮宗门旁新化实学堂的学监谭石屏，另一位是长沙府中学堂学监龙黉溪。今日这个局是陈作新攒的，邀集几位朋友，私祭义士陈天华与姚宏业。初时卢磊一没注意，如今再看，那临窗的小桌上点着香烛，倒着酒，供着三牲，想来已经祭拜过了。

众人都已经有酒了，陈作新酒意最盛，又敬了一圈，"星台兄高义，前年长沙有过一面之缘，而今阴阳两隔，留书传世，却是振聋发聩！"陈作新满饮杯中酒，也不避卢、陈二人，高声诵道，"长梦千年何日醒，睡乡谁遣警钟鸣？腥风血雨难为我，好个江山忍送人！"酒杯往桌上一蹾，不胜唏嘘。

"当着巡警念反诗，你这义兄真没把你当外人。"陈二毛低低与卢磊一耳语。

卢磊一不作声，看着陈作新，心里没来由地有些紧张，倒是替他担心的居多。却见义兄起身离席，缓步走到香案前，一鞠到地，将那案上供酒依次浇在地上。那三人也起身，分列义兄身后，奠酒过后，随他一起，鞠了三个躬，便散了。

"你今日来寻我，只怕不是偶然。"众人走了，陈作新回席，摆摆手让卢磊一坐，着他陪自己喝两杯。

卢磊一没有坐下，站着，定定地看着陈作新。好半天才从牙齿缝里挤出一句，"你窝藏命犯，把人交出来。"

"我那堂妹？走了。"陈作新倒是坦然，一笑道，"去哪儿了不知道。"

"你不畏国法？"卢磊一叹道，声气却怎么也高不起来。

倒是陈二毛在旁边帮着腔，"大清律，盗贼窝主，知情存留一人，杖一百徒三年。陈大哥您这是何苦来哉。"

陈作新却望着二人笑，给二人倒上酒，又满饮一杯，"要抓你们早抓了。聚众念反诗可比这罪大。"

"我们没听见。"陈二毛答，笑着便拿筷子去搛菜，"反正最迟后日便去醴陵，查得出查不出交差便了。"

见卢磊一不语，陈作新一手抚上他的肩。"义兄让你难做了。"陈作新盯着卢磊一的眼睛，认真说道，"朋友之间乃是为情义行不得已之事，我当日如此，便如你今日如此，我只能告诉你，我不亏心。"

"你这人我早看出来了，理在法上，情在理上，还拿他，王八崽子才告你。"二人下楼来，陈二毛推一把卢磊一，咄咄说道，"你不过要他一句话，宽你的心。"

卢磊一脸色开了，也与他打闹，轻轻回推陈二毛一把。陈二毛瘦精精的虚弱身子，被推了个趔趄。"还打老子，没的庆丰楼一餐饭，你了不得难。"陈二毛伸出一只手，"至少四个菜。"

卢磊一连声应了。

"今日那故事你没讲完，你那蒙养院的朋友，果真偷了神父的十字架？"陈二毛问。

"那还有假，我去问他，他便坦白了，我还悄悄半夜里陪着他去上帝面前许愿。"已是夜深，半湘街上空荡荡的，只有远处的梆子声，打更的老蔡提着灯笼慢慢走近了，卢磊一叫过他，说那陈记茶馆楼上有一桌席还没收，"酒是陈酒，鸡还有半只，你去，就说我叫你去的。"老蔡喜得飞奔而去。

"他许过愿了我便拿了那十字架，想着趁着早课时还回去，此事便了,哪知道被神父逮了个正着,当众处罚,戒尺都打折了两根,打得我屁股、背上血淋淋的,过后又化脓,发烧,差点没熬过去。所以我师娘过后一定要把我接回家,也是为了这事。"卢磊一停下脚步,眯着眼看天,天上一轮上弦月,洒下无数清辉,"我师娘说我打那以后就体子弱,为这事没少埋怨师父。"

"可是直到我离开蒙养院,他娘还是没来找他啊。"卢磊一一叹,"上帝还是没听见。"

"你也是受了苦的。"陈二毛搂上卢磊一的肩,用力地摇了摇,"若是为了免庆丰楼一餐饭,你可唱了一道好苦情啊。"

这话逗得卢磊一一哧,一把推开陈二毛,"不免,四个菜,我记着呢。"

3

却是第二日下午启的程。走水路,不过少了翻山之苦,小西门外义渡亭上船,向南过渌口往东,湘水湾湾再接渌水湾湾,总程小两百里。好在夏日南风急,风帆正满,义兄来送的行,搭上两壶酒与十个银圆,道是路上总有花费,卢磊一还待推辞,陈二毛却当先接了。

陈作新便在义渡亭摆酒,给卢磊一送行,细细嘱着他这是头回出公差,诸事都要小心。"纵有功夫在身,也需小心为上,江湖路险,那东西带着吧。"陈作新单手比了个枪的样子,卢磊一拍了拍腰间,点了点头。陈作新又嘱那陈二毛,道他懂的江湖规矩多些,要多照顾,遇事喊着卢磊一些,莫冲动,陈二毛笑着应了。

卢磊一与陈作新碰了一杯,喝尽杯中酒,两杯下肚,再看这远山近水,古亭旁一夕晚照,忽地有些怅然。转头看着陈作新一笑,道:"我都省得了,不必再嘱,就学那古人做风雅事,要是送别,就请兄长口占一首吧。"

水流汩汩,船在江中行得正稳,卢磊一坐在船头,仍在回味义兄方才那首诗。"义渡亭旁看晚霞,瑟瑟满江开红花。香草犹生岳山底,鹏鸟已振渌水沙。碧水映瓷同玉色,青山作茧到东崖。寂寞亭前扁舟子,楫收楫摆去谁家?"起句淡,收句却似有惆怅郁结,也不知道义兄心中到底藏着多大的事呢。

卢磊一眼神放空,望着缓缓后移的远岸,江风剌剌,他却没来由地傻笑。胸口一处温热,抚着暖心,那是一个符,叠成三角,是芬儿给的,临上船时,小妮子急匆匆地跑来送给他的,说老陆到店闲话,提及二人出公差的事,主母嘱着芬儿去循道会后头的观音寺求的,"夫人说,磊一哥平常关照得多,头回出远门,带个符保平安呢。"饶是大脚丫头跑得快,暑热之下,芬儿脸热得红扑扑,小巧的鼻尖渗出细密的汗珠,薄薄的碎花袄裙都似润湿了。卢磊一偏了偏头,珍而重之地接过,掖进怀里。芬儿便笑了,拍着手道:"磊一哥,平平安安哪。"反是陈二毛煞风景,在一旁幽幽地说:"是主母嘱的还是你自己去求的,我也关照不少,怎的我没有?"

芬儿杏眼一瞪,脸瞬间红了,嘴一撇似要反驳,终是说不出来,一跺脚,扭身跑了。

"放心,我陈家祖辈船上人家,保他平安。"陈二毛依旧尖着声在后头喊。

卢磊一回身揉了陈二毛一把,差点没把他推到水里去。"船个屁的人家，你姓陈。"卢磊一恼怒地啐了一口。

　　一路南风急，过渌口河道渐窄，渌水水浅滩多，水缓处用橹摇，走走停停两日多才到醴陵。船到状元洲，从何家码头上的岸，出了码头便是东正街，县衙在东正街南。二人先去县衙交割了文书，有皂班头子引着去警察局。皂班头子是本地人，积年的老吏，当差多时，会些省话，不然此处方言着实难懂。那老吏也说，本地话偏江西，府里的话易学，长沙人到此处，多半抓瞎，说什么都要笔谈咧。

　　警察局就在县衙北，西正街旁的曹家巷，一栋旧平房，牌子却是新的。老吏道原是警察所，今年新换的牌子，学府里的建制，更名警察局，人都是些老人，局长归县丞兼着，正八品，却比府里的分局警官位阶要高。县丞是根老烟枪，不坐班，见一面比见县太爷还难。平日管事的是一个巡长，叫何大方，长沙西乡人，幼年家贫，随母逃荒走四方，流浪到这醴陵城北柏塘坪彭家，母亲做了乳母，因服侍周到，又结了干亲。这何大方成了年，索性在彭家入赘，伴了个旁系女子赘入门去，也为这彭家势大。"不然这种抢破头的差，哪轮得到他来做。"老吏口里一嗤，引着二人进了门。

　　偌大的签房里星星落落坐着几人，有穿号衣的，也有穿常服的，靠窗一桌叶子牌，几个汉子正打得热火朝天。往里间走，进屋便闻见酒气，桌后头，一个胖子仰躺在竹靠椅上，四仰八叉一摊肥肉，正打着小鼾。老吏上前便是一个栗暴，打得那胖子一激灵，半睁开眼，左右看看，看清了来人，立起身来咧着嘴笑。

　　原是不吃痛的人，二人叽里呱啦一顿扯，胖子便朝向了卢、陈二人，一张圆脸堆叠着假笑，挤得眼睛都看不见了，开口却是一句省骂，倒透着亲切，骂完又自嘲，"嫁到醴陵二十年，府里终于来人了。"那老吏便笑，又嘱着二人道夜里知县设宴，请二位府里来客，务必赏光，卢磊一连连摆手道受当不起。"当得起，省府来员，见官高三级。在善园旁边的板杉饭庄。"老吏道，转头又斥那巡长，"何大方，记着了，带着过来，有好酒喂你这只狗。"胖子眯眯笑着应了。

胖子叫过一个穿号衣的一起陪着二人，走上大街，四人往北，迤逦而行。胖子也是个没脾气的，一路上介绍景致、地名，殷勤劲儿做足，老吏已经跟他交代过案子了，这厮却闭口不谈，卢磊一一再问，胖子半眯着眼，笑意不减，"先为族中人，后才是官身，见了宗子再说。"又言这宗子是义庵公之后的第三代族长，启字辈长房长孙，大名彭启恒，字缦之。

四人出了城，一路往北，过姜湾，又过五里牌，远远看到一个高大的牌坊，牌坊下头一眼水塘，塘后是黑压压的屋群，"那里就是彭氏宗祠了。先祖继宝公明洪武年间自南昌迁入，传至第十四代义庵公手里发扬光大。义庵公是乾隆年选过县丞的，独自捐资万两，两修渌江桥。那座牌坊，便是义庵公向朝廷请封修建，使我彭氏宗族光宗耀祖，那可是啧啧啧，了不得的人物啊。"

"你好像姓何吧？"一旁陈二毛幽幽地说。

何大方一顿，摸摸肥腮，脸上尴尬一闪而过。"姓彭也行。"他哈哈一笑，"我崽姓彭。"

彭氏宗祠极气派，雕梁画栋，飞檐斗拱，门口有管事的族人接引，院落有五进，后进是祭祀祖宗的地方。进了大门，穿过鹊楼，梁上几个匾额，有书"奉直大夫"，有书"恩锡同荣"。过中庭，门上挂着个匾，上书"古君子风"，族人道宗子在三进左厢，今日有族人中邪，正在施针。

三进左厢门敞着，病人就躺在抬来的床上，似已癫狂，发出的咯咯咯的怪笑，声音不高，却瘆人，虽已用麻绳绑在床上，犹须几个壮汉按着他才不动。一人背对着门，正在施针，旁边围着几个神色焦虑的家属，那施针的就是族长了，个头不高，一根乌辫油黑锃亮，大热的天，素色长衫外头犹着一件月白竹纹马褂。卢磊一暗忖，"他也不热？"走得近了，闻到一股暗香，如兰如馥，幽幽入鼻。

何大方做了个噤声的手势，几人确是不便打扰，便在一旁看着。已经下过几针了，卢磊一认穴，那是习武时师父教的，大穴记得，小穴认不全。略知一些针法，是在文师父家里看书看的，没用过，不敢。看那宗子落针的穴位，自人中始，后少商、隐白、申脉、风府、颊车、承浆一路扎下来，又准又稳。卢磊一心下讶异，这驱邪的针法书上看过，不记得名了，隐约有些印象，当时只作笑话看，没想到真有人用。

一针针落下，病人渐渐安静下来，几至无声。宗子忽然停下来，一伸手，那手细长，白如凝脂，打下手的自针袋里拿出一根针，略粗些，用火折子细细地燎一遍，递上去，这一针落在曲池。一针下去，那病人啊的一声闷哼，嘘出一口长气，眼神顿时清明了。

"十一针。"卢磊一暗数着。

宗子收了针，摆摆手，众人七手八脚地给病人解绑。病人竟自下了床，衣衫不整地在宗子面前跪下，磕了个头。

"去吧，为人要知敬畏，遇到荒坟绕路走。"宗子道。卢磊一一愣，怎么是女声？看她转过身来，淡眉秋水，桃红面色，鼻如玉葱挺而直，细长凤眼英气逼人，竟是一位女族长。

浮梁店主人言：今天累了，故事先说到此。那彭宗子的针法我后来查过，叫"鬼门十三针"，我到如今也没弄清楚是个什么，那时候会的人不多，今天会的人就更少了。

如今湘江上头，傅家洲仍独立成洲，牛头洲已与水陆洲相连，合称橘二洲，我上去看过，那族人争头香的江神庙还在，几经修缮，成了景点，可不准上香咯。

海关公馆到光绪三十四年（1908）才建成使用，如今也还在，成了文物保护单位。洲边仍有傅姓，宗族没有了，打鱼的也没有了，江边一排渔排，做了餐馆，拿手菜便是各种江鲜，是不是江鲜呢？我且存疑，听吃过的人说，有的鱼一股子煤油味，那是水泥塘里养的。

义兄那日私祭二位义士，所请的三人，日后还有交集，那新化实学堂的学监大名谭人凤，长沙府中学堂的学监大名龙绂瑞，旧时称字不称名，以示尊敬，如今倒没有这些讲究了。此后许久，我才知道他们与义兄真正的渊源。

长沙府中学堂，便是如今的长郡中学，立校百年，树才无数，如薪火，如种子，播散在中华大地，譬如大河发端，潺潺溶溶，及至后来，越走越宽，终成滔滔。

今日到此，下回再述。

第四章：长沙水冷起青烟

浮梁店主人言：浮梁店里有好茶，好茶招待有缘人。我是卢磊一，一个老不死的。

上回说到醴陵彭氏宗祠里初见彭宗子，竟是个青年女子。年纪轻轻做了族长，后来才晓得她是彭氏一族启字辈的长房长孙，班辈为"明之拱熙，启开泰世"。这彭启恒自幼得祖父彭拱岩喜欢，带在身边，养得知书达礼，更隔代指定她为族长。彭拱岩是义庵公彭之冕之后的继任族长，有守成之功，又有开创之绩，在他任族长期间，聚拢族人，创立彭文禄炮庄，经营鞭炮烟花生产，年产爆竹八千担，又建窑口烧瓷，莲花字号日用粗瓷行销省内。此地多丘陵山地，又建药庄，收药、制药。单这三项，柘塘坪彭家从业的族人已逾千人，莫说五服之内，五服以外能叙上字辈的，都优先录用；又行事公道，赏罚分明，担任族长三十年，两度扩修祠堂，多行善举，为振兴族群立下大功劳。因此，彭拱岩的隔代指定，便是铁律。彭启恒便作男儿养，自十六岁起，开始接手家族事务，二十岁接任族长一职，八年下来，家族事务处理得井井有条，宗祠祭田亩数翻了一倍，更置下"书灯田"，所得用于开设彭氏蒙童馆及为家族中有志读书的贫苦人家提供资助，广受族人爱戴。称族长须年高德劭，族人便亲切地称其为宗子。

只一项，这彭启恒到二十八岁，仍未婚配，既为宗子，便无嫁与外姓一说，招赘难觅佳婿，这婚姻一项，便蹉跎下来了。

醴陵我前几年也去过，在老桥渡口边上坐了半晌，湾湾渌水似旧时，转眼八十载。

接着说故事吧，今日之我非昨日，在我的故事里，卢磊一才第一次见彭宗子。

一、爆竹惊眠

1

彭宗子堂前一坐,又是另一番气度,举手投足自有威严,二人坐下,何大方却是垂手站着。听说是府里来人,彭宗子倒是客气,只是查案并不顺利,提到彭拱魁,彭宗子却道族里没有这个人,着人拿出族谱,拱字辈下果然没有,问及族谱所修年月,是光绪二十五年(1899)新修。"有没有族中老人知道的,或者犯了事逐出去了?"陈二毛问道。

"我十六岁已经参与族中事务,没有就是没有。"彭宗子一抹鬓角,眼如深潭,冷艳至极,把个陈二毛看呆了,忘了接话。

"彭氏家大业大,来之前已有耳闻。今天到此,光看这个祠堂就气派,不晓得产业上头又是如何?"卢磊一把话接上,看何大方的做派,是指望不上了,案子还得自己查。他似闲聊一般,端起几上的茶喝了一口,顺势翘指弹了陈二毛一下。

陈二毛清醒了接上趟,顺着他的话往下圆:"听说宗子名下最大的产业就是炮庄,我们大老远跑一趟,查案无果,好歹学些东西回去。这鞭炮产业,第一要防火,出了岔子便是我们做巡警的担当,如今我们小西门治下,西门外就有两家炮庄,章程说了好多遍,只是淡漠,真出了事可不得了。"

"借着机会,我们多留两日,学一学。宗子事忙,找个人领我们去看看,学了好回去训那帮不知死的。"二人这个借口无论如何不高明,这是借着身份耍上赖了。

彭宗子一愣,望着卢磊一——掩嘴,却是笑了。卢磊一脸皮子薄,臊得很,跟着讪笑。本一身皂色短打,又未穿号衣,虽则英武,终是少年,被宗子笑得着慌了,"这也是为了官家事,不得已。宗子见谅。"

卢磊一轻叹,摇了摇头,索性轻佻自嘲,"谁知我心苦哪。"宗子一愣,蹙眉望着卢磊一,又玩味地笑道:"还有呢?"

卢磊一也是一愣,木然望着宗子。宗子双目黑如点漆,又如秋水般深远。

"良人在淮楚。"卢磊一不自觉地接上一句。

宗子笑吟吟的,与卢磊一的目光却一触即收。

"这府里的差事不好搞,我们领命下来,总要带些功劳回去,不能白跑一趟。"只陈二毛是一本正经。彭宗子便正色道想看炮庄制炮尽管去,既是府里贵客,当要自己陪着,今日有事,不如约在明日。说罢便端茶送客了。

"这婆娘真好看,又有钱,等我回去休了我堂客来入赘。"回程时,陈二毛与卢磊一闲话。

旁边风声乍起,卢磊一一扯陈二毛,避开了何大方钵大的拳头。何大方拳势未老又出一拳,照着陈二毛的面门打来,卢磊一挡在陈二毛前头,以巧化力,倏忽间换了五六招。

"我错了,我嘴巴子贱。"陈二毛这下醒觉,十分光棍地认错,不轻不重地给了自己一嘴巴,让何大方听个响。

何大方这才停了手，鼻子里哼一声。"唐突宗子可不行。"却啪地也给了自己一个耳光，他倒实在，这一巴掌比陈二毛的响多了，"打府里的官长，我也有错，还你一个。"

何大方自罚完，抬头看了看天，又似一副半醒不醒的面容，"各位快些走，要断黑了，县太爷的酒可难得。"

"你何解非要去看炮庄？"夜里在驿馆，二人一个小间，陈二毛问道，"人家宗子都说没这个人了，正好回去交差。"陈二毛一面叹今日晚宴无趣，一面小口咂着酒过瘾，县太爷请客招待府里来员，也是题中应有之义。这县太爷是个读书人，两榜出身，翰林院散馆外放的知县，生平以制艺为荣，满口之乎者也，老秀才李平文若是没死，两人倒是谈得来，跟卢、陈二人聊这个，可真真倒了胃口了。吃了一个时辰，倒有半个时辰在听他说，后来卢磊一实在饿了，就着一盘伏鱼连扒下三碗米饭，他说他的，我吃我的，决不停筷恭听了。那伏鱼用的渌水河里的大青鱼，剁大块，用谷酒、辣椒粉、盐、八角粉腌制伏入坛中，辣味提鲜，谷酒去腥，八角增香，吃时取出，再不放其他料，上灶蒸，出锅时滴几滴香醋，全无腥味，入口香嫩，细嚼咸鲜，余味带甜，极下饭。陈二毛却好那杯中物，初时尚且拘谨，喝得两杯上了头，话头便开了。到末了，还要插那知县的话，偏陈二毛是个百事通，正经长沙人，说起府里秘辛嘴巴便没的把门的。海式吹牛，直吹得巡警道是他叔，长宝道是他伯。那知县听到最后也不作声了，端了端茶，"长沙府里卧虎藏龙，出了小哥这种宝贝。"便散席送客。把个卢磊一憋得肠子笑断，陈二毛也没客气，大咧咧地顺走桌上一壶酒。

此时陈二毛方才醒觉自己没吃饱，自从包里摸了个饼下酒喝，喝过酒又笑，"不过也好了，那宗子是真好看，多留两天看看她也是好的。"

卢磊一便笑他查案不认真，之前水陆洲杨姓族长的问供里便有说，彭拱魁有门手艺便是制烟花，过年时制几个，放到天上开出花来。为此，他去益隆行寻着叶绍棠专门打问过，叶绍棠是行内人，浏阳又是鞭炮故里，虽瞧不上醴陵所产，但及时了解同行的情况是应做的功课。叶绍棠拉着卢磊一去街上的鸦片馆，吃了两个大烟泡，打叠着精神与卢磊一说了半晌，说浏阳本土鞭炮烟花有千年传承，以南乡最盛，咸丰年间，鞭炮产业逐渐自浏阳金刚头传入萍乡及醴陵，最初对外售外都称浏阳鞭炮。醴陵这一支在此后逐渐壮大，渐成产业，有了自己的品牌，至今从业人数已达数万。彭文禄炮庄只是其中一个，初创人为彭拱岩，初时年产二百到五百担，行销周边，后来规模逐渐扩大，如今年产六千至八千担，以顿鞭与八扣为主，品质中上，价格优，又打通了海外渠道，大部分销往南洋。烟花有定制桶花，一般有钱人家办大事定制，点燃后节节绽放，依主家意愿，价钱不菲，属高级烟花了。烟花爆竹有品类、有细目，方才说的顿鞭与八扣，即为黑药爆竹类。听卢磊一所言，那彭拱魁做的，或为吐珠烟花类的惊天雷，又或者是小礼花的满天星，工艺复杂，黑药做底，发射升空二爆，特别是小礼花，底药、爆丸配药极考究　要求升空不得低于五丈，必是行内大师傅才能做，这彭拱魁若在行内　位分不低。但彭文禄炮庄以鞭炮为主，偶做桶花及小烟花，实在没有听闻有礼花售卖。"可去当地行会，调取行会志查一查。"叶绍棠最后说。

陈二毛听得咋舌，叹道原以为彭拱魁做个炮仗好玩，自己并没有往心里去，原来这背后还有这么一篇文章，磊一兄弟确实有心了，怪道非要去看看炮庄。彭拱魁既是大师傅级别，徒子徒孙必是不少，宗子不说,炮庄里的工人未必就是铁板一块。

"明日我们分两头,你去县里鞭炮行会查查行会志,兴许会有线索。"卢磊一道,"我随宗子去炮庄转转。"

陈二毛老大不乐意,扁了嘴应。卢磊一扑哧一乐,"查完你就过来,她还能跑了?"

2

第二日一早,卢磊一照例早起,去渌江游了个来回。回到驿馆时,却见门口停了几匹马,宗子已经到了。

今日宗子却打扮得极精神,仍是乌发大辫,素面朝天,却着一身月白色菊纹琵琶襟袄裙,臂袖窄收,看质地,当是夏布,却不是绸的。一根棕色玉扣皮束带收得腰身恰如掐柳,下着月白色菊纹套裤,绑腿至膝,足下套一双麂皮短靴,倒是天足。果然当男儿养的。

陈二毛在陪她,正说得涎飙水洒,夸赞宗子,说她的这身打扮堪比北京的贝子,真真是贵气,只是少绣了行蟒,也不该有,士绅之家本应遵法不逾制,但听说如今贝子里抽大烟的也多,拉不开弓、骑不了马的可多。卢磊一看那宗子,也觉得飒爽英姿,昨日是冷艳,今日便是明艳了,不由得顺着陈二毛的话头搭了句腔:"'大半旗装改汉装,宫袍裁作短衣裳。'旗人长沙城里就有,南门外开酱油庄的关大一家,听说祖上就是瓜尔佳氏,正宗上三旗,打湖北荆州将军府过来的军户。"却见宗子轻笑着,微微点头。

"那有蛮多年了,一口长沙话,尽是龛腔。"陈二毛诧异道,"你怎的知道这么清楚。"

"我闲来无事，喜欢去翻翻户籍册照。"卢磊一自觉失言，摆了摆手。

县上已经做了交代，驿馆晓得是府中贵客，早餐便做丰盛，不是清水面条，却是炒米粉，粉是用的干扎粉，用水泡发，加鸡蛋、豆芽炒，厨子小意，放的辣椒不是干椒末，是加盐用油爆过的蒜碎椒油，吃下去，蛋鲜、面糯、芽脆，蒜椒碎油又提一层香鲜，满满一海碗吃下，细密的汗出来，卢磊一大呼过瘾，却见那宗子笑眯眯地看着他，倒似姐姐看着弟弟般，一脸的慈爱。看他吃完，腰囊里翻出一粒槟榔，递给卢磊一，"蒜椒味重，嚼一颗，遮遮口气。"宗子轻言道。

何大方作陪，与宗子、卢磊一三人三马上了路，与宗子在一起，何大方便是个讷口不言的拘谨相。三人一路往北出了城，过柘塘坪彭氏宗祠。后头屋宇连绵，都是住家，自成巷陌，宗子道此处族人群居，已成村落，这样的村子不止一个，往西便进山了，山道却不窄，能过两车宽。弯弯绕绕的沙石路面极平整，看来是有人维护，远方向阳的平坡上聿了房，大场地，一线砖墙围起，内里青烟几处，宗子言那是族内瓷窑。东堡有多处，产量大，却多是日用粗瓷，只这一个窑口拿得出手，是上一代精研的釉下青瓷，青白的玉色，称得上是细瓷了，去年熊希龄在本县办官办瓷业学校，请来日本技师及景德镇老匠人来教，各窑口都派人去学，誓要开创醴陵细瓷一脉。

"醴陵瓷白可作玉，领你去瞧瞧。"宗子一拉缰，马头一扭，顺着山坡上行，引着卢磊一进了瓷窑厂，墙内一番忙碌景象，直听着哗啦响，却是有几个人在摔碗。卢磊一倒是奇了怪了，看宗子，却是见惯不惊。原买辰时一窑瓷出炉，这些人是验品的师傅，上等保留，中、次等便摔了，看这一炉，十个里倒有七八个要摔掉的。

"贱价卖也要得啊，摔了可惜。"卢磊一啧啧称叹。

"印上了莲花标，便是我彭家出的，次品坏名声。"宗子摇头道，那语气，倒似在埋怨不懂事的弟弟。又拿起一只青瓷碗，朝着太阳，让卢磊一瞧，"薄、润、透，便是这瓷的关键。可惜了这颜色，釉上花色千般，釉底花色少，讲究的是坯上着色，一次烧成，试了许多色料，都不耐高温烧造，几代人，近百年，也只做出这一色号。"

卢磊一看那瓷，果然极透、极轻薄，阳光下如翠玉一般。

"我且考你一考，既读过屠湘灵，用她的诗来形容一下这青瓷吧。"宗子微微一笑。

"青天忽堕琉璃色，照见仙人薜荔衣。"卢磊一略一忖便念道，又搔搔头，艰涩说道，"宗子，我是来学炮庄防火的。"

"既是学东西，便要听安排。"彭宗子一笑，轻轻撂了那只青瓷碗。

催马沿着山岙间的沙石路行，低处是茶林，高处是杂树，宗子悠悠催马，倒似带着卢磊一游玩。看他望山，便说县内多丘陵，却无高山，最高的也就是西乡荆山明月峰，不过两千四百多尺，曲深悠远处有，奇境却无，更无福地，所以此处巫多道少。"长沙府内都有鹅羊山，道家第二十二福地呢。"彭宗子笑道。

"醴陵亦属长沙，都是一境，说什么彼此呢?"卢磊一也笑，"浏阳还有石霜寺，唐僖宗时建，五家七宗中黄龙、杨岐的始源，再加上一个岳麓书院，长沙福地，佛儒道三家护佑。"

宗子微笑着点头，山风飒飒，吹起一缕鬓发，斜斜地飘舞，"老弟有天资，会读书，何不求个功名呢?"

卢磊一低头一笑，不再应了，一夹马，忽地蹿了出去。宗子催马追上，二人衣着一黑一白，似蝶般在山道间穿梭，后头跟着一个大胖子何大方，一身灰不溜丢的，倒像只笨重的大蛾子，催马都赶不上。

又转过一道弯，眼前豁然开朗，一片土坡，间缀着几间大屋，间距极大。方圆数丈内的草都除掉了，十几丈开外，还有一座小土丘，童山一般，也是不着寸草，隔着几尺挖进去一个凹寨，里面立着一个两尺宽的小土屋。一面湖水便在坡下，众山环绕间波光粼粼。

一个老汉迎出来，粗衣赤足，前额未剃，一根白筷子将满头白发扎着一个髻，右腿齐膝以下截去，安了根木足，走路却极灵便，赶上前来服侍着宗子下马。卢磊一扭头看那坡上大屋，栋屋前竟还立着一座古人像，宽衣大氅，仙风道骨，极传神，阳光下闪着金光，怕是铜造的。

"宗子，昨日便接到信了，今早杀的一只山羊，炖在锅里了，山野菜现成，备着你来吃中饭。"老汉一迭声道，声音洪亮。宗子摆了摆手，引着卢磊一往坡上走，一面与他讲解，道这制炮工艺自切纸、扯筒到掺药、上盘再到插引、结鞭，总共十二项，与火药扯上关系的，须格外谨慎，所以各屋之间间距要宽，必在爆距之外，中无杂草，无引燃物，各处工人不得着绸衣，各处工房无铁器、椅无靠背。靠边上这栋大屋是掺药工房，外立李畋祖师铜像，铜像中空，工人入内须先触铜像，谓之退火。那黄土小丘边一排小土屋，是引线房，最是危险，因此一人一间，嵌入山间，一旦遇险，只烧一间。

"此处名为烟东坡，面对烟竹湖。制炮必在水源地，又须避开住家，所以多选在这种山冲坳里的。"宗子道，"我家炮庄不止这一处，老弟若有兴趣，明日再带你去看看，只这防火一项，是大同小异了。"

卢磊一唯唯，他哪是要知道这些啊，心里系着案子呢。踟蹰了半天，终于还是忍不住问了："那，宗子，那些工人呢？既是制炮，怎么静悄悄的？"

宗子望着他，被阳光晒得泛红的脸上又露出了那玩味的表情。她狡然一笑，"原说看防火，又没要见工人，工人没来啊。"

"春夏淡季，不养闲人。"宗子回身一指，"厂屋本是落锁的，今日你来，特意开了。"

"上半年不卖鞭炮吗？"卢磊一问，"总有人要用吧，婚丧嫁娶的。"

"上半年的所售，炮庄库房有积余，足够应付。"宗子道，"六月上，祭李畋先师，吃开工饭，吉日开工。烟花更晚，须得十月下，只做两个月，供应年节。"

远处老汉招手，喊着开饭了。宗子应了，回过头来望着卢磊一粲然一笑，"府中来了贵客，我昨日特意派人嘱他杀一只山羊，做一桌羊席待你。"

回程路上，卢磊一便有些郁郁了，少年心性，情绪挂在脸上。宗子与他聊天，虽是强打精神，也是有一搭没一搭的，说得多了，卢磊一心气上来，赌气说道："这里尽是山林，竟也没个山匪？劫了你去。"

宗子又笑了，捂着嘴眼儿弯弯看卢磊一似个玩物一般。笑完柳眉一挑，朝后一指，"往北七里，过竹山湾，桐子岭上铁门关，湘潭分驻的三队巡防营官兵镇守，谁敢？"

3

陈二毛那处也没查到什么，行会志中逐年翻下来，无外乎一些行内大事，产销，爆案。此物凶险，爆案频发，每年都有那么几起，彭文禄炮庄也有，光绪二十一年（1895）、光绪二十八年（1902）两起亡者都过双数，却只记了数字，殁者姓名没有。卢磊一上心，与宗子家族谱一一对照，数字是对得上的，连安抚款项宗族都有一本账。又去探了家属，宗子也陪着去，说起当年事，遗属们再起悲声，言辞上，对宗族安排却是满意的，只说是意外，有那说话间往宗子脸上瞟的，宗子也不以为意，下次再去，便着何大方带着卢磊一去了。这下可好，宗子去了，还能说得两句，何大方去了，反倒更难开口，如此二三，路路断绝，卢磊一探案探了个一肚子气，陈二毛却宽慰他，道越是小地方，越是家族势大，强龙难压地头蛇。再待下去也没个结果，索性回府。彭宗子倒是留他多住几日，道还有几处瓷庄、炮庄、药行，都可以去看看，不单炮庄防火，还有瓷庄防盗，药行防潮，各样都可以学一学。卢磊一越听越觉得她是在揶揄，偏人家场面上做得足，一点理都挑不出来。饯别饭倒是没有在外头请，在彭氏宗祠二进侧厅摆的，因请了知县，便又请了个弹月琴的小班，弹着牌曲唱词，哪晓得县大爷只作制艺，不好这个，听了两首觉得聒噪，便让清弹，不许唱了。此日，连平时见不着的县丞都来了，县丞果然是个大烟枪，来应个卯吃了三杯酒便告乏，县太爷也是应个景，上次见识了陈二毛的口才，不敢多留。何大方有宗子在，是不入席的，最后桌上就只剩三人了。宗子倒是海量，十数杯脸不变色，陈二毛又待吹牛，宗子却不搭话，着意都在卢磊一身上，卢磊一一口一杯闷酒，对宗子的殷勤看在眼里，却比嘲讽还难受，忍不住说："也不是没查出一点东西。"

宗子微微笑，望着他，似在等他下文。

"行会志有载，彭文禄炮庄光绪二十一年、二十八年两次爆案，亡者均过十,单桩案过十数的不在县具结,须急报府、省派专员查实回报,省、府记档,与行会志有没有出入,回去一查便知,这是其一。"卢磊一又将从叶绍棠处听来的现卖了一遍,道彭拱魁这类大师傅级别的,是各处行会、炮庄属意的人选,行会中便有专门的掮客,做这挖人的生意,但凡有些本事,便不可能行内无名。"其二,这是来时便已经打问过的,柘塘坪彭氏一族,嘉庆年分出一支在浏阳蕉溪,道光年分出一支在宁乡夏铎铺,咸丰年分出一支在长沙桃花岭,此三支分别于道光十八年(1838)、咸丰六年(1856)、光绪十三年(1887)、光绪二十二年(1896),四次回柘塘坪合修族谱,彰宗脉流远,后续绵长。光绪二十八年新订族谱,他们可没来。"卢磊一一口气说完,似吐了一口恶气,挑衅似的看着宗子,可那双凤眼还是没有波澜。

"年纪轻轻,有这份心思不错了。"好半天,宗子才叹了口气,眼神里没有嗔怪,却多是欣喜,"就是有点沉不住气。"恰那弹琴的转到渔家傲的曲子,宗子盈盈举杯,轻轻吟道:"银塘晚,寒山日落渔歌远。来,我敬弟弟。"

卢磊一自知刚才那番话孟浪,无实据的东西拿出来说,不过是拼一时义气,但此时各怀心思,举起杯来,听着那渔家傲弹罢,转到海棠春了,他挤出笑意,与宗子隔桌一祝,"愿岁岁,春人不老。敬宗子。"

临到要走,在渡口上船,彭宗子仍旧赶来了,却是送来一个大锦盒,道托他带回的,送给一位故人,带回去,自有人寻他取。"弟弟,下次又来玩啊。"彭宗子笑吟吟的,不得不说,她笑得挺好看。

卢磊一一肚子意难平,郁郁还府,过渌口时陈二毛拖他下了船,去渌口市逛一逛。此处湘江与渌水交汇,形成市集,数百年来逐渐繁华,舟楫塞流，人潮如织，南北杂货汇聚。卢磊一在一个杂货摊上看中了一只小银簪，錾刻凤头，眼睛是两只绿琉璃，虽不值钱，想着买下来回去送芬儿，小丫头必定喜欢。又一想，还是孟浪，怎么送出去呢？厚起脸皮向陈二毛请教，陈二毛哈哈大笑，"这有什么难，给太太也送份礼，只当街坊出远门，带点新鲜玩意儿回。"

这倒让卢磊一为难了。二人左寻右寻，寻着个古董档口，请了座紫檀木的坐莲观音，观音双目低垂，悲悯俯视众生，虽小巧却极传神，摊主开出了高价，陈二毛道："说实数，这是请菩萨，请回去护佑家宅也是你的功德。"扯着摊主在一旁说了一气，将价钱降到七元七角，陈二毛与他交割了，请摊主将造像裹绸装盒，转身又掏出两个银圆，递给卢磊一，"你兄弟给你的十元，总算做了件大事。"

"有心是好事，想当初我堂客，就是我爷上门看一眼，就定了，我没主可做。"陈二毛一本正经地将钱塞在他手里，絮叨地说，"改天你把芬儿娶进门，我去彭家入赘，怎么说，这叫各得其所。"

刚出渌口市，快到湘水了，忽然挤上来十数个舢板，将船围住，驾船的舟子埋头使劲，竟要把船往一旁小湾里带。船夫着急，一迭声省骂，"瞎了你们的狗眼，这可是府里的官船。"无人理他，卢磊一情知不妙，跳上篷顶，却见那岸上站着几个人，居中有一人正在指挥，挥手跺脚，嚣张至极。看卢磊一望他，隔着水指着他叫嚣，"小子，我要搞死你！"

"李金七！"卢磊一看清了那人，一声吼，跃下船篷，踩着连绵的舢板连跳，如蜻蜓点水，几蹿就上了岸，三招两式打翻四五个打手，一只手便扣上了李金七的颈，手上一紧，李金七的舌头都吐了出来，周遭众人都不敢动了。卢磊一一手扣着李金七的颈，一手如风，啪啪啪连扇李金七八九个耳光，直扇得他眼冒金星。"你要搞死谁?"卢磊一厉声问，那李金七哪知这巡警小弟这般勇武，被打蒙了，示弱地抬手指了指自己。卢磊一反手又是一个耳光，这几日查案子查得一肚子气，今日终于有了个出口，打得痛快。

"叫船散开。"卢磊一又喝令道，李金七已经开不了口，无力地摆了摆手，舢板散开了，陈二毛支使着船夫移舟过来，卢磊一沉身运劲，一提李金七裤带将他咚的一声扔上船，"送我们一程。"自跳上去，船挂满帆，驶入湘水。

湘水滔滔，船行正急，陈二毛在舱中审那李金七，得知原来卢磊一买银簪时，便已经被盯上了。原来长沙事后，这李金七回到醴陵，瓷器行的外头营售不让他碰了，被兄长发配到渌口来守档口，合该巧遇，今日撞见了，这李金七便要报仇。"仇没报到，还挨了顿足打。"陈二毛笑，转头问卢磊一，如何处置，未必带回长沙府?

卢磊一也摇头。"一母双胞我还真认不清。"卢磊一笑道。

"我且来做个记号。"陈二毛背后一脚，踹得李金七朝前一扑，一膝压上他的颈，他便动弹不得，都是街头用老了的招式，陈二毛使出来倒娴熟。腰间抽出把小插，在那李金七脸上画了个七字，两刀下去鲜血淋漓，李金七双腿直蹬，呻叫不已。卢磊一看着也皱眉。

"扔他下船吧，让他游回去。"陈二毛收起刀。

"我不会水!"李金七高叫着，声音里带着哭腔。

卢磊一一叹，喊一声停船，船斜斜往岸边驶，看着篙痕齐腰深了，一脚将李金七踢下去。

4

"磊哥哥簪子好好看。"回城后第二日,便是夜值,二更时分,芬儿提着个食盒进了签房,"夫人说要谢你有心,你请回来的菩萨要做龛供起来,明日便找师傅来量尺寸。"

芬儿从食盒里端出一笼烧卖,又端出一碗面,"夫人说夜值辛苦,让我以后给你送消夜,这烧卖是我包的,拌了油渣,可香。我想着你吃不饱,又下了一碗面呢。"

卢磊一连连称谢,看那芬儿,一双杏眼正看着他。芬儿眼神不避人,眼里都是笑意,笑得天真懵懂。簪子已经戴上头了,油灯下闪着幽光,"这簪子可好看,今日账房先生来盘账,还挑礼哩。"芬儿督着卢磊一吃,碎嘴子却不停,叉着腰学那账房先生,"丫鬟戴簪,是要做小姐养吗?"

"夫人没作声,老爷倒骂了,说老先生你在翠仙楼簪子可送出不少,尽你浪的,倒有心管起我家闲事来了。"芬儿拍着手笑,又皱眉,"我问夫人翠仙楼是什么地方,夫人说可不是好地方,坏男人才去咧,磊哥哥你可别学坏啊。"

夜深,芬儿回了。卢磊一巡了一圈街回来,却见义兄已经坐在段里等他了,几包小食,一壶酒。"新康的老酒还没喝完?"卢磊一笑他,上前次了一杯,"说到这名,还是新康好听,若说是宁乡老酒,就少个意思了。"卢磊一立起身来,让陈作新稍待,他回家一趟。

再回来,卢磊一抱了个锦盒,往桌上一蹾,"彭宗子送你的。"

"你怎知?"陈作新一愣,端着杯没送到嘴边。

"预备着我去呢,总有人报信吧,人又是打你这儿不见的,说串谋也不为过。她对我格外客气也是你托付的吧,堂堂大家族的宗子,请餐饭不错了。折节礼遇,还一口一个弟弟,我有几个朋友能使这么大的面子?"卢磊一端起杯,嬉皮笑脸地与陈作新一碰,"大哥有心了。"

陈作新一笑,摇了摇头:"缦之行事还是那样。"动手拆那锦盒,却是一个青瓷梅瓶,一方瓷砚,梅瓶细口宽腰,灯下呈玉色,上有一句诗,"云英旧有蓝桥约,一夜香风到大罗",瓷砚也是青瓷,砚心无釉,外壁画柳,也有一句诗"试将心事量杨柳,叶叶丝丝一样愁"。

卢磊一看看瓷器,又看看义兄,啧啧啧地摇头,"大哥,这我可没想到。"

陈作新却面无表情,轻轻合上锦盒,又复喝酒。

"水陆洲的案子,你总得给我一个交代。"卢磊一仗着酒意与陈作新杠。

"都在抓革命党,这没苦主的案子,吊着吧。"陈作新眯着眼望着弟弟,"我只好说,彭拱魁身上背着不止一条人命,不算冤死。"

"这才是做兄长的样子嘛。"卢磊一给他把酒斟满,"接着说。"

陈作新却一伸手,耍起了赖皮,"把我拿了去吧,用上刑,兴许还能说一些。"

卢磊一一急,打了个嗝。

"好啊,一股子肉味,你吃消夜了,哪家姑娘送的?"陈作新道。

翌日一早,晨光熹微,正是城门开时,卢磊一准备交值了,九将头手下的一名脚夫匆匆跑进警段。义渡亭边的槐树下发现了一具尸首。待卢磊一赶去，已经围得里三层、外三层，九将头带着手下正在维持，护着现场。死者是一个中年男人，干瘦，着一件半新不旧的夏布袍子。不一会儿，段长带着老冯便来了，他与杨再力有交情，一喊就来，看了一遍。抬眼瞥见卢磊一，招了招手，问他看出了什么。

"不是在此处杀的，致死在胁下一刀，血都流干了，身下无血迹。"卢磊一老老实实地回答，"当是死在别处，抬到这里来的，这人来人往的，看热闹的又多，也没有多的可看。"

老冯眯着眼，不置可否。着人将尸体收殓走了。

再回段上，段长又将卢磊一叫进去，前番去醴陵的差事要交禀复命，卢磊一已经写好了，为查实据，昨日还专坐渡船去了对河桃花岭，寻着桃花岭彭氏取了族谱看，这家的族谱里也没有彭拱魁，卢磊一都开始自疑了，无实据乱推演，何苦来哉，只能具实写禀。段长倒不以为意，水陆洲本就是小西门暂管，不是实管，按例不定捕期，且拖着。

"实在洋人催得急，寻个新捕的命犯，并了案便罢，反正是要杀的人，给家属补贴几两银，让他认了。"老冯在一旁支着儿。杨再力点了点头。

卢磊一心下诧异，脸上便显出来了，还能这么弄。吃惊的倒不是他们糊弄，而是那轻描淡写的态度，像是惯常手段一般。

昨日夜值，今日本要休一天，走出警段，卢磊一却是睡意全无。正看着陈二毛和他师父巡街回来，上前去，拖着陈二毛去了小西门外脚夫行，出差前交代的事，得问问情况。

恰九将头已经回棚，正烧水煮茶，二人跟着喝了一气，卢磊一惦记着寻人跟那卖排骨面的夜宵老汉的事。陈二毛嘱咐的，九将头也没怠慢，脚夫行子有专人跟，那夜过后，老汉依旧夜夜出摊，直到第五天上,看他夜里出门,也没挑面摊子,进了端履巷,直接走进办丧事的周家,就没有再出来。

脚夫班子守责,在外头等了一夜,邀了两个班头,人分两头,又着人去老汉家探看,却都是铁将军把门。周家有丧,儿媳急病死了,人客往来,夏热不能久放,昨日出的殡。

"可曾看人搬重物出来?箱子、水缸、卷席之类的?"卢磊一问。

脚夫头子道没有。

卢磊一听罢只是沉吟,想了半天,告辞出来,进了半湘街,忽然搂住陈二毛,"如今只怕又有桩案子,还得你寻几个人。咱们要验证一下。"

二、武丑旦心

1

圆月初升,老陆与卢磊一会同大西门警段的两名员警,一起到了八角亭的绿萍书社。此处长驻的是福寿班,算是在城内站住了脚的大戏班了,今夜文武六台,刚唱完《张广达上寿》,续一本《大杀蔡鸣凤》,戏场里差不多坐满了,班主迎出来,引着四位员警上了楼,寻着一间雅室,香茶小点伺候上,才期期艾艾道,戏台捐已交了半年,原没想过今年闰四月,差一个月的钱过几日补上。大西门的员警也是个老吏,摇摇手不置可否,拈起一个酱干吃起来,台下却闹了起来。几人也不急着下去,趴在台上看热闹。

原是戏迷闹事,这《大杀蔡鸣凤》的剧情,是蔡鸣凤在外经商,八月十五赶回家中,撞见其妻朱氏与奸夫在家中私合,蔡鸣凤被二人杀害,恰有一小偷藏于床下,目睹了凶案过程。后官府审案,小偷做证,真相大白。因此,杀蔡鸣凤一节剧情末了,应有一个小偷从床下探出的情节,今天这小偷忘了出来,后头审案时,戏迷们就不买账了,站起来骂道,既没有探出一节,如何证明你当初就在床下?那演小偷的也是个硬项,梗着脖子不道歉,便有茶碗、槟榔渣子、小食碎扔上台,有那脾气蹿的,更爬上台去,追着演员打,众人在楼上看得真切,那班主急得跺脚，"化生子王三乐，一天到晚给我惹事。"一溜烟地下楼拉架去了，卢磊一欲待下去，却被老陆扯住了，"又不是我们地头，着什么急？"

眼看着大西门警段的两个员警又喝了几口茶，才懒洋洋地起身，腰里拔出警棍，期期然下楼，穿过人群，爬上台，棍子便往人身上招呼，瞬间打散了闹事的。再看那王三乐，发辫散乱，戏服歪斜，脸上的彩尽是糟污，卢磊一走近了，心下一乐，跟老陆说："倒不用去后台了，就是他。"

一场喧闹很快便平了。当场把丑角王三乐带走，给班主的说法是学艺不精还引战闹事，要带回段上管教，又对看戏的好一通安抚，逼着福寿班又加了一本《放羊下海》，此事便迁就过去了。

王三乐戏服未除，一根绳子绑着发辫被牵着到了小西门段上。他也看出不对，在路上问怎的不去大西门，如何往半湘街走，老陆、卢磊一都不理他。

王三乐被关进监房，也不打，老陆将绳子往梁上一甩，穿过监室的栅栏，绑在室外的柱上，那王三乐便踮脚站着了。又不敢自伸手去解辫上的绳结，一张丑角脸便露了哭相。

卢磊一从门外进来。他去签房里寻了那只香囊，在王三乐眼前一晃，"你硬是身上狐臭重，要用这么香的香囊来遮，我一上台就闻到了。"

老陆一笑，"这里问清楚了，就等明早开城门了。"

第二日一早，段长也来了，带着一众巡警到了端履巷，与已经等在那处的大西门警段员警会合，却都不着急行事，站在墙根下扯起了闲篇。又嘱着满傻子去买包子，满傻子伸手要钱，段长给了他一个栗暴，还是卢磊一将满傻子扯过一边，给了五角银，"尽着钱买，没吃的兄弟们分一分。"

端履巷本不热闹，除了开酱园的老刘家起得早，其余都只开了侧门，下人起来干活，伸头出来看这么大的阵仗，又缩回去了。满傻子包子才买回来，巷口传来嗒嗒的跑步声，却是陈二毛。跑到近前，身上尽是泥污，从满傻子手里夺过一个包子，气没喘匀就大口地嚼。"累死老子了。"陈二毛吃得直打噎，"这把火拱得大。"

众人正吃着包子，端履巷尽头传来嘈杂的人声，迤逦来了一大队人。拿棒的、拿扁担的，气势汹汹，中间抬着一具棺材，棺上还沾着土。走到近前了，看到巷子里的一众员警，来人也是一愣，只见段长一笑，背过身，大口啃着包子，含混不清地嘟囔："这包子的馅也太小了。"众员警依葫芦画瓢，纷纷背过身去。

砰砰几声巨响，开当铺的周老板家大门被撞破，抬棺的人群一拥而入。打砸哭号的声响一时大作。

最后，众巡警与其说是拿人，不如说是救人。周老板被打得满头血，一只手吊着，满身脏污，他是个大胖子，两个巡警勉强搀起，一步一呻唤，肋骨只怕都断了几根。周老板的小儿子刚十六，已经被打昏过去了，又寻大夫来现场医。几个下人无一幸免，都被打得七荤八素，一个长工熬打不过，现场便喊出来了，道是主家做的孽，不该打下人，便有人怒斥，主家造孽，下人帮凶，又一拥而上，打得那长工没了声气。

杨再力直接将人带回了段上，大西门的段长也跟着来了。大西门段长姓徐，大名湘贤，原就是杨再力的徒弟，不敢跟师父争功，自己段上出的案子，却是小西门警段破的，打撑心思哄着师父做个共同呈报、联合查缉。一干犯人带去段上，周老板醒后仍撑硬，撬口不开，却是下人先招了。

"有两个地方，我们先入为主了。其一，我们夜夜过端履巷，听王举人家中有人唱曲，那夜一声惨叫，歌声戛然而止，教我们以为歌者与惨叫声发自同一个人。其二，听见惨叫声往回赶时，卖排骨面的李老汉就站在王举人家楼下，他指证的那叫声是从楼里发出，我入室查看，王三乐恰又落了一只香囊混淆视听，令我们更不疑有他。"夜里，段长亲自在庆丰楼雅间摆酒，请卢磊一与陈二毛，老陆与大西门徐段长作陪，仵作老冯也来了。席间，段长问卢磊一如何警觉案情，卢磊一老老实实地回答："回过头来，越想越不对，便与二毛兄弟商量。"卢磊一此时不忘捧兄弟一把，把陈二毛喜得眉头一挑，美滋滋地咂了一口酒，卢磊一又道："王举人宅是个空宅。李老汉也说，王举人家去年已合家迁往汉口，他还细细跟我说了这条街上各家各户，包括习性、脾性都详述了，说明他对这条街上住户很熟悉。他知道那声惨叫发自谁家，甚至知道惨案已发，却给我们指了个空宅子，又有意无意地利用了这夜半歌声，只能说明，他想隐瞒。"

"回头再说，都能明白，当初又是如何起的疑呢？"老冯笑问。

"因为李老汉说的话。"亏卢磊一记性好，将李老汉那夜所说又述一遍，"各家都讲习性，或者与他买夜宵大不大方，唯独这周家，他讲的是人丁，有子二人，大儿留学东洋，儿媳是西城洪道台的女儿。"卢磊一一笑，"端履巷不过一条窄巷，夜间寂静，挑担摇铃卖夜宵，不需高声吾,李老汉却偏要大声说,像是怕我们听不见似的。他不是说给我们听,他在给周老板示警,你的所为我已知晓,今天帮你遮下,改日要有好处。"卢磊一艰涩地慢慢说着,"甚至点出周老板儿媳是西城洪道台的女儿,这样的亲家,惹不起,把柄在我手上,看你如何待我。"

"我验过了,周洪氏伤在后脑,枕骨下方一片塌陷,砸了不止一下。她当是呼过的,不过头声声高,后来没力气了。"老冯眼有赞许,微笑地点头,"行凶处就在楼上,木楼不隔音,你们离得远只听见了一声,那姓李的可全听见了,知情不举,他该死。"

"当初只是生疑,确无实据,又赶着去醴陵出公差,我与二毛兄弟商量,先托九将头的脚夫行子派人跟着,回来再作计较。"卢磊一复道,"段长夫人出殡那天,我们是走的端履巷,看到有人家挂出了白灯笼。二毛兄弟打问回来,是周家儿媳身故了,结合前后,我心里大致有个论断,还不敢验证,直至李老汉失踪。"

"我不信鬼神,既凶案不在王举人家,那么在王举人家唱曲的必定另有其人。李老汉听见的,想必他也听见了,李老汉失了踪,这唱曲的便是人证。"

"王举人家大门紧锁,非要到此唱戏,他贪那个戏台子,戏要好,不单只唱,还有身段、步伐,有个戏台子施展自然最好,整个端履巷只有王举人家有,常常来唱,离得近才有这心思。端履巷有这号戏迷也没这号本事,蹿墙上瓦,高来高去。可八角亭就在近处,那里可是一大帮子唱戏的,绿萍书社常驻福寿班,旦角在自家台上唱就行,各行各角的行活实不必外出练,除非想练又不想人知,还得有这高来高去的本事,合乎条件的,我想了半天,或是一个武角,有颗小旦的心。好在有只香囊作指引,香囊中有麝香和各色香料,味重,极冲的香味必要掩极冲的体味，这种人便好寻了。那日好巧不巧，这王三乐自己的行活出了岔子，被戏迷追打，打出一身汗，我们一上台，那狐臊味冲得人流眼泪。"卢磊一哧地一笑，众人都笑了。

那陈二毛便邀功，"我更说，范围还可以缩小。我是听戏的，夜夜过端履巷，听他唱，唱得可不一般，但凡人长得周正一些，就是旦角的材料，要躲起来练，一为有心避人，二为确有原因不能上正场，恐怕是人不周正，我让他在武丑里头找。"陈二毛一抚额，"果然，你看那王三乐，鼠眼豁唇，也难为他关得住风，把个小娘子唱得这样勾人。"众人又笑。

"验尸是冒险，之前只是心里推演，并无实据，要拿证据，只能行此险着。恰知李老汉登门又失踪，想来凶多吉少，若以周老板的角度，让人有把柄在手，不如索性除了拿把柄的人。李老汉失踪第二日周家儿媳便出殡，此后都没有大宗物运出，我大胆假设，这李老汉会不会趁着出殡一道料理了？"卢磊一又道，"人分两头，那边陈二毛请老冯师傅出马，义山验尸，我这头抓王三乐。老实说，直到取得王三乐的供词，我心中的一块石头才落了地。"卢磊一一叹，"不只听见了，他还看见了，听到第一声王三乐便飞上了楼，两户鹊楼相连，他趴在墙缝里看，看见了周老板行凶，香案前地板上，人都没声气了，姓周的还在一下接一下地砸着。他大惊之下只想逃离是非地，香囊掉了也顾不上，倒给我留了个线索。人证坐实了，心里便有了底。"

"我信鬼神，要说这鬼宅，我是怕的，大西门铜铺巷原有个三进的宅子，原是柳姓富户，光绪十四年被灭门，凶嫌至今未拿获。我转段后，正好值守铜铺巷，过这宅子都绕着走。"大西门段长徐湘贤一个瘦竹竿样的人，一双眼睛睃来睃去，透着精明，啧啧称叹，"换作是我，难得会想这么多。"

"搬出周洪氏的娘家是老陆的主意,他说磊伢子的推演大差不差,若能坐实,索性闹大一些。先去寻了洪家,说周洪氏死因有疑,请她的兄长一起去义山挖坟验查。这兄长如今是家中主事,作为娘家人,妹妹封棺前见过最后一面,尸首仰面,仪容化过妆,倒也安详,加之妹妹常说夫家待她还可,也就没生疑心。巡警上门了,都将信将疑,好在爱妹心切,愿意配合。私心里,对周家因周洪氏没子嗣,不愿将她埋入祖坟这事有怨,还带了两个下人帮忙。"杨再力接上话头,"哪知挖出来一开棺,里头躺着两个人。那李老汉也躺在里头呢。"

"回来时,她那兄长都等不到开城门了,气得在城门下跳脚。"陈二毛啧啧道,"一开门就喊集家众,杀过来了。"

"这一顿闹倒是省了不少事。"杨再力笑道。

"问供问出了什么?"那徐湘贤赔着笑,问杨再力,"可是扒灰不成?"杨再力拿足了师父架子,今日问供竟没让他参与。

"不是。"杨再力摇了摇头。原来这周洪氏在鹊楼上私祭陈天华,香案三牲备齐,案上供着的是《申报》上剪下来的陈天华遗像,为公公发现。这周敦周老板平日向不理时事,哪晓得因由,悄悄跟着儿媳上了鹊楼,却看自家儿媳在祭拜一个陌生男人,顿时火起,抄起了一只铜烛台,朝周洪氏后脑砸了上去。

"过后怕是弄明白了儿媳私祭的是谁,如今为求脱罪,却攀咬儿媳私祭逆党,便也是逆党,自己这么做是为朝廷除害。"杨再力摇摇头。

"那是义士,这城里私祭的多了,都是逆党?"徐湘贤也笑,"二位义士灵柩回湘,一路放行,也没见设卡,此事朝廷无定论。退一万步讲,还有李老汉一条人命呢,这一家子罪责难逃。"

"好徒儿。"杨再力头一次对徐湘贤露出笑意,"能说出义士二字,这案我们联合呈报,功劳平分。"

徐湘贤喜得连敬杨再力三杯酒,一晚上曲意奉承,不就是等这句话吗?

众人一面闲话,一面吃酒,反正段上做东,陈二毛便督着加菜。二位段长都高看了卢磊一一眼,连老冯都敬了他两杯。几人又谈起湘内士绅公葬陈天华、姚宏业的事,徐湘贤道他听来的风声,灵柩不日抵湘,朝廷不禁,巡抚衙门也无明示,杀马福益的端方大人已经升官了,任两江总督,新任抚台是庞鸿书大人,据传,他在多次与幕僚闲话时,言里言外表达了同情之意,省内最高长官暧昧不清,底下官员也似云遮眼,既无上意,一动就不如一静,且由他,且看他吧。

2

光绪三十二年有两个四月,常一个、闰一个,这个初夏便显得特别漫长。依旧湘水边,太阳渐烈,晨起便炙热,卢磊一挑着担,送文师父张登寿,他在此日登船,坐日清公司的轮船去上海,再转大轮船去东洋。文师父张登寿现任湘阴知县,任上有实绩,然官场无靠,难于再进,拟调攸县,正交接的当口,湖广总督张之洞电饬湖南巡抚庞鸿书:"凡新选、新补、转任州县官员,除年事已高者,均令自费出洋考察或游学,方得赴任。"可怜师父为官清贫,路费都得寻人拆借。

早餐是陪师父在陈记吃的,头一天便嘱好了店里留座,听闻是他的文师父,义兄叫自家侄子辟出了二楼雅间。第二日到店,雅间里还熏了香,桌上刚刚沏上一壶上好的金井春茶,旁边又置一瓷笪,里头堆着冰块，镇着两个瓷壶，却是一壶黄酒，一壶酸甜浓釅的酸梅汤。"你大哥一早去了南门谈事，这都是他交代好的，说师父远行，弟子要恭送，不周到的地方，请两位见谅。"陈记的掌柜亲自招待，小意得很。

待坐下，不需点菜，备好的小食穿花似的上上来。四小凉碟，花生米、皮蛋、凉拌木耳菜、拍黄瓜；四小热碟，炒卤牛肉、炒卤猪肚、煎抱盐鱼、熘猪肝；又有四笼小食，肉包子、蒸饺、脑髓卷、珍珠丸子；再加两样炒时蔬，琳琅堆满一桌。主食是两碗面条，骨汤面，不带浇头，碗底一把葱花，热汤一氽便漂了面，也有说头，陈掌柜道，这表示清清吉吉，一路平安。张师父便冲着卢磊一笑，道你这兄弟真有心，一顿早餐，竟比自己昨夜家中饯行宴还要好。

快吃完了，陈作新匆匆赶回，初见张师父，便如初见杜师父一般，行了大礼，又奉上二十元一封银，道赠为程仪，师父远赴东洋，所费不贵，奉上一点心意，聊作小补，逼着张登寿收了。卢磊一在一旁又感动又忧心，最烦他做得周到，越周到，这人情越没法还。

两兄弟送张登寿上的船，临别张师父拍着卢磊一的肩语重心长，"小心做事，我知你无大志。"师父又意味深长地看了义兄一眼，"小心无大错。这世道，无大志者路窄命长。"师父像是玩笑话，脸上一笑便收，对着义兄嘱咐着，"你做兄长的，要看好他。"

师父上船时摆了摆手，"我半年就回。"

"师父那话是什么意思？"送完张师父回来，卢磊一犹自懵懂，师父那话说得不明不白，自己竟不甚懂。

"你师父会看相。"陈作新哈哈大笑。

义渡亭命案后，接下来几日，小西门往南，在永州码头、湘乡码头、衡山码头、烂码头、渔码头边分别发现尸首，几处都非案发现场，似是有人从别处搬尸过来的，身上的伤也各异，有多处骨折的、有刀伤的，特别是衡山码头东墙根下的那具，是一老头，瘦骨嶙峋，委坐于城墙之下，眼半睁，胸口插着一支小插，刀没及柄。仵作老冯恰被借调浏阳办案，与东区分局商借仵作验尸，来了个大胖子，整日酒醉迷糊，一来就嚷嚷要酒喝，验也验得潦草，刀伤几处、骨折几处，随意应付着就出了验尸格，五具尸首，一晚上就验完了，却是卢磊一与陈二毛陪着，小意殷勤做到足，胖子本是吆五喝六的，看一具尸首要喝几口酒，临走时却笑，"虽作不得准，这事我看着有人要给你们添恶心。"

卢、陈二人不得其解。

胖子嘟囔着："那老汉，像是病死的，身上两处刀伤，是死后扎的。"

这边厢端履巷命案已经呈报上去，倒没做隐瞒，也无须隐瞒，至巡警道、至按察使司逐级上报，抚台也不定谳，无关礼教，又不是逆党，请三法司核拟，皇上定夺。这桩案破，对于西区公所是大功一件，功牌奖赏一早就下发了，二十二日，按察使司召集长沙府巡警长官会议，除巡警道、警务总局各课，各分局长官之外，还特邀大小西门两段段长与会。杨再力早几年捐过一个从九品，衣箱里翻出那身海马补服已经皱得不成样子了，寻了人熨烫过穿着去。老陆便笑他，好歹捐个带蓝雀补子的，海马补子是何解？杨再力讪笑，"武官便宜文官贵，舍不得那几吊钱。"老陆一笑，"那你买迟了，该当曾文正公裁撤湘军时买，裁撤将佐一片，副将衔身份履历全套白菜价，还带朝廷记档的功勋，不比这划得来。"

下午会议，晚上自然有一席，那夜正是卢磊一夜值，老陆却带着些小食与酒菜陪他。卢磊一劝老陆回去，老陆只是摇头笑，待到城门关了，卢磊一也不劝了，老陆才说，原是段长让他等的。快近二更，芬儿小妮子来送消夜，进门撞见老陆，呀的一声唤，撂下食盒便跑了。

"怪不得你总催我回，如今有相好了。"老陆哈哈大笑，卢磊一一张脸涨得通红，连连摆手说是误会，道不过前一阵帮过芬儿，又与益隆行走动得多，就亲近些，再说了，芬儿才十五。

"十二对亲的都有，童养媳几岁便在一起了。十五要结也结得了。"老陆又笑，"若是有心，我让你陆婶帮你做媒。"

正说着，"陆叔——"段外一声喊，芬儿又进来了，又提着个食盒，"先前只知磊哥哥在，夜宵只做了一份，陆叔也在，夫人叫我再做一份来。"芬儿这回倒显得落落大方，恭敬地打开食盒，先送来的那一盒就是一碗猪油拌面，这一个却是两层盒，除拌面外，还有两样小食，一壶谷酒。小食是卤蛋两枚，卤豆腐一碟，卤蛋是卤锅里刚捞出来的，卤豆腐也是，嫩豆腐卤的，碟子里摆得整齐，上撒一层红椒碎，恰似褐峰顶上落梅花。搛一筷子吃，糯糯软软的，咸香杂糅着豆香，教人胃口大开。老陆连连称谢，芬儿福了一福，轻声道陆叔慢吃，明日再来收拾，便走了。这番从始至终都没看卢磊一一眼。

"都说女儿心似重山，湘妹子倒没那么多遮掩。"老陆悠悠然呷了一口酒，望着卢磊一只是笑。卢磊一不接话，脸红到了耳后根，好在油灯暗淡，唯愿老陆看不见他的窘态。

段长是三更天到的段上，补服脱了往椅上一扔，嚷嚷吃这劳什子的饭，热出一身汗。看他那没好气的样子，怕是受了什么憋屈。杨再力灌了好几口酒，愤愤而言。果然是受了委屈，原本今天去会议都好好的，按察使是去年新任，省内积年的大员庄赓良庄大人，为人极和善，与各区各段警官、巡长讲话都轻声细语，多是勉励，谈及时下府内安防，道非常之时当打起十二分精神，特意点明了闰四月初一陈天华、姚宏业公葬岳麓山一事，一要防逆党闹事，二是防学生被鼓动，三要防士绅之间的倾轧，灵柩几日后便到本府，决定暂厝西园左公祠，设灵堂吊唁，抚台衙门的意思是遵从民意，不阻不碍。"举国愤懑，总要给人一个出气的口子。"庄臬台的原话，"府内安防，要拜托诸位，外松内紧，遇不法事、有可疑众立行查办。"

会议结束得晚，又留饭，杨再力与徐湘贤还被叫去与臬台同坐一桌，虽是下席，对杨再力而言，也是莫大光荣。臬台举杯时还特意说及两位，道一日内便破命案，赳赳武夫，府之干城，各段都如此，长沙府百姓可安枕也。臬台还下场敬了酒，各桌都不过举杯示意，唯杨再力与徐湘贤二位是单独敬的，二人受宠若惊。

错就错在臬台敬酒时，杨再力报了履历，报履历时又特意提了自己入职是郭嵩焘大人举荐。听到郭嵩焘三个字，庄臬台杯到嘴边的又放了下来，脸上阴晴不定，望着杨再力的神情便透出玩味来，"原是他举荐，竖子卖国求荣，竟得善终。"庄臬台摇了摇头，恻然一笑，直到席终，都没有再看杨再力。

听他一说，老陆也是一愣，"想不到郭老背的骂名，十几年后依然不减。"老陆笑着拍了拍杨再力，"莫再想了，我们实心办差，总不会被撸了这身衣服去。"

老陆不再言，陪着杨再力一杯接一杯地喝酒，喝得杨再力也纳闷了，忍不住问："你就不再劝劝我？"

老陆哈哈大笑,"事已至此,有什么好劝的,劝你以后少提郭老?你这性格也做不出啊。"

说得杨再力也笑了,又饮一大杯,杯子往桌上一蹾:"老陆你懂我。"

直坐到四更,巷子里传来脚步声,一个兵闪进门来,向段长一揖:"队官有请。"

段长一笑起身,朝老陆点了点头,"到城门楼上喝茶去,你守庙。"后一句是说给卢磊一听的,二人随那兵一起走了出去。

卢磊一一早换了值,下江游了个来回,今日不去陈记开洋荤,站在路边摊子吃了五个饼,喝下一碗免费的热汤,出了一身透汗,起身往北门走,这是义兄交代的,今日请二师兄进城帮忙。嘴方塘菜畦青青,艳阳下一片青绿,四月菜长得旺盛,芹菜收过一季了,嫩苗又起,莴笋要收了,蓬勃的一枝一簇,竹做的架子上是丝瓜秧,围着田栽,青白色的瓜沉甸甸地垂下,又有木耳菜,翠绿爬藤,叶宽,如婴孩的肥手。几丘茄子已经渐次成熟,果挂在绿叶下,将将泛紫,这菜卢磊一爱吃,费油,一般不炒,只蒸,几只开边,加豆豉辣椒蒸出来,筷子一搅,软烂如酱,拌饭吃是极好的。

最小的梨师姐年初也出嫁了,田里的活儿是师父带着师兄们料理,师娘闲不住,也下地,锄草、剪黄、施肥、收获,此刻自家菜地里,便是这几人在忙着。卢磊一奔过去,接了师娘手里的镰刀,腰带扎紧,弯腰干起活来。

乡里不比城里,没有中午饭,因为卢磊一回来,师娘蒸了一盆红薯,卢磊一困意上来,吃了两个就睡了。一觉睡到傍晚,醒时看天,顾不上吃晚饭，拉上二师兄就走。

回来时便已经禀过师父了，这次是义兄陈作新请二师兄去做护卫，护卫府里的一名巨绅，名叫禹之谟，此公在办一件大事，引得对家不满，怕人报复，需武艺高强者保护，时间不长，以此日为计，小半个月的时间，或者过了四月七日，事定即回也可。情愿付十二元作聘，钱带回来，师父当然无可无不可，笑着把钱一收，道老二这一身功夫，护个把人应该问题不大。卢磊一也怨自己多嘴，当初不该跟义兄说自家兄弟里二师兄武功最高，那时自己与陈作新还没结拜，哪知他就记上心了。

到底不放心，回城路上就把那把明治手枪掏出来给了二师兄，空旷地还教他打了几枪，把二师兄喜得抓耳挠腮。"事情完了得还我。"卢磊一郑重嘱咐，"回去再拿些子弹，我放住处了。"

二师兄又问他要钱，说爷老倌只进不出，这番出门十来天，只给了两角银，说吃用都在东家，没有花费。卢磊一叹了一声，怀里掏摸出一个银圆，十来个铜板，一齐给了他。

走到半湘街，月亮已经斜升，交接地便在陈记茶馆。上了二楼，四人一桌，正在议事，两张熟面孔，左边是那新化实学堂学监谭人凤，右边是长沙府中学堂学监龙绂瑞。陈作新坐在下首，又有一个年轻人，竟坐在陈作新上首，却是一头寸发，戴着副西洋眼镜，有书卷气，极精神。对面那个清瘦中年人便是禹之谟了，都称他为禹老，卢磊一看着比义兄也大不了多少。陈作新起身为众人介绍，称那年轻人为刘吉唐，年轻人默不作声。

禹之谟倒是没什么架子，起身朝二师兄一揖，"小哥费心。"二师兄还了一揖。

陈作新又请二人入席，卢磊一大咧咧地坐下，二师兄却道众位慢聊，自去走到楼梯口坐着，这便是当值了。

陈作新还待去拉二师兄入席，被卢磊一拖住，摇了摇头。

几人所议，竟是陈、姚二位义士公葬的路线，厝西园左公祠，葬岳麓山，还需过河，中间路线须得好好筹措，又怕人阻碍，学生领袖、会党都要联络，到时要好生维持。最怕的是士绅纠结人众阻扰，已经有人放话了，"岳麓道南正脉，向不置坟茔，当初曾议曾文正公葬岳麓山，通省反对，最终葬于河西伏龙山。两个学生是何等人，居然能破此例？"

众人且议着，卢磊一终觉得自己坐在其中格格不入，寻个由头起身先走。陈作新送他出来，二师兄也跟到门口，卢磊一回身摆手，二师兄忽然说："师父说你气弱，睡了一下午，再做了夜值，年纪轻轻哪有不经打熬的。"

卢磊一听得莫名其妙。

"他说西洋花旗国有一种人参，最是补气。"二师兄说得顶认真，"他买不起，请你义兄设法。"原是说给陈作新听的。

陈作新哈哈大笑，当即应了。

3

二师兄护卫当晚便遇了事。那晚别后，送禹老回寓所，在粮道街后头的小巷里，被十几个汉子挡了道。禹老是一架二人小轿，二师兄一侧扶轿，拦路的汉子们有备而来，拿刀带棍，为头的说自家主人请禹老去坐坐，轿夫吓得撂了杠就跑，禹老仍安坐轿中，淡淡地唤二师兄，"麻烦小兄弟了。"

过了几日，夜里，禹老又到陈记召集会议，二楼灯影下人影幢幢，卢磊一接了信，过来陪二师兄。二人坐在一楼楼梯口，二师兄说起前几日遇袭，轻描淡写，说看着人多，都是俗手，他也不恋战，打退了便护着禹老离开，只是禹老事忙，走东串西，一刻松懈不得，饭都是扒几口便罢。卢磊一听罢，忙去厨下，督着下了一碗清水面，炒了一份干椒肉片盖在上头，端给二师兄，二师兄一看，眼睛都放了光，抱着碗在楼道口吸溜，连道这伙食好。卢磊一看着他大口吃，也高兴，二师兄一面吃，一面嘟囔，道这头一回做护卫，与爷老倌说的那种还是有差，主家供养得好，顿顿有鱼有肉，有时候还有戏看，聘金也不差，自己这一回，只应了聘金不差一条。卢磊一也知道师父以往荒年时做过几次护卫，贴补家里的饥荒，这是无奈之举，年景稍好，师父便不愿意去的，宁肯守着家门口这一片菜土。师父说过，护卫是刀口上舔血的差，为主家效劳是拿命挡，武功这东西人上有人，百招会不如一招强，百招强不如一招狠，自己一大家子要养，不到万不得已，不能以身犯险。

二师兄压低声音，"这回出来，爷老倌有交代，护得了就护，护不了先保自己。"

正说着，黑黑的门洞里看出去，看街上踅来两个黑影，站在对面街边，望着陈记楼上，低声咬耳朵。卢磊一正待起身去察看，却见巡街的满傻子提着个灯笼一摇一摆地走过来，今夜满傻子当值。"什么人？"满傻子一声吼，卢磊一便乐，这傻子这声示警好。

"过路的。"对方应道。

"过什么路，什么路要从这角落弯里过？"满傻子起着高腔，"城门都关了。"

一人被问得不耐烦，怀里掏出个物事，灯笼下一亮，"哦，探访局啊。"满傻子毫不避讳地把人身份念出来。

卢磊一喜欢死了眼前这个憨坨子了,此刻楼里人得撤,又不能让那二人相了面去。

"开一仓,打脚边上。"卢磊一嘱着二师兄。

"我晓得你意思。"二师兄一碗面正好扒完,张嘴一笑,"不要吵着街坊。"手一甩,一根筷子从门洞里射出,飞出十数米,噗的一声扎在一个探子的臂上,满傻子提着灯笼看得分明,瓮声瓮气道:"什么东西?"抓着那筷子便往外拔,筷子入肉极深,满傻子个高手劲大,没拔得出,倒把那探子的臂扯起来了,探子痛得脸都是青的,张大了嘴,疼得叫不出声。

"暗器!"满傻子看出不对了,扭头就跑。那探子也跑,满傻子一边跑一边喊:"莫跟嗒我,你们跑那边!"

这边厢卢磊一带着二师兄上楼,疏散与会人众。

陈作新走时轻轻捶了卢磊一胸口一拳,"还是我弟弟灵泛。"

"你不是巡防营吗,怎么惹上探访局了?"卢磊一低声劝,"少交些杂七杂八的朋友啊。"

看着人众散了,卢磊一回姚记换上号衣,趸去段里。段上空着,一盏油灯泛着幽光,卢磊一喊了好几声满傻子,好半天,后面监房方向才传来一声应答。卢磊一提着油灯进去照了老半天,才看明白,满傻子躲在监房的角落里,自己锁了栅门,钥匙攥手里。

"怎么躲在这儿咯?发生什么事了?"卢磊一看着好笑,装不知情问他。

满傻子看到卢磊一,松懈下来,指手画脚把刚才所遇说了个囫囵,卢磊一道外头街上没看到人,静悄悄的。满傻子既怕,怎么不回去?

"我不敢走,段长晓得了要打嘴巴。"满傻子自顾开了门出来。

卢磊一哈哈大笑,故意大包大揽,"我陪你。"说得满傻子千恩万谢。

二人在灯下枯坐,满傻子不善言,实无趣,卢磊一到街上喊了个卖面的夜宵挑子来,嘱着一人下了一碗面吃。"承你的情,我没带钱。"满傻子连连摆手。卢磊一一笑,"我请。"

下面的当口,半湘街上传来密集的脚步声,一队官兵将陈记茶馆围了个水泄不通,禹老他们早走没影了,守店的是陈作新的侄子,被五花大绑捆走了。

第二日一早,半湘街在晨光中醒来,又恢复了平日的热闹,只陈记茶馆没有开门,卢磊一有些担忧,走过去看了一回,正遇见提着食盒来买面的芬儿。芬儿摇着手喊他,卢磊一走近去,芬儿今日穿着翠色碎花小裙,衬着一张粉白小脸,辰时仍有凉风,她的鼻尖上却冒着细细的汗,"买别的吃去吧,今天陈记歇业一天。"

"太太想吃炒雪里蕻盖面呢,真不巧啊。"芬儿蹙着眉,又展开了,"我去菜摊买擦菜子吧,加一星星肉炒出来,也香呢。磊哥哥你要吃不?"

"下回来啊。"卢磊一倒真想去,终究有些贸贸然,送消夜是一回事,这可是登门了。

回到段上,段长便叫集合,到码头上去。今日闰四月初一,二位义士灵柩回乡,在小西门上岸,维持的不只有巡警,还有两队巡防营官兵,刚刚在码头列好队形,陆续便有学生与绅士来到岸边,人众越聚越多,确需维持。人众分两边,中间留出两车宽的道,卢磊一与一众员警面向人群站着，人人面带戚容，学生们脸上悲愤之色尤盛，人群中看到一张熟脸，那是半湘街上荒货铺老金的儿子，今年刚考上陆军小学堂，校报即戎装，在人群里尤为打眼。卢磊一不由得暗暗替这小子担心，维持的人里除军警，还有探访局的探子，他们只有一个差事，就是记人，可疑的、激进的，发现便吊上尾线，弄清住址，事后盘查。此番公祭与公葬，学生没办法阻止，但官办军务学校的学生是明令禁止参加的。

装灵柩的船缓缓靠岸，迎灵柩的士绅数十人，从小西门里走到江边，当先一人便是禹老。今日的禹老与以往不同，一身短装，腰间挎着一把刀，他站上搭好的台子，双手一压，数千人众寂寂无声。"四月迎烈士，湘水尽悲波，列强欺我久矣。陈公天华、姚公宏业二位义士以死明志，显我湘人风骨，当葬于岳麓，以彰义烈，名山之上有忠骨，万代同仰不屈魂！"禹老嚓的一声拔出腰刀，明晃晃地指向青天，"求一抔土葬烈士，于巡抚何？"

迎义士灵柩后，几天里，卢磊一没再见到二师兄。陈记茶馆倒是第三天便开了门，义兄的侄子回来了，脸上有伤，义兄人脉广，怕是用了点关系。茶馆重开当天，还挂了个牌子酬客，点一壶茶水，送荤素两样小食，只此一天。为这，卢磊一都邀了老陆、陈二毛去吃一回，就在四月三十那天，好在是一早去的，占了座，过不了一会儿就满座了。

一壶金井春，送一碟盐炒豆子，这是标配，另送一碟拌腐竹，一碟卤猪蹄，这是只此一天的优待。腐竹泡好过滚水后加干椒、蒜末、香菜末拌的，还滴了点香油，吃起来又香又爽口；猪蹄是整只卤的，卤出来剁碎装盘，撒上干椒末，吃进嘴里糯糯软软，咸中带甜，入口即化。陈二毛都叹，这好手艺何必只开茶馆，开个酒楼都宾客盈门。

卢磊一寻到厨下去看了看，慰问义兄的侄子。"不进去一回，不晓得他们手黑，伤都在身上。"那胖子倒是豁达，"娘的老子就是撬口不开，开店就迎四方客，乱党脸上又没写字，我哪知道啊。哎呀呀，搭帮我胖，不然排肋骨都打断两根。"胖子满头的汗，正从卤水坛里捞一只卤鸡，装盘撒上些葱花，嘱着伙计端到二楼去。

"你义兄在二楼，有贵客。"

岂止是贵客，竟就是熟人。来的客人竟是彭宗子。

"没有知会弟弟，是姐姐的不是。"彭宗子盈盈一笑，略一举杯，侧头对陈作新说，"民哥哥，你这弟弟好呢，读的书可不少。"

"他学得杂。"陈作新道。

卢磊一坐在一侧，看二人情态，彭宗子看陈作新，不避不羞，眼如一池春水，又似渗着蜜，极专注，这女儿情态，是在醴陵时她身负宗子之责时看不到的。陈作新却从不正眼看她，眼神一碰，便似刺扎了一般避开。卢磊一看着二人别扭，便专心吃那卤鸡，他没客气，拔下一只鸡腿便啃，鸡已炖烂了，咸糯鲜香，吃得他极开心。

"连《蕉园文集》都看，那是阁中妇人写的，果然是看得杂啊。"宗子问，"民哥哥你看过没？"

陈作新一愣，点了点头。

"用那集子里的诗，那我问一句，你答一句。"宗子笑靥如花，"光吃饭没意思，今年头一次来你地头，你陪陪我。"

陈作新一愣，卢磊一也愣了，啃鸡腿都慢了下来。

"就以这小酌为题，可好？"宗子仍是微笑着，看着陈作新，轻轻吟道，"计日春窗共携手，凫花满泛绿螺杯。"

陈作新抬头一看宗子，又望向别处。他似有些无措了，良久才叹了口气,略一举杯,也轻声吟道:"野酌何须问宾主,旷怀千古几人知。"

宗子眼中一暗。

光绪三十二年闰四月七日,卢磊一一早站在了小西门外。如前几日迎灵柩一般,军警共同维持,乌泱泱的军警队列,遍布湘江两岸,不单是合府巡警全部出动,还有驻扎本府的巡防营,小西门外码头边泊满了渡船,有大有小,呈一字整齐排列,学生、百姓从门内拥出,着衣或黑或素,无一艳色,自发自觉给义士送行。湘江边的人群看不到边,湘江静默,万人齐暗,车轮沉沉滚过地面的嘎吱声、夏蝉的鸣叫、汽船入港的笛声飘荡于人群上空,日清公司的自鸣钟敲响九声,两辆灵车从门洞里缓缓驰出,当先一人一身黑衫执绋前导,正是禹之谟。在送葬的人里,卢磊一看到了义兄,他走在灵车后头的人群中,与他并排的,是彭宗子,二人都神情肃穆,面有戚容。

这天本是初日当空,忽然层云密布,天光瞬间暗淡,成群的蜻蜓盘绕人群上空。江上无风起浪,渡船摇摆,轰的一声炸雷,对河群山上空一道闪电,如利刃劈开这污浊的人世间,大颗大颗的雨落了下来。

灵柩上船,往对河驰去,送葬的人群从小西门渡口和朱张渡两处上船。湘江中百舸雨中横渡,如百千人护着英灵。

卢磊一一身透湿,在河边看着群舟远去,不由得胸怀激荡。

"大丈夫当如是。"公葬那天夜里,陈作新在陈记茶馆的二楼,把自己灌得大醉,彭宗子与卢磊一陪着他。卢磊一浅尝辄止,宗子海量,陈作新简直是把酒作水喝,怎么喝都不够,话却极少,似要用酒浇他心中块垒。

卢磊一知道只能陪，不能劝，也无从劝，看彭宗子，怕也是如此。

"夜深了，送她回去。"陈作新醉眼蒙眬地指了指彭宗子。

"不必的，我自己回。"彭宗子轻声道。

陈作新低下头，默不作声，好半天才摇了摇头，似要让自己清醒一些。"不能陪你了，兄弟。"陈作新伸出一只手，拍了拍卢磊一的肩，"我要回行伍中去，接了命令，派我去巡防营第十九队。"

"在哪里？"

"在山中。"陈作新觍颜一笑，向彭宗子一颔首，"她的地头，醴陵桐子岭上铁门关。"

三、山中传奇

1

大事已毕，二师兄在四月九日便了结了差事，禹老客气，又封了二元红包的赏钱。二师兄不敢擅专，寻了卢磊一带他去买了二两建条孝敬师父，九芝堂的清肺丸买了几盒，是孝敬师娘的，师娘最近夜来有些咳。如今手头松快些，家里也做了打算，他和三师兄结婚都在大师兄前头，二师兄在北城外有名头，貌相似师娘清秀，又会打，人聪明，乡间年轻人中算是一表人才，刚满十六，做媒的人便踏破了门槛，有合适的 师父都去对家相过面，挑花了眼，最后还是师娘做的主，对的是南城外多福里开油铺的钟家二姑娘。师父原看中的南城晏家塘钟秀才家的闺女，说那女子知书达礼，又漂亮，相夫教子应该不错。师娘说，那姑娘体子弱，又爱看书，二儿子书读得少，怕新鲜劲过后二人没话说，日子久了会生怨的，再说了，师父独喜这二崽，早说了以后做不动了要跟着他，文文弱弱的如何操持这一大家子？钟氏娶进门，与二师兄倒也和睦。紧接着是三师兄。大师兄结婚时，二师兄的大崽都两岁了，今年又添了女儿。除孝敬爷娘的东西，二师兄又拖着卢磊一陪他去扯了几尺花布给自家堂客，还剩几角银，不敢用了，要回去上缴。卢磊一便叹气，不同花色又扯了几尺布作两份分了，给二师兄做人情，分给嫂嫂们。道兄弟面前一碗水端平，妯娌之间要照应的时候多的是。二师兄便笑，说他知道，只是不舍得，不然拉着弟弟一起来做什么？卢磊一便知中计，揉了二师兄一把。

二师兄买完物事，也不急着回，道一定要住一晚，进城还没有看戏，要弟弟带着去看一场。卢磊一夜里便带着他去了绿萍书社，叫陈二毛一起去的，陈二毛寻着大西门警段的熟人老胡讨三张票子，老胡客气，不用票，陪着他三人进去看，寻着个靠前的雅座，让主家送一壶好茶，瓜子、花生一应琳琅地上。今夜又是六场连台，又有一场《大杀蔡鸣凤》，这回杀夫一节，那演丑角的王三乐老老实实地坐在床下探头出来，把这个细节给圆上了。陈二毛在一旁笑，"你别说，王三乐这鳖要是没有豁唇，还真演得旦角。那双眼说是鼠眼，带点子吊吊子的样子，画一下就是个丹凤眼啊。"

"你这鳖好久没去南城泻火了？"老胡便笑他，"丑得一世阑珊的角色都能看出花来。"

卢磊一要回了那把手枪，看二师兄的馋劲，他是真喜欢。卢磊一起了意要送他，他又不要了，说弟弟做这行，或者有用，他此番回乡，每天和菜土打交道，拿着把枪惹是非。卢磊一是无可无不可，枪法虽练过，不准，这玩意儿掖在怀里硌硬，索性就不天天带了。

转眼到了四月底，一切似乎都消停了。小西门警段过了一阵安生日子，码头边没有再出现新的尸体，原本一地多宗命案，巡警道要委专员查的，还是那东区分局的胖子写的验尸格还原了真相，写明其中有几人应是病死，死后造伤并抛尸。段长又使了些手段，此案级别一降再降，仍归小西门警段查探。这是正经辖区内，上头限定了捕期，段长也不着急，巡街、夜值安排得满满的，自己每日坐镇段里，查案的事一概不提。

到得五月初，卢磊一照常早晨下江游泳，几日下来，发现小西门边的日清公司轮船少了几条，公司的专属码头陡然空了起来。这个日本轮舶公司占了此处码头，只立了个膏药旗，尚未挂牌，一直在建公廨，修码头，船虽停在公司的专属码头，但码头在建，不能下货，便占了旁边的金家码头下货。要说日本人霸道呢，公司尚未正式成立，生意先做，自家地盘在建，便霸占别人的。他回段上，还把这事当笑话说与陈二毛，"东洋鬼又要和老毛子打仗？铁轮船派出去做援了？"说得陈二毛直叹气，让他平日多看看报，再不行，茶馆里坐坐，也不至于如此闭目塞听，五月一日常德开埠，日清公司的轮船派过去占码头了，新船要从东洋补充，等几日才到。"不晓国事，周边的事也不知道吧，小西门的城门吏换了个把月了，你晓得不？"

把卢磊一说得涨红了一张脸。他也不是没想事，这几日正想着与段长商请个外差，彭氏外流支脉族谱已经查过两支，想着去浏阳蕉溪看一看那一支的族谱，若是也无彭拱魁的名字，此事就撂下了，若有，再溯源。

哪知人不找事，事找人，心里念头将将起，段长便给他派了个差，拿的是巡警道开的文书，到醴陵县学查一桩旧档。"你去过了，反正熟悉，此人的生员记档给我原原本本抄过来，让县学管事的验看后用印。"段长那日中午喝了酒，交代的时候酒气喷薄而出。

"陈树谦，武秀才？"卢磊一看着文书上核查的名字，丈二和尚摸不着头脑，并不想去，道这东西府学也有记档，在府里查即可，又期期艾艾地说出自己去浏阳查彭氏族谱的想头，被段长劈面打断，"水陆洲只是代管，一没捕期，二没苦主，吊着就吊着，你一个三等巡警，操起巡警道的心来了？"

看着卢磊一被骂得一张脸臊得通红，段长声气又软下来，"要你去查的这一桩，事关段里，比那可要紧得多。"段长拍了拍卢磊一的肩，"再说了，区区一个警段，想动一个盘踞一方的大家族的族长，总要掂量掂量。查案容易收尾难，盘根错节各方关系，是非黑白不是我们能定的。"

"本就是你不对，彭宗子、你义兄都给足了你面子，何必死揪着不放呢？"第二日就走，夜饭是陈二毛请，当钱行，喊了老陆作陪。卢磊一说出下午与段长的应对，逗发了陈二毛的脾气，端着酒杯骂他。老陆在一旁嘿嘿笑，不作声。

"事关人命。"卢磊一赳赳辩道。

"这年月，人命值几两钱，还要争。"陈二毛一副孺子不可教的表情，"关你卵事，死道友不死贫道。"

"这倒是杨再力的口头禅，被你学了。"老陆端着酒杯扑哧一笑。

"醴陵你也熟，怎么不派你去？"卢磊一故意顶陈二毛。

"你就不肯让我松泛两天，我上有老下有小。"陈二毛越发火大，"亏我还摆桌给你钱行。"

"这事不怪杨再力，你的字好。"老陆打着圆场，哈哈笑，"陈二毛一手字狗扒屎样，抄档回来可要人认咧。"

此话一出，卢磊一一口酒喷了出来，陈二毛也泄了气，讷讷地坐低。

"段长说得没错，水陆洲的案子放一放，水深莫轻探，站在干岸上,看一看再说。"老陆又劝卢磊一,举着杯与他一碰,轻声道,"事缓则圆。"

那一夜,陈二毛与卢磊一杠上了,一杯接一杯地拼酒,直喝得天昏地暗。

翌日一早,小西门刚开,仍是一身酒气的卢磊一便出门登船。他背着个大包,里头有在夏记买的没兑水的陈年谷酒两斤,既去醴陵,总要去看看义兄,彭宗子也绕不过。查案归查案,人情是人情,上次去人家招待得客气,此番去也得上门看一看,文武师父都教过,"来而不往非礼也",实在想不出买什么,昨日跑去三吉斋买了四样小食,精心包好了。其中一样核桃酥是新品,中间嵌了核桃肉,脆咸可口。终究礼轻情意重,他自我安慰。

此番没坐官船,坐的运盐的商船,上满了货。一声号子便起了锚,几名船夫站在舷上弯腰抵肩轮番撑杆,船缓缓离岸,红日初升,斜照着汉子们裸着的肩,汗水在日光里透着晶莹。

码头边老槐树下,急急地跑来一个身影。翠色的碎花小裙,脸跑得通红,在槐树下站定,四处打望。

"芬儿!"卢磊一心下一动,然后自责,自己竟忘了告诉她了。他一个箭步站上船头,双手齐挥,"我去去就回。"

"磊哥哥!"芬儿看到他了,也挥着手,并不害臊,大声喊,清脆的声音顺着江风吹到耳边,"平平安安哪!"

一股暖意涌上卢磊一的心头。他想回话,却哽住了,说不出来,只能用力地拍了拍胸口,芬儿给的那只护身符,在怀里躺着呢。

2

半道上就开始下雨,大雨,转入渌水,更是滚滚黄汤。卢磊一心下叹,若长沙也是这般景象,师父家的菜土又要遭殃了。

上午到的,下了船便一路打问着赶去县学。醴陵县学教谕倒是个正经举子,大挑做的教谕,此法自乾隆年始,即每六年在举人中选人做官,优等做知县,次一等的便做教谕,指派的地方没的挑,艰苦边穷也得去。这教谕姓彭,却是熙字辈,老学究一个,处事倒细致,也没架子。看过文书,便领着卢磊一去查档,卢磊一旦跟着,不由得暗叹这彭家的势力,这得使多大的力,教他分到省府周边,自家地盘。

彭教谕说得实在,道醴陵自咸丰年始,文武脉都弱,武秀才更少,好查。翻出名录细细看,一会儿工夫就查到了。"陈树谦,光绪三年(1877)四月县预试优等,六月应长沙府试,六月十二日布榜中丁丑科武秀才,县学记档武生,年三十四岁。"彭教谕眯着眼看,"考得晚了些,但技勇属优,成绩不错哟。马箭中七矢,地球一矢,步箭中八矢,开弓十五力,舞刀一百二十斤,掇石三百斤。"

卢磊一依名录照抄,彭教谕仍在一边碎碎说着,"此人勇武,开弓十五力,一力等于十斤,一百五十斤的弓拉得满,又说射地球,那是土台上的一个实心小皮球,重又小,骑射要将它从土台上射落才算得数,这一手,连许多武举都做不到。咦……陈树谦,陈树谦。"彭教谕拍着脑门,"此人我记得,城东狮子坡陈家老屋人,后来果然是中了武举的,只是迁籍去了长沙,后头的记档我这儿没有。"

抄了档出来,已是中午,教谕要留饭,卢磊一辞了,不为待客饭难吃,只嫌客套寒暄麻烦,寻了城里驿馆安顿了下处,想去厨下寻点剩饭充饥。这回没有府里的文书,哪怕月前才来过,管事的竟似不认识他,直道小地方一日两餐,没的中饭。卢磊一早饭都没吃,早就饿了,借了身蓑衣冒雨出了驿馆走出老远,才寻了个屋檐下的小摊,卖水饭的,糙米稀饭夹着青菜叶子、梗子煮作一锅,热腾腾地散着米香,五个铜钱管饱。这饭卢磊一从小到大没少吃,师父戏说过,这事只怪光绪爷,幼年登基,小龙难镇天下,隔三岔五的灾年、荒年,把土里寻吃的人整得不安生,自家生七个还带一个,居然都活了,没夭折,是祖坟风水好,祖荫庇佑。

闻着米香卢磊一就走不动道了,给了五个铜钱,端着碗站在檐下吃。摊主是个妇人,倒热情,夹一碟辣萝卜干给他配饭,直言不够再添。卢磊一夹了一筷子,齁咸,果然下饭。水饭滚烫,卢磊一饿极,吹着气,溜着碗边吸,吃下五大碗,那碟萝卜干还没就完。

回驿馆歇了会儿饭气,将给宗子的礼裹了层油布,贴身背着,再穿上蓑衣出门。先去的曹家巷警察局寻何大方,一寻便见,那胖子一天到晚泡在酒里,脸作猪肝色,正在签房里睡觉,被卢磊一喊醒,让他带着去拜会宗子。胖子手一伸,"这回是什么案子?"管他要文书呢。卢磊一忙道没有案子,公务路过,拜会拜会。胖子盯着他看了半天,哼哼地立起身来穿蓑衣,"既是拜会,自己去噻。"何大方老不情愿。

"宗子又不住祠堂,我哪知她家在哪儿啊。好歹是同僚,领个路噻。"卢磊一道。

"路在嘴上,问着就寻着了。"胖子犹自嘟囔。

卢磊一打叠着赔笑,许愿回头单请他喝一顿酒。

"你是来看我还是看你大哥?"宗子留饭,卢磊一倒是没客气,水饭不过当时饱,一泡尿就撒没了。桌上琳琅菜色,卢磊一恰是饿痨鬼,筷子如穿花,也为几次相处,大哥虽不认,卢磊一倒把宗子看作嫂嫂一般了,鼓鼓囊囊一张嘴含糊地应,"都看,都看。"

再是宗子宴客,也不能一男一女,何大方便做个陪人,斜签子坐在下首。他倒十分拘谨,浅尝几口便放了筷。

"看我是假,你是要借马吧。"宗子眯着眼笑,一语道破。

大雨滂沱,马蹄声掩在雨声里,夜间的山中三人三马,时急时缓。灯笼不抗大雨,三人手中各提一盏西洋马灯,琉璃密闭,可于风雨中点亮,何大方在前引路,卢磊一与彭宗子在后,循着前头闪烁的灯影,此番走的不是往炮庄的路,顺着山岙走,虽弯弯绕绕,路却宽敞平坦,果是通军营的大道,修得齐整。卢磊一原说翌日一早去的,哪知彭宗子却偏要玩一出"夜探曹营",又拿着姐姐的姿态,抱怨着陈作新来了一个月了,她几次去看,都被挡在军营外头,这是躲着她呢。"就是,快四十的人了,亡妻殁了近十年,也没想着再娶,无儿无女,整天吊儿郎当。"卢磊一顺着彭宗子的话说,与她同仇敌忾。

"别这么说。"宗子倒嫌卢磊一话重了,"你大哥是有大志向的,我只是不知他到底想做什么。"宗子又一叹,"不为你来,我都见不着他,还是沾着你的光了。"

宗子又道,这铁门关其实驻军时间并不长,是当初抵抗太平军才在此设的驻军,此后便成了例。驻军三队,巡防营合省四十队,中路十八队守长沙,西路八队驻湘潭,其中三队便在这铁门关,刚刚换的防,白日操练,夜有夜值,今夜守关的是二十一队中哨,夜值守营的便是十九队左哨，陈作新带的兵。

"宗子打探得真清楚，有心了。"卢磊一哈哈大笑，"难怪说要今晚来。"

宗子没有作声，暗夜中看不清表情。

铁门关峰不高却险，横亘两山形成天然屏障，镇守醴陵城北。到得铁门关下，有一眼水潭，宗子笑言此潭古时传有仙兔现形，名唤白兔潭。旁边一座茶亭，年代久了略显破败。茶亭后一片竹林，风雨中飒飒作响。沿路进竹林是个上坡，行几十米，便看到军营了。军营扎在山下小坡上，修整过的依山的一片平地，大而宽的数栋砖房，外围木栅，中间一个大坪作校场，未近营，劈面走来一队巡夜的兵，拦下了他们。

卢磊一实话实说，公务经此，来看兄长，有巡警道的文书在身。兵中什长验看过后，直叫三人在营外等着，他去通禀。一会儿，近旁仍亮着灯的长官公舍里闪出一人，冒着雨横穿校场，冲到营门口，哈哈大笑着，冲着卢磊一胸口就是一拳，"这大老远的，舍得来看哥哥？"

长官值舍灯下，三人围坐，卢磊一带的两瓶陈酒把陈作新看得眼发光，顷刻便下了半瓶。何大方是无论如何不肯坐的，站在墙边立规矩。

"一人外出办差，你们段长也是心大，没个照应的。"陈作新道，"可带了枪？"

卢磊一拍拍腰间，道带是带了，也嫌麻烦，真有事，三五人并不放在眼里。

陈作新道枪乃防身利器，关键时可比拳脚管用。又叹这东洋科技好，可惜所费不赀，原来在新军倒不觉得，如今来了巡防营，果是地方兵，装备差了不止一点半点。前膛来复枪、奥式后膛枪为主，一枪一装弹，如此还配备不足，连发快枪倒是有几把，江南制造局产的新利枪，五连发，那枪被兵们唤作自杀枪，易卡易炸膛，上月操练便有一个新兵被炸膛搞瞎一只眼。合省巡防营四十队，一万三千人，正经西洋进口的连发洋枪只一千支，还是前任巡抚赵尔巽光绪二十九年筹资购得，全部装备了中路。东洋、西洋的长官都配手枪，咱们就配把佩刀以示身份，要配把手枪耍威风，可得自己掏钱买。可惜岳州新军额设不足，一直在操练，尚未建制，实在回不去。

"行伍糜烂，克扣成风，单说我这一队，营制饷章明文规定，分统官月费一百两，实收八十两，哨官月薪十五两，实收十二两，副哨官月薪九两，实收七两，什长月薪三两九钱，实收三两二钱，正兵月薪三两三钱，实收二两八钱。各队兵都不足额设，这中间又是一道油水。兵也什么样的都有，五六十岁钻门子进来混饷的都有，识字的十里不足一。新军倒不是如此，纪律严明些。特别是一些中下层军官，有过游学经历或进过武备学堂的，处世风格不一样。"陈作新抚着头，啧啧叹，"委实不适应，此处两年一换防，来前就听说前头三个队官都是鸦片鬼，我还不大信，来了看着遍山的红花，属实信了。军营边头种鸦片，滑天下之大稽！"

"大哥胸中不平太多了啊。"卢磊一并不怎么劝，陪他饮了一杯，"长沙九门各门也有驻军，老陆跟他们熟，我听他也说过些，还有些城门吏把唱戏的叫到城门楼子上去耍的呢，这是积习。"

"此地无故旧，心中压抑也忍着。"陈作新歉然一笑，"今日终于一吐为快了。"

卢磊一看在眼里，陈作新喝着酒聊着，眼神总是避着彭宗子。彭宗子不插话，默默地，一双眼却始终望着义兄，不曾移开分毫。

　　风雨不停，屋外猎猎狂风在山间呼啸，撞得门窗砰砰地响。嗒嗒的马蹄声急，在公舍外头停下，一声马嘶，敲门进来一名什长，禀报营外来了三个人，为首的是个脸有刀疤的人，道有逆党消息，十万火急，须密报长官，"在白兔潭边撞见的，我让他就在那儿等，等我禀了官再说。"什长约莫三十岁，是个孔武汉子，怀里掏出张纸，摊开来，恭恭敬敬地呈给陈作新，道是那刀疤脸请转的，说长官一看，必定召见。那纸呈给陈作新，却是拿倒了，陈作新把纸正过来，眼皮跳动了一下，面无表情。

　　卢磊一凑过去看，纸上赫然写着几个大字，"洪江会李金奇谋反"。卢磊一心下大惊，这不是义兄的朋友吗？却见陈作新脸上泛起微笑，身子前探，一手按桌，将手中纸往那什长伸过去，"这是个什么字？"

　　汉子腼颜一笑，退一步抱拳，"它认得我，我不认得它，我不识字。"

　　"他脸上的疤是什么样子？"卢磊一突兀地问。

　　什长一愣，想了想，蘸了茶在桌上歪歪扭扭地画了个"七"字。

　　"去外头候着。"陈作新收起纸，对什长下令。

3

　　房门重新关上了，陈作新却又复坐下，默不作声，一杯接一杯地喝酒。

　　卢磊一尚且疑惑，却见彭宗子也倒起了酒，与陈作新碰了一杯，又碰了一杯，连喝三杯，忽然转头唤何大方，"我明日写契，对河观音桥边晴元茶馆归你，你改赘为娶，自立门户，以后你妻是何彭氏，你儿子跟你姓。"声音不大,却是惊雷,只见何大方噗的一下跪在地上,连连磕头。彭宗子并不理会,转头笑吟吟地看着陈作新,"知你初到,无贴心人,他可效死,要怎么做?"

陈作新看着彭宗子,眼中又感激又讶异,"你有七窍玲珑心,果真是知己。"

"方才你让那什长认字,一只手可是按着刀的。"彭宗子轻言。

卢磊一听着,也讶异她的心思缜密。义兄的佩刀就放在桌上,方才他按刀,自己可没往那儿看。

"那人应是李金七,不,李金异。"卢磊一忍不住插话提醒,看义兄讶异,索性将那日渌水遇袭事粗略地说了一遍,"我把他掳到船上,那个七字是陈二毛画的,我要把他扔下去,哪知这厮不会水。"

"果真?"陈作新望着卢磊一,紧蹙的眉头舒开了,似松了一口气一般。他立起身,桌上佩刀扔给何大方。何大方接了斜挎着,睡不醒的样子不见了,整个人都抖擞了,陈作新转身向卢磊一伸手,"枪给我,明日还你。"

"大哥,我跟你去。"卢磊一一愣,他懵懂间不明白陈作新下一步要怎么做,只是觉得自己应该跟着他。

陈作新拍了拍卢磊一的肩,笑着摇了摇头。转身拉开门,喊那什长。

"带你的兵,即刻护送两位,走竹山湾东路去下鸿田彭家老屋,送完回来复命。"

什长应了,又被陈作新叫住,怀里掏出几个大洋扔给他,"这是贵客,护仔细些。"什长应的声气都壮了几分。

竹林飒飒,风雨如晦,山路难走,一行人,几盏灯,卢磊一与彭宗子骑在马上,护卫的兵牵着缰绳,半拉半拽,泥一脚水一脚,什长在前头吆喝着,催促行程。此路须翻山,好在山不高,半个时辰不到便到了顶,卢磊一回身望去,天如淡墨,山如深黛,竹林如海,随风涌浪,远处的军营在昏黄的灯影中显出细微的形状,砰砰几声脆响,从西边远处传来,透过风雨传到耳中已经极细微,卢磊一听出来了,那是枪声。

"至迟明年中,水陆洲的事,会给你一个交代。"黑暗中与他并辔而行的彭宗子忽然开口了,"姐姐答应你。"

浮梁店主人言：那夜我们是住在了彭家老屋，第二日一早回的醴陵城，何大方是中午回的，他一回，宗子便召开宗族会议，当场写契，让他自立门户。何大方激动得涕泪横流，在宗子面前长跪不起，磕了无数的头，把额头都磕青了。

那天傍晚，我随宗子去了对河的晴元茶馆，那里已经是何大方的产业了。何大方置席，忙上忙下，俨然的主人态度。义兄是夜里来的，单人单骑，一身戎装，众人都在等他。何大方依旧在一旁立规矩，义兄把他拉入的席，我好奇问起昨夜事，二人都撬口不开。义兄夜里赶来，只为一件事，与我换帖，他说上回结拜太儿戏，如今请宗子做中人，各自写了庚帖，宗子督着我正式拜了兄长。一夜畅酒，义兄喝得大醉，何大方也放开了，他是个无底洞，怎么灌也灌不满的。

第二日启程时，义兄给了我一封信，差我带给陈记茶馆他侄子。等回到半湘街，陈家侄子看了信，却笑嘻嘻地把信给了我，原是义兄写的契，分了我陈记茶馆二分股。

五月到七月，半湘街难得的平静，那陈树谦的武秀才记档抄来了，交给段长也没了下文。查浏阳蕉溪彭氏族谱的事也暂且搁下了，宗子给了那句话，且听她的。还是那个意思，我总觉得她亲切，像姐姐，又像嫂嫂。

外头却是风雨飘摇，大雨自醴陵之行下起就似没停过，漫及湖南全境。陈二毛笑我不问世事，茶馆我仍不惯久坐，但开始常翻翻下发的邸报，报上说这次是"二百年所未见之大水灾"，被灾四十万人，死三四万人，朝廷发了内帑十万赈济。

六月下，禹老被巡抚庞鸿书下令抓捕，就在长沙城，派了一队巡防营抓的。说是朝廷密令，要求即决，合省商学界轰动，"为之谋营救申辩者日数十起"。巡抚衙门骑虎难下，且拖着。

一日夜值，我闲着无事，翻段长收的邸报看，看到一则消息，"洪江会第三路码头官李金奇，遇巡防营搜捕，急中坠醴陵城北白兔潭而殁。"我看了一惊，我心里知道，那不是李金奇。

江水滔滔，日月不息，醴陵我在新中国成立后去过几次，最近一次是1990年，彭氏宗祠已经拆了，只剩彭家牌坊，何大方的孙子陪的我，陪我逛了几天，义兄旧时驻扎的地方变成了一个镇，叫白兔潭镇。何家小子如今开着花炮厂，领我去参观了，车间外头没有李畋像，倒立着一个金属球，一个金属杆撑球接地，进车间的人要先摸一下金属球再进去，科学的说法是去静电，从前叫退火。说起来，还是从前的做法浪漫些。

今日到此，下回再述。

第五章：西门城外义渡亭

浮梁店主人言：浮梁店里有好茶，好茶招待有缘人。我是卢磊一，一个老不死的。仍是光绪三十二年，六月二十一禹之谟禹老长沙被抓，六月底义兄就请假回来了，也是为周旋救人。救禹老的又何止他一个，合省商学两界都动员了，大小士绅，上得点台面的，都往抚台官邸拥。抚台庞鸿书闭门谢客，传闻他接了朝廷的密令，要立斩禹老，不知是不敢还是不愿，抗命不斩，可人也不放。坊间说他是书生巡抚，犹犹豫豫，哪怕放了禹老便挂靴，也是一桩美谈。

也是那一年，熊希龄招股创办的醴陵瓷业公司正式开窑，湖南细瓷生产以此为始。半湘街上灿东瓷器行的胖子老彭闻风而动，辞了景德镇瓷器的专卖，转营醴陵瓷，早四个月就重新做了招幌，又张贴布告，道小店转营醴陵细瓷，约定十一月正式开业酬宾，自七月下，便对本店库存的景德镇瓷折价倾销。我巡街时，特去看了他作陈列的醴陵细瓷样品，不由感叹当初彭宗子对自家所产青瓷为何只说"称得上细瓷"了，那不是谦虚说法，确实是有差距。醴陵瓷业公司产的，才是真正的薄、润、透，釉下还带彩，画着图，却不是国风，问了老彭才知，这醴陵瓷业高薪请来的各方匠人里，还有日本的制瓷师傅，把东洋的浮世绘画法也带过来了。还有一桩，荒货铺老金的崽，好容易考上了省里的陆军小学堂，因参与了陈天华、姚宏业二位义士的公葬，被学堂除名，得到消息那天，小金被老金拿着一根大秤杆追了两条街。也是可惜，那陆军小学堂是原武备学堂改建，专门培养军官的，小金若能毕业，大小也是个光耀门楣的军官了。

七月中，朝廷明旨下来，抚台庞鸿书调任贵州巡抚，新任抚台岑春蓂为荫生出身，乃父乃兄都是朝廷大员。省内各界救禹老的情状越发急切，就怕朝廷动真格的了，岑抚台不比庞抚台，却不闭门，也见见客，言语章程都是安抚，直说到任后几日内已经连番电奏朝廷，为之谟说情，抓是上意，放也要等上意，又拍胸脯保证禹老起居饮食，绝不亏待。连义兄都以为此事能转圜，打点行装，销假准备回醴陵了。

义兄说要回军营，却硬是拖到八月中才回去，去之前，先帮我办了一桩事，寻到了能帮大师兄治豁唇的西洋医生，医生名叫爱德华·胡美，刚到长沙不久，于本月在西牌楼建了一家西医院，名唤雅礼医院，领着大师兄去看。胡美医生是个年轻人，应该三十不到，戴着夹鼻眼镜，略胖，一头带卷的金发，为人却极热情，说得一口官话，直言大师兄能治，要做个小手术，奈何手术室没建好，约定明年春上做，大师兄喜得什么样的。后来手术室建好，第一个做豁唇手术的却不是大师兄，你该猜到了，对，是福寿班的王三乐。

闲话少说。往事千万桩，我且捋捋线头，还是打光绪三十二年八月往后说吧，卢磊一还是那个不谙世事的少年，昨日之我，总归还非今日之我。

一、门上文武会

1

光绪三十二年八月中,大雨稍霁,湘江满河黄汤,水陆洲淹了大半,洲上的居民都上了岸,到城里亲戚家借住。今年的水灾,长沙受灾不算重的,可皇上发的内帑十万两也不知道芝麻粒粒散去了哪里。河中时有河漂子在滔滔江水中顺流而下,无人打捞。城内设了几个粥棚,有善堂设的,也有士绅私赈,官家放粮却没听说,士绅有内阁学士王先谦设的粥棚最扎实,于席少保祠前垒灶五台,五口大锅,灶火白昼不熄,熬米煮粥,煮的粥也不似别的舍棚般糊弄,插筷子不倒。

雨一停,太阳出来了,暴晒几日,泥土结痂,街上尚有清道夫,背街小巷便靠甲长组织大伙儿打扫,真真算是各扫门前泥,空气中一股子腐烂的味道。这日下午,天又阴了,微微有凉风,雨将下未下的样子,小西门警段的人从来未有的齐,连编外的九将头都带着两个脚夫班子候着,是段长下的令,今日住在城外的都不回家,夜里有事做。

夜饭叫庆丰楼送来的,段长说按日常伙食订,钱没给够,菜就做得敷衍,二荤一素,一盆韭菜炒鸡子,满盆绿意中点点金黄,一盆辣椒炒肉尽是辣椒,满傻子筷子在盆里翻来翻去,被段长一筷子敲在脑门上,大口扒饭,菜都不敢夹了。"今日仓促,明日借段长的面子,邀大家再吃一餐。"倒是九将头机灵，将事揽过去了。

"你是该请。"段长没说话，老陆倒开了口了。

枯等到夜里酉时，段里进来一个挑担子的中年男人，陈二毛迎上去，低语几句。男人走了，陈二毛拉着老陆进了签房，俄顷出来，唤大家起身，出发。

一行人直走到潮宗街，到得梓园巷的絜庐门前，段长唤大家灭了灯笼，在巷中候着，絜庐大门紧闭，门内却是喧嚣，像是在办什么喜事。陈二毛与卢磊一靠墙站着，陈二毛掏出一颗槟榔，嚼得涎飙水洒，与卢磊一私语，这梓园本是嘉庆年间礼部尚书刘权之的花园，刘权之后代败落后，此处改为住家，絜庐是士绅张自牧的家，这张自牧是生员出身，因在川中筹款得力，被选为候补道，又领布政使衔，当过一任福建某地的知县，与段长的恩人郭嵩焘是好友，因回乡后致力提倡西学，湖南通省会议将"崇洋"的张自牧、曾纪泽、郭嵩焘、朱克敬称为"四鬼"。

"段长恩人的朋友，他敢碰？"卢磊一心下讶异。

"张自牧大人早死了，如今当家的是他的儿子。"陈二毛道，"也不是抓他崽，是抓他们家一个门人。段长有分寸的。"陈二毛槟榔嚼得啧啧大响。

说话间，絜庐的侧门开了，走出来提着灯笼的三人。落后的一人还在门口与里头闲话，那人嗓门大，说得极大声，外头一队巡警在黑暗中静默着，等着段长的命令。

"拿下！"段长一声吼，老陆从黑暗中闪出，穿过站在门外的闲汉，揪着门口那人的辫子往后一拽，那人却有功夫，借着拽劲后翻，翻到老陆身后，手反搭上老陆的颈，众巡警一拥而上。门里一个女声惊呼，紧接着大喊，这边犹纠缠，大门开了，冲出许多人来！

"小西门巡警办案，谁敢拦？"段长一声高呼。

"他是西门外多宗命案的嫌犯！"老陆跟着喊。

"大清律，盗贼窝主，知情存留三人及以上，发往三姓之地，遇赦不免。"最后一个声音又尖又厉，却是陈二毛。陈二毛大清律一背，絜庐家众都不动了。

城门上，湘江一览无余，河风劲吹，吹得衣襟剌剌。卢磊一站在外头望一气，仍回城门楼子里，里头正上演一出三方对峙的好戏。絜庐门口，段长亮出身份，为头的汉子不再缠斗，乖乖地束手就擒，还劝家众，莫在主家吵闹，自己与巡警有点误会，解得开。段长抓了人犯，却也没往段里去，反而走城墙后的阶梯上了小西门，与小西门城门吏会合，沿着城墙上的砖石道，一齐往大西门去。大西门城门楼子里有歌声，几盏油灯，一只小几一把躺椅，一个花白头发的老人悠哉地躺在椅上，手上轻打拍子，眯眼盯着眼前小旦咿呀地唱着，班是三角班，唱的也不是什么正经词，他却听得入神，直到段长把犯人甩到他的跟前。

2

被抓的汉子叫怀四，也是个脚夫行子的头，二十出头，年纪轻轻就号称把着潮宗门、通泰门外所有码头的脚夫行生意，手下人奉承他，称他为怀四门，意指河边头四门外的生意都是他的。他原是絜庐家一个厨娘的儿子，幼年丧父，寄人篱下，得主家接济，读过几年书，无奈不是读书的材料，却偏好好勇斗狠，跟着絜庐中坐夜的武师学艺，倒学出一身功夫来，在街上打出了名声，又拉起了一队人马，一直打上了潮宗门外的码头，占了几个码头的脚夫行子生意。其实哪有四门，两门都够呛，总不过是些诸方看不入眼的小码头，诸如柴码头、冯家码头、黄泥码头，大码头场面关系错综复杂，不是他这种小帮小派能染指的。怀四苦于没有靠山，絜庐张家不敢靠，张家家风正，若知他在外头开门立派，多半连他娘都要扫地出门。开门一年多，钻门子找关系，好歹攀上了小西门新任的城门吏，认作干爷，就打起了小西门外码头的主意。

"其实发现第一具尸体时，我便嘱着九将头加强巡逻，夜派脚夫逾百人，分十队，通宵值守，到了白天还能发现尸首。真当我是个宝，不就是你从城墙上头扔下去的。"段长大马金刀地坐在那大西门城门吏对面。小西门的城门吏在他身旁按刀站着，倒似他的随员一般，果是强龙不压地头蛇，段长是有江湖地位的。

"明知九将头是帮我们管着小西门外的治安，还要弄这一出来恶心我 你也不是吃饱了撑的，看中他手中的利了，想让你干崽上位，九将头碍事了，借着一个连环命案的由头，赶他走？"段长脸上阴恻恻的，似笑非笑，"你赶得了吗？你个一世人没活得明白的角色。我叫他走，他才能走，陈树谦。"

卢磊一听到名字一惊，看着那神情委顿的大西门城门吏，原来去醴陵查的武秀才就是他，看他一脸老人斑，哪有一分武人样。

"当日查到是你，你的差事便从小西门换到大西门，察觉不对了？喊你干崽出去避风头？我要拖到今日，就是要拿他与你当面对质。恶心老子，这口恶气老子不出，夜里困不着觉咧。"段长咧嘴一笑，"听闻这怀四万般差，一门好，忠孝，今日张家老夫人做寿，他受张家恩惠多，定要回来磕头的。我且来个守株待兔，蠢得卵样的兔子，还是会来撞絜庐这棵老树桩。"

杨再力说得咄咄逼人，那陈树谦又哪有反驳的样，只是低头不语。卢磊一也是吃惊，原本觉得难破，看似复杂的案子，将背后的利益线头一扯出来，便不值一提。原来是这怀四门眼馋九将头手上的买卖，拜了小西门城门吏陈树谦做干爷，有了倚仗，做了出连环命案，想要赶走九将头，自己来吃这小西门外的肥肉。这陈树谦也是个蠢夫，自己还站不稳呢，就想着替干崽强出头，一个初出茅庐的莽儿，一个老来昏聩的蠢汉，二人弄了这么一出抛尸案，处处破绽，被段长掀了个底掉，只看他收紧了袋口，要如何了局。

只见段长怀里摸出一张纸，展开来，大声念道："陈树谦，光绪三年（1877）丁丑科武秀才，年三十四岁；光绪十五年（1889）已丑科武举人，年三十一岁；光绪二十一年（1895）任巡防营十一队右哨副哨官，年二十六岁。到今年任城门吏，署外委把总衔，你才三十七岁？你越活越回去了？你个老不休，你哪里像三十七岁。"

那陈树谦神情颓然，浑身竟抖了起来。

"这种事，上头管得也稀松。"陈树谦嗫嚅了半天，嘟囔出一句，"官年与实年有点差距，有何不可？"

"那是不举不究，本朝文官这上头松一些，老头你都六十了，还拉得开弓不？舞得动一百八十斤的大刀不？你用哪门子勇武保大清？"段长一哧，"我已具明情况，明日上报，告你讳齿，我大清武官可是有明白的致仕年纪的，陈二毛，背给他听。"

却见陈二毛规规矩矩从阴暗中走出，朝陈树谦揖了一揖，"光绪三十年，朝廷所颁《陆军营制饷章》之'退休制略'已定。武官致仕，提镇不限龄，从二品副将六十五，正三品参将六十，正四品都司、守备五十五……正七品千总、把总五十，七品下、九品上四十八。您老是外委把总,九品,说您没的五十岁,这……这……确实也还显老。"

"一人做事一人当,不要诬陷我干爷。"却是怀四门,他是五花大绑,浑身绑成一只弓背虾,仍自挣脱了巡警的按压,束发绳已断了,披头散发。只见他满头大汗,跪地大喊,连喊数声,忽然脸红如赤,似憋着极大的劲,强一弯腰,头磕在地上扑通一声响,身上绳结寸断。人没了束缚,双手伏地,接连地磕头。

"好大的力,好厉害的功夫。"卢磊一看得心惊,心忖道,设若刚才拿他时他要反抗,连自己在内这十数号人,只怕按他不下。心下不由得对这汉子刮目相看,不说愚忠愚孝,此人这份心思确实难得。

再看段长,段长的眼中也透着欣赏,"叫我咽下这口气,我可没吐得舒服。"段长慢条斯理地说,却是给台阶下了。

怀四门看来也不蠢,又磕了几个头,才抬起头来,与段长对视,斩钉截铁地说:"只求保全干爷。"段长又问那几具尸体由来,却是义庄盗的,怀四门说出几处义庄名字,义庄收尸应有记档,一查便知,虽是盗尸系行不法事,却不能等同于杀人大恶。

怀四门又将头磕了下去,室内静默,只听见呆板的一下接一下的磕头声,青砖地上,慢慢地泅上了血渍,汹涌的河风在屋外狂吹,众人都噤了声,咚咚闷响混入长夜,让这夜也显得诡异。"别磕了!"陈树谦倏地从椅中站起,朝段长一揖到地,一时间雄壮威风的架势倒敌住了苍老,"熬了一世熬到一个城门吏,早该知道是我不通人情,拿大了。我不恋栈,要做什么,说个章程。"陈树谦怆然一叹。

段长却仰着头,依旧坐着,看他像看一个小丑。良久,伸出带鞘长刀将陈树谦拨开,用刀点了点那愣怔在地的怀四门,"你说个章程。"

怀四门没想到段长会问自己，眼中隐约闪光，略一思忖便回道："历年所积悉数贡献，从此不碰码头，不进西城。"

"不，滚出长沙。"段长冷冷道，"可保你干爷。"

怀四门一个头便磕下去了。

"怎么信你？"段长懒洋洋地将刀搁在腿上，"口说无凭。"

怀四门表情有几分亢奋，"以此为誓。"右手比了个剑指，压在膝下，一挺身，咔啦一声响，两根手指弯成一个奇怪的形状。

3

一夜过后，小西门又恢复了平静，西门外连环命案变成义庄盗尸抛尸案。怀四门不能就此离开，此案县衙可审，也是使了钱了，判了个笞一百，徒三年，总要让他吃几日牢里的豆渣糠米饭。

九将头后头请合段巡警吃了顿饭，每人奉送两块银圆，给段长的孝敬不知多少，想来怀四门那头也贡献了。段长也给大家发了钱，也是每人两元。

倒是陈二毛私下发了几通怨，说九将头也忒小气，帮了他一个这么大的忙，两元打发了，老陆便斥他，说你以为九将头就段长一个靠山，段长能调换城门吏？我等不过是前面撑棚的狗腿子罢了，旧说是鹰犬，别穿着号衣便当大人。说到底，段长是个出头的，九将头又何尝不是，码头上的利，又岂是这两人能吃下的？这后头盘根错节的关系，水深着呢。

九月初，陈家侄子夜里上姚婶家找卢磊一，给他一个盒子，是义兄答应的花旗参，辗转托人从广州买得，嘱他切片泡开水喝，喝到没味了再嚼着吃掉，说这东西老贵了，一丁点都不要浪费。卢磊一心下感念，又起了去看义兄的念头。跟陈家侄子说起，侄子倒说不必，自家叔叔已经来了信，九月底又会回来歇几日，贺胡美胖子的雅礼大学堂开学。

这日夜里，卢磊一值夜，陈二毛无事，又来陪他。他已经闹了一个多月的肚子了，还有些掉头发，中医馆换了几个，汤剂喝了不少，总不见效，人本来就瘦不拉几，如今更是见风倒。今日卢磊一陪着，去雅礼医院看讫，胡美看了也皱眉，恰巧来了位与胡美切磋医术的中医，道士般头发扎了个髻，一把山羊胡，几分仙风道骨，眯着眼看了陈二毛半天，问："是不是夜里易惊醒，睡不实？"陈二毛连连答是，老道想了想，道少在外头吃，多喝绿豆汤、菊花茶，看陈二毛恳切，给开了服方子，方子中有一味人中黄，又道若是肯，饮一剂黄龙汤，好得快些。临别切切嘱着，一定少在外头吃些杂七杂八的东西。

陈二毛说是陪卢磊一，实在是不敢回去了，反正睡不着。本来身子就虚，婆娘见他睡不着还诱他，说弄一下累了自然就睡得好，"那个背时婆娘要老子死咧，坐在老子身上不下来。"卢磊一听得好笑，问黄龙汤是什么，陈二毛道那是瓦缸用重重厚布罩口，放在粪窖中，年后取出，泅进瓦缸中的液汁便唤黄龙汤；人中黄便是将那甘草塞进竹筒中密封，沉入粪窖，经年取出，解毒有奇效。"娘卖鳖的，未必老子中毒了，谁给我下毒，我婆娘不可能，她只会榨干老子。"陈二毛抠着头，几根黄毛飘飘而下。

中间芬儿来送消夜，一碗炒椒脆的拌面，看着陈二毛了，却把面端出来，督着卢磊一吃。陈二毛讪笑着道这个点选得好，自己刚说完恶心的，没胃口。芬儿不理他，倒是把卢磊一也回味恶心了，硬着头皮吃那一碗面。陈二毛却站起身来出了门，说粪车夜里进城，他已经托了他在粪码头干活的堂兄,搞一份陈年的人中黄。

"府里已经在议了,要在这南边靠江边头再开一道门,粪车邋遢得死,要从黄道门进,早上开门一股子屎臭味。"陈二毛出门时又说。

卢磊一属实吃不下了。

二、瓷上白月光

1

九月底的又一个夜值,陈二毛没来。这些时日,他听了那老道的话,除了段上伙食,外头的一概不吃,实在不敢喝黄龙汤,老道开的方子喝了七服,实受不了那个味,改喝菊花茶,反正这腹泻好转了,夜里也睡得安稳了。"背时婆娘搞老子,我还有点力气应付了。我跟她说好,三天一回,我身体要养,莫总搞。留着长期用。"陈二毛咄咄说,把卢磊一笑得够呛,如今这种荤笑话,他也适应了。

今夜芬儿送的消夜是一笼烧卖、一壶酒,说是家主朋友从绍兴捎回来的女儿红,真真十八年,黄酒已经凝了冻,胶一样,又兑了些新酒进去,才化开来。芬儿悄悄灌了一壶,来给卢磊一尝鲜,才喝一杯,打更老蔡那个狗鼻子便循着味进来了,卢磊一嫌他碍事,明面上又说不得,索性一壶酒都给了他,连带着打包两个烧卖,说打更是正事,别误了差事。老蔡高兴得哼着小曲脚下起飞,芬儿气得跺脚。

烧卖做了大个的,一笼六个,还余四个,面皮包裹着拌了酱油的糯米上屉蒸的,中间放了胡椒,还嵌了油渣丁,此刻一个个绽口如石榴,细嚼咸甜相间,皮韧心糯,油渣脆咸点缀其中,卢磊一几个下肚,馋虫诱上来了,没吃饱,觍着脸望着芬儿。

"我看你要显大方，如今自己没的吃。"芬儿嘟着唇、皱着眉怨他，"就蒸了这一笼。"

芬儿生气的样子，透着一股少女的娇嗔，卢磊一看得愣了神，倒忘了饿了。

芬儿收了空碗，提着食盒扭头便走，卢磊一唤她也不回头。

夜长无奈，自春到夏的连绵大雨后，入了秋，倒是没有雨了，城墙干得都起裂。进九月，各街的清道夫早晨又重拾了洒扫的全套活计，不单扫，扫完还要挑水洒一遍街，名曰压尘。还有三个时辰，清道夫就该扫街了，卢磊一便可以回姚记楼上歇息了。而今夜里万籁俱寂，老蔡的梆子声早走远了，湘阴人卖饺饵的摊子也不知道转去了哪条街，今夜竟听不见叫卖声。卢磊一呆坐着，有那么一瞬间，听到屋外不知哪户传来的小儿夜啼，像一把尖利的小刀忽然划开了心中忧思，蒙眬间，似有一个看不清样貌的妇人走到他的面前，轻声私语，她说的话卢磊一一句都听不清，内心里如孩童般的一股子委屈却在奔涌，快要决堤了。

门口响起嗒嗒脚步声，黑暗中进来一个彩色的人，与眼前的人影重叠了。芬儿又回来了，手里端着一个小筘箩，是奔过来的，鼻头、额上渗着密密的汗，筘箩往卢磊一面前一蹾，香气便飘了满桌。那是一筘箩现炸的红薯片。

"吃咯吃咯。"芬儿坐在桌前，献宝一般，"也莫吃太多了，上火。明天要到德胜街粥铺喝碗绿豆汤哪。"

拈一片，一口咬下，嘎嘣脆，热油逼出了糖分，满嘴香甜。卢磊一一片没吃完又拈一片，塞了满嘴，"从前师娘也给我们做这个，当过年的零嘴，味道差不多，但不是这个做法。"

"还能怎么做呢。"芬儿瞪着眼睛，"不过油不脆呢。"

看着芬儿的天真样，卢磊一伸手想摸摸她的头，手伸到一半停住了，怅然一笑，"农户人家哪舍得这样用油啊，要经营一大家子八个小孩的嚼费，一个铜板都要盘算，只能费功夫来省挑费，师娘持家有智慧呢。"

"怎么做呢？"芬儿问。

"在冬日，她把红薯洗净了，切成条，上屉蒸，蒸得将将熟，放在屋场里晒。师娘说，晒红薯条要选好天，薯条要经几个日头，经几个月光，晒得似干未干的略略起韧了，师娘就喊我们去河里头寻那小的鹅卵石，洗净晒干，下到锅里，撒薯条进去，和着小石子一起炒，一点油不用，小火翻炒，炒出来伏进坛子里，撒一层盐拌一拌，就是整个冬月我们八个的零嘴了。"卢磊一眯着眼，轻声说着，"薯条略微的脆，没这么脆，中间糯糯的，外咸内甜，实在是好吃，那时候啊，草上开始挂霜时，我就惦着这一口呢。"

"磊哥哥啊，你受苦了。"芬儿听得眼里起了雾，青葱小手拍了拍卢磊一的臂，轻轻地，似抚慰，又似疼惜。

"这算什么苦啊。"卢磊一一惊，脸在灯下没来由地发烫，他哈哈一笑"师娘没让我受苦呢，乡下真正的穷苦人家，到了冬月愁过年，旧春联上的字用锅灰涂一遍，一盆糠菜饼子，一碗豆腐汤就过年了，那些家里的孩子年年这般过，也要长大啊。"

2

十月初一，胡美医生的雅礼大学堂开班了，就在西牌楼，却是预科　学员三十名，义兄如约回来了，去贺了喜。胡美入乡随俗，摆了两桌谢客。义兄似有事要忙，也不急着回去，邀卢磊一吃了一顿饭，便杳如黄鹤，无影无踪。偶尔夜里，姚婶楼下有大力的敲门声，酒气醺醺的陈作新喊卢磊一去陈记茶馆消夜，也是要这个弟弟陪他喝一壶的意思。陈作新酒意浓了，总有怨念，念这天灾，生民流离，朝廷的赈济总是拖延，光说那萍乡煤矿，已经有流民啸聚，到矿上打劫了，矿工们集资私赈过一回了，井下危险，薪资日结，那可是他们的卖命钱，朝廷的赈济再不到，矿工都要反了。卢磊一好奇，说早听说萍乡安源有个煤矿，属官办，却不知多大规模。义兄说，井道四布，矿工七千，多来自湘鄂赣三省，部分井实现了电气化，总日产达千吨。"那电可是个好东西，可以搬运，可以照明，你看如今码头上的灯，城里的电话，用的都是那个东西。"陈作新道。卢磊一想不明白，问都不知道从何问起。说得累了，厨下陈家侄子端了两碗面出来，二人消夜，卢磊一道这面还是早上吃的好，若要晚上吃，还是黄春和那种地方面好，长沙人讲究早茶午面，早上要吃面，只能到茶馆里吃，没有骨汤，终是少个味。陈作新便笑，进城年余，果然把这个弟弟的嘴养刁了，一碗细面，放在穷苦人家，是过年才有的稀罕物啊。说得卢磊一讪讪。

吃到末了，卢磊一期期艾艾地说出憋在内心很久的一个疑问。那日军营一聚，自己与彭宗子走后，陈作新果然下了死手，自己虽不喜欢那李金异，但是没有别的办法嘛。陈作新一顿，意味深长地看着卢磊一，半晌才冷冷道："他不死，我兄弟就得死，李金奇也是我拜把子的兄弟。"陈作新又笑，"当初你抓了李金异，李金奇让我设法救他，我原想找你，几次话到嘴边，又收回去了，后来托了军中朋友劫了去。就是不想让你沾染这些是非，也不想让你看轻我，两难之时取义从权，我也艰难。"

卢磊一不作声了,埋头吃面。陈作新放了筷子,低头又咂了两杯酒,看卢磊一讷讷不言,便把话题往轻快上引,说株萍铁路去年已竣工,以后要去看他,不必走水路,可到株洲坐火车。

"醴陵处处是丘陵,那种山旮旯也通火车?"卢磊一叹。

"不算山旮旯,比萍乡、浏阳都要好些,萍乡煤矿的煤要运出来得靠它,萍醴铁路可是光绪二十九年就通了车了。"义兄哈哈一笑,"这条铁路原本就是要从萍乡安源修到湘潭的。"

数日的秋燥,人说秋老虎三回头,每一次回头都要热几天,这算是最后一次回头了,今年的天热得不寻常,慢而持久,节气已经过了立冬,穿厚一点仍觉得热,许是今年闰了月份,季节乱序了。卢磊一住的地方,姚婶的南杂铺,这时节生意最好的却是凉茶与酸梅汤,酸梅汤是姚婶入秋后才学着熬的,花五十个铜子拜了庆丰楼厨子的师,单学这一样。凉茶喝热的,酸梅汤作冰饮,夜里熬的梅汁一桶装着,凉凉了放冰井去,桶外裹一层旧棉絮保温,要喝现舀,一文钱一碗。卢磊一常去光顾,只为她家的冰是买的冰厂的,不需那么多,与德胜街粥铺匀着买的。冰干净,喝着就放心。

与义兄消夜后的两日,又是一个老虎天。下午,老陆躲进益隆行里喝茶去了,卢磊一独自巡了一趟街,走到小西门口子,买碗酸梅汤喝,姚婶在里屋忙,小柿子守着摊子,见卢磊一要喝酸梅汤,坚决不肯收他钱,小手直摇,卢磊一不肯,把钱扔到笸箩里。人只比桶高一些些,做事却也娴熟了,自顾掀了盖子舀汤,满满一碗还带着冰块的酸梅汤,卢磊一一口饮尽,小柿子接了碗又去舀,卢磊一笑道:"小柿子这回得要钱,你这种送法,可要败家了。"

"我娘说，对自家人要好咧。"小柿子手下不停，奶声奶气地答，"磊哥哥住在我家，就是自家人哪。"

正说着，卢磊一感觉肩上被敲了一下。抬头一看，身旁站着个人，长身玉立，戴着瓜皮帽，一身素色长衫，外罩彩绣福字纹马褂，作男人装，一张俊脸笑靥如花，不是彭宗子是谁？

3

"原说离得近了，可以常常看他，可要进军营，比登天还难。"茶馆中，彭宗子跟卢磊一抱怨，"就上次见过一回，还是托你的福。他总避我的。"彭宗子以手支颐，柳眉轻蹙，一根青葱指在茶碗沿上画圈，眼睛盯着面前的茶碗，神情却是放空的。

"他就是个榆木疙瘩，当差也是应付，一天到晚忙个不停，天晓得他在忙些什么。"卢磊一与她同仇敌忾，他心里喜欢这个姐姐，几次接触下来，看到她就像亲人一般的亲切。

"你帮姐姐一个忙。"彭宗子似下定了决心，抬头望向卢磊一，眼神中闪过一丝愁苦，"姐姐没时间了，你帮我找他一次，有些话，我想当面问他。"

正说着，卢磊一听着有人喊他名字，一扭头，是陈二毛。陈二毛打外头进来，一身号服，阴沉着脸，拨开挡路的短衫茶客，径直走到桌前坐下，拈着块桃酥吃了，又拿着茶壶对嘴喝了一口，刚兑的热水，烫得哇哇叫。"今日心情不好，寻着你陪我喝酒，段里找不到，巡街找不到，原来在这儿躲懒。哟，还寻了个贵客吃他冤枉咯。"他没认出彭宗子，依旧唠唠说着，"若不是翠仙楼没开门，我去那里解个忧，懒得找你了。"

"彭姐姐在这儿,别乱说。"卢磊一急了,按住陈二毛的肩,手下暗暗用劲。陈二毛吃痛,哇哇叫,扭头一看,惊得张大了嘴,半天才连声告罪。

"宗子这一身男装打扮,可连福寿班唱戏的名角都要比下去了。"陈二毛赞道。

"你怎的心情不好了?"卢磊一又捏了捏陈二毛,就怕他说自家婆娘的腌臜事。哪知并不是,原来这陈二毛巡福胜街,交好了一个老汉,那老汉姓冯,在福胜街中段开着一个鸦片馆,平素给巡警的孝敬不提,人最是和善,每日在馆前支个小桌,沏一壶茶,从早坐到晚。陈二毛巡街到此,总要坐下喝几杯,与老汉聊聊天,老汉一肚子的古记儿,街上住得久了,东家长西家短都门清,又会聊,荤的素的都来得,一来二去,与陈二毛成了忘年交,从此老汉每日支起茶桌,专候陈二毛,别人要喝,就不肯了,还给他备了茶点。可惜这忘年交才交了年余,老汉年纪大了,身子一日弱似一日,上个月,终于一病不起,昨天鸦片馆歇业,搭棚设了灵堂,老汉没了。今日陈二毛便是去灵前祭拜了老友,正经八百地跪着磕了三个头,头磕下去,悲从中来,在灵前哭了一回。从灵堂出来,便来寻卢磊一,要卢磊一陪他喝酒。

"他那茶台摆在墙角,我趁孝眷不注意,摸了个杯子,留作念想。"陈二毛怀里掏出个小瓷杯,敞口,婴孩拳头大,上有粉彩彩绘,绘得极精致,童子牧羊,羊却是绵羊,毛色嫩白似有一层玻璃的釉光,这杯里奇就奇在内壁上也有彩绘,青草上两只绵羊,似童子牧羊走丢了两只,跑到里头吃草来了,煞是可爱。"一个壶,两个杯,是他满崽年初托人从广州外销瓷行买的。老冯说,这套茶具我俩专用,每天泡好茶了等我喝。哪晓得才几个月,他就跑到范谢将军那里喝茶去了。"陈二毛无尽唏嘘。

"广州可不产这种杯。"一旁的彭宗子幽幽发声,"你得庆幸老冯泡不得茶了。"

"那是何解呢?"陈二毛诧异,卢磊一望着彭宗子,看她的表情忽然严肃无比。

"这是药杯。你义兄旧年曾得过背癣,我专给他做过一只,放菊花,氽滚水,每日一杯,喝七日,停七日,癣好即停,最多两轮十四日,癣未痊愈也不可再用。"彭宗子沉声说着,接过杯子,指着那杯上绵羊,"这杯子是釉上粉彩,这绵羊的发色叫玻璃白,我们瓷庄要上玻璃白,只会用在观赏用瓷上,家用饮器绝不会用。"彭宗子叹了口气,"只因调制玻璃白,要用到信石,信石含砷,便是咱们常说的砒霜。"

"娘卖鳖的,怪道老子一个月拉稀跑肚。"陈二毛拍桌而起,"我年纪轻都受不了,何况老冯。"

卢磊一早已站起,扯着陈二毛就往外跑,"还在这里嚷,叫齐兄弟抓他满崽。"

三、夜月冷如霜

1

十月九日，昨日节气已经过了小雪，今日陡然降温，天一下就冷了起来。这又是一日夜值，芬儿两日前随主母去了乡下，今夜是没有消夜吃了。德胜街的案子破了，抓了冯家满崽，那个三十多岁的男人一看就是被鸦片掏空了身子，都没有打，关进号房不理他，夜里烟瘾上来主动招了。原来这败家子抽大烟就罢了，还迷上了字花，初时只是小赌，中了几次后上了瘾，拿出了秀才研时文的功夫，天天拿着字花谜面反复看，求破题，去年花底是水浒三十六天罡，每期一个人物，之前连续四十期，始终没开天闲星，他便动了意，要守这入云龙公孙胜，初期只买了二两银，没开，加倍四两，再八两，再十六两，如此翻倍押，没钱就借贷，岂料这公孙胜就是不来。到今年年初，已经累欠近千两银，二月开了公孙胜，他已经没钱买了。债主追逼，他便打起了老子的主意，老冯家两个儿子，大崽已自立门户，老冯跟着小崽养老，言明了百年之后这烟馆归小崽，如今烟牌省城警务局已经不批了，旧烟牌金贵，有人开出了三千两的价格，他动了心。那套茶具是找人定制的，送给他老子，老冯喜欢得紧，天天拿它泡茶喝，一杯接一杯，喝下去的都是催命水。

此案破了，呈报上去，分局长官是又喜又忧，喜的是小西门警段屡破奇案，给分局长脸，忧的是又涉人伦，府里为难，冯家满崽必是死罪，只是看如何判，走匪众还是逆党，都可即决。功牌、赏金发下来了，卢磊一的晋级文书也来了，记功三次，拔升一级，卢磊一入职年余，成了二等巡警，陈二毛还差着一次呢。今日在庆丰楼已经摆了一桌，请了段里众人，又到夏记打了两壶陈酒，买了些小食，夜值便带到段上。

梆子声由远及近，卢磊一走出门去，唤那老蔡，进来喝酒。老蔡自上回得了他一壶好酒，许是不好意思，月余不来扰他，此番见卢磊一喊他，梆子都不敲了，三步并作两步跑进段里，抓起桌上的壶便喝了一口，又是陈酒，夏记卖的是谷酒，新酒烈，陈酒醇，一口酒下去，喝得老蔡眯着眼咂摸，一副极享受的样子。"我今日升职了，也是街面上朋友帮衬。月薪涨了些，请大家吃点。"卢磊一故作老成，这也是师娘教的，用钱虽要打算，但当用不须堪，广交朋友。

老蔡连声道恭喜，手下却不停，桌上的小食个个拈来尝，似没吃晚饭。卢磊一叹了一声，走到街面上叫了个饺饵挑子，给老蔡下了碗饺饵。

夜上三更，老蔡走了，桌上吃得狼藉，一壶酒没喝完，卢磊一让他拿走了，连带着没吃完的小食，都给打包。卢磊一清理了桌面，小食买了两份，另一份打开摆出来，剩下的一壶老酒起了，摆上三个杯子。他在桌前坐着，打开一本《长物志》来看，这书是在老陆家借的，老陆家祖上藏书甚厚，他被迫搬出进士第时，一本都没丢，全搬到了百福巷。

门外传来脚步声，"老弟，叫为兄来做什么？"却是陈作新，一身酒气地踅了进来。

"不托你侄子带信，我都找不着你。"卢磊一站起来迎上去，接了义兄觎下的马褂，"知你是个夜猫子，叫你来陪我夜值。"

"没事自会来陪你，不用你喊……好酒。"陈作新自顾倒上一杯酒，一饮而尽，拈着小食来吃，喝了两杯，怀里掏出一个小盒，放在桌上，"贺你升任二等巡警，吉唐兄赠我的，转赠予你。"

"你的消息倒是知道得快。"卢磊一笑嘻嘻地称谢，打开盒子，却是支西洋金笔，这玩意儿他见过，前阵子随段长去警务总局下设的屠捐局办事，彼处的抽收委员就有一支，无须蘸墨，拿起就写，只是握笔的姿势不同于握毛笔。卢磊一拿起来把玩，压手，黑漆洋铜笔身，拧开笔帽，金属笔尖在油灯下泛着微光，义兄说这笔名唤百利金，德国货，"我兄弟是要当巡长的，有支笔以后好签文书。"陈作新笑道，又摇头，"只是墨水难买，下次去洋行寻寻，可别研了墨往里灌。"陈作新切切嘱咐。

陈作新又问那西洋参喝了可还好，卢磊一连连摆手，说喝了两天便流鼻血，不敢再用，许是自己虚不受补，劳义兄费心了。

陈作新听得哈哈大笑，一举杯，"酒是百病医，多陪为兄喝喝酒，能强身健体。"

"你那杯中物，治得了我的心病吗？"屋外传来幽幽一句言，一身男装的彭宗子走了进来。

卢磊一提着灯走在午夜的半湘街上，隔着一道城墙，就是滚滚北去的湘江，江风呼啸，漫过城墙，在长沙城的上空凄厉，而夜深沉，街巷静默，偶有挑担卖夜宵的摇鼓振铃弄出一些声响。街上只有鸦片烟馆还开着门，里面烟雾弥漫如鬼穴，原本姚记南杂铺斜对面有个赌档，通宵开着，热闹得很，段长谓扰民，勒令关了。卢磊一缓步走着，拖延着时间，他大约知道彭宗子要跟义兄说什么，他佩服彭宗子的敢爱，又隐约觉得情事上，义兄难托付，义兄对宗子的感情难以名状，终究是以避居多，卢磊一隐隐觉得，他对宗子是有情的，只是他不敢，可为什么不敢呢？卢磊一想得头痛，文师父曾说过，人生七大苦，其中有二为爱别离、求不得，彭宗子只怕要狠狠尝一尝这两样了。

巡再长的街也终要回到段上，而黎明前的黑暗是最深沉的。快到段上了，卢磊一放轻了脚步，他内心唯愿的，是二人已经走了，然而没有。

"十年之约原是戏谈，对不住了。"在门口，卢磊一听见陈作新的声音，没有一丝醉意，十分清明，"缦之，彭氏宗族多少人？你放不下，我扛不起。"

卢磊一走进门去，油灯下，陈作新正坐着，而彭宗子却是站着的，两颊通红，眉头紧蹙，两手拧绞着，似已盛怒，她嘴唇发颤，几次欲言又止。她转头看了看卢磊一，忽然泄了劲，整个人松弛下来，面色放缓，却仍是恼怒着，轻声说道："你的心思我知道了。"彭宗子一叹，"世道如狂飙，人如累卵，你兄弟秉性纯良，你护他一个吧。"

彭宗子扭身走出门去，陈作新没有起身。天光起了，卢磊一愣了好一会儿，才追出门去，晨光熹微中，目送着那个落寞的身影消失在街的尽头。

2

十月初十晨，陈作新从段里出来，拉着下值的卢磊一去陈记茶馆吃早茶。一壶热茶端上桌，二人慢慢品啜，一时无话。良久，陈作新才道："我已接令，今日回醴陵。"

"大哥当差也是敷衍，迟几日走没大碍吧。"卢磊一便笑，这大哥虽入了巡防营，假是真请得多，他也看淡了。

"这回不一样，抚台衙门下的令，巡防营集结，萍乡煤矿的工人在密谋暴乱，就在本月。"陈作新压低了声音。卢磊一一惊，"你们这是要去平乱？"

"我也为难，工人都是苦哈哈，为了银钱几两，下井搏命，如今合省大灾，赈银未到，工钱又断，逼得人反。那工人里头也有我的兄弟啊。"陈作新一手抚上长出发楂的头，疲惫地闭上眼，"虽管一哨，上令难违，我带着兵去，消极些，最好是一枪不发。"

"醴陵隔萍乡远吧，行军慢慢走。"卢磊一劝道。

"慢慢走？你忘了萍醴铁路了。"陈作新一嗤道，"醴陵驻巡防营三队做什么，真的是循旧制？不是，就为策应萍乡煤矿，若有暴乱，立时发兵，九十里铁路，一个时辰便到。"

翌日晨，卢磊一循例巡街，义兄已经走了。卢磊一走在街上，看人来人往，听叫卖声，讨价声不断，心下不由暗叹，此处犹是太平景象，那未去过的萍乡却即将陷入烽火，对着那些苦哈哈的矿工，义兄真的可以一枪不发吗？正胡思乱想，后肩上又挨了一道，一回头，却正是那一身男装打扮的彭宗子，今日换了一件亮银色锦缎马褂，更显清丽。

"姐姐你这个毛病要改，老喜欢拍人肩，我会把你当拍花子的拿了去。"坐在茶馆中，卢磊一半真半假地说道。

"你真正该拿我的是水陆洲的案子。"彭宗子眯着眼笑，一脸慈爱，

"可你又没证据。"

"你真像我的弟弟。"彭宗子叹道,"我要是有弟弟就好了,这份家业便由他来担。"

"好啊,姐姐。"卢磊一乖巧地答,"那你以后多来长沙看我。"

"乖啊。"听到卢磊一喊姐姐,彭宗子笑得眼角都皱了,笑完又是一愣,怅然道,"还是你来看姐姐吧。长沙这地方,我再不要来了。"

"此处账房,我已经以你的名义存了二十两,想吃什么叫厨子给你做,听你义兄……"彭宗子摇了摇头,似要把那个名字从脑子里摇出去,"你是小时候欠了食,要多吃些好吃的填补回去。"

"当不起,当不起。"卢磊一连连摆手,手却被宗子按住了,"认了姐姐,就听姐姐的。"

"再帮姐姐一个忙。"彭宗子定定地看着他,艰涩地说道,"本月二十四,你来彭氏宗祠,姐姐要办一件大事,弟弟来看一看吧。"

义兄回营了,彭宗子也走了,卢磊一身上陡然一空。怪道书上说情字最难消,这几日这二人缠夹不清,弄得卢磊一尴尬得要死,心情摇摆,一面替宗子不平,一面又恨义兄不争,回到自身,又有一层不确定,自己未来若和义兄一样,可怎么了得?"不会不会,芬儿不是这样的人。"卢磊一自我安慰,又自失摇头,八字没一撇的事,自己在这里患得患失。

夜值本是第二日休息,卢磊一上了个连班,把休息调到了第三天,要去日清码头边的日本商店给师娘买药。日清公司虽然在建,但公司近旁东洋人已建起了一条小街,虽然简陋,倒显整洁,归员工及家属暂住,主要是住家,零星有几个店铺,还有日本警察值守,那倒不稀奇,日本人是自长沙开埠始第一个在领事署下设警察署的,后来领事署升格领事馆,警察署也扩了员,省城警务总局记档的长沙在籍日本人有一百余人,实际上远不止此数,就为大清朝与英国人签的《天津条约》第九条,"通商各口有出外游玩者,地在百里,期在三五日内,毋庸请照"。后来各国比照,外国人在各通商口岸不用办理任何手续,可自由来往。能在本国逃得过检查登船的洋人,到长沙便入了安乐乡。小街上,无照居民可不少,刀口谋生的浪人武士,越洋来卖春的天草妹,人等繁杂。段长只交代了九将头,武士不准进城,那种人好认,腰间一把或两把洋刀,胡子拉碴,头剃得比咱们还秃些。

今日卢磊一要去日本商店买的是久光贴,东洋膏药,师娘冬春时节关节痛,用了各种药,还是这东洋产的久光贴效用好些。商店老板姓新诚,来长沙早,开埠前跟着传教士过来的,守着教会传统,昨日是礼拜,他便关了店,卢磊一才要等到今日。新诚是个中国通,一口官话讲得好,很会推销,"久光制药株式会社成立于弘化四年,按西洋历是1847年,按大清国算是道光二十七年,老字号了,用的是西洋药剂制膏药,镇痛一流。久光贴一问世便为千万病痛中的大日本国民带来福音,如今我把它带到中国,不为赚钱,只为造福一方百姓,七贴一盒,承惠一元,你打听打听满城,我这是最便宜的。"卢磊一心想信你个大头鬼,满城没这药,就你这独家,贵也是你,便宜也是你,只能由你宰了。

买了一盒膏药,又被那新诚蛊惑买了两瓶日本酱油。回头遇到九将头,听说卢磊一要回乡,从自家窝棚里提了一袋火焙鱼给他,都是河里钓的小鱼,火上焙干了,拿回去蒸来吃,是极下饭的一道菜。卢磊一打河边回来,又踅到陈记茶馆去绕了一下,托柜上买的六两建条到货了,一起带回去，还有陈记的面条，陈记的筒子面是委托城南一家面厂加工的，选品用的上等精面粉，包纸上盖陈记的红戳，主要供厨下，三大节才做一些零售，也是酬客的意思，平日没有。而今卢磊一是陈记的股东了，吩咐了陈家侄子，才买得到，竟是个专供的意思了。

卢磊一回到嘴方塘，已是中午。过了立冬，自家菜地里是大白菜与香葱为主了，还种了几畦萝卜，靠近师父家，又有一畦搭了棚的菜，卢磊一新奇，走进去看，竟是一畦茼蒿，这东西太吃肥，种一茬地气半天缓不过来，师父可不太种，今日是哪根筋扭了，种起它来了？

待回到家，更是稀奇了，今日中午竟然有饭。地坪里摆了个桌，桌上摆了六样菜、一壶酒，师父坐在门口抽烟，看到他来还嗔怪呢，"昨日搭信说是上午回，太阳都在脑壳顶上了，还没看见人。"卢磊一忙从肩上扛的袋里抠出建条奉上，哄得师父喜笑颜开，"这建条上月就断了火了，抽别的都不得劲，果然是上去了就下不来。"

师娘从厨下端着一碗糯米粑粑走出来，看着他也笑。

过一会儿，来了个老头儿，头上全秃了，中气足，咳起来震天动地，师父起身走出老远迎他，按着坐了上席，又唤卢磊一来陪。老头边吃饭边吐痰，酒倒是一口一杯，师父又拿出卢磊一刚带回来的建条，给老头点上一锅，平日抠搜得鬼样的师父，今日可真见大方了。那老头抽了一锅烟，拿眼瞟了好几下卢磊一，卢磊一憨憨的，浑然不知，只是拘谨地笑，老头吃饱喝足，对师父说了句，"孩子不错，我看要得。"转身就走，喜得师父连连喊师娘，二人一起把老头儿送到了坡下。

师父回房睡午觉了，师娘才拉着卢磊一说些体己话，说师父说是不替他操心，但这小半年，却在到处打探，访着哪家门第合适，有待嫁的姑娘，拔脚就要上门去看看，如此二三，相来相去，相中了村头李家的大姑娘，大卢磊一一岁，相貌周正，大脚丫头，做得事。李家做油坊生意的，自家有几座茶山，家境好，就因没儿子，想招赘，才让这妹子蹉跎了几年，师父寻上门，水磨功夫细细做，终于磨得那老李头松了口，今日请来，便是让他看看人。"咱家磊伢也是一表人才呢，又在府里当差。"师娘说起卢磊一来总是自豪的，她一脸笑意，看来也满意，"人家也是看我们家老实本分，嫁女谁不想嫁个好人家。你师父今年种那几分地的茼蒿，也为巴结老李，这老李最爱吃茼蒿了。"

卢磊一连连摆手，脸涨得通红，一头汗，期期艾艾地说不清，翻来覆去一句话，"不行。"师娘不明所以，还在细细地说李家姐姐的好，又说师父已经下了决心，今日谈成了，卖两亩田也要把这婚事好生办下来。

"我有喜欢的人了。"卢磊一终于说出了口。师娘噤了声，瞪圆了眼，捂着嘴讶异。好半天才从嘴里挤出一句，"是哪家姑娘？"

话音未落，厢房里扔出一根烟筒，箭一般插入屋中梁柱，竟嵌在里头了。"滚！"师父的骂声起，"以后莫进这个屋！"师父出现在厢房门口，他都听见了，"化生子，自古以来都是媒妁之言，父母之命，讲的是明媒正娶，你在城里才一年多，勾搭了哪家姑娘，做的什么伤风败俗事？"

"我没有，我就是有喜欢的姑娘，人家也是正经人家。"卢磊一梗着脖子申辩。

"还顶嘴，滚！"师父的怒骂震得屋内嗡嗡作响，师娘一推卢磊一，卢磊一落荒而逃。

"老子以后再不操心你的婚事。"卢磊一走出老远了，师父的骂声还在后头追着。

3

江水滔滔，这是卢磊一今年第三次去醴陵了，前番师父震怒，师娘劝他走，也是不晓得这老头子火气之下会做什么，毕竟是年轻时三拳打死一头牛的角色，小受大走为孝。第二天二师兄便进了城，嘱着他这阵子别回去，卢磊一喊着二师兄去西牌楼买了一根上品海柳烟斗，托他带回。"现在也别给他，我先用两天，现在给他他会折了去。"二师兄笑哈哈的，又挤了挤他，"你寻了哪家姑娘，带我见见，可不要做戏文上的夜盗西厢哪。"卢磊一给了师兄一拳。

此番去醴陵是私事，穿常服，正好去散散心，想着义兄说过的话，心念一起，那把明治二十六年式也带上了。虽然实在没啥用，自己手性差，枪法臭，练都练不成，拿到对河，隔着三丈远，打冬瓜都打不中。

船过株洲，看那岸边一条长长的黑蛇顶着浓烟呼啸着蜿蜒而行，好生奇怪，问船家。"那是火车，铁家伙，株洲往醴陵的铁路修好了，说是车站没建好，没开张，这东西也不知跑过来做什么？"船家往江里啐了一口，"跟我们跑船的抢营生，以后去醴陵，坐一截子船，到株洲坐火车就是，快得多。"

到得醴陵，已是十月二十二，前番托了信，彭宗子差何大方在码头候的他。一下船，看码头上形势紧张，挤挤挨挨地停着一排小轮船，随处可见枪兵，还有一群拖着山炮下船的兵，各色制服，旧式制服的巡防营、新式制服的湖北新军。问何大方，何大方苦笑一声，道萍乡米荒，工人暴动，蔓延萍浏醴三县，萍乡的自号中华国民革命军南军，领头的是个姓龚的，浏阳会党洪福齐天会响应，也拉起一支队伍，自号新中华大帝国南部起义恢复军,加上醴陵西北乡的匪众,啸聚上万人于三县交界的麻石。大军向南,已攻下萍乡县上栗。湖广总督张之洞紧急调兵,先头是驻醴陵的巡防营三队,再后是驻长沙巡防营及铁轮船运来的湖北新军,从株洲坐火车直扑萍乡。鄂军分两批,一部用轮船运醴陵,渌水难进,只能用小轮拖,已征调萍乡煤矿的萍利、萍贞、祥临和汉阳铁厂的楚强、津通等共七艘小轮运兵。江西道路不便,调兵困难,只能依靠湘鄂两省了。

"火车日夜开,兵到此便往前头送,运力所限,几个营滞留在城里,当兵的闲来无事,上街搜索、劫掠的可不少。警察局哪管得这个,还是知县晓事,召集各街士绅甲长会议,各家乐输一些,凑个大红包给各营管事的,今日方才收敛些了。"何大方一指路两旁的店铺,"昨日这些店子可都关着门,被这帮大头兵抢怕了。"

"宗子忙不赢,中午不扰她,我请你。"这一次见,何大方破天荒地身上没有酒气,人精神了许多。拉着卢磊一去了善园旁的板杉饭庄,饭庄里坐着几桌军官,卢磊一见一个带着弁从独坐的似曾相识,新军排长服饰,正低头饮茶。没待细认,被何大方扯着上了楼,坐雅间。

菜一个个地上来,看得出何大方早做了安排,不然油煎带鱼这道菜,在长沙都难得吃到。此物不用盐碱腌,一般都会坏在运程中,运到了需洗净,多漂几遍水去咸味,放葱姜料酒复腌去腥,再裹上蛋液入锅炸,外皮金黄,外脆里嫩,肉咸鲜,是难得的好物。"宗子专请了你,她没想大做。"何大方笑着,"可好歹是终身大事,半个城都要去贺她,提前上礼,这会儿是忙不赢的。"

"终身大事?"卢磊一一惊,"她要成婚?她可没跟我说是这个。"

"女儿家二十多岁没婚配,合族都要劝的,里正、保长也劝,似彭家这种大家，知县都要上门规劝的。税捐还要涨，她倒是不在乎咯。"何大方一叹，期期艾艾道，"她这也是无奈之举，毕竟二十八了，再是宗子，要敬畏宗族礼法，也不能由着性子来。不过宗子不下嫁，此番也是招赘。"

"我大哥知道吗？"卢磊一问。

"不是前几日她专程去了趟长沙寻你哥，没说吗？"何大方也诧异，问道。

入夜，卢磊一才见到彭宗子。吃过午饭，何大方原是带着他去了宗子家，宾客盈门，宗子却不在，都是管家在陪着，问宗子在哪儿，他也不知。二人在侧室坐着，管家刚聊了两句，只说宗子这两日没住在家，都是住在彭氏宗祠，便去迎新客了。卢磊一有些坐立不安，让何大方带着出去寻宗子，宗祠去看了，没在，宗子常去的梯云关、节孝祠、善园，包括万寿街的香粉铺子都看过一轮，遍寻不见。卢磊一突发奇想，会不会是乘船去渌口散心了？姑娘家家不开心，不就是逛逛集市最解忧吗？

"你以为是小姑娘？"何大方哧道，又觉得不对，啪地给了自己一个嘴巴，"唐突宗子了。"

此刻二人站在西正街上，离码头不远，街上到处都是兵，何大方一叹，手往北指，"只有一个地方了，她去了白兔潭，铁门关。"

"我去寻她。"何大方往北便奔。

"我跟你去。"卢磊一紧跟在后，快跑两步赶上何大方，却被何大方推开，"警察局只有一匹马，我熟路，我去。"何大方一笑，"兵荒马乱的，你没杀过人，莫添麻烦。"

果然，天已黄昏了，卢磊一守在柘塘坪往北的路口，秋草昏黄，朔风扑面，天地间一片灰蒙蒙的，远方枯草之上，二人二骑缓缓而行。走到近前，马上的彭宗子面冷如霜，看着卢磊一才挤出一丝笑，"弟弟你来了。"何大方翻身下马，把马让给了卢磊一，走到宗子一侧，执辔而行。

"这么大的事，我义兄知道不？"卢磊一问。

彭宗子凄然一笑，没有答他。

夜静下来，彭氏宗祠，二进堂屋，一盏油灯，一壶残酒，小桌上，几碟小食，一筷未动。彭宗子喝酒，卢磊一陪着。何大方依然站着伺候。彭宗子倒是习惯了，卢磊一却尴尬至极。

"姐姐成婚，你能来，我是开心的啊。"彭宗子原看着千杯不醉，今日却有些上头。

"你事先不告诉我，我什么都没有准备。"卢磊一有些歉然，陪着宗子喝了一杯，"失礼了。"

那夜彭宗子夜会义兄，卢磊一是避出去了的，如今他倒宁愿自己那天没走，就杵在旁边听他们说，也比如今摸不着头脑要好。今日从见着宗子，他已经问了无数遍，义兄知不知道此事，宗子只是不答。

屋后传来婴儿啼哭，那应是祠堂三进里传来的声音，咿呀地哭，好半响才停，似是被人哄住了。"姐姐这祠堂里还住了小孩？"卢磊一诧异道。

"哪家还没几个穷亲戚？"彭宗子眯眼一笑。

前庭传来喧闹声，何大方打开门，是管事的半拖半拦着一个人，哓哓骂入。彭宗子回头，也不起身，端坐着招招手，管事的松了手，随那人过来了，站在门外。那汉子对着彭宗子一揖，未开口，被管事的抢了先，"原跟他说了，婚前不相见，他硬讲你交代的事他做完了，来念给你听。叫我不要拦着，这可坏了规矩……"

话没说完，被彭宗子挥了挥手，"再怎么说，也是未来姑爷，疏不间亲哦。"

管事的道理一消，缩着头告罪，去了。彭宗子却不让那汉子进屋，卢磊一打量那汉子，二十岁上下，面色倒也白净，身形与义兄相当，气度差了一截，一身罩衫新置的，外头的袄褂也是簇新，他似穿不惯，总不自觉地扭动着脖颈，看他望着宗子的眼神，也是倾慕得很。

"看来是背得了，要来念给我听。"彭宗子看着那男人，话却是冷冰冰的。

"是的，夫人。"男人又是一揖，脸上笑着，旁若无人，架子仍是拿着些的。

"不要叫夫人，还没成婚。"彭宗子脸阴了下去，"那你念来听吧。"

男人再一揖，直起腰来，以手抚胸，清了清嗓子，朗声诵道："始公佐司业刘公焊于广西帅幕，适值狂寇李揖为乱，郡县骚然……方稍复收用而兵端已开，诸将屡败衄，乃以公宣抚荆襄，治于荆州。时敌骑……时敌骑……"男人卡了壳，脸涨得通红，手也不抚胸了，抠着头上青皮，越抠越想不出。

彭宗子接了，声音清丽中带着决然，"时敌骑冲荆门，叩安陆，且蹂践景陵之境，荆州孤危，士大夫多引去，留者才数人而已。公以为荆州吴、蜀之脉，一摇足则首尾衔决……抚存其人，至诚恳恻，于是人人皆有固志，而敌亦不敢犯……"

彭宗子诵完，也不看那男人，转头看着卢磊一俏皮一笑，"弟弟知这是什么文章?"

"张师父带我读过,没记错的话,是《敷文阁直学士安抚制置使长沙吴公生祠记》,我可背不全。"卢磊一连连摆手。

"张师父怎么教你的?"彭宗子接着问。

卢磊一丈二和尚摸不着头脑,又不敢拂宗子意,只得拣着记得的说:"吴猎,字德夫,号畏斋,醴陵人,宋名臣,师从张栻,历任无锡知县、广西转运判官、户部员外郎、召除秘书少监、四川宣谕使、敷文阁学士、四川安抚制置使,任上功绩良多,特别是履任四川,彻底消弭吴曦之乱,稳定民生,'急政要务,次第讲求,精思力行,期于补报'。'劝农桑以固邦本,兴学校以正人心,宽赋役以苏疲氓,表廉隅以激贪吏'。作为颇多。"

"博闻强记,能如此,很好了。"彭宗子脸上笑意浓了些,疼爱的眼神里带着些许欣慰,扭头望向那男人,脸却变了,"外人尚且如此,畏斋公是你先祖,你却知之不多。"

"让你背它,不是让你到我面前来显摆,是让你知晓先人功业。你是吴氏子孙,畏斋公后人,不谈传承,但要铭记。"彭宗子言语逐渐犀利"科举已废,仍整日钻制艺,是舍本逐末,《论语》万把字,你可真懂?制艺是途,而非的;为官是责,而非享;大丈夫当胸怀天下,而非营役眼前。"

"是……是,夫人……不,您说得对。"大冷天的,男人满脸的汗往下滴,再无傲气,弯着腰,一揖再揖。

"数典忘祖,是你的错。你今日的错可不止这些,这里是彭氏宗祠。本族人来都要先循礼问请,你是谁?踏脚便进?这是一。"彭宗子言语转为斥责,"'女子许嫁,缨,非有大故,不入其门。'这是二。要我喊人架你出去吗?"

"这是族老叔伯辈帮我招赘的郎君。"男人去了,彭宗子似泄了一身劲,坐回桌前,自顾饮了一杯,"少年秀才,又是吴氏后人,他们说门当户对。"

"我义兄知道吗?"卢磊一越发着急,索性追着问了。

彭宗子眼神茫然,似在放空,又似有酒了,不识眼前这老弟一般,好半晌才怔怔地答:"他,他不知道。"彭宗子呼出一口酒气,皱着眉有些置气,"凭什么让他知道?"

四、策马普安山

1

彭宗子已安排了厢房给卢磊一住,卢磊一却偏要跟何大方去对河。刚出了彭氏宗祠的大门,卢磊一就让何大方给他去弄车票,他要去寻义兄。而今已是夜深,何大方笑着答,到哪儿去给他弄车票,那头打仗呢。如今火车只运官兵,老百姓连车站都进不了。

"我义兄万一愿回呢。"卢磊一急道,"是个人都看得出宗子不喜欢那姓吴的。"

何大方脸色也严肃起来,盯着卢磊一看了半天,恼怒道:"要我跟着尔一起胡闹吗?"

何大方将卢磊一安顿在晴元茶馆,便出去了,交代卢磊一不要跑,他去试一试,若能交涉得了,便来接他去找义兄。

卢磊一确乎着急了,到铺上躺了一下又爬起来,坐在床边背《心经》,这不是师父教的,这是德胜街口摆摊算卦的洪瞎子教的,天知道一个道士怎的教人念佛经,还说得笃定,道心乱时念经,有静心沉意之效。从《心经》到《普贤菩萨行愿品》到《药师琉璃光如来本愿功德经》,直背到《地藏菩萨本愿经》,天已大亮了,犹不见何大方踪影,此时,念什么经都没有用了。烦闷间开了门走出去,直走到街上,却见晴元茶馆边上缩着一个妇人，衣衫褴褛跪在地上，低着头，似浑身骨架撑不起头，一摇一摇的，看卢磊一踅来踅去，费力地举起手来，手里一个打了补丁的大碗，"老弟，发发善心，给口吃的吧，家里四个孩子，断粮几天了。"卢磊一忙进了屋，要了一碗米倾给她，倒得快，撒了几粒在地上，妇人趴在地上拈着。好巧不巧，他认出了这竟是上次卖水饭的妇人。"水饭营生不做了？"卢磊一问。

"大户有米，我买不起。"妇人跪着磕了个头，珍而重之地端起那碗米，似端了个宝贝，又福了福，"您是老客，等灾过了，我再支锅，您来吃饭，不要钱。"

何大方到中午才回，背着个大包裹，进来便督着卢磊一换衣，包里翻出两套簇新军服，卢磊一大喜，接过便穿，是一套新军官服，协军校衔，何大方也换了，却是一套兵服，又递了张纸给卢磊一，道做戏做全套。卢磊一接过一看，竟是张官照，红花大印的纸上列明了姓名、籍贯、年龄与所任，竟是个炮营的新军排长，所属湖北新军八镇第二十九标，这可是刚刚建制的，卢磊一竖起大拇指赞，何大方真是手眼通天，这东西都弄得到。何大方却催着卢磊一出门，去赶火车，阳三石车站最近一班车发车还有半个时辰，再晚挤不上去了。"你也去？"卢磊一诧异。

"半大小子你懂什么？我总得护着你，有个闪失，宗子、你义兄面前我都没法交代。"何大方眼又眯起了，没精神的样子，复又一叹，"再说了，你个当官的，能没个亲兵跟着？"

火车摇摇摆摆如闷罐，装着整车的兵向东，车内的兵南腔北调，一股子闷沤气，何大方揪起一个兵，让卢磊一坐了，摇摇晃晃着实难受，隔着窗望外头,隔着几里地便是一队枪兵,把铁路护严实了。又有一个军官坐对面,看着卢磊一,饶有兴致地攀谈,问小哥看着面生,是武备学堂的几期生?又或家里有关系,东洋游学归来授的衔?卢磊一被问得哑口无言,正好一阵恶心翻上来,哇的一下吐了。

下了车,便是萍乡矿。矿区极大,厂房密布,巷陌穿插,轨道纵横,如一个市镇。天空几处浓烟,矿中一片狼藉,空气中弥漫着一股焦肉味,成队的兵列队沿着主街向北,隐入山中,也有驻在原地的,车上已经打听过,湖北新军与湖南巡防营精锐上前线,岳州新军尚未建制,也拉过来上阵了,其余巡防营善后。何大方多问了一句,何谓巡防营精锐。"屁的精锐。"答话的仍是那个新军校官,"就是装备了洋枪的。"

卢磊一打问湖南巡防营第十九队,各说不一。好歹寻了个守车站的哨官,一口长沙府腔,何大方给他递了口槟榔,才搭上话,道驻铁门关的三队最先到,原是护着铁路沿线,前日上栗失守,他们便换了防,充到前线去了。"昨日接了电报,三股匪众在普安山集结,他们应去了那里截击。"哨官往北一指,"距此八十里,今日到的兵都往那儿去了。"

"我们去。"卢磊一拉着何大方,"去普安山。"

"怎么去?果真是个后生伢。"何大方眯眯眼翻白,"距此八十里,尽是山道,路程上算要翻倍,走着去?"何大方不理卢磊一,扭头四处打望,"找找看,军需长在哪儿?"卢磊一问何不直接找军需官,何大方摇头,道他还拟不带自己来,毛头小子什么都不懂,军需官是中等一级参领衔,此处有没有还另说,有也不会鸟他们,军需长是下等军佐,能打商量。

二人穿过偌大的矿区，下风处空旷地堆着几处尸堆，横七竖八的都是工人尸体，还有兵抬着尸体往上摞，摞好了的浇上火油，一把火点燃。卢磊一看得触目惊心，何大方却眯着眼只是淡然，"再入了冬也怕时疫，天一返热都会臭的。"何大方解释着，好像那些兵在做一件再正常不过的事。

终于在矿区北角的公舍中找到了军需长，带着几个打杂的，正忙得不可开交。卢磊一上前要马，那鼻梁上绑着镜片的军需长像赶苍蝇一样赶他，话都没有一句，直到何大方递上一张银票，军需长接过去一看上头款额，眼便亮了，高声喝着旁边写账的吏员道："军马报损两匹。"手上的事先撂下，满脸堆笑地引着二人去牵马。

二人沿着兵线走，何大方在前头开道，一面催马一面喊："兵情急报，让开！"行军的兵们便让出一侧来，饶是如此，也走了近四个时辰才到普安山下。天已经断黑了，此处属上栗，官道旁，密林中的一处丘陵，卢磊一策马上坡，往下看，林中乌泱泱的人头，刚刚到兵，夜色中喧嚣的人声、马嘶，营官的谩骂声，忽然兵丛中一声号令，紧接着传令官一声接一声地通传，原本驻扎的队伍忽地起身，成队列向北起拔。

"军情有变，举事的匪众北上攻浏阳了，这里只有匪头沈益古带兵在断后，巡防营先头已在诱敌。"何大方满头汗，"新军全部向北，分兵截击。你兄长所在十九队属策应，在普安山东面。"

树林里，巡防营的官兵可比不上新军，除了放哨的，坐的坐，卧的卧，中有一当官的似是个副哨长，正大声呵斥，老实些的应一声，不老实的理都不理。卢磊一下了马，上前问义兄何在，那副哨长晓事，先行了个下官礼，才回话，道刚来了个新军排长，二人在前头林子里谈事情。卢磊一急奔而去。

卢磊一耳朵灵醒，入了林子，便听到陈作新的声音，走得近了，却是陈作新与人在交谈，语带愤愤。"筹措未及，数载所积全暴露了，急躁、鲁莽，难成大事，廖叔宝蠢、沈益古莽汉、姜守旦要称王的角色，我不屑与之为伍，唯龚老有公心，被你们逼得响应，啸聚几万人又如何，拿大刀、竹茅和新军打，你们有几条枪？"义兄声音起高又压低，"临时起事，好玩的吗？可知你们的一举一动，朝廷都有掌握，所用手段都非比寻常。消息用电报通传，顷刻便至，兵用火车、轮船运，新军装备连发汉阳造步枪人手一把，更有炮营，怎么打？"

"振民兄，是事发仓促，会里所筹军械都因联络不上没法子送达，因此更要行伍中的兄弟帮忙，莫使火种熄灭。"另外那人说得艰涩，字字艰难一般。

"帮不上，当初我们就意见相左，此番大势未至，只能以有生待时，牺牲不是送死。"义兄冷冷说，"草率应对，只会牵连更多原本可救的人。"

卢磊一听得一头雾水，他着急，也便不管了，冲了出去，"大哥，宗子姐姐要成婚了！"

2

马蹄嗒嗒，三人三马，一路向南，陈作新冲在最前，光绪三十二年十月二十三的深夜里，一个巡防营哨官、一个新军协军校、一个亲兵，擅离战场，朝南急奔。仍是沿着兵线，仍是何大方在大喊："兵情急报，让开!"

后头爆豆子似的响起枪声,看来与那沈益古接上火了。卢磊一策马上前与陈作新并骑,看他一张脸沉郁得要滴下水来,又默默地落后了。他也没想到义兄这般义无反顾,抛下整哨弟兄上马便奔。而那林中密谈,也因自己的一声呼喝被打断,卢磊一看见了那在林中与义兄说话的人,正是醴陵茶馆中所遇的那名新军排长,他的亲兵站在一旁。这回卢磊一看清了,也想起来了,那作亲兵打扮的脸上无疤,是真正的李金奇,而那名年轻的排长,便是在陈记茶馆与禹老见面时,那书生气的、有过一面之缘的刘吉唐。

一队队的兵与三人擦身,枪兵连着辎重,还有炮营,这队伍没有尽头,夜黑如漆,而马灯如星,卢磊一想,这些兵又哪知道自己是去干什么?他们是去对付一帮子无粮无米被逼举事的苦哈哈,他们的饷、装还有手里的枪是苦哈哈们挖的煤卖掉买来的,如今枪口又对准了买枪的人。

天已经大亮了。才到安源,马已经累得吐沫子,然而没有回程的火车,空车已返株洲,按今日军报,安源已大定,火车从株洲运兵只到醴陵,兵落地后直扑浏阳金刚头,再文家市,上峰有令,务在匪众进城前扑杀。这是撵着举事军的屁股在追了。

三人更遇上了设卡拦阻的巡查队,一排洋枪竖起,为首的大喊:"擅离职守,就地正法!"

仍是何大方上前,悄没声地递上一张庄票,那厮瞟了一眼,掖进怀里,叫兵将拒马移开,"我没见过你们。"他将脸偏向别处。

战马都是好马,只在安源稍停,喝了几口槽里的水,吃了草料,便又启程。沿着铁路线走,沿线的兵都撤了,车道上无车,枕木架着铁轨如一条悠长的指向标，而马越走越慢，踢踏着石砾飞舞，前路空旷，周遭山形起伏，朔风呼啸着似一只无形的手将人往后推，这条路似乎长得没有尽头。

一轮下弦月挂上了醴陵城，马蹄嗒嗒的又缓又沉。终于到了柘塘坪，三人都沉默，何大方在前头引着，彭家大宅的高梁大栋在黑暗中显出巨大的身影。

马蹄声慢，在彭家大宅的门前悄然停驻。大门紧闭着，门口的红灯笼在黑暗中孤高地亮着，门口满地红，那是鞭炮燃后的红屑，今夜不扫，彰显喜庆。

离大门还有几丈远，何大方便下了马，欲牵着马上前敲门，被陈作新唤住了。他驻马在暗处，盯着那大门，灯笼在他的眼中反照着红光，他木立如雕像。

他们在门外站了良久，反身绕城去了对河的晴元茶馆。城门已关，不能从城里过了。

到得晴元茶馆，何大方唤堂客置席，搬出酒来，陈作新摇了摇手，让何大方给自己弄张铺，要睡一觉，都没有往酒壶上看一眼。

只有卢磊一陪何大方喝，二人皆沉默，一杯接一杯地对饮。卢磊一军服未脱，这二天二夜的际遇让他唱叹，自己好像都做了无用功，又好像不是，也许凡事都不一定非要一个结果，月圆月缺，又有多少人相望不相闻呢？喝到大半壶了，何大方忽然一叹，笑了，卢磊一也跟着傻笑。"你笑什么？"何大方疑惑问。

"我不知道。"卢磊一笑着答。

"嗯,酒是好物。"何大方眯着眼,看着手中杯,"可大喜或大悲,有时并不需要它。我有体会。"

3

军服未除,卢磊一本拟坐火车回株洲,省脚程,谁料阳三石车站也有巡查队,协参领以下军官乘车回株洲,需有军令。无法,还是乘船,悠悠然回省。

卢磊一十月二十七日才回府,销了假,当日便夜值。芬儿小丫头不知打哪儿得了信,提着一提夜宵来看他,夜宵丰盛,一碗腰肝合炒,一碟子蒸腊肉,一小碗蒸小鱼,一碗辣炒白菜,一大碗葱油拌面。"你这回出去怎么没跟我说,我要去庙里给你祈福呢!"芬儿嘟着嘴,脸上尽是气闷,"后来听说那边打仗了,吓得我,天天跟着夫人跪在菩萨面前,求菩萨保佑你,平平安安。"

"我还以为我吉人天相呢。"卢磊一听着芬儿的话,心里都是软的,一桌吃食都比不上眼前的妙人儿,忍不住也学着她温言细语地说,"怪道子弹打不着我,原有菩萨保佑噢。"

"这种时节,去那里做什么嘛。"芬儿仍旧怨怪着。

"我讲个故事给你听。"卢磊一兴起,也不急着吃,让芬儿坐下,细细说来。

芬儿耐着性子听着,许是不懂,只听进去了卢磊一的行迹。"你还冒充,还闯战阵?菩萨保佑你平安回来,磊哥哥,以后可再不许了。"芬儿抚着胸口道,"夫人教过,君子不立危墙之下,不要做孟浪事啊。"

"你果然是担心我啊。"卢磊一笑嘻嘻地说。

"呸呸呸。"芬儿一张俏脸顿时通红，起身便走，走到门口又回身，"夫人说我有慈悲心，家里狗死了也会哭的。"

萍浏醴匪乱，前头打，后头传，长沙城里沸沸扬扬。陈二毛说得最详尽，原来这匪兵有三股，都想当大王，最先按捺不住的是醴陵麻石的一个叫廖叔宝的头领，他先起的头，逼着浏阳的姜守旦，还有六龙山洪江会大哥龚春台响应，攻下上栗后，往北攻浏阳，与新军激战于浏阳城外浏阳河南边的南市街，兵败，退回山中，果然没攻进浏阳城。听说这些有名号的各位大哥都只是前头举旗的，真正的幕后指使在东洋，派了一名干员专职调度。此役，湘鄂赣苏四省派了兵，最远的是江宁府的兵。乘铁轮船后发先至，比赣兵来得早，江西的兵是最晚到的。"醴陵、萍乡与府内都有电报线，军情即传，偏萍乡与宜春府没通电报，仍靠驿站传报，湘、鄂、苏三省凭火轮船、铁路运兵，势如雷霆，江西的兵却还要翻山越岭。"陈二毛说得活灵活现，好似他在居中指挥，"说那匪兵号称十万人，洋枪百十把，大刀、锄头、削尖了头的竹竿做兵器，人再多也打不赢。"

"上栗如何了？"卢磊一问，那处他可是去过的，亲临战阵，两军相接前随义兄离开的，自然上心些。

"早平定了，听说巡防营全歼上栗匪众于上栗官道边的普安山，匪首沈益古是个角色，乡里武师出身，一手持大刀，一手举锅盖，连斩数十人，死于乱枪之下。"陈二毛叹道，"终究是匹夫之勇。"

此后接连近十日，天气一天冷似一天。长沙府加大了巡防力度，每日巡街的不单有巡警，还有巡防营的官兵，探访局的探子也全出动了，各类茶馆饭庄贴出了"勿谈国事"的标语，饶是如此，探访局拉的人依然不少，省城警务局向下也传出消息，却是内部的，示警各所各段员警亲眷无故不要出城，特别是不要去浏阳、醴陵与萍乡，朝廷大军正在三处清乡，听说与匪众沾亲带故的都要连坐，那还不是凭那些兵信口雌黄？听闻枉死者已上万数了。

　　转眼到了十一月中，那一日，城里又出红差，守城的巡防营与各所各段巡警一齐戒备，听闻杀的是此次萍浏醴暴乱的幕后指挥，是个年轻人，名叫刘道一。这一次，卢磊一调值浏阳门外，守的正是法场，犯人押过来，书生样的人，虽换了身衣，但明显看出用了酷刑，已经被打得走不动道了，几个差役扶到法场正中，二人拉手勉强跪起。年轻人已经说不出话了，半睁着双眼，卢磊一瞪大了眼睛，这是前几天才看过的那张书卷气的脸，如今已奄奄一息，眼镜不见了，挺而直的鼻梁扭在一边，只有眼珠子仍动一动，他的头略略上仰，大力地喘了一口气。他没有辫子，差役绾了个麻绳前头拖着，将他的颈拖直。

　　风停了又起，阴郁的苍天下起了雪花，这是今年的第一场雪。卢磊一忽然听不见行刑官的念词，身旁的一切声响都隐于虚空，他只盯着眼前飘飘扬扬的雪花，那雪花慢悠悠的，似是平和，扑面却冰凉。眼前忽地寒光一闪，围观的百姓一阵欢呼。

　　这些日子，卢磊一屡屡到陈记茶馆打问，就怕义兄有事，带兵的擅离战阵，不是小事。陈家侄子也急，后来打问到了，来姚婶家相告，义兄与十九队队官交好，队官帮他瞒下了，好事做到底，普安山大捷，收复了上栗，报功时把义兄的名字也加上了。

可到了十二月中，义兄还是回来了，却是因不愿参与清乡，被开革。

义兄回了府，哪儿都不去了，每日待在陈记茶馆，从早喝到晚，除了做梦，醒时都是醉醺醺的。

过了腊八节，又过了三九，雪已经下过几场了，总不见晴，新雪覆旧雪，九城里，雪压塌房的事出了好几桩，都是穷人家的窝棚，浏阳门外扒茅街上，还压死了人。也是这个月，清乡的兵陆续回来了，巡防营不再参与街面巡查，重新驻回了浏阳门外，探访局的探子也收了差。小年这日，卢磊一备了满满的年货，回了趟嘴方塘，最后一畦菜也早已收了，黑山秃树黄屋，地坪里站着二师兄，手里拿的是卢磊一送给师父的烟斗，那烟斗仍在二师兄手里，师父的气就还没消，卢磊一吐吐舌头，硬着头皮进屋。果然，年货一撂下就被师父赶出来了，师娘抢白了几句，也被师父骂了。

第二日，二师兄来了城里，给卢磊一带了师娘做的烧大方，一块带皮猪肉，烧过浮毛后过水，皮上片花刀，倒放在大碗里，盖上擦菜、剁椒、豆豉上锅蒸，蒸好了另拿只碗扣上，皮糯肉软极入味，是过年才吃的好菜。二师兄说师父这气，怕是得过完年才消，你索性再晾他几天。

师娘倒是念，念多了两人就吵。

听得这话，卢磊一赌气说索性过年也不回去了，懒得给师父置气，年也过不好。二师兄笑着点头，说乡里过年没卵味，他也要来陪卢磊一在城里过年，三十晚上哪里有看大戏的，弟弟带他去看一场。

二师兄话说得卢磊一一咪，连道没有，戏班子也过年，三十晚上哪里都冷清，只段上还留人值守，防火防盗好歹是巡警之责。去年是满傻子值的，今年索性自己来值吧。

十二月二十七，早上起来，一则消息已经满城传开了，合府士绅学界营救的禹之谟，小年那天被绞杀于靖州城外，原来岑抚台使的一招明修栈道，暗度陈仓，到任后便着人将禹老秘密押往靖州。也有人说迫于省内压力，岑抚台原是抗命不杀的，只因着。此番萍浏醴匪乱闹大了，幕后操控又直指东洋某会党，传闻此会湖南分会会首就是禹之谟，岑抚台这是不得不杀。街巷更传，禹老死前高呼，"我为救四万万人而死！"可谓慷慨至极。

卢磊一惊的是此刻才知禹老方才四十一岁，之前见面，看那一脸沧桑，头发斑白，比之只差几岁的义兄，可老不少，以为年事已高，许是操心太重。叹的是这禹老关了半年，无数人营救，终究难免一死，心中又回想义兄当初在林中与刘吉唐的对话，果真不虚。他自己心里也憋着一肚子话想要问义兄呢，只是看义兄当下颓丧，几回想问，问不出口。

年三十夜，卢磊一在段里值班，鞭炮已放过一轮，各家年饭已经吃过了。卢磊一是在姚婶家蹭了一席，那块烧大方不舍得吃，拿出来做贡献，倒成了桌上的主菜，大方回锅又蒸了一回，又糯又软，小柿子吃得津津有味，一块肉、一口饭，吃得满嘴油，一面吃一面说："磊叔叔以后天天在我们家过年好吧。"把姚婶都逗笑了。卢磊一笑嘻嘻地掏了个封好的红包给小柿子压岁，小柿子接过一扯，一枚五角银叮咚掉在地上。

回到段上，热闹便作冷清了，一盏油灯，段外万家灯火，无数人团圆。今夜也无消夜，芬儿随主人回乡过年了。陈二毛吃过年饭来趸了一趟,给带了一只猪蹄、一壶酒,陪着卢磊一坐了一气,笑眯眯的,说原来打算去城东老表家打麻将,后来南城兄弟邀,今夜请了两个姑娘,吃点花酒,"逢年过节,妓家不是不营业吗?"卢磊一诧异。"南城那么多娼馆,我这兄弟收妓捐,手底下漏一漏,人家不得感恩戴德,又管什么过年不过年,一定要尽心报效。难为他记得我。"陈二毛哈哈大笑,"客不邀客,我就不喊你了。喊你也不会去啊。"他给自己找补。卢磊一把他推出门去。

已是二更天,打更的声音由远及近,老蔡的梆子声闷闷的,总不如别人的响,卢磊一想着哪天给他换一个,这手工三师兄会做的。卢磊一走到门口,唤老蔡进来,让他拿了猪蹄和酒去。"小哥有好事总想着我。"老蔡喜笑颜开。

"过年了,恭喜发财啊。"卢磊一说着吉庆话。

"发财发财,小哥龙马精神。"老蔡笑着回。

义兄是三更天来的,正是子时,满城接财神的鞭炮声。他在鞭炮声中踏进门来,提着一袋小食、一壶酒,卢磊一在等他,今日跟陈家侄子留了信,义兄不知到哪儿厮混去了,姗姗来迟,一身酒气,醉得眼都眯起。

"恭喜发财啊,老弟。"陈作新就着壶喝酒,"怎么不回去过年呢?"

卢磊一在义兄面前不遮不掩,将前番与师父的冲突说了一遍。

"有意中人了。"陈作新哈哈大笑,"我知道是谁。"

"你怎的与匪党有牵扯?"卢磊一问,"大哥,我担心你。"

陈作新一愣,望着卢磊一玩味地看了半天,脸上迷蒙全消,正色道:"谁是匪,他们是吗?你见过吉唐兄,更见过禹老,他们哪有一点匪的样子?"陈作新将酒壶往桌上一蹾,仰起头,面色忧愤,"'舍身此日吾何惜,救世中天志已虚。'这些人哪一个不是心系生民,胸怀天下?他们不过是不为朝廷罢了。"

"那你呢?"卢磊一问。

"我?"陈作新怅然一笑,摇了摇头,"我是同情兄。"

4

卢磊一与师父的结直到过了一月才解开,初一回去拜年虽不骂了,仍是不理他的,卢磊一也随他,他气他的,我做我的,该有的孝敬一样不少,有什么新鲜的、好的玩意儿,尽自买回去。到了二月初,再回嘴方塘,师父已经使上那个海柳烟斗了,这便是气消了,但是师父也明说了,既不按他的来,以后卢磊一的婚事他也不管了,田不卖了,由他自己去做,儿孙自有儿孙福,万事不要靠家里了。卢磊一心想正好。

光绪三十三年(1907)二月中,小西门外鞭炮齐鸣,日清公司的码头正式建成,宽敞的西洋码头旁泊了一排铁轮船,东洋新补充的船只也到了。人们说此公司正式成立,便是省内最大的航运公司了。

有事便长,无事便短,这光绪三十三年颇为平静,半湘街上诸事平和,旧年十二月,醴陵瓷业瓷厂正式批量出瓷,货运过来,老彭的灿东瓷器行拖到一月正式开张。而外头,听说继株醴铁路通车后,粤汉铁路长株段与湖北境内的武昌至岳州段也在相继筹备了,这已经是四月的事了。到了五月,浏阳又有会党举事,为头的叫江召棠,没掀起大阵仗,一日内便平了。

卢磊一自与师父解了结,便越发俭省了,眼看着芬儿一天天大了,他心里也着急。

转眼到了七月，水陆洲上又发了命案。

却是杨家族长领人来报的。"那姓彭的女人回来了，死在她自家里。"杨家族长哭丧着脸。

段长带着老陆、卢磊一等人上洲查验，果是彭拱魁的夫人，那发了捕文书在逃的妇人，衣衫齐整，躺在自家屋里的床上。床边桌上犹有半碗水，一个打开的纸包，油灯下压着一张纸，纸上只有两个字，"偿命"。

这彭拱魁的屋自发生命案后，也无人要了，族长着人锁起，索性空置。昨日邻舍路过，发现房门洞开，进去一看，便看见那女人躺在床上，这床上带血的被褥枕头都撤了，就几根空木板，女人躺在上头，无论如何透着诡异。邻舍没近前，直接报族长了，族长也是麻起胆子来看，唤那女人，唤不醒，上前一探，早已气息全无。

仵作老冯是后到的，略一看便叹："狠啊，这女人对自己够狠。"他道也无须大验了，就是服毒自尽，纸包里是砒霜。他指着女人身下，床板上被抠得血痕斑斑，女人死前受了极大苦。

既然案犯自尽，一桩悬案至此了结。

又过了几日，何大方打醴陵来，到段上找卢磊一。卢磊一格外欢喜，拉着他去了庆丰楼，点了几个菜，又叫了一壶酒。

何大方给了他一个锦盒，里头是一个碗，极精致。碗上绘着带露荷叶，一枝含苞荷花，红翠喜人，配着两句诗，"应是鲛人重惜别，偶遗翠盖一盘珠"。

"釉下彩烧成了，宗子送一只给你。"何大方先喝了一杯酒，似乎想到了什么，又从背囊里拿出个绸包，"还有一方砚，也送你。"

"还有什么,都拿出来,别一个个地往外掏啊。"卢磊一看何大方背囊仍鼓鼓囊囊的,打趣说道。却是一方石砚,纯黑砚身,砚首一点白,围着那白巧雕着一片云彩,砚侧也刻着一句词,"自从罗带系明珠,芜城夜月孤"。

"真是给我的?"卢磊一疑惑地问。

"就是。"何大方搔着头,呵呵笑着答。

喝过几杯,"水陆洲的案子具结了没?"何大方问。

"结了。"卢磊一随口一答,又警醒起来,"怎么说?"

"宗子说要给你一个交代。"何大方笑道,"我今天来说给你听。"

原来卢磊一所查方向并没有错,水陆洲凶案的死者果是彭家人,光绪二十一年爆案的肇事者,那时彭家炮庄正在拓展烟花品类,研究各类烟花,那男人正值青年,一股子拼劲,在这上头又有天赋,研制出了花好月圆、春景图等几种喷花,犹不满足,又研小礼花,还要添紫彩,行内都知,小礼花工序烦琐又易出事,这紫彩更是极不稳定,事涉安全,族内议定小礼花暂缓,宁愿其他炮庄制成了,花重金买配方。工艺未成熟前,本族严禁,宁可先不赚这个钱。这男人偏不服输,一定要自行研制,炮庄不许便借工余偷偷弄,一个不慎,引发爆炸,彭氏一处炮庄几乎夷为平地。

"现场我是去看了的,都炸没了,工人死了十五个,三个重伤,首炸点就是他偷偷配药的侧间,那里也是我勘的,应是他用的药秤没有放回秤架。"何大方解释,配药要用药秤,为光线好,配药桌在窗台下,上有个秤架,专门放它,男人可能内急,用完了药秤随手往窗台上一扔,便去上茅房,哪知药秤掉下,秤砣碰撞间引发火星,溅在火药上,立时爆了。

男人闯下大祸，跑了。不跑按族规也是个死。他的夫人是极刚烈的女子，在祠堂磕了长头，磕了满头血，舍家事为族事，誓要为死者报仇。男人离家十年，女人便寻夫十年，去年好歹在水陆洲上找到了，寻了个机会手刃亲夫，终于为族人了了一桩旧案。

"她已了无生趣，不杀此人，对族亲没有交代，杀了他，又是对夫的大不忠，只是怀上了，腹中孩子无罪。她已在宗子面前表明死志，生下孩子，奶到断奶，便回长沙自我了断。回醴陵后，她一直住在祠堂的厢房里。"何大方叹道，"那日与宗子在祠堂夜饮，你不是听到后头有孩子哭吗？那是你离她最近的时候，就隔着一堵墙。"

"我想不明白，一个女子，因何有这么大决断？"卢磊一疑惑，"那彭拱魁又为何族谱上没有名字，你们真做得这么干净？"

"我们什么都没有做。"何大方又喝了一杯，一脸坦然。

见卢磊一疑惑，何大方淡然一笑，"你该换个思路去想。"

"如何？"卢磊一越发摸不着头脑了。

"这个女子，她才是彭拱魁，那男人逃罪在外，许是心里念她，便用她的名字做化名。"何大方又一笑，"彭拱魁家中无子，便作子养，按班辈取名。那男人是赘婿，女子不入族谱，你查遍天了，也查不出这个名字来。"

"我来时先去的义庄，人已经化了。宗子交代，为族中行大义者，不能让她死后无根，带她回去，葬入祖坟。"何大方指了指鼓鼓囊囊的背囊。

"她的孩子，宗子收养了。"何大方叹道。

卢磊一仍在极大震惊中，好半晌才回过神来，艰涩问道："宗子姐姐可还好，婚后可还……"

"好什么?"何大方连连摆手,"天天不着家,瓷庄、炮庄连着转,回城也是住祠堂。晴元茶馆也给她辟了一间房,有时候也去住住。"

卢磊一一叹,也是无话。

二人吃喝完,走出门去,何大方今日便回醴陵,小西门乘船去株洲再坐火车。卢磊一送他到了码头,临到上船,何大方看着卢磊一,眯着眼想了半天。"我还是说吧。"何大方艰涩说道,"那夜你那身军官行头,是宗子去弄来的,还有那些庄票,也是她给的。我没那么大面子,也没那么多钱。"何大方一叹,"临到最后,她还是想他来。"

船开远了,而天色阴沉,卢磊一站在迷蒙的天光下,看湘水北去,承载着几多忧愁。

浮梁店主人言：以后的数年里，彭宗子没有再来长沙。她再来，已经是民国元年（1912），那是后话，以后再讲。宗子与义兄，那是我初识旳一桩人间情事，纠缠、热烈又决绝，那时节我只觉得义兄戾，我不能理解，待到终于能理解他的苦衷，已是多年以后。湘水滔滔，承载的岂上是人间烟火，还有悲喜哀愁。

今日到此，改日再叙。

第六章：孤鸦催渡水无痕

浮梁店主人言：浮梁店里有好茶，好茶招待有缘人。我是卢磊一，一个老不死的，被阎罗王忘了的人。我讲故事，不能按编年体来讲，也没人爱听，当然，对于我来说，其实每一年都不平凡，可脑仁子小，我也记不住。

大师兄的兔唇是在光绪三十三年春天治好的，雅礼医院的胡美医生亲自动的手术，大师兄比之前精神不少。那年秋天，大师兄的堂客诞下一子，没有豁唇，大眼睛，虎虎的，师父高兴得不得了。

也是那年秋天，老陆的二儿子得了伤寒症，老陆请了文运街的常医生，我看过胡美医生的手段，请的胡医生，二人诊断结果相同，病得深了，都束手无策。胡美医生给老陆全家，包括我，都打了伤寒疫苗，不几日，老陆丧子，陆婶的偏头痛原本医好了，一番悲痛，又复发了。

有时候啊，记忆就是一本糊涂账。站得远些，看得清些，我还是接着来说这卢磊一的故事吧，还是今日的我说昨日的他，他是他，我是我。

转眼便到了光绪三十四年。

一、灯下捉妖

1

光绪三十四年，春寒料峭，湘江的河风凉，水更凉，卢磊一在湘江河里游晨泳的习惯倒一直未变，只是码头上越来越热闹，能换衣的僻静处越来越难寻。去年日清公司改建的西式码头正式落成，专属码头一条笔直的大道上坡连着新建的公司洋楼，高大气派，坡道下方几处涵洞，因离小西门近，倒成了卢磊一换衣的场所。

这一日，城门一开，卢磊一照例从小西门下水，一身单衣脱下用油布包裹严实，赤条条逆水而上，直游至南边的渔码头，又游回来，躲进日清公司的码头下涵洞里擦身、穿衣。在涵洞里，他发现了一具尸体，脚夫打扮，头被砸得稀烂，漂在涵洞的积水里。卢磊一奔出来，急急上了码头，日清公司自有保安，在小西门地面，常有交集，两名荷枪的守卫他都识得，上前说明情况，敦请一名守卫帮忙看守涵洞，自去段上报告。

日清公司就在小西门北侧，离城门不过几十米。进城时，卢磊一扯过一名脚夫，让他去叫九将头，"到日清公司码头会合。"

段长杨再力、巡长老陆都出动了，九将头带了几个手下赶来，连带着日清公司的安防课长。杀人命案，段长让陈二毛速报区局并报探访局,陈二毛腿脚利索,一会儿工夫,带来个仵作,"探访局没空,人都派出去抓逆党了。"

如今,竟是个三方会审的局面,九将头认人,死的不但是脚夫行里的熟人,还是自己的记名徒弟,名唤李满根,平素最老实忠厚的角色。脑后遭重击而死,后脑一片塌陷。"只怕是熟人作案,趁他不备,不是熟人谁把后背让给你啊。"仵作原是县衙积年老吏,抽着旱烟闷闷地说。

日清公司昨夜当值的两人也被唤来,昨夜无船入港,他们站在高处,公司对河开的门口当值,离此处百米远,未听到什么响动。

"昨夜李满根不当值,日清码头也不是我能管的地,平日里都约束他们不要来。"九将头说,脸露愤恨,"这是我徒弟,愿出赏格五十两。"

"先给我,我给你破了。"段长讥笑道,"你个脚行头子这么有钱,加一点,只要我在段上,终有一日给你破了这案。"

"不是说笑。"九将头皱着眉,脸上两道醒目的疤拧成结,"都是地面上的人,今日当着诸位的面,我设个暗花,拿到人了,不上解,交给我,除赏格外,再谢一百两。"

"江湖事,江湖了,求各位成全。"九将头朝在场众人打一拱手,面色凝重。

2

卢磊一办完案子,才觉得冷,一身单衣忙了半日。回租处换衣,姚婶体贴,已经用豆豉葱姜熬了汤,下了碗面,待卢磊一下楼,面上了桌,姚婶唤他来吃,杀杀寒气。

卢磊一抱着碗大口吸面,豆豉葱姜的汤底鲜辣,又放了胡椒,吃一口，鲜香糯冲，连打几个喷嚏。姚婶家小柿子四岁了，养得好，粉雕三砌的小人儿，圆嘟嘟苹果般的脸，小翘鼻下挂着两行清鼻涕，攀上椅子，在桌前撑着脸，看着卢磊一吃。卢磊一侧过脸去打喷嚏，小柿子歪着头望，大眼睛满是好奇，卢磊一吸着气，还待要打，小柿子立起身来，定定地看着他，极认真的表情，奶声奶气地说："磊叔叔你一口汤做一下喝咯，病就好啦。"她把喷嚏作病看了。

"那是治打嗝。"卢磊一笑道，接着吃，连汤带面吃尽，额上已经渗出细细的汗来。

撂了筷，和小柿子玩了会儿，卢磊一回段上去。临出门，被姚婶叫住，切切嘱咐，请他今日穿制服回，最好整套齐全，小柿子夜啼，官服收煞。卢磊一转头望向小柿子，虎虎的小妞，在屋内噔噔噔地跑得欢快，倒看不出受了惊吓的样子。

"晚上为什么哭啊？"卢磊一唤过小柿子，一把搂在怀里，"你不好好睡觉，不听话。"

"我怕咧，磊叔叔。"小柿子瞪圆了眼睛，双手抚上卢磊一的脸，"有个胖子要抓我，我就哭啊，喊姆妈。"

"姆妈来了，他就不见了。"小柿子扬着手说。

卢磊一回到段上，正是中午，恰遇老刘挑着食桶过来开餐。卢磊一去看那菜，卤肥肠加炒芽白，好菜，在家吃个半饱，到段上补齐了。

今年，卢磊一已是虚岁二十，早已不是当初那个稚儿，街面上的事情摸了个门清，又写得两笔，段长器重又仰仗，段内呈报、公文全归了他。如此，段长做主，他在城里的房租也归段上出了，段长与姚婶交割，涨到一千文。段长特特嘱咐姚婶，加的钱在伙食里开支。

卢磊一依旧每月回嘴方塘一次，回家不空手，师父老屋旁的土砖房已建起二座，三师兄又得了个儿子，师父与三师兄分家，又建了座房在老屋旁，只二师兄一家随师父住老屋，老屋要修葺，卢磊一照例贡献二十元。师父高兴得在院里走了一趟猛虎下山，师娘却悄悄退了他五元，"我管你师父要的，你也是我儿子，要为自己打算。"师娘瘦弱，抚着卢磊一的肩，轻声嘱咐着。卢磊一立时红了眼眶。

转过身，二月初，师娘生日。卢磊一早早去永泰金号订了只金寿镯，一两八钱，双九迎寿，师娘小生未摆宴，一家人吃了顿饭，饭前卢磊一赶回，从厨间拉着师娘到堂屋，按在椅上，跪下恭敬地磕头祝寿，拿出镯子来，给师娘戴上。师娘又惊又喜，师父在一旁摇着头笑，"徒儿不亏心，钱有来路，不光吃俸。"卢磊一解释道："月敬是该当，省着钱又投了几个营生，生意都还不错。"

因与陈作新结了义，陈作新与他换帖，还硬塞了陈记茶馆二分干股给他。他终是没跟师父挑明吃鸦片馆利的事，如今朝廷已在议禁烟，谁知道这份利几时就断了。倒是烟馆的每月孝敬陡涨，自去年底，翻了三番。

卢磊一装了一大碗饭，浇上菜，坐下吃，卤的肥肠切细片，全无膻腥，加了姜末与剁椒再翻炒，又鲜又咸，极下饭。他大口扒着，见陈二毛踅过来，屁股让一让，条凳让出半截来，给陈二毛坐。陈二毛蓄起了胡子，上唇八字下颏羊须，配着一张青涩的脸，十分不协调，倒像是德胜街角算卦摆摊的洪瞎子，青年装老成，十算八不准，若是有人求医，只会开保安散。

"清晨见尸，你是阳虚，要去戴公庙敬一下戴公老爷。"陈二毛大口嚼饭，嘟嘟囔囔说。

"灵妃庙就在近前，哪座庙里不烧香？"卢磊一谑道。

"那不同，戴公老爷比城隍还灵，我邻舍屋里崽闹心疼，到戴公庙里发愿，求了符水药方，七服药医好了。"陈二毛瞪着眼，手舞足蹈，"戴公是唐朝立庙，老神仙，神通大了。"

"那是庙祝的神通吧。"卢磊一不以为然，大口扒饭，"看对了症，用对了方。"

"庙祝懂个屁，摇签抓药，都是签上的方子。"陈二毛停了筷，认真说，"我娘年年带我去戴公庙祈福，那个庙祝我认得，奸猾要死的一个老头儿。去年我娘老子去庙里烧香，原本定着捐六角银的功德，带了一块钱让他找，他收了，摆摆手，说：'谢施功德，菩萨不找钱。'"

卢磊一一口热饭喷出老远。

饭后随老陆守街，小西门里，老陆抽着烟，眼前的熟面孔放过一个又一个，卢磊一早已知道老陆的章法，什么狗鼻子，全靠好记性，走私鸦片往来带货的就是那些人，抓一次就认识了。鸦片的臊味是老陆扯卵淡，层层包裹，哪那么容易闻到，不过是猫抓老鼠，又或是戏文里的捉放曹，鸦片事小，人情、银角通大道。近来老陆一直闷闷的，他不抓，卢磊一抓，一抓一个准，得了银钱分老陆，五五分，老陆也没意见。

卢磊一着急要钱，胡三的铺一直封着，虽充了公，官家要卖，标个死价格，常人要买，还需打通层层关系，此处又死过人，不值当，无人接手，他倒看中了，凭着身份走了后门，要谈的都谈妥，只待银钱交割，还差着数目。卢磊一想置产业，哪怕不做门面，自住，也是在城里立了足。

卢磊一前番不应师父对的亲，是因看上了芬儿，小丫头今年十七了，比他小三岁，出落得亭亭玉立，粉面含春，得家主夫人疼，仍是懵懵懂懂的，越来越黏卢磊一，时不时来段上看他，卢磊一夜里当值，她是必送消夜的。糯米团子、百粒丸、甜酒冲蛋、葱油面、汤饺子，食盒提来，督着他吃完，再收走，若没外人，芬儿便陪他，叽叽喳喳地说着一天的事，夫人教她背了什么诗，夫人看《红楼梦》，不许她看，夫人吃斋礼佛，有时候在佛前一跪便是半晌，喃喃念着，她都听不清。家主叶绍棠不去都正街了，又寻了家有老枪的烟铺，每夜都要去过瘾，日里才回。

"烟就那么好抽啊，叫人舍了家去外头。"芬儿蹙着眉，一脸愤愤，"磊哥哥，你可不要沾那东西啊。"卢磊一哈哈笑，没口子答应，看着芬儿的笑脸，又没来由地心慌。芬儿是陪嫁丫头，好在叶绍棠烟瘾大过天，还没动念，哪天心血来潮，要娶了芬儿做妾，一桌酒就办了，他攒钱立家，也为明媒正娶，时间紧迫啊。

夜间当值，偶尔老蔡也过来看看，卢磊一备着酒，给他喝，敬奉不陪，佐食倒不计较，老蔡喝酒，几片红薯干也能干下半斤。"越喝手越抖，我这点打要失传了。"某一日，老蔡喝着酒，黯然叹道，"要不然，我教你吧。"他问卢磊一。卢磊一讪笑着，默不作声。

3

夕阳西下，下值了，卢磊一赶回租处吃夜饭。今日凑巧，出了巷口，正遇着回家的谢二表，手上拎着块猪排，卢磊一想着回家加个荤，要作价买下，谢二表直接将肉排推给他，不要钱，卢磊一不肯，正推搡间，前头街上传来一阵喧闹声，只见许多人往一处拥，看方位，是胡三家门口的空地。卢磊一塞了五个当十的制钱给谢二表，手按住，"得你口福，回去让婶子给我做餐蒸排骨。"在谢二表的苦笑中跑开。

卢磊一挤进人群，人群围着两人，都是黑瘦汉子，地上一盏灯笼，摆着一溜光灿灿的菜刀，一人在卖刀，刀五百文一把，又有一人在记账，"无钱且赊着，记下姓名、住址、籍贯、子嗣，待米价涨到七千文一石，再来收钱，到时，一千四百文一把，愿赊画押。"卢磊一前些日子才送了两石米回嘴方塘，三千二百文一石，还是去年收成不好，今年看年景还可，哪有涨得这么凶的。人群里有经事的，倒说道："《申报》上记过个古记儿，咸丰年，米价八十文每升，听说浙江奉化便有这类人出没，赊刀，情愿先送，约个价钱，签字画押，待米价降到十八文每升时，回来收钱，哪料光绪初年，米价果然降到十八文每升。"

卢磊一正看得起兴，欲待也举手赊一把，手却被人扯住了，转头一看，是谢二表。"你不要赊，这是青莲余孽，邪得不能再邪的东西。"谢二表正色道，一张横肉脸倒显出几分正气来，"说不明白，赊刀借运，不要贪这个利。"

卢磊一往回抽手，却抽不出，谁知谢二表手上的劲这般大，竟将他拉出人群，推了他一把。"回家炖排骨吧，排骨红烧比蒸好吃，这块搭着肥肉，多放豆豉煎，豉油拌着都能扒几碗饭，"谢二表笑着说，"谢谢光顾了。"反身走了。

卢磊一走出一截，回身看谢二表，夕阳斜照，他魁梧的身形在背光中模糊不清。卢磊一有些愣怔，谢二表那手劲，怕能与大师兄堪齐，是有功夫的人，如何低调地在街市做个卖肉的？这九门里，市井间，究竟有多少奇人，长沙城这一潭水，究竟有多深？

那夜，终究还是没做红烧排骨，顾着小柿子的口味，姚婶问过卢磊一后，做了个芋头蒸排骨，一点辣椒没有，也极下饭，菜上了桌，小柿子闻着肉香，拍着手叫好。晚饭是白米饭，没掺红薯丝，姚婶也奢侈了一回。吃到一半，段长也来了，拎了一壶酒，穿的却是一身官衣，"要收煞何解不找我咧？不听磊伢子说我还不知道。"段长自搬张凳子坐下，嗔道，"我官大，当年做救火队长，火里也蹚过，祝融都不收我，鬼肯定怕我些。"

姚婶不作声，自顾下厨又炒了一碗剁椒鸡蛋给他下酒。

段长来了，卢磊一只得陪酒。"磊伢子你是个人才，人灵泛，写得打得，好生搞，会有长进咯。"段长喝一杯，卢磊一陪一杯。

"你将来只怕在我之上。"段长又喝一杯，卢磊一又陪一杯。

初时卢磊一还夹两块排骨就酒，后来看着段长只夹芋头和鸡蛋，排骨尽着小柿子吃，他也不敢夹了。

倒是小柿子晓事，自己吃一块，便给卢磊一夹一块，伸着小手推他，"磊叔叔你吃咯，好吃咧，好吃的。"看卢磊一发愣，又夹起块排骨来往他嘴里塞，"姆妈说你买回来给我吃的，磊叔叔最好呢，吃咯。"她倒没管杨再力。

卢磊一哭笑不得，吃也不是，不吃也不是，想给段长夹一筷，好像也不好，拿眼瞥了瞥姚婶，姚婶好整以暇，自顾低头扒饭，见卢磊一不吃菜，竟也夹了一筷子鸡蛋给他。段长闷头喝酒，倒显得尴尬。

不知道动了哪根筋，卢磊一突然会了意，将碗里的鸡蛋夹到段长碗里，"段长您辛苦，多吃点。"

"小西门合段千把户，都靠您操心。"卢磊一斟了杯酒，"兄弟们也是您照顾，都承您的情，您讲义气，我们都感恩，段上都知道，您堂客没了快两年了,前岳父老子还是您照应。"

卢磊一反身又敬姚婶,"姚婶您是恪守妇道的好人,不知道街面上的事。我们段长在段上的名声可正派,做男人不算顶好,算个中等好,五毒中占两样,吃喝嫖赌抽,后三样不来。"

姚婶一拍卢磊一:"吃饭,不要说这些。"

小柿子倒看愣了,"磊叔叔你讲错话了,姆妈打你。你快抱抱她。"

卢磊一哈哈大笑,姚婶立起身,瞟了一眼杨再力,此时的目光,倒没了之前的犀利与防备,似多了些温柔。她又入了厨间,听到厨间炒菜声响起,卢磊一肩头便挨了杨再力一掌,杨再力的眼神中欣赏多过嗔怒:"是个角色。"

"姚婶不问街面事,又不跟婆姨们扎堆的,我拍脑袋想她以为你有正房,对她想三想四,那她就不愿意的。"卢磊一低声道,"我是老陆带的。多少会看点脸色。"

"段长,我斗胆劝您一句。"卢磊一给段长斟酒,"这事不比查案,倒似谈判,摆在桌面上说,喜欢便是真喜欢。"

"叫我老兄。"杨再力喜滋滋地一口干了杯中酒。

一会儿,一碗蒜苗炒腊肠上了桌,段长攥起就吃,连喝三杯酒,姚婶竟给他夹了一筷子菜,段长喜得抱起小柿子,怀里掏出两块银圆,塞到小柿子手里。小柿子被按疼了,就手一扔,银圆扔在地上,叮叮当当滚远了。

直到小柿子睡下,两个男人仍在喝酒。卢磊一已不胜酒力,浅尝辄止,杨再力开心得不行,说着当年的威风史,当初当救火队长,冒着大火上楼救人,抱着一个孩子从二楼跳下,摔折了脚,被路过的郭嵩焘大人撞见,保举到衙门当了巡捕。

"救火队是民办，无钱支应就打闲工，巡捕每月出粮，搭伴郭大人赏识。"段长朝空一拱手，谢故人。

卢磊一也有酒了，说起了白天遇的赊刀人，杨再力却沉默了，半晌才说："也是群苦人，郭师父说过，这帮人不应时运，妄测将来，太荒唐了。"与谢二表说的又不一样，正待再问，听到了小柿子的哭声。

二人奔过去，却见姚家婶子开了门，一床儿被裹着小柿子抱到街上，来回走，小柿子哭声渐歇。两个大男人却立在旁边，手足无措，路灯下人影昏黄。

"总说一睡下就有个大胖子来抓她。"婶子低头叹道，"开了门又什么都没有，真是要请法师来收妖了。"

卢磊一抬头看了看，一笑："我倒不信这些。"绕着门面四处睃了睃，又抬头望一望，说道："今日我来给你捉鬼了。"

卢磊一请姚婶带他进了屋里，将小柿子放回床上，杨再力掌着油灯给他打亮，一间小屋，临墙一张木床，挑高开了一扇小窗，靠窗一张小桌，桌上一盏灯，一面小镜，收拾得十分干净。卢磊一让杨再力掐了灯，段长不解，仍依言拧灭了灯芯，窗外路灯斜照而入，在地上投出一个影像。

"大胖子！"小柿子已是醒了，小手指地扑到卢磊一怀里大叫，又复要哭，那地上的影子，确像个大胖子，摇摆着往床前爬。

"不哭不哭，我拿了他去。"卢磊一笑了，放了小柿子，到得屋外头，搭个凳子，抬手将檐下晒物的竹篙拔了下来，竹篙上还挂着个大簸篮，"这路灯才装几日，倒惹了祸了，婶子你再进屋看，胖子定是没了。"

路灯是今年新设的，今年湘人自办电灯公司，第一就是设路灯，衙署、学校、通衢有设，统共八十盏。小西门临着埠外码头，也设了几盏。

原是路灯投影，将竹篙与篾篮的影子投进屋里，细手大身子，不就是个大胖子，风吹篮摇，便似那胖子往床上爬，把小柿子吓得不轻。这路灯总在晚上八点钟亮，正是小柿子上床后。

"打着灯进去，影子就化了。"卢磊一轻声说，"所以婶子看不见。"

"这遭瘟鬼，吓死我了。"姚家婶子明白了，柳眉轻挑，抬头指着路灯嗔骂。

"你该去探访局，在我这儿屈才了。"杨再力在一旁笑着说，大手拍着卢磊一的肩。

"段长，再拍我有内伤了，请休半个月。"

"我寻颗石子打了那灯。"杨再力说。

"给窗户遮块布就行了，毁公物总不是警员行径。"

"你教我做事？"

"我帮您找石子，这块行不？"

二、土四客六

1

帮小柿子捉鬼后，姚婶嘴上勤了些，问的都是杨再力，她果是不知道段长是个鳏夫的。卢磊一细细跟她讲了，段长亡妻是得痨病死的，段长请遍了名医，回天无力，前岳父老刘现在还得段长照顾，给段上送伙食，三节两寿，段长也去提节。

一个月时间，卢磊一莫名其妙地又升了个一等巡警，同时，值夜的时间也多了起来，长夜无聊，还是陈二毛给卢磊一指了条道，让他去办个借书证，去图书馆借书看，消此长夜。湖南图书馆光绪三十一年末就落成了，乃时任巡抚庞鸿书所建，是大清最早的公立图书馆，杂书琳琅，算是为读书人辟了一条看世界的道路。卢磊一捡了个宝，办了证，抽空便去借书看，或俗或雅，看得极快，随借随还，《三侠五义》《西游记》《海国图志》《肘后备急方》《脉经》，七七八八地看了许多。一些书，他又看了许多遍，在看了好几遍王叔和的《脉经》后，某日值夜，卢磊一买了猪头肉，四斤十年陈谷酒，请了老蔡到段上，拜了师，给老蔡封了三元三角拜师钱。"不为伤人，为防人，有能耐也救救人。"卢磊一笑说。

老蔡是真教，认穴点穴，经脉走向，时辰不同，位置不同，细细讲解，又在墙上用炭灰虚画正反两个小人儿，点了一百零八个点，让卢磊一打锤去点。"半尺外出拳,每个点陷进墙内半寸,有小成。"老蔡说。

当值夜里,卢磊一夜夜练,连巡街都稀松了,练累了就看书。一日翻到魏源的诗,"十丈长人龙伯国,翻天覆地喷波涛"。卢磊一笑出声来。开眼看世界第一人,还信着《镜花缘》里的长人国。某日又翻着《浩愚诗钞》,是义兄陈作新推荐的,读到"一水涨喧人语外,万山青到马蹄前"。

"好啊!"他大声喝彩。

转眼入秋,朝廷禁烟愈紧,从北向南,自两江而至湖广,态势愈演愈烈。其实早在两年前,光绪三十二年九月,朝廷就发了明旨,限定十年为期,禁绝鸦片,各地还土归农。原有烟牌每年十销一,湖南循规蹈矩,照着章程走,也不见多紧张。街市上便有好事者言,这禁烟与朝廷立宪是一同发的上谕,都是预备,十年为期,天晓得十年后皇帝老爷还记得这事不?哪知朝廷这回来真的,据说抚台大人进京述职,因湖南禁烟不力还遭了申斥。回来后省内风气陡然严肃,又学那两江,开始发吸烟丸照,这是发给烟民的,凭照吸烟,也是逐年递减。一门生意逐渐由白转黑,这中间的利又增了几分。自此起,每日老陆守着小西门,巡街的事让卢磊一单干,果然朝廷一禁,走私越发猖獗,每日收获竟较从前倍增。老陆收来与他七三分,"我要赎回祖上进士第。"老陆明说了,卢磊一不单同意,还要谢他,若是他自己收,只怕抓不了那许多,他又开始相信老陆有只狗鼻子了。

陈作新对卢磊一倒是如常,在隐储学堂做着教习,每月回来一次,回来必喝一回大酒,邀卢磊一来陪,老陆得空,也一并邀着。某日让卢磊一写几笔，卢磊一是一手柳体，张登寿教习的《玄秘塔碑》等帖，陈作新不喜，教他魏碑，翻捡出一本拓印的《龙门二十品》给他，教他运笔。"运劲藏锋，意与字同。我是这个想头，你慢慢悟。"某回吃醉了，陈作新对他说。

卢磊一的想头里，这个义兄对自己是真好，茶馆的利钱，每季伙计给他送来，他虽不去茶馆，隔三岔五的，陈家侄子总差人送些上好的茶叶与茶点来给他，陈作新某次回城，还给他送来一盒子弹，说是送他练枪使的。那枪他就没怎么玩过，子弹都下了，上油也懒，无人时拿出来瞎比画，有一日没忍住，晨泳时带着游去对岸，在河西野地里放了一枪，声震山岳，惊鸟一片。

又一日，陈作新回城，邀卢磊一喝酒，卢磊一倒带了三个孩子来。

原来这日段上被码头管事送来了几个偷货的贼，三个半大小子，中间还有一个女娃。个个衣衫褴褛，不知怎的溜进二码头东仓库，那里贮着准备发往上海的新米，怕是饿急了，被巡逻的工人逮住时，兀自往嘴里塞米，噎得直瞪眼。

恰是卢磊一与陈二毛在段上，接收了人犯，一通盘问，原是兄妹三人，常德府人，家中遇灾，四月随父母乘船出外讨生活，也是信人谣言，说去上海，乘大船到外国，便有金山银山，凭着劳力，能赚到使不尽的财富。哪料行至途中，突遇大风，船翻了，父母没了，兄妹三人扒着根木板，顺流而下，在沅江上的岸。

兄妹仨姓李，草民贱字，分别唤作鲤、鲫、鲵，妹妹是个哑巴。兄妹沿街乞食，李鲤听说省城机会多，能吃口饱饭，带着弟弟妹妹一路南下，因不识路，从沅江转益阳到宁乡绕了一圈，一路上忍饥挨饿。"我去讨吃的,有钱人家打我踢我,骂我是狗。"做哥哥的愤愤道,"有的还要买我妹妹,肯给口粮的,都是和我一样的人。"

卢磊一听了也是叹气,想着给几人安排个去处。年纪半大不小了,送去育婴堂是不收了,索性便带去找兄长,兄长交游广,能给三个孩子谋条活路。

到得陈记茶馆二楼,陈作新已等久了,桌上几个空酒壶,卢磊一唤他,他迷蒙着双眼抬头看看,似浑没察觉卢磊一身后的三个孩子。"来,陪我喝酒。"陈作新指了指对桌。卢磊一只是苦笑,自己动手,桌上端下一只几乎未动的烧鸡、一盘卤肉,引着三个孩子下楼,着厨下扎实下三大碗面,炒几个鸡蛋做浇头,吃完在这儿等着,他来安顿去处。

三人听着连连点头,大哥已经动手,掰下鸡腿,给弟弟妹妹一人一个。

"几时痛饮黄龙酒,横揽江流一奠公。"再上楼,正听得陈作新言语发颤,"志未酬,身先殉,吉唐兄高义,也是痴人啊,自庚子年至今,志士之血染遍中华,几曾唤醒过麻木的国人?"

卢磊一知他在想念刘道一,陈作新也没瞒他。刘道一死后,卢磊一渐渐知道,义兄哪里是同情兄,他与陈天华、刘道一竟是一路,都属一个反清廷的组织,因着义气相投,义兄与刘道一还拜过把子。卢磊一问过,陈作新不愿多提,话里话外,也是不愿他陷到里头去,只要他安稳过日。

"买胡三铺子你还差多少?"陈作新突兀地问。

"还差小半呢,中人说,下月府里清库,价钱能降一降。"卢磊一老实说。

"就买了,缺额我来补,这类生意,就怕日久生变。"陈作新道,"开铺营业,就做茶业,金井茶我有路子,专供。我占一分利。"陈作新嘿嘿一笑,"这三人你真要帮,就都做店里伙计,叫你师父来,我出彩礼,把芬儿给定了。"

半月后,"新卢茶舍"便开了张,卢磊一执意将义兄的名头放前边,股给了三分。"一分利,谁瞧不起谁呢?是亏是赚难说,亏起来,你得替我扛着。"卢磊一如是说。

"你以为我就这茶馆一处营生?"义兄望着他,笑眯眯的,"别的没给你,是你还沾不上。"

鲤、鲫、鲵三人成了舍里伙计,账房不单请,与陈记茶馆合用,单开一份钱粮。卢磊一从姚婶家搬了出来,开张日,在庆丰楼摆酒,请了四桌客,师父一大家子从嘴方塘赶来,九将头、老蔡都在席,段里兄弟全来了,加上街坊邻舍,芬儿似主妇,指挥着李家三兄妹做事干活,师娘看在眼里,似看未来儿媳一般满意。平日足不出户的益隆行主母也来祝贺,卢磊一格外敬重些,陪着芬儿,一路扶入座。妇人年龄并不大,杏眼樱唇,穿着梅花纹月白的大襟右衽袄裙,一双小脚,风姿绰约、行止端庄,望着卢磊一的眼神中几分欣赏又有几分慈爱,家主叶绍棠倒是没来,恐仍在哪家烟馆的榻上躺着呢。连满傻子都封了五角红包,卢磊一给退了回去,满傻子生气了,"别人都收,就不收我的,看不起我。"满傻子认真说,"等下段长又扣我月俸了。"

只姚婶带着小柿子来吃席,小柿子拉着卢磊一告状:"叔叔你不住我家了。"小柿子嘟着嘴:"那个黑伯伯每天都来,来了姆妈就让我自己玩,他二人说话,我我我……不开心的咧。"

卢磊一哈哈大笑,想着段长和姚婶的喜事,怕是近了。

2

茶馆开了，值夜的事段长又循例安排了，何止循例，较之从前，少之又少，一月里满傻子值十天，其余各人分，分到卢磊一，有时就是一两日而已。半湘街上的店铺二更天关门，卢磊一不关，抽着两个门板，给蔡师傅留门。老蔡督练督得勤，段上不值夜了，便来店里教，老蔡下了本，做了个榆木拼的人偶立在后屋侧厅，身上画了穴位，让卢磊一晨午各练一次，晨击点上，午击正中，夜间亲自来看，要击在点下。卢磊一练习多日，越练越顺，身形变换，钉锤如闪，像放一挂鞭炮，一路打完，气不喘心不跳。穴位上，已经有了浅浅的凹点，老蔡却哑着酒，直摇头，"你是杜寅阶的弟子咧，巫家拳大家，最是刚猛一路，你的气劲也太小了。"他撂了酒壶，摇摇晃晃地走到木人近前，轻抬食指轻轻一按，按进木人膻中穴半寸。卢磊一看得目瞪口呆，榆木是硬木，打的家具都是硬货了，老蔡这手段，没几十年功力下不来。

偶一跟义兄说起，义兄哈哈笑，直道卢磊一捡到宝了，人家肯教，就是他的福气，点打又不是只在湘间，这恐是南边来的祖传手艺。"土四客六，长沙九门里，能人异士多了去了，广交朋友少结仇。"陈作新道，"他不害你还肯教你，是你祖坟葬得高，青烟升得早。"

土四客六，是一句行话，讲的是古长沙史上历经两次屠城，一次在元末，一次在清初，田地荒芜、村市为墟，外民迁入，造成了个土四客六约局面，本地人四成，外地人倒占了六成。"本朝初年张献忠陷浏阳，那才叫惨，全县杀得只剩潘、熊两姓，现而今的他姓，都是他州、他省迁过去的。"义兄道。

卢磊一自忖也是，合半湘街上，姚婶就是萍乡人，谢二表祖籍梅州，老彭是平江人，打铁的老丁父子是浔阳籍，连带着荒货铺老金、估衣铺刘婶、古董行何掌柜，祖上都非本地，问问段长老杨，祖上也是饶州来的，老陆才是实打实的本地人。

卢磊一不当值了，芬儿仍给他送消夜，知道他家门开着，拎着食盒打门洞里进来。芬儿不耐老蔡，因卢磊一叫他师父，无奈应酬，也难为她了，来时遇着老蔡，一份吃食，便总要分作两份，于是芬儿找着由头多弄些，想办法找补。如今可好，主母面前磊哥哥的印象除了巡警，略通文墨，就是饭量大，想来芬儿也讨厌，这些练武之人都是饭篓子，多好的吃食，都作泔水灌了，弄多少，吃多少。

段上的事加练武再加上经营生意，把卢磊一忙得团团转，又因开启了营生，原来的积蓄都做了本，囊中羞涩，提亲的事得往后移一移。几年的相处下来，从芬儿的言语中，卢磊一倒知益隆行里是主母做主，那位平日端庄不苟言笑的美妇人，卢磊一得先把她给招呼好，知她好喝茶，金井春茶的第一茬新叶送一包去，少年性起，在茶包上写了个"千红一窟"，他也看过《红楼梦》，在张师父的书斋里。那时年幼，看得懵懂，只记得贾宝玉游太虚幻境时喝的茶叫这名，芬儿回来说，主母收了茶叶，笑了好一会儿。"她说你不懂。"芬儿大眼睛忽闪忽闪，"磊哥哥，懂什么？"

卢磊一脸臊得通红，回头细想，只怕是自己用错典了，摆摆手，也不肯跟芬儿细说。又知主母爱焚香，沉香、龙涎孝敬不起，索性自己做，从前在《青烟录》上看过一种，取柑橘花，加香片，三蒸三晒，名唤朱栾香，做成香包挂着，一身爽鼻清香，送给芬儿。没几日，芬儿便挂着个香包来给卢磊一送消夜了,"太太说极好的,难为你有心了,教我做了两个香包,太太那个自己戴着,剩下的,要托人碾碎了加料做成燃香呢。"

"没给叶掌柜做一个?"卢磊一诧异道。

"老爷已经够香的了。"芬儿瞪着眼睛说,"太太说的,一身的鸦片香,什么香囊也遮不了那个味啊。"

某日夜里,老蔡没来,芬儿来送消夜,开了食盒,这夜的消夜是碗干拌面,猪油做底,浇了酱油,撒了葱花,兀自热气腾腾,旁边一小碗现炒的浇头,浇头另拿碗盛,谓之过桥,是碗椒蒜爆猪肝,卢磊一将浇头倒进面碗,一通搅,大口吸,猪肝又嫩又鲜,蒜辣攀着椒辣再度提味,油脂裹着的面条甜香糯软,与酱油的咸鲜交相辉映,一海碗面条,三扒两扒下了肚,额上的汗便下来了。芬儿扯了襟上的手帕给他擦汗,衣袖一拂间,一缕清香拂面,那是香囊的香味带着少女的体香。"芬儿。"卢磊一一愣怔,一把攥住了芬儿的手,按着她坐下,望着芬儿好奇又懵懂的眼睛,"我请师父出面,下聘娶你,你愿意吗?"

芬儿脸涨得通红:"哎呀,磊哥哥你干什么啊。"她甩了卢磊一的手,立起身,逃出门去,连食盒都没有拿。

卢磊一没有起身,在桌前愣坐了半晌,心犹自扑通直跳,仿佛把木人点穴练上十来遍,精疲力竭。坐到后来,他终于想明白,今日只怕是孟浪了,他有些心灰意冷,桌前的冷茶拎起,灌下半壶,终于起了身,走出门去。

天朗月清,半湘街上犹自黑黢黢的,南风拂面,抚慰不了他内心的失落与怅然。远处传来幽幽的摇铃声,不知道是什么夜宵摊子过来了,虽然刚吃下一碗拌面,但卢磊一很想再吃点,他立在街上,等摊子过来,却没料那挑子在远处鸦片烟馆门口停下,灯笼下,摊主从挑子里掏出一包物事,进了鸦片烟馆。

3

那夜夜宵摊主进了鸦片馆,卢磊一随后便进去了,馆里主事倒光棍,反正每月月敬也给了,不必隐瞒,直道那人是来送鸦片,私货,货真,还比别家有字头的私货便宜,现银结算,不问来路。店家也是个避嫌的意思,开鸦片馆的背后都有靠山,不沾惹是非也不怕是非。

想着这一片暗处买卖归宝庆帮,寻老蔡问问。"夜宵这种营生,能赚几个钱?养家糊口将将够,我们不抽利的。"老蔡如是说,"运鸦片帮里有专门的人,没听说让送消夜的沾手啊。"

"要真是,可抢了我们宝庆帮的利了。"老蔡哈哈大笑。

无须卢磊一再查,老蔡将消息告诉姚瘸子,几日后深夜,一个卖夜宵油炸货的小贩便被宝庆帮的暗哨拿住了,盛碗的挑子里摸出一坨鸦片,有半斤重,拷问之下,供出是半湘街清道夫老文头给的,约定送一次货两百文。这老文头有目翳,看人看物都迷蒙,有个远亲在善化县衙办差,转折给他寻了个扫街的差事,在这条街上已有五年,直说这事是三年前起的头,一个半大小子寻着他,声音稚嫩,尖又细,说送一桩富贵给他,先帮他们寻鸦片买家,此后每月送几次货,无论贩售几何,他得四百文。送货那日,会有人提醒,货会在关城门前,放在德胜街与半湘街口"敬惜字纸"的竹篮里。"敬惜字纸"竹篮,再寻常不过的摆设,每个街口都有一个,供人将带字的纸投入,俗语有云,"救千字可增一年寿元",谁又想得到,这处竟能做土膏中转。货不多,每次一斤或半斤,都是上等云土,寻常私货售价也需四两,降两成售卖,自有人买。

姚瘩子循着关城门的线索,顺藤摸瓜,疑是码头上的脚夫带进来的,事就大了。都知道九将头不碰鸦片,为避嫌,码头上的活儿唯去鸦片馆的不接,不知别处如何,九将头治下的脚夫,是看见鸦片馆都要绕着走的,如今一条线攀扯出脚夫行,不得已,宝庆帮也得问上一问了。

是老蔡让卢磊一牵的线,请来的九将头,卢磊一没有绕开老陆,原委都与他说了,二人做中人,邀约九将头与姚瘩子在卢磊一的茶舍见的面,也是夜间,老陆许诺谈完将九将头送出城,二位事主都是单刀赴会,老蔡为避嫌,不参与,依旧上街敲更。卢磊一总算看清楚姚瘩子,戴顶瓜皮帽,长衫马褂,魁伟身材,国字脸,若不是腮边一颗大瘩子,实属相貌堂堂。九将头依旧苦力打扮,敞着怀,灯下脸上两条疤,一挑一挑的,似在诉说江湖旧事。

九将头坚称脚夫行里不贩鸦片,翻来覆去地说。

姚瘩子一开口,竟是一口女腔,话没说得几句,兰花指倒翘起来了,他管九将头叫哥。"廖哥仁义是街上都传着的,您说不碰的东西,肯定是不碰的,可管不住下边人,就是您的不是啦。"尾音上提,竟似唱戏一般,虽然老蔡叮嘱过,卢磊一仍旧一口气没有憋住,扑哧一声。

老陆使劲地咳,九将头转脸看向卢磊一,脸上两条刀疤都快连上了,他也在憋着。

正僵着,身后传来脆脆的喊声:"磊哥哥,夫人同意了咧,说要得,不要聘。"芬儿从门缝里迈入,拎着个大食盒,低头倾身,不胜其力。"这两日她在佛前打了无数卦,总是问我,是不是真想跟你啊,我说我不想呢,可想来想去,还是我照顾你好些呢。"芬儿自说自话,言语里带着长沙妹子的矜持与娇羞,浑没察觉这屋内有许多人。

室内沉寂无声,灯影下的众人,目瞪口呆。

直到芬儿走到近前,一抬头,哎呀一声喊,食盒哐当落了地,反身就跑。卢磊一追出门外,心里已经乐开了花,也不避讳了,牵着手将她拉了回来。

"这是我徒弟,先办这件事?"老陆早已起了身,笑眯眯地望着二人。

姚瘩子也起了身,兰花指一指九将头:"这是我师侄,今日见喜了,咱俩的事以后再说。"

九将头也起了身,讪讪道:"我倒想有这么个徒弟,还是杜师父眼睛毒。"眼神瞥了瞥老陆,"我是说杜先生,你不过是他行里的带新师傅。"

老陆不以为忤,转头向卢磊一嗔道:"弄几斤酒来啊,还要教啊。"

卢磊一转头就跑,被芬儿抓住:"磊哥哥你去哪儿?"

"我去义兄那儿搞酒,那窖就在陈记茶馆里,还有好多坛呢。"卢磊一心都要跳出腔子了,强作镇定。

"大哥我跟你一起去吧。"黑壮的李鲤站在天井处,"搬货哪要你动手。"

芬儿的食盒上了桌,姚瘩子打开来,一笼烧卖,一笼蒸饺,一大盆甜酒汤圆,一碟荷包蛋,加一碗剁椒白菜,捂嘴惊叫:"真把你当姑爷待呢。"

姚瘩子布了筷,三人开吃。"芬儿你帮我招呼着。"卢磊一不待她回应,闪出门去,但觉路都亮了几分,着李鲤去喊老蔡,有好酒可不能忘了孝敬师父，自去陈记茶馆，敲开门，寻了掌柜，要十斤陈酒，嘱咐酒钱从分红里扣。

待拿着酒回来，老蔡已经巴巴地坐在桌边望着了，看到卢磊一手上的坛子，腾地起身，似喉咙里要伸出手来，欢天喜地地接过去。

芬儿在厨下，唤了李鲵打下手，寻着食材做下酒菜，俨然女主人，半是懵懂半是懂，知道这些酒癫子今夜有番折腾，炒了个剁椒鸡蛋，梁上扯下一根腊肠，正待略一过沸水，弄个炒腊肠。鲵儿正在削莴笋，可以做个清炒莴笋丝，卢磊一进了厨下，芬儿回头看他："磊哥哥，你去陪客人吧。"竟如自家一般。卢磊一吐了吐舌，俏皮道："辛苦你了。"

芬儿鼻子里哧了一声，稔熟地在厨间穿梭，呀的一声尖呼，手上一个纸包打开，细眉上挑，喜上眉梢。"还有皮蛋呢。"芬儿回头唤着李鲵，"来烧几个青椒，剥点椒，又是个菜。"

皮蛋摆在灶上，包纸要扔进灶膛里，被卢磊一唤住了，"别扔，上头有字。"

卢磊一打开那纸，踅向堂屋，走进亮处，才看清楚，那是一首清宫词，书上撕下的一页，"承恩长在上书房，四库全书访问忙。每日一囊金豆子，百僚车马避中堂。"看着好笑，见众人正喝得起劲，轻轻撂在桌上。"徒儿这是啥？我不识字。"老蔡酒劲上头，夹着一个蒸饺往嘴里塞。

"我认得不多，就不丢丑了。"姚瘪子举着杯，细声细语，与九将头碰杯，"你呢？"

"不认得，我只认得钱。"九将头一口干了，扭头望着老陆，"老陆认得。磊伢子也认得吧。"

老陆轻轻一笑，拈起那张纸，看了看，笑道："是一首诗，讲的是本朝名相于敏中每日行贿太监打探皇帝老爷日常的事。哪儿来的?"

"包皮蛋的。"卢磊一答道。

"呀,还有皮蛋。"姚瘄子的兰花指又翘起来了,声调上飘,自顾又饮了一杯。

"芬儿在烧辣椒,给你们做烧辣椒皮蛋。"卢磊一笑道。

三、江水滔滔

1

姚痞子与九将头商量妥当，一切在悄无声息中进行。扫街的老文头依旧做着送货生意，"敬惜字纸"篮里取出的烟土不卖鸦片馆，直接交到姚痞子手上，银钱现结，姚痞子派出了手下弟兄，盯着梢，每日与九将头互通消息，一张大网悄然收拢。

而卢磊一这边，陈作新已经得了信，请了几日假回来了一趟，出钱又出力，陪着卢磊一准备聘礼。好巧不巧，文师父张登寿回省述职，正遇他的师父王闿运入京做翰林院侍读，索性向抚台衙门告了假，要帮王先生准备进京事宜。暂在长沙，知道了卢磊一要下聘的事，也是开心，大包大揽了说合事宜。到了最后，竟是文武师父一齐，老陆、义兄随行，领着卢磊一上门提亲。杜师父自从上次与卢磊一放了话，诸事不管，此番果然就不管了，再不提卖田事，让卢磊一自己操持，他便说做个甩手掌柜，只管礼节上的应对。

益隆行里也做大事办，在门口放了一挂千响满地红迎着几人进屋，卢磊一领了鲤、鲫二兄弟将聘礼陆续挑入，药王街的绸缎两匹，一匹天青兰字纹，一匹滴翠竹字纹，又有永泰金号的金银饰，锦盒装的一对金镯。一只银塑坐莲观音，一支金镶玉头簪。一对酸枝木红大衣箱，又有琳琅吃食、点心，这些大部分是义兄陈作新的手笔，文师父赠了十元钱，并请自己的师父画了一幅中堂，还是杜师父光棍，果然一个光人来的，啥都没给徒儿预备。

众人在堂屋叙礼看座。芬儿红着脸出来布了一轮茶，又躲进了里间。

"各位看重，承情、承情。"益隆行家主叶绍棠破天荒地整饬一新，恭陪各位，只脸上烟色不减，打着揖，"这哪是要聘我家丫头，给我女儿下聘也不过如此。"

"我就是将她作妹妹待的。"屋后传来夫人的话音，众人皆笑。

"既知来意，不知道绍棠兄意下如何？"张师父拱手道。

"不敢不敢。"叶绍棠斜签子坐着回礼，欲待要说。

"我们自是同意的。"夫人的话又起了。

有人代答，叶绍棠索性便不说了，连连点头。

接下来，便是合八字。八字张师父会看，细细合一遍，八个里合了七个，坐实了好姻缘。再定婚期，一些细节交换着说，陈作新、老陆在一旁间或插一两句，查漏补缺，不决处，屋后的主母悠悠地飘出一句话来，便定了。唯杜师父做了个闭口弥勒，一句话不插，乖乖地坐了个上首，一脸笑，时不时地呷一口茶。

该定的都定妥当，叶绍棠烟瘾早已经上来了，实在没精神，说什么都唯唯，婚期定在五月十五，夏至之前，辛丑日，宜嫁娶。尚有一个多月的时间。

谈完，主家留饭，叶绍棠已十足不耐，道了声乏，奔烟馆去了。芬儿倒整了一桌酒席，叶夫人不上桌，无法，只得央了老陆代为陪席，倒成了个自己人陪自己人的局面，杜师父喜喝两口，陈作新作陪，吃完，散了。

定了亲后，某一日夜里，卢磊一当值。今年雨多，淅淅沥沥没完没了，签房里灯影悠悠，卢磊一对着墙上人物图打完一趟穴，坐在桌前歇息，翻着书来看。

"磊哥哥。"门口传来了芬儿的叫唤声，她拎着个小食盒，轻盈盈地迈了进来。

往热天走了，夹袄不必穿了，芬儿着一件琵琶襟翠色碎花裙，黑套裤下一双天足。食盒蹾上桌面，打开盖，里头端出一碗甜酒汤圆，兀自冒着热气。

卢磊一舀了一勺汤，沁甜，带着淡淡的酒香，又吃了一颗汤圆，芝麻馅的，馅心滚烫，烫得他直吸气。芬儿支着颐看着他吃，到此也是扑哧一笑："你慢点吃。"

"夫人说，我跟了你，就是你的人了。"芬儿天真道，"可我是我自己的啊，我病了，你也不能代我病啊，对不对？"

"你病了，我会心疼的。"卢磊一道。

芬儿愣了愣，脸上泛起了红晕："夫人也心疼。"

半晌静默，窗外的雨声滴滴答答，一盏油灯的暖光，隔绝了周遭的萧索。

"夫人说下的聘都给我们呢。"芬儿望着卢磊一，忽闪着大眼睛，抿着嘴，轻轻说，"磊哥哥你去退了吧，知道你借了钱，要把我聘得风光些。我心里欢喜的，可那些金首饰，贵死了，我不戴的。"

2

四月底，卢磊一送张师父远行，他要随王先生一路进京。

也是那月底的某个二更天，快关城门时，几个宝庆帮众在德胜街与半湘街口捉住了一个往"敬惜字纸"篮底下塞东西的脚夫。一群脚夫拥上去对打，正被卢磊一撞见，挤上前去，揪着辫子三扯两拽分开了，又喝了几声，街面上都识得他，止了一场架，再看那被拿住的脚夫，竟是秤砣。

"盯了好多天了，就是他，卖鸦片。"宝庆帮众为首指认，扬了扬手，手上一块油纸包的货品，不是鸦片是什么，看那分量，足有大半斤。

刚刚帮忙的脚夫们都是一愣，不作声了，都知道九将头的规矩。便有人回去报信。

卢磊一着人去叫姚瘪子与老陆，带几个宝庆帮众押着秤砣往码头上去，秤砣一脸血污，一声不吭。

天断了黑，江风凛冽，九将头棚子里的一炉火烧得旺，宝庆帮的几位弟兄把人交给他就远远地站着了。秤砣跪在棚前，周围立着一圈九将头的弟子，九将头没有看秤砣，自顾烧水、沏茶，与卢磊一对饮。

"我竟想不到是他。"九将头道。

"赚点活钱而已。"卢磊一摇了摇头，"每月的数不多，半斤一斤的，撑死了几两银。"

"可坏了规矩。"九将头摇头道，"再说，不少了，一两银，贫苦人家一月的开销。自到长沙起，米价最高也就七十文一升，陈米减半，一月算他四两银，一两银如今市价二千八百文，你帮我算算，能喂饱多少人？"

"这些孩子，都是苦惯了的，快饿死了，投奔的我。我收了，如今吃饱了，动了别的想头？"九将头苦笑，"我还给他们月钱，虽比不得你们宫家，每月也是实打实的一块银圆，为头的翻倍，秤砣，我给的三倍，就为他老实肯干。他是我江边上捡的，两岁了，得了肝病，一身橘黄，被家里人丢掉的。"

九将头话语平缓，声音不低不高，想来棚前的秤砣听在耳里了。

卢磊一倒讷讷无言，他是进过蒙养院的，那两年每日喝粥，礼拜日有馒头，也是杂粮的，粥里面有谷壳，还有老鼠屎，拈出来扔掉，粥照喝，饿的滋味他尝过。圣诞日，为邻班的孩子抢了他的半个馒头，那孩子比他高半个头，小小的卢磊一擎着那孩子手臂，一力阻止他将馒头塞嘴里，最后，竟借着对方拗手腕的势，滚进他怀里，弓步沉身，过肩摔，将那大孩子摔在地上，哇哇大哭，他却扑上去，捡起掉在地上的半个馒头，顾不得脏，几口吞下，吃得直打噎。

秤砣开始哭了，初时轻，转而号啕，无人理会。

"学好须千日，学坏一日足。"九将头兀自喝了一口茶，"这门生意，只怕从药罐子就传起，听老文头说的那人，声音尖又厉，似没开嗓，不就是药罐子吗？"

姚瘸子与老陆赶来时，已过二更天，城门关了，怕是老陆喊开的。随行的还有老蔡，拎着个灯笼，拿着打更的竹筒跟在后头。

人赃并获，审也无须审。姚瘸子因了那场酒，与九将头亲热了几分，直言九将头若有家法，他不干预，每月损益不多，九将头治下不严，略加惩处便是了。

"打几十棍？"姚瘸子轻翘兰花指，拈起一杯茶，吹着喝，"再了不得，挑只脚筋，只管束得紧些，莫再碰这个营生。"

九将头哈哈笑，立起身来，阴恻恻地望着众人，踱着步子，碎碎念着："帮规不运土膏，规矩不可废。"

"那还不是你定的。"老蔡拿着梆子站在棚外，不耐地嗤道。

"定了就不能改。"九将头一声呼喝，凭空里一阵呼哨，众人尽皆一惊，但见老蔡快如闪电地一拽一拉，将跪在地上的秤砣身子拉偏，九将头的反手钉拳风一般从他头旁扫过。

"不至于。"老蔡说。

"是条命咧，哥唉。"姚痦子也劝，呷着嘴，"你帮里的规矩真是。"

"你叫我送的，打药罐子走了起，李满根也是你杀的，就为他不肯。"秤砣也似醒了，大声喊道。

众人都愣了。"果真？"姚痦子四下环顾。

"讲噻！"老陆跳起了脚。

九将头铁青着脸，抢上前来，又要拉秤砣。老蔡悄没声地侧旁贴近，一伸手，搭上了他的胸，九将头轰然倒地。

九将头竟起不得身，挣扎着道："我几时贩过鸦片了？"

"既有人举发，就听一听。"姚痦子哧地一笑，女腔里竟带出几分阴森，"门徒贩私，是你治下不严，我们想管也有限。如今竟攀出你来，那便是两帮争利，不得已，我宝庆帮得要问一问了。"说罢，姚痦子一指众脚夫，面露狰狞，"知情的都说说吧。"

人群里果真挤出几名脚夫，竟都是码头上的熟脸，向老陆指认，"就是他让送的。"

"不单下河街，半城内各街都送，一为货好，二为便宜。"一个瘦瘦的龅牙脸一脸精明地振振有词，"这营生有几年了，师父谨慎些，货调得少，这钱就一路赚下来了。"

"看来是坐实了。"老陆阴恻恻地笑,"还有谁,今日索性都来举发。"

人群中又挤出几人,与龅牙脸的供词别无二致。

余下人等,再无举首,都是一脸讶异,实不敢相信,立了规矩的师父居然贩卖鸦片。

秤砣已经被人扶起,目光呆滞地只是呜咽。

姚痦子扑哧一笑:"就是这些人了?"

老蔡踢了踢九将头:"还不快起来,装得倒像。"

"你手也没个轻重,真疼。"九将头讪笑着,从地上爬起,"一出苦肉计,又没让你真伤我。"

"拿了。"九将头指着一众出首的脚夫。几名徒弟先出的手,龅牙脸一见势头不妙,便待要跑,被卢磊一挡住,当胸一拳,打得他躬身倒地 其余的脚夫此刻似得了令,一拥而上。

只秤砣力大,五六个脚夫按不住,老蔡闪在身后,出指如电,点在肩胛下方,秤砣轰然扑倒。

3

夜已近四更天,卢磊一又在店后侧厢打起了木人,老蔡在一旁立着,不时指点几句。姚痦子也在,默默地看,一趟下来,才对着老蔡惊呼:"老不死的,终于肯教了,他倒是得了你的真传。"

"拳授有缘人,这是师父的训,我领会得。"老蔡一嗤,不屑地说道,"你呢?开门授徒,什么人都教。"

"我留着手的。"姚痦子捂着嘴笑。

"我不留。"老蔡道。

"师侄得了我师兄真传，索性入了我们山堂吧。"姚瘆子走过来牵卢磊一的手。

"练完了就出来，菜上桌了。"老陆在门外喊着。

"九将头不是还没来吗?"众人往堂屋走，姚瘆子期期艾艾地说。

"先喝着，边吃边等。"老蔡抿着嘴，吸着鼻子，闻着空气中若有若无的酒香。

今儿是李鲲下厨。芬儿几日没来了，怕是定了亲，懂事了，女孩家家害羞，几步之遥，咫尺不得见。

李鲲在厨下也是一把好手，码头上带回的一条大草鱼，从拾掇到上桌，不过一会儿工夫。做的是一大碗水煮鱼片，热气腾腾，红的干椒罩满了碗，去骨片得薄薄的嫩白鱼片在其中浮沉，若隐若现，似初春时分，红梅林中的点点残雪。搛一筷子入口，又嫩又鲜又滑，入口即化。老蔡连声叫好，连搛两筷子，喝下一杯酒，一脸惬意。

九将头是五更天来的，城门已经开了。进得店来，桌上只剩残羹冷炙，李鲲妹子倒是机灵，一直守在厨下，闻得客来，下了几碗面条，权作早餐，端将出来。

九将头倒是不拘，闷头坐下，咕嘟咕嘟喝下一大碗酒，又倒上一碗喝下。又吃面，众人陪坐，看他做派，一时沉默。

"今日行家法了。"半晌，九将头才沉声道。

九将头用了刑，秤砣初时死扛，龅牙脸先招的，原来这贩鸦片是几年前药罐子起的头，初时只药罐子、秤砣、龅牙脸三人，货品来路是药罐子寻的。那两个酒癫子的死，并非小孩子捉弄，而是惩罚。原来初时不单老文头，他们还让酒癫子二人送鸦片，酒癫子老误事，药罐子让秤砣教训教训他俩，谁知秤砣直接将二人绑在驳船上。

药罐子死后，秤砣便接了这营生，逐渐扩大，招揽了一帮兄弟，做得谨慎，除了半湘街与下河街，有意避开善化县境，向北逐渐发展到小半个北城。每条街上都有接应人，每次供货不多，多是半斤，一点小营生，湮没在如海的烟馆中，竟然经营了三四年不被察觉。

"与他同谋的见遮不住了，才纷纷举发。"九将头搓着脸，一脸颓丧，只是叹，"连满根都是秤砣杀的，满根发现了他运鸦片，要举发，被他诱到日清码头杀了。那才几分利啊，要下这般杀手。"

"我当初也看走了眼。"老陆闷声道，举着杯赔罪，"当初只道这秤砣是个蠢笨人，不知轻重才给药罐子当了帮凶。"

"精明才藏得深，不知轻重倒是确凿，当初收秤砣为徒，把他放在身边，也是想看一看的意思，平日做事倒十分规矩，待人仍是一副不知拐弯的憨相，谁料得到呢？"九将头举杯与老陆一碰，一口饮下，"江湖上混，背后得长眼啊。"

"秤砣如何处置的？"卢磊一忍不住问道。

九将头扭头看他，摇了摇头，自顾喝酒。

"你不会想知道的。"姚痞子一笑，翘着兰花指，拈着酒盅一饮而尽。

太阳出来了，街市上又是一片热闹祥和，码头上也是一般景象，货船上下货，客船上下客，人潮汹涌，成群的脚夫在人群里穿梭，招揽着生意。没有人知道昨天夜里，这里发生过什么，湘江水滚滚向东，洗净一切糟污与黑暗。

又一日夜间，轮到卢磊一当值。昏黄的油灯下，他又看起了王叔和的《脉经》，与老蔡的点打倒有许多相通之处，卢磊一心想着，几时找文运街的常医生拜师学一学针灸，也不知道他肯不肯教。正想着，芬儿迈了进来，这次倒没有提食盒，拎着个小纸包，笑嘻嘻地走到跟前，翠色的衣衫衬着张粉嫩的小脸。"磊哥哥，我来看你。"小妮子有些忸怩，"太太说定了亲了，就等着出阁，别像个疯丫头似的，天天往你这里跑。"

"那你又来？"卢磊一心下开心，还是忍不住调侃。

"我想磊哥哥了啊。"小妮子垂着头，轻拍了拍卢磊一。

夜已深，门内望出去，漆黑一片。空中只有风声，连老蔡的梆子声都听不见，摇铃、摇拨浪鼓卖消夜的货担也一并匿了声踪。

芬儿打开纸包，是一包结麻花，"今天去马复胜买的，太太想吃了，我便给你拿些来尝尝。"

卢磊一拈起就吃，嚼得嘎嘣脆响，芬儿坐在一旁，支着颐斜头看着他吃，两眼盈盈的笑意。卢磊一后来想，这便是那个时日里，最值得念想的一出。

浮梁店主人言：光绪三十四年，我和芬儿成了亲。席在庆丰楼摆的，来的人客多，摆不下，在自家店里还开了几桌。宗子姐姐闻说我成婚，差何大方亲自来送上贺礼，一对玉壶春瓶，釉下粉彩并蒂莲花，她果然是不来长沙了。婚后第二天，我请了师父一家带着芬儿去照了一张相，就在药王街上的镜蓉室照相馆，闻说那是光绪元年始建的老相馆，可一家人都没见过相匣子，没有人笑，大师兄骇得汗都滴下来了。

芬儿做了新卢茶舍的当家，倒把店里整饬得井井有条，三兄妹都服她管，生意蒸蒸日上，日子过得有兴头。我的文师父回来过一趟，他得了三先生的保荐，要去山西沁县做知县，我求他做中人，具帖想拜文运街的常医生为师，被婉拒了。

点打功夫仍旧练着，榆木人偶上尽是深深浅浅的小坑，老蔡仍说我气劲不足、功力不够。段长与姚婶的姻缘到了，本拟年末成婚，谁料到了年末，皇上崩了，太后薨了，举国哀丧，婚期只得延后。段长想先住到姚婶家去，姚婶不肯，且得等。

"官家规矩多，百姓日子还得过。"段长某天到我家来喝酒，醉后发牢骚，"没成亲，她连手都不让我摸。"

我听得想笑笑不得，芬儿端汤上来，扑哧一声，手没端稳，汤洒了。彼时，芬儿已经有孕了，五个月，显怀了。

第七章：悲风沥沥人间苦

浮梁店主人言：浮梁店里有好茶，好茶招待有缘人。我是卢磊一，一个被阎罗王忘了的人。

前番说到光绪三十四年，我与芬儿结了婚，婚后但觉年月向好，巡警做着，茶舍开着，街面上蹚得开，家中也安好。新卢茶舍开时，半湘街与德胜街口摆摊算卦的洪瞎子特特送了一张百解消灾符，帮我贴在堂屋门楣，讨了九角银去。我笑他："竟不知你是正一派龙虎宗的，一向失敬了。"

"敢住凶宅，你也是厉害角色。"洪瞎子也笑，索性再跳到天井，左手掐指变幻，念念有词，对空虚画，又瞬间收了，转头向我，嘻嘻笑着："平素与你要好，再送一套月君诀，驱邪化煞，保家宅平安。"洪瞎子并不瞎，学人戴了副墨晶眼镜充瞎子，近身一股墨臭，那眼镜竟是用墨涂黑的。

婚后，芬儿仍时常往益隆行里跑，我也不拘她。她初通人事，一颗心依旧懵懂童真，没一点主母的架子，鲤、鲫、鲵三人都敬她，我也是喜欢的。芬儿好吃零食，身上总带着紫苏梅、腌姜丝、清凉糕一应小食，油纸包着，时不时拿出来掂着吃，吃起来啧啧的，眼睛微眯，一脸满足。有孕后，不许她吃姜丝了，她还不高兴，嘟着嘴生我的气。

某日，芬儿从益隆行里回家，拉着我到里屋，小心翼翼地从怀里掏出个翡翠玉牌，"太太给我的，说是我娘的遗物。"芬儿咋着舌，一脸慌张，半晌，又蹙着眉，"我没有娘，是太太家养大我的。"

我知芬儿是孤儿，两三岁被主母家收留，做了个家养丫头。如今竟平白地有了一件家传遗物。接过那牌来看，金纽金链做吊，碧绿的一只平安无事牌，顶上的浓翠里雕了两只蝙蝠，簇拥着一个足金錾嵌的心印万字符，手工极精致。

芬儿孝顺，不单对家主太太，对师父家亦是如此，心里总惦念着，每月总安排些粮油、家用送去。初时自己去，大脚丫头，活儿做惯了，几十斤的物件背上就走。后来有了孕，也闲不住，着李鲤背着礼，陪她一起去探亲。因跟公婆亲，也信了教，又拉着主母和店里三兄妹一齐皈依了，鲤、鲫、鲵三人还随她受了洗，只主母不肯，道她还信菩萨，七七八八信一堆，受了洗，怕其他神佛不开心。自此，芬儿每个礼拜日去城北基督堂做礼拜，风雨无阻。

这几年里，半托关系半使钱，我已翻遍长沙卢姓户籍，私下探访，竟无一户对得上。夜来烦闷，刚结完婚那会儿，每当夜值便喊老蔡喝酒，某日说起此事，老蔡一拍桌子："蠢宝，何不找我们，宝庆帮门徒遍省，寻个人，岂不比官家容易？"

官面上便是官想头，我竟没想到用这一层关系，凭一己之力瞎折腾，钻了个死胡同。唉，好歹是穷途有路，暗处有光。都是上帝的安排。

接着来说卢磊一的故事吧，他之当下，是我的过往，今天的我看昨日的他，竟如隔着雾几重，雨几重。

一、开年大吉

1

宣统元年（1909），大赦天下。

年前，在外游历近半年的义兄陈作新回来了，要运作关系，重回行伍上去，卢磊一笑他，这做官的心到底太热切。陈作新不以为忤，还带了个行伍中的兄弟到新卢茶舍做客，那人比义兄小着年纪，官阶倒在义兄之上，面黑、矮壮，行止官架十足，喝了酒好吹牛。"兄弟当年在日本的时候。"这是口头禅，开口闭口都是省内大员，风评秘辛张口就来，宛如民间吏部。"岑大人与庄老有隙，也难怪，岑大人是大名鼎鼎的西林岑氏，荫生出身，靠父兄保举平步青云，实绩不可看。庄老可不同，诗礼传家，虽不是两榜出身，能得丁宝桢举荐，实有大才，经营湖南数十年，刚正不阿，又谨守清贫，有庄青天的美誉。此二人神仙打架，我辈照例两不相帮。"卢磊一听得肺胀，晓得的知他是吹牛，不晓得的还以为今日新卢茶舍迎贵人，招待了提督将军。此人姓梅，通报台甫时架子大，竟似鼻里哼出来的，卢磊一隐约听了两个字，似是"馥彰"。听他这套说辞，说的怕是如今的巡抚岑春蓂与藩台庄赓良了。是的，当初让段长吃了瘪的臬台庄大人，而今任了藩台了，正三品的按察使到从二品的布政使，这是升了官了，离抚台一步之遥。看义兄在一旁微笑着卢磊一再厌也压下了，打叠着精神奉陪，看桌上空了盘，又叫来李着她再下厨炒个下酒菜。

"而今我们不寻他们，寻的是畏公，湖湘三公子的名号可不是吹的，他出面，合省上下都要给几分薄面。我与他有旧，且帮你说合，官复原职是包定了。"梅大人一拍胸脯，力用大了，咳出一口青痰，撇嘴吐了。

芬儿恰走出厢房，一眼撞见，皱着眉，又反身进去了。

那日陈作新送梅大人走，卢磊一跟着，兄弟二人送出门外，叫来的包车已等久了，卢磊一上前先结了车钱，反身见二人正推搡。"而今我与尔做兄弟，不必如此见外。"梅大人高声喊着。义兄笑嘻嘻地："承了你的情，借你的路子，总不能叫你贴钱。"义兄个高，手中一个布包穿过梅大人虚虚挥舞的手，稳稳地塞进梅大人怀里。"见外了，见外了。"梅大人高声唤着，停了挣扎，东西既已入怀，再无还回之理，自顾上了车，一拱手，告辞。

回来卢磊一问陈作新，这梅大人什么来头。"梅馨，留日陆军学员，陆军部考选上等，回省待选，场面上蹚得开，又拜在谭延闿门下，就是他口中的畏公。这谭延闿进士出身，其父曾为两广总督，省内经营积年，畏公翰林院散馆后回湖南办学，实为立宪派领袖，督抚都要给些面子的。这回你哥哥回行伍，要靠他帮忙。"陈作新摸着头，"要回营不容易啊，两根金条。再扰你一餐饭。"

送走了义兄，回到茶馆，芬儿正在床前抱着个桶吐。"磊哥哥你莫再和那人玩了，看他的邋遢相，我就反酸。"芬儿瞪着大眼，可怜兮兮。

也是在年前，腊八过后，药王街上郑盛和绸缎庄陆二掌柜被发现浮尸在南城西湖码头边河道里。此处有些三不管，光绪三十四年，长沙府设巡警道，首任道台赖承裕。新衙门不单管合府警力，更兼管着全城的消防、卫生、街市清查、协收厘捐，在卢磊一等人看来，不过多几个领头的官，多几条派差的线。而府内又重新划治，原有六区六个分局，改成七个警务公所，新设水陆洲公所，管着水陆洲及江面治安并收船捐。这西湖码头，恰是卢磊一所在的西区公所与南城外头的外南区公所交界，重新划治时以南城墙为界，唯此处没点明归属，两头你推我、我推你，便都不派员巡防。

此案两头不管，水警管了，因不熟悉地方，请小西门警段协办，道西湖码头大部分还是在南城墙以北，西区公所要多些担当。命令由所里下到段上，杨再力着老陆带着卢磊一去办差，到得西湖码头，浮尸已经捞到岸上，尚未泡发，双目发灰，面有瘀青，手上死死握着一把小插。卢磊一去过绸缎庄几次，认出来了这具尸体竟是见人团脸笑的陆掌柜，平素生意上最是和善的一个人，此刻是笑不出来了。收尸人装殓时，陆掌柜竟似个鼻涕虫，浑身没骨头似的。仵作验尸，居然背脊骨寸断，坐实杀人命案了。

药王街是西牌楼警段所辖，共属一个公所，理该共同踏勘，走访查实便交由西牌楼警段警员处置。几日后合议案情，该段警员说陆二掌柜原是澧州人，来长沙已二十年，十八岁来的，从学徒做到二掌柜，待人接物最是和气的一个人，素无仇家。自此案件陷入僵局，幸好是水警管，没定捕期，否则小西门警段合段要受罚了。确凿如此，若是在段内，按警务章程，"以事发报官之日起，限定捕期，限期捕办"，逾期是要杖责、罚饷的。

不久过年了，卢磊一没有回嘴方塘，在半湘街上过除夕。这是师娘的主意，购新屋是置宝业，又成了亲，这个新家，过年空置可不行，得热热闹闹地过，除夕夜里供三牲谢神，关财门，初一摆三牲请神、开财门。各路神仙都请到，这个家就旺了。为凑人头，师娘留大师兄在家团年，把二师兄和三师兄两家都派了过来，妯娌们铺床铺被，叽喳地聊，店里敞了门，孩子们在街道上放烟花，卢磊一叫李鲤督着，盯紧些，莫被焰火燎着了。

李鲤派出去了，除夕合省歇业，唯公差不休，小西门段上，仍派警员值守，段长的脾性，自是派的满傻子。卢磊一心下不忍，带着李鲤去顶替了他。

"你是好人哪。"满傻子千恩万谢。

"过年好啊，快回去吧。"卢磊一拱手，笑嘻嘻地说。

"你开店、成亲，我都上了礼咧。"满傻子慢腾腾地往段外走，一边嘴里絮叨着，"你记得不？"

"我退给你啊。"卢磊一恼了。

"我不敢要啊。"满傻子诚恳地说。

送完满傻子，卢磊一回身一看，李鲤不说话，规规矩矩坐在桌前，侧身低头，手指抠着砖缝，憋着笑呢。

卢磊一平素没架子，管人也稀松，三兄妹都不怕他，卢磊一怒目一睁，倒比不上芬儿的柳眉轻蹙。李鲤十六岁，不过多半年时间，那个河边仓库盗粮的黑瘦少年居然噌噌长个儿，人白净了许多，还发了腮。

"开席了唤你。"卢磊一讪讪地走出去了。

卢磊一过了小西门，上了下河街，穿金线巷，进了太傅里。走到一处民居立住，敲了敲门，屋内无声，再敲，屋里传来一阵汹涌的咳嗽声。"走哪，去团年。"卢磊一没好气地喊着。

"你那些师兄在，我不好意思。"屋里传来闷闷的声音。

"你去了，他们不喊你师叔，也喊你一声叔。"卢磊一皱着眉咂着嘴，"都是子侄辈，怎么你去，像偏房见正房咯？我的个爷唉。"

"没上过正场噻。"门那厢讷讷道。

"十年陈老酒只一瓶，原是孝敬您的，您不去，我叫他们都喝了，一滴不剩。"卢磊一发了狠，转身就走。

砰的一声门开了，闪出老蔡的身影。"去去去，早说有好酒，我个老东西还要什么面子咯。"卢磊一哈哈大笑，多日不见，老蔡手上吊了个布带，竟是有伤在身。

"手上怎么了？"卢磊一关切地问道。

"上楼打老鼠，摔下来了。"老蔡嘿嘿笑着，"穷人家出油老鼠，这么大，夜夜在阁楼上闹。"老蔡划拉着手比画，牵到了痛处，痛得眉毛直挑。

街上已无往来客，各家都是团圆人，半湘街上炊烟起，都在做着丰盛的年夜饭。俗语说，再穷年要过，再富也过年，年三十这一日下午，一条半湘街，只烟馆开着门，大烟枪们可不管这些，瘾犯了比天大，忍不了，熬不过。

虽少之又少，却也有上街挑担卖货的。那是不赚几个这个年就没法过的，在漫天的喜庆和鞭炮声中边走边吆喝，喊着买卖，那声音里，就透着几分凄凉了。

2

一挂千响满地红，就在天井里放，烟气袅袅升上房顶的四方天，满地的碎红纸屑寓意满堂富贵。鞭炮放毕，堂屋里酒菜已上了桌，卢磊一小意，按着老蔡坐了上首，又执弟子礼，领着师兄们给他敬酒，喜得老蔡手到杯干，连喝了三杯，一抹嘴，啧啧地叹："白活了五十四年，我竟没过过年。"压岁红包卢磊一也给老蔡预备着，一大摞，芬儿用红纸包匀，里面装着黄澄澄、崭新锃亮的当十、当二十的制钱。老蔡见人便发，诱得一帮子侄、孙辈簇拥着，打叠地说着奉承话，老蔡听得飘飘然，背都没那么驼了。

一桌十个菜，芬儿安排，李鲵整饬，大碗广碟，都是舀满夯实的量。居中一盆清炖甲鱼，是师父年前在湘江河里放钓钩上来的，钩着裙边拉上岸，虽只三斤多，却有草帽大，裙边又厚又宽，师父着人送来给芬儿进补，如今竟做了年饭的主菜。李鲵将甲鱼去了腥膜，斫块加肥肉熬，底料是胡椒，不必碾碎，颗颗粒粒地丢进汤里，越煮越香。又有伏鸡、伏鱼、腊肉、蒸大方、茴香肉丸，都是浏阳做法，和饭一锅蒸，再红烧鲤鱼一尾，炒腊鸭一碟，发墨鱼炒笋丝一碟。其中发墨鱼炒笋丝最下酒，干墨鱼、干笋丝泡发了，加蒜辣芹段一起炒的，墨鱼韧、笋脆，蒜辣提味，夹一筷入口，咸鲜爽口，嚼到末了，有丝丝甜味，一口香。最后一盆芋头青菜米汤，每人吃一碗，意指新年遇彩头加清清吉吉，取个意头。

"乡间富户，几百亩田的地主，抠点的，过年也就四菜一汤。"老蔡咂着嘴，一本正经地说。

"没年纪就好显摆,我自罚一杯。"卢磊一笑道,举着杯子一饮而尽。

"今日不知明日,辛苦积攒也不知道好了谁。"老蔡摇摇头,自顾饮下一杯,"万般带不走,唯有业随身。"

夜渐深了,众人又守岁,堂屋里烧了两缸炭火,一瓶陈酒几人早已分了,再吊一壶酒,在火上煨着,夜寡淡,子时放鞭炮接年过后又接了财神,众人乏了,都回房歇息了,李鲵坐着张火塘凳,不远不近,打着哈欠,守着二人。热茶、续酒,卢磊一喊她去睡,丫头犟,大眼睛忽闪忽闪的,打着哈欠比画着不困,卢磊一望着好笑,拎着她起身推走了。

只有卢磊一陪着老蔡,老蔡有酒了,仍一杯接一杯地喝着。

老蔡喝一口酒,望了望卢磊一,又喝一杯,又望了望,似心事重重。卢磊一被他望得莫名其妙,"师父,你是有什么话想说吗?"

老蔡一惊,似是蓦然醒转,摆着手笑道:"今日高兴,我老头一世孤寡,半截入土了,还能享享天伦之乐。"

"那以后年年接你来家过年。"卢磊一笑了,"哪天敲梆子敲不动了,就来住我家,我不嫌你,给你养老送终。"

老蔡哈哈大笑,连声道好。直道今日开心,要与卢磊一说说旧事:"哪天我要真死了,你得知道师父的来历。"

"我老家在宝庆府城步县长安营,家中兄弟二人,乡土贫瘠,缺医少药,六岁上头死了娘,光绪六年(1880),随父兄到永州讨生活,在东安唐家做护院,后来王德榜将军永州招兵,父兄与我又为几两银,稀里糊涂地当了兵,甲申年……那是光绪十年(1884),正月刚出十五,八个营的湘军兄弟四千余人,随王德榜将军出征镇南关。"老蔡眯着眼,咂着嘴缓缓地说,"我随父兄守谅山,一年内历大小十余战,法国鬼子笨拙,近身厮杀,一刀一个。奈何他枪炮厉害,湘军、桂军一起,守谅山的十二营足六千人,连发洋枪不过几百把,抬枪两千把,那东西比火铳还难用,打起来,抬枪的就是个靶子。甲申年末,兄长死了,在一次交锋中,遭遇十倍敌,被打成了筛子,他是百人敌的角色,一身勇武,抵不过洋枪。"

老蔡又喝下一杯酒,望着屋外,怔怔的。下雪了,鹅毛雪花悠悠然落下,周遭一片空灵。"乙酉年初,法国人大军来犯,巡抚潘鼎新潘大人下令放弃谅山,转移兵力与冯大人会师,与敌决战。那一战打了十天,一条战线血海一般,黄土都变了黑土。我爹爹死在了大小青山,我在打东岭时受了重伤。末了朝廷中却有宵小参了潘大人,说他畏战弃城,我等谅山退下来的兵,被安了个外号,叫'谅山溃勇',哪怕我们出过血、丢了性命,也不记在功名簿上,更莫提保举。"

卢磊一听得恍惚,没承想这个貌不惊人,整日醉醺醺的老蔡,心里藏着这么重的往事。"镇南关战后不久,潘大人就被革了职,王将军也受了不小干碍,营里兄弟或死或散。父兄死了,我也没个主意了,与相熟的弟兄一起转投了苏元春将军,不久便要修大小连城。"老蔡说得有一搭没一搭的。

"在那儿混了几年,我一天比一天想家,明知家里什么都没了,我还是逃了回来。溃勇加逃兵,军中大忌全犯了。"老蔡酒喝得重了,舌头打叠,头越垂越低,摇着头笑着,"回来一看啊,家也没了,我就是这种孤辰命啊,一世人犯煞。"

老蔡在火缸边打起了鼾,卢磊一将他手中攥着的酒杯抠了下来。搬过椅子来给老蔡垫脚，又给他盖了床被。

卢磊一坐在火缸前，点上一壶水烟。成亲后，便是大人，他学着师父抽上了水烟，为省钱，抽的是宁乡产的黄烟，味大，呛人，好处是醒神。

卢磊一将烟筒吸得呼噜直响，屋外的雪不知几时停了，地上、檐上已是厚厚一层。他回味着老蔡的话，又想想自己，万籁俱寂的深宵中，深沉的黑夜恍如未来一般不可探知，然而可以想见的，这乱世中，每个人依然都将有或曾有少年时，每个人也都会有一程磕磕绊绊的人生路。

3

下半夜，卢磊一眯了一会儿，再醒来，老蔡已经走了。

留三兄妹看店，卢磊一领着一大家子踏着雪出了门，迤逦往北，去师父家拜年。卢磊一推着辆板车，车上堆着琳琅的节礼，金贵些的，是上等的金井春与半斤建条。其余不过是些吃食、粮油。三兴街清真寺门口的牛肉正宗，买了一腿，天冷，冻得梆硬。

芬儿也在车上坐着，六个月的肚子，已经挺得老高了，行动起来，略有些不便。生过孩子的妯娌们都称叹，这肚子又大又尖，只怕是个嘟胖的伢崽子（男孩）。

南城到北城，七里又三分，天未大亮，街面上已有许多人，都是拈香出门，那是去庙里上香的。熟人间相互拜年，打叠地说着恭维话。

"黄仓昂日唤人间春意仓实廪足，司晨啼晓振世道清白国泰民安"，今年是鸡年，湘春门城门上官家也贴上了春联，红底黑字，魏晋风骨。

北城口，恰遇到三个瘦弱中年，蓝衫方巾，各攥着一束香，高谈阔论，旁若无人地进城。"他们不冷?"芬儿看着有趣，偏头来问卢磊一。

"那是秀才，这样穿是他们的身份，怕是蓝衫太瘦，罩不住棉袄，才穿得这么单薄。"卢磊一笑着应道，"张师父回乡，听他说起，去年咱湖南的京官赵启霖大人奏请顾炎武、王夫之、黄宗羲三位老夫子配享文庙，朝廷准了。南城学宫改了师范，冷清了两年，这一番动作，读书人吃冷猪肉的心又热络起来了吧。"

"这三人是谁?很厉害吗?"芬儿又问。

"都是本朝的文坛领袖，且不说另两位，这王夫之是我湖南衡州人，张师父从前做主讲的思贤讲舍，就是讲的他的学说。"

"你读过吗?"

"壮士匣中刀，犹作风雨鸣。唉，忘得差不多啦。"卢磊一摇摇头，不想再说，"芬儿你知我的，我胸无大志，家好万事足，不是文人，更没有文人志向，那些书，自然读过就忘了啊。"

"你这么说，我也是喜欢的呢。"芬儿眯着眼笑，小丫头孕后胖了不少，腮上鼓鼓的，一笑眼睛看不见了，她低头轻抚着肚子，"等他出来了，再给你生个女儿，就凑足一个好字了。"

"你怎知一定生儿子?"

"嫂嫂们都说是儿子呢，姚婶也说是的。"

"那你又知下一胎靠得住是女儿?"

"我多吃辣椒啦，人家说酸男辣女……"芬儿蹙着眉，"哎呀，你钻牛角尖，我不跟你说啦。"

从湘春门迤逦出城，城外道旁，顺着潮宗门外海关划出的租界正在大兴土木。洋人不过春节，督着赶工期，工地上依旧有零星的工人。

这一日是戊申年、乙丑月、壬午日，宜祈福、动土，忌出行。

到得嘴方塘，师娘已在地坪里打望了，远远见了，立时迎了出来。大师兄拿出鞭炮来放，噼啪地响。未及停车，芬儿便从车上跳下，迎着师娘奔过去了，师父也笑嘻嘻地从门里出来，抱着袋水烟，大马金刀地站着，等着儿孙辈过来磕头。

堂屋里祭过祖后，照例是"出天行"。男丁们随师父拈香出门，师父在前，看着方位往雪上插下香去，拜几拜，指头蘸些唾沫，扬在风中，他在占风问年景，此时刮北风主丰，南风主歉。

师父手扬在空中，脸色却变了，慢慢将手放下，望空叹了口气，反身进屋。

"今年年景怕是会差，家里无须那么多人种地，四兄弟里磊伢有差，老二祖平最持重，年前乡绅王大人请护卫，托张师父请我出山，我想着再看看。"家里早饭开得迟，在给祖宗拜年之后，师父因了问天年景堪忧，一直脸色郁郁。此时一家人围坐，他也不吃菜，呷了口酒，开了口："张兄人情要顾的，聘金出到一年六十两，这钱得赚。祖平去吧。"

二师兄立起身子应了。

"可是葵园先生处办差？"卢磊一在一旁低声问道。

师父点了点头，表情倒似牙疼："你知道的，或找你义兄再问问底细，你兄弟人情上头稀松，官绅大户请护卫，难免有番考校，入值那天你陪着去。"卢磊一也应了。

二、官督绅办

1

甫出十五，二师兄便进了城。约定的十七日去葵园，二师兄在卢磊一家住了一夜，了解些底细。

葵园先生请托的人，便是文师父张登寿，张师父此时恰在城中。卢磊一携芬儿初二便去拜过年了，师父留饭，桌上与他细细说了原委，这葵园先生大名王先谦，原是饱学大儒，做过国子监祭酒，又外放过一省学政，是思贤讲舍最早的主讲，且当过岳麓书院的山长，张师父见他，尚需行弟子礼。"此人两榜出身，学问深，人耿直，驳过太后，参过李莲英，海内有盛名，去年还赏了内阁学士，虽是虚衔，足见名望。可他得罪人也不少，与维新派素有过节，又反对立宪，名誉牵头这粤汉铁路湖南段几年了，以士绅之力排洋逐商，官不喜、商不爱，洋人也恨他，仇家不少，扬言要他命的也多。"张师父灯下皱眉，"此人学问是极好的，私德如何，我看着也模糊，也是推搪不过，转达请托，当初就已经明说了，你师父不必给我面子的。"

卢磊一心下犯了嘀咕，什么文坛领袖、饱学大儒，平民百姓家，过个安稳日子便可，不必为了一个请托、几十两银子便身陷险境。私心里，他也对师父的决定有微词。

正月十六日，义兄陈作新也回了，卢磊一索性请他来家吃酒，也听听他的意见。

"这老匹夫，多少人想要他性命。"义兄说起此人倒是口无遮拦，几杯酒下肚，大声声讨，"此人最是性情多变，时务学堂原是他领衔申办，后来又一力阻挠，南学会他也帮过，后来也不肯来了，便是来，也是阴阳怪气，刁难辱骂。伯平（唐才常）兄举事事败后，他竟带头出首，向俞廉三俞剃头举发，合省大索，维新派百余人人头落地，好在我没成气候，不入他眼，不然今日坟头草都两尺高了。"

"你竟要做他的护卫？贴身？"陈作新望着二师兄，叹了口气，"能不能换个差，坐夜护护院行不行？"

"我爹说，受人之托，忠人之事。"二师兄摇了摇头，冷峻的脸上没有表情。陈作新不再说话了。

"把你的枪给他，教他用吧。"那日席散，义兄走时，嘱托卢磊一，怔了怔，又从怀里掏出一张纸，递给二师兄，"若遇着革命党，亮出去，可保你一人。"陈作新咂着嘴，"我这小兄弟，真麻烦，尽给我找是非。"这话是对卢磊一说的，卢磊一一愣，兄长面前皮惯了，笑嘻嘻的，"革命党又没写名字在脑门子上，怎么认嘛。"

"有切口。"陈作新自失一笑，"气头上，竟忘了说了。"

"是什么？"

"花冲父，鲁达除。记住了。"

"这切口好笑，《三侠五义》对《水浒》。"卢磊一笑着应了。

送走义兄，灯下摊开义兄给的那纸一看，竟是张股票，票上的名号是华兴公司。

十七日晨，卢磊一领着二师兄往荷花池葵园，门子里候了半晌，才有人领进屋去。刚趸进影壁，风声破空，一根棍扑面打来，卢磊一侧身让了，师兄倒接了，缠身进步，沉身拱肩，将来敌拱进门里，一瞬间，卢磊一便明白这是一场考校，索性后退一步，背着手看热闹。月棍年刀一辈子枪，考校者武器逐步升级，逐渐便有使利器的打将出来了，可内庭的花草布置妨碍拳路，兵器使起来更是打折扣，试者有心，挡者无意，师兄不必忌讳这些。一时间，内庭穿花似闪出武者，被二师兄一一击溃。直到一中年汉子闪出来，二师兄提起一杆长枪迎敌，也是留了手，将枪作棍，只作劈扫撩，那汉子扛下几击，竟似不知疼，挨着师兄的打，一路猛进，师兄退了两步，后手一拧，振枪直刺，抵着汉子上胸，扎不进，汉子低吼一声，沉臂下劈，木枪应声而断，踏步便到了师兄眼前。那汉子一伸手，竟要拿师兄的颈，卢磊一喝了一声，心忖不好，哪料师兄脚一转，缩胸后移，毫厘间避开汉子的手，缠身进步，魅影般闪到汉子身侧，腰后一探，摸出明治二十六年式，朝汉子头侧开了一枪，枪口迅速地抵上汉子的头，烫得汉子一声吼，枪口下压，汉子不再反抗，乖乖地低下头。

"好，应变一等一，果然是仙源杜氏，大家国手。"侧廊中闪出一人，方面虬须，拍着手赞，"竟不知你会用洋枪。"来人面露欣喜，"可曾得过武举，保荐或捐班？"

回来路上，卢磊一便是一个人了，由衷感叹，二师兄真是机巧又聪明的人。那柄明治二十六年式，只是昨日带他去对河小试，放了几枪，如今用起来，竟如此得心应手。

今日在葵园正院，二师兄一人扛了十三个王家护院，最后一个逼着他使枪的，是护院的头头，一身横练功夫，与从前的大师兄仿佛。此人只怕是个童子，为什么这么说呢，大师兄也是金钟罩，婚后像泄了真元，功散了不少，去年春上砍柴下山，抄近路，从坎上跳下，被刚砍的毛竹茬扎穿了脚，他从前可是刀尖上也蹚得的。卢磊一得了信，还回乡看他，大师兄犹自充硬项，梗着脖、提着脚，赳赳地解释："跳下时放了个屁，气就散了。"

今日考校完，虬须男人将二人引到后头，穿廊走院地走了几进，引到后庭堂屋旁一间书房。一位须发皆白的老人在窗前看书，颧骨高耸，面容瘦削，脸上有许多麻子。

"跪吧。"虬须男子道。

二师兄摇摇头，拉着卢磊一反身，虬须男子拦住了："王老乃内阁学士，你二人没有功名，见官当跪。"

"我只跪天地君亲师。"二师兄笑着挠头。

"男儿膝下有黄金，不必拘礼。"老人似刚从书中醒觉，一句话解了围。他起身进了中堂，请二人坐，奉茶，虚问几句，问的二师兄，不过年庚、婚否一些惯常话，末了说一句，"今后务请小友尽心，护我周全。"便端茶送客了，礼节上头滴水不漏，十足儒者风范，几分名士派头。

临走时，二师兄拉着卢磊一送出门来，"要是夜里当差，叫我一声，我来陪你。"卢磊一切切嘱咐，二师兄笑着应了。

正月十七日夜饭，李鲵又熬了饭豆猪肚汤，芬儿喝这个开口味，能喝一大碗。说到这猪肚，是谢二表送的，年前就送起，隔三岔五地送，直道警官夫人有喜，喝猪肚汤是养肚子，不单送猪肚，还搭送饭豆子，又要教李鲩配方，被李鲩挡回去了，打着手势说她会做。没几日，谢二表又送来了两只干墨鱼，卢磊一诧异，当差这么久，谢二表除了老陆，见谁都冷冷的，与卢磊一亲近，也不过这一年的事。芬儿倒不见怪，道原先在益隆行家里，那谢叔叔便时不时送肉，板油、排骨、五花不要钱般地送来，说孝敬太太，太太虽没一句好话，倒也接着。

因此，十七日这日夜饭，卢磊一请了谢二表来家吃，下值前亲自去请的，嘱道："恭迎阖府。"却是谢二表一人来的，还提来了两斤香肠，无论如何，这也是个稀罕物，李鲩也不知道怎么做了，还得请出主母。"细细片了，汆一遍热水，沥净了盛好，加干椒、豆豉饭上蒸，出锅点几滴白醋。"芬儿交代道，"切两根，大家都吃吃。"她很大方。

平常家宴，三菜一汤，此日隆重些，六个菜，蒸香肠一道，蒸腊鸭一道，炒腊肉一道，炒鸡蛋一道，饭豆墨鱼猪肚汤一道，素菜是剁椒芽白。卢磊一还怕喝不过，着三兄妹都上桌同吃，帮他敬酒，三人也窝工，敬得敷衍，除了李鲤，余二人都是举举杯，沾湿下口沿便放下。谢二表似没看见，他是看得出的开心，敬酒必干，又连喝三碗猪肚汤，啧啧称叹好味："肚条不必放姜炒，酒腌一下也去腥的。啧啧啧，怎么这么鲜哪？"谢二表喝得一头汗，竟指点起李鲩。平心而论，李鲩这汤费了心思，这道汤是细致活，墨鱼需浸水泡发切丝，与切条猪肚加姜片翻炒，炒香后放泡好的饭豆，加水熬，芬儿的做法，自是再加几粒胡椒，文火慢煮，出锅时不必放葱，一口鲜。

谢二表好量，一坛酒空了，倒有大半是他喝的，脸上泛起了细密汗，仍是目光炯炯，一脸笑容，看不出半分醉意。桌上卢磊一问来问去，只知谢二表一个光人，在三兴街有套老宅，父母早亡，无妻无儿。问起多年来履历，说是一直杀猪为生，从前在北城，后来移到了这半湘街上。"我家里一栋老宅，还有些祖上留下的东西，不杀猪也过得，只是人总得有些念业，学了这手艺，供上张飞张神仙，天天出摊，赚些家用，也是快活。"谢二表眯着眼笑。卢磊一便不问了，知道这是江湖人做派，老蔡也是认识那么久才吐露衷肠，平素教武归教武，再请他喝酒，也是个闷葫芦。

2

十七日夜，已过二更，江上起了大风，呼啸着似有破军之力。穿街过巷，卢磊一送谢二表出门，灯笼在狂风中吹得荡起，瞬间灭了。天上云吹散了，露出朗朗星空，一轮圆月正当中，也无须灯笼。

不少街道上了栅门，谢二表回家，需绕点路，经太平门走金线街转朝阳巷，尽头便是三兴街。

卢磊一陪着走走，说散散酒气。这一路，竟没遇见老蔡，卢磊一心忖，这老蔡也懒了，打更再敷衍，街还是要上的，这正月里，还真难得听到他那闷闷的梆子声。自己这个徒弟，老蔡就初七来看他打木人，指点过几句，此后再请他来吃饭，去了几次都扑了空。

"杜师父是安徽人吧？"谢二表突兀地问。

"家师根在安徽仙源，道光三年（1823），这一支才迁到长沙。"卢磊一拱手道。

"我知道，仙源杜氏，宗师大家，够你学的。"谢二表笑嘻嘻的，"玄七世重魁，已以辰寅祖，你师父可是开山辈，祖学有方，教你不在话下。只是你气劲小了些，许是先天不足，功法得变一变，再用药补一补。"

"不知您师承何方呢?"卢磊一又一拱手,言语里竟未作称呼。

谢二表一愣,"我就是个杀猪的。"

"三兴街的宅子不是祖业,是你买的。"卢磊一腔调陡转,冷冷道,"光绪二十八年正月,益隆行换了掌柜,老掌柜还乡,叶绍棠接手,三月,你对门对户的肉铺就开了。四月中,你买下了三兴街那套宅子,卖家余承业,中人郑盛和,作价四十七两六钱,那是余家老宅,可不是你谢家的。"

"哈。"谢二表突兀一笑,停住脚步,转过头来,背着月光的魁伟身影有几分肃杀,脸上表情看不分明,只见轮廓,"那又如何?"谢二表的声音也如这狂吹不止的风,有了几分凛冽。

"事关亲人,不得不查,公器私用也说不得了。你的底细,我总要盘一盘的。"卢磊一拍了拍手,转身直视眼前这名壮汉,丝毫无惧。

半晌,谢二表才讷讷道:"我没有恶意的。"

"我知道。"卢磊一说,"若有坏心思,谁还隔三岔五送猪肚子啊,还收拾得干干净净,这东西最难收拾了。"

"我用面粉揉,再用谷酒腌,干干净净,一点腥味没有。"暗处的黑影轻声说,身子微颤,像是酒意终于上来了,谢二表缓缓地蹲下,坐在地上,"她娘从前也喜欢吃这个,我每次都是这么弄的。"

卢磊一也陪着坐下了,冰冷的青石板路,面对面坐着,各有心思,心绪随远处的涛声、近处的风声飘荡起伏。良久,前面来了摇铃卖夜宵的兆子,一盏气死风灯挂在挑前头,铃铛丁零零。卢磊一立起身,叫住了 叫了四碗饺饵,两份作一份煮,一人一碗,做消夜。

默默吃完,会了账,卢磊一转身回家,被谢二表喊住了。"莫跟芬儿说。"谢二表低声恳请，卢磊一应了。此中因缘，虽然他好奇得要死，但谢二表不说，他便不再问，没坏心就好，多一尊神护着家人，天下好事都叫他撞上了，哪敢再有奢求。

"那块平安无事牌，也是你送芬儿的吧？"分手时，少年心气上来，卢磊一问道。

谢二表一愣，闷闷地应了："是啊，你怎知的？"

"拿眼一看就是块新玉，顶翠里两只蝙蝠拥一个金镶万字。"卢磊一嘿嘿笑，"万福为'谢'嘛。芬儿喜欢得很，天天戴着。"

谢二表嘿嘿一笑，也不言声。卢磊一拿肩撞了撞他："别总送猪肚子，送点我爱吃的啊，猪肝我也爱，猪蹄也喜欢，肠子也行啊。"

谢二表展颜大笑："都有，专供你，腊肠我那梁上还挂着几副呢，摘一副给你，过水焯后细细切了，加芹段、蒜辣炒，能下两斤白米饭！"

转眼到了三月，街市上小事不断，大事没有。年前的西湖码头浮尸案到如今也没了局，倒成了桩悬案。水警也无法，考绩下来，巡警道发文申斥，水警公所倒也光棍，索性报个悬案未结，以待时日。

二师兄的护卫倒做得紧张，葵园先生快七十了，身子骨硬朗，到处会议、讲学、筹办，一顶小轿城内穿梭，二师兄都得跟着。

二师兄偶尔夜里来卢磊一家吃顿饭，住上一宿，要回嘴方塘是不可能，下值已经关了城门了。据二师兄说，这老头精神好，劲头足，顶着虚衔、实衔一堆，果真官绅一体，到处有人抬轿子，诸多大事操着心。二师兄掰着指头数他的头衔："内阁学士、国子监祭酒、江苏学政、岳麓书院山长、湖南师范馆馆长、矿务总公司董事、铁路公司名誉总理、学务公所议长，光这议长每月得银二两百，他不要，捐给府里办小学。"

"人上人便是如此，你护卫一年，才得六十两。"那日陈作新也在。这个酒癫子，年前拜托了梅大人后，就没做事了，在家虚耗着等信，又恢复了日日饮酒的生活。"可遇过险？"陈作新咂着酒，戏谑地问。

"遇过几次，多是铰了辫子的学生，行事最是激烈，拿着石头、鸡蛋往轿子里扔，还有扔大炮仗的，说是土炸药，铁砂都没塞，听个响。"二师兄挠头，"先生要我们不要打、不要抓，驱散了便是。"

二师兄爱看戏，哪日不当差，常常提前跟卢磊一交代，请托弟弟，若有戏看，弄了票子带他去。卢磊一旦应了，原本戏园捐便是巡警收，有赠票，至不济请托一下管区巡警，总能弄到好位置。另外这城里大小寺庙，大小节摆台唱戏都是有的，连台大戏到夜深，换个三角小班，上个小花旦，咿咿呀呀地唱花鼓，又叫采茶戏，所唱许多淫词，台下痞棍闲汉挤满，能闹嚣到天明。实在没戏看，卢磊一也有办法，合小西门警段，街面上大户总有几个，打听谁家开堂会，请段长或老陆打个招呼，厚着脸皮去蹭一场，站在门廊里看，客气的给搬张条凳，再送壶茶。

二师兄最爱看的是《三官堂》与《定军山》，后又喜欢上了《烈疯配》，弋阳的唱腔偶尔也来几句，竟也能唱出点味道来。

三月二十九，天气渐暖，夜里，正吃着饭，老蔡来了。老蔡的伤好了，人精神许多，这日踩着晚饭的点来的，菜已经上了桌，老头一脚迈进门里："徒弟，搞口饭吃。"

本是家里五人吃饭，一碗炒油渣，一碗炒包菜，一碗豆腐汤，一碟剁椒萝卜干，凑足四个碗。

"你老人家总算现身了。"卢磊一撂了筷子奔上前，高兴得搂着老蔡蹦跳，"一向寻人不到，我都要去找姚瘸子了。"

"没大没小,那是你师叔。"老蔡哈哈笑,"出去了一趟,难怪我老打喷嚏,原来是你念我,不枉师徒一场。"

不必嘱咐,李鲵已去了厨间,生火烧灶加菜,芬儿打发李鲤去拿酒,去年陈记茶馆的分红全换了他家的藏酒,五十斤,兄弟价,那酒也有八年陈了。李鲤打地窖里取出一坛,小坛封装,三斤重,拍去泥封,一起盖,满室飘香。

老蔡无须人敬,大碗喝下半碗,直呼痛快,筷子穿花似的夹菜,众人省省俭俭地吃,竟似都为他留的。

菜也上来了,师父家新送来的春黄瓜切片加紫苏干煸,又香又脆。谢二表送来的腊肠,加芹段、蒜辣炒,一口香。临近生产,芬儿突然馋卤味,李鲵今日晨才搭的小灶,熬了一锅卤汁,夜饭前放了两个猪蹄、六个鸡蛋。此时鸡蛋捞出来,开边、撒上干椒粉与蒜碎,淋汁上了桌。

"这一向,真累啊。"老蔡一直在吃,似饿瘪了,饭吃了七八碗,一桌子菜,尽着他吃,也吃得七七八八,"还是徒弟家好,有口饱饭吃。"

"师父过违了,饭是润肠,不是垒墙。"后来,卢磊一都有些看不下去,捉着老蔡筷子劝,"爷老子唉,这会吃伤的。"

老蔡腕一掀便挣脱了,手下不歇,嘴里仍嘱咐着:"再搞个菜,老汉要吃饱咧。"

门口砰的一声,摔进来一个人。

竟是绊着门槛摔倒的,手上的酒壶也碎了,人在地上直呻唤,叫了两声见没人理,一骨碌爬了起来:"看见兄长摔了也不扶,卢磊一你今天不搞条鱼给我吃,兄弟都没的做。"

来人自是陈作新,已经有酒了,一步一摆,手里竟还挂着个油纸包。

"三吉斋的小食,我从前的兵孝敬我的。"陈作新将油纸包往桌上一蹾,窸窸窣窣地解绳,竟解不开。老蔡看得着急,凑上前去,拉着油绳一扯,砰的一声,纸包爆了,卤肉、桃酥、小蛋糕撒了一桌,陈作新连声呵斥。老蔡顿回椅上,讷讷的不作声,悄摸地扒过一块西洋鸡蛋糕,塞进嘴里,慢慢地咀嚼,不一会儿,脸上就挂上了满足的笑。

陈作新刚刚坐定,二师兄又进了门。"师弟,今日先生骂人了,骂了小半夜。"二师兄边走边说新鲜事,一脚迈进堂屋,见有客,打了一拱手,话却不停,"下午谭公来了,二人在小书房议了许久,谭公走后,先生摔了镇纸,把墨洗都打碎了,我劝了两句,他便叫我滚。"

"可是谭组庵?"陈作新问,二师兄点了点头,陈作新笑出了声,"那必是谈谘议局的事情。梅兄说畏公正在筹措此事,喊了好几年,如今咱大清朝,确实也要学日本,搞立宪咯。"

"是也不是,说得多的还是铁路的事,说是张之洞大人与外国银行订了借款条约,借钱修路,二人正不平呢,谭大人说好不容易争回来的路权,又要拱手让人了,把先生的火勾了出来。"

"让我滚我就滚嘛,我在城里又不是没有落脚处。"二师兄笑嘻嘻的,自顾去厨下讨碗讨筷子,吃饭。

"张大人借钱也为修路,路权争回来,也得修不是?按王老儿这种搞法,十年不成。"陈作新嚷嚷着,"我有一法,不必借洋人钱,下月就开得工的。"

"什么法子?我回去说一说,解解先生的急。"二师兄凑上前去。

"他喝醉了,吹牛皮呢。"卢磊一笑着拉二师兄坐下。

"什么吹牛,这法子畏公定是知道,只是碍着王老儿的情面,不愿说。"陈作新圆瞪着一双眼,酒气喷薄而出。

二师兄听得愣神,扒了三碗饭,道回去当值,踏着夜色去了。

卢磊一便问这路权是怎么回事,陈作新道原粤汉铁路的路权已经卖了,在美国合兴公司的手上,光绪三十年,以龙湛霖、王先谦、冯锡仁为代表的湘绅,在巡抚赵尔巽、湖广总督张之洞的支持下,开展保路运动,与合兴公司交涉,赎回粤汉铁路湖南段路权,自此开始湖南铁路修建的"官率绅办",广集华股,不附洋股。"路权之事,不仅关乎国体,还有利益的。洋人狼子野心,路权一旦出卖,沿途矿藏、物藏都将不虞。"陈作新一笑。

芬儿腆着个大肚子去厨下督着了,今日新卢茶舍发利市,旧友新知接踵而来。昨日九将头请人送了两条鲤鱼,水缸里养着,应着陈作新的请,捞条出来做红烧。卢磊一心细,去厨下牵了芬儿:"你不必管,有鲵妹子做你还不放心?你这要生的人了,去床上躺一躺吧。"

芬儿挺着肚子,一步一颤。"磊哥哥你儿子太重哪,吊得我腰酸呢。"一面又蹙眉,"谁知会来多少朋友,这一个接一个的,皇历上也没写今日宜会友啊。"

"我也看了,今日宜洒扫,诸事不宜呢。"

3

在卢磊一看来,陈作新有个又好又不好的能耐,醉得迟,醒得快。原是醉着来的,又与老蔡对饮,初时醉醺醺,越喝越清醒。老蔡趴下了，他倒醒转了。

鲤、鲫二人扶着老蔡去里屋睡了，陈作新一人坐在桌前，对着满桌狼藉，拿筷子挑菜吃，间或咂一口小酒，好不快活。

"磊伢，磊伢！"二师兄竟返转了，立在前店大声喊着，"没睡吧？"

卢磊一迎了出去，见二师兄搀着一老人正跨过门槛，不是葵园先生是谁。

"你那义兄可还在此？"先生一拱手。

义兄私下对葵园先生不满，台面上却恭敬得很，王先谦求才若渴，深交问计，陈作新正襟危坐，有问必答。二人似是旧识，倒没有太多客套。

虽说这铁路修筑权从洋人手里赎回来几年了，修路所需银两却迟迟筹措不上来，如今张之洞要向洋人借款修路了，王先谦着急就在此处。病急乱投医，二师兄通报了消息，竟夤夜赶来了。

"官率绅办，士绅居职其中，以名望周旋各方，招股纳捐，协调地方一力推动，本是好事。而士绅居其位，谋其事，领一份钱粮即可，如今却要吃大头，以名望入干股，挤压股权分配，商人逐利，出大钱占小头，赔本赚吃喝这种事，几个肯做？"陈作新徐徐道，"事后不过奏请朝廷讨赏，如今满街的捐班、生道，真金白银地掏出来，换些无用的虚衔，这个买卖怎么看都不划算。还应官督商办，湘绅不出资则不应占股，还利于民，免得遭人非议，如今外头说各位'外沽清流之名，内行盗窃之实'，虽是以偏概全，但各位台面上的士绅老爷，也该自省。"

"说得对。"门口传来了笑声，快步踅进来一中年汉子，方头大脸，浓眉大眼，唇上一撇八字胡，身着长袍马褂，马褂是簇新的蓝纹绸面，戴一顶瓜皮帽,脚下却蹬着双西洋皮鞋,身后跟着一人,竟是当初来此做客、眼比天高的梅大人,如今低眉顺眼,恭顺地紧随其后。

中年汉子嘿嘿笑着:"我说老师急召我来此,竟是听这一篇文章。"

"铁路公司,我并无持股。"葵园先生嗫嚅道,又问,"组庵,你也是这个意思?"

"我知您老坦荡,挡不住灯下黑,又有人打着各位先生的旗号在外头招摇,没奈何,商家也只好捂着钱袋子装糊涂了。"汉子期期然趔到桌前坐下,鲵儿洇上一壶茶,他端起来抿了一口,"好,这是今年新采的金井春。"

"我并没有老糊涂,多少知道一些。我本一介书生,并无雷霆手段,要聚拢一帮人,实心办差,总要睁一只眼闭一只眼,此事我有责任,一味纵容,这些人竟成尾大不掉之势。前年的退股潮,我已察觉不对,哪知外头风评已经如此不堪。"王先谦望着汉子,有些颓然,"组庵啊,这种事,你该早说给我知道。"

汉子微一颔首,笑而不语。

梅大人站在汉子身后立规矩,陈作新也不敢坐了,立起身来,再三请他入席,梅大人搬过一张条凳,斜斜地坐了。二师兄原在堂屋门外站着,卢磊一拉他进来,在角落远远坐着,帮着做些添茶送水的活儿。卢磊一问过二师兄,知道这气质不凡的中年汉子,便是梅大人口中的畏公谭延闿了。

桌上的茶点几乎未动,茶却过了几巡,话说开了,谭大人打叠地恭维着王先谦,直道这几年湖南的排洋功业,多是士绅功劳,葵园先生居功至伟,先是联合各方,成立阜湘、沅丰矿业公司,广集资本,遍采矿山,又推动两公司合并为官商合办的湖南矿务总公司,敦请抚台衙门出台《湖南全省矿务总公司章程》，明文规定"除官办之平江金矿、常宁铅矿、新化锑矿外，所有湖南矿产，皆归矿务总公司经理、主持"。明明白白地将洋商拒之门外。洋人拿光绪二十八年签订的《筹办矿务章程》来打官司，交涉持久，而湘人"官绅一气，随宜因应"，明里暗里，都没有给洋大人可乘之机，将全省矿产牢牢把握。

"这是湘人士绅的一点忠心，去年筹措的电灯公司也归湘人自办。争这路权也是如此，不可给洋人因路占矿的机会。"王先谦抚须而笑，"原想着路权在手，筹款不及便缓缓图之，三湘四水，水路四通八达，矿产总归能运得出去，谁能想到这修路，如今竟成了第一要务。"

"借款的事也还需先生牵头挡一挡，最好是集全省士绅之力驳了它。路权既已争下，招股筹措事宜，就交给学生等人吧，先生仍可顾问参赞。"谭延闿拱手道。

"只好如此了。"王先谦黯然叹道，"我不下课，他们不会退的。"

"我曾在时务学堂骂过你，听说你后来也没有去听课了。"半晌，王先谦转身对陈作新道。

"是有此事，原是旁听，准备投考，后因事作罢了。"陈作新欠身一揖，回道。

"此事我也背了骂名，领衔申办又反对，世人谓我首鼠两端，盖楼又毁楼。"王先谦一叹，"洋务我支持，中土工艺不兴，终无自立之日，器维求新，变器不变道，中体西用我是赞成的。但梁任甫（梁启超）等人在时务学堂说民权、说平等，无父无君，语言悖乱，有如中狂。我不能坐视。权既下移，国与谁治？民可做主，君亦何为？朝纲不可乱，皇权不可废，这便是我王先谦的心思，依然先后一人，并无两样面孔，两样心肠。今日一番表白，拳拳士子之心，也就懒管他悠悠众口了。"

王先谦起了身，道了声乏，转身要去。坐久了，走路有些踉跄，二师兄赶忙上前扶了。

"可是先生，"陈作新急急说道，"士子之心，不应是为天地立心，为生民立命，为往圣继绝学，为万世开太平吗？"

此时，里屋高一声、低一声传来芬儿的呻唤，李鲲快步从里屋闪出，急急地打着手势，芬儿要生了。

三、谅山溃勇

1

芬儿深夜发作，请来接生婆，又请姚婶来帮忙，姚婶从来都说女人生孩子是过鬼门关，急急赶来，还带了把油纸伞来，在天井里点了烧，道是烧桐油可避邪。烧到一半下起雨来，竟把火扑熄了，姚婶吓得不轻，带着卢磊一跑到近旁的灵妃庙去，上了三炷高香，许了个猪头的愿，请灵妃娘娘保佑。老蔡也醒了，抄着根竹竿在里屋捅屋顶，掀下几片瓦来，也是个驱邪的意思。

益隆行主母叶李氏是半夜来的，守在床边。她未曾生产过，此刻被吓到了，口里念着观音如来，各路菩萨，天上诸神，上帝保佑，万福马利亚。

谢二表是卯时来的，猪肉摊刚开市，不知从哪儿得来的信，提着杀猪刀便来了。进了屋，又从厨下摸了把菜刀，在屋内一面走，一面叮叮当当地敲，也是个退煞的意思，不管用。

卢磊一派鲤、鲫二兄弟去请胡美医生及常医生。胡美医生来了，说要做手术，把肚子剖开，芬儿坚辞，主母也不许。常医生没请到，说是昨夜出诊，至今未归。又请洪瞎子，今日没出摊，李鲤去他家寻的他，被扫，道今日戊子，戊不朝真。

到得巳时，天已大亮，芬儿喊得没声了，衣衫湿透，接生婆也没了法子。此时老陆引着段长杨再力来了，杨再力抱着一眼火铳，在店后天井中点了引线，举起朝天，一声吼："妖邪退散，顺生顺产！"轰的一声铳响了。少顷，屋内传来哇哇的哭声，又尖又亮。"生了生了！"姚婶在里屋高声呼喊。

杨再力火铳一扔跑了进去，孩子刚刚剪了脐带，正在温水里洗身。杨再力挤开卢磊一，踞在前头，功臣一般满眼笑意。孩子洗完身裹上小毯，杨再力一把接过了，像抱一只小猫，轻轻柔柔的，怕胡子扎脸，拿鼻头去拱孩子粉嫩的额头，孩子犹自哇哇哭着。

"还是我火气旺，如今我是孩子的逢生干爷了吧。"杨再力得意扬扬地唤着卢磊一。卢磊一没理他，伏在床前给芬儿擦脸，芬儿脸上的筋都暴了，密密集集的血点，闭着眼，喃喃道："磊哥哥，你儿子折腾死我啦。"

外头鞭炮噼里啪啦地响起来，添男丁，炮放里屋，谢二表在天井里点了一挂千响鞭。欢快的鞭炮声中，每个人脸上都洋溢着笑容。

不久，陆婶也来了，提着两只鸡，一公一母，几十个蛋，撂下礼，洗了手便进里屋，抱了孩子香了香，掀开毯子看看，"果然是个歪把子。"陆婶哈哈大笑，回身到厨下，拎着母鸡杀了，过水去毛，给芬儿炖鸡汤。又唤李鲵淘米煮饭，几十个鸡蛋放在饭里一起煮，饭熟了，蛋也熟了。

一会儿，鸡汤煮好了，先端一碗给芬儿，卢磊一扶着她喂下。芬儿闭着眼喝完，眼睛睁开了，幽幽地叹："真香啊，饿死我了。"

"身上掉下这么大一块肉，怎么不饿？"陆婶立在一旁呵呵地笑，手旦端着一大碗热腾腾的汤泡白米饭，嘱着卢磊一："喂吧，她能吃两碗。"

大碗汤泡饭，芬儿吃了一碗半，满足地睡去。卢磊一走到堂屋，似打了场架，浑身疲乏。一帮男人挤得满满当当一桌，正在吃饭，师父、杨再力、谢二表、陈作新、老陆、老蔡、姚瘩子、九将头、陈二毛和三个师兄，桌上是一碗鸡汤、几个炒菜。师娘与陆婶带着一帮女眷在角落里染红鸡蛋，今日东主有喜，新卢茶舍闭店一天。鲤、鲫、鲵三人被姚婶带出去到河边采艾叶去了，以备三朝之用。

饭罢，老蔡拉着卢磊一到一旁："山堂兄弟毕竟比官差强，如今竟查出你是澧州卢氏。"

卢磊一心下一惊，满心惶恐，拉着老蔡一迭声地打问。老蔡醒不了酒似的耷拉着眼，任他拉扯，半天才从怀中掏出一张纸，纸上一个家徽，倒与师父拾他时裹衣上的家徽别无二致，旁有两句诗，"忠孝家道振，甲第早荣扬"。

"线头接上了，其余还须慢慢查。我不识字，澧州的弟兄说这是班辈。"老蔡眼神躲闪，哑着嘴，"说按序排辈，你是家字辈。"

"若不嫌弃，字就用我的承字吧，也是为师的一份想头。"老蔡眯着眼，眼睛里倒带出几分渴盼，"我还要送份大礼给你的。"

此时陆婶出来了，提着那只带来的活公鸡，用红绳重新绑了，着卢磊一送到益隆行去，虽益隆行主母刚刚回去，但礼不能废，送只鸡去岳丈家报喜。"添男丁，送公鸡。"陆婶把鸡塞到卢磊一手上，"这事得你亲自去。"

生了崽，身世也有了线索，双喜临门，卢磊一胸中澎湃，在段上当差也不安分了，巡着街路过家门，总要回家看一看，看看芬儿，又抱着孩子香一香。孩子大名未起，因是杨再力一铳逼出来的，起了个小名叫小铳子，本地土语，便念作"小虫子"了，卢磊一觉得也好，名贱命就长。"这么大，他哪里像虫了？"芬儿笑道，小虫子生出来八斤十三两，芬儿足足躺了六天才起床，洗三都是姚婶操持的。姚婶倒精致，木桶装水，艾叶、枫球熬汤倾入，试试水温将将好，将小虫子抱入，好好地洗了个澡，又做汤饼会，请来一众亲友，吃了一顿，依俗请益隆行主母坐了首席。

2

去年开始的新一轮警务改革，于小西门警段来说，并无太大震动，老陆仍带卢磊一巡着下河街、半湘街与小西门城门，只是如今在小西门站门值守也是稀松了。去年开始给烟民发放吸烟牌照后，原说这牌照是每年十成减一成，无照吸烟重罚之外还要投到拘留所去，强制戒烟。宣统元年年初，此令陡然一变，改为每月十成减一成，五月，湖南循各省例成立禁烟公所，长沙的就挂在巡警道治下，禁烟更为严格，到得六月，又改了章程，勒令烟民中壮年者六个月里戒除烟瘾。抽的人少了，贩私膏的人便少了，莫说查私，老陆与卢磊一的烟馆吃利也吃不动了。老陆赎回进士第的想头，刚刚有些希望，又变得遥遥无期了。

倒是益隆行掌柜叶绍棠把鸦片烟给戒了，也是被逼，自发牌照起，叶绍棠买了张吸烟牌照，依旧日日去大烟馆里过夜。没几月，卢磊一将他的烟牌收缴了，又联络各段弟兄，此人不得发给吸烟牌照。"发现他抽大烟，就关起来，不必给兄弟面子。"卢磊一话说到这份儿上，各段兄弟都识做，叶绍棠进了两回号房，关了十几日，瘾上来，涕泪长流、拍栅哭号也无人理会，竟是个有钱无处使的局面，反复几回，终是戒了，如此，便不再夜不归宿。卢磊一又嘱咐主母，药行里配的戒烟丸等一律不准他用，只需好汤好饭地养着。叶绍棠初时尚且怏怏，几个月下来，蜡黄的脸上有了血色，竟然开始坐柜操持营生了，只是将大烟换作了水烟，而且烟瘾奇大，福建产的上等烟丝每日内不熄火地抽，花销竟比吸鸦片大些。

二师兄的护卫差事且做着，只不似从前那般忙，隔几日便请卢磊一帮着弄票看戏。闲时聊天，二师兄道是四月底葵园先生从铁路公司名誉总理的位置上退了下来，便闲了许多。同时退下来的，还有许多人。先生如今轻易不出门了，各处需联络，都是上门拜会。连谘议局选委员，他也不参与，也是，他本就反对立宪的。五月，合省选出了八百二十位谘议局初选议员，不几日，全体初选议员上书朝廷请求撤回借款修路草约，一并承诺修路款项，湘人自筹。

六月谘议局复选，选出正式议员八十二人，谭延闿任议长，任上第一件事，便是成立湖南铁路股东共济会及湘路集股会，按资认股。合省商家认股踊跃，短短月余，便集资百万两。

七月，粤汉铁路长株段正式开工。

也是七月初，几经运作，义兄陈作新又回行伍中去了，官复原职，去的仍是巡防营，却不是十九队了，是七队，就驻在浏阳门外头，陈作新还是吊儿郎当的样子，时不时溜回来喝酒。义兄怀里揣着一方寿山石的小印，喝了酒，便拿出来把玩，这是那日与王先谦夜会之后，王先谦托人送他的，也是个事后答谢的意思。陈作新平日也爱金石，技痒时自己也刻一方玩玩，唯独对这一方印珍爱至极，说这印是本朝金石大家赵之谦的手笔，上刻一联"参从梦觉痴心好，历尽艰难乐境多"。

卢磊一知道自己是澧州卢氏后，心心念念，几次想要去澧州寻亲，请老蔡同行，老蔡却总推托，说澧州卢氏是大姓，帮里兄弟们在细细探访，有信了再去不迟。卢磊一也知此事艰难，澧州本是直隶州，下头又有安乡、石门、慈利、安福、永定五县，若无切实线索，寻亲便如海底捞针一般。卢磊一和芬儿说起，芬儿也劝他，得了信再寻，总比无头苍蝇般去找要好，再说小虫子未足百日，开荤汤都还没喝呢，卢磊一就舍得？卢磊一兀自郁郁，哪知人算不如天算，自入夏起，连日大雨，沅水、澧水暴涨，岳州、常德、澧州全境受灾，饥民十数万，暴动频仍，短期内是去不得了。

七月九日，文师父张登寿的信来了，此前小虫子生下，卢磊一便写了封信给他，附上小虫子的生辰八字，请师父起名，而今信来了，张师父信里说小虫子五行缺金，取名"楚臣"，卢磊一自给小虫子取字为"道承"，名字起出来，卢磊一给小虫子上了户籍。

七月中，小虫子百日小宴，卢磊一摆了两桌，请了师父一家，益隆行合府，又请了老蔡及段上兄弟，还请了谢二表。芬儿还问，请谢二表是为何，卢磊一只是搪塞，道是为还那几个月送猪肚的人情。这一席，义兄在军营回不来，杨再力是夫妇齐来的，他与姚婶终于在六月完婚，杨再力住进了姚记南杂铺，姚婶便不再是姚婶，改称杨婶了。姚瘩子与九将头是不请自来的。九将头背了一个竹篾篓，带来半篓湘江河里捞捕的小鲫鱼。李鲵做了一锅汤，嫩白的鱼汤熬好了，当先打出一碗来，吹得温温热，给小虫子开荤。小虫子初生时一脸褶子，如今长开了，白白胖胖，抱在芬儿怀里，扭着头，大眼睛四处睃，咧着嘴笑，他也爱热闹。卢磊一拿勺喂他鱼汤，喝了一口，得意这味道，竟来抢卢磊一拿勺的手，众人都笑了，说这孩子好养，百日开荤，富贵吉祥，喝的又是鱼汤，将来必定事事争上游了。

宴中，卢磊一敬了一圈酒，敬到老蔡，特地告诉他，小虫子已经上了户籍了，大名楚臣，字道承，应了老蔡的请，用了他的承字。老蔡喜得抓耳挠腮，连干了三大碗酒。卢磊一又敬姚瘩子，姚瘩子站起身，目光却定定地盯着老蔡，举着杯，凝神了好一会儿，终于一口喝了。

3

七月底的一日夜里，风雨如晦，卢磊一在家吃过晚饭，便赶去段上值夜，多日未值夜，今日还迟了。此日夜饭九将头与老陆在家里扰了一席，卢磊一作陪。

却是九将头邀的局，道是实心实意请二位警官，请二人去鱼嘴街湖北会馆对面的天然台吃红烧鲍鱼，这饭馆自开业起客似云来，日日爆满，九将头派人去守着，好容易订了位。被老陆劝住了，说这店死贵，去年新开时便去吃过请，一杯茶卖到一百二十文，抵得三升多米了。听得卢磊一直咋舌，连说不必去，都是眼面前的几个亲切人，不必讲这等排场，在家吃一口，有事说事。

说来巧，九将头此番上门，便是跟米有关。如今私盐贩售渐渐难做了，粜米生意倒火了起来，尤其今年，湖北遭遇大灾，全省米荒，两省抚台签了协议，湖南每月运米四万石，给湖北平粜。为解米荒，湖北更取消了外省米的落地捐，通省米价依旧高昂。"我们湖南的米，运到湖北就是钱。"九将头啧啧叹，他已联系了几家碓坊，又拉了西乡几个囤米大户，想在这大米买卖上赚一笔，米粮从小西门上码头，需先过老陆与卢磊一这一关，此夜一聚，便是要二人帮这个忙。

"咱湖南自己还受了灾呢，还运粮给别省平粜？"老陆嗤道，"上月，听说常德还有千人围攻富户，逼人开仓放粮的呢。"

"那是官家没有开仓平粜，后来不就平息了。而今你去碓坊买米，是什么行价，长沙今年没上过三千文一石，汉口三镇什么行价？五千五百文一石！码头装船运粮北上，入湖北境便涨五成利，还不用纳捐，这生意，连洋人都抢着做呢。"九将头一脸亢奋。

在段上值夜到二更天，风雨稍霁，便听到老蔡的梆子声，一贯的低沉不甚响。不多时，老蔡踅进屋来："徒弟，我来看你了。"灯下一张老脸堆着笑凑近。

"你手又怎么了？"见他左臂缠着布，卢磊一问。

"我家的油耗子可不止一只，杀了一只，又来一只报仇了。"老蔡将手背到身后，嘻嘻笑着，没个正形，觍着脸讨酒喝。

段上的酒倒是有，段长杨再力单独一间签房，因卢磊一是亲信，配了片钥匙给他。卢磊一便在那儿藏了几瓶酒，预备着老蔡或义兄夜里来。此刻拿一瓶出来，老蔡已经巴巴地望着了，起了瓶盖，喝下一大口，将瓶子递给卢磊一："陪师父喝一口吧。"

老蔡今夜莫名其妙，要卢磊一陪他喝了口酒，又督着他练了一套打穴，指点了几处错。喟叹卢磊一实在气劲小，以后要用点打，千万不能点指，只用钉锤打穴，保险些。"你这是小时候落下的病根，脾胃两虚，要缓缓治。"老蔡咋着舌，"我请了一服方子，你拿笔来记。"

卢磊一依言磨墨，蘸湿了毛笔，记下。"茵陈八钱，党参一两，炒酸枣仁一两，茯神一两二钱，红参一两，知母八钱，川芎八钱，当归一两。白芍一两，柴胡一两，山楂一两，白术一两二钱，苍术一两二钱，丹皮八钱，栀子八钱，黄芩八钱，合欢皮八钱，夜交藤一两。碾粉做水丸。"老蔡切切嘱咐，这是四十九天的量，水丸每日所服不超三钱六分，"吃完看看，若合用，停一个月再做一服。"

卢磊一连声称谢，老蔡嘿嘿笑着，没喝完的酒掖进怀里，走出门去又回头："是我要谢你啊，徒弟，你儿用了我的字。"老蔡定定地看着卢磊一，脸上闪过一丝眷恋，"老班子言，字有传承，百年之后，我就不是元根的魂。"

少顷，街上又传来了梆子声，脆又响。卢磊一在灯下看书，此时觉得好笑，撂了书，踅出门去，喊着："又来啦，酒不够吗？"却无人应，但见那梆子声近了，灯笼下却是一张陌生脸，一条街两个更夫？卢磊一上前拉住那人。

"老蔡不做更夫多日了。"斜刺里幽幽传来一个人声，声音尖尖的，姚痦子从黑暗里走出来。

雨又下了起来，小西门警段里，灯下，卢磊一案前摊开两张纸，姚痦子在一旁坐着，候着他看，暴雨伴着雷鸣闪电，劈开了长沙城的夜空。油灯晦暗的光摇摆地照在纸上，看得卢磊一心惊，第一张纸——"光绪十四年，巴陵会党举事，旋败，头目王联露率众西逃，过华容，进安乡，于官垱短驻，追逼钱粮，大肆屠戮，杀乡绅卢忠睿一家百余口。匪过后，族正率众收殓，卢府合家罹难，长房长孙卢家乐，乳母钟孙氏，长工卢满根下落不明。宝庆帮澧州香堂李炳财查勘传报。"

"年前就查出来了，长工卢满根冒替商籍，更名陆洪筹，做到了郑盛和绸缎庄二掌柜。此人好色，老蔡花钱请了个暗娼诱他到西湖码头杀了。本不杀的，点了他几下，竹筒倒豆子地吐了。当年逃出来，到长沙城边，为了五两银，杀钟孙氏，弃你，独自进城，不可恕。"姚痦子说道。

卢磊一展开第二张纸，"希汝以伏永，庭政风学盈，士登如昌大，洪宗兴基业，功成开景运，作述耀祖芳，忠孝家道振，甲第早荣扬"。班辈诗五字一句，看着看着，卢磊一双眼模糊，我就是卢家乐了，他一心下暗忖，脚跟发软，颓然而坐。

"王联露也在城里，如今改名迟存孝，顶的灶籍，潜藏二十年。这冒名顶籍的买卖半明半暗，原各街保正、甲长、牌头连带着九城内大小帮派都有参与，咱大清四籍，军、民、商、灶，只这灶籍最是易入难查，才耽搁了许多时日。"姚痦子自失一笑，转眼色凛，"为你不受干碍，老蔡帮你报仇，就在今夜。"

"他在哪儿?"卢磊一一惊，立起身来，要拉姚痦子。

"铜铺巷。"姚痦子出手反扣，拉着卢磊一的手扯他坐下，"王联露联络旧党，仍做暗处买卖，二十年经营，势力遍及小半个东城，比宝庆帮西门香堂可大许多。如今靠三块三等娼牌，在铜铺巷买下一个三进院子开妓馆，其中又设赌场，帮众打手云集，他每夜都在那里。"

"老蔡岂不是送死?"卢磊一又急又气，立起身往外跑，姚痦子魅影般闪到身前，出指如电，点在乳下，卢磊一轰然倒地。

"你去也是送死。"卢磊一浑身绵软，动弹不得，被姚痦子提拎到椅上坐着，姚痦子灯下脸色明暗，叹了口气，"他已抱了死志，要送你一份大礼。为报私仇不连累帮众，他把退路也断了。"姚痦子怀里摸出个布包，放在桌上，打开来，内里一张带血的字纸，包着两根新切的手指。"这是老蔡的切结，他已反出帮去，从此一人做事一人当。"

"他要你好生活着。"姚痦子转眼看向屋外的黑夜，雨声渐歇，屋外黑如点墨，静似肃杀，"江湖人怕死不惜死，你的仇，他帮你报，或有几分胜算。老蔡平生三绝，一点二刀三梆子，点指他教你了，一把短刀随身带，你没见过，那是他当年在镇南关血海里杀出来的依凭，最后便是邪梆子，敲不太响是不是？"姚痦子声音是从未有过的深沉，说到此竟微微发颤，"那是一筒掺了铁钉，压紧夯实的火药。"

"谅山溃勇，也有孤忠哪。"姚痦子死死地盯着屋外黑夜，似要把这夜看穿。此时，他轻飘飘的这一句话，像优伶的哀唱，尖尖厉厉地拔上屋顶。

不久，沉寂的长沙城，两条街之外，传来一声震天的巨响。

浮梁店主人言：这是我不愿意回忆的一段，糊涂是一世，清醒也是一世，糊涂好过清醒。换作如今，我宁愿有些事没有结果，寻不到结果便是最好的结果。

一座城有一座城的调性，转眼大风起，转眼大风息。悠悠湘江水，载着一城烟火向北，其中数不尽的欢喜悲愁。

那时的世道实不算好，宣统元年晚些时候，新军改制略缓的各省改募新兵。旧兵返乡，无田可耕，多数成了流民，滞留城里，作奸犯科，又有各地灾民进城，巡警道新设习艺所，下设四科，送流民入所习艺，终是所容有限，杯水车薪，警力不足，长沙城中治安变得极不堪，街市传谣"不用掐、不用算，宣统只得两年半"。引得上官震怒，查来查去，最终也是不了了之。

今日的眼看过去的事，不过是一声喟叹。江湖多磨难，可人在乱世，避无可避。

还有哪，芬儿难产时谢二表、老蔡、段长的作为，是不是看不懂呢？旧时难产，百姓多以为是妖邪作祟，会以各种手段驱邪。放炮仗、掀瓦、放火铳，总归要把妖邪赶走。那时可不比现在，有剖宫产，妇人生子如过鬼门关。

对了，粤汉铁路长株段是宣统三年（1911）竣工的，粤汉铁路全段却是民国二十五年（1936）才全线通车。解放后，它成了京广铁路的一部分。历史便如这修路，初时看不分明，一段段修筑，一段段延展。

今日到此，下回再叙。

第八章：凄音泠泠纸上春

浮梁店主人言：浮梁店里有好茶，好茶招待有缘人。我是卢磊一，一个被阎罗王忘了的人。

上回说到，老蔡殒身帮我报了大仇，收殓是我请段长出面，带着合段的弟兄去的，二毛兄弟贴心，请了收尸人。老陆请了九将头这尊神，聚拢一帮脚行兄弟站墙子、壮声势，总归要顺顺当当地把老蔡迎回来，现场惨烈，我压着心中澎湃，细细收殓。对方帮里也低调，王联露身负通缉，敞开来闹大了，决计落不着好，引得巡防营进城，一个帮说灭就灭了。

出殡那天，我着孝服、举孝幡，给老蔡风光大葬。他的牌位，进了我家的香火案上，摆在祖父与父亲的旁边。

老蔡三七那天，我做了个梦，梦见漫天的烽火，老蔡一身精致短打，站在崖边一棵松树下打望。他转过身来，火光映亮的脸庞似乎年轻了二十岁，脏污掩不住一脸英气，他望着我笑，笑容淡定从容，似乎一切都不介心了。

醒来后，我把这个梦告诉了老陆，老陆说做这种梦是好事，说明逝者无怨无碍，可以安心上路。

姚瘩子自七月底陪我那夜之后，许久不见人。老蔡的尾七时，他现了身，在老蔡的灵位前烧了几刀黄钱。这些时日，他在善后，江湖上并没有那么单纯，宝庆帮西门香堂不可能凭老蔡一张切结便置身事外，这些日子半打半谈，双方都交了几条人命，前几日才息争。

"你是老蔡嫡传，承了他的衣钵，进我香堂吧。"姚瘩子临走时说，"挂个名也行，我得给弟兄们一个交代。"

我让他容我想想，没有立时应他。

九月，我托人弄了个名额，把李鲵送去了习艺所织造科。学门手艺，出来后，可以寻个纱厂去做工。

那时，城里有大批流民、兵痞进城，各段的压力陡然增大，警力不足，小西门段上，杨再力照会了九将头、姚瘩子以及段内大小暗处势力并有实力巡防的各大商贾，联防联保，共治平安，遇着流民寻衅，当出手时要出手。警段夜值，也从单人换成了两人，段上出钱，还买了只铳狗（猎犬），黄身黑背，毛色油亮。拴在段里，夜间巡街，带着狗去。铳狗刚买来时，满傻子傻乎乎地问："这是要加菜吗，今日办席？"被杨再力好一顿骂，骂着骂着自己笑了。"狗肉不上正席，你不知道？"杨再力一伸大手，把满傻子拍得一个趔趄，"莫想着吃它了，它来了，就是你弟弟，叫满二。"如此，这条狗便叫满二了。

如此一番动作，小西门警段的治安，在当时的长沙府，算顶好的了。

接着来说卢磊一的故事吧。还是宣统元年，二师兄在葵园先生处当差已九个月，与先生处得亲切。葵园先生如今大门不出了，坐在家里看抄来的邸报，此外，各家的报纸都买来看一看，唯邸报看得叫人心慌，各处闹灾，邸报上倒歌舞升平，还有几处报祥瑞，哄着紫禁城的小皇帝，"先生说乱弹琴，气得又摔镇纸了。"二师兄说。

太平世看乱世，当时不觉险，如今却有劫后余生的后怕。今日的我看当年的卢磊一，只能说这小子福大命大，祖坟风水好，青烟冒得早。

一、山医命相卜

1

九月底,杨婶家的小柿子不见了。那日西风甚烈,一大清早,杨婶出门买菜,小柿子起得早,非要跟着杨婶去早市逛,吃个炸春卷。杨婶不肯,她又转头求杨再力,杨再力犹在床上,迷迷糊糊听了小柿子申诉,赶忙掏出几角银,给小柿子自去买炸春卷吃,杨再力自己无子嗣,倒把小柿子当亲女儿一般疼,只嘱她早市人多,跟紧姆妈。

待杨再力起床,唤杨婶,无人应,到厨下看,冷火炊烟,两人都没回。杨再力饿着肚子去段上,点过卯,叫卢磊一去外头买碗面来吃,火急火燎地刚扒拉了两口,有街坊来报,家里出事了。

杨婶是一个人回的,两眼失神,菜篮子也扔了,问什么都不回答,只是愣愣地发呆。

"又被拍花子了?"杨再力上了火,老陆见状,嘱着卢磊一去知会姚痦子,又喊满傻子去知会九将头,段里兄弟散出去,加上山堂、脚行的弟兄。小西门连着码头大索,老陆自去了早市,早市并不远,就在半湘街东边的豆豉园,属进城的菜农、商贩自发形成的,此处地形略复杂,北连唐家湾,南接古潭街,西接半湘街,东连白鹤巷,背街小巷四通八达,丢了个人,属实难寻。

"我们不做这个买卖，这买卖折寿。"姚瘪子不敢大意，把事情交代下去，才与卢磊一寒暄，"这些拍花子的，本地应有接应人，临时存货、取货、避险，也要个去处。拍花子无非用药，迷着孩子不哭闹，运出城了，再上手段。"姚瘪子沉着脸咂嘴，"一个时辰，找不到就险了。"

卢磊一听得上火，"你就说我该怎么找？"

"急也没用，已把人派出去了，等信吧。"姚瘪子皱着眉头，"只是奇怪，丰年里拍花子或者拍拍女娃儿，今年这年景，满街的流民，你看那街边，插草卖孩子的，十个里有九个女娃儿，白菜价，实不必这番大费周章。"

"你话真碎。"卢磊一急得啐了一口，反身就走。

"别急啊，入我香堂，你坐二把交椅，手下人都使唤得，何必我开口。"姚瘪子犹自赶在后头接话，"去哪儿啊，我与你一起。"

卢磊一再赶回杨婶的南杂铺，还未进门，却听一迭声脆脆的叫喊："磊叔叔！"转头一望，老陆打远处跑来，那怀里抱着的、穿着靛蓝碎花童衣，扎着冲天辫的，不是小柿子是谁？

细细问缘由，小柿子与杨婶进了早市，逛了老半天，终于发现一个炸春卷的摊子，她挣脱了姆妈的手，跑到摊前买春卷。炸春卷的找的铜板，没处放，兜了一前襟，小柿子一手搂着襟，一手拿着春卷，反身找姆妈，却怎么也找不见了。便自己回来，巷子里拐来拐去，走岔了道，从豆豉园往北，拐进了左右门的巷子里，便有几个在巷中玩闹的小孩要上来抢她的春卷，小柿子哪里肯，高声尖叫护着食，铜板撒了一地也顾不上了。老陆便是听见了喊叫声才寻着她，几个小子见大人来了，地上摸了几个铜板，飞也似的跑了，小柿子犹自春卷当棍，一面尖叫，一面抽打着空气呢。春卷破了,干笋丝、韭菜、肉丁落了一地。

卢磊一从老陆手里接过小柿子时,她正在啃春卷的面皮。春卷炸得酥脆,小柿子像个小老鼠,在卢磊一怀里一拱一拱,把面皮嚼得嘎嘣作响。

"我们家小柿子是英雄人物,一根春卷打得街混子四散而逃。"姚瘌子在一旁伸着个手指戳了戳小柿子的脸。

小柿子皱着眉别过脸去,不作声,默默地将头埋进卢磊一胸前,一嘴的油,都擦在卢磊一的号衣上了。

2

这边小柿子平安,那头杨婶却不好了,原只是失了魂,杨再力侍候着,着人喊了灵妃庙的庙祝来,收惊收魂,开出了两个银圆,勾得老道一蹦三跳地来了。着一身道袍,拿一柄桃木剑,自带一挂鞭炮,未进门就放了,怕是压箱底的炮仗,多年未用受了潮,半响不响的许多蔫炮儿。老道一柄剑从堂屋舞进厢房,在杨婶床前咿咿呀呀地跳,作法,跳了半天,皱着眉停了下来,杨再力守在床边,也发现了不对,杨婶整个人竟似发面馒头般肿了起来。

"你个妖道作的什么法?"杨再力骂将起来。

道人也是一头密密的汗,止了舞焰,半响才期期艾艾地挤出一句:"邪祟太凶,要不,请灵妃娘娘出马?"

"快去。"

道人也不说价,自去了。

"段长,我说话直,人不管用,请个土菩萨过来,未必镇得住啊。"

卢磊一在门外提醒。

杨再力摸着一脸胡楂，宽大的身形挤出厢房："病急乱投医，胡医生、常医生我都去请了，也不一定能管用，说不得，什么办法都要试一试了。"

一会儿胡美医生来了，看了半天没看出名堂，道疑似组织炎，给打了一针。

常医生也来了，杨婶腕上已肿得没有落指之处，号了半天脉，常医生一个劲地运气，牙缝里挤出一句话："怕是歪门邪道，在下医术不精，治不了。"抽身去了。

恰遇姚痦子回来复命，隔着门远远地望着，牙缝里抽着冷子，"这是邪术，以前老蔡会看的。"众人都默然。

不一会儿，道人请了灵妃娘娘来了，南杂铺已经卸了门，四个脚夫抬着尊泥塑菩萨，在屋内一阵舞，进三步，退两步。"娘娘驾到，妖邪退散！"道人一迭声地高喊，直舞了小半个时辰，娘娘退了朝。

杨再力守在床前看，杨婶非但没见好，身子肿得皮肤都透明了。

"这是邪术，治不对法只会越弄越糟。"堂屋屋角一人沉声说道。

卢磊一定睛望去，竟是洪瞎子，依旧一件破道衣，仍戴着那副墨晶眼镜，倚着墙角看热闹。

卢磊一乐了，上前去拉住洪瞎子的手，怀里摸出一个银圆，悄没声地逼上去："会看就会治，洪师父帮个忙？"

洪瞎子毫无烟火气地收钱入怀，嘻嘻笑着："那我便来试一试吧，今日逢酉，除恶破煞。"

杨再力听言，亲自装了一袋烟，恭敬地递上，洪瞎子笑嘻嘻地接了,呼噜呼噜吸了几口:"听闻陆警官有只猴面鹰,还请借来一用。"

等老陆拿猴面鹰的时间,洪瞎子也没有闲着,就在堂屋里开了坛,点上香,香案前置一碗清水,又画了几张符,贴在四方门楣。又着屋内属兔、属猴、属鼠的回避,请段长唤几个属马、属龙的壮年汉子进屋,站在堂屋四角,一番动作,却不见进厢房去看一看杨婶。

"肿在退。"杨再力闪出厢房,惊叫着,"看不出小小年纪,竟是真神仙。"

不一会儿,老陆拎着猴面鹰来了,洪瞎子接过,那个毛球儿鸟兀自恹恹挣扎,洪瞎子打了个响指,鸟儿竟定定地望着他,纹丝不动了。"仙家神兽,该做事了。"洪瞎子手臂一振,猴面鹰扑扇着翅膀飞上了堂屋梁顶,立着,头悠悠地转了一圈,咕咕地叫了两声,听到众人耳里,竟说不出的清正平和,卢磊一咳了一声,吐出一口胸中郁气。

"哎呀。"厢房里传出一声呻唤,杨婶喊出了声,杨再力喜得蹿了进去。

洪瞎子却快步踅到香案前,并指为剑,指天画地,口中念念:"七尺孤身兀立立,三分往事水悠悠。振衣独上巉岩立,长啸犹惊落水牛。"闭着眼,一跺脚,"恭迎祖师现身除邪。"

但见案前香烛陡然大亮,线香以肉眼可见的速度下燃,燃到三分之二时,洪瞎子睁开眼,眼中精光四射,剑指在坛前水碗上飞速地画着。

香燃到了尽头,洪瞎子画了最后一笔,收了势。指着那水:"半碗喝,半碗抹身。"见卢磊一要去端水,连忙止住,"叫杨再力来端。"

"师父这是怎么一回事?"杨再力早已没了倨傲,一脸恭谨,服侍着杨婶喝下水，杨婶便眍了眼，直喊累，似有万斤沙袋压在身上一般，一下消解了。杨再力安慰了几句，请几个婆子给她抹身，自出来陪着洪瞎子，怀里又摸出几块银圆塞过去，洪瞎子也省了客套，笑纳了。"福生无量天尊，"洪瞎子笑嘻嘻的，"瞧上了一副真的墨晶眼镜，洋人的东西死贵，如今托您的福，够钱买了。"

"这是《鲁班书》里邪得不能再邪的法门，名唤五雷轰，婶子是得罪了什么人吗？"洪瞎子又复吸上了水烟。

"哪个绝子绝孙的用这法害我婆娘！"杨再力勃然大怒。

"要找人难也不难，练这法的天生缺一门，鳏、寡、孤、独、残，在这些人里找。"洪瞎子撂了烟袋，起身要去，又嘱道，"中了法似病一场　还需寻个名医好生调理，我这上头也稀松，山、医、命、相、卜，这医术，我差了火候。"

"待肿全消了，你且去看婶子背上，应有一个掌印，这便是对家的手段。"洪瞎子一拱手，去了。

3

杨婶受了一场罪，在床上足足躺了小半个月，问起事因，却一概懵懂，只说去早市买菜，好好地走着，一下就蒙了，怎么回来的都不知道。杨再力请来名医，好生调理，倒似坐月子。芬儿也被卢磊一派去照顾了两天，回来与卢磊一说私房话，道是给杨婶抹身，看她背上一个黑紫的掌印，好不瘆人。

为此，杨再力私下联络了不少人，又将段里的弟兄撒出去，细细排查，要查出是谁害了杨婶。始终没个了局。

十月初，灿东瓷器行胖子老彭的小儿子去湘江河里游泳，淹死了。也是蹊跷，那孩子十一岁了，湘江河边长大，本是极通水性，那一日他母亲佛前算了一卦，菩萨明示今日有凶，忌出门。大儿子要上学，小儿子极顽劣的一人，读了几年书，不愿再去，从此便在家里玩，做那懵懂子养，平素也还听母亲话，只不知这日是怎么了，躁得很，非闹着要出去耍，被母亲弹压住了，急得脸通红。终是寻了个空，溜了出去，出了小西门，径往河边去，路上有人招呼，直作没看见，脱了衣下水，便没见起来。老彭请人下去寻，找到了，卡在了驳船底与江底间的缝隙里。

"这是鬼迷了心窍，一心寻死。"结案时，老陆说，"都说多行善事，恶鬼难侵。这老彭平日里极小心的一个人，不能说多行善事，至少没种什么恶啊，没来由地受了这一灾。"卢磊一听着也是唏嘘，他连经两事，但觉这世间事，有许多在常理之外，难作推敲。心中越发地敬天畏地，又想起了老蔡曾说的那句话，"万般带不走，唯有业随身"。

十月初的一日夜里，卢磊一在家治席，请义兄吃饭。此时，湖南也作新军改革，岳州演练的新军扩员，终于建制，编成陆军第二十五混成协。陈作新仍在巡防营当他的哨官，那位帮义兄办事的梅馨梅大人，上月赏了陆军步兵科举人，授副军校衔，如今成了兄长在军中的靠山。

这夜是四人吃酒，义兄，二师兄，再加一个姚瘸子。谢二表早间送了一副新鲜猪肝、两个猪腰子来，芬儿将猪肝放卤锅里卤了，此时捞出，细细片了，加蒜末、干椒、香油一拌，正是下酒的好菜。李鲲在织造科习艺，仍是回家住，小妮子勤快，回家便做事，见芬儿在厨间，把她赶了出来，独自又整饬了几个菜。一个爆炒腰花，猪腰子去了腥膜，切片，改花刀，腌后加姜辣爆炒，也极下酒；再蒸一碗火焙鱼，鱼是益隆行主母送的，正宗浏阳烘焙方法，洗干净加干椒、豆豉上锅蒸，出锅时点上几滴白醋，鱼肉能嚼出甘甜。家里没青菜了，鲵儿自出门，去隔壁夏记酒馆借了一球白菜，做了个剁椒芽白。

二师兄闲的时间越来越多，只为葵园先生如今轻易大门不出，二门不迈，在家里著书立说，儒学大家，自有一股我注六经的气度。今年重阳时，杜师父特意做了根白藤木拐杖让二师兄带给先生，先生很喜欢，独自把玩了半昼，期期然叹："何时杖尔看南雪，我与梅花两白头。"看来不出来做事总是逼不得已，终究落寞。

义兄重回行伍，也依旧是不甚开心，日日买醉。前几日竟在红牌楼路边支了个摊，卖字换钱，桌上一沓纸，半壶酒，边喝边写，义兄写字倒是手稳，字有金石气，很受欢迎，支摊半日，贩售一空。还有大户人家约了去家写，交了订金，义兄悉数收了，这上门的事倒拖着，买家日日来请，义兄日日没空，大把时间都喝了酒。如此看，当差也是稀松，上司也不管他，据他说，营中管带名唤王强，是兵目学堂的前辈，军务上头有些手段，倒治不住他这等兵油子，请吃过几顿酒，便撒开了手，每日帮他画圈圈点卯，陈作新叹道，都说新军新气象，巡防营也该跟着振作，可领头的还是这帮老人，暮气沉沉。

"管你也不是，不管你也不是，你这人真难招呼。"卢磊一笑他。

"人生得贱，就怎么都不如意。仙人赠酒，还嫌没有酒糟。"姚痞子在一旁捂着嘴笑。

卢磊一也笑，这个典他隐约有印象，是《笑林广记》中的一则故事。

众人聊了一气，姚痞子便叹，如今这暗处买卖越发难做了，兵痞、流氓进了城，无业可做，便自立帮派，与他们抢买卖，真刀实枪地明抢，地头蛇尚需顾着地头，人家把自己当成过江龙了，不必讲规矩，拼的是人多势众不怕死，四处占码头，占了便是他的买卖。短短几月，香堂的生死签抽了几轮，折损了几员大将，做掉了两个为头的新帮首领。"划不来，划不来。"姚瘪子摇着头叹，似说一件平常事。纵是江湖人看淡生死，卢磊一在一旁也听得心惊。

"早知该学九将头，早早转行粜米，如今米就是钱，一上船就是银钱万两，哗哗作响啊。"

"你去做吧。"卢磊一咻道。

"如今是晚了，各碓行、米庄都有了下家，连带航运都有人专线维持，买卖已成定式，再往里挤就是夺人饭碗，香堂没这么大臂膀，使不了这么大的力。"姚瘪子咂着嘴，一脸不甘，"你看那九将头，如今是春风得意，每日里带个钓竿在西门外河边钓鱼，盯着自家米上船运出去，脚夫行里一半兄弟给他办货，工钱开得高，轮不上的还叫屈呢。"

"听老陆说，他还搭上了日清公司，又多了几分便利。"卢磊一道。

"沾了个洋字便可横行，这哪里还是中国？"陈作新一拍桌子。引得众人大笑，笑他又发癫了。

二、吃喝嫖赌抽

1

九将头在河里甩钩钓到一条鲟鱼，足有四十余斤，钓钩未摘，献宝一般抱过来给杨婶补身。这鱼性躁力猛，九将头叫人划着船，在湘江河里足足溜了两个时辰，才出水。抱到南杂铺时，围观的闲人将铺前的街道都挤了个水泄不通。

杨婶身子仍旧弱，拖着病体走出来迎客，看着九将头手里的巨物目瞪口呆，忙请看热闹的脚夫去喊杨再力。"不忙，妹子，我搞得过来。"厨下走出一个膀大腰圆的老婆子，原来杨再力疼堂客，请了个婆子做家务。婆子夫家姓刘，杨婶唤她刘婆婆，两人处得和气，杨婶倒不把她当下人。却不知杨再力哪里寻来的人物，刘婆婆一脸麻子，力气大得惊人，一手抠鱼鳃来个横摔，把鲟鱼摔晕，提起来便去了厨下。

卢磊一与老陆也挤在看热闹的人群里，此时也啧啧称叹，道段长这请的哪里是帮厨的婆子，竟是请了个保镖。

人群挤在南杂铺旁，犹不肯散去，却见跟去厨下的九将头期期然打里头踅出，手上一根草绳挂着个大鱼头，打眼望见二人，笑眯眯地招呼："好东西不要，我拿回去架个锅、炖豆腐，香得很咧。"九将头走过来，围观的众人又是哗然，有好奇的弯下腰看那鱼，一条尖吻足有尺长。"弄瓶老酒,咱哥仨喝一壶啊。"九将头要扯老陆,老陆却望着别处,眼神似鹰,手一摆,冲进人堆里,揪着辫儿扯出一个人来,一扫膝弯,那人身一拧,竟扛住了,没倒,犹自与老陆抢着发辫。

卢磊一笑眯眯地赶上前去,似要拉架,双手搭上那人肩,顶膝一撞,那人闷哼一声,倒在地上。"偷钱的生口子。"卢磊一解下捕绳将那人发辫绑上,拖拉着绑在南杂铺边的电线杆上。老陆在旁边叹:"行伍里回来的吧,这些天尽是生面孔,偷钱的老手都不见了。"

再看那人,清瘦精壮的一个青年汉子,吃痛不住,在电线杆下团成了一只虾。老陆解下警棍,戳了戳汉子,"松手。"汉子望着老陆,眼神冷冷的,不作声。老陆一棍劈在汉子紧攥的右手上,汉子疼得一凛,手松开了,掌心一个明晃晃的五角银。

"缴了赃就放了吧,都是苦哈哈。"旁边有人幽幽地搭着腔,眼光往人群中一扫,四五个人力车夫站在一旁,为首的甚是魁伟,方方正正的国字脸,浓眉深目,不修边幅,一部大胡子枝杈如帚,说话的正是他。

"我若不放呢?"老陆鼻子里哼道。卢磊一拿眼瞥老陆,见他退了一步,脚尖在地上拧了拧,暗地里已摆出沉身应对的架势。

国字脸撂下车走了过来,卢磊一上前一步,挡在老陆身前,国字脸伸手便探卢磊一前襟,斜刺里伸出只手,搭上了国字脸的手,轻轻一带便把力带偏了。九将头那张刀疤脸凑了上来,满脸堆笑:"偶遇是缘,在下九将头,管着西门外脚夫行,赏个薄面,随我去码头吃鱼吧。"九将头搭着国字脸的手,竟成了个拉扯引客的亲热相,另一只手仍拎着那只大鱼头,笑得两条刀疤拧成了麻花,"都给兄弟一个面子。"

柴灶在江边的凉棚里架起,车夫兄弟们坐了一圈。鱼且煮着,不单一个大鱼头,又下了些杂鱼,加上鲜豆腐一起炖,姜蒜作料倾入,再放些野薄荷叶。九将头又叫徒弟去夏记酒馆打了十斤烧酒,在街上买了十斤卤下水、二十斤粗粮馒头,鱼肉宴贵客,众人吃将开来。

这些车夫竟似饿痨鬼现世,一个赛一个能吃,筷子夹菜不入碗,一个劲地往嘴里扒拉,伴搭着二十斤粗粮馒头风卷残云就下了肚,鱼却将将熟。吃席讲究是鱼到酒止,这里却不一样,鱼刚开吃,酒也刚开喝。

话说开了,原来这是帮漳州兵,籍贯都是浏阳东乡七宝山,今年募新裁换下来的,七宝山名唤宝山,群山环绕,田土稀缺,回乡也是无田可种,索性留在了省城。国字脸叫王汝松,因有一部大胡子,军中诨名胡子松,自幼练习巫家拳,一身勇武,在军中做到排长。此番裁换,名册上原本没他,因放不下一众兄弟,也就跟着回来了。在长沙城里混,身无长技,又举目无亲,铺保都没一个,做工无人保荐,几经辗转,好容易搭上了浏阳商会,众人便租了几辆车,接散客。几个月下来,渐渐有些积攒,几人里年纪最小的满弟田二会起意买车,众人便掏出遣散银来打会。

偷钱的便是田二会了,年纪最轻最不晓事,几两遣散银早已用光,发起打会,自己手头又不够,便临时做了这三只手的行当。

胡子松说起来痛心,连喝两碗酒尚且压不下火,把田二会叫到跟前,起身一个栗暴,敲得田二会捂着头大叫。

"当过兵的人,喊什么痛?"胡子松吐了口鱼骨,鼻子里哼道。

"我们是窝囊兵,没上过阵,算什么兵。"田二会捂着头兀自叫唤。

一瞬间,凉棚里都静了下来。

"确实没上过阵。"好一会儿,胡子松才自失地笑道,"连年败绩,全国都打怕了,府、县老爷们看到洋大人都似没骨头,官不似官,将不似将，兵不似兵，将佐们吃着空饷，克扣我们犹似狼，海上洋船鸣笛，管带大人便喊人关营门，不准将士们出营。"

"我这一世恨，当了几年愣头兵，没杀过洋人。"胡子松切切道。

2

九将头一顿鱼头席，收了几个漳州兵。胡子松带了五六个弟兄拜在了他门下，领着月饷，做起了维持码头的活计，比大太阳底下供人驱使，着实松泛了几分。

胡子松做人扎实，手下兵听调排，管束也十分得力。只一样，好女色，相好了南城娼馆的一个头牌，每月的月饷存不下，发下来便都送到那处去了。又好喝酒，一顿半斤烧酒作水喝，要喝美了，一天得需两三斤。九将头仰仗他，每月还给他发酒钱，那是工钱之外另算的，也不少。九将头不爱进城，要人督着运米出城的检索，没两月，便将这胡子松派进了城，与卢磊一打商量，向他家租一间房给胡子松住，离着城门近，好办事。

转眼便到了十二月，快过年了，城里的流民不见散去，渐有长住的意思，合省各处报的米荒也越来越多，湖南米不敷用的消息越传越真。卢磊一回嘴方塘看师父，师父也叹，今年这过年真不比往年，年景萧条，人也不振奋，仿似这天下都恹恹的。

又说大师兄的婆娘前几日省亲回来，道亲家这个年也过得艰难，湘江里的鱼都似匿了迹，今年的渔产不足往年一半。"莫说他们家，看看我们邻居，上家屋里在卖明年粮，只为过这个年。"师娘端菜上桌，接话兑道:"往年哪有这种事?"

卢磊一听了也心惊,上家屋里徐伯他认识,家境说来比自家殷实,如今也到了这田地。卖明年粮,是将此日当作来日过,不到万不得已不会出此下策,这般卖粮不看丰歉,买家出价只往贱里砍,通常的价格,都在平年粮价的一半以下。

"我这个家,若不是你们兄弟维持,也难撑了,哪里还有白米饭吃。"师父啧啧地叹,抄起筷子吃饭,桌上两碗菜,一碟辣椒拌干萝卜,一碗蒸火焙鱼。

腊八过后,腊月初十中午,下河街上的烟花行夏李记炸了,轰隆一声响,便升起滚滚黑烟。爆炸前不久,胡子松一帮兄弟在古潭街口与一帮流民起了冲突,有人亮了刀子,段里的兄弟一齐增援,帮着卢磊一与老陆好容易驱散了。正维持着,听到巨响,扭头一望,下河街上升起了黑烟,老陆遣几个兄弟去求援,与卢磊一掉头便往案发处跑,街上已经乱作一锅粥。

快到下河街时,遇着一个个儿高高的巡警,张目茫然四顾,正是满傻子。老陆跑过去当头一拍:"拍醒你个化生子。"老陆怒目圆睁,斥着几个不懂事的同事,"快去叫救火队,水会也行。"

彼时码头因多租界,已经成立了官办救火队,其余各街,部分仍是水会维持,商户集资供养。老陆将弟兄们散出去,也是个无论水会、救火队,先到先救急的意思。

到得夏李记,已经有人在组织救火了,堂屋内烟尘滚滚,屋内人进人出,在天井里的水缸打水灭火,当中一人,叉着腰正指挥着。卢磊一一看，乐了，竟是义兄。

"大哥你又溜号子了。"卢磊一大声喊道，看义兄脸上乌漆墨黑，尽是炭痕，"犯了行伍规矩，街上又行义举，两两抵消了吧。"

"不要说笑，死了人了。"义兄转头看他，沉声道。

"你们不怕再炸？这可是烟花行。"陈二毛不知几时踅进来了。

"这烟花行里可有规章，商埠里最多有些小样品，炸不起来的量。"卢磊一嗤道，"仓库都在城外，取人烟稀少处，还要圈起来，开水塘，养恶犬。你个生口子，这都不知道。"

四男一女，当场身死，现场一片狼藉。公所派了仵作验看，一个下午便出了结果，爆炸物是个填了火药、细钉的陶瓷酒罐，放在堆在堂屋一角的一堆酒罐里头，炸起来，一瞬间填充物、细瓷片乱飞，兼之引燃了一堆高度酒，屋内人逃无可逃。

"男人们是正常吃酒时被炸翻的，只这妇人奇怪，伤处都在正面，像炸时，正往这酒堆里奔似的。"仵作咂着嘴，只是不解。

"说不得是桌上酒喝完了，来搬坛新的。"卢磊一道。

火既已灭，段内派人守着现场，陪仵作老冯验看。五人身份已厘清，夏李记掌柜夏著清，下河街屠夫王满银，云化堂值事何正秋，太古公司洋船三副何卫生，这何正秋与何卫生是叔侄关系，家都在下河街上。死的妇人，便是夏著清的夫人夏刘氏。

卢磊一与老陆又在街面验看，寻着街坊细细打问，到得夜间，段长召集，在庆丰楼唯一的包间点了一桌菜，边吃边合议。还请来了鞭炮行会的值年首士，一个山羊胡子的老先生，精瘦的身板，鼻梁上挂着副眼镜，颇有几分倨傲。

话说这长沙城里，成熟的各行各业都有行会，发展至今，行会达百余家，如梨园行、纸行、茶业行、肉行等，成熟的行业还专门设立公所，选出业内领袖，定下行规，平衡度量，保障选品。如卢磊一开的茶舍，便属茶行的本帮，与福建帮、广东帮、江西帮等合属省府茶业公所，每年需交年费，进货需公所派员，验定品质，确认数量，参酌价目。夏李记与半湘街上的益隆行一样，属府内的鞭炮蚊烟行会，拜的祖师爷是李畋，这值年首士，便是行会里每年推举的行会头头，多是选守中持正又有威望的人。

今年的值年首士便是这山羊胡子，化龙池旁崇善里安福行的掌柜胡立春，浏阳人，在省城经营鞭炮三十余年，颇具威望。

"会不会是业内寻仇？"段长居中而坐，皱着眉先问这胡掌柜。

"行内众店铺一向遵规守义，可竞品，不争抢。便说这新开铺面，开后前必先采访码头，街上原有此店，便需回避。'相隔上七下八家，远离三对门一隔壁。'倘有觊觎之心，抢行夺市，公同议罚。前年司马桥何盛记压低行价出库存，值年首士带我等公议罚银六十两，罚戏三本。这是写进了行会志的。"山羊胡子圆滑，一番话滴水不漏，先将行会择了出来，"方才仵作冯大人也说了，这是命案，我鞭炮蚊烟行最是守规矩，行规要守，大清律更要守。行当中三防，重中之重便在这防火上，不单警官按月查验，我们行会里每半月也派员查验一次，大宗货物不放店面，样品间里不能有易燃杂物、不设桌椅，天井中三大缸日日要挑满，厨房需单设，拢共三类十五条，一一验到。"山羊胡子一拱手，择出行会又再陈情，"命案已出，五人殒命，行中应有哀悼，各店都出些嚼用，权作抚恤，行内再出三十元，充作赏格，知警官们公务忙，敝行晓事，有些心意奉上。还请警官们受累，速速破案，以告慰夏老弟夫妇在天之灵。"轻描淡写、连敲打带吹捧地便划定了各方行事。胡掌柜说完便告辞了，临出门前，又督着上了几个好菜、两瓶好酒，一并会了饭钱。

卢、陆二人，直到胡掌柜离开，才开始陈述案情。"这案子是个醒壳子，一目了然，磊伢子你讲。"没了外人，老陆现了原形，一脚踏上椅子，端起碗喝酒。

卢磊一便将这半日寻访，从四邻兼之家里下人打探来的消息道与老陆合计后，说出一篇故事来。这夏李记是家分店，隶属浏阳总店，在下河街上经营多年，所产小烟花精巧，行销海外。铁打的店铺流水的掌柜，这一任掌柜四年前来的，今年三十一，好吃懒做的角色，又有很重的大烟瘾，店内事宜都凭伙计打理，只把着验看一关。有妻夏刘氏，颇有姿色，原是倚门卖笑的角色，被夏著清娶来做妾，前头的正房死了，这夏刘氏便被扶正了。夏著清早被烟土掏空了身子，房事日日放空，夏刘氏耐不住寂寞，便重开这烟花行院，勾搭起了野汉子。夏著清年初得了肺痨，寻遍名医无药可治，近两月已日日咳血。今日这顿午宴，竟是个鸿门宴兼着姨夫局，头一天便把店里伙计丫头都遣走了，中午这餐饭，是在庆丰楼叫的外送。想来是夏著清忍久了，想着人之将死，将妇人与这些姨夫班子拉来垫背，一雪前耻。自己经营着鞭炮行，火药这些都是现成的，再不济，报几箱烟花折损，拆出来的火药也足够填充一酒罐的了。

"竟是这样个案情，如此便可了结了？"杨再力饮下一碗酒，咂着舌叹。雅间外传来敲门声，一个伙计样的人进来，报着鞭炮蚊烟行会的名号，轻轻地将一包物事放在杨再力跟前。"胡老爷说了，这是孝敬官长的，赏格另算，大人们辛苦。"说罢便退了出去。

杨再力打开一看，三封银圆，每封十枚，银晃晃的七两二钱官造光绪元宝。"这个胡掌柜晓事，给我们送办案的钱粮来了。"杨再力哈哈大笑。

3

庆丰楼会议，喝翻了几位段内兄弟，老陆也喝倒了，他近来意志颇消沉，逢酒必喝，一喝就醉。老陆的满崽病了，上月去岳州的表婶家住了一个月，回来便发了病，一个月下来暴瘦，皮肤蜡黄，眼珠子都是黄的，肚子肿得老大，坐实了是肝疾，奈何请了城内的大小大夫，药水喝下百把斤，收效甚微。文运街的常医生交了实底，说这种病他之前也看过，是体内有虫，驱不出，如此郁积，只会越来越险。

那夜酒后，卢磊一把老陆安顿在自己家里歇着，打了一趟木人桩，一人坐在堂屋里喝茶歇气。老蔡请的方子他依方抓药，吃过一服，自觉气匀足了许多。腊月里不再吃了，待来年出了十五，再制一服，缓缓调理。

芬儿见他不睡，出来寻他，便在堂屋里陪着他坐坐，说说话。

"磊哥哥，晚上不要喝浓茶，会睡不着的。"芬儿温声劝着。

卢磊一笑了笑，摸了摸芬儿的头，芬儿胖了些，着天青色碎花袄裙，身上有些鼓囊。卢磊一不说白天的案子，芬儿却已在街坊传言里听了，跟卢磊一说起，说得直咋舌："老天爷，几条人命呢，多大的仇恨，要这样做啊。"

卢磊一便将庆丰楼的推断又说了一次。说到末了，卢磊一不由得喟叹，段上办案便是如此，一案发，街坊邻里都是探员，只要不是外人作案，东家一嘴，西家一言，案情便可逐渐拼凑出来。

芬儿听得皱起了眉，歪着头想了半天："会不会，是这主母夏刘氏作的案呢？"

卢磊一一惊，望向芬儿，芬儿的大眼睛里清澈见底，没有丝毫浑浊。"以身还债，不知道心里有多大的委屈呢。"芬儿切切道，"她是放不下夏家老爷，许是那罐火药摆错了地方，又或摆在老爷身后头，她想换个位置？点燃了的引线，醉酒的人看不见，她一个旁人还看不见？"

"我家太太说过，闲人的口，咬人的狗。街巷听来的未必可信啊，落井下石常有，雪中送炭几稀。这世上多的是恨人有，笑人无。真心换真心的可不多。"芬儿皱着眉摇着卢磊一的手，"磊哥哥你可莫断错了案。"

卢磊一看着芬儿，有些自惭形秽，半晌无言，好一会儿才摇头苦笑："这由得我吗？"

芬儿这话，倒是跟仵作老冯的说法别无二致。

今日夜宴上，老冯是最后一个说的，说前还告了罪，道且说说这案的另一个情形，大家听听，最终具结上报，仍以段上为准。老冯说，或许这夏刘氏从良后，心便在夏著清身上了，夏著清不但抽大烟，还好赌，掌柜拿年金并分红，全撒向牌桌都不敷用，便四处拆借，致债台高筑，便要这夏刘氏下海，以身抵债。火药是夏刘氏点的，酒罐堆在堂屋西角，主位在北，离炸处最远，谁想着这些人横惯了，没把夏著清当主人，喝到火热，譬如甲要与乙说话，便要丙让开，换来换去，给夏著清安了个下席。这夏刘氏不想丈夫死，奔出来挪火药，刚走到近前便炸了，所以伤处全在正面，除了脑后一处磕碰，那是被气浪推到墙上磕的。

老冯是个干瘦人，一身邋遢相，只一双眼睛精光四射，说话倒好眯着眼。"里屋榻上还有一管装好的鸦片，想着饭后吃一袋的人，哪里想要寻死。"老冯说，"再看这妇人，身上染了病了，杨梅大疮烂得深可见骨，许是早已气结，要把这些奸夫都了结了。要说火药，夏刘氏作为夏李记主母，一样弄得到。"

"那些人身上，有夏著清亲笔画押的欠条。"老冯最后说，"不止一张。"

这案子，段长一合计，仍是定个夏著清欠债无力清偿，遂生歹意，含恨杀人，隐去了通奸一节。横竖都死了，若定夏刘氏为主犯，事涉人伦，又遭非议，不如与前几年胡三夫妇弑父案和德胜街毒杀亲父案一般，便宜处置，呈报里无关礼教大防，又不涉逆党，案子便算办得漂亮。

段长又言，这等案子，若放在前些年，勘定了夏刘氏的主犯，纵是烈女杀人，通奸杀夫事实俱在，按律当凌迟，人死当戮尸，死了都不得安宁，一颗头还要挂到城门楼子上去。光绪三十一年，朝廷废酷刑，这些刑就都废了，再往后，斩首若也废了，那湖南第一刀邓海山怕是要杀猪去了。

"只是桌上摆了五副碗筷，主母不上席，这多的一副碗筷是谁呢？"堂屋里，卢磊一与芬儿说起来，直摇头，"或者夏刘氏上了桌吧，烟花行子出身，行事本没这么讲究。"为求速结，段长将这一节也隐掉了。还有一些事，卢磊一不敢深想，譬如义兄为何就那么巧，正好赶上救火,这夏李记炸案许多细节,他都没有想透。

可是对于官府来说,它已经结案了。官字两个口,正好有由头,今日杨再力请行会值年首士胡立泰,不过借案敲一笔,他心下清楚,这案不关行会什么事的,胡立泰也清楚,不挑破,该报效时便报效,银钱保平安,元宝通大道。

(光绪三十一年,清廷废止凌迟、戮尸、枭首等极刑。宣统二年,资政院副总裁沈家本主持修订《大清新刑律》,将这些刑罚从律法中删除。)

三、镇剿赈捐抚

1

今年过年不比往年，街面上热闹归热闹，是一种不安的热闹。缺米少粮的流民充斥各街各巷，当街抢劫、斗殴时有发生。为一口食，饥民们横起来，比街混子要凶，敢将手伸到滚烫的油锅里捞食；出摊煎粑粑的，和好的面，端起来便喝；前几日，夏记酒馆门口柜上的张口酥便被几个花子哄抢了，跑得慢的一个被拿住，打得扑倒在地，磕得一头血，嘴里兀自嚼个不停。

碓行、米店门口，一开市就拥着人，多是流民讨米，趁着开门讨喜，高呼着老板发利市，眼睛却死死地盯着店顶米仓下米的管口。几次巡警驱散不开，吹着哨子喊巡防营进城了，才作鸟兽散。

卢磊一的茶舍，每日一开门，必定有几个人趔进来跪着，都是周边的流民，赶早讨口吃的，不拘好坏，填得肚子就行，如今米价飞涨，家里吃的也有限。李鲵习艺所歇了业，每日半夜起来做糠菜饼子，做一小笸箩，预备着饥民来讨。

初时六七个，后来十数个，卢磊一尚且担忧，这般吃法，糠菜饼子也没法供了，谁料人数却不再增了，总是那十来个，老面孔，家人都啧啧称奇。某日芬儿忍不住，拖了个老妇过来问分明。妇人道这些都是一起逃出来的至亲，遇到个肯得舍饭的恩人，邀集来一起打个饥荒，不敢再往外传，好容易有个固定消饥的去处，人多了，恩人家也扛不住，吃伤了，闭门不舍，他们又上哪儿要去？

卢磊一听了摸着头笑，原来这些人心里也藏着一番考量。回段上与陈二毛闲话，陈二毛也笑，道："想不到你小小年纪也开善堂了。"

"这城里本就有这么多家善堂，何解流民仍旧遍街抢食呢？"卢磊一纳闷，"数一数，同善堂、楚善堂、兼善堂、小补堂、百善堂、云化堂，大小十数家，再加上各寺各庙的粥厂，这许多处，日日不歇，怎么仍是个饥民横行呢？"

"善堂再多，也是僧多粥少，这进城的流民，怕有三四万众了，排不到的仍不少。"陈二毛一嗤，"再说这善堂也是门生意，广纳善财，多是进了几个董事、值事的腰包，进去容易出来难。个个善堂章程上都写着，施粥要插筷子不倒，那是巡查时做给上官看的，如今你随便挑一家去看看，清汤寡水，就是一锅加了菜叶的陈米汤，照得见人的粥，可喂不饱人，一泡尿撒了又饿了。不另寻些吃的，这种寡粥喝上几日，会得水肿病，靠不住的。"

卢磊一心下也是默然，今日老陆来得迟，他自牵着满二去巡了街，巡到陈记茶馆门口，当街堆了一堆酒坛子，卢磊一过去打问，竟是在卖陈酒。卢磊一在此有股份，店里的事情倒是不问的，好奇心上来，打趣道："我那义兄是要戒酒吗？这些酒都快十年陈了，他舍得？"

"他那酒虫，杀了他也不会戒啊。"伙计与卢磊一稔熟，嘴上头只是调笑，"前日回来，说这些酒存坏了，喝着没味道，要我们卖了，他进一批好的来。"

"我拿十坛。"卢磊一也笑，看满二在酒坛面前只是嗅，将它扯开了,"晚些送家里去,酒钱后结。"

走到半湘街与古潭街口,谢二表仍旧出着摊,看见卢磊一来,点了点头,架上扯下一个包好的油纸包,蹑出来,交到卢磊一手上。"一副新鲜猪肝,拿回去,一半炒,一半打汤。"谢二表道,"我看芬儿近来唇色有些发白,吃点猪肝补补血。"卢磊一赶忙谢过。转身走到对街,将满二拴在门口,自进去跟叶绍棠与主母请安。

叶绍棠请卢磊一吃茶,他大烟瘾是彻底戒了,手中整日抱着个水烟壶,不熄火地吸。主母终于有孕了,心气好了,不似从前整日蹙眉的愁样子,每日在店后天井边的回廊走走路,因是小脚,行动到底不便,肚子稍稍有些鼓,走起来便显蹒跚,脸上倒是时常挂着笑的。

吃茶时,叶绍棠与卢磊一闲话,问起夏李记的案子,卢磊一道已经结案。叶绍棠皱了皱眉。"火药上头还要查一查的,"叶绍棠道,"你们没接触的不晓得,行里的火药,没那么大的威力的。"

卢磊一听得心下一凛。

再回到段上,快到午饭点了,段长着卢磊一与陈二毛去接前老丈人老刘头。段里的伙食仍是他包着,只是街上不太平,怕抢,送个饭都得巡警护送了。

2

腊月二十已过,真正往年走了。老陆的三儿子终是走了,没过成这个年。少亡不进祖坟,夜里走的,连夜发丧,埋在了妙高峰下。第二日,卢磊一得了信,带着芬儿上门,好一通安慰,芬儿陪着陆婶好生哭了一场。

腊月二十三,杨婶的南杂铺售新,卖自家做的瓜子、花生等一应炒货,都是杨婶架锅加盐和五香料炒的,选品好,炒得好,买卖又实在,每年就卖这几日,生意特别好。说起来,杨婶一直以来有个"炒货西施"的名号,便是从这上头来的。

店前挤满了人,段长派了卢磊一帮忙维持,不过站在门口应个景,秩序自有帮佣刘婆婆在照顾。刘婆婆膀大腰圆,人前一站极威武,除了不长胡子,比卢磊一还像个男子汉。闷声一吼,众人噤然。

小柿子好热闹,穿着小花袄,戴着狗头帽,上蹿下跳。杨婶让她帮着折油纸包,折了两个,便跑开了。

街坊邻舍也都跑来帮衬,陈记、夏记是大头,瓜子、花生都是店里的常备货,一早赶来与杨婶议定了需求与价目,交了定钱,约了时间取。其余各家,不过买个过年的量。她家还有新炸的花片,摆上台给买家试味,特别脆甜,只此物易蔫坏,需妥善保管,台上摆的打个样,接受预订。

灿东瓷器行的彭掌柜是自己来的,一个大胖子,挤在人群里,好容易挤到前头,站定了,笸箩里挑了个花生吃,一张白白的大脸满是汗,笑眯眯地与杨婶打招呼:"还是妹子家的炒货正宗,这里头八角、陈皮、香叶放得足,不用剥壳便闻着香了。"杨婶听了只是笑,手下不停,嘴里应道:"您老买几斤?"

"你看着称,包圆了也不在话下。"这话听着就有些轻佻了。眼看着老彭再伸手,卢磊一瞧着不对,正待上前,那只胖手却被人拿住了。

是刘婆婆,婆子看着壮,身子却不笨,出手如电,一把拿住了彭掌柜,手如钢钳,紧紧地夹着彭掌柜的右手,拽近了看,似是在确认。一瞬间,卢磊一也看清了,彭掌柜手指尖竟是乌里泛紫。刘婆婆一翻一拧,嘎的一声,将彭掌柜的右手生生地给折断了,彭掌柜张大了嘴,半天才喊出来。

南杂铺闭了店门,杨婶哄着小柿子进了里间。卢磊一早已经将彭掌柜拧进店里。彭掌柜一摊泥样躺在地上只是呻唤,刘婆婆在一旁凶神恶煞地站着,只等段长来审。

段长黑着脸来的,带着只马鞭。进门也不开腔,甩开马鞭,对着地上的彭掌柜一顿抽,抽得彭掌柜杀猪也似的叫,越叫越哑。

这倒是段长的风格,打完再问。卢磊一看出来了,段长从头到尾只用了鞭,没上手脚,那鞭都是往肉肥处抽,抽得一身皮外伤。杨再力没想要彭掌柜的命,便没有人劝。

一会儿,杨婶从里间出来,看那一堆在地上呻唤的肥肉,啐了一口。

"新寡时,他几次托人下聘,要我做他的妾,我没肯,后来也就消停了。"杨婶幽幽地说,"这么久过去了,没想到还念着我呢。"

杨再力听得火起,又是几鞭子兜头打下。

"我只问你,"杨再力沉声道,"跟谁学的?"

"书先生,跟书先生学的。"彭掌柜在地上有气无力地答着。原来是彭掌柜去年去醴陵进货,遇见一个走方的郎中,不用药,化水便可医人。彭掌柜着了迷,生意撂开,整日里缠着这郎中,好酒好菜地服侍,要拜师。如此纠缠了几日,郎中却不过问了他年庚八字,道自己教不了,请彭掌柜出二十银圆,请个书先生。彭掌柜当即掏钱,郎中做了一番仪式,让彭掌柜拜了祖师爷,却不必拜他。彭掌柜神位前赌了咒,禁吃一切有脸荤物。郎中请出一本书,道依书而学,半年便有小成。郎中言明不是彭掌柜师父,不给他挂使徒牌,彭掌柜有祖师无授业师。又道书中技慎学慎用，害了人也与郎中无关，临行前更切切嘱咐，这技艺，害人必反噬。

"果然，九月对我婆娘用了，十月便死了儿。还不消停？"杨再力被彭掌柜气乐了，拿话激他。

"死了儿，她却好好的，我心下愤不过。"彭掌柜躺在地上，嘴里兀自赳赳。

"只一本，因是中册。"一旁的刘婆婆瓮声瓮气地开了腔。"《鲁班书》分上中下册，中册尾页中有一句话，'书读到此，断子绝孙'。"

"这可是这城里习此法的大成者，你这回可真是学《鲁班书》遇着写《鲁班书》的了，鲁班门前卖大斧。"杨再力哈哈大笑。

"不学最好，学了就收不住。"刘婆婆冷冷说，"我做姑娘时学的，似背上了一道咒，一世不得脱，十八岁父亲得急病走了，二十岁上死了老倌，二十四岁上死了儿，怕了，宁愿孤寡一世，莫再害亲人。"

刘婆婆蹲下身，看着彭掌柜，像看个小猫小狗。彭掌柜惊得不再呻唤，蜷着身子，畏缩着不敢回望。刘婆婆叹了口气，伸出蒲扇大手便似要打，彭掌柜惊得抬臂遮脸，牵着了痛处，又作呻唤。哪知刘婆婆手高高举起，轻轻放下，拍了一下他的脸，便立起了身。

"限你明日离开半湘街，这长沙城里也不要再混了，另寻去处吧。"杨再力给彭掌柜下了通牒。

彭掌柜踉跄着起身，抬着手要出门，被刘婆婆唤住了。"寻棵槐树下住，每日晨起在树下坐一个时辰，坐满四十九天。"彭掌柜听了直发愣，刘婆婆阴恻恻地笑，"我方才给你下咒了，按我说的施为，能保你的性命，别想着用药，没用的，不出三日，你身上的毛就都掉光了。"

彭掌柜嗷的一声枭叫，扑出门去了。

3

年近了，喜庆味却不浓。不知道是江风萧瑟，还是人间凋零，卢磊一每日回家，都背着沉重，逗逗孩子，与芬儿说话，是一天难得的好辰光。他越来越不喜欢将一天所遇说与芬儿听，那些事，无外乎愁苦龌龊，他喜欢看芬儿的天真以及小虫子的笑脸，他也越来越喜欢喝酒，有时候逗着小虫子，心下没来由地发慌。这时局一天难似一天，他想着，哪一天，若是连孩子们看着街面的抢、杀、炸等一应不堪事，都可以波澜不惊，便真的是这世道的悲哀了。

卢磊一隐约觉得时局的方向是在往那处走的，他感到自己如大风大浪中江上的一叶舟，被浪牵引，避无可避。

经了丧子事，老陆越发颓唐。腊月二十七日夜，正当卢磊一与老陆二人夜值，溜号回家几日的陈作新起意，要卢磊一治一顿酒，借住在家的胡子松是个酒坛子，芬儿不过说漏了句嘴，听闻有陈酒喝，他早早地回来了，南城娼馆也不去，坐等开席。

因要值夜，今日这餐，便在段上开，是芬儿与李鲵一起做的，做的一餐蒸菜席，不费油，好整治。做好了装食盒，由李鲤送到段上来。

蒸菜是芬儿的拿手，浏阳家家户户会做。主菜是一份蒸肉丸，茴饼碾碎了，和五花肉碎搓成丸子，先炸后蒸，入口甜而不腻。再加一份蒸腊肠，腊肠细细切了，加红椒豆椒蒸，咸鲜有嚼劲，最是下酒。又有一碗蒸火焙鱼，一碗蒸茄子，一碗蒸南瓜，一大盆蒸的红薯丝白米饭，做了一个炒菜，一碟豆辣炒寡蛋。此时不比往时，如此已算顶丰盛了。

众人小口吃菜，大碗喝酒，瞬间酒下去了一坛。胡子松喝得兴起，行伍习气出来,便要划拳行令,陈作新便陪他。卢磊一记着值夜,喝得少些,不扰众人兴致,独自离席,打着灯笼、牵着满二去巡街,刚出门走出一段,老陆赶了上来。

路上黑灯瞎火,大户门口有灯笼,发着昏暗的光。仅有的两盏路灯一头一尾缀在路两头,洒下一地昏黄。二人一狗一盏灯,一路向北,走到古潭街口打回转。过了小西门,到了下河街,已是夜深,打更的偷懒,似是没来,夜静得瘆人,连卖夜宵的都看不见。

狗忽然躁动,对着黑暗处叫了起来。卢磊一停下身子,朝路边打望,老陆赶了上来,拉过绳,喝住了那狗,也扭头打望。

路左的商埠,黑洞洞地敞着门,撕落的封条粘连耷拉在门柱上,于夜风中荡起落下。这是夏李记被查封的店铺。"伙计回来拿东西?"老陆说。

"敢撕官家的封条,没么大胆。"卢磊一摇了摇头,解下警棍,攥在手里,一脚踏进门去。

一根黑洞洞的枪管在门后无声地抵上了卢磊一的头,卢磊一头一偏,掌风如刀劈在那人颈上。斜刺里又有一人冲出,身快如电,一记掏心拳打得卢磊一躬下了身,灯笼掉在地上灭了,黑暗中一只大手便搭上了他的颈。

满二蹿了进来,屋外传来老陆又低又急的喊声:"别动手,那个……那个,花冲父。"

"鲁达除。"抓着卢磊一的黑影松开了手,老陆一脚踏进门里,唤过满二,一迭声地告罪,"自己人,误会。"

满二本死死咬住一名黑影,听到老陆唤,呜咽一声,不情愿地松了嘴。黑暗中一声叹，竟是被咬的黑影发出的，看来被咬得不轻，竟能扛到此时才发出声响。

"这是做什么？"卢磊一坐在地上，重新点亮灯笼，忍着拳劲未去的腹内翻腾，打望着屋内。竟是许多黑衣人，有条不紊地从店后搬出一件件货品，堆到店前来。

老陆牵着满二，立在一旁不语。狗不识人事，满二毛茸茸的身子在卢磊一身上蹭，湿热的大舌头舔着他的脸，兀自亲热。

"段里喝酒不好吗？非得来巡这趟街。"义兄陈作新一脚迈进门来，微光中的脸仍作笑意，似乎在与做弟弟的开玩笑，"寻着今日搬货，就为尔二人给我行方便。"

"我猜也是你了。"卢磊一捂着胸腹一通揉，看见陈作新进来毫不在意。

"咦，如何猜到的？"

"我不想去深想，可由不得我不想。"卢磊一定定地看着兄长，沉声道，"夏李记爆炸当日，我们赶到，你已经在救火了，且不说你怎么偏巧那天从营里溜号，又是如何偏巧就撞见爆炸，只是行义举救火这一节，常人的反应应该避之不及，这可是鞭炮行炸了，谁知道存货几多，会不会有二次爆炸，行里的规矩，外人不晓得。你不是孟浪人，除非你知道，不会再炸。"卢磊一咧着嘴站起身，"前几日巡街，叶绍棠一句言点醒了我，鞭炮行的火药没这么大威力，一酒坛子火药、铁钉，五人当场殒命，这药的配方当与老蔡一样，来自军中。"

陈作新一直默默地微笑着，听着卢磊一说，老陆在一旁静立，似老僧入定一般，唯有满二在众人身下穿来穿去。屋后的黑影们，仍在忙碌着。

"夏李记小烟花行销海外，纸品由上海纸厂定制。烟花运出去，运纸回，会经由店内小仓库短驻，验看后转运。你回店救火，是要确认你的货没被波及吧，这店中是地窖改的库房，铁制库门，比别处安全许多，仍不放心吗？"卢磊一一嗤。

"只是想不到，你和夏刘氏也有染。"卢磊一一叹，"枉我把你当兄弟，还将案情左右都说与你听，谁料到真凶就在眼前。"

"如何我就是真凶了？"陈作新脸上笑出一丝玩味。

"因为你活着，因为你得利。"卢磊一也笑，摇头说道，"这一餐要命饭是你撮着开的吧。"

"由头呢？"

"由头便是债务，只需夏刘氏告诉夏著清，请这几人来，你这个恩客给他清欠，便聚拢了。不然寻常出街，谁出门揣着欠条走的？"卢磊一望着陈作新，眼神发凛，"夏著清事前遣散下人，许是怕债主们戏弄，在下人前失了威严。五人一席，你在酒热处离席点火，没有人想死，夏刘氏怕是发现了引线燃烟，上前探一探。"

"我这个弟弟好聪明。"陈作新叹道，"那我又为什么要他们死？"

"夏著清，管着进货验货一关，你要运的货随着他的货进来，不能让他看。太古公司何卫生许是运货途中于你有碍，让你下了杀心。至于何正秋，他是云化堂值事，这天下多少暗处银钱经由善堂洗白，我在职中早有耳闻。只是屠子为什么要杀，我不明白，夏刘氏为什么要杀，我也不明白。"

"何卫生帮忙运货，原议定好了价，货没上岸，坐地起价，勒索千两，该死。何正秋管着银钱，手脚不干净，中饱私囊，该死。屠子只是撞上了,去庆丰楼送肉,听说夏李记叫了外送,要来蹭一席,谁知吃了个要命饭。至于夏刘氏,她的死在计划之外,她钟情于我,我弄了西洋药,治她的病。我也不想她死。"陈作新脸上已经没了笑容。

"你不想她死,只为她还有利用价值,方便你运货。"卢磊一越说越气闷,"如今她死了,这一处码头没了,你又得另寻去处,对不对?"

"其实你不是同情兄,你也是刘吉唐一党,同盟会是不是?"卢磊一声气越来越高。

陈作新面含微笑,看着自己兄弟一吐块垒,半晌才摇了摇头,一叹轻声道:"明面上我们是华兴公司,名即所禀,为大义做前驱,无须儿女情长,更容不得魑魅魍魉。"陈作新的脸在灯影中却有些凛然,他默然地踱到地上的货物前。那是成捆的烟花用纸,陈作新打开一包,从纸堆里拽出一杆漆黑锃亮的长枪,"认得吗?八八式,汉阳兵厂造。"

"偷运军火,谋逆大罪,弟弟抓了我去吧。"陈作新放下枪,双手平伸,似要卢磊一绑他,涎着脸笑,"华兴公司以股票作入会凭据,我的那张给了你二师兄。"

"如今想来,你腾空茶馆的地窖,是为放这些货。胡子松也是你的人吧?那一日就那么巧,恰逢他与流民冲突,合段在那头维持,这边便炸了?"卢磊一不接义兄的话,他要问个明白,"码头、船务、落地都有人。你这货才运得进来,是也不是?"

"是。"门外一声应,胡子松一脚迈进门来,看来已来了许久了,看着卢磊一哈哈一笑,脸上早已没有往日的慵懒神情,"不过我不是他的人,我是会里人。"

"没有谁是我的人,都是会里人,花冲父,鲁达除,你当初说是《三侠五义》对《水浒》,实为我等宗旨后三字倒念。"陈作新收了笑,正色道，"驱除鞑虏，恢复中华，起共和而终二千年帝制，使天下太平，生民有幸，此为大义。我辈甘作马前卒，纵有牺牲、死难，不惧、不畏、不惜、不退！"

卢磊一听得心下一凛，定了定神，转头看看老陆，眼神中带着疑惑。老陆看懂了他的意思，双手连摆："我没入会，我跟钱一边的，他帮我赎回进士第。"

"大哥，你说的道理，我不懂，我只在乎家人朋友，大家平安，就是我的安稳。无论是谁坐龙庭，百姓的日子也要过。"卢磊一似泄了力，绷紧的精神陡然一松，浑身只觉绵然。他愣怔了好一会儿，才艰涩地对陈作新开口，一字一顿，"张师父教过我，心中有所持，虽千万人，吾往矣，是大义，九死无回，是大义；我在他跟前读了一些书，戏文也瞧过一些，我以为'义不污腥膻''万里孤忠未肯降'是大义，与我一个平头百姓隔得很远。今日看来，我越发懵懂，私心里总觉得，不应以大义之名，使不知情者身陷险境，不应以大义之名，教人枉死。慷他人之慨不是大义，不自知的死，也不是牺牲。大哥，你说呢？"

陈作新立在暗处，看不清表情，他没有回应。

卢磊一收回眼神，转头撞上了胡子松。胡子松的脸色在灯影中晦明晦暗，卢磊一无力地抬手指了指他："九将头重义，收了你，你不要害他。"胡子松抿嘴一笑，不言声。

卢磊一摇了摇头，走出门去，没有人拦他。他提着灯笼，走得失魂落魄。这一夜的事，激荡着少年心，他不过在用张师父教的格致功夫勉力维持着心神。小街深邃，一街的住户或已都进了梦乡，世道多艰，梦里头应是平静安详的吧。卢磊一不想去段上了，往家走，一盏孤灯，照着脚下的路，周遭是深沉的黑暗，江风阵阵吹来，提灯的身影，有些落寞。

浮梁店主人言：有些事我后来就懂了，有些事我至今不懂，说来也无趣，不说也罢。

旧时迷信，老陆的满崽是夜里过身的，听说是连夜托个做白事的陪着发送上山，悄没声地葬在荒郊野岭。回家时，老陆在前头走，白事汉在后头拿根扫帚扫路，老陆不能回头。迷信说法，孩子死了是小鬼，要让他赶紧投胎，莫再心有挂念，再寻回家路，搅得家宅不安。如此说来，迷信也似人心中的自私，穿透了阴阳。

后来我了解到，那孩子的死因，或许是血吸虫病。老陆的满崽死前，去岳州湖区边的亲戚家玩过，必是日日下水了。

此病旧时无方，湖区流行，严重时，一个村接一个村荒凉，确实是"千村薜荔人遗矢，万户萧疏鬼唱歌"。解放后，政府对湖区进行卫生整治，把整治此病写进了制度，血吸虫病从源头上得到了遏制与消灭。

生活总是向好的，这中间有许多人的推动。他们是当初只顾眼前事、看不分明世道的众生的拓荒者与领路人，他们做的事，是当初的我辈看不懂的。

如此说来，我兄长便是那样的人吧。

我也承认我是自私的，但是，我不认为我做错了。

今日到此，下回再叙吧。

第九章：一夕俯仰夜离离

浮梁店主人言：浮梁店里有好茶，好茶招待有缘人。我是卢磊一，一个被阎罗王忘了的人。

上回说到，我与老陆夜巡，掀出一桩惊天大案，案首竟是义兄陈作新。

此事且掩着，掩在长沙城的夜色中。老陆不会报，我不愿报。世道浇漓之时，龙蛇混杂之地，秉公执法这句话天天挂在嘴边，没人把它当回事。人人有自己的章程，在我，情比法大，义比天大。

然而嫌隙的种子，也就此种下了。

仍是宣统元年。那一年，湖南改按察使司为提法使司，下设民刑、典狱、总务三科，外界称此为省司法制度革新之始。也是那一年，朝廷给已故湖南巡抚陈宝箴复官，他是光绪末年被朝廷赐死的，陈二毛、老陆说这类事情各朝各代都有，能平反的，都是忠臣。我却说，这样的朝廷，有什么好忠的。陈二毛说我激进，日子往后过，什么事都是逐渐向好的。

故事接着往下说吧，今日我说昨日我，昨日我非今日我。

一、炉头点雪

1

宣统元年，腊月二十八。卢磊一在益隆行做席，请了两位医生——常医生与胡美。是芬儿起的意，请二位来帮主母看看，主母怀上了，恰如弱藤挂果，必须精心培植。这也是叶绍棠命中有福，多年的老烟枪戒了烟，祖宗给的奖赏。

卢磊一心气上来，又把洪瞎子请来了。洪瞎子自上次在段长家显了神通，也成了一方高人，他戴上了真的墨晶眼镜，依旧在德胜街口摆摊。卦摊不再是在逼仄一角，段长清出一块空地，做卦摊专属，还着人给他倚墙做了个小棚，雨天挂上油布，竟成了个风雨无阻的固定摊位。

胡美医生与常医生都给主母看过了，常医生说脉象稳，胡美医生道各项指标正常，叶绍棠抱着个水烟袋一个劲地作揖，嘱着伙计胡武付诊金。卢磊一又让一让洪瞎子，意指请他也看一看，洪瞎子笑嘻嘻地摆手："医术上头不掺和，我这本事太稀松，比不上两位贵客。"

今日上的是八珍席，平民家里八样菜，凑足个小八珍，当头一碗冬笋烧肉，洪瞎子筷疾如飞，一人吃下半碗。胡美医生西洋人，在中国几年了，会说中国话，腔调怪得很，他爱一切中华美食，只不能吃辣。常医生节食惜福，崇尚过午不食，今日上席不过虚应故事，筷子点几下，茶却喝下半壶。

洪瞎子又喝酒，酒喝多了，嘴就没有把门的了，道近来看天象，启明、长庚皆暗淡，百姓日艰。胡美医生便笑，道洪瞎子说的这两个都是金星。洪瞎子也笑，认同胡美医生的话，只道一星两现皆暗，世道维艰。

"东有启明，西有长庚，写进书里的，未必有错。"叶绍棠插话进来，咄咄争辩，"出现的方位也不同啊。"

"那是我们脚下这个地球在转，看到的景象就不一样了。"胡美医生笑眯眯的。

"洋大人这话我可不敢苟同。"叶绍棠一嗤，话不投机，偏头又与卢磊一唠开了，"地还会转，跑到哪儿去？磊一兄弟你且说，天上的星辰乱跑，是扫帚星、灾星，灾星一出，天下有厄咧。"卢磊一笑着陪他喝酒，叶绍棠说着说着，自己声音却弱了，坐着喝起闷酒来。

席上冷了场，堂后却传来一声叹："你就多敬敬大家，不要争辩了。"是主母说的。

叶绍棠闻言端起酒杯敬了一圈，敬到洪瞎子，打趣地问："我这戒了烟，家中便有喜，洪师父再帮我算算运程，我报个生辰八字与你。"

"不算不算。"洪瞎子有酒了，眼镜都摘了，通红的脸瞪着双小眼睛，嘴里喷薄着酒气，"算也算不准的，国运大过个人，像山岳较之小虫，个人运程再高也抵不上如今国运颠沛，譬如驾着宝船出海，一个大浪便打没了。"

"世事如此，人如蝼蚁，确实不须算。"卢磊一接过话茬。

"是啊，都是苟活，看淡些。朔晦如轮年复年，照旧时算法，章蔀纪元，中华五千年，不过一元。"洪瞎子道，"乱中生变，说不得一元复始，万象更新了。"

说不算命，二十九逛庙会芬儿还是给卢磊一算了。在开福寺观音像后头，一个老姑子卦摊前，芬儿捐了一角功德，打了三个胜卦，得了一支签，观音菩萨第八八签，姑子拿出签条，说是不错了，签条上写着"炉头点雪，作耳旁风，可宜作福，后吉前凶"。姑子解得细致，说今年卢磊一有一劫，看着凶险，却是尺水之阔，一迈而过。此卦为守成之象。凡事安守本分即可。芬儿却记着那个凶字，掏了几个铜板给姑子，闷闷的不开心。卢磊一一时玩心起，拿起签筒给义兄也摇了一卦，摇了六七签，终打不出三个胜卦来，最后老姑子下了场，摇了一签，帮着打了三个胜卦，拿起签来，瞬间就黑了脸，讪讪地翻出签文，递给卢磊一。八四签，却是个下签，签题庄子试妻，四句签诗，"因名丧德如何事，切恐吉中变化凶。酒醉不知何处去，青松影里梦朦胧"。

"凡事守成，动不如静。安守本分过日子啊。"老姑子摇了摇手，解签的酬劳都不要了。

2

今年，卢磊一是将师父、师娘接到家里过的年。初一，师父同样带着儿孙们出天行，拈香出门，直走到湘江边。水上趸船静静停泊，江上有汽笛声，码头上人烟稀少，此日官办渡口停运，又无客货运，一派萧条景象。师父带头往土里插上香去，伸手到口里拈了一拈，似要占风问年景，终于还是放下了。众人在他身后看着，心下也是默然，这年景，确实不必算了。

近旁传来一声惊叫,原是二师兄的儿子带着弟弟在河边折柳枝扑水,扑到一个河漂子。卢磊一下了水,将尸体拉上岸,上下验看一遍,叫过一位脚夫,去喊收尸人拉去义庄,同行众人尚且惊惧,卢磊一倒是见惯不惊了:"灾民、流民这么多,缺衣少食更少药,死了就抛河里,此人身上无伤,口中无泥沙。不是病死就是饿死的。"

回家时,卢磊一走后头,打算经坡子街去福禄宫逛一圈再回家,刚碰了死人,去人多阳气足的地方走一走,祛祛晦气。在福禄宫门口,远远看到一个大高个儿,在庙边空地支个摊,卖葱油粑粑,不是满傻子是谁。卢磊一走过去,伸手便在锅架上掂了一个炸好的葱油饼来吃。"你妈妈……"满傻子抬头,后半句省骂被生生地咽回去了,"三文钱一个,段上兄弟收两文要得不?"满傻子手执着炸油货的竹筷,期期艾艾地说。

"不是该请兄弟吃吗?"卢磊一张口大嚼,满傻子这炸油货的水平可一般。葱油饼讲究外焦里嫩,他这炸透了,里头炸焦了,外头就炸枯了,咬起来似嚼炭,难怪没人光顾。

"你结婚、开店我都上了礼的。"满傻子急了,正说着,身下转出一个小女娃来,对着卢磊一蹲着个万福,甜丝丝地喊了声"恭喜发财"。

原来满傻子带着女儿呢,卢磊一忙打怀里掏出个银角子塞给孩子做压岁,不急着走了,陪满傻子出摊。卢磊一上手,帮满傻子炸葱油饼,粉浆舀进锅勺,中间点孔,放进热油里炸,炸得浮面了,翻个边略炸一炸,再出锅。饼是点着青的嫩黄色,外焦里嫩,葱香面甜,小人儿在旁边拍着手叫:"就是这个样子的,叔叔你多帮忙,我爷笨。"小人儿大方,高声地揽起客来,便有人买来吃,吃了一个又买一个,不一会儿,摊前就聚满了客。

一个时辰，满傻子收了摊，牵着女儿走了，卢磊一提着一袋葱油饼打回转，自炸自买的，果然兄弟价，一个二文钱。想着这满傻子也不容易，家中三崽一女，负担实重，兼着各种营生，多是卖苦力，初一一大早，想趁着大家到庙里拜年来赚几个，用年前省的几斤豆油支了这个摊 三十夜里跟婆娘学了一夜，还是笨，把握不了火候，带女儿出来，本就是让她帮忙叫卖的，初时揽了一拨客，口味太差，被客人骂了，女儿不敢喊了。

卢磊一提着葱油饼，原想去义兄家走走，走到一半又回了头，年前那夜里的事，大家都心照不宣，卢磊一跟谁都没说，但自己心里总梗着，不得清爽。陈作新倒跟无事人一样，听说杜师父今年在半湘街过年，昨夜拎着两瓶"义泉涌"的汾酒来蹭席，开瓶满席香，喜得师父大声赞好。卢磊一却食不甘味，打叠着精神虚应故事，好好的酒，越喝越上头。陈作新喝了几杯便去了，走之前恭恭敬敬地给师父磕了头，谓之拜早年，悄没声地给师父奉上一个拜年封，又往小虫子怀里塞了个压岁包。小虫子正是磨牙时候，抓起来便咬，包纸咬碎了，掉出一枚金灿灿的花钱，上刻"长命富贵"，竟是金铸的。

卢磊一送义兄出门，义兄在门外转身望他，笑嘻嘻的。"还生气呢？昨日事昨日了。"陈作新上前撞了一下他，"在你这儿就依你，以后不讲大义，好不好？大义是个屁。"陈作新涎着脸，没个正形，卢磊一无可奈何地笑了。

义兄后来收了笑，又与他说了几句，话说得含糊，只道自己所处境地微妙，非常之时不得已要行非常之举，大道理都不讲了，末了正色道："江湖上终究要带眼识人，你的疑惑我明白，你不想走的路，我不会逼着你走,我们还是兄弟。"年三十的夜里,街面头一次如此清冷,偶有鞭炮声从远处传来,一株焰火升了空,映出层层云彩,月亮躲在云彩里,露出灰蒙蒙的一角。义兄似是累了,伸手抹了抹脸,叹道:"我总觉得这周遭压抑,压得人透不过气来,我们行事,也似冬日的雀鸟,雨前的蜻蜓,扑腾乱飞,总想着在酷暑严冬中寻出一条生路。物极而反,否极泰来,这世上终究该有场变革,让它风起于青萍之末,而成摧墙倒树之狂飙。你却不必管,泼天大浪下,护着自己周全。"

卢磊一心里乱,半响才回话,竟是问:"大哥,你们的手段我见识了,是不是挡你们道的,都要除掉?"

"也不尽然,公心不同,可以缓缓图之。我倒要劝你一句。"夜中的陈作新在灯笼的微光中显得异常冷峻,他拍了拍卢磊一的肩,沉声道,"没有金刚手段,莫行菩萨心肠。"

送走了义兄,回身便被芬儿扯住,拉到里间,指着桌上物事,道义兄送了茶馆分红来,说是去年兄弟俩都忙,茶馆结算都没去,今日蹭饭,正好带来。"他对你真像亲兄弟一般,不对,是比亲兄弟还亲呢。"芬儿轻声道,"看着吊儿郎当,其实事事关心,有这样个大哥,是我们家的福分。"

卢磊一一直在想着昨夜义兄的话,想得脑瓜子疼。不意竟走到了三兴街,索性路旁酒肆里买了两瓶酒,敲开了谢二表家的大门。

谢二表一看就是宿醉,睡眼惺忪,一身酒气,看到卢磊一面露喜色,连道有心。卢磊一四周打量,卖肉的车在内院一角,一栋木制小楼,院中还有一口井,扒着井槛探头去看,深邃的井水反照出天光,微微漾。谢二表从里间拿出一挂鞭炮，就在院里引燃，噼噼啪啪地炸起来，升出浓浓青烟，给冷冷清清的宅子平增几分热闹。这是卢磊一第一次进谢二表家，几次路过，想进却又不敢。谢二表一人孤独惯了，偌大的宅子却收拾得整整齐齐，堂屋正中一个弥勒佛像，佛前有香炉，炉中三柱线香青烟袅袅。供着果饼三样，佛像旁一左一右立着两个牌位，右面的是"谢氏门宗历代高增祖考妣内外姻亲一派祖先之神位"，左面的是"显考谢公讳承乾府君生西莲位"。

"原说初一不开火，你是贵客，弄一样好吃的给你。我们喝两杯。"谢二表泡了茶又留饭。打开门，唤过一个街面上玩耍的小童，给了一个铜板，让他去半湘街报信。

谢二表自去厨下忙，卢磊一坐着无事，端着杯茶也进了厨间。"我来烧火吧。"卢磊一挽起衣袖打下手，一面说起今早的见闻。

"灾年人命不值钱。"谢二表闷闷听着，半天才叹一句，"这灾还没有过去。"

谢二表道卢磊一好运气，前几日有个相熟从隐储山来，找猎户买了只麂子，分了一半给他。今日便做的是黄焖麂子肉，一块带皮麂子肉洗净细细切丝，倒白酒去腥，再加葱蒜辣爆炒，炒出香味了，余滚水，点些酱油、醋，加盐调味，再放入一把干红薯粉，焖起来，煮至汤汁黄稠。加一把芹段，碾几星胡椒，略一煮便舀盛出来，顶上再撒一撮香菜碎。端上桌来，黄稠的汤汁中，褐色的肉丝上粘连着煮得晶莹剔透的油皮。点点红椒、根根芹段嵌在其中，如夏日山崖上的碧树红花，菜上的香菜碎在浓浓的热气升腾氤氲间，竟似陡崖上云气围绕的一团顶翠。

卢磊一看得入神，谢二表再三敦请才举筷，夹了一口吃进嘴里，肉鲜芹脆，麂皮已经煮软，似咬胶糖一般略有些韧韧的嚼劲，细嚼竟有甘甜。辣味渗进了肉里，连吃几口，胃口大开，卢磊一额上渗出密密的汗来。

"我们且就着这菜喝酒，喝完了，再拿汤泡几碗饭吃。"谢二表举杯相邀，卢磊一与他碰了一杯，一饮而尽。

白日饮酒，畅快至极，谢二表的话极少，卢磊一好奇心起，小心翼翼地套着话，谢二表只是望着他笑。二人皆沉默，谢二表连喝下三杯酒，似用那酒来浇胸中块垒，末了一抹脸，大咧咧地说："不如意者常十九，能与人言只二三。有些事，我不想说。"

门口传来了拍门声，拍了两下，来人推门进来了，是陈二毛。"听说杜师父来了，特到你家拜年，你却在这里。"陈二毛笑嘻嘻地进了屋，"谢哥莫怪，没预备着来，临时买的水皮子和葱，贺你新年清吉。"

"来就是看得起了。"谢二表哈哈大笑，起身让座，又端碗筷出来，"今天什么日子，起动两位警官，不晓得的还以为我谢二表事发了。"谢二表张罗着加菜，进厨一会儿工夫，端出一碗水皮子汤。

水皮子汤做法本就简单，锅内点几星油，加盐，油热氽入水皮子，加半碗水烧开，点几滴酱油、几星胡椒，撒上一把干椒末与葱花便可出锅。喝起来清甜爽口，极开胃。

"二毛兄弟家里是船上人家吧？"谢二表举杯敬酒。

"爹爹辈是益阳的船户。"陈二毛端起杯来一仰头，倒也豪爽。长沙话喊爷指父亲，爹爹倒指祖父。

谢二表道难怪，把水豆腐叫水皮子，原是船上人家的讲究。此话倒勾起了陈二毛的话头，数家珍一般地将船上人家的禁忌讲出来，说龙、虎、鬼、梦、翻、滚、倒、沉是水上人家八大忌语，咱长沙腐虎同音，所以把腐乳叫猫乳，水豆腐叫水皮子，梦称黄粱子，帆叫风篷。陈二毛明言，他这一族，就这姓犯讳，祖父与人拼船，人人嫌，最后不得不上岸。如今若仍在船上，他就不能姓陈了，得改姓胡了。喝到兴起，陈二毛还唱起了爹爹辈传下来的水路歌："益阳开路下刘公，沙头、羊角、青草坪。毛角子先生算八字，姑嫂二人问关公。白马头上生虱子，铃子一响到芦陵。芦陵滩上把船湾，青竹、云亭、磊石山。磊石山上铜钟响，逍遥快活南津港。城陵矶、道陵矶，罗山下去是新堤。新堤有个五条街，十个妹子九个乖，鸭塘、茅埠、石头关。嘉鱼、牌洲、金口驿，黄鹤楼中吹玉笛。黄鹤楼中鹤不存，一路顺水下南京。"

"今日来寻你，也是为有一桩富贵，你且与我同去。"喝到末了，陈二毛道。

3

陈二毛说的，是一个护送任务，段长一早派的，准备停当就走，送雅礼医院的颜福庆医生与胡美医生去汉口。

段长说了，这是胡美医生商请的巡警道，巡警道下派至西区公所，因胡美医生住西牌楼，公所便派差给了小西门警段。原按府台的意思，要借一队巡防营，被胡美医生拒绝，道本是走水路，沿途有人接应，寻一两个熟悉水路规矩的警员护送便可。段长闻道是胡美相请，不敢大意，寻着水陆洲公所商洽，借来一名船户出身的警员，段里便委了陈二毛。胡美医生开出的酬金是三十元，府台衙门又补三十元，巡警道抽了二一，公所抽了十元，段上抽五元，余款任陈二毛支配，陈二毛便想到了户磊一。

"那个渔户头,给他几元便可,余下的,我们兄弟俩二一添作五。"陈二毛拍着卢磊一的肩,一脸的慷慨:"再说了,我武艺上头也稀松,胡美医生给了一把手枪,我并不知道用啊。你就舍得哥哥我只身犯险?我家里可有四个细妹坨呢,至今没儿子。我造孽不?"

卢磊一被陈二毛说笑了,陈二毛这话不假,他的堂客原是童养媳,也是穷人家的搭亲配,女儿早嫁出去,有口饭吃。陈二毛堂客四岁到他家时,陈二毛才两岁,十四岁圆的房,此后一年一胎,生了四个女儿,肚子里就再没信了。陈二毛憋着气呢,戴公庙年年拜,这几年又与南岳耗上了,佛前香火长燃,许愿无数,终究生不下崽来。

陈二毛比卢磊一矮一个头,蓄着须,两只鼠眼透着精光,头发却稀疏得只剩几根黄毛,脑后吊只假辫子,典型的未老先衰相。卢磊一常劝他,这事不怪堂客,先从自身找补,用满傻子的话说,屌巴巴不管用了,得用药烘。

回家与芬儿说起,芬儿却担心了,道不是不信陈二毛,只这一路去,定有风险,"磊哥哥,你须得跟大哥商量一下啊。"

卢磊一唯唯,师父听着也是劝,道水路无定,最是凶险。说得多了,卢磊一倒越发想去了,旧年一年,茶庄生意只是保本,鸦片馆吃利也没了,若非义兄送的茶馆利,这偌大的家业顾起来,确凿有些吃力。只与义兄商量,他是不肯去的,说一千道一万,因了年前那一桩事,已有了隔阂,此番远行,不消说,不想说。

初四夜里,卢磊一独自去了趟胡美医生家,提着一提三吉斋的小食,权当拜年。胡美医生热情地接待了他,杂七杂八地聊了一通,说到去汉口,胡美医生倒说了实话:"去年年末,东北地区发生了大疫,黑死疴啊，在遥远的十四世纪，欧洲有个伟大的作家叫薄伽丘，写的《十日谈》就提到了这种病，染病之人浑身流脓而死，非常凄惨，传染性极强。东北已经死了几万人，湖北这一次紧急商借颜医生，也是为了抵御黑死病南下，公共卫生必须作为制度执行，亲爱的卢老弟。"

胡美医生十分亲热，或许与卢磊一相熟，话说得很开，其间还向卢磊一请教穴位治病之法。胡美医生端出的小食十分可口，一碟葡萄干，一碟小蛋糕，还有一碟像花生一样的果子，上的酒是朗姆酒，胡美医生说是甘蔗酿的，甜甜的似米酒，一不小心就喝醉了。

医生始终放不下杨婶的病情，当日无所建树耿耿于怀。卢磊一辩说那是中国的巫术，医方无解。"我们西方也有这类的巫术，要神父亲治。"胡美喝开心了，竖起一根食指，大声地宣布，"我们叫它'possessed'，按你们中国的说法，叫……叫……夺舍？"

卢磊一十分喜欢这个爱纠结又认真的胖子，虽然他说得好像不太对。

胡美医生说东北有伍连德医生统领与时疫作战，虽然已经起了效果，但此病狡猾，正沿北京南下的铁路流窜，此时虽然没有长沙到武汉的火车，可汉口到北京早已通车，成为中华境内货、客流大动脉。早则二十日，最迟一个月，等准备停当就要出发，湖北已经连发急电催了。

"我要尊重你们中国人的传统，不出十五不问药。"胡美医生伸出一根食指，轻声道，"出了十五，请来我这里，我要给你注射哈夫金疫苗，那是法国人哈夫金研制的鼠疫疫苗，我要给我亲爱的朋友穿上防病的盔甲。"

二、作耳旁风

1

初六日,卢磊一去了葵园,去给王老拜年。二师兄旧年一年的酬金已结,六十元外加五元赏钱,王老额外送了一件羊毛大氅给师父。师父在家想了半天,怎么回这个礼,无法,初四便赶着二师兄回葵园当值,挑上一个挑子,挑了家种的二十斤糯米,自家熏的腊鸡、腊鸭与几块腊肉、几条腊鱼。家里过年的存货出清了,大氅也着二师兄带着,交给卢磊一,着他寻个下家卖了换钱,师父说,王老盛情,可务农人家穿不起这个,不如换些钱来实在。

卢磊一来到葵园,王先生正会客,在门里候了半晌。二师兄迎出来,拉他到得王老书房门外,打杯茶来与卢磊一吃,站在廊下陪着他说话。二师兄道今日王先生脾性可不太好,正找着谭先生议事。只为那杨虎公杨度回籍省亲,见了抚台大人,旧话重提,要粤汉铁路官商合办并借款,杨大人为此还特特上书了邮传部,引得湘人震怒,如今正在议对策呢。

"此事不是谭公率全省议员驳了的吗,怎么又提?"卢磊一道。

"他那哪叫驳,不过是反对,上头拒了下头才叫驳。"二师兄笑着说,"戏文里不也有吗,皇上今番驳了他所请,好教他不张狂。"

"哪部戏?"卢磊一憨着笑,乜眼望着二师兄,"我还没跟师父讲呢,你在这儿当差,三天打鱼,两天晒网,成日里托我给你寻戏看。"

"那也是你做弟弟的体恤哥哥啊。"二师兄摸着头,一脸讪笑,"这王老,好为人师,教书有瘾,晓得我念过几年书,闲来总要考我,我哪里懂啊。年前还丢给我一本《读通鉴论》,说一月后考校,索性让我出去打几架,也比看这个好过。"

卢磊一听了也是愕然,总觉得师兄这话里有不妥当,一时也懒得反驳了。师兄又向他讨戏票,道是有几日没看戏了,心里痒,卢磊一且应了。

好一会儿,门开了,谭公出来,王老送客,一直送到了葵园门外。卢磊一看二位,谭公仍是去年模样,绸面寿字纹马褂罩在棉袄外头,戴一顶六合一统帽,正中一枚方形翡翠帽准,绿汪汪、亮晶晶的极喜人。看见卢磊一,谭公略一颔首,卢磊一连忙一揖。王老没有拄杖,神态矍铄,步子不快,却也稳当。

卢磊一的节礼早已交了门子,三吉斋精心挑选的四样点心,约莫都端不到王老案前。王老回头倒寻了卢磊一说了半天话,切切问他的月俸及段上人的薪资,月入几何,月用几何,能不能存下钱来,卢磊一细细说了。"一等巡警,每月少二百文,会否有干碍?"末了,王老突兀地问了一句。

卢磊一老老实实答,于己无大碍,但段上不少弟兄子女多,负担重,每月月俸全出还需接些外活,根本存不下钱来。

王老听得一张麻子脸变了色,沉吟了半晌,叹道:"若非瞽子竖子定要向洋人借款,我等也不会出此下策,为湖南计,共度时艰吧。"

原来因杨虎公提出借款一事，王老与谭公商定了对策，由谘议局出条呈上书抚台，要在湖南试行"廉薪股"，凡在幕局、学堂、军队、公所作职者，"均按廉薪酌量出资，入作路股"。条呈已上到抚台处，正在议章程细节。

末后，王老给卢磊一派了个外活，王老约了友人去宁乡一趟，原是请府里安排的，听卢磊一所言，索性就自己请人了。"不过考察矿务，你算一个，段上有家境困难的，再叫两个，每人五元，权作贴补，初八成行。"王老抚须微笑，指了指二师兄，"只当陪陪你二师兄，于我，山绕水绕的，多一人照顾也好。"

对于卢磊一连番出差，芬儿极不满，白日人前闷闷，夜阑人静时，终于难忍开腔。"磊哥哥你看，小虫子都不愿你走呢。"芬儿掀着前襟，喂小虫子喝奶，"小虫子快喊你爷老倌。"小虫子闭着眼睛正使劲，懒得睁眼，芬儿一气之下将奶头扯出，奶水激射，喷了小虫子一脸，小虫子睁了眼，圆鼓鼓的眼睛滴溜溜地转，仰头望见姆妈，咧着嘴笑，伸出藕节般的胖手拍了拍母亲的前襟，又一嘴噙住了她的乳头，大口吸吮起来。

"哎呀，冤家你别咬。"芬儿轻声喊道，扭头又望卢磊一。卢磊一肚子里一个劲地运气，此时绷不住了，扑哧一声笑了出来。芬儿眉一挑，作势将小虫子前伸："你还笑我，你来喂。"

看着芬儿的嗔态，卢磊一伸臂轻轻搂住她，香了香她的腮。芬儿的头低了下去，轻声叹："我知你是为家用，如今这城里什么都贵，可再不济，我能找太太借，或者当了几样嫁妆也行啊。"芬儿腾出手来，轻轻地抚上卢磊一的脸，"磊哥哥，你自己也说家人平安就好，如今外头可不太平。"

"让我堂客当嫁妆，我这个男人得有多无能？快别说了。"卢磊一一个劲地摆手，"算命的说我能活到高寿呢，芬儿你要放宽心，好字还没生完，生完好字，还生个孖字，再生弄字，好不好？"

"你说什么啊？我听不懂。"芬儿嚷嚷，恰小虫子吃饱了，松开嘴，在芬儿怀里手舞足蹈，鼓着嘴，喊了声姆妈。喊得芬儿尖叫一声，卢磊一在床上打了个滚，道终于开声了，芬儿又逗小虫子，让他再喊，却撅口不开了。

2

初八一早，下了场小雪，新卢茶舍未开门，桌上一碗汤面，给卢磊一送行。汤是昨夜小火煨的骨汤，又煎了两个荷包蛋，面下得堆起，上头盖着葱花与一撮剁椒，热气腾腾。卢磊一伸进筷子一通搅，大口吸溜，面糯汤稠蛋鲜，又放了胡椒碎，特别提味。卢磊一连汤带料全部吃完，一抹嘴，背上行囊与芬儿话别，却见李鲵背着个包怯生生地站在门口。

"我做的主，让鲵儿陪你去，照顾饮食起居。"芬儿说道。

"哪有当差的带下人？"卢磊一苦笑道。

"又不要他王老花钱。"芬儿犹自愤愤，拿出两个银圆，塞给李鲵，"当用不须堪，拿着应急。"

芬儿又拿出一个符，道观音寺求的。看着卢磊一掖进怀里，终作女儿情态，隔着衣衫拍了那符，轻笑着道："磊哥哥，平平安安哪！"

无奈，带着李鲵踏雪而出，李鲵要帮卢磊一背行囊，卢磊一却扯过李鲩的行囊背上了。李鲩几度争抢，终争不过他，只得闷头跟在后头。

陈二毛与满傻子在段里等着。是的，王先生让卢磊一自行找人，他找的便是这两个，听闻有五元酬金，又是短途，二人差点没在段里欢呼。卢磊一是晓事的，提前与段长商议，段长皱着眉想了半日，终是允了，但有一条，这几日，得找人顶上。卢磊一想着店里生意稀松，留李鲫一人支应着，将李鲤派到段上来。陈二毛寻了他那粪码头干活的堂兄，出八角银，请他帮几天。满傻子格外不同，喊了他参来填差，那老汉是城东的菜农，没进过公所，见着段长便下跪，磕了几个头，直说凭官长差遣。

王老事忙，吃过午饭才出发，果然轻车简从，除了二师兄与三名警员，再无一人随侍，几个大男人一齐，如此倒显出李鲩的金贵来。王老的友人五十岁上下，矮壮身材，穿件旧袄子，骑匹矮脚马，鼓腮大眼短下巴，带着个老头做随从，老头大驼背，背上包裹是峰上加峰，冬日里穿着夹衫、草鞋，拄着根杖。陈二毛看着便笑，与卢磊一戏谑："这老奴低头难看路，还拄着杖，到得岸不？"

卢磊一没笑，横了他一眼，低声斥道："不要小看，你看他的手臂，有你腿粗，老汉身上有硬功夫。"

王老与友人约定是沿氵歹水往西，友人骑马，王老骑驴，二师兄走前，卢磊一押中，余皆随后。打朱张渡乘船过河，一路往西，沿官道走出上十里，陈二毛走出汗来，凑上前来问卢磊一要不要歇一歇。卢磊一朝后努了努嘴，陈二毛回身一望，见那驼背老头依旧不紧不慢地跟着，恰似闲走一般，方才信了卢磊一的话。

"出城人才畅快。"王老在驴上颠着，与友人说话。

"且当游玩吧，属下也是陪您老散散心。"友人马上一揖。

"泽生，你不日要当提督的人，执下官礼我是不敢当。半师半友我就生受了。"王老笑道。

"是的，老师。"友人一笑，"原说送您一匹黔中矮脚马，能负重走长途，何必骑驴？"

"骑马犹有雄心，骑驴逍遥散人，做给城里场面上的人看的。"王老喟然一叹。

歇脚时，众人都拿水与干粮，李鲲却寻几根木材做个架子，吊上一只小壶，煮起了茶。煮出来端给卢磊一，卢磊一连连摆手，这才奉给二位大人。引得王老大笑："如今倒伴了卢小哥的福了。"

歇脚时与二师兄闲话，原来这友人，姓黄名忠浩，字泽生，与王老有门下之谊，曾任湖南矿务总公司西路总理，如今在四川管着兵备，此番回籍省亲，不日便要回任。

"说考察矿务，却是游山玩水，泽生是不是也要怪我了？"王老呷着茶，问道。

黄忠浩笑而不语。

"城里是什么态势，你是知道的，岑、庄二人斗法，百姓遭殃，上万流民聚集不散，又兼米价一日贵过一日，没有妥当措施，必成沸反之势。我连上了几个条呈，请禁运米出境，请开义仓平粜，回我三个字，'知道了'。"王先谦一嗤，"莫非就为我曾替他庄赓良说过话，我还荐过梁任甫咧，因人废言，岂是督抚格局？"

"审格局，决一世之荣枯；观气色，定行年之休咎。岑帅此官做不长了。"黄忠浩回道。

"罢罢罢，吕祖骑驴游江湖，远离是非地，换些清净，只是这百姓苦啊。"王先谦摇着头,将茶作酒,一饮而尽,站起身来,伸臂振作,"到宁乡境了吧,此处古称新阳,宋太平兴国建县,千年古县了啊。唉,老夫又掉书袋了,要改、要改。"

沿沩水溯流而上,行到朱良桥,王老兴起,要夜宿灵峰书院。书院建在一小山坡上,背倚灵峰山,远看如幢幢巨人藏于密林间。檐上一层薄雪,在朗朗月下反照着清冷的光,在黑暗中勾画出屋影轮廓。屋后灵峰山拔地而起,直插云霄,山顶一侧,一轮上弦月孤光独照,如被风吹歪的蜡烛。走到近前,书院业已破败,早无琅琅书声,只得一瘸腿老村夫值守,从侧门出来,哓哓呵斥,本地口音,听不分明,陈二毛凑上前去,接应几句,倒把老汉说得消了声,打着灯笼来开了正门。

吱呀一声,厚重的木门打开,扑面而来多年陈腐气。王老灯下眯着眼,却甘之如饴,他一脚踏进前庭的积雪中,缓步向前,二师兄连忙上前搀扶,四周空宅静默。

"月满空山思悄然,倚峰无语对前川。危岸乱滴秋江雨,老树寒笼大壑烟。华表一更清鹤梦,赤诚千仞射芒田。皋此座上传薪后,七百年来不夜天。"王老念罢,垂头不语。黄忠浩也叹:"九溪公过后又百年,此处竟寥落如斯。"

王老愣怔半晌,自失一笑:"读书人热心功名,此处宜清修。"

此处已经荒了,王老却说莫污了书院清净地,辗转在侧旁寻了间杂物房,清理开,众人席地而坐,生起火来。李鲵想与村夫借灶烧火,给众人整饬晚饭,她的包裹路上是卢磊一背,死沉,此番打开,竟是将厨房带出来了,葱姜蒜料摊了一地,盐、胡椒用油纸包着,又扣一口小铜锅，几封面条，还有一腿冻羊肉，已经略略化开了。众人大笑，陈二毛却往卢磊一跟前凑："鲵儿有十四了吧，对了人家没？我本家兄弟，你见过，粪码头做事的，祖父中过秀才，清白人家，家住万寿街天灯巷，正经的老宅，如今他在码头做事，一月也能挣两元，鲵儿过去，是明媒正娶，不得亏待她。"

卢磊一被气笑了，不应声，转身问李鲵："带了这些，那你带菜刀没？"

李鲵弯眉紧蹙，一双大眼尽是惊惶，嗫嚅半晌，袄子里拔出一只切菜小刀，卢磊一一把夺过，转身挥舞："等我砍了这化生子。"

陈二毛自知他是说笑，嘿嘿笑闪到一旁，倒把站在自己背后的满傻子吓住了，嗷的一声奔出门去。

3

一番玩笑，王老也不让李鲵去厨下了，道走了一天，都乏了，掏出几个银角，着陈二毛请村夫随便弄些吃食。瘸腿老汉见着钱，没口子应了，指手画脚地与陈二毛聊了几句，陈二毛连连点头，老汉欢天喜地地去了。

"他说各位稍待，自家厨下只有白菜番薯，得走出两里地去借米。"陈二毛说与众人听。

"你怎懂他说的？"卢磊一方才就想问，此番问道。

"我老家在益阳衡龙桥，与宁乡接壤，话里都带着宁乡腔的。"陈二毛笑嘻嘻的。

李鲵索性烧起茶来，此番懂规矩了，先奉的两位大人。

二位大人清谈着，火堆映红了众人的脸。余者皆默然，屋外山风凛冽，吹得浉水水流汩汩声悠悠传来。

"大邑名贤心洒落，清春雅集夜萧森。何缘料理平生事，一卧沧江鬓发侵。"哂着茶，听着天籁，黄忠浩似有所悟，幽幽念道。

"这时局，已不是筠仙老在世时一般了，筠仙老、劼刚兄离世已二十年，相真兄殒于庚子，香帅旧年也走了，名臣归于凌霄阁，朝中无砥柱，苟且至此，终显败象。"王老叹。（筠仙：郭嵩焘字，劼刚：曾纪泽字，相真：陈宝箴字，香帅：张之洞别称。前二人为王先谦至交。）

"早就显了。京都传言，香帅终前，醇亲王前往探看，谈徐世昌继任津浦铁路大臣一事，香帅说此人才堪继任，舆情不熟，怕有激变。醇亲王哂道：'怕什么，有兵在。'气得香帅拍榻，直叹：'今日闻此亡国之言。'"黄忠浩摇着头，沉声道，"国运将尽，我辈不过是守墓人。"

"泽生的话太颓废了。"王老伸出手摆了摆。

"我是为湘人不值罢了。当初平粤匪，曾文正公所部湘军居功至伟，威名流传三十年，而后辽东一战，六万湘军全灭。要雪前耻，必要做出个样子来，想来先生这些年的想头便在此，修路、开矿、振兴产业，都要秉个湘人自办的先决，便是要在这湖南土地，在这列强环伺的当下，给湘人争个面子。"黄忠浩道。

"莫谈面子，该争的要争。我担心的倒在这兵上，兵如刀锋两面，伤人也易受伤。新兵改制后，大量游学东洋的低等将校充塞行伍，这些人心里的章程，可和朝廷不一样。"王先谦皱起眉头，抬手指了指卢磊一，"且说他义兄，如今在巡防营，未出过国门，思想已然激烈了。"

黄忠浩胖脸略抬，淡眉下一双大眼也斜着一扫卢磊一又收回去。

"如今一切只是维持,洋务我支持,然国柄非人,兵事不可为,为大清计 守得一日是一日。"低沉的声音显着疲惫,"我本一书生,如今掉落行五。还是想念从前,明德学堂创办时,我是校董,黄克强做教员,我二人还曾联合吴绶卿一起兴办讲武堂,禹老被捕,我也曾设法搭救。终究道不同,行渐远,如今我是兵,他是匪,再遇不能把酒,只能刀兵相见了。"(克强:黄兴字,曾任明德学堂教员。绶卿:吴禄贞字,辛亥革命烈士。禹老:禹之谟。此三人皆为黄忠浩旧友。)

说到此,二人皆叹。卢磊一听着二人言语,不由得心下怅然,亲如兄弟,也要闹到如此田地吗?

黄忠浩又问旧年湖南新兵改制,王老略略答了,道旧年湖南编成陆军第二十五混成协,有步兵、骑兵、炮兵、工兵、辎重兵,官兵计五千人。马骡四百五十匹,年额支四十一点七万两。"旧年全省杂税杂捐不过白银一百八十万两。"王老道,二人又是一叹。

不一会儿,瘸老头端着一个大锅走了进来,掀开盖,是一大锅白菜杂粮粥,顶上撒着几星胡椒未搅散,犹自热气腾腾。

蹿出去的满傻子闻着味回了,喜滋滋地到锅前舀粥,大口吹气,便要往嘴里送,一面嘟囔:"老汉瘸反了边,刚刚还瘸左腿,这番瘸右腿了。"

"不要喝!"在屋子一角闭眼假寐的驼背老仆一声低吼,身疾如电,一闪抢出打翻了锅,摆手又将满傻子送到嘴边的勺拍掉了。

众人已经醒过神来,二师兄与卢磊一一齐跳出房去,周遭静悄悄的,月色洒霜,照得屋影幢幢。满傻子也跟着出来了,嘟囔着太黑,竟摸出火折子打亮。"别点亮。"卢磊一声低吼,远处檐上一道闪光,枪声响了，满傻子应声扑倒。

"是洋枪。"卢磊一急道，"我上屋，师兄护着王老。"

"别去高处。"师兄唤着，已拔出左轮枪，朝着枪响处叭叭连开。这边厢，卢磊一一蹬墙壁上了房，躬身弯腰，借着屋脊遮掩朝那处摸去。

远处又响枪声，一发子弹擦着卢磊一头皮飞过，被发现了。

卢磊一伏低身子，跳到墙外，欲向前绕，一个黑影鬼魅般挡在眼前。"小哥莫急。"开声才知，是黄大人带的老仆。

"回去护着大人，我去杀匪。"老仆沉声道，人影一闪，遁于暗中。

卢磊一退回杂物房门口，将扑倒的满傻子拖进屋。满傻子没死，子弹穿腮打个对穿，被拖得咿哇乱叫，卢磊一给了他一耳光，刮得一掌血。

再出来，又听远处黑暗中两声枪响，人声哀号声接踵传来，又瞬间收了声。

长长的寂静中，卢磊一与二师兄躲在杂物房旁墙下暗处，进不得，退不得。眼前一条雪路，冰冷地反照着月光。良久，前方传来脚步声，二师兄警觉，将手枪撞针轻轻拨开。

"莫打我，是老汉。"黑暗里闪出一人，一手扛着两杆枪，一手拖着个人，踽踽走近，竟是驼背老仆。

"匪有四人，因有枪，下的都是重手，只这一人还有半口气，少爷看看，能问得出什么不？"驼背老仆在黄忠浩面前恭谨一揖，"几人身上都搜过，干净得很。"

地上躺着的是个年轻人，胸前被重手力打得塌陷了，双眼圆睁，喉咙里咕嘟着，血从口中不停地往外流。

"身无携带,这是要做死士,不成功,便成仁。"黄大人叹道,"横竖是为我二人而来,不必问,给他个痛快吧。"

老仆垂手听训,躬身将那青年拖出去。

黄大人又拿那缴来的枪看,两杆长枪,精光锃亮,正是义兄当初所运的八八式,卢磊一看得心下一惊。陈二毛站在一旁,拉了拉他。"刚才外头打得火热,他二人在里头喝茶聊天,没事人一样,果然是大人风范。"陈二毛咂着嘴,"我是吓得打尿噤,阳世上二十多年,没见过这种场面,这个回去要加钱。"

"我久不回湘,谁要杀我?"那边厢,黄大人抚着冰冷的枪身,"湖南是近水楼台,如今这枪军中已备齐了吧,川中倒慢了些。"黄大人拿眼一瞥王老。

言听到此,卢磊一心中稍定,若军中尽是此枪,那义兄的嫌疑又减几分,却听王老哈哈大笑,"泽生啊,不必给我猜哑谜,能搬出此枪者,非军中即大人。军中我素无往来,位高权重又视我如畏途者,只他二人,此二人我并无私交,平素往来还是略知秉性。"王先谦咂了口茶,寿眉下双眼精光一闪,"以我看,庄心安,他不屑,岑瑞陶,他不敢。"(庄赓良,字心安,时任湖南按察使。岑春蓂,字瑞陶,时任湖南巡抚。)

"那会是谁?"黄忠浩索性敞开了问。

"当今世道,要杀老夫,不要问谁有仇,要问谁得利。"王先谦抚须又笑,说得轻描淡写,"哎呀,肚子饿了,卢小哥,让你丫头煮点面来与我吃吧。"

李鲲正给满傻子敷药,筛些草木灰扑在伤口上,听在耳里,慌忙起身。驼背老仆已经回来了，身上寸尘不染，无事人一般，立在门边。

李鲵不急着架锅，半跪在地，架起冻羊腿，随身小刀一刀刀地往锅里片羊肉，片了小半锅，才将锅架在火上，没带锅勺，便用刀翻炒。这羊腿是卢磊一年前在三兴街清真寺前买的，极肥美，略炒一下便煸出油来，李鲵愣了愣神，望了望卢磊一，反身翻包裹，飞也似的从包里拿出一坨黑黑的物事，放入锅中，略炒几下，便汆水。门边老仆却眼一抬，一双眼逼视卢磊一。卢磊一笑了笑，摆了摆手，走过去："丫头怕我怪她，好东西，不放心的话，我先吃。"卢磊一低声道。

老仆又复松弛，耷拉着眼："代问杜老好。"

卢磊一反身望他，他又眯眼装睡了。

其间陈二毛斗起胆子请大人示，道已遇匪，此地凶险，是不是连夜启程，被黄大人驳了。"星程赶路？给人当靶子？他们可有枪。"黄大人哈哈笑，"你要是我的兵，我抽你二十鞭。"

吓得陈二毛退到卢磊一身旁，低声嗫嚅："大人虎威，吓得我又打尿噤。"

待水煮开的时间，李鲵果然凑到卢磊一身边，瞪着一双大眼可怜兮兮，拉过卢磊一的手写着："走得急，没有告，拿了块茶，有罪。"卢磊一经营茶庄也近小两年，知那是砖茶，店里除了上好的金井春，还从安化进了些茯砖茶，专供九将头的脚夫行。

就为李鲵不会说话，才让芬儿教她识字，一教就会，一手柳体也越写越精神，她和芬儿说话多是拉手写字，再不见拉别人。此番怕是情急，也拉上他了。卢磊一心想，男女大防，这也不是办法，教会医院据说有了手语课，寻着机会得让她去上一上，花些钱亦可。又想，她会了。别人又不会啊。正踌躇,袖角被人拉扯,回神一看,李鲵仍蹲在身前眼巴巴地望着呢。卢磊一被她的可怜相逗乐了,拍了拍她的头,告诉她可以喝好茶的,又嘱道,第一碗面,端给他。因这一拍,李鲵从脸红到了脖子,低着头默了半天,才抬头,麦色脸庞上,眼里竟有泪光,她拉过卢磊一的手,又写下:"家爷从前常喝。"

锅小,面只下一封便潜水,黄大人唤陈二毛去厨下寻碗,陈二毛却拉上了卢磊一,他怕。二人走到厨下,在已断了火的灶边看见那守屋村夫,嘴里塞布,绑手绑脚地干受冻,帮他解了绳,让他活活血脉,哪知他跳起来便跑,黑暗中跑没影了。

厨下只有三只碗,一起拿回来,得轮着吃了。

一锅面做三碗,汤沸时放盐、胡椒,盛出来,夹几片羊肉,便是一碗羊肉汤面。鲵儿记着卢磊一的话,果然第一碗面端给他,二位大人各一碗,三人头一轮吃,锅里再氽水,再煮。

卢磊一夹起面来吹凉,一面望着那墙角站的驼背老仆,老仆眯眼看他。卢磊一挑衅似的大口吸下,果然羊肉加砖茶先炒再煮,去了腥膻,羊肉嫩甜,汤底一股鲜味,面条饱吸汤汁,吃到嘴里,咸鲜糯弹,又有淡淡的茶香,瞬时间一碗面吃得干净。抬起头,陈二毛、满傻子巴巴地望着,满傻子两腮肿了,涎水沿嘴混着血水往外流,给他也吃不得。

面煮到第三轮,外头人声嘈杂。卢磊一冲出屋外,不顾二师兄劝告,又蹿上屋顶,看一路人打着松香火把叫嚣着进到书院,个个拿着家伙,镰刀、锄头、铁锹不等,那值夜村夫也在其中,原是搬救兵去了。卢磊一在高处辩解,好言不听,只得使上手段,卢磊一跳入人堆里,缴了几把农具，诱出领头的，原是这一带的里正。卢磊一将他钳进屋，王老亮出矿务关防的紫花大印，里正啪地跪地磕了个响头，打叠的奉承话堆了出来。

"废话少说。"一直站在门边的老仆突然发声，"弄一升米来，我还没吃饭。"

4

再上路，天已大亮。二师兄等人一力劝说，两位大人不肯回程，只是不再坚持沿沩水而下，转走了官道，一路快走，倒把陈二毛累得够呛。满傻子已经遣回去了，总归有伤在身，卢磊一让他返程，向段长呈报遇袭事，满傻子唯唯，且跟着，嘴上有伤，吸着冷气艰难地开口："板子，板子。"卢磊一没听明白，陈二毛以为他要铜板，道工钱回去结，半哄半赶将他劝走了。

走官道便快，行至中午，又见沩水。一座石桥横于水上，过了南门桥，便是宁乡县城南门，此城没有城墙，东南西北四方设四座雄伟大门，铁皮包边，与房屋相连，一条青石板路进城，街道逼仄，街两面鳞次栉比砖屋、木楼，路上雪水消融，略显湿滑。二位大人骑驴坐马，蹄声嗒嗒，黄大人谈兴起，马上问王老："老师此地来得不多吧，我做矿务公司西路总理那几年，此处可没少跑。你可知这宁乡县治玉潭镇里最气派的是哪里？"

"比邻长沙，却未来过，最远到过灵峰书院，已经二十多年咯。"王老笑问，"可是县衙？"

"不是。"黄忠浩道,"再猜。"

"可是哪座神庙?"

"虽不中,亦不远矣。"黄忠浩又笑,"是学宫,此处的可比府里的差不了多少啊。"

"文人气脉如此重吗?"王老凝神思量,半晌才幽幽叹道,"确实,至光绪三十一年科举被废,湖南共七百四十五人中进士,宁乡便有二十四名,不易啊,合省四道、九府、二州、七十一县,还有五个直隶厅。宁乡确居上游。"

"老师历年主持乡试、会办会试,果然心中一本账。"黄忠浩连连称是,又道,"也是为这文人气脉重,此处开矿屡屡受阻。"黄忠浩皱眉,"一开矿便省控,甚或京控,五都铁杭仑,十都莲花峰,又有竹鸡坡、茶园坡,探明了有铁脉,都是全县上控,道有伤县脉,抚台奏准永禁开采。此番要去的苦竹寺,亦是如此,矿脉早已探明,地方官司却反复未决。光绪八年,上谕全国采煤,以应军务造船炮之需,苦竹寺方才正式成矿。"(五都、十都:清代沿用明代乡、都、图、里制,一般县域为东南西北四乡,乡下分都,都下为图,图下为里。)

考察矿务终须知会地方,才能便宜行事,一行人先去位处鸭婆巷的宁乡县衙,知县三十岁上下,姓刘名垂芳,字永清。进衙前王老特特交代黄大人,刘知县是六年大挑的候补知县,旧年补的实缺,虽不是进士出身,为官极清正,旧年履新前曾拜谒过他,行事略有些迂。"随便谈谈。出来寻家铺子吃中饭,他请不起。"王老切切说。

卢磊一跟在后头,与陈二毛对视一眼,眼中尽是疑惑。

西城门外尽是山，望山跑死马，在县衙，知县闻得遇袭事，要派人保护，王老拒绝了。驼背老仆催着众人快走，山间小道绕来绕去，终于在天黑前赶到了苦竹寺煤矿。山间一大片平地，其中几栋木屋做工房，山壁下黑黢黢的矿洞似山妖的独眼。离矿洞最远处，有一溜砖房，黑瓦白墙，挂着牌匾，在木屋环伺间显得卓尔不群，那是自光绪三十一年始开设的官矿分局。上官来访，分局必是倾力接待，卢磊一等人另治一席，派一名属员作陪，菜极丰盛，麂子、兔、竹鸡等各种山珍、腊味或蒸或炒，诱得人食指大动，属员不及敬酒，几人已动了筷。卢磊一拿个大碗盛饭，各色菜肴夹得堆起，去寻李鲵。不同于几个男人睡通铺，给小妮子另弄了间杂屋，地上铺个木板当床，一床烂絮半铺半盖，天已经全黑了，卢磊一进得房去，地上一盏油灯，李鲵裹着被低头正啃着手里的一个大杂粮馒头，吃得直打噎，看到卢磊一，慌忙站起身来。卢磊一看着心疼，忙递上碗去。

再回到席上，陈二毛正在与那分局属员吹牛，说的正是灵峰山遇袭，道昨夜几人分工，兄弟们在外厮杀，他居中镇守，护着两位大人。"大人的安全，顶顶重要，须得我亲自办，才得放心。"众人不语，埋头吃饭，由他吹。那属员陪他饮了一杯，笑道："陈兄运筹帷幄，竟是帅才。"陈二毛有酒了，听不出话中的揶揄，又问这山路绕来绕去，煤开出来如何运出去，那属员便笑，说众人黑天来的，没瞧见，南边修有一条煤路，直通沩水。

"宁乡这个刘知县，也是个怪人。今日相见，王老是内阁学士，黄大人如今也是个上等官，他竟布衣相见，几杯冷茶打发了，临走虚邀了一下，不是留饭的式样。"陈二毛又说。

"莫怪莫怪，此公上任以来两袖清风，不为捞钱，家中一栋旧舍半墙书，虽是大挑出身，终不是捐班，还是有风骨的。"那属员道，"穿布衣或是为官服金贵，破损难补。不留饭，是他真没钱。"

"如今还有这等官？"陈二毛搔搔头，有些不好意思。

"去年有个曾姓邑绅，托刘知县断案遭拒，下了狠心要扳他，四布眼线，查他饮食起居。查了几个月，只见他拒吃请、拒礼金，请不起下人，自家婆娘荆钗布服，洗手羹汤。过生日去菜市买个鱼头、一坨豆腐煮来吃，便是见了荤了。县治余粮便做访贫问苦，又翻新学宫，旧年新获配享文庙的三位夫子，也塑了像立上了。"属员啧啧叹道，"邑绅拜服，才将此事传颂开来。"

卢磊一细回想，那刘知县见时果然面有菜色，殊不知是这等人物，难怪王老嘱咐莫扰他。

"大清有此等人，不会亡。"陈二毛叹道。

"只作闲话，莫谈国事。"属员又举起杯来。

卢磊一吃了七分饱，走出门去，周遭巨大的山影，一轮冷月正当空，前头工房外有人在唱歌，本地小调，听不分明。他想着今日见过的那位刘知县，他与陈二毛观点相同，大清有此等官，殊为幸事。刘知县与王老一会，咄咄申诉，初时卢磊一以为他是发癔症，不以为然，如今想来，那话中倒有几分道理。王老原意敦请他安抚地方，将几处铁矿开采搬上议程，刘知县一口回绝，道煤矿是旨意，譬如郴桂之铜供应宝南钱局，已然如此，下官不废上意。铁矿断不可再开，其罪有三，一则易惹流民啸聚；二则穿床凿脉，大至断一县治脉，小则断人风水；三为如今煤矿皆外运，铁矿一开，若就地起炉，必烧木为炭炼铁，周围百十里山林皆受其害，十年树木，非他一任之功，铁矿一开，却易成百年之咎。王老被噎得说不出话，讪讪而出。

卢磊一脑中杂乱，尽是乱七八糟的念头。王老那席早已散了，他与黄大人一屋，二人怕是要促膝夜谈吧。李鲵妹子吃饱了没？陈二毛今日嘴巴没有边了。那驼背老仆姓鲁，今番倒总算见识了这鲁老汉的饭量，吃了八碗犹不歇筷，果然练武之人都是饭篓子。想来想去，一句话在耳边始终萦绕不去，"道不同，行渐远"。不知道义兄此时在干什么？

身后有响动，反身一看，却是李鲵妹子，俏生生地站到跟前，仰着头望他。那眼里，有月光。

山风吹拂，满耳天籁，风声中似有人声。卢磊一警觉，张目望去，黑黝黝地看不分明，朝着声音来处跑，远远看着南边的煤道上有一个黑影，跑得跌跌撞撞，一面扯着风箱似的喊着，听得几遍才明白是在喊他的名字。是满傻子，已经跑得上气不接下气，卢磊一上前一把抱住，满傻子一身尘泥，狼狈不堪，摆着手指着身后，含混不清地道："土匪来来……来啦。"

月色下，匪众是如沩水涨潮般漫上来的，几十众至百余众，对官矿分局渐成合围之势。四周都是喊杀声、枪声、炸弹的轰鸣声，幸得满傻子预警，大人们已经转移上山，矿工们四散而逃，分局官长出五元银，挽住了一位工头，陪驼背老鲁断后。那老鲁一把扯过卢磊一，"你也陪我。"二师兄忙要拉他，卢磊一心气上来，摆开了他的手。

三人潜在暗处，官矿分局已经燃起了大火，火光中人影幢幢。匪众们拥入矿前平地，当先闪出一人，揪着一个瘦弱的身影，抬腿一踢，踹得跪在地上。

是李鲵，这丫头不是跟着自己吗，怎的跑回去了？卢磊一脑子里嗡的一声，立起身来就往人堆里冲，老鲁紧随其后，一甩手，空中有破风声，两个举枪的匪徒应声而倒。

洋枪稀罕物，匪众手中各类兵刃，拿枪的不多，卢磊一听义兄说过，枪宜远射，冲进敌阵，便搏血肉，开枪忌讳，怕误伤。老鲁怕也知道这道理，二人没跑直线，跑了个之字形杀进去的。卢磊一放开了手脚，本来身无兵刃，老鲁临时给的一把小插，作钉锤使，横拉直刺，全攻要穴，杀气上来，务必一击制敌。瞬间便伤五人，直往李鲵跟前杀，便见那小头目一手揪着李鲵的辫子，一手平举，竟是一把手枪，砰的一声响，卢磊一肩上一热，去势不减，一甩手，将小插投了出去。

头目偏头躲那刀，老鲁已鬼魅般闪在他身后，左手往后一捞，接住小插，翻手扎入头目咽喉，右手下移，接过头目手中枪，抬手便射，打翻三四匪众，射空弹匣。

卢磊一拉起李鲵，将她往暗处推。"跑！"卢磊一大喊，反身厮杀，老鲁就在身侧，火光中一张冷脸，嘴角上扬，略有讥笑。再入匪群，老鲁的重手大显神威，匪众沾身即倒。卢磊一这边，终有些左支右绌，有伤在身，又没了小插，气劲不足，一招制敌已是难上加难。今日要命丧于此了，卢磊一暗忖，砰砰两枪连发，身边缠斗的二匪倒地。"磊伢我来了。"耳边是二师兄的喊声。

这一夜，卢磊一终于见识到了二师兄的真功夫，他像个生在暗处的鬼，踩着影子要人性命，身随意转，在人群中辗转腾挪，从无可藏处闪身，从无可避处出手，鬼魅一般，忽此忽彼，攻敌全在一击，都在中线。至此，卢磊一终于知道，师父说二师兄得他真传的妙谛，全在这没有一丝拖泥带水，似柔实刚的拼斗上。

匪众瘫了一地，人却未见少，夜空中呼哨一声连着一声，一股一股地来敌，卢磊一越打越慢，不提防身上又被劈中一刀。那边厢，二师兄也汗透重衣，老鲁纵称重手，亦是气息不稳。"拿下他们，杀那王老狗。"匪中有人吼着，老鲁听声辨位，人堆里冲将过去，拿住喊话之人，掐着颈举过头顶，一声震山长啸，吼得山林飒飒："我是哥老会澧州十里岗鲁详美，领头的出来！"

厮杀停了，乌泱的人群中一片死寂。半晌，匪众中走出一人，一身农夫装扮，宽背厚膀，火光中一张刀凿斧刻的方脸，两只细眼透着精光，农人一拱手："哥老会六龙山堂孔三。"

"什么孔三。"老鲁一嗤，将手中人扔进人堆，"海捕文书我看过，你我都是逆案在缉，龚大哥。"

"鲁详美死了，二十年前，澧州朝天湖事败。"那农人皱眉道，"他与廖大哥一起。"

"廖大哥还与我在一起。"老鲁仰天一叹，一把扯落衣衫，瘦骨嶙峋的身上绳索紧扣，众人皆惊。他哪里是驼背，竟是背上绑着一口铜锅。似是多年未解，绳索虬缠，勒进肉里。

解开绳索，老鲁小心翼翼地将铜锅抱至胸前，铜锅里一只包裹严实的黑绸布袋装得满满当当，上嵌一块梨木牌，刻着"廖公星阶之神位"。

"这是廖大哥法身，一直与我在一起。"老鲁望着农人，一字一顿，"鲁详美生做颂神龛，死为坟上土。"

农人望着那锅中物，愣怔半晌，倒头跪拜，周围帮众跪倒一片。

匪众走时如潮退，瞬间走了个干净。一群人护着两位大人星夜赶回宁乡县城，天已经微微亮了，城门开了，直至住进了驿站，卢磊一一颗悬着的心才落了地，身上的伤方才痛了起来。

两位大人倒是无事人一般，王老终是年迈，精力不济，与匆匆赶来的刘知县交代了几句便道乏，关上房门歇息了。黄大人精神头足，听刘知县谓兹事体大，县里又没接电报，已紧急派了一队铺兵骑快马去府里报信，要请府里派兵，他便笑了。"派兵做什么？会众如沙，撒到人堆里寻不见，躲进山里又找不着，查不明落脚处，剿都没处剿。教你个巧。"黄大人伸出一根手指，"此中为首的，是哥老会六龙山会首龚春台，萍刘醴事败后，潜藏你宁乡境，昨夜现了真身，怕是要跑，铺兵快马派出去，知会各关节要道，水陆设卡，或可捕一捕。"

李鲵一路上几次拉着卢磊一要给他包扎，被甩开了，小妮子被甩得趔趄，抿着嘴跟着，知道做错了事，不言声，大颗的眼泪往下掉。卢磊一心中不忍，撕下前襟囫囵包了下肩，拍了拍李鲵的头："没怪你，快走。"她便似只温驯的小羊紧跟在后头，到了下处也不避讳了，督着卢磊一除了衫，要给他处理伤口，可巧刘知县请的医生也到了，仔细查验后，直道卢磊一命大，子弹从肩穿肉而出，没伤着骨头，背上又有一处刀伤，皮开肉绽，一起敷药包扎了。卢磊一此番知道痛了，咧着嘴吸着冷气，那医生是杆烟枪，问他要不要点盏灯吃一个烟泡解解疼，卢磊一连连摇头，瞥眼看到站在一旁的李鲵，揪着衣角手足无措，衣裳都快扯烂了，大眼睛里满盈泪水，顺着腮往下流，小厨房的包裹还背在背上，卢磊一咧着嘴笑，着她卸了包袱，问出了心中疑问："夜里你不是跟着我吗，怎么又跑回去了？"

李鲵急急地打着手势，羞怯地张嘴吐舌，伸手从腰间摸出两枚银圆。原是芬儿给的银圆，落在杂屋床上了。

"你!"卢磊一看着李鲵那张可怜兮兮又人畜无害的脸,脑仁子都是痛的。又痛又乏,他懒得再理李鲵,小心翼翼地趴在床上,头一挨枕,便沉沉睡去。

再醒来,已经在马车上。快进城了,李鲵坐在身边,见他醒转,眉眼笑到弯,扶着他起身,怀里掏出个大包子,温温热,献宝似的递上来。傍晚时分了,寒冬时节,夕阳燎着天际,空气依然冰冷,这包子小妮子是放在怀里焐热的吧。卢磊一确实饿了,大咬一口,笋丝馅的,面糯笋脆,咸鲜糯甜,一面吃一面周遭四顾,刘知县果然请来了兵,却是护他们回城的,大队的兵背着枪一左一右走在官道两侧,老鲁又成了驼背,走在前头,大高个儿满傻子跟着他,再前头是骑驴骑马的两位大人。二师兄走在王大人旁边,步履匆匆又稳健,自己身下的这驾马车,前头车夫边上坐着一个瘦子,一头黄毛在夕阳下泛着金光,正与车夫聊得唾沫横飞:"天然台的鲍鱼、湖北会馆的鸭,都是绝味,翠仙楼的妹子,那是一等一。你我兄弟,几时没公务,我带你去玩。"

浮梁店主人言：苦竹寺煤矿，就是今日宁乡的煤炭坝，此矿仍在，历经百年，千疮百孔。湖南的矿业之兴，于今已成发达之势，有全世界最大的锑矿，金、钨、铋、锰、锡都颇富矿藏。这些与我的故事无关，不过在这里提一句。

此番行程中的这位刘知县，此后我们仍有交集，他是宁乡最后一任知县，也是民国后长沙东区警署首任长官，此事以后再讲。

刘知县提到的宝南钱局，我回城后打问过，原来便是湖南铸钱局，初时用滇铜铸钱，郴桂铜矿开采后，渐次启用郴州矿与桂东矿的铜。此局建于康熙六年（1667），止于咸丰三年（1853），那时我们用的铜钱，许多是此局所出。

如今，宝南街犹在，一条街的手机市场。

历史的百年兴衰，也如这街市变迁，原有的名字犹在，物是人非。不，物非人非。

或许将来有一日，某些地标，会让人称名而不知其所以名。正如我此刻讲这个故事，起兴而忘意。

是的，我忘了自己为什么要说这个，如果每个故事都需要一个意义的话，那《浮梁店》只是一个老人的闲谈，没有意义。它是醉后言语，茶壶煨酒，老来话多，抚今追昔；是经历了漫长又漫长岁月后的一次回顾，有些事，我以为看清了些，其实并没有。

今日到此，下回再叙。

第十章：半生浮游春怅望

浮梁店主人言：浮梁店里有好茶，好茶招待有缘人。我是卢磊一，一个被阎王爷忘了的人。

前番说到我护送王先谦大人去宁乡探访矿务，一路上腥风血雨，好容易混个囫囵人回来，身上还受了伤。为这伤情，芬儿没少骂我，几次让我回了去武汉的差事，且劝着。

我挺好奇驼背老鲁的事，不好问。出了十五，二师兄来看我，倒说开了。这老鲁原名鲁详美，籍贯慈利县龙潭河，光绪八年大水后家业散，流离中入了山堂，拜哥老会澧州十里岗山堂廖星阶为大哥，廖星阶为人重义，省内有咸望，格外看重老鲁，收他为关门弟子，解衣衣之，推食食之，情同父子。光绪十六年（1890），澧州又遇大水，府县瞒报灾情，灭顶之灾仍催逼钱粮，无法，廖大哥振臂一呼，聚众千人，于朝天湖举事，直打到澧州城外，被清廷调兵镇压。廖大哥被捕，老鲁与廖大哥打散了，侥幸活命。廖大哥押解到省，次年四月初杀于浏阳门外。老鲁前往收尸，被围捕，石子岭一场血战，老鲁杀十四人，身负重伤，为途经此地的黄忠浩所救，老鲁对黄大人尽诉前因，言明大恩不言谢，愿断绝江湖事，以此日为期，入黄家为奴，报效二十年。伤好后，老鲁只身再赴石子岭，于土地庙后起出当初草草掩埋的廖大哥尸骸，烧化殓入骨殖袋，罩上铜锅，从此铜锅作坟，肉身为土，整日背着，二十年不曾解。君子一诺，老鲁一身外家硬功夫，守护黄大人多年，几次救大人脱险。

在苦竹寺，老鲁搬出廖大哥借道，回城后懊悔不已。几日后，于食指缠上布条，浇上火油，燃指谢罪。

又说这满傻子，回城之后，我与陈二毛真把他当兄弟了。再看他，也不知道他是真蠢还是装糊涂，虽然这小子又小气又计较，可大事上头不含糊，讲义气，那夜若不是他走了前脚通风报信，我们都得报销在官矿分局，哪里再有后头的一番拼斗。这小子伤在嘴上，倒着实把自己饿瘦了，说又说不得，吃又吃不得，陈二毛想问那夜缘由，满傻子比画了半天，愣是没懂，我让他写，他盯着笔墨，又望了望我，可怜兮兮。这厮竟不识字，真不晓得他是费了多大的神通，才穿上这身巡警的皮。

待到满傻子脸颊上的伤好得差不多了，我与陈二毛请他在庆丰楼吃了一席，大鱼大肉地上，诚心请他。满傻子吃得满嘴油，一面吃一面说，也一解了我们心中的疑惑。

原来这满傻子有个认人的本事，人从眼前过，一眼就能记住，那夜的村夫换成假癞子便是他一眼识破。末了里正带人来，他在檐下望，见人旦头似有那假癞子人影一闪，没看分明，不好贸然开口，这事便在心里憋着，及至第二日我遣他回去，他想提醒，又伤在两腮说不清楚，我还道他要结差钱。满傻子回头走出老远，终是不放心，掉转头来，远远跟着，果然大人们刚进城，那癞子又出现了，此番却不癞了，满傻子便跟着他，看着他聚集匪众，一群人气势汹汹往山里赶，满傻子情知不妙，抄近路跑到了前头报信。

"你怎熟这山路？"

"你、你们又没问过我。"满傻子脸上的肿消了,说起话来仍旧疼得咧嘴,"我当差前,便在苦竹寺挖煤,挖了一年多,井下危险,工钱日结,但舍得下井,还是能赚几个的。就是井老塌,我爷怕我死了,寻了表舅家族叔亲家公的大崽,才谋的这份差。"

一、可宜作福

1

宣统二年（1910）二月二十八，卢磊一伤好得差不多了，趁休假，回了趟嘴方塘，芬儿嘱咐的，要寻师娘弄些腌菜，给益隆行主母预备着。上月闻知卢磊一出差受了伤，师娘便急急进了城，在新卢茶舍住了十来天，整日里与芬儿一道，伺候汤药，捎带着与芬儿一起控诉，镇日价骂他孟浪，不该为外财涉险。"你师父还说这是历练，气得我啐他呢，什么历练，这可是遇着险了。"师娘摘下金寿镯要还他，吓得卢磊一趴在炕上磕头，直呼摘不得，末了又搂住师娘颠了颠，"娘唉，孝敬您的您要退回，这可是折我的福寿啊。"

"莫赚分外钱啊，命里只有八合米，走遍天下不满升。"师娘忧心忡忡，瘦弱的肩，细长的脸十分暗淡，"别的孩子我不操心，只放不下你，你打小有心气，做事不爱低头。人生事，难得尽如人意，当弯腰时须弯腰啊。"

义兄也来探过，细细问过事情缘由，气得拍了桌子，厉声呵斥卢磊一，若是还认他这个兄长，以后再接这类外差，必先问过他。"你若缺钱，跟我要啊。"义兄叹道，临走撂下一封银圆，十枚光绪元宝，过后不久，又着茶馆伙计送来一封，银钱之外还有一封手书，写道——"兄弟有通财之好，万勿为此物以身犯险"。

芬儿的着急在心里，初时几日，整日里泪汪汪的，有气没处出，想要罚李鲵，又舍不得打，最后着李鲫去菜市买了一挑子红干椒，罚李鲵剁成辣椒粉，小妮子每日抱着个细竹筒下杵刀，剁得一脸泪。卢磊一不忍，给她求情，芬儿鼻子里哼一声："心疼了，收她做小吧。"

其实最不好受的是卢磊一，此番出差，杀了人了，于他是第一次，内心动荡。卢磊一知道，那夜混战，死在他手下的必有几人，一柄小插在手，哪几刀是冲着要害去的，他心里清楚，在那火光缭绕中，你死我活的境地里，人命如纷飞的火屑，狂风中悠悠然散落，无声无息地黯淡。他感受了刀扎入身体的钝感，听到了近在耳边的垂死叹息，他自己也是恶战中生还，这份记忆将追随他一生。

二月二十八这一日，卢磊一先去了趟小西门外。老陆来叫的他，道小西门外官渡有人报案，卯时三声枪响，官渡差船船夫粟正月被人枪杀于义渡亭。

小西门这渡口开的时间可长，嘉庆年就有了，原是义渡，邑绅出资筹办，后转官办，设渡船十二只，船夫十五人，又设差船八只，船夫八人，专渡公差。这日一早，订官船的却是个熟人——胡美医生，卢、陆二人赶到时，胡美大胖子犹自惊魂未定，画着十字叹上帝保佑，若非昨夜与颜先生推演防疫到深夜，今天起迟了，义渡亭里挨枪子的说不定就是他了。

卢磊一问他为何去对河，胡美道昨日接报，对河肖家大院发了时疫，五日内死了七人。本来是颜医生去的，昨夜聚时看颜医生感冒了，索性接了这趟差，代颜医生跑一趟。

"仍旧要去的，卢警官陪我吧。"胡美说到事头，收了惊吓，"时疫无小事，要去看一看的，早发现，早预防。"

卢磊一不语，一旁老陆扑哧一哂，低声道："这世道人命最贱，偏这西洋医生看重。"

卢磊一与老陆又问周边人，都说是一灰袄汉子，蒙着面，进了义渡亭掏出枪来便打，似是寻定了粟正月，开完枪便跑了，往内城跑的。

老陆着人给段上报信，长相不清，盘查也困难，此等案子，不知寻仇与否，断无闭城大索的道理。不过各处设卡盘查，虚应故事。为着胡美的请，卢磊一另请了一艘官船，与老陆一起送他过河验疫。回程时，胡美啧啧称奇，道那七人无伤，也不是时疫，面貌如生。"看起来很健康。"胡美皱起眉来，转身看向卢磊一："亲爱的卢，我看今天这事，好像上次一般，又是'possessed'，用中国的话讲，入乡随俗，请你帮我问问，是有什么神奇的方法，能让人死成这样？"

"用针与点穴都可，倒没什么稀罕的。"不及卢磊一说，老陆在一旁接话。

宣统二年农历二月二十八，是清明后一日。这年景怪事多，自开年起，打更的再不巡半湘街，道街上有鬼，半夜里拍人肩膀。正月十九，空了几月的灿东瓷器行店后一棵李子树半夜烧起来，似夜间打了个火把，及至扑灭，枯树移走，树底下挖出一具死人骸骨，埋尸多年，衣衫差不多烂尽了。"桃养人，杏伤人，李子树下埋死人。"这话倒有了说头，瓷器行后头有一株桃树、一株李树，都有年头了，老辈子无人能说清，怕是要追到乾嘉年间。坊间传，此处上溯百年，曾住过一位教书先生，原说种桃李是应景，杀人埋尸倒更方便。

清明节前几日，夏记酒馆老板死了娘，酒馆大歇几日，在家起了灵棚，流水的席面敞开，又请了戏班子，日唱夜唱。夏老板不似原来卤味店的胡三，是真孝子，年庚六十九，一个老娘养到九十三，生前但凡晴天，便要坐在馆外晒日头，老太太慈眉善目，好抽水烟，高寿了，嘴里仍有几颗黄牙。老太太头七，正值清明头一天夜里，灵堂外忽来了两只猫，一黑一花，就在堂外街上打起架来，下了狠口撕咬，两猫都是一身血，唤魂鼓敲了三遍，里间丫头搀出夏老板堂客出来供茶，这倒是寻常，守灵本就由媳妇燃香供奉餐食，可巧那猫儿就不打了，立在街边看那妇人叩拜、供茶、奉香，吱呀地悲鸣几声，各自遁去。便有街坊传，夏老板孝感万物，老太太九十高龄，不仅朝廷记档，灵猫犹记，舍了堂前争斗，还他丧事圆满，在夏老板堂客供茶时止争，是这媳妇也极孝，一念动天，万般皆让。

其实清明又称三月节，这年的清明却在二月，已是年节乱序。清明这一日清晨，天下起雪来，更叫人称奇，俗语道"清明断雪，谷雨断霜"，人们在纷纷扬扬的雪末子下头，有些不明所以，半湘街启用墨庄的陈掌柜便在这晨起开店后仰天一跤，跌死在薄雪覆盖的青石板路面上，双手上伸，像要抱住个日头。启用墨庄专卖松墨，老板姓陈名一帆，宝庆人，这店便是原来的鸦片馆，禁后转让，开张不过半年。街上人又传，墨膏鸦片都是膏，墨硬膏软，刚不胜柔，做买卖的不自知，难免被克。

2

二月二十八，及至城门快落锁了，卢磊一总算出了北门。一路急奔，赶回嘴方塘吃夜饭。席上却有张熟面孔。

"让你代问杜师父好，不若我自己来一趟。"老鲁端起酒杯，与卢磊一一碰。卢磊一看他那手，右手中指截去了一截。

师娘避在厨下，三个师兄与卢磊一在桌上陪着。去宁乡时，老鲁是滴酒不沾，此日倒是放开了，左一杯右一杯地喝得欢，背上仍是驼的，那只铜锅犹在，卢磊一只觉得瘆人。

这一餐初时吃得压抑，师兄们不知深浅，吃得拘谨，卢磊一倒还好，师娘做的菜，他是吃不厌的，何况今日有一碗春笋烧肉。春笋过水去了涩味，和煸好的五花肉一起烧，加葱姜蒜收汁，春笋饱吸了肉汁，极开胃，卢磊一就着这菜下了几碗饭。师父与老鲁无事人一般，酒喝开了，话也说开了，原来二十多年前，廖星阶曾来请过师父出山，来时还带着彼时尚年轻的老鲁。二人在家住了几日，师父点拨了老鲁几招武艺，拒了所请，廖星阶也未强求。算起来，老鲁也算是师父的半个徒弟，老鲁且记着，年年走动，即使后来举事事败，做了黄家家仆，年节也是要来拜的，再后来，老鲁随黄大人赴蜀地，才断了联络。此番回省，自然要来看他。

"当初我不懂事，以为杜师父比我大不了多少，再厉害也当不得我师父来请。我不服，要过招。"老鲁皱着眉，脸上尽是羞惭，"伸手便在堂前立柱上按了个洞。哪知道杜师父看着便笑，拿一块师娘的抹布，抻开了让我打，说打断了便是厉害，那怎么打得断，不着力啊，一打便飘开了。他又让我拿着那布，隔着我有一丈远，手一挥，似刀划过，布便断了。他还说他力道不稳，拿捏得不准，我不明白，是我师父指了指我前胸，低头一看，胸前衣衫也划破了，回去洗澡，胸前一道红印子。"

"那一下我服了，明白了师父为什么一定要来请杜师父出山。"老鲁自失一笑，恭敬地敬了师父一杯，"得杜师父点拨几下，终身受用。"

"拳怎么打，脱不出形意二字，到了最末，都是脱形就意的。"师父笑道，"可是有什么用呢？学拳不过自保，将才、帅才与文才一般，都要脑子好用，我这脑子，就是个菜农的用处。"

师父也有酒了，满饮下一杯酒，说起往事。"当初不只你们，还有别人来请，哥老会、斋教、黄教、灭洋军……各帮各派，我都回绝了，有酒有菜地招待，不结交也不树敌，名声在外，是我有错在先。那些年，搭在这里头的嚼用不少。"师父指了指卢磊一，笑道，"后来，我也问过他的文师父，何解大清治下，这么多暗处帮派，招兵买马又是做什么？他师父说，世道一日不平，就会有不平的人众，聚集起来，便成帮成派。又细说省内，哥老会以澧州帮为盛，澧州出来的会首，省内威望往往十足十，都为湖南泽国，十次大水，十次有澧州，苦寒出暴民，最苦的地方人最恶，哥老会反朝廷，也是澧州帮带起来的。而宝庆帮也来邀我，却是保皇派，灾祸连年，官吏追逼，日子过不下去的人，结成了帮派，反贪官酷吏，不反皇帝老爷，都是因为一个人。磊伢子你说。"

"张师父教过，宝庆帮有别于其他会道门，全因江忠源大人，宝庆乡党之风尤盛，江大人是宝庆人，清剿会党起家，直做到安徽巡抚。宝庆人以他为荣。"卢磊一放了筷，恭谨答道。

"所以你那老蔡师傅，和姚痞子一党，都是拥戴朝廷的。"杜师父笑眯眯地说。

第二日，卢磊一从师娘家搜刮来一堆腌菜，一齐送去了益隆行。主母要生了，月子里要断青，新鲜青菜吃不得，得吃些腌菜起口味。

文师父张登寿此时正在城里，三月某日夜里，卢磊一去了他家，挑了五十斤米去。此时城中米价高涨，怕师父没饭吃。

张师父已经辞官了，皆因他的师父王老先生交给他《湘绮楼日记》请他整理。师父大过天，张师父夙夜宵旰，伏案不辍。

卢磊一去时，见着张师父，他又清瘦了许多，二人饮茶，寒暄良久。张师父兴起，翻着书柜，找出一张纸："你小时候填的一首词，只有半阕，这么多年过去了，可想出另外半阕？"

卢磊一接过一看，忆起那是十二岁时填的。那一日清晨，朝霞如火，张师父带他去荷花池，看霞光初照，荷花满塘，让他口占一首，他只写了半阕。

"芙蕖恋水水恋天，天地初萌，霞缀万顷田。"

旧时有豪情，后来如云散，往昔文字，如今只作笑话看，入世已有几年，但觉生民皆苦，人如浮萍。他沉吟半晌，续了后半阕。

"曾有悠思随梦断，一宵狂雨，月漏百花残。"

张师父一叹，"不好，太凄凉。"

三月初，王先生与黄大人一起，到新卢茶舍来看卢磊一，此前遣医赠药了几次，亲临探望却是头一回。二师兄一早来报的信，道夜间来，卢磊一没言语，芬儿却不平了，"当不起的，伤都好了，才记得来了，索性不要来。"一面说着，一面又唤着李家三兄妹洒扫门庭，准备小食。

二位大人夜间来的，二师兄陪着王先生，那驼背老鲁跟着黄大人，大人们坐下不过一番慰问与夸赞，卢磊一听得心不在焉，只觉得这些大人累，方方面面都得顾到，心中却并无感念。瞥眼看了看二师兄与老鲁，他忽然站起身，对二位大人一揖："小子斗胆，这二位一个是我师兄，一位是故人，断没有我坐着他们站着立规矩的道理，还请两位大人客随主便。"

黄忠浩一愣，随即哈哈大笑，招呼老鲁来坐，王老也笑了，转头向二师兄示意。彼二人面面相觑，终是不敢近前，搬了张条凳，远远地并排坐了。

此时门外一声喊，陈作新踏进门来，拎了个酒壶，走得踉跄。"我醉欲眠君且去，天子呼来不上船。"一边走一面嘴里乱念着，末了高声喊，"弟弟，为兄想你了。"走到天井边，蹲下来哇哇吐了，摇摇晃晃的，似要一头栽进天井里。

卢磊一忙过去扶他，扶着额待他吐干净了，着李鲲拿来冷茶给他漱口，扶在厅堂坐下。二位大人倒坐不住了，寒暄两句，便往外走，却听陈作新一声喊："王先生，城中米价日昂，想想办法啊！"

王老停了步，转过身来，一张麻子脸骤然色凛："不闻抚台大人已奏请禁米外运？"

"有用吗？"陈作新立起身，苍白的脸上已无醉色，"如此态势，禁令都未下，即便下来，不闻中英条约十四款？洋人是要利益均沾的。"

王老一顿，略一沉吟，脸色又变，匆匆去了。

"你是醉了还是没醉？"待大人们去了，卢磊一一拳捶在陈作新肩上。

"我真吐了不是。"陈作新嘻嘻笑着，"喝不得急酒了，没喝好，没喝好，炒个菜啊，陪我喝一杯。"

3

那夜，王老送来了三十块银圆，权当慰问。黄大人也有礼物，一把嵌银瓜柄匕首，牛皮鞘，柄上一颗绿松石泛着幽光，卢磊一极喜欢，作了贴身护具。那三十银圆，倒不愿私藏，唤来陈二毛与满傻子一起分了。

夜里巡街，卢磊一与满傻子一起了，他找段长调的班，因了年前夜里那件事。卢磊一与老陆相处，总是尴尬，恰逢宁乡一场际遇，倒与满傻子亲切起来，索性调了班，带带他。老陆的进士第已经赎回，一家人住进了城里，搬新屋时，段里的同僚都去贺喜，那房子在城北边的乐古道巷，三进的青砖黑瓦大屋，十分周正。老陆夙愿一朝偿，心气顿时散了，做什么事情似乎都提不起精神，当差也当得敷衍，日日饮酒，近身一股酒气，几乎赶得上陈作新了。

满傻子与卢磊一搭夜班，他是喜欢的，他是平素招人嫌的角色，夜值搭班也不固定，但谁与他搭夜值，都要欺他，自顾在段里睡觉，巡街的事便扔给他。满傻子胆小，一人在黑咕隆咚的街上巡，一身警服也难镇心中不安，如此，铳狗满二果然是给他配的，牵着满二能壮胆。如今可好，卢磊一不欺他，巡街二人一起巡，卢磊一又好零嘴，家里时不时送消夜，总预着满傻子一份，又或者路上遇着出夜宵摊的，卢磊一买来吃也给满傻子买，满傻子口拙，直道卢磊一好兄弟。"你结婚、搬新屋我都上了礼的。"一句话挂在嘴边念，把卢磊一弄了个没奈何。

这一日夜里，照例二人搭班，刚下过雨，天朗气清，高天上云翳一消，星月当空，照着街上青石板路反射出灰青的暗光。卢磊一打着灯笼，满傻子牵着满二，走到古潭街街口，满二忽然朝后吠了起来，拉扯得满傻子站不住。二人转身，却见半湘街上站着个人，说是人，看着只有半人高，似是只有身子没有腿，就在眼前不远处，黑天里看不分明。满傻子松了绳，满二蹿了过去，那狗明明到人跟前了，呜咽一声又扑了地,哗啦两声瓦响,那黑影已经上了灿东瓷器行的房顶,黑影拧身又一挣,上了城墙遁去了。

"这是鬼吧?"满傻子声音颤颤巍巍,身子如筛糠一般。

"是人。"卢磊一沉声道,四周看顾了一遭,再上前查验满二,扶着狗头细细摸,原是耳后扎了根大缝衣针,针没入颅,只剩个针柄。将满二抱回段上,就在灯下,小心翼翼将针拔出,满二立起身,歪歪斜斜走了两步,走到门口,呜咽一声又倒了,趴在地上,只是淌泪。

段长一早来的,听卢磊一说明夜间所遇,便去看那狗。

"这狗废了。"段长叹道,"针插进去,只怕还搅了一搅。"

满二是老陆带到河滩上去料理的,老陆抱满二出门时,满傻子追了出去。"埋了它,可不能吃肉。"满傻子急急嘱咐,老陆回身看他,认真地点了点头。满傻子不放心,跟着去了。

满二就埋在渡头边老槐树下,土堆边放了几块石头。

为此事,段长急报公所,亲自出马,带上一干员警,请出仵作老冯,去河西重新验尸。肖家大院七人病死的事作成桩案子翻了出来,尸身已经进了棺材钉上钉,段长知会了族正,停了灵堂吹打再开棺,果然在七人后脑摸到丧门钉,钉在发辫总髻里头,此七人之死,也作命案了。

那几日,满傻子一直闷闷不乐,知他不畅快,段里也无人去惹他。满傻子向段长请求,连着值了几个夜班,段里不常用的挎刀都被他翻拣出来,整日地磨,巡夜便挂着,卢磊一伤病初愈,陪着值了两夜,熬抵不住了,又不放心,嘱着陈二毛接着陪。满傻子憋着火呢,想找那半截人寻仇。几日里，街上倒是无事，只收过一具尸，那是一个流民饿死在路边，发现时已经僵了，手里仍攥着片啃剩的槐树皮，是个老头，瘦得皮包骨头，陈二毛说，抱起来还没有满二重。进城的灾民多了起来，一群群地划着船从水路上岸，船也弃了，便往城里钻，巡警道严令各门阻挡，段内巡街的都派到小西门了，分不清，挡不住。只挡下些操着湖北口音的，着九将头在河岸搭棚，圈在河边。

"湖南湖北都是大灾，乡里不比城里，断粮便是真断粮，树皮野菜吃尽，再故土难离，也得离乡逃荒。一村一村地出来往城里躲，就为城里有米粮。这阵子拥进城这多人，怕都是应了春荒了。"陈二毛仍旧话多。段里众人却是沉郁的，像是人人心里都憋着一团火，这年景，逼得人发躁。卢磊一总算明白了年前义兄在茶庄门前说的话，"周遭压抑，压得人透不过气来"。城中的米价早已经破了七十文每升，仍一天一个价地疯涨，莫说贫寒人家，自家吃饭都早已掺着红薯丝了。听说巡抚岑大人月初请旨禁米外运，月中禁令终于施行，可往武汉运粮的船且开着。说是武汉赈灾用米，比照军米采购，不禁；湘江上运米的洋船也仍旧往来不息，堂堂一省抚台之令，竟似一纸空文。

每日看着江上往来舟船，卢磊一只觉心慌，陈二毛在段里拍着桌子骂，说这是皇帝老子要保湖北，前头又跟洋人签了破条约，如今得遵守，湖南就是小妾养的崽，爷不疼、娘不爱。卢磊一听得不明所以，拖着陈二毛问明白，原来光绪二十八年，朝廷与英国签了个约，叫什么《续议通商行船条约》，里头写明了，中国若禁米出口，禁令发出后三周方能生效。"你做礼拜的知道，洋人讲的三个礼拜是多少天？"陈二毛吹着胡子哓哓说，"这帮西洋鬼，都不是好东西。"

九将头也闲下来了，他的桨米生意终于歇了工，他的下家是日清公司，日本人仍是有多少收多少，上家囤米的碓行却捂了盘，不给他开仓了。九将头每日帮着段上维持流民，由他地头圈的人也有几百了，日舍一粥，舍得他叫苦不迭。

到了三月底，二师兄下值到卢磊一家小聚，带来一个消息，王先生作为湘绅代表，参与了府内存粮盘存，合府公私存米已不到三十万石。卢磊一尚不明白，二师兄叹道："我本也不懂，王先生说，这个数字，合府的人吃不过两个月，等不及夏收便要断粮了。"

二、后吉前凶

1

不知道几时起,卢磊一值夜也开始喝酒,若无下酒菜,多是独饮,偶尔家里送夜宵,满傻子便陪他喝一杯。满傻子量浅,喝醉了似换了个人,说话也流畅了,常有些奇思妙想,总跟钱有关。

"我若发财了,送我妹子上学堂。"满傻子说。

"满二是条好狗,我不吃狗肉了。"满傻子说,"实在没肉吃才吃。"

"磊兄弟,我认你作兄弟了,哪天做不了巡警,我带你去挖煤,也能赚。"

但凡值夜,必喝夜酒,这酒从二月喝到四月初。某一日,满傻子喝了几杯,话却很少,到末了,他似忍不住,期期艾艾地说:"兄弟啊,有句话憋在我心里好久了。"

卢磊一已经醉意阑珊,拍了满傻子一下,让他快说。

满傻子望着他,手上的酒杯却放下了,想了半天,一个字一个字地往外吐:"你总说你师父捡你时旁边有三块石头,我却想着老陆埋满二,最后也堆石头,那当初,你旁边那石头下边,是不是也埋了什么啊?"

卢磊一犯了魔怔，跟段长请了几日假，去了嘴方塘。缠着师父问他当初捡他的所在，整日里扛着个锄头跟在师父后头，师父指一处，他便挖一处。蒿草丛生的野地、菜田田埂边被他挖了个遍，师父也不劝，记忆虽早已模糊，印象有些相似的地方，都带卢磊一去看看，却处处落空。春雨淅淅沥沥，一场接着一场，这一年的春天，天总是阴的，暖阳不见了踪影，风也仍是冷的。这一日夜，吃过饭，师徒二人坐在堂屋抽水烟，温一壶酒，师娘炒了盘蚕豆，给二人下酒。屋外春虫啾啾，风吹过屋后树林，沙沙叶声传入屋里。二人寒暄，东一句，西一句。卢磊一说起街上见闻，师父逐一评价。

"听老班子说，树下埋了死人，久了会有鬼火，那李子树怕么是鬼火引燃的。"这说的是灿东瓷器行屋后李树自燃的事。

"丧门钉入脑，人立死，这门功夫手要快、要重、要稳。练的是指劲，跟你老蔡师傅的功夫同宗，当是鹰爪一派的旁门，不单练指，还得泡药，有些邪道。"这是说肖家大院七人殒命的事了。卢磊一又说义渡亭里官船船夫被枪杀事，道是已经与肖家大院七死案并案，只怕是有人阻扰盘查。

"官船船夫的死，你们怎么跟肖家大院的事并案呢？"师父拍着腿讥笑，"若是阻人过河，该把渡船都毁了，杀个船夫抵什么用，摆渡的又不止他一个。这事，要么是寻仇，要么是掩罪，看他上几轮给谁摆的渡，官船渡江，总有留档的吧。你们真是乱弹琴。"

卢磊一听着也是自失，连声道此事段长是调了官船的档看过的，只怕是大家的想头都被大案牵扯，带进去了。"你们段长怕不是这么想的。"烟雾缭绕中，师父放下水烟筒，呷了口酒，抿嘴一笑。

卢磊一一愣，低头细想，果然，这恐怕不是段长的真实想法，明里暗里他都有些揣着明白装糊涂。肖家大院的案子是大案，对河未设公所，小西门警段接了，是为公义，不涉段上考评，没有捕期，可以缓缓查。义渡亭枪击案却实实在在发在地头上，事涉考评，必限捕期。如今一并案，段上限期破案的压力陡然一减，查探无果可以缓缓图之。段长这把太极功夫转得溜，属地外的案子平素都是巡警道接后调剂，小西门警段此番主动接了，里子面子全有，查到猴年马月去，旁人也挑不出理来。真真是吏滑如油。

"这几日陪你到处挖，我知道你在想什么，当年拾你时，那几天山前山后我看了个遍，倒没想过要往土里找。"杜师父摸着胡楂叹，圆鼓鼓的脸上尽是担忧，"说起来，你的身世查实大半年了，你却没去过澧州，不敢归乡，怕找不到亲人？"杜师父又是一叹，"你有你的想法，我不劝，我只是担心你师娘，她说你是有心气的人，总怕你魔怔了，这几天夜夜睡不好，躲在被子里哭咧。"

卢磊一一愣，怔怔不得言语，张目往西边厢房望，农舍简陋，厢房通着厨房，房门洞开，传来厨下的咚咚声和师娘的咳嗽声。"今年辣椒挂果早，你师娘给我做剁辣椒呢。"师父笑着，"我就好吃这个，拌面吃，一勺可以下两海碗面。"

卢磊一撂下烟，起身踅进厨房，灶台上油灯如豆，师娘坐在灶边条凳上，就着微光杵着剁刀，瘦弱的身影随身形起伏在油灯中一隐一现，辣椒刺鼻的冲味早已经在空气中弥散开。师娘停下动作，压抑地咳着，肩头一耸一耸的，卢磊一走过去，抚上师娘的肩，从她手上夺过剁刀，轻柔又坚定地将师娘推出厨房，自己剁起来。剁得几下，他鼻子就发酸了，再一会儿，眼睛也酸了。"找什么啊，我家在嘴方塘，我娘也在这里。"卢磊一盯着摇曳的灯火，眼泪流进了嘴里，咸咸的。

卢磊一睡了个懒觉，回嘴方塘这几日，他第一次睡得这么踏实。洗漱过后，师娘煮了碗面条，舀了勺昨夜才做的剁椒，剁椒没熟，师娘知他喜欢，忍不住还是要给他尝尝鲜。卢磊一将面一通搅，吸溜了一大口，向二老宣布今日回城当值去，啥也不找了。

师父哈哈大笑。"早知道就早些叫你起，陪你大师兄进城送菜，我们家的菜车轮子折了，豌豆、莴笋一百斤，你师兄挑着去的。"师父往屋外一指，庭前椿树下，家里运货的独轮车侧倚着，木轮子缺了个口，卸在一边了。

卢磊一尴尬地立起身："我去追他？"

师父又笑，摆了摆手，让他安心吃饭。师兄出去小半个时辰了，算脚程，已经进城了。

卢磊一坐下大口吸面，未断生的剁椒还有生椒的脆劲，咸鲜爽口，辣是真辣，吃得一头汗。却见师娘搬着个梯子出来，架在香椿树上。

"婆婆子你搞什么？"未及卢磊一发声，师父就喊出来了。

"磊伢子要回去，我给他摘点椿芽，回去搞着吃啊。"师娘回身一笑，脸上的皱纹挤成花，露出一口白牙。

"放着，我来搞。"师父喊，卢磊一却早已放了面，奔到坪里。

正要上梯，却听远远地传来呼喊声，回身看师娘，师娘皱着眉，她也听见了。二人齐齐往远处打望，但见南边的田土尽头，闪现出一个小小的身影，渐渐近了，是大师兄，急急地往家跑来，师父也走到了坪里，看大师兄到近处了，师父厉声喊："空手空脚，你的担子呢？菜呢？"

"磊伢子快回去，城里闹起来了，喊打喊杀，流民在城里抢劫呢，巡警道的长官都被人绑了！"大师兄切切喊道。

2

卢磊一从来没看到过这么多人,他们就像暗处的老鼠突然涌现,大街小巷都是滚滚人流,个个面有菜色,声嘶力竭地喊着,神经质一般打砸着街市。街市上的米行、碓行一片狼藉,多是遭抢了,各段巡警都上了街,一片警哨声,可一入人流,就像芝麻撒进米堆里,被暴民推搡、拉扯,狼狈不堪,莫说维持,自保都难,急红了眼的饥民们要把他们生吞活剥了。

远远地响起了枪声,如水中扔了一块大石头,人潮忽地如波澜般涌起,远处有人高喊:"抚台衙门杀人啦!"乱窜的流民、饥民便跟着喊,声浪与人浪一起,由远及近,空气中的恐惧与兴奋杂糅,人群里也有顺流逆流,人们没头苍蝇似的乱窜,力弱的扑倒,被踩踏,再也爬不起来。

街道难行,从檐上走,卢磊一三蹬两蹬上了房,踏着瓦朝家的方向急奔。大师兄和三师兄紧随其后,卢磊一张目四顾,远远看到城中的浓烟,那是府台衙门的方向。从岳武穆祠上屋,绕西园,走泰安里,屋上右探,明德学堂大门紧闭,门后教员们搬来长木撑住大门。再往前奔,沿通泰正街北面房檐直奔,左边是周南女学堂,操场上空了,一个女学生模样的人奔到地坪里,捡着石头块往屋上扔,竟是打他们。卢磊一偏头躲过,女学生回身挥手,身后校舍里陆续拥出一大群人,在地上抠着石头朝三人扔,卢磊一无奈,跳下墙头,亮明身份,学生们才止了投掷。"巡警此刻当谨守治安,在檐上跑做什么?"当头的女学生剪着齐耳短发,鹅脸大眼,一脸稚气却有几分凛然,又说,"要提防不法众借乱滋事。"卢磊一竖起大拇指："有见地,你们且守着学堂,莫再扔石头。"再上屋顶,那女学生犹自追着喊："我叫向俊贤,此去若见着县台、府台,便说周南全体学生呈请,饥民要吃饭,官家当开仓。"卢磊一在高处听得一凛,回身一揖,眼中闪出一丝敬佩。

一直走到忠信园,卢磊一看出异样来,果如那女学生所说,流民里头,竟有拿刀拿棍的,担心家里,也不及顾了,从通泰西街最窄处,几乎踩着人头进的草墙湾,檐上急奔,底下街上,位于草墙湾的潮宗门警段被冲破了,几个巡警被架了出来,瞬间被灾民们淹没。三人踩着坊门过潮宗街,入相国祠转三贵街,三贵街上卖熟食的,已经被抢空了,流民往别处拥,只留下几具尸首、伤者与呼天抢地的亲眷。再往前的茶馆巷亦是如此,流民蝗虫一般,所过之处,像犁了一遍。快到藩城堤了,终于看见兵了,拿着棍、刀的警员与几个拿着枪的巡防队兵将一栋建筑围成一圈,屋前巷口几具尸体,都是流民。卢磊一认得那里,那是去年刚建的青年会,洋人地方。砰的一声枪响,底下的人发现了他们,放枪了,卢磊一跳下房檐,带着两位师兄再绕道。往北回走沿巷口往南上屋,便是皇仓后街,再往南,就是长沙府仓了,公粮重地,兵警集结,与灾民对峙,看来已经对峙良久,放过几轮枪了,地上零星几具尸体,从檐上望去,前方巷口街道,里头黑压压的人群,不敢上前。

卢磊一看到了段长,就在人群里,老陆、满傻子及段里一干员警都在其中。卢磊一大声喊着段长,段长听到了,抬头四顾,看见了他道:"回段上,去帮陈二毛!"满傻子一手抓着只藤盾牌,另一只手抓着那把挎刀,刀鞘未除,抬头瞥见他,伸起手来直扬,"快回半湘街找陈二毛,跟他讲,他欠我五角银。"

卢磊一心下一沉,段上只有陈二毛一个,半湘街此刻成什么样子了?

过三泰街转西牌楼,金银首饰铺更为不堪,卢磊一无暇顾了,出马家巷往南,终于远远看到半湘街了,半湘街上也满是人,倒不似别处那般汹涌。卢磊一看着诧异,那街上的人群有一种诡异的闲散,浑不似别处那般紧张,街口拦着不知道从哪里搬来的拒马,后头堆着各样破家什和杂物,把半湘街小西门的口子挡住了。走近了,当先望见了陈二毛,那一头黄毛实在打眼,这小子站在杨婶的南杂铺跟旁人谈笑,手里还端了杯茶,看他身旁那人,也是个熟面孔——九将头。跳下去才发现,都是熟人熟面孔,站街的竟是九将头的脚夫行兄弟与姚瘸子的宝庆帮西门香堂门徒,两帮人马一个守北一个守南,两头街口用杂物堵上,不必堵得太严实,让流民看见里头的人马与兵刃,自然便劝退了那群乌合之众。

陈二毛见卢磊一从屋上落下,像见着了失散多年的兄弟,一搂脖子便问吃饭没,要带三人去吃饭。卢磊一这才想起早饭只吃了几筷面,一阵急奔早走消了,精神一松,饿劲就上来了。先回趟家,家里都好好的 芬儿与李鲵带着小虫子在学步,小虫子开心得不得了,芬儿与李鲵对面站着,李鲵一松手,小虫子咯咯笑着摇摇摆摆地往芬儿怀里冲,芬儿一把搂住,抬眼看到卢磊一,收了笑脸又撇嘴:"舍得回来了?"卢磊一涎着脸点头,接过小虫子,拿鼻子去拱他的腮,小虫子很不耐,肥嘟嘟的小手用力地拍着卢磊一的脸,流着涎水喊了句"阿爷"。乐得卢磊一一蹦而起,把小虫子颠得直笑。

陈二毛领着三人到庆丰楼吃饭,饭菜都现成,饭甑里是红薯丝饭,还温温热,菜温在灶上,一大盆的干椒炒包菜丝,陈二毛嘱着厨下现炒一盏鸡蛋出来,给三人下饭。"吃吧吃吧,包餐,这里的伙食钱支应都归段上。"陈二毛一拍胸脯，一脸的担当相。卢磊一看得直愣神，两位师兄已经大吃起来，卢磊一也不示弱。"段长让我一人守段上，支应肯定得给我。"陈二毛装了一锅旱烟吞云吐雾，"问他要钱，给了五元，只把他扣下的差钱要回来了。"

"你舍得拿出来做饭钱？"卢磊一吃得打嗝，一面扒饭一面问。

"哪里会啊。"陈二毛凑到卢磊一耳旁低语，"在我兜里呢，你我兄弟，等下分账。"陈二毛嘿嘿一笑，"可不只分这些，到街上我就召集各户乐输了，保半湘街平安，我出面请人，一家商户一元钱，住户五角，一半做酬劳，一半放在庆丰楼做饭钱，三日内平息，就是这个价，三日乱不平，还得加钱。"

"你给了庆丰楼多少？"卢磊一抹嘴笑。

"八块银圆，妹妹的肉疼。"陈二毛咂着嘴，"米饭尽是薯丝，一亩几千斤的东西，菜就一样，这老板是孤寒鬼转世，老子说管饱，他就做猪潲。"陈二毛陡然起高腔，冲着厨下喊，"炒个鸡蛋上这么慢咯，你是现下还是何解？"

一会儿，炒鸡蛋上来了，荤油热炒，加了干椒末与蒜末，鸡蛋炒得老一些，一股焦香，端上来三人便划拉着分了。陈二毛仍喋喋不休，"姚瘩子是我去请的，他起先不肯来，说要守着福胜街的堂口，我说地是死的，人是活的，半湘街上可有你师兄的宝贝徒弟一家，有个三长两短，你怎么跟你死去的师兄交代，他一听，乖乖来了。"陈二毛嘿嘿笑："这是借了你的面子，九将头是一喊就来，说段上常年关照，自要报效，脚夫班子都喊来站墙子。我说你这情我只记一点点，莫说保段上，多半还是为保段长家，真要报效，背几袋米来啊。"陈二毛一拍腿，"他还真背来几袋，都堆在这后厨了，我等下要去点数，莫让胡老板昧了。"

卢磊一吃了四大碗饭，停了筷，终于问起今日乱局。陈二毛乐了："你在城外，果真什么都不晓得啊。"

原来乱子昨日就起了，缘起于北城一个挑水工黄贵荪，前日米价涨到七十五文一升，昨日上午涨到八十文，黄贵荪堂客上午去碓行买米，八十文铜钱里捡出几枚花钱，碓行拒收，黄堂客回家筹钱，好容易再筹集八十文，下午再去买，米价已经涨到八十五文了。黄堂客也不买米了，回家将钱放在窗台上，从后门出去，到湘江蹽了河。傍晚黄贵荪回家，堂客已经被捞上岸，摆在正屋里。黄贵荪摆了挑子一阵哭，不摆灵堂，抱起两个儿子在众目睽睽下蹽了江，民怨一时炸了，队伍从北门起的，初时几十人，到几百人，到千人万人，直拥到府台衙门，要求平粜。府台急召巡警道，那道台赖承裕大人竟是个宝式鬼，不当家不知柴米贵，带着几十名巡警到了府衙，对着上万民众咄咄申斥，竟说："天然台一杯茶百余文不以为昂，米价八十文就以为贵，一群刁民。"好吧，就刁给他看，衙门外众人一拥而上，冲散巡警防线，拿住了赖大人，扯去顶戴花翎，绑在树上，倒是没打，一人啐一口，弄得他满身涎水，狼狈不堪。后来抚台派出巡防队，救走了，如今不知在哪处躲着呢。"这长官一定要换了，娘的说这种话，不被参革没道理。"陈二毛也啐了一口。

"灾民本是过街老鼠，老鼠多了便不怕人，何况还有本地人领头闹，胆子都壮了。到今日，事态升级，饥民满城骚乱，倒没真打，各处增强了防备，只是有人冲巡抚衙门，抚台下令，放了几道排枪，一定有死伤。其余各处也是如此，饥民们为一口吃的，人多壮胆，单下来，也怕官，兵警也知态势，都是苦哈哈，谁为难谁？段长他们在粮仓，手里有枪的，多往空处放，吓走就好，真有绊了脑壳的要往前冲，说不得就来下真的了。"陈二毛吐出一口浓烟,望着外头,枯黄的胡子一翘一翘,"这年月,都是自己人,何苦来哉,让洋人看笑话。就说这半湘街,帮手没聚齐时,也冲进来一帮子饥民,都赶出去了,不伤性命,大家当好玩,你莫搞我,我也不搞你。我要底气足,还帮饥民喊两声,壮壮声威呢。"

"哪来这么些人?"卢磊一纳闷。

"文书邸报上写的数,不能信,但凡往京城报灾情的,要翻个倍。原说城里进了一万人,后来又说是五万人,如今岂止五万?十万不止!都是各州县躲春荒来的。"陈二毛苦笑,"朝廷与乱民,就是狗咬狗,自家毁自家,有本事你杀个洋人看看,我就信了你的邪。"陈二毛咬牙切齿。

3

夜间的长沙城,从未如此热闹,夜空划过哭声、枭叫与嘶吼,枪声零星。卢磊一爬上屋顶,夜色已如一张大幕,掩住了白天的不堪,多少悲愁被收进了黑暗里。零星有几处火情,远如萤,近如烛,映照着蛰伏、躁动的夜。

谢二表夜里闯进新卢茶舍,背上一个大包裹撂在地上,反身又去了。卢磊一打开来,是两块腊肉、一只腊鸭、一个猪头、三根腊肠和几斤糯米,还有几十个艾叶粑粑。听说他白天便在半湘街上守着,坐在铺子里,空空的案板上插着剔肉尖刀,货品全无。

卢磊一追出去,也是在肉铺里寻的他,谢二表坐在肉案后头的竹椅上,默默地抽着烟,椅边小桌上点着油灯,一碟酱菜,两个大的杂粮馒头。卢磊一要拉他回家吃饭，谢二表摇了摇头，椅下摸出个大酒壶，启了封，喝一大口，递给卢磊一。"这两日总觉得心慌，右眼皮跳个没停，也不知怎的。"谢二表抹着嘴，自失地笑，"上一次这般心乱，还是十多年前。"

"没事的。"卢磊一劝道。

谢二表定定地望着卢磊一，昏暗中眼神如炬，面容前所未有的肃穆。半响才喃喃道："心有挂念，才有守护。"他又自失地一笑，"我一个光人，怕什么。"

谢二表将话岔开，面色又松弛起来，说起了那年二人在街上遇见的黥刀人："如今米价已经涨到八千文一石了，这些人怎的还不来呢？"

卢磊一回到家，饭菜上了桌，一家人已经在堂屋坐等，九将头、陈二毛也在。"好容易来扰你一餐饭，主人不在，不敢动筷。"陈二毛大咧咧地抄起筷子，夹了一块腊肠扔嘴里，嚼出油来，"到你这儿才见点荤腥。"

"你欠满傻子五角银是怎么回事？"卢磊一想起这茬来了。

"他跟我要赖，要与我一起。"陈二毛笑道，"我许了他五角银，让他跟着段长去。"

"半湘街上小门小户多，没抢头的，府仓那边恐怕还得闹几日。"陈二毛呷着嘴，"若是那边叫你，你便去，这厢有我。"

"还有我，必护得你家周全。"一旁九将头也接着话。

夜渐渐静了，义兄是戌时来的，一身戎装，带来了一个消息，明日抚台要与各士绅及灾民代表会议，共议赈灾。

"你如何进的城？"卢磊一问，"这一路走来，不见灾民滋扰？"

义兄道,夜间,几日未出声的藩台大人忽然露了面,发动府内大小湘绅乐输赈灾,筹集私粮六百石,在全府十七个大小寺庙设棚放粥发米。消息传开,灾民们瞬间分散,由各街里正、保长引领,就近受赈,街上秩序为之一靖。藩台大人更放出话来,道抚台大人爱民如子,不忍看生民流离,明日即与大小湘绅会议,发动义桌。

"那可好。"卢磊一拍手道,"这庄大人是个人物。"心下又一凛,此事想来总有些不对,却不知道错在哪儿,抬头望着陈作新直愣神。

"想明白没?早不赈晚不赈,非要事态激化才出来。"陈作新拍了拍卢磊一的肩,"义桌的事湘绅们答应了吗?此番先放出风去,是要把抚台大人放在火上烤。"陈作新叹道,"大灾之前依旧钩心斗角、玩谋弄权,大人们几曾关心民生啊。"

"抚台衙门也有动作,浏阳门彻夜洞开,门外巡防营严阵以待,只等岑大人一声令下。"陈作新灯下脸色变换,"我这队兵先期进城,今夜值守抚台衙门,你们不要乱走,明日谈得好便罢,谈不好岑大人就要行令杀人了。"

"唯愿他岑瑞陶能舍得一身剐,杀几个湘绅来祭天。"陈作新脸色一冷。

"兄弟,来客了。"陈作新正要回营,屋外传来二师兄的喊声。二师兄扶着王先生进来,原来抚台衙门派了一队兵去葵园,请王先生夜谈,王先生带着二师兄从后门跑了。

王先生连道叨扰,倒毫无叨扰的样子,自在堂屋坐下,等着李鲵送茶上来。

见着王先谦来,陈作新倒不急走了,与王先生对坐,一时无话。

"先生您是湘绅领袖,既不去抚台大人那边,怎的不去与士绅们碰头呢?"良久,陈作新牙缝里挤出一句话。

"什么领袖,不过是累人的名头。我只想来小哥这里,躲躲清闲。"王先生抚着须笑,"士绅们,无须我领,他们自有去处。"

"在藩台大人处吧?"陈作新皱眉,摘了帽子抚头,"这是最坏的局面。"

王先生且听着,端着茶在手,已经收了笑,沉吟了半晌,叹道:"黑云压境,雾锁重楼,灾民遍地,内斗不止,这一摊糟烂污啊。"

"原以为明日抚台衙门有场鸿门宴,如今看来竟是个逼宫局。"陈作新也叹,"您想两不相帮,独善其身?不,您不能。"

"国无九年之蓄曰不足,无六年之蓄曰急,无三年之蓄曰国非其国也。"陈作新直视王先谦,目光逼人,"君子济人于患,必离其难。"

"是啊,凶岁,子弟多暴,求食而犯法,亦情有可原。"王先谦正坐而答,"我已开私赈,于席少保祠及城隍庙两处,可惜事关利益,士绅应和者几无。"

卢磊一在一旁且听着,这二人《礼记》对《孟子》,似在辩机锋,他听得不甚了了,以二十年的浅薄阅历,倒从二人脸上看出同一样表情——真诚。

王先生不再作声,陈作新也不再说话,盯着王先生看了好一会儿,转头望着桌上的灯火发呆,良久才起身,幽幽道:"烛泪落时民泪落,歌声高处怨声高。"瞥眼望了望王先谦,一振衣,走了。

三、城陷之时

1

三师兄是一大早走的,走时说这城里有兵,灾民闹不起来,嫂嫂怀胎九月了,快要临盆,三师兄放心不下。街市上确也平和了些,抚台衙门的告示出了,自此日起,碓行米价不得超过五十文一升。

在家里吃的早饭,芬儿起了个大早,督着李鲵将谢二表送来的腊鸭蒸了,鸭子剁碎了过沸水,捞起来撒上干椒碎、豆豉与盐,略点些麻油,隔水蒸,起锅时滴几滴白醋,初嚼咸鲜,余味带甜。一锅将那几十个艾叶粑粑也蒸了,猪头昨夜便卤着了,而今起锅刚刚好,细细切了一盘,铺上蒜碎与椒碎,再淋卤汁,腾腾地泛着肉香。又煮了一锅糯米饭,卢磊一去肉铺请了谢二表,一并请了益隆行主母二人来吃,又着李鲤去喊九将头与姚痦子。陈二毛是不请自来,九将头看这一桌,又要讨酒喝,胡子松跟着他,也入了席,卢磊一不耐看他。候着三师兄吃完,送三师兄出门,走到街口,半湘街外一团糟污,满大街的揭帖,撕下一张来看,却是骂岑大人的,"倚父兄势,滥膺封疆,无识无才,不顺人心"。在地上又拾起一张,却写着"官有庄青天,绅有孔青天"。卢磊一一哂,抬头望天,上头乌云密布,狂风劲吹,这雨还不一定就下得下来,可天,就只这一块天,哪儿来的青天?

卢磊一与陈二毛守着半湘街，街上也稀松。九将头吃过饭，回码头去了，道进城不踏实，回去睡一觉，留胡子松带人守街。姚痦子也回了福胜街，宝庆帮西门香堂只留了七八人驻守，也不知如何了。益隆行主母挺着个大肚子，非要去礼佛，道几日不拜神，菩萨怪罪，左劝右劝，各上一步，去拜洋菩萨，洋人教堂有兵把守，灾民不敢靠近，不去远了。隔此两条街，大西门口，就是循道会，去那儿拜一拜，还免了香烛纸钱。本要请大师兄陪着去，芬儿说卢磊一说不得就要去守府仓，小虫子在家，请大师兄守庙，让宝庆帮众跟几个人就好，胡子松却抢出来道他去。卢磊一心中一热，拱手一揖，胡子松嘿嘿笑着："你兄弟的嘱咐，我是会里人，也是他的兵。"

果然，没过十点，段长带着老陆回来了，唤卢磊一去换防，仍旧是守府仓。"莫偷懒，老子睁眼守了一夜，"段长一脸倦意，"去找满傻子，他昨天一断黑就睡着了，我没喊他，今天该当他再值。"

段长给了卢磊一一柄刀，卢磊一挎着便走，走出半湘街，外头街上已经闭市，各类商户门户紧闭，满街的饥民花子一般或坐或卧，近庙处人头攒动。这一日的风很大，似老旧的长沙城在呜咽，哭叹着兜不住这许多人，填不满这许多口。

到了府仓，一条街都堵了，都是看热闹的闲汉，挤进去，只有一队兵一来个人，挂着枪严阵以待，周围一圈都是巡警，几十号人，或坐或立没个正形。卢磊一寻着段上兄弟打了个招呼，瞥眼看见满傻子，拿着个黢黑的杂粮馒头大口啃着，吃得直打噎。卢磊一一拍他的肩，惊得满傻子全口喷渣，一句省骂出了口，卢磊一亮出一块银圆，道是陈二毛带给他的，满傻子眼睛立时瞪圆了，接过银圆，眉眼笑到弯，搂着卢磊一喊兄弟。

卢磊一被满傻子逗得发笑，又听到有人喊自己的名字，转身打望，却见人群中站着老鲁，正朝自己挥手。老鲁拉着卢磊一往对面轩辕巷走，卢磊一疑惑："不必保护黄大人了？"

"二十年期已到，少爷已经回省，我不必再跟。"老鲁说得轻描淡写，一张瘦脸似精神了许多，"少爷有赠金，我悉数拿出，作苦竹寺死伤弟兄之恤。"

"当日各为其主，忠义难两全，龚大哥不怪我。"老鲁的腰杆仍弯着，背上驼峰高高隆起，那双总也睡不醒的眼却已经睁开，冒着精光，"我已回到会中，如今归龚大哥节制，属哥老会六龙山堂。"

"你不要守在这里，带着你的兄弟去守别处吧。"老鲁正色道。

"你们果真要劫府仓？"卢磊一一惊，"几多人？几时动手？"

"自有号令。"老鲁抚上卢磊一的肩，"兄弟，人饿了要吃饭，十万灾民进了城，便是十万张口，没来由官家有米，饿死百姓，总要有人领头争一争。"

卢磊一回过身往回走，巷子寂静，一个污衣小孩赤着脚噔噔噔地跑进巷子，看见卢磊一，愣了愣，向他跑来。孩子四五岁大小，小小的身形撑着一个大大的头，头发披散、板结，是黄黑混杂的颜色。到得卢磊一面前，孩子牵着卢磊一的衣角，仰起头，大脸盘上双颊深陷，嘴巴肿着，似挨了打，大而黑的眼睛泛着童稚的光："叔叔，给个粑粑我呷，我肚子饥。"卢磊一望着他，像忽然看到了幼时在信义会的自己，他心中似挨了一记重捶，蹲下身来，拉着孩子："你叫什么？打哪儿来啊，你父母呢？""我是春伢咧，我俚屋在醴陵，我跟嗒公公来长沙，公公困觉了，在庙里，困了两天嗒，喊不醒。"孩子轻声答着，倔强地瞪着眼

睛　眼里噙着泪一闪一闪地，"我讨呷咧，他俚不给，还打我。"卢磊一耳边响起嗡嗡声，他一把抱起孩子，"谁打你，指给我看。"

府仓街前，巡警们依旧或坐或立，歪七扭八的没个正形，春伢远远一指，人群的外沿，站着一个大高个儿。卢磊一走近，那厮啃着黑馒头正与旁人说话："松桂园的泥瓦匠王庆宝是我抓的，刘二爹出了四两银，报他在墙里面砌小人儿。我一个人，进屋就掐住他颈，逮鸡崽子样。"卢磊一放下春伢，缓步上前，拍拍那人的背，那人转身，口里兀自大嚼，不明所以地问："弟兄，何解？"

卢磊一转身指了指不远处的春伢，笑着问："我侄子说你打了他。"

"你侄子，我不知道。"高个儿搔头，"他问我要馒头，我以为是叫花子呢。"

"叫花子就能打？"卢磊一声音瞬间冰冷。他没有看高个子，偏头看着春伢，春伢就站在那儿，大大的眼里尽是疑惑，周遭都是巡警，他有些局促。

"那你要何解咧？"高个儿不耐地说，啪的一声，脸上已经着了卢磊一一个嘴巴，这一巴掌卢磊一使了六成力，扇得他晕头转向，身向后倒。卢磊一顺势一把揪住高个儿的领子，巴掌连抽，一边高声喊着："打我侄子，他才四岁，你就下得了手？"连抽带打，高个儿被打蒙了，周围便有同僚来劝，卢磊一运劲挣脱，不管不顾，一掌一掌地只管往高个儿脸上招呼，那一张方脸鼻血横流像开了酱油铺。"松桂园，荷池段，几时冒出了你这个不顾手足的东西。小西门的都过来！"卢磊一越喊越起劲，越打越起劲，段上的同僚奔了过来，围作一处，荷池段的员警在北角，赶过来时已经挤不进来，听闻高个儿打卢磊一侄子，满傻子刀都抽出来了，被人按了回去。

许久之后，卢磊一才明白，那天耳边响起的嗡嗡声，是远处抚台衙门的灾民暴动，是千计万计的人聚在一起的嘶吼声，当初只作是自己的幻觉，没多理会，打完人，他只知道抱着孩子回家。他的执拗劲上来了，心里只有一个念头，粮总是给人吃的，没道理一圈人守着，让外头的人饿着。离开府仓时，背后有喊声，满傻子追了上来，后头跟着段上弟兄，"你做什么去？"

"回家。"卢磊一面无表情，夺过满傻子啃剩的半个馒头塞给怀里的孩子，"都跟我走，回去。"

狂风吹得街口起了烟尘，刚从皇仓街拐进三泰街，空中似放了一挂鞭，噼啪一通响。响声过后，整个城瞬间一静，也仅仅是一瞬，紧接着，浪潮般的哀号与怒吼便呼啸而来。

2

卢磊一经三泰街从密密麻麻的人群里挤到西牌楼，就过了半点钟，满街的打砸抢再次开始了。街市上是暴民的狂欢，商铺洞开，学堂起了火，叫花子一般的灾民在街市上砸门砸户，中间似有那衣衫褴褛却面色精神的人引领、煽动、指挥着行尸样的灾民。卢磊一将孩子交给满傻子，上前揪住一人，劈手一嘴巴，打得那人一句省骂。"你不是灾民，做什么的？"卢磊一压低声音问。"巡警打人啦！"那人捂着脸大喊，灾民一拥而上，卢磊一一行人落荒而逃，沿着三泰街拐进西牌楼，永泰金号前，一个穿长衫的灾民失心疯一般地大笑，伸着枯瘦如柴的手臂用力拍着金号紧锁的铁栅门，枭叫着："本来无所有，索性都没有，天下大同。"满傻子此番不傻了，察觉不对，招呼段上弟兄一齐躲进巷落里脱了号衣再出来，重新挤进人群里。"我们半湘街会合。"卢磊一不耐挤街，交代众人后便上了房，担心春伢，回身一望，孩子正躲在满傻子怀里大口地吞着馒头，此时吃比天大，孩子瘦小的肩一拱一拱的。

卢磊一站在檐上四顾，长沙城里四处是烟，到处都是火情，足下急奔，从西牌楼转福胜街，趴在宝庆帮西门香堂的檐上喊姚瘌子。香堂设在宝庆会馆后头，两进的院落，檐下帮众看到卢磊一都打拱手，姚瘌子端着茶从里头出来，翘着兰花指指他："要叫师叔。"

"街上乱哪！"卢磊一道。

"一直乱嘛。"姚瘌子不以为意。

"这回来真的了。"卢磊一急急喊，"随我去守半湘街。"

姚瘌子脸色一变，甩了茶杯，一蹿一探手，攀着房梁荡上屋顶，"我先随你去，家中有谁？"

"大师兄。"

"那你急什么？"姚瘌子嗔道，"那莽汉，是个百人敌。"

"不晓得芬儿回家没？"卢磊一心里已经没有主张，"她陪主母去教堂了。"

"老天爷，定业不可转，大灾莫问神啊。"姚瘌子声腔打战，"快走。"

从德兴街转小西门，将到未到，却见半湘街小西门口，拒马开了，陈二毛与九将头带着一众人向下河街上冲。卢磊一大喊着陈二毛，陈二毛抬头，扬着手臂，脸上的表情比哭还难看，手往北指，大声喊着："救你堂客啊，他们烧教堂了！"

卢磊一心下一沉，转身北望，循道会的方向已升起滚滚浓烟，那烟中，正有一株碧绿的焰火在冉冉升空。九将头如一只壁虎抠着砖缝攀上墙:"果然檐上走得快,我们快去。"

卢磊一、姚痦子、九将头三人率先赶到循道会,已经打过一场了,教堂已是火海,周围里三层外三层都是灾民,几十个青衣汉子夹杂其中指挥往里攻。教堂门攻不进,地下横尸数具,门口一人一夫当关,手执丈许门闩,左右挥舞,众匪不敢近前。那汉子已经满身伤,血葫芦一般,兀自坚守。

卢磊一看清了,大喊:"谢二表!"檐上跃下,飞身扑入人群,长刀出鞘,左突右支,砍翻几个,快步登上教堂台阶,与谢二表并肩。"崽啊,你终于来了。"谢二表已经气喘吁吁,喉中尽是颤音,似松了口气,一躬身,喷出大口血来。卢磊一回身一望,见他胸襟尽血浸,肚子挑开了,顺着破开的衣襟鼓囊出一团白青物,是肠子。

九将头与姚痦子也下了房,九将头立在二人前头,姚痦子却扑进人群,身形如魅,专挑青衣人下手,一柄小插,一刀致命,不留活口。

"青兵,白莲教?"九将头一哼,接过谢二表手上的门闩,运劲一扬,砸飞两个奔到近前的暴民,卢磊一反身搂着谢二表靠墙坐下。教堂门已经从里头堵住了,卢磊一大力地拍着门,大喊着芬儿。

"磊哥哥,我们在呢。"好一会儿,门里头传来芬儿怯懦的回应,"你莫怪我啊。"

"不要开门,我们守着。"卢磊一心下大定,切切嘱道,反身与九将头踞着门口,并肩厮杀。

"灭洋灭番得太平,杀尽洋鬼保大清。"暴民里有人喊着,"护洋人的是洋狗,搞死他……"话未说完,似被掐断了。姚痦子从人群中高高蹿起,嘴咬着小插,刀口上兀自滴血,他在空中一顿,似只大鹰一般低头审视，又复落入人群，泥鳅一般地在人堆里穿梭，寻找下一个猎物。

砰的一声枪响，俄顷，又是一枪。卢磊一站在教堂台阶高处，看到人群后头，段上兄弟正手执兵刃往里冲，段长、老陆、满傻子都来了，当先一个舞着手枪乱放的，正是陈二毛，果真胡美医生给了他一把枪，今番算见了真容了。

冲进人群里，段长的功夫才显出来，真真膂力惊人，双手一振，似拔草一般，便掀翻两片人，硬生生地从人堆里拔出一条道来。

段上兄弟死死地将教堂门围住了，屋顶砰砰两声枪响，二师兄从檐上轻飘飘地落下，立在卢磊一旁边。"群英会吗？"二师兄一扭头，望着卢磊一一笑，"王老到你家找你，他要见你义兄。"

暴民没有退，一拨拨地上拥，又换了攻法，其中有人开始扔引燃的火油瓶，一个，两个，教堂前燃起一片火海，几无落脚处。守着教堂的众人，个个身上带彩，陈二毛的子弹已经放空了，屁股上挨了一刀，躲在后头，此番大喊："卢磊一你快过来，谢屠夫不行了。"

卢磊一一惊，卖了个破绽，拼着臂上挨一刀，劈翻了与他缠斗的青兵，反身回退。

谢二表果是不行了，急急地喘着气，血从嘴角不断渗出，小口地咳着，咳出来的也是血沫子，他的眼神已经涣散了。卢磊一把他抱在怀里，一手帮他抚胸顺气，大声喊着他的名字。谢二表扭动了一下，挺身仰头望着他，眼中的慈爱一闪而过，又恢复了木讷。"我要跟芬儿怎么说？'卢磊一近乎嘶吼，"你是谁？"

谢二表定定地看着卢磊一，呼吸越来越缓，越来越沉。"说什么啊？'他咧着血洇的嘴唇轻笑，"我就是个杀猪的啊。"谢二表叹了口气，身形一松，委顿了下去。

恍惚间，卢磊一眼前的光红、白、灰交融，红的是火与血，白的是天光，灰的是人。天地间的声响仿若一场巨大的哀乐，枪声是镲，怒吼是鼓，哀号是笛，胡琴连绵串联着无休止的争斗，这熟悉的生老地，倏忽间陌生如修罗场。

恍惚间，卢磊一看到教堂一侧冲出一队兵，挡在了众人前头。一个军官站在队列侧旁挥手号令，排枪响起，卢磊一站起身来，看明白了，那是义兄。

暴民驱散了，滚滚浓烟罩住了天空，长沙城里依旧嘈杂，义兄带着一队枪兵来护卫，不过是偏安一隅。

四方传来的消息，乱是从抚台衙门起的，今日果然是个逼宫局。岑大人请来城中有名望的士绅发动义粜，士绅们却要岑大人开仓平粜，甚或提出官家买粮赈灾，王老在场上一言不发，一个姓孔的士绅却拿出了一张早已经写好的奏对，提出废新学、废铁路、赶洋人等莫名其妙的六条，又有人公然提出要抚台下野，请藩台庄大人以藩代抚。正闹得不可开交，衙门外的灾民开始冲击辕门，帅旗都砍折了。破门后抚台下令巡防营放枪，当场击杀二十余人，场面瞬间乱了。全城暴民、灾民似接号令，一齐全乱了。

如今，府仓已洞开，满城的暴民不安于此，在四处放火，打砸教堂，抢劫洋人居所，甚至进攻领馆与海关。"我看那青衣兵，"九将头脸上的刀疤一跳一跳，"拳匪又回来了吗？"

"岑瑞陶鼠胆。"义兄却是长叹一声，"终是不敢杀绅逼赈啊。"

胡子松所带一队人皆死守身死。二师兄在教堂侧的乱瓦间发现了胡子松的尸体，一脸污浊，双目望天，静静仰躺，一柄大刀从右肩劈下，卡在锁骨间，胸上尽血染，左手上紧紧握着一根信号焰火，已经放了，便是卢磊一在檐上看到的那株绿烟火。

芬儿从教堂圣水池取水，给谢二表洗脸。卢磊一陪在一旁，看芬儿动作，她的面色是从容的，动作却艰涩，她什么都不知道。芬儿的鼻尖冒着汗，她的鼻如悬胆，谢二表安详的脸上，也是鼻如悬胆。

3

陈作新在入夜时再次回到了半湘街，王先生已经在新卢茶舍等了他许久，坐在正厅一隅，饮茶沉吟，老神在在。卢磊一并不想理他，他把谢二表背了回来，给他擦身换衣，停灵西厢，立了香案，灵牌上只写名讳略去了称谓。"他既不想说，便由他吧。"脚灯是卢磊一唤芬儿点的，芬儿照做了，没有疑问，无论如何，也抵不过救命大恩。

义兄进门时疲惫不堪，面容污糟，也是，这个漫长的白天经历了许多事。他太累了，上唇修好的胡楂似一日间长出不少，他看着迎向他的卢磊一，颓然一笑，隔着门看着灯火摇曳的西厢与门上刚挂上的白帷。"谢二表？"陈作新问道。

卢磊一点了点头。

"该当。"陈作新也点了点头，趑了进去，上了三炷香。

再出来，陈作新拎着把靠椅，迈过大堂，叉着腿坐到了王老对面，"你找我？"

"你的肩徽呢？"王老端着茶，眯着眼慢条斯理地问。

"我被开革了,擅离职守。"陈作新从案上拎过茶壶,大吸一口,吐出一口茶末。

"为何不动手?"王老眼中精光一闪。

"动什么手?"

"枪响后,你带兵自抚衙侧院驰援抚衙正院,前有灾民,后有你,两相呼应。我辈尽在彀中,反戈一击岂不成你大业?"王老咄咄紧逼。

"什么大业?"陈作新一哂。

"你是逆党。"王老怀中掏出一张纸,抻开,摊在桌上,正是那张华兴公司的股票。"他不懂,我懂。"王老抬手点了点站在远处的二师兄。

卢磊一脸色都变了,却见义兄大笑,笑得上气不接下气,喊着卢磊一:"拿酒来!"

"说与你听也无妨,冲击抚衙的,不是我的人。"陈作新摇头一叹,打开酒封,倒了一大碗,一口喝下,并不让王老,自失一笑,又摇头,"学生不才,管兵一哨,手下弟兄百来人,若上战阵,可共生死,要他们跟我一齐反,尚费思量。真如您老所说,反戈一击,外有重兵,后无接应,我等虽不惜死,也不必做此无谓的牺牲。"

"我在军中根基浅,难做领头人。抚台衙门十数声枪响,城中各帮各派闻风而动,借乱生事者有,借乱发财者有,借乱表忠者也有。然门户之见,帮派最盛,或为利,或为义,心思不一,各有打算,事前无联络,临事便是一盘散沙,各做各的。"陈作新仍旧瘫坐着,一脸怅然,"堂堂哥老会尚且联络不及,进城的弟兄不足四百人,难以支应各方,人力不足,只得先劫粮仓,给饥民放粮。"

"我却听闻这城中教堂、洋行均被火,不是你们的人干的?"

"不止于此,洋人使馆、长沙海关均已陷落。"陈作新哈哈大笑,"为救我这宝贝兄弟,在大西门循道会,我还跟他们打过一仗。"陈作新放下酒杯,略一沉吟,咂着嘴道:"却是青兵,青衣青裤,身有武功,调动饥民有章有度,似是有备而来。"

"青兵?白莲、在理?"王先谦眉头一皱,"邪教也掺和进来了?"

"听闻抢砸洋人地方的,领头的都是这些人。"陈作新又倒了一碗酒,端起来细细地咂摸,忧心道,"洋人势大,列强军舰犹在长江口,一声令下,朝发夕至,此时招惹,断无道理。想来其他帮派也是一个心思。除非……"陈作新一愣,似想到了什么,嘿嘿冷笑,"除非有做万全准备,能放能收。好毒的计策。"

"万全准备,能放能收。谁有这么大的能耐,又是为什么?"王先谦犹自皱眉思量,口中喃喃,"你已撇清,实不必骗我。但如你所言,城中帮派一盘散沙,不足惧;难道是官?庚子以降,朝廷被洋人吓破了胆,孝钦显皇后的《罪己诏》更言要'量中华之物力,结与国之欢心'。岑瑞陶他不敢也无因,士绅多数忙于倒岑扶庄,无此人望,撑不起这么大的阵仗。"

"那藩台大人呢?"陈作新冷冷问道。

"庄心安?"王先谦表情忽然愣住了,定定地看着陈作新,胡须一颤一颤的,似陷入极大的震惊中。

"邻人盗斧,亲不相疑,先生与他有旧?"陈作新一哂,"您老境高,我兄弟自苦竹寺回来曾与我说过,'莫问谁有仇,要问谁得利'。这是先生的原话。庄心安经营湖南三十年,人脉盘根错节,故旧遍布,党羽云集,年已七十矣,离封疆仅一步之遥,自庞帅(庞鸿书)后,几任更迭,却原地蹉跎,难以幸进,逢此良机,天时地利人和,岂能错过?莫说勾结邪教,凭空变一帮教众出来又如何。此番不是庚子,洋人命贵,只抢不杀，先弄个危压态势，难怪今日竟无洋人死伤的消息。先让他乱起来，接过帅印再安抚，给洋人压惊，庄大人好手段，面子里子全占了。"

"心安兄不致如此不堪吧？"王先谦讷讷道，低头抚额，似不敢直视陈作新。

"想明白了便解了心结，说到底，今日我见得多些。"陈作新一叹，"先生果不知道外头态势。"

"如何？"王先谦问道，全无先前的倨傲。

"今日下午，抚台已称病让贤，藩司署衙，上任后第一件事，便是颁令先恤后赈。岑抚臣前番所杀，都作良民，伤者四十两，死者二百两，无谓钱到账，但看喊得响。"陈作新从案上点心碟里拈了粒花生扔嘴里，"辛时末一阵爆竹声，连绵半个时辰，是众士绅恭贺庄大人接巡抚关防，大乱之时，巡防营加巡警加皂班，硬生生清空三条街，只为要勿惊宠驾。"

"此番逼宫，庄大人胜了。"陈作新笑道，笑容里尽是悲凉，"自灾起始，士绅倒岑，抚藩暗斗，帮派争利，又有几人是为了百姓？"

"可是先生，"陈作新有酒了，又饮下半碗，大喝一声，"这城中十万灾民，每日饿死数你们查过没？"

王老怔怔摇头。

"我们查过，日均七十！都是与你我一般，有血有肉之人。饥民枯槁，携老扶少，离家逃荒，才出鬼门关，又入修罗场！"陈作新一拍桌，震得王老一激灵。

"吵嘛俚噢。"里间噔噔地跑出一个孩子，竟是卢磊一今日所救的春伢，他似才醒，揉着眼，大头仰着四顾，看到卢磊一，开心地跑过来，抱住他的腿，"叔叔你们细点声，不要吵着虫子弟弟。"卢磊一抚着他的头，连声答应。

春伢回家，李鲲给他洗了个澡，头发捋直了，脸洗干净了，细胳膊细腿，两肋排骨根根毕现。芬儿私下与卢磊一说，这孩子抱起来，比小虫子还轻些。

空中传来一声呼哨，陈作新扬扬手，示意卢磊一去门口接客。才抽了两个门板，那人便已闪进门来，看清来人，卢磊一一惊，一掌劈出，来人身形一顿，轻飘飘地躲开了，却是当日苦竹寺夜袭的首领农夫。

"前日是敌，今日是友。"农夫闪身退开一拱手，笑眯眯的，"伤了你，我可没少被你老哥骂。"

看到农夫进来，陈作新坐着点了点头，转脸向王老："这是哥老会带头大哥龚燕留。"陈作新看着王先谦，"当初要杀你，便是我等议定，他专责此事。"撞上卢磊一的目光，陈作新眼中闪过一丝歉然。

"自二月起，我们便议要除你了。"那农夫一拱手，"我名龚春台，字燕留，哥老会六龙山堂大哥。"

"为何杀我？"王老的松泛劲此刻全然收敛，眉头紧蹙。

"王老云上人，不识民间苦。"龚春台仍旧笑吟吟的，"灾荒一日紧似一日，你等湘内名士，又是囤粮大户，不肯义粜，弄死几个，杀一儆百，大家见着榜样，说不得就捐了。名单上前三人，便是叶德辉、孔宪教与您老。苦竹寺一战，您被老鲁保了，叶德辉本拟渡头杀他，哪知他先一步回城，还落了一件裘皮衣，被船夫捡了，那厮在义渡亭小睡，就为扳了这件衣，被枪手误认，做了枉死鬼。"龚春台咂嘴吸着气，摇头做惋惜状，"可惜那孔老三，身边护卫，都是高手，还有枪兵，出行堪比大员，无从下手。"

"荒唐，囤粮大户？"王先谦一拍桌子站起身来，"你说谎！我家存粮一千七百四十石，已嘱我儿买粮，凑二千石私赈！"

"令郎说的你就信？"陈作新一哂，乜眼看王老，"儿子当家，老子不管。您老向来如此，身为铁路公司总理，属下贪墨徇私，弄了个灯下黑，身为王氏家长，子孙昧粮不报，教子无方啊，你说给他听！"陈作新又指龚春台。

龚春台一笑，怀中摸出一张纸，摊开来，"至三月存粮，叶德辉，一万三千七百石，孔宪教，一万六千石，王先谦，八千七百石，杨巩，九千八百石，李泰享，四千六百六十石……"

"王老不是参验过合府存粮吗？果真只三十万石？"陈作新撑着桌子立起，似笑非笑地望着王先谦，"令郎给你报了多少？"

王先谦颓然坐下，长叹一声。"果真如此，我一世清名，临老竟如猪如狗了。"

"亲心难测，子不类父。"陈作新似动了恻隐，缓缓摇头，"昨夜与先生一席话，我才确知，您有赤子之心，您不知情。"

"既如此，学生还有个不情之请。"陈作新立起身，整了整衣角，长揖及地，"请您老邀集士绅，速去藩台衙门请命，请庄大人开城门，放灾民出城。"

"那又是为何？"王先谦一抬眼，茫然道。

"巡防营中路十八队下午已经悉数进城，分兵镇守九门，西路八队原驻湘潭，已就近调遣来长沙。庄大人更代行抚台职，电奏湖广总督府，请调驻湘新军第二十五混成协进城平乱。"陈作新灯下面无表情，一字一顿。

"不需这么多兵，有那些不法众借机生事，灾民抢粮只为吃饭，赈抚到了,也就不乱了。"王先谦讷讷道,有些不明白。

"合府大乱,便都是乱民游匪。"陈作新话音低沉,"先抚后剿。"

"那可是十万灾民!"王先谦似乎想明白了什么,立起身来。

"奏报上可只有五万。"陈作新冷冷道,"也可以真就只有五万。"

王老匆匆去了,陈作新让卢磊一将门敞着,不要关。屋外的风吹了进来,吹不走一室沉郁。龚春台已坐在陈作新对面,静静地饮着酒,方才卢磊一便看出龚春台不对,背上隆起高高一块,似那老鲁一般。

陈作新唤卢磊一桌前坐下,站起身,双手举起酒杯一揖,"你做他护卫,我事前不知。"陈作新一口饮尽杯中酒,"害你受伤,是为兄的错。"

"小兄弟福大命大,命中有贵人。"一旁龚春台笑嘻嘻地打趣。

"我命王汝松护你,就是怕前番险境再来一遭,今日得亏及时,不然为兄半生难安。"陈作新又道,卢磊一愣,若非陈作新说起,他竟忘了胡子松的本名。

"此次城乱,会众联络,领头的身上都有两株焰火,若举事,燃红焰,若求援,燃绿焰。王汝松,你大哥只给了一株。"龚春台收了笑,沉声说。

卢磊一心中激荡,愣愣地看着陈作新,发不出声来。

陈作新闷头饮酒,半晌才幽幽道:"我终是有私心,难堪大任。"

已到夜深,屋外似有人声,慢慢地,嘈杂起来。李鲤进来唤,三人走到店中,门外是密密麻麻的灾民,扶老携幼,形容枯槁,成群结队地往南走,中间有人在呼喊着,引领着。

"终于来了。"龚春台朝二人一拱手,走进人群里。

"他怎么背驼了?"卢磊一扭头问。

"他背着廖大哥法身。"陈作新闷声道。

"那老鲁呢?"

"老鲁做先锋,子时带两百帮众攻黄道门,放灾民出城。"陈作新偏头望向南方,"余下帮众都已散出去,接引灾民出城。"

"如何攻得下?纵使守门只有一队兵,三哨二十四棚便是三百正兵,个个荷枪实弹。"卢磊一一惊,"这巡防营额设还是你说与我听的。"

"守黄道门的巡防营有两队。"陈作新扭过头来,黑夜中漆黑的一双眼,眼神怆然,"老鲁甘做死士,拖住黄道门的兵。"

"真正出城的,是那里。"陈作新转过身,指向路的尽头,"那里只有三棚兵。"

看着陈作新所指,卢磊一顿时恍然,脱口道:"学宫门!"那是去年为方便粪车出城新开的一座城门,开在古潭街尾,西南城墙处,并未命名,只因靠近学宫得此俗称。

"我也要走了。"陈作新说道。

"大哥你要去哪里?"卢磊一急道。

"去他们中间。"陈作新扭头望着卢磊一,眼中有几分怅然,"我半生浮游,蝇营狗苟,初投维新,后交绅贵,以为官绅可以救中华,以为列强才是祸因。此番城乱倒让我看清了,没有洋人,百姓也不见得多好过,纵有官绅,百姓也不见得过得好。知苦难者才能救苦难,天下皆暗,要自己点灯。"

陈作新哈哈一笑,拍了拍卢磊一的肩,转身走入人群中。

卢磊一追出门去,已看不见大哥的身影,眼前是缓缓蠕动的人流,前不见头,后不见尾。灾民们如提线木偶一般,跟着前人默然行进,每个人的脸上,表情都是一样,是苦难折磨千百遍后的木然。

远处的枪声响了,不多时,近处也响了几枪,倏忽而灭,远处的枪声却越响越烈,半湘街上的人流加快了,看来学宫门已破。卢磊一掏出怀表,时针刚过十二点,他反身走进店里,着李鲤关上了门。

那一夜,卢磊一坐在谢二表身旁,给他守了一夜的灵。这满城躁动的夜里,只有这里最清静,但卢磊一心里尽是茫然,他不知道自己要做什么,该做什么,能做什么。谢二表在旁边躺着,烛影摇晃中面容安详,像睡着了。

卢磊一心中一个接一个的念头,都跟陈作新有关,他在隐隐地为义兄担心。今日道别时,他认真地盯着陈作新的眼睛,那眼神执着有光,似是历经百折犹心有冀望,让他不由得想起几年前的夜里,陈作新与他第一次在段上饮酒。那是卢磊一第一次喝醉,将自己浅薄的阅历向还不是义兄的陈作新倾诉干净后,又说起秀才李平文,那时陈作新只是静静地听着,脸上尽是玩味,那时,义兄曾这样评价那个秀才,"心有冀望是好事,但有时,执念能杀人"。

"义兄不会,他有分寸。"卢磊一安慰自己。

此时,天已蒙蒙亮,本已停了的枪声又断续响起,最后连成一片。

浮梁店主人言：王先生当日夜里集结了数十湘绅往司门口的藩台衙门，吃了个闭门羹。

邸报上说长沙城乱伤亡不过百，我只记得城门关了两天，巡抚限令合府住户居家不出。第三天上，城门已开，城里依然有零星枪声，巡防营官兵仍在城中大街小巷巡查，缉捕饥民，庄大人明令"准其格杀勿论"。

第三日下午，段上恢复公务，不巡街、只坐班，街面上依旧留给巡防营，还有大批的杂役在清洗街面，空气中飘散着淡淡的腥气，有人说那是水腥气，有人说那是血腥气。

第四日上午，段上接了命令，各段警员派二人去孝廉堂，那里曾是南学会的旧址，去堵院长孔宪教。巡警道没有出面，听说是在闭门待参，此令是各公所长官合议定下的，就为孔宪教这厮提出的莫名其妙的六条里，竟有一条是"废警察，复保甲"，平白要端人饭碗，此仇不共戴天。

孔老儿早得了信跑了，我们扑了个空。

第四日下午，平静了几日的湘江江面传来了汽笛声，开来了许多铁皮大船，船侧是黑黢黢的炮口，陈二毛说那是洋人军舰，军舰上头飘扬着膏药旗、米字旗和星条旗，江边上围了许多闲人，有人啧啧称叹，这番总算见识了洋人的坚船利炮是个什么样子了。正围观，开炮了，隆隆几声巨响，江边人作鸟兽散。后来才知，那是洋人在空炮示威。

驼背老鲁在那夜死在了南城黄道门前，身中十数枪。事后龚大哥花了大价钱，买出了他的尸身，与廖大哥一起葬在了东城外石子岭。民国后 有人在石子岭开办私塾，此处更名为识字岭。

长沙米乱过后，湖广总督瑞澂具折参奏湖南官绅，据说拟折之前，已得湘籍朝臣授意"应对毫无心肝的官吏与顽固官绅严加惩办，除暴安良"，而日、英、美公使更向朝廷施压"不能只处罚官吏而放纵绅士"。不久，朝廷的整治也下来了，先是明旨岑春蓂开缺，给王先谦、叶德辉、孔宪教、杨巩等湘绅定为"挟私酿乱"，王先谦、孔宪教降五级调用，叶德辉、杨巩革去功名，交地方官严加管束。坊间之言，便将王、孔、叶、杨四人定为"四大劣绅"。庄赓良并没有当上巡抚，新任巡抚是杨文鼎。庄大人以藩代抚不过十数日，便被罢官，据传是被人密奏参革，理由是"勾结邪教"。令人称奇的是，那日巡防营关城后，或者说更早一些，庄大人接了巡抚关防后，那些青兵便不见了踪影。不久后，日云人更派出了一个五人小组，到长沙彻查青兵案，历时三个月，结论是"因修造铁路南下的白莲在理之徒，有一部分侵入湖南，乘长沙暴动之际，充当暴乱指挥，乱平后匿迹"。暴乱后长沙城流传的竹枝词里也有记载"青衣匪党撼湘城"。

王先生历经此乱，交卸了各项职务，闭门不出，刻了枚私章，从此落款便用此印，署名"王豚"。

长沙城又恢复了平静，半湘街也是如此。谢二表的猪肉档空了，我以荟儿的名义将那里盘了下来，室内都清空了，只余一张供桌，上面供的是谢二表的牌位。我时常去那里坐坐，温一壶酒，和他说说话。

长沙城里再没有见过那么大的风，那天的罡风，应该吹进了不少人的心里吧，动摇了他们的心神，也扫清了他们的前路。

民国十七年（1928），我已经升做了小西门分驻所所长。某日去西区警察署报备公务，路上买了份报纸，里面有张熟悉的面孔，报纸配图并不清晰，她在照片里被五花大绑，面容倔强，脸色凛然，眼神看不清，应与当初的义兄一样，是有着希冀的光的吧。

她便是当初长沙城乱时我在周南女学堂见着的那个女学生向俊贤，报纸里登的名字，叫向警予。

今日到此，下回再叙。

第十一章：且将前尘倾覆水

浮梁店主人言：浮梁店里有好茶，好茶招待有缘人。我是卢磊一，一个被阎王爷忘了的人。

前番说到长沙米乱，各方争斗间生民受苦，义兄更被开革。在循道会前那一场硬仗，我也受了伤，这番芬儿倒没怨我，本就是为救她，大乱之时硬要去拜神，不单她，主母也有愧。也因那一战，美国人与巡警道交涉，为小西门警段邀功，不久，保奖下来，小西门警段护洋有功，赏给功牌，全段擢升一级，加饷二元，都是顶了格的奖赏。

如此，两番际遇，我成了小西门警段最年轻的三等巡长，比陈二毛高一级，比满傻子高两级，二人便撺掇着我请客，被段长拦了，段长说合段受保奖，是沾了我的光，又因段上兄弟齐心，一场硬仗才能撑得那许久。事后回想，真真是将头拴在裤腰上，若不是义兄带巡防营驰援，说不定合段兄弟都交待了，此事应是段上请客，谢我义兄。义兄却找不到了，我去陈记茶馆寻了几回，还留了话，掌柜的与我说，米乱那夜过后，义兄就再没有来过店里，胡子松几人的尸首是他收殓的，原本停在店中，几日后来了几辆粪车，运出城去了。听得我懊悔不已，我也是个没主张的，几名义士为护芬儿身死的，我竟一炷香都没及上。

"青山处处，好男儿身同华夏，魂归桑梓。"掌柜的说这是义兄的原话。

小西门渡口粟正月身死之事，我掐头去尾说与段长听了，原是哥老会逼账引发的事端，段长听得也是摇头，道这哥老会也是稀松，想头是好的，做起来便变了样。"说起来就是聪明人带着一帮蠢汉，烂泥扶不上墙，白受拖累。"段长说。

至于春伢，我也曾带他去寻过他的家人，他只记得那庙里殿上有个观音像，府里有观音的庙可不少，府仓周围几家都去看过，米乱已消停，寺庙也空了，带他去看，他只是踟躅，又像又不像。他那公公，睡了两天，喊不醒，只怕是人没了，那一段时间，流民尸首挤爆了义庄，摆不下便一把火烧了，化作一个个骨殖坛，没法认。这还是有收殓的，没收殓的直接扔河里了。我问过春伢，愿不愿回醴陵，我送他去，正好去看彭宗子，他大头直摇，说家里只有公公了，还有一个本家大姨在县里。逃荒时公公第一就去寻的她，被赶出来了。

醴陵我还是去了，不为春伢，只为去看看宗子，米乱风潮也波及了醴陵，唯愿她平安。

宗子是平安的，她在彭氏宗祠门前开了粥棚，连舍了两个月，又发起了县绅捐米，帮了知县大忙，知县给送了一块匾"积善之家"，又向朝廷请封。宗子看到我很高兴，留饭、留宿，听说我有了孩子，还嗔怪我不给她报喜，又给孩子备了礼。她还是老样子，却没有孩子，我心下疑惑，也不敢问。还是何大方悄悄告诉我，宗子日日住祠堂，只怕没有圆过房，哪儿来的孩子。在醴陵住了两天，从始至终，宗子没有问过一句义兄。

从此，春伢便在我家住了下来，芬儿原以为我要收他做干崽，哪知我摆出香案来，让他拜师。这上头，我自问不一定有师父做得好，将来若有分别心，就做不得孩子的义父。

而拖了许久的汉口之行，重新被搬上了议程，四月末，终于成行了。

一、九省通衢

1

送颜福庆、胡美二人去汉口，陈二毛原以为是专船护送，倒没料是坐的大轮船。中国轮船公司的商轮日日爆满，他二人托关系，抢到两张二等舱票，卢磊一二人做杂役，便在舱底大通铺里。上船那日卢磊一便与陈二毛说，这种行程，实不需要护卫。陈二毛嘿嘿笑，说虽然此行颜医生是主导，但胡美也去，洋人命贵，不派护卫，大人们不放心，打打杂也是好的，只不知文书上写着随员三人，还有一个叫冷夕鼓的是何人，未必此事也有空饷吃得，二位医生也不问，真真怪事一桩。陈二毛如此说，却打不了杂，大轮船一发动，未出长沙，早已经吐得天昏地暗，打杂这事，便在卢磊一头上了。

因了上次苦竹寺遇险，这次去汉口，芬儿无论如何不愿意卢磊一去，与他怄了几天气，卢磊一道男子汉一诺千金，芬儿说你是当爷的人了，她就不信这诺言比家重要。好劝歹劝，芬儿终于松了口，出发那天，芬儿赶早去了观音寺，求了张符，看着卢磊一掖进怀里，叹了口气，抚着卢磊一的胸道："磊哥哥，平平安安哪。"

轮船北上，经岳州入洞庭。那日清晨，湖上起了薄雾，江天一空，鸥鸣阵阵，卢磊一起了一个大早，打了热水与一碗素拌面去胡美跟前立规矩。医生都起得早，进了舱房，只胡美一人在吃早餐，船上饮食差，胡美自带了小面包与果酱，正抹着吃，见卢磊一提着热水来，十分开心，就热水泡了一杯茶，顾不得烫嘴，吹着热小口抿，一面大声说："卢警官救了我，我就要噎死了。"又问颜医生，说去甲板上打拳去了。"面会稠，我去喊他回来。"卢磊一道。

素面是为颜医生准备的，颜医生上海人，中等身材，瘦且黑，戴一副近视眼镜，好抽西洋烟卷，饮食喜清淡，对两湖的辣是敬谢不敏。颜医生的拳已经打完了，正靠在船舷上与一人交谈，卢磊一走上去，却见对谈的那人衣着怪异，穿的似是土人服饰，胸口佩一个护心镜样的小铜锣，一头蓬发箍起，发间还插着鸟羽。二人抽着烟卷正聊得欢。但看服色，卢磊一便知这是湘地习祝由术的师公，原白鹤巷也有一个走街看事的，治小儿夜啼、鱼刺挂喉是把好手，兼治痈肿伤痛，后来与人醉酒，被秀着吃了香肉，破了功，便不见了。

"这武汉三镇，原本武昌最兴，那时地势，如神龟入水，坏就坏在这陈公套（今鲇鱼套），说是前朝弘治年间，知府陈晞征集数百船只拖着铁器清淤，快船利兵在江底一阵搅，逼着神龟逃到对岸，风水一变，武昌败落，便好了汉口。"那师公吐烟道，话了噗的一声，往舷外吐了口痰。

"然三镇建制，武昌、汉阳都是府，汉口仅为一厅，还是光绪二十五年才与汉阳县分制。"颜医生便笑，道："当然您这也是一种说头。汉口镇与汉阳镇'并雄财货，甲于全楚'，这是明朝志书里有记载的。崇祯十六年（1643）左良玉兵乱，武昌金沙洲加之汉口镇都被焚毁。入清后逐渐复苏。此后金沙洲被水，朝廷移镇汉口，亦加速了此地繁荣。后来香帅以'汉口华洋杂处、商务纷繁、交涉日多'奏准设夏口厅公署管理地方事务，长官升格为从五品抚民同知，实为直隶厅的规模了。"颜医生伸手对空虚画，似给那师公画地图，"你且看，金沙洲本位于武昌西南，洲尾斜对古鹦鹉洲头，鹦鹉洲如今已沉入江底。今日鹦鹉洲乃是汉阳南纪门新淤出的一片沙洲，原名补课洲，于乾隆三十七年（1772）上奏朝廷改名鹦鹉洲。旧诗有云，'晴川历历汉阳树，芳草萋萋鹦鹉洲'，今人却不知，此洲已非彼洲了。"

二人笑过一回，卢磊一上前请颜医生回房用膳。颜医生谈兴未减，摆了摆手。

此时水面平静，船行如平地，上等舱房的房客们都出来看景，看长烟一空，碧波千里。人群中，卢磊一瞥见了陈二毛，正四处张望，便上前去唤他。

陈二毛吐了两日了，走路发飘，却也掩不住一脸兴奋。卢磊一扶着他在舷边站定。"我看不得水，看到船进水退就想吐。"陈二毛哇哇叫着，偏着脸，一嘴腥臭喷薄而出，卢磊一掩着鼻口，笑他："你还是船上人家出身，说出去谁信？"

"我哪知大轮船这么难坐？"陈二毛一脸苦相，左右看看，又言，"又有一桩好事。"

"发现了几个土夫子，弄了新货上汉口卖呢。"陈二毛压低声量，"把他们抓了，又是一桩富贵。"

听陈二毛所述，原来土夫子就住在舱底大通铺二人隔壁床，那三人卢磊一相过面，老实巴交的农夫相，旱烟不离手，一嘴的黄牙，衣衫破旧，眉头不展的苦哈哈。当头的大哥姓闵，上船当日，卢磊一与他寒暄，知是浏阳门外柳家大山下的农户，家中几亩薄田，去年被水，一大家子的嚼用没了出处，闻说洋人地方来钱快，带着两个本家兄弟去汉口寻租界做事的远房表叔，谋个事做。三人里只这闵大哥健谈些，另二位都是闷葫芦，三巴掌打不出一个屁来的角色。卢磊一也没有在意，他没有陈二毛的毛病，通铺再嘈杂，入了夜倒头便睡，酣甜一梦到天明。陈二毛整日昏昏，没料身子困顿，脑子清醒，夜里听那几人起身私语，说起这墓里的东西价值几何，下家是否可靠，担了掉脑袋的风险掘井下地，自家兄弟可不能低报多赚，倒是那两个闷葫芦在质问闵大哥，问得细致，饼子值几多钱，印又值多少，还有那玉与铜炉。陈二毛越听越精神，暗中侧头，远处舱壁一盏黄灯，投射出淡淡的光影，近处黑暗中，那三人坐一床，压抑着声音说个不休，听得陈二毛喜上眉梢，果真是人在龛里卧，财从天上来。

既如此，卢磊一本拟联系船上护卫，被陈二毛拦了，道船不靠岸，人就没处跑，此事不假人手，就他与卢磊一二人处置便可。"到了汉口，可以先吊着尾线，出货前出手都可以的。此地我熟，没做巡警前我跟船，汉口跑过不少趟，又有熟人，本家大伯在船上，还有个远房侄子，在夏口厅衙门做事，已经做到皂班头子，寻他弄张捕票，正大光明地拿人。"陈二毛拍着胸脯，富贵逼人来，倒把晕船这茬给忘了。

二人聊完，卢磊一见颜医生那边，师公已经走了，颜医生又续上一根烟卷，默默抽着。卢磊一走上前去，拉他回房用餐，颜医生哈哈大笑，直道小哥守职，不说护卫，这看护之责行得赶得上医院护士了。进了房，胡美已经吃完饭了，正悠闲地喝茶，看颜医生进来，给他也倒上了一杯，那碗拌面已经冷稠成一坨，卢磊一端到厨下，借了船上的灶，给他回锅炒了一下。船上用的清油，卢磊一经心，花钱买了枚鸡蛋，油热把鸡蛋敲入，加葱末大锅热炒，炒得面略略起焦，鲜香扑鼻，出锅时点几星胡椒末，端回舱房。颜医生此番饿了，大口吃得香，直道卢小哥好手艺。吃饭间，颜医生更与胡美商讨此行防疫举措，道东北疫情已缓，湖北防疫只为京汉铁路乃国内运输大动脉，要谨防时疫南下，此事颜医生早已经于两个月前电告湖广总督衙门，列出防疫十条，客流运输的查验放在首位。京汉铁路自北京正阳门通汉口大智门，防疫措施非一省之责，需各省联络、步调一致，目前来看，已经收到功效。两位医生因长沙米乱，推迟了行程，如今看来，倒没有重大延误，此番成行，一为检验成果，二为巩固措施，亲临督导，将汉口公共卫生再升级。

"那要如何做？"卢磊一听了半天，脱口问道。

两位医生相视一笑，异口同声说："捕鼠。"

2

船入汉口，果然是"泽国舟为市，人家竹起楼"。汉水上千樯万舶，庞大的船只群挤得河道逼仄。码头上自有人接，是驻在夏口厅衙的抚民同知，姓王，肥头大耳，一身堆叠的肥肉撑得缀白鹇补子的官服几乎要炸开，带着一干衙役，举牌鸣锣开道。另有两乘二人小轿，给二位医生，接风洗尘不提，夜间本拟住在汉口西关帝庙山陕会馆，此处占地极大，中有亭台楼阁，风景尤佳，被胡美拒了。胡美联络了美领事署，迎着一行人住进了租界，颜医生笑道，这出门还得带个洋人，行事都方便。一进租界，卢磊一便知胡美为何执意住此，此处敞街高楼、灯火辉煌、秩序井然，大马路上还有洋汽车。"我国在此建领事馆，倒是未设租界，这租界是英俄法德日的，还有个比利时，卫生状况稍好一些。"胡美笑道，"没跟你们商量就来住这里，我实在太想念家乡的浴缸了，我要泡个澡。"那位王同知送二位医生到的租界，下车时尚问，是否连夜拜谒抚台大人。"我们是来工作的,赶路太累,不去了。"胡美大胖子中文尚佳,只是说得生硬,同知大人以为得罪了洋大人,连声告罪,自去了。

陈二毛一下船便溜了,到了夜深才回,卢磊一知他是去吊那三名土夫子的尾线,怕他寻路不到,在领署门前路灯下立等。此地属俄租界外滩,正对长江的一幢高楼,旁边便是俄领馆,卢磊一兀立灯下,听潮声阵阵,除了偶尔传来酒鬼的枭叫,倒极僻静。半晌,才见陈二毛回来,背着个包,走得跟跄,一看就是有酒了。

"这中国地方,还有高墙铁栅围着,进来还需盘查,好在我兄弟送我也费了一番周折。"陈二毛跟着卢磊一进了房,灯下将包放在桌上,摔得当啷一声响。

"得手了?"卢磊一笑道。

"陈爹出手,几时走空?"陈二毛笑道,仰着头,鼻孔朝天。

原来下了船,陈二毛便盯着三人,一路跟他们往北过了后城马路,看三人在后湖找的下处住下。再回城到夏口厅衙,寻着自己的远房侄子,带上几名弟兄去拿人,就在房里按住了,五花大绑绑到厅衙,包袱缴了交给陈二毛,陈二毛谢了侄子十块银圆,整趟抓捕,陈二毛都未露面。如今三人枷号晾在衙门口,侄子原本要开站笼给他们站,陈二毛怕他没轻重,没让。

打开包袱来,几个泛青的铜炉,炉上有字模糊不清,又有几块斑驳的三璧,卢磊一看来也不值钱,好在还有几坨马蹄金与金饼。

"你这把算黑吃黑了。"卢磊一一嗤道。

"发坟掘冢发死人财,不吃他吃谁?"陈二毛抚头大笑,"他还说他是发先祖坟呢,这厮还懂些大清律,晓得'贫极发先祖坟,事有善后者不问'。可给他们定的也不是这个罪啊。"

"也是，赃物都在这儿，如何定罪？"卢磊一问。

"我那侄子又问我要了四元，说要买一斤云土，明日过堂用。"陈二毛嘿嘿一笑，"就定私贩烟土。"

第二日一早，同知衙门便派员来接两位医生，道今日总督大人移驾，就在大智门车站召集会议，省府大员、二府一厅加巡警道及各公所官员，共商抗疫，一起来的还有一队巡警，是湖北巡警道派来护送的，倒无须卢磊一二人了。卢磊一疑道，此事不该是湖北巡抚管吗，如何还劳驾到总督了？陈二毛便笑，道自光绪三十年以后，湖北巡抚由湖广总督兼任，这一省就未再设巡抚了。

卢磊一知这抗疫本是巡警职责，长沙府各警务公所下设卫生科，除管各街清道夫，还有防管时疫之责。去年年末东北大疫消息传来，各公所也做了布防，要求各街各户捕鼠点艾除瘴，不过上头随意说，下头随意做，也没有见个真章。与陈二毛说起，陈二毛也笑，说这湖北巡警道责任大了，防疫不是防贼，各门设卡便可，时疫看不见、摸不着，此处又是九省通衢，人客往来繁密，果然要请外援，才有方法，不然也是抓瞎。

二人今日无差事，聊着走出来，相约去逛逛汉口城。出了租界往北，转万安巷上了正街，路边许多乞丐沿街乞食，或坐或卧，身前的破碗破帽多是空的，行人往来匆匆，少有停留。陈二毛特地寻了个碓坊进去问价，出来便骂娘："米价竟比湖南低些，这湖北果然是嫡亲崽。"

一路走一路问，卢磊一想去长沙会馆看看，沿途打问了几人，有说就在正街上，有的却说是在白家巷，二人问得发笑。这街上人来人往，南腔北调，说这汉口是九分商贾一分民，果然不错。

二人没有过早，就在街边叫了个敲梆子的水饺贩子。此时已是十点，卢磊一习惯早起，天蒙蒙亮就起了身，下江游水，游得不到江心便打了回转，水流太急，偌大的江面看不到头，这可是湘江比不了的。游完仍回领馆，饿得慌，去厨下求了两个小面包充饥，到此时早已经走消了。此时看陈二毛叫住水饺摊子，不及问价便喊了四碗，饺子要煮，卢磊一看摊上另有一锅，犹有半锅猪血汤，让摊主舀了一碗，不顾烫，三两口便下了肚，又舀一碗。摊主是个枯瘦老汉，见来了豪客，笑得脸弯弯，挑下抽出一个竹篾盆，还有半盆饺子。"伢崽饭篓子，小哥这里都下了吧，作价一百五十文。"老汉道。卢磊一知他杀客，要与他讲价，旁边陈二毛手一挥，"下了吧，我请。"

不一会儿，饺子熟了，二人就站在摊前吃，卢磊一便说这汉口的走贩与长沙不一样，长沙卖吃食的响器不一，还有摇拨浪鼓的，似有一定之规，但与此处又略不同。那老汉卖空了饺子，兴致高，在一旁接话，道走街串巷都需响器开道，肯定会有分别，哪儿都一样，原先拨浪鼓叫"惊闺"，是卖针线、布头、胭脂的货郎专用的，卖水饺的打梆子、卖油的敲锣、算命的拉胡琴、卖麦芽糖的敲铁，后来又有卖肥皂的吹洋号。"不必开门，一听响便晓得卖什么。"老汉咧着嘴笑，敲了两下梆子，"我这梆子传了两代，原先管得紧，入夜不许敲，怕与打更的弄混，如今也稀松了。"

二人吃了个肚圆，会了账又往前走。卢磊一眼瞥见那日船上见的师公，依旧那一身奇怪打扮，拐进了街旁的一道门里，卢磊一兴起，拉着陈二毛跟了上去。颇气派的一座大门，门口立着下马石，两边各一个张牙舞爪的石狮子，隔着影壁听到内里人声嘈杂。仰头一看，果真踏破铁鞋无觅处，得来全不费工夫——门楣匾额上中正的四个大字"长郡会馆"，匾额后头墙上嵌着一大块长汉白玉，上刻"禹王宫"。

3

一口乡音,又有湖南巡警道的印信,门子发给二人一人一个木牌,上刻"尚武精神",需佩牌进入。又有一名知客迎上来,带他们参观,会馆极大,五进的院落,第一进便是禹王殿,神前香火长燃,有信士打理。第二进是议事厅,两边有客房,院子里站着几个闲人,知客道此处是租给湘人住的,租金用来救济同乡,"有功名者免除租金"。议事厅门楣上一个大匾,龙飞凤舞的两个大字"溯湘",两旁木柱上刻着一副对联,"隔秋水一湖耳,看岸花送客,樯燕留人,此境原非异土;共明月千里兮,记夜醉长沙,晓浮湘水,相逢好话家山"。知客道这是陶澍手笔。第三进,是一座三层木楼,又有一联,"千载此楼,芳草晴川,曾见仙人骑鹤去;卅年作客,黄沙远塞,又吟相思落梅中"。写的是黄鹤楼,却挂在这儿了,是左宗棠大人手笔。登上楼去,极目四顾,一城烟火尽收眼底,前江后湖,在阳光下熠熠生辉。

二人走到最里,又见着那师公,正在里院坪中作法,用根麻绳牵着一人,那人一脸烟气,赤裸上身,麻绳缠颈,怀里抱着一捆稻,背上好大一只疔疖。他背对着师公只是前行,走得两步,师公手中绳子一紧,定住了,师公拿根细竹条轻抽他背,一面抽一面问:"疔落冇?"那人从怀中抽出一根稻草扔在地上,回道:"疔落了。"又复前行,如此反复,周围围着几人在看,卢磊一二人也叉手闲看,陈二毛低声笑道:"此处应该名医多啊,何解这种毛病要巴巴地从长沙请师公?"

正看着,听得前院一阵嘈杂,有人在扯着嗓子大喊,看热闹的闲人们听着,都拥到前头去了。知客一笑,"宝庆帮又来邀拳了,三天两头地打。"知客朝二人一拱手,"乡党邀拳,总要去助一助的,二位可要同去?"

宝庆码头又名"大码头",在汉水与长江交汇口上,斜对龟山,自乾嘉年间便是宝庆帮的专属码头,码头周围宝庆人聚居,百余年间逐渐聚起数万居民,此间发生多起争斗,大部分是与在本地同样势众的徽帮。今日这场,也是与徽帮,说是今日徽帮的一艘商船,运一船生漆,从长江转汉水入港,谁料今日货船多,前头排着长队,看宝庆码头空,船上又搭运着几箱祁门红茶,船主仗着有英领馆的文书,不耐等待,非要在宝庆码头落锚卸货,守码头的赶不走,便指挥人上船扣货,来人被掀下船去,冲突一起,两边都邀集人手。卢磊一二人赶到宝庆码头,械斗已经开始了,上百人缠斗,场面一时火爆,不停有邀来助拳的加入双方阵营,管理治安的巡警却背着手站在远处,似对这类情形已经见惯不惊。

"人多有什么用,打得缩手缩脚。"卢磊一看了一会儿,叹道。

"你我是见过生死场的。"陈二毛一笑,"他们打架争地方,好处也没落在他们身上。领头的在后头,出首的都是苦哈哈,做做样子,赚个胜场。可不敢打坏了,再打得狠,看着一脑壳血,包扎一下明天又可出工。就怕伤了筋骨,甚至于伤了性命,帮内纵有恤金,寻常人也是不肯干的。"

"不然,你我帮他们一下,止了这场争,再保他们半年太平?"陈二毛望着卢磊一,贼兮兮地笑,"且说好,事后赠金,得分我一半。"

卢磊一尚不明所以,便被陈二毛拉着冲进人群,陈二毛腰里摸出了枪,啪啪啪三声脆响,整个码头为之一静。"两头收收手,且听我一言。"陈二毛扯起嗓子喊,众人面面相觑,不敢妄动,倒不怕这精干刮瘦的黄毛小子，怕的是他手上喷火的那根六响子。

"此处既为宝庆码头，名字就是来由，自是宝庆人专用。"人群中便又是一阵骚动，后面看热闹的人里挤出一人，中年汉子，一身绸面衣服，举着一封文书，大喊着："我是船主，那小子你看清了，这可是英领馆的文书，指明了便宜处置，加急运卸。你可不要耽误了洋大人的差事。""着急你去前头，那里是太古码头，请人家加急。"陈二毛一瞪眼，那人被噎了，讪讪不语。"怎的，去洋人码头你就不敢了？"陈二毛似笑非笑，压了压手复道，"我知道你们不服，有人会说我没道理，远的不讲，就说这汉水，名字即来由，自是汉人专用，怎么洋人也可以用，洋大人还将这汉江边的好地段都占了做租界呢？占了你们谁家的屋，占了你们谁家的路，占了你们多少地、多少码头，你们怎么屁都不放呢？"陈二毛越说越高亢，便有那晓事的搬来一把椅子，让他站上去说，"今日，还有人要借着洋大人的文书来压自己的同胞，生生地仗着洋人的势，要来碰一碰宝庆码头百年来的规矩？"

卢磊一在人群里寻那拿文书的华服汉子，看他已经溜出人群，正往看热闹的人堆里挤，回头又看陈二毛手臂一振，一把左轮在日头下面银光闪闪，"中华一家，宝庆、别府、别州甚或别省，说到底都是自己人。平常争一争，是兄弟之争，但你若仗着洋人的势，便是汉奸，借着洋人的势来欺负自家弟兄，我陈二毛第一个不答应！有理也是没理。"众人都鼓起掌来，便有一些徽帮的打手扔了棍棒往人群里退。又有那好事围观的，将那船主推到人前来。陈二毛只当看不见，仍站在椅子上，收了枪，拱手揖四方，大声道："我二人外省人，属宝庆帮长沙府，身边这位小哥是宝庆帮长沙西门香堂二当家，今日来拜码头，巧遇一场风云际会，初到贵地，敬徽帮、宝庆帮个个都是英雄好汉，我们也学一学，今日结下这个梁子，西门香堂愿代码头出战，与徽帮的弟兄捉对斗一斗，点到即止。既在宝庆帮地头，为示公允，我香堂派一人出战，徽帮可出七人，车轮捉对，输一场，算我们输。"陈二毛说罢，兀自拍了一下胸脯，豪气上来，拍得重了，咳了几声，引得围观众人发笑。

"输了便如何？"徽帮里有个领头样的人问，声气却是弱的。

陈二毛摸摸头，抬眼望天，他托大了，一时兴起出的赌局，倒没想过这么多。"输了我们派人帮你卸货，恭送到府。"这边厢，围观的人群里挤出一人，年岁略大，圆头大脸，厚唇眯眼，绸面菊字纹马褂罩着一件月白长衫，一身肥肉鼓鼓囊囊。这胖子走到中间站定，四周一拱手："鄙姓章，此地管事，今日此船在我地头上撒野，借机生事也好，仗势欺人也罢，想来只是这船主私心作祟，要用洋人的金贵鸡卵子，来碰一碰宝庆码头的下贱硬骨头。卵子软趴趴，骨头可硬扎扎，你们就不怕扎破了流一地？"此人越说越粗痞，倒说得宝庆帮众纷纷叫好。陈二毛跳下椅子，拍着卢磊一，哈哈大笑："这老痞子，合我口味。""我几时变香堂二当家了？"卢磊一兀自郁郁。"那还不是你开口就有的事。"陈二毛又笑。

胖子依旧在说，话音不高，却中气十足："行船就岸，急着下货，事前知会一声，我们自会行个方便。不然，破屋门前也要扫雪，船到我家码头，不告诉主家，我作垃圾扫了，到哪儿都说得出理来。你欺我，我不欺你，一让再让，此番拳上见真章，不打，你们的船出不了码头。"胖子话音一落，便支使人辟出一块空地，用生漆在地上画一个圈，言明出圈者输。卢磊一见那胖子隔着人群望着他笑了笑，做了个手势。他人已懵懂，由着陈二毛拖着椅子按他坐下，捶肩按手地弄得不亦乐乎。"我怎么就跟你应了个这种差？"卢磊一恼道，想了半天又道，"这胖子奸诈。"

"你听出来了？"陈二毛扑哧一笑，"讲了半天，没一句实在话。油滑得要死。"

这场比试，卢磊一初时打得意兴阑珊，对方选出来应战的都是空有一身力气的蛮人，看着牛高马大，上阵笨拙，打得毫无章法、破绽百出，卢磊一一挑一拨，便将人推出圈去。直打到第六人，才遇着硬骨头，竟是一个干瘦老头，佝偻着腰，光着上身，身上肋排尽显，一步三摇地上来。卢磊一倒也没放松警惕，师父说过，内家高手不看皮相。一搭上手，便知此言非虚，见那老汉枯柴般的手缠上来，似有一股粘劲，一挣之间，老汉足下生根，借势发力，竟差一点将卢磊一甩出圈外，几个俯仰才定住。"十字手！"卢磊一心下惊道，倒也不怵，挽了个螳螂手上去，以硬碰软，看似弄拳，实则钉穴，就取这螳螂手的灵活指力，你粘我钉，让你无处下手，身子团成一团，步伐变换，似一只黄蜂在熊掌间穿梭，以紧打松、以快打慢，老汉粘不上来，开合间敞了胸露了破绽，被卢磊一错脚抢身顶肩，顶出圈外。

到此，徽帮众人意气全消，硬着头皮打第七场，选人也敷衍。选了个毛头小子，站在圈中犹有些两股战战，嗫嚅了半天，怯怯地吼了一声，打出一拳，卢磊一生受了，借着拳势，跳出圈外，一拱手道："我输了。"

众人面面相觑，宝庆帮一片嘘声，徽帮也无人喝彩。

至此，瞎子也能知道，卢磊一最后一局放水了，全了徽帮颜面。那船主还要叫，被人拖着收了声。徽帮人众散去，货船收锚移走，并没有就着赛果便在此处卸货。胖子上前一场寒暄，竖起拇指夸卢磊一，直道他行事老成，这种争斗，结仇不如解仇。卢磊一心中发笑，叹你当初给我打的手势，可是横掌斜切，这是要我下死手啊。

码头人众簇拥着二人出了码头往西，到得水府庙旁的宝庆会馆，摆宴喝酒一番庆祝。那胖子识得姚痦子与老蔡，席间问起，晓得老蔡死了，又是一番唏嘘。

饮宴过后，胖子封了八元银圆做谢仪，说是出宝庆码头的公账，谢二位义士。陈二毛却请他屏退众人，期期艾艾地说出一个请求。

二、鱼龙杂处

1

卢磊一到此方知，陈二毛所求，是要卖古董。回头一想，卢磊一恍然，陈二毛那远房侄子，人脉上头也有限，要托牙行，还得是这种地头上吃得开的，宝庆帮在汉口人脉广博，正好为他所用，难怪平日遇事就躲的角色，今日这么积极，巴巴地揽事上身，真真是无利不起早。陈二毛已经有酒了，说出请托极其坦然，胖子听得此言，也是一脸灿烂，说汉口古来贫瘠，兴盛起来还是前朝旧事，滩涂地少有宝藏，长沙却是古城，汉时便作诸侯国，皇亲国戚、新坟旧冢，土里的好东西多了去了。自己有几个相熟的，便是做这种买卖，只要东西好，价钱上他去说合，绝不让本帮兄弟吃了亏去。

胖子又问陈二毛身边可带着实物，不是信不过，只是这种买卖，不可空口说白话，总要看一眼，见着东西才好与上家说。卢磊一扯了扯陈二毛，陈二毛却没理会，自顾着在怀里掏摸，抠出个金饼子。

回程时，卢磊一直怪陈二毛孟浪，交浅言深。再是宝庆帮地头，也不该如此露富，这种事，不怕贼偷，就怕贼惦记，他自己这桩富贵，不也是这么来的吗？

陈二毛摸着头讪笑，任他说，不作声。

途中经过夏口厅衙，门可罗雀，几个站笼里关着人。二人缓缓走过，卢磊一耳尖，竟听得一声呼喊："老弟救我。"扭头一看，竟是闵大哥三人，一身伤，关在站笼里，上头枷锁夹颈，脚下是虚浮的一两块砖，三人正攀着栅挣命呢。

卢磊一一拍陈二毛，压着声斥道："怎么回事？"

陈二毛也愣了，半天才怪叫一声："王八崽子的亲侄子。"跑到前头去寻他的远房侄子了。

卢磊一给三人都垫上砖头，闵二哥才喘出一口长气，望着卢磊一眼泪汪汪，哑着嗓子让卢磊一想想办法，救救同乡。卢磊一沉默不语，其实内心激荡，连假模假式问他是怎么回事都说不出，愣了好一会儿才艰涩问道："你那远房表叔呢？"闵大哥在笼里双手打揖，哀声道自己三人就是在表叔家被抓的，今日上午表叔来了一趟，厅衙都没进，就站在笼前看了他一会儿，摇了摇头又走了。说到此时，陈二毛正巧从衙中出来，径直走到站笼前，望着笼中的闵大哥叹了口气，又摇了摇头。"我家住在浏阳门外扒茅街，门前贴着今年新写的春联，门旁立着一个石磨便是我家。父母早亡，家里有堂客和三个孩子。"闵大哥慌了，语带哭腔，拜托后事一般，"大的已经十六，叫闵三根，烦请兄弟回去告诉他，叫他来汉口给我收尸。"

"莫说这些，我们同乡，总要设法。"陈二毛道，"此刻便去长郡会馆寻个主事，总归要场面上敞得开的，想法子救你们。"

陈二毛扯着卢磊一出了厅衙，往西拐上正街，沿着大街朝北走。"方向不对，会馆在那头。"卢磊一只道陈二毛着急走错了路，"去大兴园，我侄子在那儿等着。"

一路打问才找到大兴园，在厘金局对面，永宁巷口，一座极气派的饭馆，门口知会是夏口厅陈班头订的席，便有小厮来引着二人上了二楼雅间。卢磊一一见陈二毛侄子，心下便叹，这陈家根把厚重，远房的也没走种，那侄子身材魁梧，可一双鼠眼，一头黄毛与陈二毛别无二致，见得二人进来，起身行礼小意功夫做得十足十。"叔叔来了还没请你吃个饭，是侄子礼数不周，回去还是莫要和爹爹说。"陈班头开口便道歉，屏退了下人，自己伺候，端茶倒水做得殷勤。又说那闵大哥三人的事情，说今日这过班，王大人不知道是昨天夜里被家里的老虎骂了还是怎的，一肚子邪火，问明了是长沙来的人，便道这三人远道来，绝不会只带一斤云土，贩私不是这么贩的。闵大哥这个不晓事的，还要与他争辩，说自己是良民，这烟土怕是人栽赃，引得王大人雷霆震怒，着拖下去一人打了一百小板，关进站笼。"厅丞脾气大，惹怒了他，不必按律，不必呈报，关进站笼里，熬几天就报销了。"陈班头皱着眉，"上月中抓了几个河盗，审都未审，先关站笼，待想起来过堂，人已经站死了。"

"你就说要找谁？"陈二毛不耐，咂着嘴说道。

"这王大人府里、省里都有人，汉阳知府更是与他穿一条裤衩，背景极硬，要说怕，他只怕洋人。"陈班头道。

话音一落，陈二毛扭头看卢磊一，发现卢磊一正笑眯眯地望着他。二人会心，嘿嘿一笑。

卢磊一去大智门车站寻的胡美，候着他散了会议，才上前禀告。胡美为人极谦和，原在长沙时，便以朋友待他，此刻卢磊一也不客气，直说几个同乡好友落了难，要请胡美去救上一救，胡美胖子倒是急公好义，不问缘由，上了小轿，嘱着卢磊一前面带路。胡美出行，领馆本有枪兵护送，巡警道又有一队巡警护卫，那边厢总督大人见两位医生不及招呼匆匆而去，怕有怠慢，又令一位标统带一队兵协同，道总以保证二位医生安全为要。如此一来，倒是个浩浩荡荡的讨伐之势，未到夏口厅衙，那王同知得了信，早迎出一里地来，看如此阵仗，也顾不得面子了，当街便跪了，胡美犹自懵懂，隔着轿帘问卢磊一："小哥他这是做什么？"

"由他，他膝盖痛。"卢磊一又好笑又好气，闷闷地回。轿到了近前，王同知却麻溜地爬起，扶轿前行。

到得厅衙，王同知又复跪了，胡美这番下了轿，上前去拉他。"腿受了伤，要治，我不会治骨头的。"胡美认真地说，王同知听得莫名其妙。

借着卢磊一的指引，胡美指了指站笼里的闵大哥三人，让王同知放人。"按道理说，我不该干涉你国法律，但我朋友的朋友就是我的朋友，如果没有什么大的违法，请王大人放了他们。"胡美仍是认真商量的语气，王同知听来却是得了令了，忙令皂班开锁，皂班寻钥匙来得迟了些，却见那陪同的标统威风凛凛地从马上下来，走到闵大哥笼前，噗的一刀，劈开了笼锁，便有那围观的人叫起好来，标统亦是得意扬扬。卢磊一扭头看，却看见陈二毛的侄子了，正拿着钥匙给三人去枷，手脚极轻，怕碰破了瓷器一般。果然一身消息劲的人，似背后长着眼睛，蓦然间一扭头，便撞上了卢磊一的目光，顿时堆起了一脸的谀笑。

送行时，那同知又跪了，口中呼着上官，兀自解释："您有杨标统陪同，他是四品官我跪是理所当然，您远来是客，礼数上更不可怠慢。"胡美听得不胜其烦，也由他，上轿喊快走。走出好远，卢磊一一扭头，见那王同知仍在街上跪着，那一堆的肥肉，跪在地上如坟起的一座小山。

到得夜间,王同知又寻上门来,带来一桌八珍席,食盒挑着送进门来,胡美拉着卢磊一在会客室里陪了一时,听他打叠着问安,又连连道歉,倒把胡美弄了个丈二和尚摸不着头脑。"虽不知道哪处错了,但大人来,少有问安,便是罪过。幸得大人胸怀广阔,不计较。"王厅丞说着,又着人搬进来一个小箱,打开来,里头是二百元光洋,按他的说法,权当茶费,孝敬大人了,胡美还待不收,见卢磊一冲他挤眼,也就没有拒绝。

"这人是地方上的狠角色,这夏口厅同知虽然品秩高,权力上等同县令,一厅治下平民百姓杀伐决断全在他一身。中国有句老话,杀人的县令,灭门的府尹。"厅丞走后,卢磊一与胡美解释,"看他的做派,在地方上只怕搜刮不少,送与你,你拿去行善也好。"

"带血的金币也是金币,用它来拯救贫困的子民吧。"胡美皱着眉道,喃喃说寻个时间找找当地教会,索性捐出去好了。

陈二毛恰进来,看到卢磊一便笑,一脸得意,悄悄说:"说不借洋人势,今天借胡美胖子的势倒借了个十足十。"陈二毛一拍前胸,胸前叮当响,原是他那远房侄子把钱还回来了,不单给他办事的十元,还有买云土的四元,另封了一个五元的孝敬,道叔叔面子大,以后还要叔叔多栽培。陈二毛肚子笑疼,胸脯拍烂。

2

诸事了结,颜医生那边由陈二毛陪着给闵大哥三人看伤,虽不重,一百小板也打得三人皮开肉绽,敷药包扎了,住领馆不便,陈二毛就在近旁寻个旅馆安置了。三人都是清洁溜溜，陈二毛放下一元钱，让他们自去买吃的，隔天再做打算。

卢磊一晓事，知二位医生为救人没吃晚饭，将那王同知送的八珍席拿到厨房热了，端来请二位医生吃。陈二毛回来，正赶上开席，就在胡美医生的房里吃，卢磊一原在一旁伺候，被二位医生拉着入了席，看卢磊一坐着，陈二毛也扭扭捏捏地斜签子坐了，拘谨吃席。席面上有一道白烧鱼，是取皖鱼腹肉去皮腌制后过油炸透，再加黄酒、姜蒜烹制出锅的，鱼肉紧实、外脆内嫩，一口鲜香，这道菜今日中午在大兴园便上了，远没有此席做得精致。卢磊一搛了一筷子吃下，深得其味，便要去盛饭配着吃。胡美大胖子来中国几年，筷子早使惯了，握得略难看，却不影响他穿花一样地夹菜，吃得一嘴油。颜医生却吃得斯文，皱着眉，似有心事，搛一筷子菜，细细咀嚼，自启了一壶黄酒，请厨下温了，切了些姜丝做佐，小口抿着。

"亲爱的颜，不要担心，今天会议，我看你的防疫十策，他们执行得很好。"胡美看出来颜医生的心忧，在一旁宽慰道。

"不见得，这两天一路走来，卫生状况确实堪忧。"颜医生叹。且说这汉水边，数千的船户，吃喝拉撒都在船上，用水仍旧舀的汉水，甚至生饮，那不必问，必是痢病多发。又说这汉口的大街小巷，人流如涌，脏污至极，今日去开会，只怕还是他们寻着干净的道走的，出了租界，那街边解手的，要巡警拿着棍子驱赶。洁净卫生未成习惯，讲究些的都是些富户，平常百姓一天洗一次手的只怕都不多。治疫之要在于防患于未然，让百姓养成良好的卫生习惯，光靠巡警道拿棍子威逼是没用的。

颜医生说得胡美也是喟叹，大胖子歪着头想了想，劝道："经过东北这一场疫情，中国政府，你们的皇帝陛下应该会重视起来的。"

"这不是头一次了。"颜医生用力摇头，清瘦的脸上泛起红晕，"你来中国时日浅，还不太了解。本朝时疫之殇，由来已久，不只东北，岭南地区古称偏远烟瘴之地，三百年来时疫不绝，到光绪二十八年（1902）止，广东一省，朝廷记档的时疫暴发便有二百余次，疫情最烈的广州湾，其下吴川、石城、海康、遂溪、徐闻本朝所发时疫都超过二十次，大多为鼠疫，死百人为小疫，各县志《纪述》里，都有大疫时户绝过半的记载；远至琼州府，光绪二十一年（1895），大疫发作，死者遍城，棺木都用尽了。更剧烈者，光绪二十年（1894），广州甲午鼠疫，合府肆虐，波及香港，死了十余万人，举国惶恐，广州百姓甚至以四月初一为元旦，提前过年，以求消灾祛难。实则此疫前三年，岭南名医吴宣崇、罗汝兰就编写了我国第一本鼠疫专著《鼠疫汇编》；伤寒圣手黎庇留、谭星缘、易巨苏也合议研出升麻鳖甲汤，承症加减治疗，对鼠疫病人有奇效；梁龙章亦创辟秽驱毒饮，对症亦有疗效。但此事方向不对，一旦大疫来临，上哪儿寻药去？来不来得及呢？你们洋人对此事的讲求，是拒于未来之前，止于将来之际，临症再治，药不常备，备又不多，难抵大用。"颜医生饮下一杯酒，似要用那酒来浇愁，一叹道："西人善防，华人善治啊。"

"那是因为十四世纪席卷欧洲的黑死病，让我们几百年前就有了预防的法令。但中医非常神奇，不要太忧愁。我在想，如果用西方的卫生防控和中医的治疗，对许多病症必将起到奇效。"胡美眯着眼笑着，轻拍着颜医生的肩，笨拙地安抚，"我原不相信中医，以为一些树根、干草叶子，用这些来治病，就像非洲部落的巫医一样，直到我到中国半年后，我的一位朋友滕先生恳请我出诊去救他的妻子。"胡美站起来，似要讲个故事来缓和沉郁的氛围，"我向你保证，我说的是事实。"他拍着胸脯，掏出一根纸烟抽了起来，"滕先生派了轿子，接我到他家，他的夫人怀孕了，病得非常严重，我诊断后认为，要救夫人，必须拿掉他的孩子。上帝保佑，滕先生并没有接受我的建议。他另外请了一位常医生，这位医生你怕是认识，你该知道，他的诊金相当高，出诊需二十元，而且常医生给他太太把脉后，马上涨价了，把诊金二十元改为五十元，开了三服药，每服十元。用你们中国人的话说，这叫坐地涨价。"

三人被胡美的故事吸引，甚至忘了纠正他的用词。胡美却不作声了，抽着烟，低头只是不语。"后来呢？"颜医生等得不耐了，催问着。

"噢，我的朋友。"胡美吐出一口烟气，"草根树皮发挥了作用，三服药过后，夫人康复了，六个月后，她诞下了一个健康的男婴。"他貌似难过地眨眨眼，摇着头咂着嘴，"滕先生甚至付了我五元诊金，我却想要杀了他的孩子，上帝饶恕我的罪。"胡美在胸前夸张地画着十字，颜医生嘿嘿地笑了，卢磊一二人也跟着笑起来。

二位医生又复盘今日会议所议的措施，说到捕鼠一项，道鼓励百姓捕鼠，总要以银钱奖赏才能发动，捕一只奖几文钱。卢磊一在一旁听得发笑，忍不住插嘴："两位大人，这样奖只会越抓越多。"

二位医生听得懵懂，忙问为何。

"那东西长得快，幼鼠长到两三个月就可以生崽，生得也快，孕期也就是个二十来天，一生生一窝，您这种赏法，人家会当生意做，养老鼠来卖你。"卢磊一笑道。

"那要如何？"

"百只起赏，设定捕期，过期不赏。"卢磊一答道。

二位医生若有所思，陈二毛一拍卢磊一的肩，谑笑着："想不到你还有这见识。"

"我小时候,在蒙养院里养过。"卢磊一涩笑,轻声地说。

第二日晨,卢磊一照例起了个大早,依然下水游泳,游了一气上岸,不过瘾,在滩上打了一路拳,僻静处又寻了棵树练点打,将老蔡教的打穴功夫一串鞭似的打出来,音沉力透,看似轻盈的拳路,海碗粗的树,却一钉一摇,树摇婆婆,不胜其力。将将打完,便听旁边有人叫了声好。卢磊一张目望去,见一穿西式洋服的青年站在不远处,面带赞许,正鼓掌叫好。

卢磊一收了势走过去,拱手一揖,说见笑了。

"小哥确是有功夫的。"青年剪了辫,大眼狮鼻,一头西式短发一边抹,发蜡打得一丝不乱,油抹水光,"我本还有些请教的意思,如今看来倒不必了。"青年倒是老熟人似的寒暄。

"老兄也习武?"卢磊一一听来了兴致。

"从前有些底子,后来又跟人学了些西洋拳法,那东西规矩多,倒不如中华武术,讲究一击。"青年笑道,"按西洋拳法规则,中上、中下路可打不得哟。"

卢磊一听得明白,摸着头大笑,道击喉与撩阴,若非情急也用得少。

青年听了若有所思,半晌哧地一笑,"你还是讲规矩的,昨日车轮战都没用。"

卢磊一一惊,退开一步,再看那青年,却见那青年依旧笑眯眯,手中不知何时却变出一把枪来,黑洞洞的枪口指着卢磊一。

"你是谁?"卢磊一惊道,浑身肌肉瞬间一紧,身形前倾。

"不要想着夺枪。"青年笑着后退一步,"花冲父?"

"鲁达除。"卢磊一下意识答道。

青年哈哈大笑。"切口倒是记得清楚。"他垂下枪口，走近来亲昵地拍一拍卢磊一，"你兄长说要对你小惩，我这就算是了。"

"认不出我了？"青年挤着眉，望着兀自懵懂的卢磊一，"那这样呢？"他舒着两掌呈抱姿覆住下巴与头发。

"你是那使祝由术的师公？"卢磊一恍然。

"走吧，二位医生要起床吃早饭了。"青年一把搂上卢磊一的肩。

3

二人往回走，一路寒暄。卢磊一方知此人姓温名朝钟，字静澄，湖北咸丰人，年纪轻轻却是饱学之人，与义兄一般也是"会里人"，前番到湖南联络旧友多时，他名气倒比义兄大些，已被湖北发了海捕文书，因此此番回省，需要乔装打扮，还得借一借二位医生北上抗疫的由头。看来，他便是文书那第三人了，冷对温，夕鼓对朝钟，这假名也起得取巧。卢磊一一肚子问号，听得温朝钟说义兄为自己又接护卫差事发怒，生气之余也只得拜托温朝钟一路上多加关照，心下愧然，想问的话也只得先行咽回肚子里了。倒是问了问义兄如今所在何处，温朝钟道仍在城里，暂寓于寿星街培元桥，诸事繁忙，已经很久没有回半湘街了。

温师公与卢磊一回到领馆，早餐已经开席，昨日未吃完的八珍席又热了一下，主食却只有小面包及隔壁俄领馆送的难以下咽的大列巴。陈二毛到外头走出两条街才买了些挂面，下给颜医生吃。众人落座，卢磊一惊讶地发现，颜医生甚至胡美跟师公都是旧识，一席相谈甚欢，原来那日在船上，是做戏给自己看呢。

后来几日，卢、陈二人都是护卫二位医生的工作日常，检视汉口四坊的卫生状况，或坐船去武昌总督府商议，又或协同巡警道召集各公所卫生科属员训话。条条新措布置下去，捕鼠一条，倒是采用了卢磊一的章程。

闵大哥三人仍旧在旅馆里养着伤，皮肉伤好得快，几次要辞行，被卢磊一拦了，卢磊一私下与陈二毛说了他的意思，自己也厌那土夫子，所以当初陈二毛黑吃黑，他没阻拦。但这番风波是二人起的，原为求财，闵大哥一行为此受的罪，当算在二人头上，出门在外最讲乡谊，那些古董真卖了钱，要分一些给闵大哥才好。陈二毛听了也同意，只是为难，道卖的数目小尚可，若卖出大价钱，怎么分，分了又作什么名目？无事献殷勤，非奸即盗。

宝庆码头的章主事某日夜里寻来了，这章主事白白胖胖的，却长着一双桃花眼，胡子刮得干净，若无一身肥膘，倒像个相公。章主事名铸，字永立，陈二毛寻了自家侄子打问过，此人原是个商行的账房，不知怎么走的门子拜了汉口宝庆帮大当家做师父，便抖了起来。此人半借帮会势，自己也会来事，人面确实混得广，但贪财好利，过手不空也是出了名的。因此在汉口宝庆帮排名极靠后，大哥们大事不敢托付，一些纠葛小事，就派他，这也是那日宝庆码头与徽帮纠葛他出面的原因。"那日若谢你八元，可不知他报的公账是多少了。"侄子戏谑道。

为卖古董，章主事寻二人先议过一回，这是议的抽佣，他寻的牙行，牙行抽佣不论，东西卖出他也须分一份佣钱。"亲兄弟，明算账。"章主事把话挑明，卖古董的事他用的是私人关系，托的牙行找的好买家。这种东西随行就市，一个买家一个价，这次寻的牙行专做洋人生意，听闻他们此番寻的上游买家便是个西洋人，据说是外国博物馆的理事，专门搜集这类物件，买起来不计成本。章主事一番话说得陈二毛两眼冒光，胖子要抽一成的佣，也由得他了。

又过得两日，章主事做东，请二人夜里去万年街的江苏会馆一叙，便是谈卖的事了。章主事特特嘱咐了，带两件古董去，买家要验货，陈二毛依旧带着块金饼，又挑了个泥腥气没那么重的铜壶，破布一裹背着便去了。这厮腰中有枪，胆儿越来越肥。到了地方，却是一个华人买办，穿着西装，留着西式胡，辫子倒未剪。见着二人也不起身，鼻孔对人，不可一世。倒是章主事满脸谀笑，一口一个米丝特杨地喊着。卢磊一杲坐着直发闷，他幼时进过信义会的蒙养院，耳濡目染，知道那是对洋人尊称，只不知这买办是个华人，非要韵这个味做什么。陈二毛亮出了货品，那买办倒是认了真，拿着在灯下细细端详。章主事这番才顾得上与卢陈二人搭话，说得絮絮叨叨，道原说夜里不验货，只为就二位的空，他央告了多次，才请得杨买办出面，选在江苏会馆，也为此处几间茶室装了洋电灯，这租金到时也得陈兄弟出了才好。

那边买办看完，撂了物件便摇头，说这新出坑的东西好是好，可惜了形制又高又不高，那是个铜盉，古人兑酒用的，太素，纹饰不多又无铭文，卖不起价，金饼子当是赏赐的，以这种葬物来看，墓主上不了王侯。二人屏着气听着，卢磊一看那章主事脸色阴晴不定，看来是懊悔牛鼎烹鸡，白费功夫。东西杨买办还是收的，便与陈二毛议价，说来说去，定了个一百五十银圆，杨买办付的见票即兑的庄票，依旧鼻孔朝天，嘱着二人尽快将余货一齐拿来。"土里头出来的东西，没行家清洗终是个难看，你们并不要管它，拿过来与我瞧瞧。"正事上头，杨买办言之切切。

刚刚交割清楚，外头传来鼎沸人声，茶室里冲进了一个穿水局制服的人，喊叫大家快出去，走水了。几人走出门去，原是后头皇正街上的福建会馆走了水，火随风势，看着就往江苏会馆来了，街面上各色制服的水局队伍穿花似的过，推着水车、抱着水龙、抬着木梯便往起火处赶，数十只水龙齐喷水，明火便变了浓烟。卢磊一惊道："这可比长沙城里的水会要强。"章主事便在一旁笑，道小哥有所不知，这汉口原是个火神眷顾的地方，年年大小火灾不断，百姓们便供奉火神，各商会又建水局，到如今，汉口一地的水局便有四十多家，哪处一走水，少则七八队，多则十几队的水局班子闻风而动，倒成了街市上一景。"我说了，那夏口同知署所在的四官殿，不就是供的火神老爷吗？"陈二毛在一旁拍腿说道。章主事又问陈二毛要佣金与这茶室的租金，又说杨买办也需打点，一番纠缠，要了五十元去。"娘的，说一成要三成，我这是货没出清，要图他下回。"待章主事去了，陈二毛愤愤说。

温师公也住在租界，夜里常来会颜医生，来了便关门谈事情，门反锁着，在里头要聊上许久。几次听到拍桌子的声音，师公在怒吼，颜医生在劝，此人温润，滔天的火气也能劝下去。温师公好酒，这点却和义兄像，每次来都带瓶酒，喝不够便使着卢磊一出去买，钱给得抠，酒倒不拘优劣，俄国人卖的辣喉咙的伏特加也甘之如饴。

某日夜，温师公带着两壶酒又上门了，这次是来辞行的，他要走了。倒没避着卢、陈二人，反而是拉着他俩入了席，五人对坐，摊开一应卤味小食，边喝边聊。胡美大胖子喝不惯中国酒，喝了两杯便去睡了，温师公越喝越精神，喝到后头敞怀心事，把一番过往都说与众人听。原来这温师公是湖北咸丰人，幼时有才学，身有功名又精通医术，人送外号温神仙。咸丰县群山环绕，烟瘴连年，最是疫疾多发处，其中以瘴疟为甚，地方官无作为，良医又无药，此番来寻颜医生，便是寻着领馆的门路，弄些议价的奎宁，回乡解山民之苦。他倒是没说自己是同盟会员，在缉之犯，看来酒没喝够，还拎得清有陈二毛这个外人在旁边。

温师公又道，自己所筹有限，颜医生再设法议价，所买的药也是杯水车薪，九洞十八寨，不够半寨之用。"比兹卡苦啊，穷人就该死吗？"温师公叹道。看温师公发着牢骚，颜医生默不作声，小口地抿着酒。

"比兹卡是什么？"陈二毛有酒了，大着舌头问道。

"我们管自己叫比兹卡，你们是汉卡。"温师公喝下一杯酒，"我们是二蛮小族。"

那夜喝得兴起，卢磊一也喝多了，温师公比他年长约十岁，又与义兄相熟，酒意上来，卢磊一便将他当兄长了。放开了，话就多，卢磊一也发了喟叹，道世道多艰，人如漂萍，长沙小江湖，汉口大世界，自己头一次出远门，才知天下之大。幸得有个结拜义兄，入世以来，多得他照顾，自己是个没本事的，头一趟护卫差事便遇险，这一次出来，也惹得义兄担心，还要暗地里托人照顾他。

温师公听得低头微笑，再抬眼，已经一脸柔和，道陈作新这人他相交日久，最是洒脱有江湖气，只不知这个弟弟触动了他哪根情肠，叫他时时牵挂，王汝松之事自己也有耳闻，会中同志有人说他公私不分，也不曾见他争辩。自己临来汉口前，曾与陈作新喝过一顿酒，陈作新醉后吐心声，说他幼失双亲，叔伯间寄养长大，家族长辈待他并不好。而今年庚四十，志同道合者三教九流，一体当差者魑魅魍魉，"人生无根蒂，飘如陌上尘"，心有守护才能九死无悔。曾经，他空谈大义，心中却空落落的，所谓拯救生民于水火，如头上一面大旗，看似飘展，毫不实际。直到与卢磊一相识，他这个弟弟是最无心机、最无野望之人，一心只顾小家，两口子都纯良。近在眼前的安稳，让他小心翼翼又心有挂念，生出护一家如护天下之感。

卢磊一听得内心激荡，喝了一大口酒，用手去擦眼角，油辣了眼睛，越擦泪越多。那边厢陈二毛却叫唤起来："你们说的什么，我竟不懂。"他量浅，已经醉了七八分了，吹牛的本性早被酒催得瘙痒难耐。"温大哥，我和你说，这走江湖，我却有些套路。那日那场比试，你以为我们是为帮宝庆帮出头？我是有桩买卖，要借宝庆帮的人脉。"陈二毛立起身，拍了拍胸脯。

三、螳螂捕蝉

1

第二日，温师公一早走的，走前特特寻了卢磊一辞行，交给他一个绸面锦囊，说是义兄所赠，危急时打开，或可救急。"江湖路险，人生路遥，要带眼识人，场面上的朋友，说不得今日推杯换盏，明天就刀兵相见。你义兄终究只能护你一程。"温师公拍了拍卢磊一的肩，眯眼轻笑，"小哥的脾性是对我胃口的，所以多说两句，我也劝过你义兄，要放开手，你的路，终究要你自己走。"

这边厢，东北大疫的疫情稍缓，湖北一番动作倒是在胡美与颜医生的督导下做得严密，据说总督瑞大人酒后闲话，道此番又是一次抗疫上的永南互保。如此，二位医生归期也定了。原本章主事那边催了几次，陈二毛心眼上来，想吊着他，再寻几个买家比比价，天天往外头跑，回家便摇头叹气。卢磊一倒往闵大哥那边跑了几次，续了房钱带送些吃食，待三人伤好些了，请章主事设法，在宝庆码头上弄了份工，做做苦力，也算是安定下来。章主事果真雁过拔毛的角色，卢磊一提了瓶租界洋行买的杜松子酒去做谢仪，章主事收下了，又问卢磊一要了一元钱，说是码头上的规矩，卢磊一懒得与他争，照付了。闵大哥几人倒是千恩万谢。

越往后，陈二毛这一天天地忙私事，两位医生便都推给了卢磊一照顾，把卢磊一忙得溜溜转。倒不是医生事多，是他本来小意，什么事情都想在前头，唯恐做得不周到。闲时卢磊一也笑陈二毛，说巡警道派的差，他也敢如此敷衍，好大的狗胆，幸好两位医生仁厚不计较，不然回去告他一状，叫他脱了这身皮去。陈二毛只是笑。卢磊一也不好多说，陈二毛对他倒是义道，上次卖古董的钱已经寻钱庄兑散，二一添作五了。卢磊一暗忖，这才只是两个古董的钱，陈二毛手里还有十来件，若全卖了，得是多少？半湘街上的启用墨庄自掌柜死后，一直空着，此番回去可买下来，给二师兄也弄个营生。二师兄给王老做了两年护卫，心野了，总嚷嚷要进城，得替他谋划一番。

直到了临回程前两日，两位医生去大智门车站最后一次会议，卢磊一才又抽了半天时间出来，去买些礼品及新鲜物件，好回程带给家人、师父。也是他一个人去，陈二毛一早便不见了影。得了美领馆华人翻译的指引，卢磊一出了门，自去采办一应物件。先去了英租界的阜昌洋行，买了几盒巧克力，这是华人翻译极力推荐的，说洋人玩意儿里，就此物最好吃。翻译细致人，将采办物件给他列了张清单，弄了个中英对照，如此，可算万无一失。去了才发现，多数洋行仍旧请了华人伙计，沟通倒无障碍。又去百晶洋行想给师父买块表，被高昂的价格劝退了，选了半天，给师父买了只洋烟斗，包铜锃亮，看着大气。送芬儿的是一瓶林文烟花露水与广生行的双妹嚜雪花膏，芬儿到了冬天好生冻疮，脸红扑扑地起皮，据说用这膏搽脸，除了香，还可润肤防冻。送师娘的东西，是卢磊一来之前便心里默记的，在长沙府便打问过，汉口正街鲍家巷口上的叶开泰药行，百年老店，所产的虎骨追风酒极正宗，对风湿有奇效。

大包小包地回程，又见火灾。大董家巷的民宅着火，浓烟滚滚，十数支水局队伍喊着号子迅速聚集，因救火首功有赏，水局间为抢好位置竟大打出手，便又有那巡警上前劝架，无果，打远处跑来两个军校，抽出鞭子见人便打，好容易止了一场争斗。军校便维持着救火，那边民宅已经快烧没了。

回到江街，已是华灯初上，便见那美领馆门口有一人在远远地打望 正是陈二毛。"爷唉，你终于回来了。"陈二毛有些埋怨，"约了章主事今晚交接，如今去晚了，要人家等了。"

"你自己去啊。"卢磊一笑他。

"我一个人，还是怕嘞。"陈二毛嗔道。头一次交易回来，陈二毛对此事越发上心，想寻着人打问，又怕露了财，照着画了几张纸，去正街上寻那古董店问，几次被赶出来，好歹还是问了些名堂出来，知道哪个是錞，哪个是夋，哪个是璧，哪个是环，铜器上头的纹饰是凤鸟纹，还有一个小铜壶，卢磊一说那是装香料用的，陈二毛打问回来便笑他，说古董行里的老师傅说了，那是个扎斗，吐痰用的。饶是如此，正街上的古董行对这种既无中人又来历不明的古董，不问不收，陈二毛碰了壁，还得回头寻章主事。如今快回程了，也不作别的想头了，有个下家，卖就卖了。

二人到得江苏会馆，依旧是茶室里头，依旧是那个杨买办。杨买办依旧鼻子朝天，验了一圈下来，对一个铜钟看了又看，说那钟上刻有铭文，锈蚀斑斑终是看不清。章主事在一旁轻轻应了一句："我听说这东西二要是有字，那价钱可就不一样了。"

"洋大人还能少了你的钱？"杨买办鼻子里一哼，十分不屑，章胖子便满脸堆笑地奉承他。转头向陈二毛使眼色，手上悄悄竖了两根手指。

待到议价，陈二毛张口便报了个二千银圆，把卢磊一吓了一跳。但看那章胖子面带微笑，笑中似有赞许，杨买办却低头只是沉吟，室内倏地变得极静。

外头的人声又嘈杂起来，门被敲开了，闯进来一个穿水局制服的青年人，喊着走水了，让大家避到街上去。陈二毛懊恼地站起，道这汉口地面火神威风，三天两头地走水，又问哪里走水了，却是对街的齐鲁公所。

"急什么，隔着一条街，烧不过来。"章主事阴恻恻地说，又换了脸色，只是冷笑，那杨买办也没有起身。

陈二毛也放了心，坐下来饮茶，杨买办此番终于开口了，压价却压得忒狠了些，直接砍到了五百银圆。陈二毛坐不住了，激动得站起来比画，道他也是找古董行打问过的，十多件货，一件一百都过千了，何况还有刻了字的，杨买办这是不想做生意。

卢磊一坐在一旁看着，看杨买办听着陈二毛申斥，面容冷冷的，并不回话。一旁章主事却望定了杨买办，嘴角一丝冷笑。这三人各有心思，今天这买卖恐怕是悬了。

"五百就五百，拿钱来。"却是章胖子开口了，他向杨买办伸着手，陈二毛一时愣住了，收了声。

"我猜你身上，一张庄票都没有。"章胖子冷冷地说。

2

茶室的门被踢开了，冲进来四个巡警，为首的喊着："今日拿住你们几个土夫子了。"手中警棍挥舞，一棍便往立着的陈二毛头上招呼，卢磊一眼明手快，拉着陈二毛往后一扯，堪堪避开了。

"拿人，把那贼赃收了。"那头又说。便有警员解了捕绳上前来绑人，头一个便绑的章胖子。章胖子依旧冷笑着，由着他绑，却是大绑，又有巡警拿着绳子要绑陈、卢二人，卢磊一当胸一掌，推开那近身的巡警，却听章胖子在那头沉声喝道："杨宗厚，怎么不绑你？面子功夫都不做了吗？"众人一愣，却见那杨买办笑着起身，一咧嘴露出西式胡下一口黑牙："反正你也看穿了，就不做戏了。"

"我只想不明白，我二人相识也有七八年了，你今日何至于此？"章胖子摇着头叹，"汉口四坊八行，五府十八帮，你也是场面上的人物，弄这一出黑吃黑，你不想在此地混了？"

"是的。"杨买办又是一笑，"你知我的东家，是美最时洋行的格伦·冯大人，他近期回国，决定要带上我。他最喜欢这些坑货，我要送份厚礼给他。"

"既送礼，我们给个折扣，你买下来便可，何必做套给我们钻。相交多年，不顾朋友情义了吗？"章胖子似给气笑了。

"不知德意志物价几何，多备些钱粮，好在异域生活。"杨买办笑得浑不论，双手一拱，手揖到地，"委屈兄弟了。"

"好歹叫我明白了。"章胖子也笑，阴恻恻的一张胖脸横肉乍现，叹道，"是我识人不明，不委屈。"

"不过这货，你也拿不走。"章胖子脸上仍带着笑，身子却紧缩，深吸一口气后一声低吼，身架一低，浑身的肥肉忽然胀开一般，绑身的捕绳瞬间被绷断。章胖子依旧伏低身架，如骑游龙，在逼仄室内游走，双手如钩，捕、抓、点、拿、崩，电光石火间，四个巡警倒地不起，但看那杨买办一双眼，如见了鬼一般瞪着，讶异得说不出话来。

"惭愧，今日动手了。"章胖子掸了掸衣，好整以暇地坐下，摆了摆手，示意杨买办也坐，自顾把椅子拉近了，与杨买办脸对脸，啪的一嘴巴，将杨买办扇得后仰，却不许他倒下，又拉回来，反手又是一巴掌，直打得杨买办脸高高肿起，牙都飞了几颗，举着手求饶。

"我说怎么卖东西就起火，卖东西就起火，弄了半天，是你想趁乱劫我。"章胖子皮笑肉不笑，死盯着杨买办，"相交几年，没认出你竟是个卖友求荣的角色。"

"我没放火。"杨买办眼中尽是惊恐，嘴巴肿着，说得含混不清。

"他不放，有人放。"门外一声应答，一个和尚，肥头大面，笑嘻嘻地踅了进来，唱了个喏，从袖里掏出个饼，口里念着："夏口僧众巧生财，三节忙忙送素斋，素饼一个装盒去，青钱白米进门来。"饼便往章胖子面前递，"请信士布施。"

章主事刚刚显了功夫，一扫市侩商人相，撂开杨买办，大咧咧地退身安坐，鼻子里哼了一声，"施什么？"

和尚笑嘻嘻地往桌上的古物堆一指。

"凭什么？"章主事又问。

"凭我，凭它，凭他们。"和尚指了指自己，又指了指那饼，再指了指身后。

众人顺着他的手指往外一看，茶室不知何时已经被围了，穿各色水局制服的、穿巡警制服的、苦力打扮的，几十号人站在院中，将茶室围了个圈，有的已经亮了兵刃，小插、火铳、短弩各色不一，还有使飞镖的，一柄缠柄小刀在指上翻飞。刚才进门示警的那个穿水局制服的青年当先站着，手里却提着把朴刀。卢磊一看着苦笑，这局套解了一个又是一个，转头撞上章胖子的目光，他也皱着眉，看着卢磊一轻轻地摇头。

"人多欺负人少吗？可要我叫来宝庆帮众？"章胖子拿腔作调，讲起了江湖规矩。

"打劫哪有那么多规矩。"和尚一哂，见章胖子不接饼子，掸了掸，揣不里，"各位身怀重宝，我看着馋啦。来来来，莫说我仗着人多。"和尚踽踽转身，竟伸手将茶室的门关上了，将一干匪众关在门外，"不要他们管，我来料理。"

趁着和尚背过身，章胖子从背后出手了，钉拳下劈，正冲着和尚一颗油光锃亮的大头。卢磊一惊呼一声"不要"，他实在厌恶这种背后下黑手的行径，自己不知如何解围，却忍不住替对手操了心。

那和尚关了门便转身，毫厘间堪堪避开章胖子的拳风，冲着卢磊一一笑："小哥好心肠。"章胖子的手已经搭上了和尚肥肉堆叠的后颈，和尚一扭头，章胖子如钩似铁的劲指竟似没有落处，倏地滑开了，章胖子一身岩鹰拳硬桥硬马，和尚却软绵绵的似一堆棉花，拳脚上去总不着力，章胖子打了数拳，和尚仍未出手，只是碎碎念："下狠手，也没章法。"也不知他怎么施法，忽然拿住了章胖子的拳头，"我来教你啊。"和尚捏着章胖子的拳头一抖，章胖子腾地横起身，似一条鞭般被甩在空中，浑身骨节噼啪连响，啪地横摔下来，一声不吭便晕死过去。

余下二人大骇，陈二毛从腰间摸出手枪，刚刚抬手，和尚已经欺近，手一挥，宽袖袖角扫过枪身，竟把枪劈飞了，又是一掌往陈二毛脸上拍。卢磊一拔出瓜柄小插，抢身挡在前头，小插横握，刀尖对上和尚的掌势，和尚中途变招翻掌，袖子卷上刀锋，似有一股巨大的旋劲，逼得卢磊一松开了握刀的手。卢磊一拧身再打，那柄小插已悄没声地抵上了咽喉。和尚伸掌下按，卢磊一但觉胸口一紧，浑身似泄了劲，颓然而倒。

"没事、没事，我等过路客，只求财，不害命。"和尚扶住卢磊一坐在椅上，"那胖子忒手狠，才小有惩戒。"

此处吃亏最小的是陈二毛，却也不敢妄动了，只得上前紧紧地依着卢磊一，徒然地护着他，想去捡枪，被和尚眼风一扫，更不敢动了。

二人看匪众走进门来，将古董悉数带走，连带着室内众人的身上都搜了一遍，独独放过了卢、陈二人。余者身上搜尽了，银角、铜圆都没放过，杨买办身上搜得最仔细，却只有几个银圆，古董里头，玉璧在打斗间碎了一块，和尚连连摇头，大叹这趟买卖蚀了本了。又自顾捡了陈二毛的手枪，揣进怀里。

匪众如潮散，和尚走近二人，俯身拨开陈二毛，手却搭上了卢磊一的脉。"啧啧啧，功夫是好的，内劲虚了些。"和尚眯着眼沉吟，"先天不足，经脉不通，可要好生调理。"伸手轻拍卢磊一肋下，卢磊一但觉胸前一松，干呕两声，吐出胸中恶气，身上瞬间舒缓。

"大师父可留下姓名。"卢磊一仍旧梗着脖子充硬项，"山水有相逢。"

和尚眯着眼笑了，举手一揖："川湘鄂黔风俗改良会淡和尚，俗家名字淡茂林。"他蹁蹁地行出门去，到得门口了，手摸着光头又转身。"你这小哥也是个木头。"和尚又是一笑，"既得了个锦囊，怎的不早些看呢？"

3

齐鲁公所的火势越来越大，已经蔓延整条街，火情有过街之势，江苏会馆里没人了，都出去避火了，会馆靠东北这一间独院的茶室，一场劫案发生得无声无息。四个巡警仍倒地不起，杨买办倒踉跄地起身，去镜前正了正衣冠，要出门，被陈二毛一脚踢在膝弯，又倒了。陈二毛恨极，劈头盖脸地又是一通打，卢磊一也由他，自去外头寻了辆独轮车，将章胖子抱上去。章胖子已经醒了，身上几处脱臼，似还有骨折，呻唤不已，卢、陈二人推着车出了江苏会馆，将章胖子送去宝庆会馆。

再回领馆时，二人皆沉默。此日是宣统二年六月初七，皇历上写着者事皆宜，好日子出门，无端端地丢了一桩富贵，走上江街，陈二毛终于骂开了，先骂人不良，再骂东西晦气。二人都是经过事的，今天这桩劫案，当时紧张，过后却也觉得稀松，那劫匪确是留了手了，陈二毛道，自己若要被那淡和尚抖一下，命都会抖没去。天已经极热了，江风迎面吹，吹来的也是燥热，路灯昏黄的灯光下，空中似有可见的水汽在蒸腾。陈二毛骂了一气，拉住卢磊一，说找个地方快活去，遇着这等糟心事，不泻泻火可不行。"玛琳街上有俄国人开的窑子，我前天从那儿过，那洋女人冲我招手咧。"陈二毛说起此事，倒一扫晦态，"四民街上也有，娘的，不过了，花钱耍去。这身上的钱今日没被抢走，便只当是捡的。"卢磊一哭笑不得，谢了他的邀，让他小心着，二人分头走了。

卢磊一没有回领馆，他顺着江街走，走过俄领馆，又走过美领馆，走格子一般，从一个又一个昏黄的路灯走入黑暗，右手边江景开阔，洋人的大轮船打着刺目的灯光响着呜呜的汽笛开过，掀起的浪拍上了江滩。卢磊一与陈二毛不同，今日的劫案对他来说，震惊大过惊吓。他刚才已经看过锦囊了，他在想义兄，他想自己对于义兄来说，或许像个婴孩吧，让一个心雄万夫的汉子，腾出心思来关照，越想周到越笨拙，也越见真心。锦囊并没有用，能让自己避险的关节，义兄已经打点好了。

又过了一个街口，已是德租界了，德华银行对面的江滩边，支着一个熟食摊，两张小桌，只一个食客，摊主是个虬须大汉，大热天，光着膀子做事。摊杆上高挂的气死风灯反照出一身油汗，老远就闻着香了，卢磊一的馋虫被勾出来，踅过去，招呼了一声，便掀起锅盖看，竟是一锅五香香肉，八角、香叶放得足，熬煮出一锅浓香。"冬羊伏狗，小哥来一碗。"虬须摊主热情地揽客，"明日初伏，正是吃香肉的时候咧。二十文一碗。"

卢磊一一听乐了："这狗是打的野狗吧，你就出点辅料钱，还弄得这死贵。"

"是打的，也算良心了，若是药的，你也吃不出来不是。"虬须汉子咧嘴一笑，"打狗得防着被咬，咬了又怕得疯狗病，起早贪黑地操持，卖得这几碗，挣些散碎银回家供一大家子的嚼用，好客若再挑眼，我这生意就做不下去了。"

卢磊一笑，不再争辩，唤着来一碗，多放香菜，自去那桌前坐了。

香肉上桌，卢磊一夹一筷子入口，连皮带肉地嚼，皮尚略带些筋道，肉已炖烂了，又糯又鲜。"有酒没？"卢磊一扭头问。

"有噢，上好的绍兴老酒，六十文一壶。"

"还说你不是黑店。"卢磊一乐了，不再与他议价，嘱着上酒。也是，今日走了注大财，这些小用度，再计较也没意思。

"兄弟好兴致。"对桌坐一人，敲了敲桌子，唤摊主再上一碗肉。那人狮鼻大眼，穿着西装，嘴里叼的洋烟卷幽幽泛着红光，不是温师公是谁。

"刚走了桩富贵，又见贼上门，我该打你不该。"卢磊一看着温师公坦然地拿碗倒酒，忍不住揶揄，"发了注大财，怎的还不走呢？"

温师公半碗酒包在嘴里，却皱了眉，看了看酒，又去摊边看那酒坛，摊主兀自嚷嚷："正宗绍兴老酒，有字号的。"

师公回身摇了摇头，费力咽下口中酒，唱起了竹枝词："一般字号一般坛，价钱稍低货不堪。买酒从今须仔细，绍兴多半是湖南。"这是戏谑摊主进的是湖南的假酒，以次充好了。

"我在对江还有一桩买卖。"师公望着卢磊一一笑，转身指着黑沉的江面，"明日武昌府有一个千总回省，任上搜刮了有万金，我且去借点钱。"

"我们的行踪，你怎么就那么清楚？"卢磊一问道。

师公便笑："还不是你义兄的吩咐，嘱我专责，派员随行护卫，可比你们保护两位医生经心，下船便跟上了。好歹我也是山堂司事，把我做丫头使唤。"温师公皱着眉把剩下半碗酒也吞了，"既如此，我也借机弄点好处，给寨子里借点药钱。"

"派的人现在还跟着你，你瞧。"师公往卢磊一身后一指，卢磊一扭头一看，街上路灯边树下，一个影影绰绰的身影，"他是汉口地界三只手里的行头，跟了你这许多天，也没察觉吧。"

"你倒说得理直气壮。"卢磊一被气乐了，"哪里是护卫，和尚那一掌，我现在还胸口闷。"

"我让他留手了。他天生神力，走方时又学了些狠东西，今日是为难他了，淡和尚杀人容易留手难，回来还跟我说呢，今日这一出真是束手束脚不畅快。"温师公抱了个拳告罪，怀里又掏出一张纸，"不白打，他给你写了服方子，回去依方抓药，好生调理，半年后，你的筋骨还能壮实些。"

卢磊一不客气地收了方子，听温师公又言："这三个土夫子，实话说是我先盯上的，应该在你们前头，船上时我便偷了他们一样东西，他们没跟你说？"

"本拟下了船回了堂口再打算，奈何你那兄弟太热切，倒抢在我前头了，我索性盯着，看你们怎么施为。"温师公咂着嘴，又倒了碗酒。

"看我们施为？你是打定主意趁交易时劫我们，一样货赚两样钱。"卢磊一恨恨道。

"你去过咸丰吗？"温师公不接话，反而问一句，见卢磊一不言，接着说，"那处山好水好，寨民们守望相助，和乐融融，可烟瘴丛生，苦于无医又无药。"温师公眼神放空，似在望着卢磊一，又似望向他身后。"我是土司的后代，有守寨之责，上过县学，想谋官造福一方，后又从医，想着治病救人，然而朝廷日苛，土民非人，大灾大疫，不管不顾，九洞十八寨，只能自救。朝廷不好，我们就反它。"温师公自顾说着，连饮几碗，似要用那烈酒来浇胸中块垒。桌上的酒碗渐渐成堆，他的脸色也渐渐黯淡，摇了摇头，"土里的死人的东西，不用于一家富贵，用来救成百上千受苦受难的比兹卡，不可以吗？"温师公抬起头，直视着卢磊一，眼神里尽是压抑的愤怒与沉郁。

卢磊一一愣，讷讷的不作声。温师公却笑了，怀里掏出个小布袋，扔给他，"这是我在船上偷的，给你做个念想，你拿去卖了，也能值几个。"

卢磊一掂着布袋，入手略沉，打开来看，却是一个橙黄的半圆小印，印面边栏内篆文阴刻"闵都君印"四字。"金的。"温师公笑道，"今日走了一注大的，给你这个略做补偿。"

"我倒想看看，你义兄那锦囊里，写了什么。"温师公道，"捏着不过一张纸。"

"不是。"卢磊一也笑，怀中掏出锦囊，放在桌上。温师公打开来看。里头是一张朱乾号见票即兑的五十两纹银庄票，票背面空白处，师兄用狼毫小楷写了两句诗，"如何四纪为天子，不及卢家有莫愁"。

温师公哈哈大笑。

第二日，卢磊一与陈二毛议定，去码头寻了闵大哥，赠金二十元给大哥三人，让他们回乡。哪知闵大哥却找他们辞行，说自己表叔有几位天门的远亲，邀着他们去黑龙江讷河去建鄂民屯，只因天门人周树模做了黑龙江的巡抚，特地优待老乡，去了便给地、给农具，三十年内不用交税银，那处连绵黑土，可做安乐新乡。表叔寻了关系，已经给报上名了，如此，一事不烦二主，二人的赠金，索性回乡便帮着搭回去，"烦请兄弟回去告诉我大儿闵三根，待我站稳脚跟，就去接他们，也接两位恩公过去耍。"

六月初九，二位医生回程，正是上午九十点，舱里渐渐闷热，众人纷纷走到甲板上，胡美与颜医生共用一把遮阳伞，看着岸边风景，兴致勃勃地聊天。卢磊一买了两杯冰牛奶，过来伺候，听二人聊这汉口建设，未来终要一改这舟楫拥塞的态势。"水上人家千万户，要弃船上岸，非一日之功，朝廷要有长久打算的。"颜医生说。

"有一句话，我一直想问。"听得这话，卢磊一忍不住插了句话，两位医生停了言语，一齐饶有兴致地盯着他。

"督抚衙门都在武昌，那铁路何不索性修到武昌去呢？"卢磊一愣愣道，"明明武汉三镇一体，却如此不便。"

话音未落，颜医生便扶舷大笑，好半天才收了，"你这伢子，长江天险，自古不得越，把铁路修过长江去，大清朝没这本事，桥都修不过去的。"

回家后的第二天，卢磊一便与陈二毛去了浏阳门外扒茅街的闵大哥家，买了些小食、南货，只作走亲戚一般。扒茅街是浏阳门外进城的小路，流民、贫户聚集成街，极破落不堪的地方，闵大哥的家好找，就在街尾，一栋土砖茅草屋，门上果然是今年新贴的春联，纸上的红色尚未褪尽，是这条街上最显眼的门户。闵大嫂一个干瘦妇人，面容枯槁，里外忙不停，孩子三个，最小的仍未断奶，背在背上，年纪大的闵三根去码头做工了，老二九岁，是个傻子，裸着身坐在门口流涎水，被闵大嫂唤进门去。闵大嫂抱歉地对二人说，家里只有一条裤子，老大出去做工穿。闵大嫂又出去借茶叶、借米，要留二位贵客吃饭，拦不住，便也由她。陈二毛却在屋里到处看，看那门后头两根细长的铲子，笑道："闵大哥行头倒足，这个是专门探墓的，我在县缴物库房见过。"拿着那铲便往地上杵，卢磊一斥他，哪有在人家家里挖地的。陈二毛却说："他自己也挖，你瞧这地上的洞，只怕是在家里练手了。"卢磊一顺着他手指方向一看，那墙侧地上，尽是黑黢黢的小洞，看着似乎极深。"他这也是贫极了，土里刨食不出，便生别的心思。"陈二毛咂嘴道，"还说挖先人坟，长沙历朝历代，也没听过姓闵的王侯啊。"

"说不定真有。"卢磊一笑道。待闵大嫂回来，他自作主张地将赠金提为三十元，身上带的钱不够，又逼着陈二毛补足了余数，跟闵大嫂却说是闵大哥三人赚的，闵大嫂自是千恩万谢。回程时，卢磊一却没见了那枚小金印，他喜它小巧，这几日带在身上，没人时便拿出来把玩，许是方才掏钱时带出来了。欲待回去找，转了个身，又回身，心下喟叹，既是他家的，且当还他吧。陈二毛却为那多给出的几元肉痛不已。卢磊一答应回家补他，他又不要了，叹了口气道："赚钱犹如针挑土，用钱浑似水推沙。我没跟你说，那洋婆子比我还高，一身金毛，扎手咧。"

回家第五日，陈记茶馆的伙计带信来，说义兄约卢磊一明日上午一聚，地点却定在了岳麓山极高明亭。

第二日，卢磊一一早就起了身，带着芬儿预备的小食和两瓶酒，坐上了渡江的渡船。河西一片广袤的田地，浓黑的密云低垂，稻子已经扬花了，热风中有蝉鸣，又有蛙叫，蜻蜓低低地飞过，要下雨了。卢磊一快步急奔，过了自卑亭，往山上去，路中遇见那砍柴下山的农夫，背着细细的枝柴，此山不禁采，除了几处庙宇和书院，大树都差不多伐尽了，竟似童山一般。沿着山路台阶上行，过了几个弯，便听见啸声，悠扬高亢带着韵律。又过了一道弯，见那建在高处路中的极高明亭，亭下站着一人，在仰天长啸，啸止，拎着酒壶灌上一口，不是义兄是谁？

浮梁店主人言：按老历算，温师公死于宣统二年年末，他回咸丰后，将风俗改良会更名为铁血英雄会，于十二月初举事，建立"国民军"，一举攻下黔江城，遭大举围剿，事败。月末，温朝钟、淡茂林被杀于黔江城西。

民国时期，将土司后裔"支庶之家"称为土家，比兹卡此后便称为土家族。

东北大疫消灭后，湖北并没有发生疫情，据颜医生说，那个捕鼠的法子各地都施行过，倒没有人晓得是我提的。

闵大哥三人去黑龙江屯边，自此杳无音信。打那边回来的人说，讷河极寒，建鄂民屯不过是巡抚大人的一厢情愿，大批流民刚到便水土不服，死了百余人，许多人弃耕出境，漂泊到俄国及西欧，有的甚至参加了十月革命，与白俄作战。

淡和尚抢走的那些古董，我此后再没见过。

闵大哥所居的扒茅街，新中国成立后改称复兴街，扒茅街不远处，被闵大哥盗过的柳家大山墓葬，在一九五九年进行了抢救性发掘，确认此墓为西汉闵翁主墓。闵翁主，长沙王的女儿，汉代诸王女称翁主，从母姓。据说那墓极大，随葬品却所剩无几，墓周盗洞密布，各朝各代的都有。

一九七六年复兴街修厂房，在工地里发现一个西汉墓葬，一棺一椁葬制，却出土了一枚金印。此印后来在长沙市博物馆展出，我去看了，就是我当初弄丢的那枚"闵都君印"。

宣统二年，那是我此生第一次武汉之行，民国后也去过几次。乘船过江，江流浩荡。1957年，武汉长江大桥建成，自此武汉三镇连为一体，天堑变通途。再往后，在政府的主导下，船户人家上了岸，"泽国舟为市"的景观成为历史。而这条千百年来以为不能逾越的天堑，在新中国成立后的几十年间，一再被跨越，桥梁、公路、铁路横跨南北，长江仍是那条江，古来天险一旦被征服，也就变得温驯、平和了。

世事一场大梦，人生几度秋凉。如今，极高明亭早已经没了，自卑亭犹在，在山下广场一隅，老来糊涂，路过尚不识，以为它是个交警的亭子。岳麓山也不再是童山，新中国成立后几十年的禁伐与植树造林，此地草木葳蕤，郁郁葱葱。

可人往往如此，环境虽然变了，对某地某处的执拗记忆，会让人牢记早已不见的某件旧物、某个地标。我偶尔去爬岳麓山，常常会爬到它的北面去，依然拾级而上，依然要绕许多弯，听不见啸声，我却总以为亭子仍在那里，那亭子下头，有个人在等我。

第十二章：泼成眉梢指上霜

浮梁店主人言：浮梁店里有好茶，好茶招待有缘人。我是卢磊一，一个被阎王爷忘了的人。

前番说到我与陈二毛护卫胡美、颜福庆汉口之行，遇了黑吃黑的连环局。回长沙后，倒有一件喜事，益隆行主母生了，诞下一女婴，四月便生了，算起来，是我出差没几日。芬儿忙上忙下，私下娘儿俩说悄悄话，说芬儿生子倒在主母前头，弄得颠倒了，二人笑过一回。孩子出生后，主母着叶绍棠满城庙里走了一圈，连洋人教堂也去了，谢神。月子里要断青，我从师父家拿来的咸菜便派上了用场，酸豆角、茄子干、腌萝卜都是起口味的好物，芬儿更嘱着九将头给主母搞鱼，九将头拿此当件事来办，叫几个徒弟在河边头支竿，每日起几尾鲜鱼给主母送来，鲇鱼补身、鲫鱼发奶，钓到鲤鱼了更是发上加发，两个月下来，把个主母养得白白胖胖。只是孩子略娇气，老病，精神委顿，时不时发热，胃口也是一般，瘦精精的不见着肉，主母便怨叶绍棠，抽大烟抽坏了身子，种下的种也孱弱。

我回来后，请了常医生来看，医生却给主母开了服方子，道孩子太弱是吃不得药的，此药须得主母喝了，身子里过一遍，去除些刚猛药性，顺着奶水再喂给孩子。如此施为，转了两服单子，一个月下来，孩子的身体渐渐向好，脸色红润了，见人便咧着嘴笑，到此，大家悬着的心才放下。叶绍棠才想起给自家姑娘起名，原来小名叫安安，也是祈福求庇佑的意思，索性就做大名了，又花钱寻洪瞎子求了个护身符，洪瞎子收了孩子的八字，自捣弄了半月，才送来只朱砂手串，矿料打磨而成，小小巧巧，主珠上刻"三一"二字，小安安戴在手上十分喜欢，老拿嘴去咬，怕她吞了，只得收起来。叶绍棠背后便骂洪瞎子不晓得事，不知道孩子喜磨牙，只得又着人打了个银质的长命锁，拿去观音庙供了七天，给小安安戴上。小安安依旧咬，也不怕她吞，便由她了。转眼小安安近半岁了，发了腮，一双大眼像极了主母，透着聪颖劲，看什么都好奇，滴溜溜地转。

再说义兄这头，因了汉口行，我又忤逆了他的意思，让他下大力气私下照拂，心中着实有愧，实不知道怎么还这个人情。请他来家喝了几顿酒，他倒是一请就来，逢酒必醉，醉得快，醒得也快，九将头加老陆都不是他的对手，偶尔段长在席，才能治得住他。他酒喝得云淡风轻，只说闲话，旧事一概不提，也不见了从前的豪气，毫无几个月前与王老应对时的慷慨，偶尔眉头间一丝忧愁，一闪而过。

唉，接着说吧。仍是宣统二年，却从九月说起。

一、携杖过南州

1

宣统二年九月末，这日又是一场酒，新卢茶舍闭了门，几人坐在内里堂屋，九将头从湘江河里钓上一只甲鱼，钩着裙边拉上岸的，足有四斤重，黄背黑爪，裙边如团扇。芬儿督着李鲲做的，因要分一碗给主母尝鲜，不做红烧做清炖，甲鱼去了腥膜剁块，肥肉切块煸出油，下甲鱼热炒，放黄酒、姜片，末了舀一勺清水小火慢炖，起锅时点几星胡椒。黄酒放得少，倒也不腥，入口一股子清甜，怕众人吃不惯，又配了碟酱油椒碎做蘸料。卢磊一搛了一块甲鱼，蘸着料吃了一口，又鲜又辣，肉清甜，滑溜溜地入口即化，还有一股子浓香，料碟里还滴了香油。

桌上又有一碗红烧草鱼，一碗炖泥鳅，都是九将头的贡献。又煎了一碗葱煎蛋，梁上取下一根腊肠，热水氽过，细细切了，和酸萝卜条一起炒，正是下酒的好物。

老陆、九将头、陈二毛、满傻子、卢磊一围坐，陈作新居中。黄酒已上过几坛，众人闲话，九将头说前几日粪码头边钓鱼的陈三爹钓起一条大青鱼，足有四五十斤，就在河边剖开来，肚子里竟发现小孩手臂，这鱼怕是成了精，把围观众人吓得不轻，陈三爹晓事，堆起柴，把鱼给烧了，烧时鱼还叫呢。

老陆嗤道这年月，什么乱象都不稀奇，灾年生妖孽，妙高峰下种田的刘满爹，家养的一条大黑狗，十几岁的老狗了，年前在柴房里咬死一条蛇，那条蛇有茶碗粗，躲在柴堆里冬眠，被那狗咬死了，叼出来给主人献宝。旁边人都说这是家仙，怕是跟那狗前世有仇，今番被它坏了肉身，刘满爹该当把它埋了，烧香、供上三牲谢罪，刘满爹不信，倒夸那狗有功，大冬天的给家里弄好物进补，大锅炖了那蛇，一屋人吃了，只他大崽不忍心，没吃。第三天清早，大雪压倒了刘满爹屋旁的一棵樟树，好巧不巧倒在刘满爹的土砖屋上，把屋给压塌了，一家人埋在屋下，全没了，唯独大崽早起出门挑水，逃过一劫。大崽回来哭天抢地，那大黑狗却跑掉了。老陆说陆婶依旧打狗，妙高峰常去，几次在妙高峰下看见那只大黑狗，老狗依然矫健，看到人近前也不怕，有人捉它，几个腾挪便避开去，也不咬人，似通人性，陆婶便说它哪里是跟蛇有仇，是跟刘满爹有仇呢。

陈二毛肚子里这种事最多，两杯酒下肚更是把话虫儿勾起了，说光绪三十一年，对河藕塘冲两兄弟分家，弟弟霸道，十亩田分了七亩，都是平地塘边的，山旮旯的三亩薄田给哥哥，爷老子的一幢老屋给哥哥，自己占着新屋，哥哥让他，全允了。到后来，又打屋前一棵老桂树的主意，那是他家爷种下的，五十年了，枝叶如盖，八月满树黄花，香飘数里。弟弟不知哪根筋长歪了，非要锯掉它与哥哥分，哥哥这回动了真章，坚决不许，弟弟便行蛮，夜里弄火油浇在那树上，一把火把树给烧了，兄弟俩彻底撕破了脸，断了往来。没几个月，弟弟得了怪病，一身燎泡，似火烧过一般，泡破了遍体流脓，寻了好些郎中都治不好，临了来了个走方的道士，说这是冲撞了鬼神，要治病先解仇，着他裸身赤脚、三步一跪到哥哥家里认错，或有生机。弟弟依言行事，道士便跟着，到了哥哥家，见着那棵过火的桂树，道士道："结就在此了。"着兄弟二人往桂树根下挖，挖到一块血般殷红的石头附在树根上，起出来，碾碎了，给弟弟敷遍全身，没几日，燎泡便结疤了。弟弟千恩万谢，道士却说，自造孽须自解，兄弟和睦，灾厄自除。自此，这弟弟有了敬畏心，情愿重新分家，事事以兄长为先。

"这倒是个劝人向善的。"陈作新笑道。众人便撺掇着陈作新讲一个，陈作新摇摇手，"圣人说六合之外，存而不论。六合之内弄不懂的都有许多，见识之外的便以为诡异的事数不胜数。湘军名将胡林翼在汉口参加会议，出军营时见一铁甲轮船在汉江上逆流疾驰，便策马追赶，三十里便败下阵来，眼看着那船越走越远，气得吐血跌下马来。又说那万国禁烟会，我朝官员没见过电灯，竟凑着灯泡点烟，惹人笑话。再说这习武的，练一辈子，也比不上洋枪一枪。见识所限，仍故步自封，说洋人奇技淫巧，比之鬼神之说，更加害人不浅。"

众人默然，半响，老陆举杯敬陈作新："要说说话便冷场的功夫，你是魁首。"众人便笑。九将头也道："我等苦力下九流，维持弟兄，操持生计已经拼尽全力，闲时去南门娼馆会会相好，已是人生快乐。""说到娼馆，这回我去汉口可开了洋荤了，那洋婆子……"陈二毛接话。

"搞一次，说一世，不以为耻。"却听高处有人笑，一个影子轻飘飘地从檐上落下，荡进屋来，却是二师兄。只见他笑嘻嘻地入席，拈起酒壶嘬一口，卢磊一有几月没见他，两回去师父家都没撞见，问师父，只说是王先生关照，接了一些护卫的活儿，时间不长，聘金却高，比之护卫王老松快不少，彼时卢磊一还笑，二师兄傍上了大树了。今日得见，十分亲切，卢磊一伸掌便拍，二师兄躲过了，卢磊一佯嗔，拖过二师兄拍打，二师兄仍是那浑不论的样子，见过些场面后，更带了三分匪气，等不及李鲵拿筷，用手打汤碗里拈了一块甲鱼，连汁带水地大嚼，大呼熨帖，又连干三碗酒。卢磊一在一旁看得好笑，谓二师兄毕竟在亲切人跟前，倒没了往日的沉稳。"如今不偷摸去听戏了?"陈作新在一旁打趣。

"恰就刚听了来的，在庆铺巷边头，谢家祠的戏场，有一场《三岔口》，倒是演得好咧，"二师兄撂了碗，盯着陈作新，忽地一笑，清了清嗓子，大声念道，"披星戴月不辞劳，只为当年旧故交。四把子发配沙门岛，暗地保护走一遭。"念完哈哈一笑，端起碗来又喝酒。

"收尾没唱黄梅调? 那可有味咧。"九将头在一旁揶揄。

"扮的女装唱淫词，我又不好相公，听了没把隔夜饭吐出来。"二师兄一嗤，又喝了一口酒，似要解秽。

"兄弟啊，你这茶舍还没盘过账，今年为兄支应多，无论如何从你账上走几个。"陈作新忽然说，摇了摇头，喃喃道，"酒壮怂人胆，千难万难不得已也说了。"

"大哥需要多少? 都支了去也要得，若不够，家里还存着些。"卢磊一撂了酒杯。

"看看账吧，从盈余里支。"陈作新双手搓脸，似要把自己弄清醒些。一众人等面面相觑，九将头先起身告辞，老陆跟脚也走了，陈二毛也起身，拉走了兀自包着一口腊肠的满傻子。堂屋里陡然清静。二师兄一笑，换上恭谨态度，朝陈作新一揖，走出门去。

卢磊一丈二和尚摸不着头脑，依旧唤来芬儿，着她开了柜箱拿茶舍的账，却见陈作新摇了摇头，一扫醉态，一振臂："摆桌，换酒，迎贵客。"

好一会儿，见二师兄打门外扶进一个人来。那人四十来岁，甚或更老些，几乎半瘫在二师兄怀里，穿着件糟污的长衫，瘦精精的似根毛竹竿，脑后草草地扎着根辫，头上的发楂有半寸长，一张脸焦黄，颏下长胡开叉如帚，塌鼻厚唇，一双三角眼微闭，偶一睁开便露精光，手里拎着只壶，进门先灌了半口。

陈作新却立起身，快走到那人跟前，一揖到地："士衔老兄，好久不见。"

2

"你我都知，这脚下是个球，西人唤地球，四海八荒原说大，将来也有称小的时候。技艺越昌明，人越知敬畏。天上繁星无数，在它们眼里，这地球也是个芥子大的点，山岳是它的疤，河流是它的脓，我们是寄生的虫豸，大虫小虫都是虫，真真的众生平等。"瘦精精的酒醉鬼大咧咧地与义兄闲话，倒把卢磊一听得一愣一愣的。菜又新上了一轮，上的几坛新酒又喝光了一坛，这二人竟是酒虫转世。

好在方才义兄与此人叙别情时，卢磊一在一旁陪席，又有二师兄介绍，卢磊一倒没有太过吃惊。此人姓陈名荆，旧名叫陈树云，字士衔，湘乡人，与义兄是旧友，一起创建了碧螺诗社，因鼓吹革命，被湖南巡抚俞廉三所抓，原要杀头，幸得搭救。后远渡东洋，在日本士官学校骑兵科学习军事，经同乡黄兴介绍，结识孙文，加入同盟会。此人好酒、重义，是同盟会的资深会员，曾只身往靖州，入狱搭救禹之谟，又参与过萍浏醴举事筹划，未果。后追随孙文海外募捐，此番归籍，是奔父丧。难怪需要护卫，须得处处小心，他身上至今还背着前任巡抚岑大人发布的画像海捕文书，赏格三千两白银。

二师兄细说间，卢磊一大致了解分明，今夜陈荆拜访陈作新，只能作密访，二师兄先来探路，无奈座上宾客芜杂，念的那一套唱词，便是提醒陈作新。此人前年曾回乡养病，险遭抓捕，幸得旧友黄忠浩帮助才脱了险境，潜藏在益阳一家妓馆里当四把子拉胡琴，风头过后潜返香港。二师兄那一句"四把子发配沙门岛"，众人只道唱含糊了，陈作新却是一听便知，才有了后来要看账的一番做作。

"今夜黄大人责我护他来见你义兄，他与陈荆也是知交好友。"二师兄道。

"黄大人？"卢磊一兀自摸头。

"宁乡一场际遇，这么快就忘了？"二师兄笑着拍了他一把，"黄大人已经辞官回省，专请我做他的贴身护卫。"

正说笑，又响起敲门声，闪进门来的却是梅馨。梅大人一身常服，恭谨转身低头，迎进两个人来，却是谭延闿与黄忠浩，卢磊一起身相迎，心忖着说曹操，曹操到，二师兄这嘴是开了光了。

"畅快。"看那陈荆来时已然醉了，如今四友围坐，却是越喝越精神，指指这个，又指指那个，"三位皆旧友，二位为官，振民却是同党，说是官，益阳是泽生救我，岑帅要我人头，是组庵替我周旋，演一出《三岔口》，各为其主又情义难断。诗云'归从三人游，便足了此生'，果真如此。"陈荆哈哈大笑。

"我有私心，尊项足值三千两，留你代管，我家大业大，哪天不敷用了，再来取。"谭延闿也笑，饮了口酒，戏谑道。

"四把子拉个胡琴与我们听一听，也好过喝寡酒。"黄忠浩不苟言笑的脸上透着少见的松快，竟也打趣凑乐。

"我酒馆里有，唱曲的小班暂存的，叫李鲤去拿。"陈作新鼓掌叫好，跟着怂恿，举着酒碗与陈荆一碰，大口喝了，一抹嘴大笑，"官匪皆是座上客，一壶浊酒慰平生哪。"

待李鲤取来胡琴，上前献给陈荆，陈荆酒醉昏花的老眼却是一瞪："这也是个官家人？"卢磊一一愣，继而笑了，这是说李鲤穿着号衣呢，那是自己穿旧了的一件号衣，汰换给了李鲤，李鲤宝贝样的，洗换起来都小心翼翼，生怕洗坏了。这不，今日去拿个胡琴，几步路，也把号衣穿上了。

"心向公门，朝廷仍有威严在。"黄忠浩道。

"不过是千百年来百姓对权力的敬畏罢了。"陈荆摇了摇头。

远处的波涛声，近处的风声，以及暗夜街上的梆子声原是这夜的本音，胡琴悠悠然，如一把尖刀插入天籁，却又融了进去，随风声悲鸣，随涛声闷吼，随梆声铿锵。一曲《三宝佛》，本是虔诚、欢快，却在陈荆降了调的演奏中，无端端加入了悲悯与愤懑，众人都放下了碗，静静听着，唯有陈作新仍旧在喝。

一曲终了，众人无话。半晌，谭延闿悠悠叹道："几叠哀筂吹白露，化作清霜满袖。"

黄忠浩摇了摇头，抿一口碗中酒，却道："阮籍猖狂，岂效穷途之哭。"

陈荆一愣，摇摇头，撂了胡琴端起酒："曲声应心，不过是'身世浑如水上鸥，又携竹杖过南州'。"

陈作新却笑："不必说得颓丧，今日旧交满座，不问所持只问本心，但求一醉，索性行个酒令，续句佐酒，如何？"

众人纷纷叫好，此中黄忠浩年长，便请他起句。

"平生当效陈其九。"黄忠浩道。陈荆家中排行老九，其九是他别称。

谭延闿手一摆,让陈作新,陈作新却盯着一旁立规矩的梅馨,朗声吟道:"一身肝胆江湖走。"

谭延闿望着陈作新的目光,微微一笑,接道:"灵运只因醑挡路。"

众人齐齐望向陈荆,陈荆半眯着眼,似在回味众人的句子,半响一举酒碗,吼道:"谁不喝完谁是狗!"

众人哈哈大笑。

3

甫进十月,秋高气燥,位于小吴门外的福记洋行无端端地着了火,火随风势,燎了大半条瓦屋街,幸得近旁清水塘便是水源,又幸好近旁有一队修铁路的民工参与救火,没烧着福记的蓄油池,才止了一场大灾。此事引得合城议论,长沙开埠后,各国在长沙开洋油行,其中以福记洋行和正大洋行为首,到处都是蓄油池,火油不怕水,一旦引燃,烈焰冲天,最难止熄。城中人心惶惶,道长沙临河,本是水润之地,那些油池便是洋人做的阵法,叫长沙百姓活在火油堆中,火又克金,压了一城人的财运。

段上也有议论,其中老陆说得最激烈愤懑,道这洋人最是坏良心,先弄鸦片搞坏国人身心,又建油池坏风水。陈二毛却笑,道他们不过是争利罢了,不说江上往来的新式船只要烧油,但说各家的油灯,也是烧的洋油。而且洋人的选址也有讲究,马厂、西湖桥、北门外、小吴门外,哪一处不是人烟稀少处,不说为生民考虑,也是怕人多难防,坏了自己的资产。就说那福记洋行的一场大火,福记离着瓦屋街尚有百米的空地,怎么就过了火去,这火烧得蹊跷,似有人要混淆视听。此事巡警道衙门有确凿消息,英领馆已经知会并派员协查,如今探访局与东区公所都在查此事,只是还没有个定论。

"果然是洋人商行,动不动就知会巡警道。我们倒似他们的兵。"老陆嗤道。

"福记洋行后头站的是亚细亚火油公司,正大洋行后头站的是美孚火油公司,一英一美,都是在本国跺一脚颤三颤的角色,何况长沙。"陈二毛啧道。

半湘街上近来无事,倒是卢磊一心心念念的已经荒败了许久的启用墨庄,被人买了,据说还是开的高价。略做修葺,十一月中便开了张,却是和记洋行,代理专卖点灯用的煤油,名作"幸福牌"。段长谓这是美国人开的,背后的东家是德士古洋行,洋行管事的是个华人,姓周名全安,三十岁上下,据说留过洋,铰了辫,穿洋装,开口却是地道的长沙腔。段长谓此人也是个晓事的,开张前便到段长家拜过码头,孝敬了一条老山参和两瓶洋酒,临走还留了一张庄票,道虽是洋人买卖,仍需地方费心。孝敬多少钱段长没说,倒分了老陆与卢磊一各十块银圆,这番体己话也是段长邀二人到庆丰楼的雅间吃饭时说的,只为半湘街是二人专责,有利同享。段长不是那吝啬人,把话摆在了明处,道既已有孝敬,不必再去叨扰,又是洋行,平日里多关照,虽说卖的是煤油,仓库也不在此处,好歹是有些零卖的存货,防火须得仔细了。"隔着几个商埠便是益隆行,上头不知怎么批的,就允他在此处设油行。"段长摇着头叹,"兄弟们身上的担子,又重了几分啊。"

谁料此话说了刚几日,和记便着火了。那夜不是卢磊一值夜,火起时,对街荒货铺的老金先看见,大喊着叫人,和记值夜的伙计才懵懂醒转,看那火光中人影一闪,飞上城墙去,说是人影,却似只有半截,没及细看,便不见了。虽是小灾,事涉洋行,探访局翌日便派了人来,寻了半条街的人问话,看来是要和福记洋行的火灾并案了。过了两日,又来了两个洋人,一胖一瘦,留着山羊胡,穿西服、戴礼帽,胖子年长许多,五十岁上下,拄着文明杖。由湖南巡警道及西区公所警官陪同,到起火地查看,段上兄弟被派了出来,维持治安,到了地方,段长自然陪同,还待拟去请个洋行伙计做翻译,哪知来了两个中国通,会说中文。那胖洋人是美孚洋行请的专员阿林敦,据说位阶甚高,是海关邮政的总办,兼着美孚湖南公司专员,这头衔都是临时指派的。瘦的那个叫摩根,有个中文名字叫许传谟,却是英领馆领事指派的,专责侦办纵火案,长沙无美领馆,英领馆便算洋人里头的老大,看来英人是已经将此事定了性了。段长下来犹自喟叹,说洋人是小题大做,段上已经做到了十分,单说此次火灾,只烧了半边屋,稍作修葺便可重新开张,以后加强警戒便是,实不必如此大费周折。

"他们也是想查出主犯,一劳永逸。"老陆作老成说。

"死道友不死贫道,莫烧我地头,烧遍天我也不管。"段长啐了一口。

洋行内,两个洋人将起火点细细查验了一番,卢磊一在一旁冷眼旁观。那许传谟多少有些作势,只阿林敦似是有些门道,拿个放大镜在瞄,还用指甲刮下些焦痕来瞧,只不知他葫芦里卖的什么药。

一番探验已过正午,和记洋行周管事晓事,已经在庆丰楼设了宴,行内立等。这边事了,便邀几人入席,因在地头,段长觍着脸入了席,坐了个下首,留老陆、卢磊一在旁边立规矩,官派倒做了个十足十。

前任巡警道赖承裕已下课,新任巡警道桂龄是个满人,风吹便倒的身段，一脸烟气。上桌先敬了一圈酒，与两位洋人拉家常，不过是些场面话，先恭维阿林敦能者多劳，管着偌大的邮界，还被领馆委派来探查洋行灾情。阿林敦笑而不语，倒是懂席上规矩，杯中酒一口干了。桂龄又转头敬那许传谟，赞他少年英才，年纪轻轻便被委以重任，那许传谟也干了一杯。桂龄场面话说完，似乎不胜其力，不再言语，手一摆让了让席，便低头饮汤。坐在一旁的西区公所警官却与许传谟套近乎，说自己与英领馆领事是旧相识，四月城中匪乱，便是他领队维持英领馆治安，虽然领馆最终被毁，好在保得领事及随员平安。警官旧年到任的，姓俞，大名兆龙，是个孔武汉子，比起前任倒多了几分江湖气。"许立德大人的安危，兄弟我是当件大事来办，贴身守护不提，连夫人我都是派贱内陪着，起居都是操心的。"俞警官拍着胸脯。

却看那许传谟一笑，放了杯，说许立德是他教父，自己的中文名字都是许立德取的，可惜匪乱时自己被派往汉口，没有陪同许立德左右，要感谢俞大人尽心护卫。俞警官听得他说，越发得意扬扬。哪料那许传谟又说，许立德乱后染了痢病，已于六月回国，如今的领事是翟比南，领事让他带话，请警官们多费心，无论是天灾还是人为，要确保外商在华利益。

俞警官尴尬得脸通红，连说一定一定。桂龄看着发笑，便转过脸去问旁人，可曾查出结论，公所的仵作被喊了过来，"或者、也许"说了一通，没个定论。桂龄发了火，申斥了两句，那仵作是个年轻人，脸作猪肝色，一声不发，俞警官却在一旁打圆场，道另派人验看。桂龄转头看他，浓眉下一双鼠眼透着冷光，俞警官倒也不怕，坦言公所原有个仵作老冯，四月匪乱时失了踪，生死不明，家人来闹，便让他儿子先顶了职，他儿子本是猪肉摊的帮工，行里的事得慢慢学。桂龄一笑，摇了摇头只是沉吟,半晌才叹道:"那场乱,说不得是殉了。"言语也轻了,说要从其他公所调人来帮忙,自又转头问阿林敦有什么发现。

"我也疑惑了半天了。"阿林敦沉吟了好一会儿,说道,"火场有硝磺 不知道为什么,那么多煤油不去用,要用它来引火?"

回到段上,卢磊一也是懵懂,他知大清朝成立了邮传部,如今的长官是盛宣怀,何解湖南邮政又归洋人管?问陈二毛,陈二毛哈哈大笑,道邮政不归邮传部管,归税务司管理,而今各种赔款未清,税务司为洋人把持,邮政亦常年由海关拨款维持,因此又称"海关邮政",也是洋人掌着。

二、又携少年游

1

因了知道和记洋行有半截人出没,夜巡的差,满傻子又申请了连值,依旧拉着卢磊一一起。"满二真真是你的兄弟了。"卢磊一笑他。满傻子只是磨刀,一把挎刀磨得水亮,巡街时能拖着卢磊一在街上转半夜,福胜街、德兴街、下河街不过是站在街口睃一眼,专巡半湘街,街道上门户紧闭,除了一个卖饺饵的陈三,其他夜宵摊子到了半湘街口就打回转。

这几年半湘街上怪事不断,渐渐令整个小西门的百姓视之为畏途,都说此地风水不好,没事不要来,别平白沾了晦气去。卢磊一无法,陪着满傻子连值了几日夜,他倒喜欢满傻子这股子讲义气的傻劲,白日里瞅着空补觉,夜里便舍命陪君子,他见过那半截人的手段,满傻子断然不是对手,还真怕他遇见了有险情。

已经是值夜的第四天了,皂鞋在青石板上印上轻轻的脚步声,满傻子挎刀赳赳在前,卢磊一与陈二毛跟在后头。今夜本是陈二毛与他师父值夜,满傻子要抢,他们轮空,陈二毛便来陪。"要你们帮忙,多不好意思啊。"陈二毛嘻嘻笑着,"消夜我请。"

陈记茶馆的灯还亮着,门却闭着。卢磊一上前敲门,陈家侄子开的，努努嘴："你大哥在楼上喝酒，有贵客。"卢磊一笑了，仰头大喊："大哥！"一会儿，楼上的窗开了，闪出陈作新那张无可奈何的脸，"别吵，谈买卖呢。"陈作新身后一张脸一闪而过，是个年轻的陌生面孔，理着西式头，很精神的样子。卢磊一吐吐舌头，扭头去追巡街的二人。

巡到古潭街打回转，陈记茶馆的灯已经熄了，满傻子走到和记洋行门口，望着紧闭的大门，一个劲地运气。这洋行已经灾后新张了，跟原来的启用墨庄略有些差异，门楼与四周的围墙是拆了新建的，绕着边修了高高的封火墙，门侧一个大大的"井"字，也是旧年新规，城中所有有私井的户，都要在门口醒目处贴上个"井"字，一旦街户走水，方便就近取水。半湘街上有私井的户算多的了，夏记酒馆与古董行都有，义兄的陈记茶馆也有，自己家就是在那处挑水用，一股涩味，须烧开才喝得。怪道陈记不做汤面，这也是原因之一。

看着满傻子发呆，二人都凑上前去。和记洋行檐下挂一盏油灯，玻璃罩面，幸福牌果然好货，烟轻火亮，照得门楣亮堂堂。"这门不厚，使劲瞪，瞪穿它。"陈二毛在一旁戏谑。

"满二就倒在他家门口。"满傻子闷闷地说，"茶馆里唱戏的大老兄说，忠犬死了也护主，到哪儿它都跟着。"满傻子抬头望天，"我怕也是恍惚了，经常夜里听到狗叫声。"

卢磊一扑哧一声笑："这城里的狗成千上万，听到狗叫声有什么稀奇。"

恰看远远的卖饺饵的陈三来了，陈二毛便喊他过来，一人两碗的量作一碗煮。卢磊一又要吃煎蛋，让陈三架锅来煎，三人围着摊子，正吃得起劲，卢磊一忽听得屋上轻微的瓦响，暗提一口气，踏上饺饵摊轻蹦，踩上了满傻子的肩再借力，如一只轻萤，悠悠地往墙上粘，轻飘飘地一只手便挂在和记洋行的门墙上，轻巧一翻，便上了墙，另一只手上，仍端着半碗饺饵汤，一滴没洒。

却见一个黑影，正贴在和记内堂的屋顶，抠开瓦片往下望。"哪里来的贼老倌！"卢磊一一声厉吼，手中的半碗饺饵甩了出去，正中那人的头，汤汤水水淋了一脸，汤犹滚烫，烫得那人一声闷吼，怀里掏出一物，对着卢磊一，啪的一声枪响，子弹擦着卢磊一耳旁飞过，吓得他一惊，抠了片瓦便掷过去，正中那人面门，打得贼老倌向后一仰，一手捂脸，一手举枪，一阵扣动，没个准头，子弹漫天飞。卢磊一伏低身子在瓦上疾奔，一面跑一面抠着瓦片往那贼扔，片片中的，只打得那人哇哇大叫，嘴里叽里呱啦地吼着听不懂的话，卢磊一顷刻便到跟前，卷腕压手夺枪，一蹬腿将贼踢下屋顶。

待得屋外二人喊开门进来，那贼已被卢磊一大绑提进正厅了。

今日和记掌柜的周全安仍在店里。贼从檐上掉下来，摔伤了脚，倒是硬气，来个一言不发。卢磊一也不多话，与周掌柜见了礼，说明贼已抓，明日再做交代，拎着那贼便走。周掌柜看着那人，眉头紧皱，听卢磊一说了，倒似松了口气，直道警官费心，怀里摸出几个银圆，抢上来，塞在陈二毛手里了。

将贼押到段上，昏黄的油灯下，卢磊一给那贼看脚，应是落地崴伤，捋了捋，没伤着骨头。那贼一脸稚气，头上寸长短发，方脸大眼高鼻，香肠般的厚唇大口，未留须，约莫二十岁，双眉紧锁，强忍着疼。"日本人？"卢磊一突兀地问。那贼瞪圆了眼睛，下意识地用蹩脚的中文回道："你怎么知道？"

"你骂人时说日本话了。"卢磊一笑道，"还拿枪打我，差点小命都给了你了。"

话音未落,满傻子扑过来给了那贼一耳光:"小杂种,拿枪打我兄弟。"

也不奇怪,日清公司就在小西门外,卢磊一接触久了,识听不识说,可骂人的话自然知道。常居长沙的外国人巡警道都有登记,说来这城中,日本人最多,旧年记档便有一百四十六人。

事涉洋人,此案没法审,只得暂押一晚,明日知会日领馆领人。想来那周掌柜老狐狸一样的人,一看便知底细,生怕卢磊一当面审问,惹上麻烦,掏几个银圆出来,权当送瘟神了。

卢磊一又饿了,着满傻子出去叫饺饵摊,自顾给那贼松了绑,解绳子时在那贼腰上按了一下,复坐下,笑眯眯地望着那贼。

"不怕他跑?"陈二毛回头看看敞着的大门,话音未落,只听哐当一声,那贼扑倒在地,手仍在地上扒拉,双腿却动弹不得。那贼拼命地仰着头,一脸不可思议。

"点上了。"陈二毛哈哈大笑。

陈三的饺饵摊饺饵已经卖没了,陈三告罪,说生意好,已经收工打回转了,不嫌弃的话还有一包面。卢磊一便笑他精,半湘街只他愿来,夜宵独一份,生意不好才怪。又嘱着把面都下了做干拌,再煎几个鸡蛋。顷刻面熟了,卢磊一拌了一海碗,碗底放猪油与少许盐,铺上面,浇酱油,滴几滴芝麻油,再倒一点点醋,撒上葱花,又叫陈三放了一撮红椒碎,放两个煎蛋,筷子伸入一通搅,蛋煎溏心,戳破了,金黄的蛋液觉进面里,拌匀了的面深褐泛着油光,扑鼻一股猪油香,大口吸入,面糯、蛋鲜，醋洇进面条，细嚼间，咸中略带丝丝的清甜。也给那贼下了一碗，他有样学样，学着卢磊一一通搅，吃到嘴里，大呼："喔意喜。"一脸的满足，倒也光棍，丝毫不怕眼前这几个人会把他怎么样。

"放了我。"吃饱了，那贼撂了碗，对卢磊一说。

"辽东来的?"卢磊一眼眨笑意，望着他。

"在那边住了两年，跟着哥哥。"贼略带恭顺地回答，许是被眼前这个可以叫他动弹不得的神人镇住了，他指了指自己的嘴，示意口音，卢磊一点了点头。那贼笑了，想了想又说："我……我也是查案。"

如此，卢磊一好奇心上来，不问案也得问了。那贼中文不利索，卢磊一找来纸笔，下半夜，那贼半靠说半靠笔谈，说出一篇故事来。这贼名叫井原真一，是三井保险公司的担当课长，三井保险公司今年年底才在长沙开业，和记洋行是第一批客户，保险生效才没几日，和记就发了火灾，井原真一觉得这里头有老大不对，怀疑骗保，少年孤勇，所以只身一人夜探和记洋行，看能探访得有用线索不。

井原真一道，虽说和记洋行这样的客户是公司花了大代价挖过来的，但对于他来说，还是存疑，年底长沙开业的保险公司不只三井一家，还有太古洋行保险部，是英国人的，据他所知，德士古公司在印度的业务都在太古洋行和英国属地水险公司投的保。长沙投三井，有骗保的嫌疑。

卢磊一、满傻子在一旁听得一头雾水。"保来保去的，么子意思?"卢磊一问。

陈二毛倒是略清楚些："就是花钱买平安，找你买了保险，出了事你得赔我钱。"又说自己去年曾陪段长给他前岳父去买过一份寿险，若干年后便可按月领金养老，或保到天年领一笔不小的款子。因知道此事的好处,自己也帮母亲买了一份,保得久还有优惠。卢磊一来了兴致,道有这等好事,也要给师娘买。"就在红牌楼,叫永年人寿,中国人自己办的。"陈二毛道,"哪天有空我带你去。"

"那不是!"却听那井原又哇哇叫,说不明白便手写,道永年人寿只是号称中商,实际是英国人办的。陈二毛来了兴趣,又问那井原,三井公司怎么只保火险,寿险也可以搞一搞嘛。井原一愣,委屈地说:"你们政府不允许啊。"原来是今年清廷刚颁了《保险业章程草案》,明令"一公司不得同时经营寿险及损害险两项事业,以及不得经营保险以外事业"。

天色蒙蒙亮,卢磊一问案问得意兴阑珊,三人心里都清楚,事涉洋人,不知道比知道的好。井原真一倒是十分恭敬,此时点指的劲已经消了。他期期艾艾地说了个恳请,要拜卢磊一为师,拖着伤脚站起来对着卢磊一连连鞠躬,一脸的真诚。卢磊一摇了摇头,好奇地问:"你才二一岁吧,怎么就做到课长了?"

"是兄长大人给我谋的。"井原真一一脸坦然,"他是日本领事馆的领事,他叫井原真澄。"

2

谁承想,井原真一这小伙倒有份执拗的性格,没两天便出现在半湘街,一瘸一拐地跟在卢磊一后头立规矩,一意拜师。初时还学市井打扮,短襟粗布衣、绑腿、腰绳一应俱全,个又矮,站直了刚刚到卢磊一的鼻梁,只一个寸头十分打眼,离了卢磊一便被探子拦住盘问,他又没护照,遇着刁难的要解释半天。如此又回归了西式装束,倒再无人盘查。

卢磊一不肯收他为徒,内心里倒有几分松动,跟师父说过,师父倒随他,说有教无类,收徒谨慎之要不在技艺而在心,秉性纯良倒也教得。如此,他要跟着便跟着了。卢磊一见他整天跟着也不当差,问他本业,他倒满不在乎,说那份工作不过是兄长大人寻来安着他不乱跑的,不想上就不上,案也不查了,洋行烧了有什么关系,三井公司有的是钱,还是跟着师父要紧。卢磊一缴他的手枪也没要还,卢磊一也没想还他,外国人持械在地头,还开枪,反了天了。那是一把锃新的明治二十六年式,卢磊一也没上缴,就手给了陈二毛,陈二毛汉口失了枪,总觉得丢了依凭,一直不得劲,这把枪给了他,腰杆子顿时立起来了。

对于井原真一,卢磊一倒也不是没给好处,卢磊一用自制的药酒给他治脚伤,揉搓得井原哇哇大叫,如此几次,血脉通畅,脚也能着力了。井原大赞神奇,便请卢磊一三人去南阳街的日本餐馆吃饭作谢,餐馆倒是精致,上的菜却许多半生不熟,卢磊一、陈二毛不敢下筷,最后各吃了一碗荞麦面了局。满傻子倒吃了许多,两天没上值,第三天来,面颊都陷了下去,走路飘浮,一进段上就开骂:"日本人的餐馆去不得,搞得老子打了两天标枪(腹泻)。"

生民犹自悠然,时势却越来越紧张。先是朝廷晓谕全国,发布革命党的悬赏名单,排头两个便是"孙中山,二十万元;李纪堂,十万元",又有"黄兴,五千元;胡汉民,四千元;陈荆,三千元;汪精卫、谭人凤等各两千元"。城中又无端端地多了不少探子,揣着省府各衙门的执照,甚或是巡防营、新军的人,穿常服,二三人、三五人一伙,看到可疑人士就地缉拿,各段的巡警倒成了摆设。不几日,姚痦子叫了卢磊一去香堂,屏退了众人,拿出一沓纸,却是抚台衙门开出的暗花,张张都有画像，陈作新、龚春台等人赫然在册，赏银千两到几百不等，文书上写的是"尽法惩治，务求根株"，姚痘子却道传信的人说是凭人头换钱，且凡与革党有勾结者皆作匪论，都有价钱，斩获匪众首级一枚赏银六元，夺枪一把赏银十元。

"叫你兄弟小心了，宝庆帮我可以按着。可这城里接到暗花的不止我一帮。"姚痘子沉声说道，声音都没那么尖厉了。话罢望着卢磊一若有所思，卢磊一心下吃惊，脸上却笑了："别盯着我，我的头还不值一把枪钱。"

卢磊一回头便去给义兄示警，却找不见人了，立时急了，掌柜的知他忧义兄，将他拉到后堂安慰，道义兄早已接到消息，已经外出避险了。卢磊一一颗悬着的心，才放了下来。

不几日，东边浏阳门的城楼上，穿花似的挂出人头，便都是时人口中的革命党了。

许是流年不利，师娘的保险上不了，永年人寿的专员领着个西洋大夫上了门，一番查验后拒了保。卢磊一情愿多加钱，那专员只是摇头，临走时说："你师父可以保，十年二十年我都做得主，你师娘……"专员一叹，"难为你一份孝心。"问师父，师父倒是大咧咧，说师娘康健，今年仍挑得起八十斤的担子，只是夜里睡不安稳，偶尔咳一咳，寻北城外水道巷的姚医生看过，转了两服单子，已经好些了。

卢磊一心下一凛，当天便接着师娘回了半湘街，寻来医生开方子，胡美与常医生都请了，胡美没开药，说这病须养。常医生勉力开了张方子，说先调理着，再看看。

十月中，一天夜里，卢磊一不当值，对着木头人打了一套钉拳打穴,一身汗,用布抹了抹,便坐在内厅乘凉。夜极静,师娘已经睡下了,芬儿出来与他对坐,着李鲵做了一碗麻拌豆皮、一碟醋浸花生下酒,卢磊一想吃浸萝卜了,李鲵给他夹了一碟,芬儿便皱了眉:"哪有三个菜的,再炒两个鸡蛋吧。"

"常医生这回失手了,师娘一晚上仍咳许多回。"芬儿道。

"我也听到了,师父还说好些,他最是睡得沉,哪里知道呢?"卢磊一哑了一口酒,叹道,"听老陆说南城外燕子窝有个姓瞿的医生治肺热有偏方,明日我去寻他。"

"我觉浅,夜夜起来看她,她其实没睡的,我便陪她说话。她有时候不开心呢,怕自己的病拖累你,牵着我的手哭,说你是个孤儿,要我好好照顾你。"芬儿眼如深潭,幽幽地望着卢磊一,卢磊一轻轻抓住芬儿的手,芬儿又笑了,"我就哄她啊,跟她说你好疼她的,说小时候她带你受了累,你要她多享些清福,活到九十岁、一百岁,磊哥哥都要到床前孝敬的。她又开心了,说好多你小时候的事,说你在蒙养院打架,回村里后也打,哄着师兄们撑腰,横行霸道。这些你倒是没跟我讲过。"

"小时候的荒唐事,有什么好讲的。"卢磊一抓着芬儿的手摇了摇,戏她,"没说我和村头李家姐姐的事?"

芬儿立时作急,逼着卢磊一交代,卢磊一只是笑着,不说,道哪日再回嘴方塘,领芬儿去看看姐姐。芬儿便不跟他闹了,陪着卢磊一喝了两杯酒,望着屋外的幽深静夜,轻轻说道:"这年月倒一天快似一天,还记得当初给你送消夜,拎着个食盒闯进来,告诉你太太允了我们的婚事。这一转眼,小虫子都一岁半了。"芬儿捂着嘴笑,"我那时,也是个没羞没臊的。"

"我记得,那夜我也很欢喜呢。"卢磊一有些醉了,灯下看芬儿,已是妇人，却稚气未脱，圆圆的脸上倒有几分娇羞，十分惹人怜爱，"那夜几人在谈一件大事，因了这场欢喜，大事也撂一边了。"

"是了，九将头、老陆、姚大哥都在，还有……老蔡。"芬儿忽然一双眼红了，掉下泪来。

卢磊一心中也是怅然，岂止老蔡，谢二表、胡子松等人，说到底，都是因他而死，情义二字，是缘也是债，他们做到了底，今世已经不得偿了。

卢磊一站起身来，持壶拿杯走到堂外，一杯酒浇在地上，又浇了一杯。眼前是幽暗的夜。内厅的光将将只到脚下便敛住了，卢磊一将壶中酒都浇在阶前，江风呼号着从头上掠过，恰如夜的哀鸣，那尾音的惆怅又以故人的低语，呢喃不止，卢磊一悲从中来。

翌日一早，卢磊一与老陆巡街，又添了陈二毛与满傻子。公所有令，自本月起，巡街者三至四人一组，范围也扩大了，谓有突发状况，可便宜应对。原本巡街只有警棍，段上的刀都只三把，这回装备下来，竟给段上配了枪，长枪二把，汉阳兵厂造，段长自留一把，给老陆发了一把，老陆不耐背，交给了满傻子。井原真一又寻了来，跟着他巡街，不管他应不应，师父长、师父短地鞍前马后，卢磊一申斥街痞子，他也跟着作张作致，四个巡警带着一个着西式服饰的东洋人，倒成了街市一景。

走到下河街尽头，陈二毛道，离此不远的碧湾街上，正有一家酒馆新张，学湖北做法，推出早食加早酒，大家去尝个鲜，正好有个钱袋子跟着，说罢拿嘴努了努井原真一，众人皆笑。进了酒馆，一人一碗干拌面，又点了些油货小食，早上都不喝酒，便上了壶茶。井原真一吃起来又"喔意喜"地乱叫,陈二毛笑眯眯地逗他:"你是个宝式崽咧,乡里鳖。"井原听不懂,"嗨""嗨"地应,站起来鞠躬。

这店里颇有些宾客,又请了艺人唱道情,此类曲目是长沙府自有的,雅称弹词,一把月琴一个人,咿咿呀呀地唱,无非一些经典戏目的本土改编。此日唱道情的是个老头,牙掉了几颗,月琴铮铮,嘴不关风,一曲《悼潇湘》唱得荒腔走板,底下食客看不过,纷纷喝倒彩,便有那蛋壳、槟榔渣子扔上台,却见食客里站起一个胡子拉磋瘦精精的长衫中年人,迈着踉跄的醉步走上台,一把夺过月琴,推开老头坐定,吼一声:"我来弹!"指在琴上一扫,一声定场音,酒馆里便安静下来。他抱着琴,手指轻抚,清脆的琴音从指下流出,开场音先急后缓,急急抓住听客的耳朵,缓缓地定调,顺着流水般的琴音开了腔,却是续着老头的唱,"粉墙上凤尾竹几枝歪斜,静悄悄无人影珠帘半挂",声音浑厚,似丹田鼓气而鸣,音不高,却似梵音广撒,送到每个人的耳里,说不出的舒坦。一首幽怨的曲子,到他口里,却唱出了中正之意,听客中有懂行的,拍着桌子叫起来。

卢磊一盯着那人看,老陆拉也不走。他已经认出来了,此人是陈荆,义兄的朋友,朝廷明谕悬赏三千元的革命党,行事如此疯癫,得想个方护着他才好。

哪知那陈荆一曲罢了,仍意犹未尽,低着头沉吟了一会儿,指尖一抚,音色自云顶沉入低处,高往低走,急向缓行,不尽的沉郁之意,一声唱腔穿透琴音,却不是气音,似是扯着喉咙在喊一般,又尖又长:"大地沉沦几百秋,烽烟滚滚血横流。伤心细数当时事,同种何人雪耻仇。俺家中华灭后二百年,俺树云,一个亡国民是也!"

语调怆然,恰似荒冢间一夕晚照,远客归来孑然凭吊,枯树下烂琴破槁,止不尽的悲凉。

卢磊一大惊,这是当街唱反词了。却见食客中有两桌已经起身,一个人匆匆向外跑,其余几人悄没声地往台前走,卢磊一也站起来跟着往前挤,手却被拖住了,是老陆。老陆低声道:"要救人?脱了号衣。"

"怎么搞?"陈二毛也凑了上来。

"手要重。"老陆冷冷地说。

却是陈二毛打头阵,揪住了排在最末的一个汉子:"妈妈的鳖,踩老子脚嗒。"那汉子身形孔武,高陈二毛一个头,许是没打过野架,陈二毛跳起来一个膝撞,正中下阴,撞得汉子捂着裆倒地,陈二毛上前一脚踩在汉子胫骨上。老陆也是野路子,一壶热茶扣上一个汉子的头,汉子哇哇大叫,老陆悄没声地欺上前,一拳打中那汉子喉结,挺身屈肘,撞向汉子心窝。卢磊一倒打得轻盈,矫燕穿林般打出一条鞭声,下了重手,瞬间点倒五人,脚不灵便后冲上来的井原一个都没捞着,急得伸脚踹那倒地的,又牵动了伤处,疼得叫出声来。那边厢卢磊一挟着陈荆,如夹一只小鸡,拨开众人,闯出门去。门口接应的满傻子会意,肩一松持枪在手,看几人影影绰绰过了大西门,满傻子枪口对空放了一枪,大吼一声:"抓乱党!"街上顿时乱了。

卢磊一一行向南一通急走,过上河街、下河街,跑出小西门外。

出城往北,绕日清码头进了日清公司,今日事体虽大,卢磊一心里已经有了计较,就借井原这小子的面子,安顿陈荆暂避风头。那陈荆被卢磊一挟住,便不作声了,任他施为,走到租界了,似忍不住了,幽幽叹:"小哥颠死我了,我自己走得。"卢磊一低头看他,目色清明,哪有醉酒的样子。

换上号衣再回来，大、小西门，碧湾街、上下河街、半湘街已经封了，守城的巡防营出动了四队，抚衙的兵都调来了，明令缉拿要犯陈荆，正挨门挨户大索。三人迎上去，正是所管地头，引着那些官兵逐户查看，瞅着为头的，悄没声地塞上一两块银圆，道一声"长官辛苦，几个茶钱。这地头上都是邻舍"。殷勤做足，也是防着兵蛮子趁乱打劫。卢磊一初时尚担心那些被打的汉子一同认人，听得那官长说，酒馆八个探子抓乱党，一人报信七人抓，反被乱党同伙打了，都伤得不轻，被抬出去的。卢磊一心下大定，与他同仇敌忾："好嚣张的匪党，抓了要砍了脑壳挂在城楼上！"

巡防营一通查，小西门警段无事，倒是在碧湾街一户柳姓人家里翻出一本《警世钟》，便把那家人都拿了去交差。

下午，井原真一便回来了，寻着卢磊一复命。这小子机灵，城里封了，他便请日清公司派一艘快船，送陈荆到北门外平浪宫，那是日本领事馆驻地。"我送他进的，还给他'塞秀'。"井原真一比画着，叫卢磊一明白，陈荆老儿已经在日本领事馆里喝上了。

卢磊一心下大慰，笑着拍了拍井原真一的肩："好徒儿。"

"真的吗？师父？"井原真一原地一蹦，又伤着了脚。

那日晚上四个弟兄聚首，在卢磊一店里醉了一回，老陆特地差人回百福巷告了假，他与陈作新一般，是酒醉成瘾了。井原真一也没出城，赖在卢磊一家玩一宿，一桌五人，桌上六个菜，腊味吃完了，河鲜为主，三荤三素，卢磊一耍赖说韭菜当荤，便作四个荤菜了。酒是街上买的，今年歉收，家中没酿谷酒。席上卢磊一敬了两圈，喝得脸通红，当是射过弟兄们照应。陈二毛道没什么好谢的，这本就是段上规矩，但凡弟兄要做出头事，从来都不问缘由，打了再说，这一趟倒让他回味出点江湖气了，十分爽快。井原也连连说佩服，道师父一瞬间放倒五人，放在日本国内，是一等一的高手，自己能有这个师父，是他作为武士莫大的荣幸。

趁着酒意，卢磊一便允了井原真一的拜师，喜得井原真一抓耳挠腮。卢磊一便领着他先去给老蔡的牌位上了香，又坐在椅上让他拜，陈二毛在一旁撺掇着他包师父红包："越大越恭敬，你当包个三百三十三元三角又三文。"井原真一信以为真，急了，钱包打开来看，道所需不少，一定找兄长大人设法。卢磊一便笑，说别信陈二毛的，他不讲究，从那钱包里拈了个一元做意头。按规矩，还须得给师娘奉茶，便把芬儿请出来，芬儿一脸懵懂，小虫子已经睡着了，她正验着春伢的大字帖，听耆叫，牵着春伢便出来了。如此，老陆也掺和进来了，怂着井原给师娘奉茶后，又给大师兄鞠躬，春伢瞪着大眼睛，看着眼前叔叔一样的人，毕恭毕敬地在自己面前鞠躬，惊得一闪身躲到了芬儿后头。

一番热闹过后，众人又复入席，井原真一道明日便去三井保险公司辞职，再找兄长大人禀报，如今拜了师，自然要跟着师父，工作便不能顾了，还要请兄长大人来见师父。卢磊一却说不必，明日要去看陈荆，还要谢井原领事帮的大忙。老陆却说，小小年纪便做课长，大好前程，就这么弃了可惜，看日清公司的那些课长，一个个威风得很。井原却说，他在公司本就碍事，譬如和记洋行的案子，公司已经议定了赔付，自己偏生生疑，差点惹出事来，此事兄长大人没少教训他。又说这保险公司间彼此竞争又互通消息，自己也是被一桩消息迷了眼，去年河西肖家大屋七人猝死，有四人是永年人寿的客户，本要赔一大笔钱，后来查出是谋杀，才不必赔付。

座上一齐静了，卢磊一四人面面相觑，这就是小西门警段的案子啊，保险这条线索，段上可并不知晓。半晌，老陆阴恻恻地一笑，"这怕是杀亲案了，明日去抓。"

却是段长亲自带人去拿的人，也不是到了便立刻下场拿人，在肖家祠堂摆案过堂，先寻了现任族长谈了一个时辰。这族长约莫六十了，人却极是精干，乃肖家大老爷的长房长子，二人合议列出一张名单来，十来号人，最后拿的却是肖家四房的老二，还是个秀才，长衫方巾，一把折扇上写着纪晓岚两句诗"区区忠信宁敢仗，所凭王命轻阳侯"。翩翩公子样的人，站在堂前，一双眼直视段长，下巴微抬，透着轻蔑，段长问话，对答如流，只用词生涩，佶屈聱牙，激昂处咄咄而言，面色潮红，满脸的汗，看得众人如在雾中。话刚说完，段长便说拿下，卢磊一上前一脚扫上膝弯，捕绳抽出，来了个大绑。肖秀才大喊："君子止乎礼！"

"屁的礼，你个兔崽子。"卢磊一看他长衫汗透了，竟洇出红色的亵衣，呸了一口，大声骂道。

3

卢磊一回到河东，赶到北门外平浪宫，已经过了申正，井原真一把他迎进的领事馆，他的兄长大人去了潮宗门海关，说是今日英领事召集会议，几时回还不知。正好省了客套，直奔客房去看陈荆，这老儿倒舒坦，头面刮了，胡子修了，桌上一壶酒，几碟小食，还有个大丫头在给他安肩。老儿本是西式头，乔装不过刮了前额，结了个假辫子，此番假辫子卸了，索性头发也全剃了，倒显几分精神，人都年轻了许多。

"您老这是刚起啊。"卢磊一打趣道，指了指那大丫头问井原怎么回事。也是街面上混久了，一看那丫头便知是窑子里的人。

"这老先生折腾人呢。"那大丫头款款地福了一福，也不怕生，鹅蛋脸上几颗白麻子，倒也逗人喜爱，"今夜还要我陪，可要加钱。"

井原期期艾艾道："我不肯他出去，所以……所以……"

"词人老大风情减，犹对残花一怅然。"陈荆哈哈大笑，喝下一杯酒，咂着嘴道，"这酒寡淡，喝得没味。"撂了杯，站起来，对着卢磊一一揖到地，"多谢小哥救命之恩。"

二人述起昨日险情，卢磊一实在不明白陈荆如何要在大庭广众下犯险，陈荆说来，却是另一番道理。原来头一日省府同盟会核心成员会议，就在马家巷，开到凌晨，憋了一夜的陈荆出来寻酒喝，跑到碧湾街才寻到这一处早酒馆子，才喝两杯就听邻桌的几个探子在说今日抓捕革命党的事，陈荆本不在意，自谓昨日夜里商议已经万全，谁料却听到"天心阁""新军"的话，陈老儿心下大惊，这是昨夜刚议的事，今日上午　由陈作新出面，召集新军队官姚运钧及刘文锦、刘安邦两位新军排长在天心阁议事，这么快风就透出去了。此时再去报信已经来不及，得把水搅起来，将消息传出去，因此才有了陈荆上台唱道情，自曝姓名。朝廷要犯陈荆在酒馆唱反词被捕，有什么消息比这震撼，这边一抓，自然满城知晓，同志自有警觉。他只没料到中途杀出个卢磊一，把他给救下来了。

"我已准备舍身。"陈荆看着卢磊一，眼中尽是诚恳，"书生无大用，不比你义兄,他们是做实事的,我不过是跟着孙先生鞍前马后一散人,紧要关头,只有这个办法。"

"怕死不惜死。"陈荆一笑,"但小命只有一条,你救了我,我欢喜得紧,又能喝酒了。"

从领事馆出来,天已断黑,卢磊一拒了井原真一的留宿,原想着去百福巷老陆家对付一宿,可今日段上办大案,说不定老陆也没回家。正踌躇着,井原真一跟了出来,说带卢磊一进城,卢磊一诧异,宝贝徒儿还有这本事。井原憨笑,小西门旁新开了太平门,原就是为方便租界码头运货进城新开的,日清公司就在近旁,更加享有特权,要进城出具文书即可,倒不受时辰限制。"不然师父以为我夜探和记,是忍者翻墙来的?"卢磊一好气又好笑,想着果然,今年因了米乱,应日、英国领馆请,为分隔华洋,确保本国及盟国侨民人身财产及洋行运货安全,西城边头除老四门外,确实新开了两座门,一座太平门,就开在日清公司旁,一座福星门,正对太古洋行,门口值守的都是洋兵,长沙百姓遵纪守法,断黑进不了城,洋人此番却可长驱直入了。

回到段上,已是戌时末,表上看,时针指向八点,老陆果然在段里,不单老陆,段长、陈二毛都在,还有仵作小冯,桌上有酒有菜。二人一到,段长便招呼着入席,陈二毛悄没声地将一张庄票塞到卢磊一怀里。卢磊一诧异,问人犯呢,此时不是应该在审那肖家秀才吗,陈二毛便笑:"还用审?段长好手段。"

原来收押这肖秀才时,段长特特嘱咐,将他所有物品一并带走。段长相粗人不粗,在肖家大院问询此人时便察觉老大不对,说话情态异常、亢奋易怒，再看他的物件，有丹炉、朱砂以及杂七杂八的瓶瓶罐罐，问这肖秀才，他却说是学魏晋名士之风，炼丹修身。段长便笑他，这哪是修身，这是要成仙啊。收押后，一没打二没骂，只是关着，才过了半个时辰，肖秀才就受不了了，在监里苦苦央告，要取一剂仙药来服。段长应了，许多瓶罐检视了一遍，不取那些有丸药的，单取了一个装了褐色汤剂的小瓶，哪知肖秀才一看神色大变，段长嘿嘿沉笑，道对上了。着人架着他，开了瓶口便要往他嘴里滴，肖秀才大呼招了招了。

"他要招，段长是喊退了众人的，就留了眼面前这些体己人。就为这中间还有变数，这案子还可以伸一伸手。"陈二毛道，"可惜你不在，错过了一场好戏。"

段长这边审，那边便派老陆去肖家大院请肖家族长，等族长来了，画押的供状也出来了。

原来这肖秀才自考上了秀才后，再无幸进，又炼丹修道，渐渐疯魔，时常在家扮起女儿装，做作妇人情态，已经成了肖家的笑话。家里长辈没少责骂，只因他是肖家唯一有功名的，家丑不可外扬，骂小责轻，倒成了纵容。谁知他疯归疯，一颗官心倒始终热切，自从族长大哥为了生意方便，捐了个同知后，他便眼热，一直嚷嚷要捐个翰林来做，这肖家本已破落，是靠族长大哥一己之力渐渐振兴的，捐个翰林需一千五百两，商人逐利，实不肯花这个钱给他去作，族内合议了几回，长辈们多是反对，四房一家之言无法定局，此事便搁下了。

肖秀才记恨在心，不单恨族长大哥，连长辈们都记恨上了，不知从哪里弄来个方子，取蓖麻子捣碎熬汁，某日悄摸摸地蹬进厨房，倒在一盆已经做好，正在凉凉的龟苓膏里。那是族长托人下广州学来的配方，给家中长辈们的食疗小食，有降火除烦、凉血解毒之功效，只因口味独特，一片孝心倒成了肖秀才下毒的好处所。那日此膏各房都送了，有的症轻，缓两天缓过来了，有的赏给下人吃，有的食不惯那口味，便倒了，因此身死者有长有少、有贵有贱。此物毒发也有先后，在东北大疫引发满城恐慌的当时，倒与时疫有几分相似。

"万事皆有因，当初查验此案，你们说的骗保便是我第一个排除的因，这寿险是肖家族长所买，各房长辈都有一份，受益人也不是他，而在各房。他是当礼在送。"段长喝着酒，望着众人笑，"莫把老子当宝，断案我还是会断的，环境、死人上头找线索，不如问事主来得方便。"

原来当初肖家败落，族长只身往上海经商，从学徒做起，小有积蓄便做理财，身处租界，交结了几个洋人朋友，学人家买起了股票，第一只股便是与人合购的琼记保险公司股票，面额五百两，转年便获四倍多股息，赚得个盆满钵满。因此，肖家族长从此对保险公司有一份特殊情感，直到永年人寿成为第一个进入长沙的保险公司，他顿时起了兴趣，了解情形后，立时给族中大人各买了一份寿险，为避讳，把"兵燹、害命、横死"条款都去掉了。

"此案当初我也只做时疫看，肖家族长却给我塞钱，倒让我疑了心，想来他心里明镜似的，只为当时要争行会理事，不想因家丑落了下风。此事迟早会穿，倒让段上多了个钱袋子。今天便伸手了。"段长拈着片卤干吃，嚼得吧唧响。

"那七人脑后的钉子又怎么解释？"卢磊一问。

"他爷老倌钉的。"段长一指仵作小冯，"开棺验尸时，仵作便宜做事。永年人寿不想赔，使钱要我做手段。"段长一擦手，"你们都得了，去年三月三，给你们开的被禊金，就是洗澡钱，按等例给的，你们以为是公所统发的？上头这么大方？三等巡警都有四元。"

"入殓需洗身更衣,头面都需理一遍,肖家难道不会发现?"

"他不敢,我将此案与船夫粟正月被杀并案,暗指会党,他巴不得,正好遮了家丑,肖家是盐商,官家买卖,本就会党匪众紧盯的。"段长一嗤,"这些有钱人,表面光鲜,内里可是龌龊得紧。"段长说罢,低头沉吟了半晌,幽幽一叹:"查案,就是查人心,人心败坏,便往最恶处想,往最坏处查。"

话说开了,段长却不言了,陈二毛把话头接过来,道今日肖家族长来,是带着银票来的,供词看过一遍,族长的脸沉得滴得出水来。段长却说钱不够,族长应下了段长说的数,押下一方私印,道明日带钱来取,今天先把人带走。走时肖家族长给段长行了大礼,拜谢杨段长为肖家顾全颜面。

"人伦大案,譬如胡三家一般,上报没得好彩头,不如交由家族自理。"陈二毛啧啧说,"走时段长有交代,此等忤逆子不能再活着,须知家法之上还有国法。"

卢磊一心下恻然,想着,这不就跟彭家彭拱魁杀夫又自杀一样,是家族自理吗?

第二日,肖家差人送钱取印时,带来一个消息,肖秀才昨夜在家中暴毙。

过得几日,井原真一竟向卢磊一请托,要做个入室弟子,搬到家里来学武,理由也充分,他的兄长大人回国述职,新接任的领事是大河平隆,一个最古板刻薄的人。井原不愿跟兄长回去,住在领馆又陡增诸多限制,便起了搬来与师父同住的心。卢磊一与芬儿商量,允了他,自此,井原夜里练功,白天便随师父巡街,洋服太打眼,在段上领了一件号服，陈荆不要的假辫子卢磊一拾了，给他粘在脑后，巡街便盘在脖子上，粗看看不出来。井原中文说得一般，长沙话更是不行，倒是长沙痞话一学就会，粗声粗气的极威风，巡街都用得上，省骂一出，先占上风。

教武，卢磊一倒留了个心眼，因井原拜的师公是老蔡，那就先从点指教，自家的巫家拳且缓缓。井原学武上倒是憨，穴位图背了大半个月还背不全，对木人打穴，发力不知收力，回回下死手，倒被木人伤了，手指上彼消此肿，就没好过。卢磊一教得心焦，传武在口，会武在心，交流有困难，学着也懵懂。不得已破了传武不诉笔墨的戒，与井原手谈，将功法口诀释义、要领都写在纸上，井原与他对谈，字里行间看着倒似懂了许多，卢磊一只不耐他写领会写到末了总写个"大丈夫"。某日酒后手谈，见井原又写，便给他一个栗暴。"大丈夫，你是什么大丈夫，大丈夫是敢做敢当，知耻而后勇的好男儿。"卢磊一越说越气，"你们日本人占我辽东，杀我六万湘军将士，在别国的土地上撒野，什么大丈夫？"井原从未见师父如此震怒，战栗不敢言。后来井原解释清楚了这个词的意思，卢磊一也不许他写，但自手谈教学后，井原的习武倒是突飞猛进，三十六要穴渐渐打得有模有样。某日夜间练习后，井原陪师父喝酒，不胜酒力，先把自己灌醉了，迷糊着眼恭敬又诚恳地在纸上写下"止戈"。卢磊一欣慰地笑了笑，看井原又写，"师父，我是武士的后代，我要如你所言，做真正的大丈夫"。

自日领馆换了领事后，井原把陈荆也接了出来，就安顿在大平门外的日清公司，辟了间客房，每日三餐，有酒有肉，那大丫头也带过来了，接着伺候，井原给她弄了个长包，没议价，月银四十元，喜得大丫头的老鸨当即透了底，说再添四十元，把这麻子赎了去，井原又不肯。丫头姓刘，有个艺名叫兰绣，因有几粒白麻子，行子里都唤她作刘麻子，卢磊一看她那泼辣作风，叹这陈老儿也是口味重。心下对井原倒是十分感激，某日得闲，带着徒弟出了北门，去了趟嘴方塘，去拜杜寅阶，这可是真正的师公。井原欢喜得很，各色礼物买了一车，督着拖到了嘴方塘，卢磊一任他做作，心忖道，古语说富武穷文，果然不假，自己是命好，不然要学点真本事，没钱可不行。

十一月中，洋行纵火案也有了线索，层层通报到段里，说近日北门外天主堂时有闲人打望，不远处的油铺街冯家面馆也聚集了一些闲人，都是生面孔。其中有一孔武汉子，衣领敞口处露出罩衣下的青衣，油铺街旁不远便是正大与福记的蓄油池，若真有关联，意图明显。此事探子没有打草惊蛇，接力尾随，穿城过巷，直跟到小吴门外，匿了踪迹，那处长株段铁路正在收尾，工民众多。"又是青兵，阴魂不散哪。"陈二毛道。这线索是英领馆通报的，却是被美国人阿林敦查得。"好手段，竟能查得这种线索。"卢磊一也吃惊。

陈二毛却望着他笑，道他忘了阿林敦的另一个身份，他是湖南邮政的总办，管着全省的信差。"省府在籍的信差就有百来人，还没算编外，满城巡城马归他所用，查点消息可比我们容易。"陈二毛道，"洋人精得很，叫他来帮忙就是借他的这重身份。"

"信不是驿站传吗？"卢磊一懵懂。

"驿站是朝廷设的，只传递公文。"陈二毛听着嘿嘿笑，"邮政局原为海关寄信局，虽为洋人把持，但商民通用，贴张邮票便可寄信出去。"

三、风雨下莲舟

1

正大火油还是爆了。十一月下旬的一天夜里,西城福星门外,西湖桥边正大火油的油池被人纵火,火苗喷薄而出,大火与持续的爆炸,照亮了一段湘江。西城水会全部出动了,直到凌晨才压住火情。西城城门外租界震动,省府众油行背后的三大东家美孚洋行、德士古洋行、亚细亚火油公司邀集到抚台衙门陈情,要求此案提升优先级,刻办即办,要保护洋商在华利益,不但要优于一般民案,甚或要优于抓捕革命党。

按以往与洋人交涉的惯例,抚台衙门自然答应了洋人的一切要求,当即拍板,巡警道为主,巡防营、新军协办,拨给办案专款白银三千两。层层命令下来,仍是西区公所大西门警段与小西门警段共同办理,新军来了一队枪兵,驻在公所没下来,公所警官自然是喊不动的。巡防营中路本就驻城外,接令也没来人,只是通传公所警官,道若查实匪徒处所,通报消息,即派兵抓捕。这两头看样式都是不想出力,等着摘桃子的,指望不上。办案专款倒被他们要去一多半,具体多少不知,反正办案专款到小西门警段,只剩区区二百两了。段长倒光棍,钱一到就发了,此番不按层级来,按人均分,十名员警,每人二十两。"娘卖鳖的,洋人受灾,我们过年,发钱给兄弟,你们给老子好好地搞!"段长说。

洋人的两位协办专员阿林敦与许传谟倒是热切，差不多隔天便来一次段上，交换消息、核实进度。为了招待二人，段长舍了血本，和记送的洋酒还没焐热就拿出来了，又着人去马复胜买了一些胡椒饼、花片、结麻花充作小食。人来了，不谈案情先摆桌，许传谟爱吃结麻花，爱那脆甜口味，坐下来能吃大半盘，阿林敦嚼口也好，胡椒饼是他的最爱，尤喜欢刚出锅的还带着温热的胡椒饼，用他的话说，"奇妙的东方美食能让我发疯"。二人都好酒，对于段长拿出的洋酒尤为中意，赞他是慷慨的中国朋友，段长于此上了心，托人去找和记掌柜周全安打问，周掌柜苦笑，道这是产于苏格兰的麦卡伦威士忌，是朋友相赠，转赠段长尝个鲜，据说极昂贵。段长听了后悔不已，骂了几句娘，道早知如此，去寻个洋行买两瓶平价洋酒对付就可以了，这两人隔天来喝，胃口上去了就下不来，喝没了自己上哪儿去找这麦鬼伦的背时酒去。

话说回头，二位专员也带来了一些消息，一是阿林敦的探子仍在持续查验各类可疑人等，据探子回报，可疑人员的去向大多指向了东门外。二是正大洋行此次损失并不严重，事发前正好有旗昌洋行、日清公司五艘轮船加油，蓄油三十吨本就没满，又抽去了一大半到码头，剩下的不足两吨。三是蓄油池深埋于地下，乃用进口洋灰（水泥）浇筑成形，封口严实，纵火没么容易，必是谋划日久。当日值守人员先听到爆炸声，继而失火，此事只怕是用了火药，而且是深谙此道之人，平地里放个炮仗都会，定向炸可需要里手。

"既不足两吨，报上去是多少呢？保险可曾据实？"杨再力问。

"当然是按实报的，我亲爱的朋友。"阿林敦笑着回答。

十一月终究多事，离冬月近了，冷风吹了进来，一股萧索之意笼罩半湘街。十一月下旬,夏记酒馆旁,铁匠铺的老丁出事了。老丁月中接了一批小五金的活,两父子日夜赶工,眼看着快收尾了,那日下午,交货装车,小丁午睡到下午没起,老丁不想吵他,自去抬货,搬货时一发力,怪叫一声,仰面倒地,叫得医生来时,已经去了。医生说是爆了血管,从小腿处一根筋节节爆开,一线乌紫直到颈部。

也是十一月下旬,益隆行的小安安发了水痘,高烧多日,遍请良医,回天乏术,小小性命终究夭折。主母哭天抢地,芬儿搬进了益隆行,专责安抚主母,叶绍棠平日唯唯诺诺的人,此番倒立起了男人样,主外理内,虽面有戚容,但行内上下井井有条。卢磊一下了值便来陪叶绍棠,也是喝闷酒,大男人有话难言,一杯接一杯地对着干。到了头七那日夜里,叶绍棠大醉,酒后哭诉心中抑郁,道原本自己劝过夫人,早去文运街的牛痘局给小安安种痘,夫人总是踟蹰,说孩子体弱,怕种痘吃不消。"我反复劝了,说我去打问过,那里的医师明示,自臂外清冷渊及消泺两穴下种,不伤体质。"叶绍棠哭一阵,用手大力抹脸,神情若失,使劲地挥手,"再不提此事,这都是命。"

第二日,卢磊一一早嘱着李鲫带春伢去种牛痘。自家小虫子是今年春上谷雨后便种了,李家三兄妹跟着一起种了,应了时令,春伢在家已经半年,他倒忘了此事,果然是有分别心,卢磊一内心歉疚不已。

在益隆行住了几日,芬儿想崽了,回家休了半日。再回益隆行,主母已经不见了,发动四邻寻找,只有荒货铺老金有印象,说看到主母打他门前过,他唤了一声,主母似没听见。码头上传来消息,说有个妇人,沿着老樟树旁僻静处,直直走下河去。说起衣着打扮,就是主母。

段长联络了水陆洲公所,派出两条船,九将头更是将手下全派了出去,数十只小船,从小西门一直寻到下城外城角码头。夜里,芬儿赖坐在小西门外樟树下,哇哇大哭,大声唤着主母,而江面广阔,江流滔滔,一具人身随流水,终难觅踪迹。

隔主母出事只三天,段长夫人杨婶小产了,怀胎五月,一个男婴已然成形。那日恰是粤汉铁路长岳段动工,段长上午还在段上瞧报纸,道等铁路修成了,自家崽已经生出来了,要带他坐火车,去看岳阳楼,甚或去武汉,下午便接了信赶回家去。第二日上值,段长似丢了魂,关在签房里整日,凡事不理。卢磊一知段长心里愁苦,夜里提酒上门,陪段长醉了一场,段长醉后号啕大哭:"洪瞎子给我算过卦,说我命里两子送终,竟是骗老子。"段长平日里威风十足的人,架子放下了,哭得像个孩子,一手指天,"老天爷唉,老子四十二了,好不容易怀个崽,给老子你会死啊!"说到最后,段长大醉,翻来覆去一句囫囵话,"老子要砸了洪瞎子的摊子。"

2

洪瞎子的摊子段长倒没砸,怎么说都记着当初救杨婶的恩。可进了十二月,半湘街上氤氲着一股躁动的气息,平日不大巡街的段长也巡街了,抓到窃盗抑或街混子,便往死里打。卢磊一也是心情躁动,似有一股子火气,压抑着,不发出来着实难受。

那日巡街,卢磊一四人便见夏记酒馆门口挤了一堆人,一会儿,几个穿常服的汉子抓着酒馆夏老板出来,竟是大绑。街上本就探子多,平日这等事,巡警不问,今番抓着街坊了,夏老板又是平时最和气的人,卢磊一自然要上前问个明白。原来是善化县的皂班,道有人举报夏老板通匪党,要拿回县衙问话。卢磊一问他们要捕票,却是没有,为头的不是善茬，多问两句便咄咄申斥："拿逆党要什么捕票，即查即捕，杀头都不必过堂。"

"证据总要有吧。"老陆在一旁幽幽地说。

"有人举发，要犯陈荆曾在他酒馆雅室喝过酒，与姓夏的密谈。"领头的汉子梗着脖子说。

卢磊一便笑了，这是莫须有了，陈荆这大半月都在日清公司喝东洋人的清酒呢，几时跑到夏记来喝一壶了。左右使了个眼色，老陆三人穿插上来，把夏老板隔开。那领头汉子急了，高声叫嚣："你们敢当街抢要犯，当心脱了这身皮。"满傻子把长枪胸前一横，笑眯眯地看着他，"问句话就还你。"

卢磊一到跟前，夏老板才敢开口，急急地喊救命，一张胖脸被憋得通红，声音似从喉咙眼里挤出来，道昨日那汉子来酒馆，带了两个人坐雅室，喝完了没有会账，报了句家门便走，夏老板也没拦，只嘀咕了一句："县太爷到店吃饭也会饭钱。"合该自己乱说话，今天便成乱党了。

卢磊一再转身，眼神就带着玩味了。夏老板的话不高不低，周边看热闹的听见的可不少，有好事的已经开骂："不单欠钱，还要人命。娘卖鳖的官差。"

"有狠到西门外租界去显硬扎，只晓得欺负良民。"

那领头汉子色变，却拉不下面子，吼喊着说夏老板就是乱党，便挤过来拉人。陈二毛贼溜溜地伸脚使了个绊子，将那汉子摔了个嘴啃泥，老陆在一旁煽风点火，大喊："抓良民作乱党，怕是要掩护真乱党！"卢磊一心里大乐，与他一唱一和："有道理，抓到段上去审一审。"一面往围观人众里看，有那街混子正跃跃欲试，卢磊一使了个眼色，那街混子晓事，挺身一拳便封了领头汉子的眼："帮警官抓人啊。"众人一拥而上。

卢磊一等站在一旁笑眯眯地看着，由着众人足足打了一炷香的工夫，才假模假式地上前拉架。皂班几人已经被打得半死了，人众散了，仍求饶不止。

此事段长出面，上报公所，不知怎么使了手段，县衙那边也未追究，还立了个规矩，以后到警段抓人，须得知会地方，此事全城传开，都知道小西门有几个愣子巡警，同僚都打得，街面上倒为之一靖，探子少了许多。

没过几日，陈作新回来了，傍晚乔装成粪工乘粪车从学宫门进了城，挑着一副空桶从后门进了新卢茶舍，故意沾染了一身烘臭味，面色脏污，卢磊一乍一看竟没认出来。一身衣服脱下来，着李鲤换了，身材倒差不多，粪桶装满了，李鲤挑着出了门，乘粪车远去。陈作新换了一身号衣，作个巡警装，跟着卢磊一、井原出门，往南从太平门出城，到日清码头与陈荆会合，乘快船去了北门外平浪宫。新任日本领事大河平隆在领馆等他们。

日领馆外严阵以待，日设警察署的警察围了一圈，个个荷枪实弹，陈荆笑道："日本人装威呢。"四人从容穿过层层防备，走进领馆。大河平隆在他的办公室接待了他们，穿着燕尾服以示隆重，无奈又瘦又矮，量体打造的衣服穿在身上，似个精装小矮人，说话却极锋利，商谈极不顺利，陈作新、陈荆此行是代表湖南同盟会寻求革命支持，而大河平隆并不许诺给予帮助，有限支援的上限仅在于不举发，并在需要庇护时给予一定帮助。物资装备上毫不松口，就是两不相帮，对于未来态势，他说道："就任几日来短暂接触，清国官员毫无担当，倚兵用兵却畏军队叛变，又惧商民骚扰，处事往往狼狈，一有危急情况发生，毫不足恃。

你们要革命,我驻华使馆不阻不帮,但绝不可侵犯我在华利益,一旦事变,我将第一时间致电内田外务大臣,派警备舰船,以应急需,如有必要,将实施武力干涉。"

陈作新还待争辩,却被陈荆拉住。陈荆朝那大河平隆一拱手道:"日月同天,山高水长,话不投机,从容再议。"起身告辞了。

回到日清公司,陈作新犹自愤愤,陈荆去给他倒上酒,笑嘻嘻地劝:"洋人狼子野心,此番商议不过是题中应有,不必太过介意。"陈作新叹道:"我知是与虎谋皮,只是这是中华自家,实看不惯洋人指手画脚,动辄逼胁。"

"这东洋酒实在寡淡。"陈荆也不与陈作新碰杯,自顾自喝了一杯,又喝一杯,咂着嘴,自言自语,"世道浇漓,国运日衰,正是男儿振作时。"他眯着眼看陈作新,期然道:"万般皆苦,唯有自度。"

两人再叙别后,原来陈作新没有躲远,这几日就在南门外惜阴街的一家榨油坊里,不远处妙高峰还驻着一队新军,街面稍靖,便有了进城的时机,城内的消息他都知晓,他也在查一桩案子。"救士衔兄,你立了大功。"陈作新夸赞卢磊一,"只是留了个尾子,那七个人没死,小心秋后算账,我已经帮你料理了。"他说得轻描淡写,卢磊一倒听得心惊,那七名探子当时下了重手,看来义兄并没有放过他们。陈作新看他脸色,知他不忍:"两方对立,势成水火,你不杀他,他便杀你。斩草要除根。"义兄解释完,喝下一杯酒,也大呼寡淡,喊着卢磊一去搞谷酒来,"士衔兄要走了,今夜陪他一醉。再给为兄弄点下酒的来,东洋小食,实在吃不惯。"

"回店里去拿吧,有人在你店里等我,一并请来。"陈荆笑眯眯地望着卢磊一。

却是黄忠浩与谭延闿,依然是二师兄与梅馨陪着,二师兄还挑着食盒与两坛酒,果然是来与陈荆送别的了。"一个堂堂翰林、谘议局局长,喊不开小西门,还得要借洋人的光才出得城哪。"几人步行出城,黄忠浩在路上取笑,谭延闿笑着回:"莫要笑我,你还是前任四川提督呢,咱俩加起来,都没有半湘街一个巡警面子大。"二人笑了一回。远远看到太平门了,却见井原小跑着上前,拿出文书与守城的洋兵交涉,大人们刚刚走到跟前,拒马移开了,城门吱呀一声打开来。

3

进了日清公司,二师兄却停了脚步,问卢磊一:"这处平时夜里也这般清冷?"卢磊一道不然,今天日本人在码头放西洋戏,叫什么电影,怕是都去看了。

"岗亭的人也去了?"二师兄问,"一个守卫都没有。"

几人快步穿过前坪,摸进正门。二师兄与卢磊一当先,走进空无一人的门厅里,听到楼梯砰砰作响,抬头一望,正撞见几个黑衣人下来,手拿兵刃,抬着两个厚麻袋,麻袋扭曲抖动,卢磊一一声吼:"什么人?"

"弥勒下世,反清灭洋。"当头一汉子沉声道。

二师兄冲上前去,手快如鞭,劈掌砍中汉子颈,卢磊一也动了,看似趔趔撞撞地往楼梯上奔,速度却极快,闪挪间堪堪避开刀劈剑刺,凝拳虚钉,一击中的。一瞬间,木楼梯上歪七扭八倒了一地,卢磊一欺到最末一个黑衣人跟前,那矮瘦身形已经瑟瑟发抖,站都站不稳了,蹲下身去，颤抖的声音尖尖细细地求饶。卢磊一啪的一个耳光抽上去："刘麻子，你好大的胆！"

解开麻袋，正是陈荆与陈作新，二人头面都有伤。陈荆犹自笑嘻嘻："你们晚来一步，我二人就要被拿去换钱了。"

此事无法报官，按黄忠浩的想法，这几个贼子索性都拉出去沉了江，谭延闿也赞同。那刘麻子脸上已经没有血色，跪地只是求饶，陈荆却是不忍，道放了吧，把众人搞了个面面相觑。

"必是我不肯赎她，因怨生恨罢了。"陈荆额头上拱起一个大包，倒显几分滑稽，"我说一向不曾回家，今日一早说要回去，说好收拾几样细软，明日与我私奔。我还让她别作打算，既不肯赎，怎肯让她跟我走。"

"好在没赎，她已知你身份，这一桩大富贵，又怎肯轻易放过。"黄忠浩笑他天真，"未出中华境，便有机会。"

"还知道扮作青兵，都知道这洋人地方，只有白莲教敢闯了。"陈作新脸上挨了两掌，兀自用手揉着，疼得叹气，"只是这点本事，可做不了青兵。可曾杀人？"

刘麻子看出来陈荆惜她，本跪着，此番爬到跟前，抱着陈荆的腿只是哭，边哭边陈情，道陈荆不肯赎她，心下有怨，今天回去，在行子里大哥前透了口风，大哥便计较上来了，道借了她能进出日清公司，又熟悉这里的便，来抓一抓朝廷要犯。扮青兵也是大哥的主意，四月青兵闹湘城已经天下皆知，近日里又要作大案，自己几人扮作青兵，无论成败，这个屎盆子栽在青兵头上，旁人总不得生疑。

几人摸进来也顺利，不敢杀人，两个守卫都绑了塞了口藏在楼梯下头，不过是求财，没想着害命。卢磊一越听越气，上前又是一个嘴巴：

"绑了去交官,不是害命?"又问刘麻子怎知青兵要办大案,什么大案。刘麻子却知之不详,只说她有个相好是信差,今日回去正好遇上,做了她一单生意,温存后那人说的。那信差平日里手脚不干净,爱拆件,前日曾拆过青兵的密件,看那信里消息,近期有桩大案要干。卢磊一一笑,问明那信差姓名,记下了。

陈荆既不肯杀,卢磊一着人把九将头叫来,一众匪徒全押了去,按江湖规矩小做惩戒,至于怎么处置,都由陈荆,只说明一条,关足七天再放,待陈荆到了汉口再说。那两个守卫也放出来了,给了些银钱做安抚,今日事要请他们保密。这两名守卫平白得了一份不菲的银钱,又怕守卫不力追责,依旧去岗亭当值,他们是本地人,遴选后做铺保再加官保才得以在日清公司当差,这一份钱粮来之不易,作无事当然最好。一场风波悄然掩了下去。

日清公司静悄悄的,屋外江风劲吹。几人回到房中坐定,灯下看着狼狈不堪的陈荆、陈作新二人,众人都掩不住笑:"戏子无情,婊子无义。"谭延闿笑道:"士衡平生重义,就要让无义之人来治你。"

"莫笑,陈某一生风波无数,阴沟里翻船,也算死得其所。"陈荆自己先笑了。

"慈不掌兵,今天士衡兄这番做派,我是不认同的。"陈作新冷脸做愤慨状。

陈荆一笑,不应他,嘱着卢磊一摆席、上酒,自顾大喝一口,啧啧称赞:"这才有劲啊。"众人知他酒比命大,纷纷举杯作陪。

喝过一巡,陈荆放下杯,无限惆怅地望着窗外江面,码头上有灯光,照着江水粼粼,陈荆叹道:"今日一别,不知何时相见。"

"更不知再见能否相见欢?"黄忠浩盯着他,眼神复杂。

"泽生何出此言?"陈荆诧异,"你已卸任,不是不管了吗?"

"莫说我执,大清三百年基业,国祚未尽,终需守护。"黄忠浩喟然道,"若有翻覆,我当尽忠。"

"学学他吧。"陈荆望着黄忠浩愣神半晌,怅然一笑,指着谭延闿,"这是个骑墙派,懂变通。"谭延闿单手持杯玩味,笑而不语。

"朝廷已如累卵,变革势不可当。"陈作新放下酒杯,正色道,"驱除鞑虏,恢复中华,起共和而终二千年帝制,我辈当做前驱。"

"莫喊口号,鞑虏是谁?是北京朝廷还是洋人?"黄忠浩哧地一笑,"你们扳得倒清廷,可赶得走中华遍地横行的豺狼虎豹?"

"一个路权,组庵尚且携全省士绅争执不下,朝廷此番尊重民意,派出盛宣怀谈判拒绝借款,各国便一再施压,我看也坚持不了多久。你能说你们上台,便能做得更好?"黄忠浩接连追问,陈作新语塞。他这指的是英、德银行逼中国借款修铁路,借此侵吞路权。各地上书朝廷反对,谓修路款自筹。

陈荆摆了摆手:"道阻且长,缓慢向好,植树尚需十年期,树人功在百年后,今日之争,在于同理不同心。"他环敬了一圈,朗声道:"都听我两句。"

陈荆满杯敬黄忠浩,轻声劝慰:"泽生兄既已看透,辞官便做富家翁,宦海无涯,岸上是家。"转身又敬陈作新,"振民有执念,做事激进,手段上要收敛些,无论将来如何,士绅国体,不可妄杀。"

二人自沉吟,陈荆拈着卤干吃了一口,喝起酒来。一旁谭延闿闷闷说道:"怎的不嘱咐我两句?"

陈荆哈哈大笑,指着谭延闿:"你有七窍玲珑心,心里明镜似的,还需我劝?"

一坛酒转眼见了底，谭延闿已微醺，又逼着陈荆唱道情，直言他酒馆唱反词已经合城知晓，可惜了自己不在当场，错过一场好戏，陈荆明日要远行，无论如何，补一场弹词给众人听听。黄忠浩直皱眉，陈作新也跟着起哄，陈荆手一摊，没有乐器。在一旁立规矩的井原真一倒认真起来，说乐器不是问题，公司庶务室备有本国带来的尺八和三弦琴呢。

　　乐器拿来，陈荆横握三弦，起了起调，谭延闿的从人梅馨自称会吹尺八，便由他来和。陈荆一手抚弦，疾疾地快弹，轻声唱起："左一思，右一想，真正危险；说起来，不由人，胆战心慌。俺同胞，除非是，死中求活；再无有，好妙计，堪作主张。"

　　手抚音止，只有尺八呜咽作过门儿，陈荆摇头叹念："都是同胞，有何党见？兄弟在家不和，对了外仇，一个喉咙出气。"念罢，又抚弦快弹，调门抬高，急急地唱："莫学那，张弘範，引元入宋；莫学那，洪承畴，狠毒心肠。要学那，德意志，报复凶狂；要学那，意大利，独自称王……"一篇唱词，连删带减，只剩劝谏，急急直落至尾，越唱越高，越高越慢，直到最后，"太息神州今去矣，劝君猛省莫徘徊。"曳长的唱腔犹如悲鸣，琴上一抚，琴声消弭，犹剩尺八如洞箫，幽幽然如泣如诉，陈荆一拍桌子，大声喊道："匈奴未灭呀！"

四、一步一回头

1

次日一早，陈荆便坐日清公司的早班轮船北去，他一走，陈作新便匿了踪迹。卢磊一到段上报了那日夜里听来的线索，段长自去知会阿林敦，那爱拆信的信差也抓来问了，道信已经送出，地址是东城水风井的一处药铺。信里当头手绘一个弥勒佛，上书"陈家铺"三个大字，信尾一个日期，却是十二月十三。

段长将此事上报公所，并着老陆带着两名员警去查那药铺，自带着卢磊一与井原去了邮局，段长也咂摸出这东洋人的好处来，带在身边行事方便得多。段长见着阿林敦，直言所请，未寄出及投递的信函一律暂停，召集人手，比照字迹，封封拆验，直查到深夜，共计发现可疑信件三十一封，抬头都是"时晟兄"，落款都是"弟倪"。二十一封写的"陈家铺"，日期十二月十三，旁标一小字，丑时；八封写的"老龙潭"，日期十二月十五，旁标一小字，寅时；一封写的"浏城桥"，大大的桥字下头，蝇头小楷写着"南二"二字，日期十二月十九，旁标一小字，却是辰时，这封信里，"弟倪"二字有误笔，弟上竟有三点。

"这贼狡诈，寄这么多封，怕是早料到了截留一招，有一封寄到，消息便传到了。"段长皱眉，"只这浏城桥的信，也没个比对。"

阿林敦与段长拿着地图来看，这三处地方一北一南一东，呈三角之势。"陈家铺，就是马厂。"阿林敦道，"此处捞刀河、浏阳河、湘江三口交汇，方便加油，有全府最大的蓄油池，为美孚洋行所设。"

阿林敦又指着老龙潭："这处地处郊野，有水源，为德士古洋行购入。油池在建，不知竣工与否，建成后是全省最大的煤油蓄油池。"

"只浏城桥不知了，那处没有油池啊。"

"且先不管，今日才十二月初九，这落款。"段长摸了摸头，拍案一惊。"莫非是动手的日子。"再看那三十一封信，投递的地址无一重合，却都是各种铺面。那边老陆回报，信是信差放到铺面的，已经取走了，取信人商铺的伙计也不识，报了收信人姓名，给了十文钱作谢。这倒是大小商铺的一个便民措施，寄到这条街上的信，可在商铺暂存，收信人到商铺取信，花些小钱即可，或者是老客，钱也无须花。其中有封信便是送到半湘街夏记酒馆的，收信人陈安，却是一个小孩来取的信，问起来，说是楚湘街口一白胡子老头给的五文钱，取了回去还有五文。

无法，段长嘱着阿林敦，这些信明日照常投递，另外，寄信人无地址，得阿林敦想法溯源。又回报公所，公所长官急报巡警道，各公所联合，探子散出去，到各处地址守株待兔，两三日，抓了十数人，无一有用，均是街上的小孩、混子，不过路遇一人给了几个小钱托他们取信，信一到手，便被抓了，让他们说取信人的长相，也是众说不一。线索断了。段长得了消息，懊恼叹道："打草惊蛇了。"

无奈，公所上报巡警道，各方合议，三处地方，加强防守，由巡防营派兵驻守，巡警道外围查看。上头接了手，小西门警段的担子陡然一轻。案子且查着，不求水落石出，拖到猴年马月去。

十二月十三转眼便到，节气已过小寒，天已经很冷了，街上冷风刮面，只是雪一直下不来。各方严阵以待，却一天无事，段里也派了陈二毛与满傻子增援，值守老龙潭，满傻子关城门前跑回来了，说实在没什么好守的，巡防营两队兵坐镇工地，油池已竣工，四处围墙围着，各段抽调的巡警便在外围蹲守，野风往衣裳里灌，苦不堪言。

一夜静谧。第二日，卢磊一起了个大早，略做洗漱，踅到桌前，李鲵端上一海碗鸡蛋面，芬儿的茶也沏上来了，三九第五天，芬儿起得更早，带着春伢去大西门循道会后的观音庙烧了炷早香，今天是春伢的生辰，她带他去烧香祈福。"腊月生的，冻手冻脚。"芬儿叹道，"倒是个练武的好材料。"她越来越似主母心性，忙中还求了个签，拿给卢磊一看，是个上签，"二十二签，六郎逢救：旱时田里皆枯槁，谢天甘雨落淋淋，花果草木皆润泽，始知一雨值千金"。

"水为财，我家要发财了吗？"卢磊一一哧。

师娘也起了，这几日吃了燕子窝瞿医生的药，病情似向好，夜间咳得也少了，只是人恹恹的，贪睡。饭桌上，师娘要回家，左劝右劝她都不依，直说在此处养懒了，若在嘴方塘，此时早醒了。卢磊一无法，与师娘约了，自己且去办会儿差，至迟下午，送师娘回去。

不一会儿，响起了敲门声，却是井原真一。他要跟着师父，只住家不便，卢磊一帮他出面，又租了杨记南杂铺的二楼，每天一早便到师父跟前立规矩，李鲵的面条一端上来，井原将辅碟中的剁椒倾而倒入一通搅，这个东洋人有个长沙胃，喜食辣，大汗淋漓也直呼"喔意喜"。卢磊一敲了敲桌子，井原止了吃，望着师父愣了愣，恍然大悟，立起身，鞠了一躬，从怀里掏出一个纸包，恭敬地放在桌上。卢磊一叹了口气，拿起纸包，走出门去。

向北走到益隆行,鞭炮行已经开门了,伙计胡武在柜台后整理货品,忙奔出柜来。卢磊一摆了摆手,自走入后堂,进了厢房,房内一股异香,那榻上人正点着灯抽鸦片呢,正是叶绍棠。卢磊一捂鼻轻咳,将手中纸包轻轻放在榻几上,那是托井原真一在城外租界买的上等鸦片。叶绍棠从灯下抬头,愣愣地望着卢磊一,又望了望桌上裹着东印度公司油纸的鸦片,冲着卢磊一挤出一个笑脸,卢磊一心下一阵发寒。

卢磊一与井原一起到的段上,门口停着乘小轿,却是官轿,还零散地站着几个巡警,陈二毛也在其中。卢磊一打过招呼进屋去,就听段长的签房吱呀一声开了,杨再力从门里探出头来。"娘卖鳖正好你们来了,去弄点土来,桂大人巡了一夜,再帮我去请老阿。"

老阿自是阿林敦,药膏好弄,接阿林敦却费时辰。老阿住在美孚洋行的新楼,在水陆洲上,因了四月风潮,英国人重新选址,在水陆洲建了领馆,各洋行纷纷跟建,那处是江心的一个岛,四面环水,是天然屏障,不受外界滋扰。

昨夜全府军警如临大敌,桂龄星夜连巡三处地点,跑遍了整个外城,辰时又巡查两个曾经的起火地,最后巡到了小西门,也算尽责,无奈烟瘾上来,如百爪挠心,实在走不动道了。火速弄到了烟土、灯具,卢磊一伺候,就在段长签房里抽起来,待阿林敦来,桂龄老儿又振作了。

"小弟有个疑惑,还请阿林敦大人明示。"桂龄正襟危坐,打起了官腔,"正大洋行蓄油池被炸,你说损失不大,为何迟迟不重建?"

"公司有全面的考虑,必在贵国法律允许的范围内进行商业活动。我们早已签订了《蒲安臣条约》,承认中国的内治与清国律法的约束。"阿林敦也打起了官腔。

"我是满人,世传镶白旗牛录,住帝都西直门外。我可记得,"桂龄一嗤,颇玩味地看着阿林敦,轻笑道,"庚子年进京可有美国人,烧杀掳掠,帝都陷入烽火,贵国可没少作为。"

阿林敦笑而不语。

"既知我国律法,更应谨守本分,须知光绪二十九年,朝廷就已收回贵国治外法权。"桂龄似笑非笑,"有不法勾当,是要一体治罪的。"

"可是大人,"阿林敦也笑了,身子后仰,整个人都放松了下来,"你我都知,给面子是一回事,做不做得了又是另外一回事。"

桂龄紧盯着阿林敦,半晌,似身子骨都松了力,疲惫再次漫上了脸,烟瘾又发了,强忍着,轻声道:"近日被案情迷了眼,总觉得有关联,又似无关联。你看那西湖桥被火的正大洋行,墙都拆了。"桂龄双手使劲地擦脸,好让自己清明一些,语气里带了哀求,"省府大案,一日不查清,一日枕席不安。今日与阿林敦大人只作闲谈,还望指点一二。"

阿林敦又笑,沉默了好一会儿,从桌上拈起一块胡椒饼来吃,一口咬下,饼屑沙沙而下。"既说闲话,那我就说个故事吧。"阿林敦拍拍手,抹去饼屑,"大哥带着弟弟们打天下,日子久了,要管着弟弟们,要包办各类事宜,是要给好处的。"阿林敦道:"弟弟们大了,要制衡,不容易。"

杨再力一头雾水,桂龄面无表情,沉默不语。

"今时不同往日。"阿林敦道,"中国贫油,莫说火油,连点灯的煤油都要依赖进口。这一块,中国国内市场三分,四成归美孚,四成归亚细亚,两成在德士古。德士古起步晚,要迅速打开中国市场,选择与日本国三井商会合作,所以不必担心他们骗保,合作关系,保单自然下在三井。"

"但是此类险种,长沙最大的还是太古洋行保险部,目前除了日本

国 其余各国火险、水险公司被压制，进不了湖南省府，只得乖乖在太古洋行投保，大哥包办，弟弟们生不生怨气，很难说啊。"阿林敦哈哈大笑。

"您的看法呢？"桂龄似乎明白了什么，正襟危坐，一脸恭敬。

"其实桂大人是当局者迷，看地图便知，正大洋油在福星门外西湖桥边的蓄油池建得最早，比福星门还早，长沙变成通商口岸的第二年就建成，那时候这里很荒凉的。"阿林敦蘸上茶水，在桌上画，"如今呢，这里逐渐繁华，西湖桥旁边有仓库、有民居、有太古洋行办公地和码头。再把油池放在这里，是不是不合适呢？正大在马厂的蓄油池在光绪三十四年建成，蓄油百万吨级，西湖桥这种小油池……"阿林敦话语一顿。拈起桌上的半块胡椒饼，又吃起来。

"要拆除还要费一大笔银子，不如炸掉，报个意外折损，骗取保金。这一进一出……"桂龄面色潮红，接着话说。

"我没有这么说。"阿林敦包着一口胡椒饼，话音模糊。

"那我换个问法，那信上的三个地方，你们知不知情？"桂龄追问。

"不知情。"阿林敦摇着头，竟站起身来，向桂龄鞠了一躬，"包括今日说的，只作闲聊，我还是那个说法，一系列案件，必是排外势力纵火，损害我洋商产业。请大人彻查。"

临走，阿林敦还赠送了一则消息，说小吴门外的福记洋行大火，也可以循着他的思路去想，那处也建于开埠之初，离岸太远，运油不便，油池废弃多时了，转蓄煤油又无竞争力，目前省府的煤油大多是用的德士古洋行的。"那福记洋行不是亚细亚火油公司的吗？也是英国人办的啊。"杨再力犹自愣愣地问。

"同国不同公司，它在太古洋行下的保，自然要太古洋行赔。商人只看利益，没有什么同胞一说的。"阿林敦笑道。

"那这街上的和记是不是也可以这么想呢？"桂龄再追问。

"这家店我查过，它只是代理，并不是德士古直营。"阿林敦摇摇头，望着桂龄笑了。

几人送走阿林敦，桂龄又点了一盏灯，顾自吸起来，吸了一会儿，忽然立起身，大喊："去把和记的老板抓来！"

2

陈二毛带着弟兄去和记抓人，桂龄抽大烟没个完，沉着脸，闷不作声，段长又着人去南杂铺称了半斤麦芽糖来。桂大人这边才拈起一块麦芽糖，还没送到嘴里，屋外传来三声枪响，霎时人声大作。

卢磊一冲出屋去，街上已经乱了，半湘街上夏记酒馆前的地上扑倒着一个人，身下一摊血，两个员警愣在当场，不见陈二毛。"陈二毛呢？"卢磊一揪着一个巡警的衣领问，那是今年入职的一个新丁，一揪就倒，浑身发抖，讲话都打战。

"在这儿呢，那厮像个兔子，三蹿两蹿没影了。我没追上。"身后传来陈二毛气喘吁吁的声音。

原来去拘那和记的周全安挺顺利，周老板坦然受绑，走到街上，却忽然大喊："我不熬刑！给个痛快！"连喊了几声，按都按不住，那路边卖饺饵的陈三，正给客人煮饺饵呢，不知怎的从摊底摸出一把手枪，径直走过街，走到近前，对着周老板砰砰砰打了三枪，打完就跑。

周老板当场毙命。

桂龄这边大怒，就在小西门警段指挥，满城大索陈三，又将和记的门给封了，抄家检查。到得下午，在那和记洋行里周老板的厢房床底下发现一个暗格，起出了两包土制炸药。

桂龄也没挪地方，就地召集各公所长官会议，案情便由段长来陈述，如今周全安身死，两个伙计已经抓了，用了刑，目前来看，伙计并不知情。周全安当街求死，杀他的自然是同党。卖饺饵的陈三在半湘街上经营已经年余，人勤快，每日出摊，总要卖完了才收市。目前人未拿获，查他户籍，此人独自租住在学宫门边白鹤巷，租金按月缴纳，与旁人无交往。

又说这和记洋行，段长道它原本是个鸦片馆，禁烟后荒废了，后来被人租下开了启用墨庄，掌柜陈一帆在今年三月节前意外身死，此处荒废了半年，直到和记周全安将此地盘下，既是代理，那周全安并不是德士古公司所派，而是他自家要做这个生意，选址此处，的确不是上乘之选。但如今查出炸药又两说，制作土炸药，此地确实便利，西边五座城门，出了城去便可隐入租界，缉查困难，又有洋行做掩护，常人查不到，也不会查；地利上也有优势，交通运输四通八达，再加之人员混杂，方便布眼线、设暗桩；更兼此地民风淳朴，邻里守望相助，又是一层掩护，更加方便他做个行商隐于闹市。

"什么民风淳朴，就是疏于防范，眼皮子底下一个要犯，不知不闻。"桂龄一哂，杨再力一张脸霎时涨得通红。

段上散了工，卢磊一与陈二毛一齐走了出来。陈二毛叹，十三日有事发生竟是个哑炮，害得全府军警如临大敌，可若不是这一番做作，那周全安也显不出来。"那卖饺饵的陈三定是他的暗桩，这一阵子夜间只他一人时不时来半湘街卖饺饵，别的夜宵摊子都不来了。"陈二毛问，"他隔几天来一次?"

"我们值夜时,他是来的。"卢磊一也皱起了眉。

"三日一轮。"陈二毛道,"你看那饺饵摊子,食担下头,放点东西出去不难。"

"周全安制了炸药,陈三运出去,所以那夜和记失火,是制药出了事故,难怪阿林敦疑惑为什么燃物中有硝磺。"卢磊一一拍脑袋,"开业这许多天,三天一运,我的老天爷,这姓周的造了多少炸药?"卢磊一反身便要回段上,被陈二毛拖住了。

"你作死啊,桂大人还在呢。"陈二毛拍着卢磊一的肩,"事要报,不急报。桂大人在气头上,报上去,人家可是在我们眼皮子底下交接的,这层干系脱不了,一身号衣都要脱掉。"

卢磊一回到家,已经一身疲惫,李鲵迎出来,比画着师娘与芬儿走了有一会儿了,师娘闹着要回去,芬儿拗不过她,眼看着快要关城门了,芬儿便带着李鲤去送,春伢也嚷嚷要去,一同去了。卢磊一连连自责,今日太忙,竟把这茬给忘了。"太太去送,让你安心。"李鲵比画完,卢磊一也不接话,赶忙追出门去。

天是忽然暗下来的,本是傍晚一轮冷日,无端端地天上堆起了层云,风起尖啸声,却吹不散那云。第一片雪花掉落时,卢磊一正好从北门的门缝里挤出,湘春门吱吱呀呀地在背后关上,发出砰的一声闷响。卢磊一回头望去,门楼高耸,门洞幽深,如山妖的独眼。

官道出城不远,往左抄近道转入小王家巷,雪变成了雨夹雪,大颗大颗的雨从天上落下,追着雪花,青石板路上刚刚堆起的浅浅一层白被雨水冲散，露出狰狞的泛着冷光的灰黑。天地怆然，瓢泼雨中听见马蹄声渐渐远去，如戏剧收场的鼓点，一阵紧一阵急。王家巷是一个工字巷，两旁围墙高耸，闸口一般，卢磊一走到工字快要转弯处，巷口闪出一个小小的人影，是春伢，春伢苍白的脸上还有没被雨水洗尽的血污。春伢看到了他，眼中闪过一亮光，高举起右手，他的右手已经齐腕断了，似断柳的嫩茬，春伢倔强地举着手，风雨中身如柳枝轻摆，不胜其力，跪倒在地。

雨下个没停，已经过了子时，卢磊一与大师兄潜进了姜家大屋。此处离马厂不远，站在姜家大屋的屋顶，可以看见马厂美孚洋行蓄油池的高墙，以及墙外路灯下，驻军的营棚。

姜家大屋连绵的屋宇隐在黑暗里。这处是一处族群，可以上溯到康熙年间，江西填湖广，十数辈人在此繁衍生息，开枝散叶，屋宇相连，逐渐形成一个同姓的村落。他们寻的是檐下有红灯笼的房子。家中收媳妇，娘家人来得多一点，不生疑。

驻军就在近前，但今夜的事，卢磊一要自己料理。

二人悄无声息地从檐上荡下，卢磊一站在屋外的雨里，堂屋里一盏油灯，灯下有三个汉子在猜拳喝酒，门上贴着喜联，窗上、椅背随处可见大红的双喜与童子抱鱼贴花，三个汉子的腌臜相与之格格不入，他就这么冷眼看着。大师兄摸进门去，一瞬间剿杀三人，大师兄用的重手，卢磊一反复交代的要用重手，不留活口。卢磊一看着大师兄捏断了第三个汉子的颈骨，隔着丈许远都能听到骨头的碎裂声，那汉子喉咙里犹自嘎嘎气喘，却发不出声来，又被大师兄一拳猛击在喉结上，喉结深陷，如一段被碾轧的竹节。

卢磊一走进门去，径直往后头走，推开了深房的门，房内红烛自摇曳，不见新人。二人将床移开，掀去虚掩的盖板，底下一个大洞，隐约传来人声。

二人是一路杀进去的，地道看来挖了许久了，弯弯绕绕不知通向何处，越走越宽，昏暗的油灯散发着呛人的烟气，二人曲折中拔掉一个又一个钉子，卢磊一的小插上沾满了血，他的心中依旧杀意横生。

他们走到地道的尽头，这里似个开敞的小厅，挂着带罩的洋油灯，西边墙面一处往内的凹陷，一个身形短小的人影在墙边忙碌，二人悄没声地摸近。看清了，那是个青年人，双腿盘着，以手撑地行走，盘着的腿弯里堆着黑黑的物事，他就这样一趟趟地运着，将墙边的炸药运到洞里，整齐地沿着洞壁向上垒。

卢磊一沉默地看着他施为，洞中寂静，只有半截人机械的搬运声响。

他终于搬完了最后一块，抹了把汗，转过身，望着卢磊一笑了笑，伸出手来摇了摇，手掌心里一个透着红肉的旧疤。

"磊大哥，好久不见。"半截人一脸的黑灰，笑得有些狰狞，"我是秤砣啊。"

夜雨不止，卢磊一与大师兄赶回嘴方塘，犹似两个血人儿。此时已过寅时，忽然远处传来一声闷响，成群夜鸟忽地一声从屋后林中蹿出，漫天乱飞，脚下的震动传来，人如站在急流中的舢板上，立身不稳。

3

城门甫开，卢磊一便将芬儿、春伢送进了西牌楼的雅礼医院。昨夜饶是武学大家的杜寅阶也犯了难，勉强给春伢的伤口用了烙铁，芬儿背上的刀口触目，顾不得男女大防，精心清洗包扎。

芬儿犹自昏迷不醒，胡美医生立时手术，给她再次清创、缝合。那条伤疤如一只大蜈蚣，从左背一直拉到右腰。

卢磊一仍旧穿着那件血衣，守在床前。胡美医生好哄再哄，哄得卢磊一在医院里洗了个澡，换了身干净衣裳。

师娘也来了，怎么也不肯走，自责地说着车轱辘话，都怪自己非要走。直到被胡美医生斥了，人多容易感染，才退到室外，仍旧不肯离开。

只有春伢，似冬日一撮早发的嫩芽，给病房里带来些许生气。他时不时到芬儿病室前，伸着个大脑袋，挤进虚掩的门缝，断茬了的包裹着的右手顶着门，似已忘了疼，大大的眼睛里清澈童真："师娘醒没醒呀？起来呷饭呀。"

李鲵追过来把春伢拉出病房，急急比画着"不要吵太太呀"。

"师娘要醒啊，几天没喊我练大字了，她最要紧的呀。"春伢仰着头与李鲵理论，"这只手冇，要换个手练，我不会啊。"

雨停了，天气陡然又回暖，腊月天，竟似秋日，季节乱序，天地、流年与世道一齐乱了。第三天上，芬儿伤口起了脓，发起热来。胡美摇头，他也无法，只能嘱着护士一遍一遍地清理伤处。

这些天，卢磊一始终不敢闭眼，闭上眼似就抓不住眼前的芬儿。那个大雪的傍晚，芬儿四人拐进了偏僻的小王家巷，正撞见那群于此处集结的匪徒，当先一人骑着高头大马，背上一个大竹篓子。他们颇带玩味地看着突然闯入的四人，眼神都落在李鲤穿的那件号衣上，那是卢磊一汰换给他的，他当宝贝一样时时穿着，此时成了他难以逃脱的催命符。

雪转成了雨，阴暗的巷道中，匪众中跳出一名汉子，大步欺近，一刀砍下李鲤的头，又一刀劈向师娘。芬儿惊呼着，挡在师娘前面，反身将师娘抱在怀里，刀劈上她的背脊，利刃拉骨的声音。二人搂抱着倒地，汉子要上前补刀，春伢挺着小小的身躯站在了扑倒的妇人前头，高举着手，拦下那决死的一刀。春伢没有倒，愣愣地看着空了一截的右手，身子罩在汉子的阴影里。

那夜的雨确实冷，冷得像阴间的冥河水，落在那条血与雪交织的小巷中。

是的，那些来自春伢的描述，无比清晰地在卢磊一脑海里还原成了画面，一遍一遍地起伏着。而春伢的描述还有后半段：汉子再次举刀，却被一根锁爪穿透了咽喉，霎时间，小巷里哗啦作响，都是链影，一时收了，匪众倒了一地。高头大马上的汉子双目圆睁，脖上喷血，松开了缰绳，倒头栽下马来。微光中，那汉子背上的背篓里爬出一个半截人，手中链爪一放一收，钩住辔头翻上马去，他用力地，一点点地将盘着的腿扳直，吃力地在鞍上跨坐，叹了一口气。

"死罪，出手慢了。"半截人引着马转到春伢前头，"姜家大屋，办喜宴的那家，让磊大哥来寻我。"

段里的兄弟都来看过，知他家比天大，段长并没有催他回段上当值。陆婶做了鱼汤、杨婶熬了鸡汤送来，兄弟们带来外头的消息，合府已经大乱，马厂的美孚洋行油池在十五日晨发生爆炸，地火从北面涌出，离油池不足二十米，塌陷出一个巨大的深坑，油池北面的围墙与一处公房全部塌入坑中，还埋了墙外值守的两棚巡防营驻军。

巡防营至今已增加到全省四十三队，而今有十七队调入长沙府。新军五千人分驻浏阳门、南门外妙高峰、北门外关圣庙，巡防营举城大索，要拿那造乱的贼人。

"果然。"卢磊一喃喃道，那夜在地道中，自己曾想阻止秤砣，秤砣的舌叫他打消了念头。"你大哥说过以小损谋后着，我也不懂。但炸药十里有八包是假的。"秤砣脸上露出如过往一般的憨笑，"地道的路线改了 地底下放个炮仗罢了。"

哪里是炮仗，这素日不见的大哥是在做什么？那夜自己本可以了结秤砣，自己又是在做什么，背上了这许多罪孽？这些念头在脑中一闪而过 回到病床前，看着芬儿苍白的沉睡的脸，一切又都丢到了脑后。胡美每日来看，更延请了好几位城里的医生会诊。"这天气，怎么会这么热呢？"一位医生自顾叹道。

十二月十八，宣统二年三九的最后一天，天气又冷了下来，再过两日便是大寒。师父在出事后第二天便进了城，昨日终于将师娘劝回新卢茶舍歇息，今日上午，师娘又将小虫子带了过来，小虫子在床边一个劲地喊姆妈。"醒啊。"他口齿不清地喊着，肉嘟嘟的小手轻拍芬儿的脸，窗外飘飘扬扬地下起雪来。

夜深了，人都散了，雅礼医院彻底静了下来，此处本就不大，年终岁末，住院的只剩卢磊一一户。雪仍旧没停，给窗外的世界铺上一层灰白，卢磊一伏在床前，忽然觉得一只手抚上他的脸，那手略有些冰，那抚摸又轻又柔，他猛一抬头，芬儿双眼已经睁开了，眼神澄澈清明又柔弱，正定定地看着他。

卢磊一抓住芬儿的手，又复按在脸上，想要说什么，却哽住了，眼泪一下盈满了眼眶。

"磊哥哥，我好累啊。"芬儿轻叹着。

"没事了，我们回家。"卢磊一急急地答。

"我做了个梦。"芬儿自顾自地说，似费了极大的气力，呼吸轻而急促，眼神迷离转向别处，"梦见自己变成了一条蛇，做了我家的家仙。"

"你……"卢磊一喉头发紧，说不出话。

"你要好好顾着师娘啊，你性子莽撞，她带你多辛苦啊。"芬儿喃喃。

"不要说这些！"卢磊一越发急了。

"收春伢做儿子吧。"芬儿声音低了些，眼神越发迷离，"他真是个好孩子，苦了他了。"

卢磊一大张着嘴，眼泪流进嘴里，苦咸，他压抑着心中的嘶吼，恐惧和心慌一波一波地往上涌。芬儿的手在他脸上轻轻地揉，好叫他平静下来，芬儿的脸已经潮红了，细微的动作，已经费了她极致的气力。

"磊哥哥，还记得你教我的第一首诗吗？"芬儿轻声问，眼神又闪亮了起来。

卢磊一稍稍平复了些，纷杂的脑海中竟蹦出袁子才的那句诗，"莫唱当年长恨歌，人间亦自有银河"，啪，他给了自己一耳光。

"不是啊。"芬儿在枕上轻轻摇头，眼睛亮亮的，似有笑意，她紧紧盯着卢磊一，像要把他刻进心里，"是第一回呢，是那一句。"

"所嗟人异雁，不作一行归。"芬儿断断续续地念着，用尽了全身力气般将手下移，轻搭上卢磊一的前胸，"磊哥哥，平平安安哪。"她呢喃到声不可闻。

五、永结无情游

1

新卢茶舍挂上了白灯笼。大殓过后,芬儿躺进了棺木中,苍白的脸色似睡着了一般。卢磊一不许钉棺,不做道场,他没法子接受与芬儿阴阳两隔的事实。

师娘没有回家,始终陪着,她像个做错了事的孩子,走起路来都蹑手蹑脚,与李鲵争抢着,做着一应杂事。

段长杨再力主动担起了治丧,与老陆一齐操持着大小事宜。陆婶与杨婶都来了,连带着半湘街上的邻里,桩桩件件分派下去,井井有条。

小虫子似乎忽然懂事了,一岁多的孩子,不哭不闹,每日醒来便来找卢磊一,偎着他,抬头望着,大大的眼睛紧盯着父亲,不说话。春伢换长香,他便跟过去看,春伢磕头,他也跟着磕。

井原真一住进了新卢茶舍,帮忙打点丧礼事宜。他又懂又不懂,但凡事尽心,他也学春伢、李鲵等晚辈戴着孝,有人客上香,他与春伢一齐跪拜回礼。

香火长燃,代表亲人的祝福与牵绊不息不止;脚灯不灭,照亮来时归去的路。这些平素卢磊一知道的礼,此时此刻都成了无形的桎梏,似在日帷间无端挂起一道永隔的纱,无形无影,又确凿存在。

停灵第二日，文师父张登寿来了。他刚刚回省，接了信，夤夜来的，灵前上了香，又拉着卢磊一的手，也知他此时意难平，慰藉的话说了几句，便告辞了，走出灵堂反身，看那堂上挽联。

那挽联是卢磊一写的，本有礼生写了一副，不外离别、痛失之句，刚贴上便被卢磊一扯了。

"梦蛇知别意，人雁两徘徊。"张登寿轻念着，转身望向这个关门弟子，轻轻摇头，沉吟了半天，拍了拍卢磊一的肩，轻声说，"保重。"

停灵到第三天，深夜，段长带着瓶酒来了，却是瓶洋酒，段长陪着两个洋专员喝洋酒，也喝出瘾来了，隔几日便去那洋行买瓶来喝。段长自顾喝着，卢磊一喝不下，段长说些闲话与他听，说这几日因了下雨，那老龙潭德士古油池旁的空地无端端地塌下去一道，竟是有人挖了地道，看朝向是通往油池的，还没挖通，淤泥里还挖出了几具尸首，闭在里头闷死的。因了这事，原定十八日竣工灌油的仪式推后了。事件指向第三个地点，目前巡警道安排人手在浏阳门外浏城桥周边挖掘，却没挖着地道。

"邪教该杀，埋了正好。"卢磊一闷闷说。

段长一愣，明白他所指，事后清查，芬儿遇险那日巷中死的匪众之中，有人胸上便文了莲花。"庚子余孽，无脑非人。当初我跟的师父就是这么说的。"段长道。

卢磊一看那包酒的纸上有字，便将纸取下，抻开，一张《长沙日报》，报头醒目的标题，"邮传部大臣盛宣怀近日来长"。他眉头一皱，将报纸伸到灯下，细细看起来。

翌日晨，卢磊一走出家门，往北转入福胜街，进了宝庆会馆，径自闯到后堂，寻到姚痦子。"你说的话可还算数？"卢磊一问他。

"香堂兄弟一言九鼎。"

"摆案，我要入帮。"

入夜，新卢茶舍的门敞着，阴冷的穿堂风吹了进来。卢磊一坐在灵堂中闭目养神，他一身短打装扮，腰间别着一把小插。门前一台粪车隆隆而过，堂内传来急急的脚步声。

"你不要去。"一身粪工打扮的陈作新站在眼前。

"消息传得好快，姚痦子身边也有你的人？"卢磊一冷冷地问。

"这本与你无关。"陈作新沉声道。

"怎么与我无关，芬儿、谢二表、李鲤、胡子松，还有那帮我连名字都叫不全的弟兄，哪个与我无关？"卢磊一厉声道，"此仇不报，不杀尽这城中青兵，我枉活在世上。"

"倒是你，认敌作友，养痈为患。"卢磊一眼中尽是怒火，"一天到晚做大事，大事未成，引火烧身。"

"却在信上做谜，'时晟兄'，以时代日，信上落款日期再加上时辰，才是真正起事的时间。十三日丑时陈家铺，实为十五日。十五日寅时老龙潭，实为十八日。人算不如天算，一场大雨让它现了形，德士古油池竣工注油延迟了。"卢磊一摇了摇头，"为何要炸洋油池，你也是行伍出身，那马厂陷落的两棚兵里，就没有你的兄弟？"

"那是投名状，既已查到信，必是已经溯源，你该知青兵真正的指挥在沪上。"陈作新声气弱了，"我须得助他做这两桩，他方助我做后一桩。我将铁将安插进去，便做了导引，引得地道偏向，虚与委蛇，以小损谋后着。"

"铁将？这是秤砣本名？倒是霸气，半湘街上的半截人如鬼祟，弄得人心惶惶。谁知却是秤砣到陈记茶馆传递消息，那里本是你的消息站，和记周全安也是你的人，他制炸药，陈三接引。剩下的事，青兵来做。勾结牵制，直到最后一击。"卢磊一厉声道，"十二月十九辰时浏城桥，南二，浏城桥边无油池，南向二里是个观音庙，我一直疑惑是何用意，直到昨日看到一则消息。"

卢磊一紧盯陈作新，一字一顿，"落款'弟倪'，弟上加点，是不是此信'倪'字便作'逆'用？方向逆转，浏城桥北二里，新建的火车车站，十二月十九加辰时五个数，十二月二十四日，粤汉铁路长株段竣工发车，省内要员皆到场，邮传部大臣盛宣怀出席。这才是你们真正的目的，是也不是？"

"为何不上报？"陈作新皱着眉，望着这位义弟。

"证据呢？"卢磊一怆然一哂，"抓你去投案？"

"浏阳门外驻有新军，全西式装备，青兵又奈何得了什么？"陈作新犹自呐呐申辩，声气却低了许多。

卢磊一望着眼前这位自己称呼大哥的人，眼神中尽是失望。他转过身，从小几上拿起一张纸："这是我西门香堂探子今日中午探得的消息，没错，浏阳门外驻着新军二十五混成协五十标，共三营，分驻浏城桥东、韭菜园西和火车站，火车站驻军为第二营，七百人，好巧不巧，营官梅馨，左队队官姚运钧，右队一排排长刘文锦，后队二排排长刘安邦，当初陈老儿舍身唱反词，不就是为了救你和这些人吗？"

"大哥，我只是不知，你是何时搭上的这些人？更是不明白，你明有新军将官所助，暗有哥老会帮众，何解一定要用那卑污、龌龊至极的邪教青兵？"卢磊一问。

河风甚烈，室内极静，二人都没有说话，摇曳的烛光映上陈作新的脸，他的脸在灯火中忽明忽暗，阴晴不定。良久，他叹了一口气，轻声说道："他们本就是修铁路的工人，为我所用，就是一支奇兵。"他又道："你怎知沪上那位，不是假我之手让他们送死？你又何必插手？盛宣怀把持邮传部，以四省厘金抵押，向四国借款修路，出让路权……"

"你不必和我说这些，我不懂。"卢磊一打断了他的话，转身一指灵案，厉声道，"我不懂家国大义，我只知道我最心爱的人此刻躺在那里，杀她的人是青兵，新仇旧恨一总算，这些匪类就是扎在我心上的千万根箭，我要一根根地拔掉，掰断！让它化为齑粉！"

"你有多少人？"陈作新不再争辩，沉声问。

"宝庆帮西门香堂出二十死士。"卢磊一指了指自己，"加我，二十一个。"

"何解不算我们。"门外有人接话，陈二毛走了进来，怀里掏出手枪，晃了晃，"我这枪可杀过人。"他顿了顿，摸了摸头，"不是这把。"

满傻子跟在后头，依旧背着那把长枪，望着卢磊一嘿嘿笑，"我……我堂客讲老子伸脚她就改嫁，我讲……我讲……我随你，你也随老子。"

老陆也走了进来，背上背着段上的砍刀，默默地站在一角。

最后进门的是姚痦子，依旧又尖又厉的腔调，伸着个兰花指。"你这哪里是入帮啊，你是灭帮来了。"姚痦子叹，"中午小睡一会儿，老蔡就托梦说我没义气，真是把你宝贝得到了阴间还记挂，罢了罢了，我也随你走一遭。"

"师父，我陪你去。"井原真一不知从哪里蹿出来的，穿的是第一次抓他时的那身夜行衣，却背着一把唐刀。卢磊一眉头一皱，正待推搡。

"走啊，我可用了钱了，经武门守卫换了会里人，走那儿出城。"姚瘩子嚷嚷。

"东门外工棚上百座，你知他们在哪儿？"陈作新急急道。

"秤砣给我指引。"卢磊一一哂，"你没答应他的那个要求，我答应了。"

"别去。"陈作新伸开双臂拦在卢磊一面前，"匪众可有两百人。"

"噢。"卢磊一轻轻地推开了义兄，决然地走入黑暗里。

2

经武门上往南看，火车车站东、黄土塘西，已建好的铁路两侧，密密麻麻的工棚暗影。轨道以东，有星星点点的火光，不多不少，正好七处，如北斗星，亮出一个立夏时节的形状，斗指东南。那便是秤砣给的信号了。

门已经落锁，不到天亮不得开，众人拉着绳子下了城墙，山堂的死士一个个贩夫走卒模样，看去与常人无异，只人前一站，让人心凛，那是一股决然的杀气。卢磊一入会，带去了他全部的身家，姚瘩子没客气，全收下了。"刀头舔血的山堂兄弟，喂饱了才不怕死。"姚瘩子言。

脚步无声，这支队伍摸进了工棚，急急的马蹄声在夜色中响起，清脆至极，棚间冲出一支马队，五六人举着火把，骑着高头大马往北去了。卢磊一看那火光中的一个身影，竟极熟悉，脑子里轮了一圈——许传谟，他一个洋人到此处来做什么？

钉子一根根拔，二十余人的暗杀队抱团，似黑夜中的鬼，悄无声息地收割人命。小工棚十几二十人一座，几人守门，余下的悄摸进去，青兵犹在梦中。姚瘪子的死士够狠，背上的长刀暂且不用，人手一把小插，先割喉头气门，再扎要害，青兵多数死于梦中，偶遇反抗，也被迅速解决。

工棚分布曲曲折折，确乎如北斗七星，中间还有普通工人的住处，需要避开。暗杀队杀人如摘星，一棚棚地摘落，七星从摇光到天璇，一颗一颗变暗，百十条性命已湮灭在黑夜中。暗杀队个个一身血腥，只满傻子与陈二毛身上寸尘不染，二人守门，一枪不发，没有一条性命能逃到门口。井原真一柄长刀砍卷了刃，寸头上溅上了青兵的鲜血，血气蒸腾顺额而下，他望着卢磊一无声地咧嘴，一口白牙反射着微光，卢磊一与他一般狼狈。"侵略如火，师父。"井原真一说出一句生硬的中国话。

"我拉你下了地狱。"卢磊一沉声叹息。

杀到第六个小棚，他们救出了一个人，那人被塞了口，五花大绑扔在棚内一角，链爪兵刃扔在身旁不远处，是秤砣。"磊大哥，他们变了计划，不炸车站，要炸铁路。"口中的布一扯开，秤砣便急急地说。原来入夜时，带头大哥亲自出棚，迎回了几个人，一个瘦高的洋人领头，却作清人打扮，一口流利的中国话，洋人一走，计划就变了，大哥谓沪上的新指令，改炸车站为炸铁路，明日趁出工之机，自车站往北至留芳岭下，铁路沿线埋下炸药，夜里引爆。秤砣出声反对，谓与原计划冲突，被大哥下令绑了，大哥道，本教主旨就是"扶清灭洋"，不反朝廷，"炸铁道，拔电杆"才是大家该干的。这洋人不错，是已经归顺了的，不仅带来沪上来信，还送来了千两庄票作慰劳，酬谢弟兄辛苦。一众听令的青兵顿时沸腾。这个消息，陈作新还不知道。

"那个大棚，就是他们集结之地。"秤砣带着卢磊一走出工棚，手撑着地向后转身，一个暗黑的大棚在身后不远处矗立着，黑暗中巨人一般。"那里有百余众，里头有高手，头领大哥今夜进了注大财，必定未睡。"秤砣摇了摇头，望着卢磊一身后，"你……攻不下的。"

"磊大哥，你与我一般都是飘零人，但你比我好，你不必如此。"秤砣艰涩地说，话里带着劝慰，"青兵还有一支精锐，人数不知多少，散于各工棚中，原来探得的二百众的数，是说少了。"

卢磊一没有说话，望着秤砣的眼沉静得如寒潭水。

"陆叔你劝一劝。"秤砣巴巴地望向卢磊一身后的老陆。

老陆也是一身血污，有些脱力了似的挂着刀。"问错人了，我于他有愧，今番补上。"他疲惫地指了指卢磊一，摇了摇头，黑暗中眼神炯炯，"陆景轩生于藩后街旁落星田，大丈夫身死如星落，没什么大不了的。"

秤砣怔了怔，似乎不能理解，沉吟了半晌，再抬头，眼中尽是决然。"炸药有一部分在大棚中，我去引爆，爆炸为号，你们在前头截杀，或可一战。"秤砣一拱手，"炸药一响，必引来官兵，枪炮无眼，各位保重。"秤砣顿了一顿，眼睛看向卢磊一，"今天若是侥幸能活，记得你答应我的事。"

黑暗中一声巨响，冲天的火光，饶是避到几十米开外，站着的满傻子犹被气浪掀了一个跟头。天上下起雨来，血雨，掉落下人的残肢，落在地上咚嗒不绝，大工棚已经不见了，周遭一片工棚全被掀翻，工人们四散奔逃。卢磊一紧盯着大棚的位置所在，火光中，有零零散散的工人在那处聚拢、集结，他们不怒不惊，如千百次演练过一般，救火、救人有条不紊。外围警戒的人亮出了兵刃，有一些人除去了常服，露出青色的短打装扮。

卢磊一率众迎了上去。

乱战，血战。这一群青兵，与其说是精锐，不如说是行尸，似被洗过心神一般的人，无知无觉，眼中毫无惧意，只有杀戮。以无畏对无畏的打法，只有以命换命。

脚下的尸体越来越多，青兵却越聚越多，山堂死士一个个倒下，站着的人人身上带伤，左支右绌。卢磊一似陷入人海，满眼都是青兵的影子，他已经杀到力竭，身上几处伤口淌着血，他边打边退，拼着一口气，让自己不倒。恍惚中听到有人喊着他的名字，又混入周遭嘈杂，他分不清那呼喊的方位，他以为那只是风声。

眼前捉对两个青兵，卢磊一已经打得很慢了，瞅了个空，一记钉锤打碎了一个青兵喉结，拼着挨一刀，将手中小插插入另一个青兵的腹中，耳旁传来破空声，一柄砍刀凌空劈下。青兵又欺上来一个，避无可避。

耳边一声怪叫，眼前一道刀闪，青兵的头颅飞起，腔中的血冲天而出，溅了卢磊一一脸。井原真一如杀神一般挡在卢磊一面前："师父你走！"井原真一声音嘶了。

"你走！"卢磊一拉他，斥道，"你本就不该来。"

"我走不了了。"井原真一反身咧嘴怪笑，喷出满口血污，他胸腹处插着一柄长刀，刀没至柄，从背后穿出。他似已经没有知觉，转身扬刀又往青兵群里冲，一面高声怪叫："师父！我是真正大丈夫！"

暗杀队只剩五人，卢磊一、老陆、姚瘪子、陈二毛、满傻子，个个身上带伤。他们终于聚到一处，退到未倒的一个小工棚竹墙边，眼前是慢慢聚拢的青兵，如一群豺狗般，玩味地看着眼前的猎物。

"对不起了，兄弟们。"卢磊一拿刀不稳，换了个手持着小插，一斤重的匕首，此刻在手中如万钧之物。

"要叫师叔，别乱了辈分。"姚瘌子的声音也嘶了，依旧尖厉，卢磊一脑中想象着他此刻必定是翘着兰花指，不由得扑哧一声笑了出来。

陈二毛也跟着笑了："你这腔调，要叫师娘吧。"

老陆与满傻子一齐大笑。"我……我早就想说了。"满傻子接着话，"这鳖……讲……讲话跟堂客们一样。"

陈二毛颤巍巍地举枪对着青兵群里放了一枪。

没有人倒下。青兵群里有人吼了一声："刀枪不入！"众青兵跟着一起吼了起来。

陈二毛又放了一枪，枪声淹没在吼声里。

青兵们渐渐逼近，围拢。枪里已经没有子弹了，转轮空转，陈二毛依然在扣着。

枪响了。

清脆的排枪，似一阵风吹过麦田，麦浪倒伏，青兵齐刷刷地倒了一片。排枪一阵接着一阵，青兵怪叫着散开。

卢磊一眼前人影幢幢，犹在暗夜，这夜被火光点亮，被嘶吼拉扯，被枪声吵嚣，破风的子弹在空中嗖嗖而过，一些人在逃，一些人在追，杀戮如火，子弹射入身体的钝响与刀剑拉开血肉的刺声交织混杂，没有人再在意这墙边的五人。

"你的枪法比屎还臭。"卢磊一使劲地拍着陈二毛的脸，紧绷的身子忽然泄了劲，扑倒在陈二毛怀里。

隐约听见有人呼唤着名字，那个声音随风飘荡，悠悠扬扬，如梵音一般,叫人舒服,声音近了,"卢磊一!"

"唉!"陈二毛代他答了。模糊间,一个熟悉的身影快步奔到近前,一把将卢磊一搂住。

是一身戎装的义兄。

"大哥,坏了你的大事了。"卢磊一喃喃道。

陈作新摇了摇头,火光映上他的脸。那脸上表情复杂,些许无奈、些许愧疚,霎时间眉眼开了,他伸臂后扬,似要抛开内心种种:"去他娘的盛宣怀!"陈作新愤愤说道。

3

十二月二十四,长沙火车站竣工发车照常举行,车站驻防新军增强到一标,外围更驻了四队巡防营官兵,将火车站围了个滴水不漏。

而在此前,一日之间,铁路沿线的工棚全部拆毁,官家宣称工人遣散回家过年,这中间抓了多少,不得而知。那夜的血战,没有留下一点痕迹。只《长沙日报》上登载着一则不起眼的消息,黄土塘西侧铁路修筑工人窝棚因火药爆炸,二百余名工人罹难。

义兄自那夜借兵剿杀青兵后,又不见踪迹。

师父在留芳岭上给芬儿看了一块好地,背倚山林,面朝湘江。

转过年来,年初三,段长带着老陆、卢磊一去水陆洲拜年,因了油行爆炸案,段长与阿林敦、许传谟成了朋友,年节走动也是应有之义。油行案又破又没破,那日阿林敦说开了,此事段长便做了个悬案未结,洋人也不催办,心照不宣。看段长那兴头,只怕这年节,洋人给他送的礼不轻。三人坐渡船,打朱张渡上岸,去会了阿林敦。阿林敦对他们带来的马复胜的四样小食赞不绝口,开了瓶红酒来招待,几人都不惯这个味,浅尝一口便告辞了。又到英国领事馆求见许传谟,这个高瘦的英国人热情地迎了出来,将三人迎进了自己的办公室,开了一瓶汾酒做招待。"珍贵的中国酒,招待尊贵的客人。"许传谟夸张地挥舞着手臂,亲自倒酒端给众人,端到卢磊一跟前,闻见他一身酒气,便眯缝着眼瞧他,亲切地用肘挤着卢磊一:"来喝一杯回魂酒。"

"为什么要炸铁路?"卢磊一压低了声音。

许传谟一愣,眼神中的凌厉一闪而过,脸上又漾起了笑,同样低声地回答:"为了利益。"

"我亲爱的朋友,"许传谟转过身,笑着高举酒杯,"让我们用贵国的礼仪来祝愿。"

"恭喜发财。"许传谟将杯中酒一饮而尽。

出了十五,此岁地气暖,河岸青草浅绿,江风吹面不寒,一条长队从半湘街出发,吹吹打打地往北。卢磊一一身黑衣,抱着披麻戴孝的小虫子走在前头,再前头,是春伢举着孝幡,张着嘴大哭,哭声融进了哀乐里,随江风悠悠远扬。

卢磊一开始越来越像义兄,日日饮酒,老远就带着一身酒气。他像逃避世情一般逃避着清醒,其间姚痨子几次来看他,欲言又止。

一月的某日深夜,卢磊一醉后醒来,听到头上瓦响。

翌日,卢磊一起了个大早,到段上与老陆等人会合,一同巡街。

"就是今天。"卢磊一轻声说,老陆皱了皱眉,陈二毛叹了口气,满傻子点了点头。

四人走上半湘街，老陆扯过一个脚夫，让他去喊九将头，送条大鱼过来。"我等他，要他亲自送。"老陆特特嘱咐。

走到古潭街口，四人打回转，过了新卢茶舍，远远地看到九将头提着条大鲤鱼兴冲冲地朝他们急奔，高声喊着："诸位好口福，本来这时节，鱼不吃钓，昨日偏就叫我甩钓挂着鳃了。"

四人停下了脚步，卢磊一嘴角扯起一丝笑意，朝九将头点了点头。

街旁檐上掉落一个黑影，滚进九将头怀里，牢牢地钩住九将头的颈，身形耸动，一柄尖刃小插在九将头身上进进出出。

九将头瞪圆了眼，忘记了反抗，手往前伸，伸向那四个找他要鱼的朋友。

四人都没有动。

九将头终于承不住怀中人的重量，扑倒在地。半截人从他身下爬出，他没有头发，一脸火燎的疤痕又覆上了新血，秤砣抬头望着眼前的四人，决然的眼中尽是畅快。"杀人者，龙山孤儿铁将！"秤砣回转刀头，一刀插入心窝，决然抽出，热血喷溅。

事后，段长带队，抄了九将头在河边的窝棚，在内室里，带出四个孩子，最大的不过十岁，衣不蔽体，颈上拴着锁链，却扑了香粉，涂了腮红。这些不忍言之事，在秤砣、药罐子身上也同样发生过。药罐子在站笼里站死了，秤砣被挑了脚筋，扔进河里，是陈作新救了他，将他带入哥老会。秤砣拜了个师父，不惜毁身，用最刚猛的药来辅助练功，他一直在等一个机会。

二月的一天夜里，陈作新走进了新卢茶舍，桌上有残酒，他自斟了一满杯喝下。

卢磊一望着他,醉眼迷离。

"酒不能总喝。"陈作新却是清醒的,"它不能消愁。"

卢磊一一笑,不言语。

"你该出去走走的。"陈作新复道,"看看世界之大,心里也能敞亮些。"

卢磊一满斟两杯酒,端起杯一碰,自顾饮了,吐了一口酒气。"大哥,你当初说周遭压抑,我现时真的感受到了。"卢磊一摇着头,"我没有大志向,家好万事足,如今,我也没有家了。"

"有些事,我必须做。"卢磊一舌头起了结,"但是报了仇,我也没有变得开心。"

"我想用我的是非来看这个世道,一败涂地。"卢磊一接着喃喃,"但我依旧不懂得你说的那些家国大义,我只是觉得,它不该是这样。"卢磊一拍着头,喃喃道:"我不懂的。"

"你不用懂的,一些人做的事,本来就是为了让你坚持你的是非,让你们继续不懂,让天理变人为,让世道升平,让善恶有报。"陈作新轻声道,"不以天下事一人,而使天下为公。"

"你不用懂的,你也不必做。"陈作新复道。

"士衔兄给你写了封信。"陈作新从怀里掏出一封信来,"他在香港,邀你去做他的护卫。"

"带上道承,小孩子去看看世面。"陈作新说。

三月初,卢磊一向段上请了长假,带着小虫子,坐上了日清公司的轮船。他知那封信是义兄替自己讨来的,陈老儿住在香港的山里,那是洋人地方,哪需要什么护卫,还巴巴地写信来长沙请他。

但那封信写得极有趣,言辞恳切,邀小友赴港一晤,信中还附了两句诗,"深野无人狐做友,浅溪掬水鱼梳头"。义兄说那处繁华,陈老儿信中却描绘深幽,这反差勾起了卢磊一的兴趣。

义兄在码头上送的他,段中三兄弟也在。满傻子哭了鼻子,陈二毛斥他:"兄弟散散心就回,还回段上,你号什么?"老陆给卢磊一带了一提篮小食,是陆婶做的,让他路上吃。

"有什么要交代我的?"陈作新问他。

卢磊一定定地看着义兄,嘴里无端端蹦出一句诗:"但教方寸无诸恶,狼虎丛中也立身。"

陈作新也愣了,半晌,拍着卢磊一的肩膀大笑。

那日是下午的船,码头的人很多,夕阳斜照半江红,卢磊一抱着小虫子在余晖里踏上船板。他没有急着进舱,站在船舷边往下望,那船下的四人,也在仰头望他,夕阳犹刺目,人人脸上都是眯眼的微笑。

浮梁店主人言：陈老儿住在香港的半山，那里有许多别墅，我哪里是做他的护卫，是做客罢了。陈老儿确乎将我作客待，也挺疼小虫子。我们每天去山里散步，偶尔去海边，那水面极大，大到无涯，在海边坐着，心就静下来了。

陈老儿日日陪我喝酒，他的学问驳杂，酒一沾口话便多，我听得云遮雾绕。醉了我也倾诉，说那夜的血战，说那行尸般的青兵，陈老儿倒对其中的沪上来信感了兴趣。"勾结邪教，果然不假。"他说的就是米乱风潮中夺了抚台印的庄大人了，"接印十数日便被参革，首尾没有处理干净，便是他的一块心病。那沪上来信，无论炸油行、车站，还是铁路，哪一个没有覆灭之险，哪一桩他都是不计结果，只因这些都不是目的，他真正想做的，是借人之手剿灭这一帮青兵。"我回头一想，果然如此。

宣统三年四月，传来邮传部大臣盛宣怀与英、法、德、美四国银行签订湖南、湖北两省境内粤汉铁路，湖北境内川汉铁路借款合同的消息，数额六百万镑。我终于明白了那日拜年，许传谟说的那句话的含义。

九月，不，按阳历算，已是十月，湖南革命既成，陈老儿带我动身回湖南，刚入境便得枪兵护卫。陈老儿日日饮酒，说了许多与陈作新的旧事，说完又说黄忠浩，翻来覆去便是这两人，一个旧友，一个恩人。醉得深了，便说出一层担心，道几月前，黄忠浩受新任抚台所请，勉受了巡防营统领一职，此番革命既成，免不了牢狱之灾，也不晓得他逃脱了没，若是被抓，自己还需设法。

　　船到岳州，噩耗传来，黄忠浩与陈作新殒身。

浮梁店的一壶茶，一个故事，招待各位有缘人。我是个没用的人，垂垂老矣，没用的人活得长些，因他无用，所以无害。义兄的墓就在岳麓山上，墓前原有铜像，后来被毁了。我时时去看他，想他的时候，带瓶酒去，陪他喝。到得如今，我越来越想他，活了这么久，我隐约明白了他说的一些话，活了这么久，再没有人如他一般待我，我胡乱生长的少年到青年时期里，遇到他，打破了他所有的原则与底线，受着他彻彻底底的恩惠与包容。

我再也没有去过海边，但经常去湘江边坐坐，带壶酒，那年冬月过后，喝酒也成了我的习惯。这些年来，江上的桥一座接着一座搭了起来，渡口渐渐都废了。江水还是从前的样子，滔滔向北，江水无情，可唯其无情，才可寄托。寄托往日与旧年，寄托不尽悲欢。

而此间一缕幽思，不可追，不足道，也不堪听。

故事到此，有缘再会。

图书在版编目 (CIP) 数据

浮梁店.湘水流沙 / 索文著.— 北京：北京十月文艺出版社，2024.7
ISBN 978-7-5302-2351-2

Ⅰ.①浮… Ⅱ.①索… Ⅲ.①长篇小说—中国—当代 Ⅳ.①I247.5

中国国家版本馆 CIP 数据核字 (2024) 第023954号

浮梁店　湘水流沙
FULIANG DIAN　XIANG SHUI LIUSHA
索文　著

出　　版	北京出版集团
	北京十月文艺出版社
地　　址	北京北三环中路6号
邮　　编	100120
网　　址	www.bph.com.cn
发　　行	新经典发行有限公司
	电话 010-68423599
经　　销	新华书店
印　　刷	北京盛通印刷股份有限公司
版　　次	2024年7月第1版
印　　次	2024年7月第1次印刷
开　　本	880毫米×1230毫米 1/32
印　　张	18.25
字　　数	380千字
书　　号	ISBN 978-7-5302-2351-2
定　　价	76.00元

如有印装质量问题，由本社负责调换
质量监督电话　010-58572393

版权所有，未经书面许可，不得转载、复制、翻印，违者必究。